天府文化系列丛书

锦江恋歌
——一个韩国人的蜀思

朴钟茂 著
黄进财 译

四川大学出版社
SICHUAN UNIVERSITY PRESS

图书在版编目（CIP）数据

锦江恋歌：一个韩国人的蜀思 /（韩）朴钟茂著；黄进财译. -- 成都：四川大学出版社，2024.8
（天府文化丛书）
ISBN 978-7-5690-5939-7

Ⅰ. ①锦… Ⅱ. ①朴… ②黄… Ⅲ. ①散文集－韩国－现代 Ⅳ. ① I312.665

中国国家版本馆 CIP 数据核字（2023）第 016454 号

书　　名：	锦江恋歌——一个韩国人的蜀思
	Jinjiang Liange——Yi Ge Hanguoren de Shusi
著　　者：	［韩］朴钟茂
译　　者：	黄进财
丛 书 名：	天府文化丛书

选题策划：王　军　杨岳峰
责任编辑：刘　畅
责任校对：谢　鋆
装帧设计：墨创文化
责任印制：王　炜

出版发行：四川大学出版社有限责任公司
　　　　　地址：成都市一环路南一段 24 号（610065）
　　　　　电话：（028）85408311（发行部）、85400276（总编室）
　　　　　电子邮箱：scupress@vip.163.com
　　　　　网址：https://press.scu.edu.cn
印前制作：成都完美科技有限责任公司
印刷装订：四川煤田地质制图印务有限责任公司

成品尺寸：170mm×240mm
印　　张：31
字　　数：617 千字

版　　次：2024 年 8 月 第 1 版
印　　次：2024 年 8 月 第 1 次印刷
定　　价：158.00 元

本社图书如有印装质量问题，请联系发行部调换

版权所有 ◆ 侵权必究

扫码获取数字资源

四川大学出版社
微信公众号

天府文化系列丛书
编纂工作机构

一、编纂委员会

名誉主任　杨泉明　四川省社科联原主席、教授
　　　　　杨继瑞　成都市社科联名誉主席、教授
主　　任　李后强　四川省社科院原党委书记、成都市社科联主席、教授
　　　　　姚　凯　成都市社科联（院）一级巡视员
副 主 任　熊　平　成都市社科联（院）副主席、副院长
　　　　　李　好　成都市社科联（院）副主席、副院长
成　　员（按姓氏笔画排序）：
　　　　　王　川　四川旅游学院党委副书记、院长、教授
　　　　　王　苹　中共成都市委党校原副校长、研究员
　　　　　朴钟茂　韩国学者
　　　　　刘平中　成都师范学院研究员
　　　　　刘兴全　西南民族大学艺术学院院长、教授
　　　　　许蓉生　成都市社科院历史与文化研究所研究员
　　　　　李　菲　四川大学中国俗文化研究所副所长、副教授
　　　　　何　平　四川大学历史文化学院教授
　　　　　何一民　四川大学城市研究所所长、教授
　　　　　黄宗贤　四川大学艺术学院教授
　　　　　彭邦本　四川大学历史文化学院教授
　　　　　舒大刚　四川大学古籍所所长、教授
　　　　　谭　平　成都大学文学与新闻传播学院教授、天府文化研究院院长

二、专家指导委员会

谭继和　巴蜀文化学者、四川省社科院研究员

熊　瑜　四川大学出版社原社长、教授

段　渝　四川师范大学巴蜀文化研究中心主任、教授

陈廷湘　四川大学历史文化学院教授

李　怡　四川大学文学与新闻学院院长、教授

苏　宁　四川省社科院文学与艺术研究所研究员

三、编务组

尹　宏　成都市社科院经济研究所所长、研究员

冯　婵　成都市社科院历史与文化研究所所长、副研究员

孙　艳　成都市社科院历史与文化研究所副研究员

李单晶　成都市社科院历史与文化研究所副研究员

张羽军　成都市社科院历史与文化研究所助理研究员

总 序

谭继和

天府文化是在中华广域文化共同体内，植根于巴蜀文明沃土而生长起来的奇葩满枝、蓉花似锦的地域文化常青树。她有百万年以上的文化根系，由"肇于人皇，与巴同囿"，源于秦陇古羌的上万年的文明起步，有4500年以上"都广之野""优越秀冠"的农桑文明的发展历程，具有城乡一体、神韵独特、历时弥久、与时俱进，不断进行创新性转型和发展的特征。

天府文化是从"天府之国""天府之土"得名的。"天府"一词最早源于《周礼·天官》，天官管理王室祖宗牌位、宝器和图书的阆苑被称为"天府"。后来，民间就把沃野千里、物产丰盈的土地称为"天府之国"。最初"天府"是指周、秦和汉初的京师关中之地，也包括视同京畿的汉中平原和成都平原。到汉代中期，特别是东汉以后，"都广之野"被开垦为优越秀冠、天下第一的农桑文化之地，于是"天府之国""天府之土""天府陆海"这些称呼，就成为以成都为中心的巴蜀一方独享的光辉桂冠了。时至今日，天府文化的文脉已经发展演变了四千多年，经历了六大发展阶段。

一、天府农桑文明起源和形成阶段

巴蜀人是从秦陇古羌发展来的。古羌人在7000年前从秦陇、河湟地域分两支向南迁移。天水秦州大地湾6000年前的新石器时代遗址，就是他们的根据地。其中，向东移徙的一支，以伏羲氏为祖先，由黄帝系高辛氏部族集团迁徙发展到秦岭和秦巴山地，直到汉水、武陵源，是为巴人，以游牧渔猎为业，后来才发展起农业。向西移徙的这一支，从秦陇到岷山，直到都广之野，是为蜀人，以产牧为业，"蜀之先，肇于人皇之际"，以黄帝系高阳氏部族集团为祖先。从今已发掘的茂县营盘山遗址、什邡桂圆桥遗址、成都平原宝墩文化六座古城遗址，再到三星堆遗址、十二桥文化金沙遗址、新都马家大墓和彭州竹瓦街遗址、羊子山土台遗址，直到商业街战国船棺葬遗址、岷山饭店遗址，这就是蜀人从岷山、岷江走入都广之野的发展之路。《史记·天官书》专门有记载："中国山川东北流，其维首在陇蜀，尾没于勃碣。"蜀人就是在这样优越的地理环境中逐步创造出高级农业文明来的，进而形成古蜀方国。天府文化就是这样起源的。

这个阶段有三大特征：

一是"都广之野"经"水润天府"发展为中国三大农业起源地之一，并且成为中国高级农业发展的一个重要中心。它的初曙起于成都平原宝墩文化六座古城遗址所展示的"古城"中心聚落开始的时代。这些遗址所创造的农业文化都是在森林和林盘围绕的农业聚落中发展起来的。今天的天府人享受的以小桥流水、竹林茅舍为特点的"林盘仙居"人居方式和"逍遥自在似神仙，行云流水随自然"的生活方式，就是宝墩文化奠定的基础。

这一阶段的辉煌时代则是以三星堆为标志性符号的古蜀青铜文明时期。三星堆是富有神奇生态、神秘文化、神妙心灵的古蜀文明的结晶，尤其是从1号到8号祭祀坑的新旧发掘，展现出的光芒震惊世界，不同凡响。一方面，它既有中原文化传来的圆头方尊、顶尊跪坐人像和顶尊跪坐女神像、簋、簠等礼器，表明它是在中原礼制文化影响下发展起来的，是以"河洛古国"为根的中华广域文化共同体的一部分。它为天府文化的发展和转型，留下了"心向中原"的根脉。另一方面，它又有自己独特的地域神韵。高大的青铜神像、青铜面具、青铜神树、各型青铜鸟、黄金面罩、黄金杖，以及人面鸟身、线刻羽人和太阳神鸟图案，又展现出巴蜀祖源崇拜中独有的羽化成仙的浪漫梦想特征。古蜀文明重仙、重神器的浪漫主义特征与中原文明重礼、重礼器的现实主义特征，在三星堆那里得到完美会通和融合，为天府文化留下了理想精神与现实奋斗精神相结合的三千年文脉。

总之，以宝墩文化与三星堆文化为代表的古蜀文明，早在文明启蒙时代就已是长江文明的生长点，是长江上游古文明起源和发展的中心，是以岷山、岷江为文化地标的"江源文明"诞生的摇篮，是孕育锦江文明的源头，是培育天府文化之根和魂的肥壤沃土。

二是天府丝绸成为培育中华丝绸文明的重要基础。丝绸文明是中华文明的特色。它的起源在中华大地上如满天星斗，多地域、多源头而又同归于黄帝嫘祖一脉，具有"多源一脉"的特征，而巴蜀是其重要的发源地。

早在《山海经·海外北经》就有"欧丝之野"的记载，说跪据桑树的女子发现野蚕啖桑呕丝，可以丛养缫丝。"欧丝之野"指的就是"都广之野"，这是天府养蚕缫丝最早的文献记载。五帝时代，黄帝嫘祖一族与蜀山氏世代联姻，嫘祖之子昌意娶蜀山氏女昌仆。昌意之子韩流娶蜀山氏女淖子，生高阳氏颛顼，高阳为"五帝"之一。高阳孙子大禹生于西蜀羌乡，娶巴蜀女子涂山氏。大禹后裔君主季杼从中原回归蜀山石纽祭祖，"术禹石纽，汶川之会"。夏朝末代君主夏桀娶岷山庄王二女婉和琰。这些史料均说明从五帝时代到整个夏代，蜀山氏与黄帝嫘祖部族的高阳氏集团长期联盟，互为姻亲。蜀山氏集团后来出现的古蜀第一位有名字的先祖是蚕丛，蚕丛即蜀山氏部族对其首领作为栽桑丛聚养蚕技术发明者的尊称。其祖地在岷山蚕陵，后迁到成都平原，双流牧马山是他的祖源文化地标符号。而与蜀山氏联姻的高阳氏则给蜀山氏带来了嫘祖缫丝织绸的绝妙技术。嫘祖的"嫘"，有女性缫丝累结一团之意，是轩辕氏部族对最先发明缫丝织绸高超技艺的母系领袖的尊称。蚕丛氏的栽桑养蚕技术与嫘祖族的缫丝织绸技术完美结合，广泛应用于都广"欧丝之野"，这就是从岷山到成都平原一带中华丝绸文明培育和出现的历程。2021年3月20日，"考古中国"重大项目进展会通报，在三星堆4号祭祀坑的灰烬层中新发现了丝绸蛋白的痕迹，联想到三星堆青铜立人像飘逸垂裳的丝衣形象，这就是从五帝时代到夏商周时代天府丝绸发明和传承的实证。汉代出现的"蜀锦""蜀绣"则进一步传承发展了五帝至夏商周时代天府丝绸的根脉与基因。

三是茶文化也发祥于天府文化起源阶段。早在巢居渔猎时代，蜀人就发现嚼吃茶树叶可以代替盐调味，由此最早发现了茶树。到西汉，吴理真首次人工种植蒙顶茶树。由嚼茶到煮茶，遂逐渐形成蜀人敢为人先的精神。"茶"字在中唐以前还没出现过。有关茶的各种字词，最早都出现在蜀方言里，如"荈"（音"接"）（司马相如《凡将篇》）、"荼"（《诗经·谷风》"谁谓荼苦，其甘如荠"，疏"蜀人作茶"。宋苏轼："周诗记苦荼，茗饮出近世。"）、"槚"（《尔雅》）、"蔎"（扬雄《方言》："蜀西南人谓茶为蔎。"）等。"茗"字出现在唐宋时期，也指茶叶，因茶叶经煮之后发出香味，蜀人方言叫"mǐn-mǐn"，遂写作"茗"。这些例子都证明茶之源在蜀。到汉唐时代，饮茶"冠六清"已成为巴蜀民间习俗。最早的盖碗茶、最早的茶馆僧寮和文武茶道，都诞生在巴蜀。

二、秦汉魏晋时期天府农桑文明发展到"优越秀冠"阶段

《战国策》首讲"天府"称号,指以关中八百里秦川为中心,包含京辅、汉中与蜀中三大平原区域。东汉以后,最早记载巴蜀是"天府之土"的文献是陈寿的《三国志》,到班固作《西都赋》时,则干脆不把"天府"桂冠戴在关中头上了,而是讲关中还差了一点,只能说是接近"天府",从此,"天府"之号便移到了四川头上,沿用至今。

这一阶段天府文化最大的特征有三:一是天府农桑文化获得创新性的转型升级,成为美丽乡村生态与"既丽且崇"的城市文态相结合的标本,也是中华城乡一体农桑文明发展的"首席提琴手",千里沃野,物产丰盈,不知饥馑,享有"天府陆海"的专称。当时的成都已发展成仅次于长安的全国第二大城市,"列备五都",建立起了巴蜀城乡一体化的以成都为中心的大小城镇商业网络体系。二是江源文明孕育了天府丝绸,而天府丝绸反过来推动了秦汉锦江文明的发展,出现了蜀锦、蜀绣的品牌专称。成都也成为与临淄、襄邑比肩齐名的全国三大丝绸中心之一。"锦江""锦里""锦官城""锦城"这些美名,皆因江水洗濯蜀锦特别鲜明好看而得来,其地标符号一直留存至今。司马相如的大赋被称为"锦绣文章",也是因为司马相如善于观察和学习蜀锦工匠的高超手艺,写出了文如锦绣、音韵神来的典范作品。成都老官山汉墓出土了4座高楼双跱织锦机与14个纺织工匠木俑,这是世界上发现最早的提花织机,沿用至今。新疆民丰县尼雅墓地出土的织有"五星出东方利中国"字样的蜀锦肩膊,体现了汉代成都人善于以丝绸为宣传手段,向丝绸之路沿线宣传中华大一统理念的"文化创意智慧"。总之,蜀锦、蜀绣在秦汉时期已成为成都以丝绸之路为平台进行国际交流的代表性产品。三是"文翁倡其教,相如为之师"。文翁兴教化蜀创石室与讲堂,他既是地方公学与"文庙官学"的创始人,又是传承孔子私学传统,以"温故"与"时习"二讲堂开启后世书院之学的创始人。文翁教化的结果是将巴蜀本土文化转型升级为国家主流之学,成为以儒为本、以"儒化中国"为主旨的蜀学的滥觞,后来蜀学与齐鲁之学比肩发展,蜀地出现司马相如、扬雄等大文学家,这是天府城市精神文化的第一次飞跃发展。

三、唐宋时期天府经济大发展、文化大繁荣阶段

这一时期的唐剑南西川与宋川峡四路是全国最富庶的地区之一，是唐宋两朝重要的财源地，时有"扬一益二"之称。反观当时欧洲很多城市已逐渐衰落，成都则发展成当时世界财富聚集与经济文化繁荣的国际化大都市，已经是"天下第一名镇"（卢求《成都记》）。这一时期经济文化最亮眼的成就，是雕版印刷术起源于成都。宋代《开宝大藏经》在成都首次结集印制。道藏也由杜光庭第一次结集。儒家的《九经》在五代时期得以结集印刷，表明儒释道三教融会潮流在天府兴起。城市商业已突破了传统坊市制度，商人们破墙开店、临街设店成为新的商业风习。随着通向长安的"蜀道网"的兴起，成都作为西部土特产集散中心，发展出以"十二月市"为标志的自由集市和专业性的手工作坊街道。货币史上的划时代变革，则是在唐代交易信用券"飞钱"基础上，于宋初发明和使用纸币"交子"，这是世界上最早使用的纸币。

唐宋时期天府文学和艺术的发展，成就了成都作为古代东方世界文化之都、书香之都、诗意之都、音乐之都和美术之都的城市形象。陈子昂、李白、杜甫、苏轼、陆游等"秀冠华夏"的文化巨人的出现，进一步强化了"文宗在蜀""表仪百代"的传统。而薛涛、黄崇嘏、花蕊夫人等一批才女的出现，则是汉唐以后"才女在蜀"文化传统的赓续。"文宗在蜀"与"才女在蜀"的规律性出现与发展，均是巴蜀山川秀气与诗意书香灵气孕育明珠的结果。唐代大慈寺壁画"精绝冠世"，留下了古代东方美学之都的文化基因。蜀派古琴"蜀国弦"和始于巴蜀的竹枝词、前蜀永陵二十四伎乐石刻形象，显示出天府成都管弦歌舞之盛。这一时期成都人观景游乐的特征是游赏习俗的人文化与艺术化，如浣花大游江、小游江，锦江"遨头""遨床"，锦江之畔梨园乐坊选乐伎状元，这是天府旅游发展史上第一次将文化融入旅游习俗。又如孟蜀石经、中国第一部词集《花间集》、唐宋蜀刻本、龙爪本、薛涛笺与十色笺、蜀锦蜀绣以及专为文人考举夜读设计的邛窑省油灯等，是天府书香诗意生活方式普及化而留下的艺术瑰宝。

四、元明清时期天府文化由精英文化转型为城乡平民文化阶段

这一时期天府城市工商业获得了长足发展，"蜀锦、蜀扇、蜀杉，古今以为奇产"（《广志绎》卷五），成为交换苏杭文绮锦绣、山珍海错等"下江货物"的畅销商品。新制蜀折扇不仅用来进贡，而且还行销全社会。岷山的蜀杉木被采伐来修建北京故宫。

这一时期"川味"特色的下层群众文化开始兴盛，其最高成就是由成都"唐杂剧"、元北曲、明南曲、清雅部戏发展而来的花部戏地方剧种之一——川剧。同时，一些著名文人对川剧剧本加以文学性、诗意性改造，出现"五袍、四柱、江湖十八本"等诗化剧本，使川剧由粗糙的市民艺术变为声腔宏富、文辞典雅、俚俗并兼、雅俗共赏、亦庄亦谐的精致艺术，进一步推动了天府市民社会习俗的文雅化、书香化与诗意化。元明清时期天府教育事业也获得了新发展，主要体现为书院制度的创新。元代有草堂书院，明代有子云、大益、浣花等书院，清代有锦江、墨池、芙蓉、潜溪等书院，均驰名全国。社会上兴起的评书、扬琴、古琴、竹琴、金钱板、皮影、木偶、围鼓、口技、相声、清音等，是这一时期活跃于社会群众舞台的重要文化活动。今天四川评出的多种非物质文化遗产，大多产生于这一时期。

五、近代天府文化由古典形态向近代形态蹒跚转化阶段

1840 年后，以农桑文明为特征的天府地域文化，在外国资本主义、帝国主义侵入的影响下，受到近代文明的冲击，在阵痛中迈着蹒跚的步伐缓慢地向近代形态转化。特别是 19 世纪末期和 20 世纪初期，新旧文化激荡冲突，天府地域文化围绕着对传统文化的破与立、对中西文化的体与用激烈论争的主题，开始了加速转型。其中最重要的六大事件：

一是 19 世纪末的戊戌维新运动，"是一阵思想的巨浪"，开创了地域文化"新的思想意识时代"。1875 年四川省城尊经书院创建，倡导"绍先哲，起蜀学"的新风，以湘学巨子王闿运为山长，兼容中学经史与西学时尚，会

通湘学与蜀学，曾培育出以廖平、吴之英、宋育仁、张森楷、刘光第、杨锐以及传承尊经书院文脉的郭沫若、蒙文通、周太玄等为代表的一大批通经致用、新旧会通而又重今文经学传统的新蜀学人才，在四川开启了近代启蒙思想意识发展的新阶段。

二是20世纪初的四川保路运动，它不仅是政治、经济运动，也是文化变革的运动。从旧绅士阶层走出来的城市精英组成立宪派，与下层民众组织的哥老会相结合，"引起中华革命先"（朱德评价语），开启了四川人对西方民主意识的吐纳与民族革命精神新觉醒的历程。

三是五四新文化运动在四川，出现了对"科学与民主"新思潮的追求，先进知识分子则开始了对马克思主义的新探索。1920年四川人陈豹隐在北大首讲"马克思主义经济学概论"，郭沫若在1930年提出以恩格斯《家庭、私有制和国家的起源》为指导，编写《中国古代社会研究》的构想，以填补恩格斯"起源论"没有写中国的"下半页空白"。1922年，王右木首先在成都建立早期党组织。1924年杨闇公、吴玉章在成都成立"中国青年共产党"，开展革命活动。在党的百年奋斗史上，天府四川人以敢为人先的精神做出了杰出的贡献。

四是中国工农红军创建川陕、湘鄂川黔革命根据地，传播红色革命文化火种，建成全国第二大苏区。红军长征过四川，铸就伟大的长征精神。四川是红军长征历程中活动范围最广、历时最长、行程最远、战斗最密集、翻雪山过草地境遇最恶劣的省份，同时也是建立第一个少数民族苏维埃政权——博巴苏维埃政府的地方。

五是抗日战争时期抗日救亡运动在四川兴起，成立各界救国联合会。川军出川抗战，四川人民为抗战做出了巨大的人力、物力和财力贡献。沦陷区大量高校内迁四川，为天府文化注入了新的活力。四川成为大后方民族复兴的根据地和中华文艺复兴的基地。

六是解放战争时期，四川地下党组织在极其严酷的形势下，组织广大爱国学生和人民群众开展各种斗争，迎接四川解放，掀开了四川历史的新篇章。

六、新中国、新时期、新时代七十年天府文化开创新面貌新格局阶段

新中国七十年是社会主义在中国奠基、建立，到开创和发展中国特色社

会主义宏伟史诗进程的七十年，是中华民族从站起来、富起来到强起来的伟大历史飞跃的七十年。1949年新中国成立，社会主义制度在中国确立。1978年党的十一届三中全会开启了改革开放宏伟历程，我国进入开创和发展中国特色社会主义的历史新时期。2012年党的十八大以来，以习近平同志为核心的党中央统揽伟大斗争、伟大工程、伟大事业、伟大梦想，中国特色社会主义进入伟大的历史新时代。在这个新时代的历史方位上，在中国特色社会主义基本架构和四梁八柱已经铸就的基础上，在习近平新时代中国特色社会主义思想指导下，中国人民正进一步完善和发展中国特色社会主义，百年大党，世纪伟业，迎来了实现中华民族伟大复兴中国梦的光明前景。

七十年来，传统的天府文化，伴随着共和国不同时期的成长步伐，在创新性转型为中国特色社会主义文化的过程中，不断书写出新的篇章。新中国成立，解放后的新四川，人民当家作主，社会革故鼎新，天府文化获得创新性转化与创造性发展的机遇。其中，党中央"三线建设"的英明决策，不仅奠定了四川现代工业化的经济基础，而且为巴蜀文化、天府文化优良传统的创新和发展，注入了"三线精神"的优质内涵。进入改革开放新时期，天府四川更开拓出"改革之乡""富民兴川"的社会主义现代化建设的全新局面。社会主义天府文化在新时期也随着改革开放实现跨越式发展，传承巴蜀老祖宗"非常之人"（司马相如语）和"敢为天下先"的精神，助推治蜀兴川再上新台阶。党的十八大以来，天府人深入学习贯彻习近平新时代中国特色社会主义思想和习近平总书记对四川工作系列重要指示精神，认真践行"公园城市"、"构建长江上游生态屏障"、保护发展"从巴山蜀水到江南水乡的千年文脉"等新发展理念，同心共筑中国梦，阔步走进新时代。

成都市秉承上述天府文化四千五百多年文脉传承的基因，于2017年全市第十三次党代会上提出了"弘扬中华文化，传承巴蜀文明，发展天府文化，努力建设世界文化名城"的宏伟目标和塑造"三城三都"的有力措施。当前，成都深入贯彻中央"成渝地区双城经济圈"战略部署，正掀起对成渝巴蜀文化共同体、成渝城市群文化圈和成渝文化旅游走廊研究、推动和构筑的热潮。

从上述天府文化起源、形成、发展和创新的六大阶段，我们可以清晰地看出天府文化四千多年文脉基因的形成和发展历程，它贯穿历史、当下与未来，历史文化与现代文明错综发展，每个历史时代或历史阶段都有创新性转化和创造性发展的硕果。每个时代的天府人都把传承祖宗文脉薪火，开拓天府文化新路，培育和维护这棵天府文化常青树，作为造福当代、泽被后人的历史责任与担当。

当今新时代赋予天府文化新的历史方位和特征，是天府成都人开创社会主义天府新文化新文明的难得机遇。今天总结出的新时代天府文化有四大特征——创新创造、优雅时尚、乐观包容、友善公益，这既是天府历史发展的产物，是天府人历史智慧与历史经验的结晶，也源自当今时代最深刻的需要，是当代天府成都人传承和创建现代天府文明的努力方向。这四个特征都有它的渊源、文脉基因和历史底蕴。

第一个特征"创新创造"是指精神内核。今天的创新创造同历史上的"非常精神"是一脉相承的。早在汉代，巴蜀第一位"天下文宗"司马相如就总结出巴蜀父老具有"非常之人做非常之事成非常之功"的"非常"精神，用今天的话讲就是巴蜀培育出了许多善于创新创造的人才。对这种精神，司马相如给它总结了三大内涵：一是"苞括宇宙，总览人物"的宇宙思维和世界眼光。二是"控引天地"，要有在天地之间自由翱翔、探索宇宙奥秘的浪漫主义梦想精神。三是"错综古今"，善于把古老文明与今天的生活交错、综合、融会，这需要将高超的文化想象力与理念思辨力相结合。司马相如的这些概括，既是对三星堆古蜀人羽化成仙、翱翔宇宙的创造精神的提炼，又启迪了相如之后两千余年蜀人生生不息的浪漫主义文学传统。

第二个特征"优雅时尚"是指天府文化的生活美学与诗意风尚，是创新创造精神指导下的生活方式，也是指天府文化时代价值的生活体验。"优雅"，早在文翁化蜀以后成都就是"好文雅""以文辞显于世""文章冠天下"，出的文坛领袖很多的城市，不仅知识精英追求优雅，即使是城乡居民也以耕读传家为荣耀，以崇时尚、优品质的生活美学价值追求为风尚。

第三个特征"乐观包容"是指天府人的器识胸怀具有乐观开放与和谐包容的特点。它以古蜀人历来信奉的"中庸和谐，乐莫大焉"的理念为哲理基础。它的本质是"怡人文化"。《中庸》讲："诚者，天之道也。诚之者，人之道也。""反身而诚，乐莫大焉。""诚者"是对天地能包容万物的自然规律的认识和信仰。"诚之者"，是指能遵循自然发展规律，并能笃信奉行。有了"诚"的信念并加以"诚之"实践，就可以尽性知天，获得怡人怡己、"乐莫大焉"的最大快乐。

第四个特征"友善公益"是指天府人的情商操守。"友善"是情商，"公益"是品质操守。我们知道，天府文化的学术内核是蜀学。蜀学的本质特征是重今文经学，就是重经世致用，通经济世，公忠体国，友爱善良。诸葛亮、杜甫、苏轼、刘沅、尹昌龄等人就是这方面的典范，他们都是天府文化养育出来的优秀践行者。

　　如何做一个美好的成都人？这就要从上述精神内核、生活方式、器识胸怀、情商操守四大方面入手，既善于传承古代天府人的精神薪火，又善于开拓创新。孙中山曾赞扬天府人才"惟蜀有材，奇瑰磊落"，"奇瑰"是才智，"磊落"是品格。德才兼备，以明德引领风尚，以才智报效祖国，是天府文化孕育出来的蜀中人才的传统。今天的成都作为天府文化再次辉煌的首选地和首发地，凭借深厚的历史文化优势与优越的地理环境，定能实现建设新型"三城三都"，创建新型世界文化名城的奋斗目标，培育出更多天府文化的合格传承人、新天府文化的优秀建设者。

　　呈现在读者面前的这套"天府文化系列丛书"就是为阐释成体系、有系统、有特色、有魅力的天府文化，增强对本土文化保持自信的热力，而由成都市社科院精心筹划、深入研究、建立平台、严格挑选出来的。它对于聚集天府文化研究队伍，组织协调海内外研究力量，推动人文与科学的跨学科研究，培育巴蜀文化名家，推出天府精品力作，讲好成都故事，传播成都声音，让人文成都、社科成都勇立时代潮头，开启天府文化新征程，必将起到它应有的作用。作为本丛书的第一读者，我被该丛书的魅力所吸引，为使众多读者能更深刻地认识和理解本丛书的编纂宗旨，领会编者的良苦用心，我谨以个人对天府文化学术体系、概念体系和话语体系的粗浅认识，加上我对这套丛书的粗浅体会，作为序言，以示祝贺、祝福和期望。同时对编者、作者、组织者深表谢意。

발간사

"천부天府문화시리즈"를 내며

탄지허譚繼和 (중국 역사학회이사)

청두사회과학원成都社會科學院은 쓰촨성四川省 그중에서도 청두成都의 과거와 현대, 그리고 미래를 관통시킬 정신·물질문화를 청두시민 외에도 지구상의 모든 가족과 함께 공유하고자 "천부天府문화시리즈"를 기획·완성하였다. 보람된 일은 천부문화의 핵심 내용을 찾는 충실한 연구의 집적이 이루어졌다는 점이다. 다만 폭넓은 문화교류를 위해선 학술서적 외에 청두와 쓰촨에 대해 전혀 모르는 사람이라도 쉽게 접근할 수 있는 평이하고 대중적인 문장이 아쉬웠는데 다행히도 『금강연가錦江戀歌』가 있어 그 역할을 맡기게 되었다. 이것으로 작으나마 국경을 초월한 우호의 첫 일보를 내디딜 수 있게 되었다고 안위하는 바이다. 의미심중한 출발이기에 『금강연가錦江戀歌』를 중국의 쓰촨대학출판사와 한국의 학고방출판사가 중문본과 한글본으로 동시 출간하게 되었으니 한중우호와 문화교류에 유익한 파장이 계속 이어지기를 축원하는 바이다.

세계는 현대기술 덕분에 훨씬 편리해진 교통·통신을 통해 국경을 초월한 접촉이나 이동이 일상생활 속에 가능한 시대로 들어섰다. 개인 혹은 국가 간의 보다 간편해진 지금의 국제교류를 선의의 방향으로 전개시켜 인류는 하나의 지구 위에서 공생을 도모하는 가족이나 다름없는 관계라는 화평할 수 있겠다고 한다면 미덥지 않을 것이다.

그것은 '일장의 도랑'도 못 건너면서 더 큰 강하를 건넌다고 허풍치는 사람이나 다를 바 없기 때문이다. 세계평화를 원한다면 동아시아인으로서 동아시아 근린국과의 우호에 앞장설 일이다. 평화를 위해서 조금이라도 공헌이 된다면 앞장서서 노력할 일이다. 평화와 문화는 뗄 수 없는 관계, 서로의 문화에 대한 관심과 이해에서 새로운 가능성이 열릴 것이다.

자타피차自他彼此의 마음 없이

보통 중국문화라면 황하문명을 시원으로 하는 한족漢族 문화를 생각한다. 한족 문화란 한나라 이후 유교와 한자 문화, 그 외 도교라든지 중국화를 거친 불교, 그리고 왕정王政체계 등을 우선 들 수 있다. 이것들이 점차 주변국에 전파되었고 그것이 과거 중국문화를 대표하는 것으로 인지되었다. 하지만 중국은 현재 56개 민족으로 구성된 다민족국가로서 한족을 제외한 55개 민족을 소수민족少數民族으로 통칭하고 있다.

중국 장강長江, 揚子江의 상류지역에 위치한 쓰촨, 청두成都는 쓰촨의 제일성第一城이자 중국 서남부의 중심 거점이다. 지형적으로 분지盆地인 청두지역은 예부터 토지가 비옥하여 지역적인 자족이 충분히 가능하여서 중원의 문명에 무조건적인 추종 없이 자신들만의 독자적이고 유유한 생활정서를 유지해왔다. 때문에 쓰촨은 외국인이 일반적으로 알고 있는 중국과는 뭔가 다른 독특한 지역문화 특성을 보유하고 있다. '파촉巴蜀'이라고도 칭해온 쓰촨지역엔 원래 지금의 소수민족에 해당할 이민족들이 세운 고대국가가 존재했다. 전국시대를 거쳐 중원中原으로 흡수되면서 중원의 주류문화와 고유의 지역문화가 만나 섞이면서 우리가 보통 알고 있는 중국적인 것과는 완연히 다른 독특한 향토색이 빚어진 것이다.

고촉국 시대부터 도성의 역할을 담당해온 청두의 역사와 문화는 바로 그 점에서 대내외적으로 보다 연구되고 선양될 가치가 있다. 국외의 독자 입장이라면 청두를 통해 중국이란 나라의 역사 저변에 인류사적으로 들여다봐야 할 중층적 융합성이 있음에 주의할 필요가 있다. 중국에 대한 오늘날의 이미지에서 벗어나 보다 깊게 중국을 알게 되고 중국이란 대륙에 아직 남아있는 흔적을 쫓아 민족이동이나 문화의 융섭과 같은 대흐름을 엿보게 되면, 우리 각자의 삶이 그것에서 전혀 무관하지 않다는, 나아가 인류가 한 가족이라는 자각으로까지 연계될 것이니, 그것이 어찌 평화와 우호의 일보 전진을 의미하지 않겠는가.

청두成都, 천부지국天府之國

"촉도의 험난함이여, 하늘 오르기보다 어려워라.蜀道之難, 難於上靑天." 이것은 촉 땅에서 자란 이백의 시 「촉도난蜀道難」의 한 구절이다. 쓰촨은 높고 험준한 산들로 둘러싸여 있어 일찍이 중원과는 무관한 역사의 전설시기를 길게 유지할 수 있었다.

쓰촨분지에 인류가 거주한 시기는 적어도 1만 년 이전부터인 걸로 추정되고 있다. 고고학의 발굴에 따르면 지금으로부터 4, 500여 년 전에 이 땅에는 이미 확실하게 황하문명과 전혀 다른 아주 독립적인 문명이 존재했다. 삼성퇴三星堆 유물은, 쓰촨의 선민先民들은 황하문명을 일군 중원의 민족과 구분되는 이민족으로 중원과는 다른 고대 신앙을 가졌으며 청동기 문화 수준이 상당히 높았음을 알려준다. 이 시기가 고촉古蜀이라고 불리는 쓰촨의 '전설傳說시기'이다.

고촉국의 입장에서 높은 산맥이 난공불락의 성이었다. 그야말로 고산 위의 좁은 통로는 일당백이고 일당천이었을 것이다. "검각劍閣은 삐죽삐죽 높기도 하여 한 명이 관문關門을 지키면 만 명도 못 당할 일 없다네.劍閣崢嶸而崔嵬, 一夫當關, 萬夫莫開." 이러한 난공불락의 요새 안에서 화려한 문화를 구가하던 고촉은 진나라에 의해 무너진다. 이백李白은 그 역사를 몇 줄로 압축하였다. "잠총과 어부, 나라 세운 지 얼마나 아득한가. 그로부터 사만팔천 년 동안 진나라와 서로 왕래하지 않았노라.蠶叢及魚鳧, 開國何茫然, 爾來四萬八千歲, 不與秦塞通人烟."라고 읊었다. 여기서의 '진秦'은 진시황 통일 이전 전국戰國시대 중원의 여러 나라 중 하나인 진이었고 고촉의 영토와 연접해 있었다.

"하늘 사다리, 잔도棧道가 꼬리를 물고 엮였도다. 위로는 여섯 용이 해를 향해 치솟아 감도는 천 길 벼랑이요, 아래는 거센 물결 굽이치는 상류이러라. 然后天梯石棧相鉤連, 上有六龍廻日之高標, 下有衝波逆折之回川." 「촉도난」을 쓴 이백은 당나라 때 사람이니 장안을 떠나 촉으로 들어가는 길로써 잔도棧道를 묘사했지만 산을 통하는 잔도가 처음부터 있었던 건 아니다. 절벽을 따라 인공으로 덧댄 외길인 잔도는 전설에 의하면 제갈량이

锦江恋歌 금강연가
一个韩国人的蜀思

위나라를 치기 위해 만든 것이 시초라고 한다. 그러나 진의 침공과 연관하여 생각할 것은 전국戰國시대에 진秦과 촉을 잇는 길이 만들어졌다는 기록이다. 『여씨춘추呂氏春秋』에 의하면 진나라가 험난한 지세로 뚫기 어려운 이웃나라 고촉국을 공격하기 위해 술수를 하나 썼는데, 커다란 소를 돌로 만들어서 그 뒤에 금은보화를 놓고서는 그것은 이 돌 소가 싼 똥이라고 하였다. 돌 소를 촉과 진의 영토가 만나는 곳에 놓고 촉의 왕에게 보낼 예물인데 길이 없으니 갈 수 없다고 전갈을 보냈다. 이 소식에 기뻐서 촉왕은 진나라로 이어진 길을 내라 명한다. 드디어 육중한 돌 소를 싣고 올만한 길이 완성되고 진의 병사들은 예물 호송을 이유로 촉에 입성하여 그대로 촉국을 멸망시켰다. 촉왕이 이렇게 작은 것을 탐하다 나라를 잃은 일을 가지고 소탐대실小貪大失이라는 사자성어가 생겨났다고 한다.

중국 역사에서 진시황秦始皇의 천하통일은 유명하다. 그러나 진시황 이전에 진秦나라가 경제적 자원이 풍부한 파촉 땅을 정복한 일이 나중에 진시황이 천하를 통일할 수 있는 큰 힘이 되었다는 사실까지는 아는 이가 많지 않다.

이야기의 초점을 쓰촨의 문화로 옮겨 보면 촉 땅이 진에 의해 중원에 편입된 이 역사적 사건은 파촉 문화와 중원문화가 접촉하는 기폭제로 작용했다고 할 수 있다. 토인비 박사의 역사관으로 해석하면 진나라의 침공과 함께 고대 파촉 문명은 '도전과 응전'의 새 장으로 진입했던 셈이다. 전국시대의 일로 청두의 발전사에서 우선 꼽아야 할 대사건은 리빙李冰의 치수治水일 것이다. 두장옌에서 물줄기를 가르고 청두 평원에 관개공사를 하여 한편으로는 수재水災를 방지하고 다른 한편으로는 강물을 농업과 생활에 유익하게 이용하니 리빙의 치수는 청두 평원을 '천부지국天府之國'으로 거듭나게 한 것이나 다름없다. '천부'란 '하늘이 내린 곳간'으로 평야가 넓고 기름진 토질에 물산物産이 풍족하여 많은 사람이 모여 사는 살기좋은 국토를 가리킨다.

진나라 말기 항우項羽와 유방劉邦이 대치할 때 파촉은 한왕漢王 유방의 세력권에 속했다. 이것은 유방이 천하를 통일하고 제왕이 되어 나라를 통치하는데 촉 땅이 든든한 후방으로 작용해 주었음을 의미한다. 촉땅은 진

발간사

시황 통일 이래 오늘에 이르기까지 항상 중원의 대세를 결정하는 든든한 후방이었다. 다시 말해 청두가 가진 도시의 역량이 대단했다는 의미이다. 한나라 때 청두에 부임한 문옹文翁은 전례가 없는 지방교육의 선구자였다. 인재를 양성하기 위해 문옹이 세운 석실石室은 한나라 최초의 지방 교육기관이라 한다. 문옹이 일으킨 학풍이 청두에 학문전통을 만들어 그 이후 쓰촨 출신의 학자 문인들이 중원에서 이름을 날리게 되었다.

한나라의 역사서 『사기史記』에는 청두의 상업 무역의 발달을 짐작하게하는 기록이 있다. 다름 아닌 쓰촨에서 인도로 이어진 무역로의 존재이다. 청두에서 윈난雲南을 거쳐 티베트를 넘어 네팔·인도까지 이어지는 이 길은 사막의 실크로드와 구분하여 서남실크로드라고 칭하고 있다. 그 중 남아있는 '차마고도茶馬古道'는 인류 최고最古의 교역로라고 한다.

차마고도에서도 알 수 있듯 쓰촨의 차茶는 매우 중요한 교역품이었다. 쓰촨은 차의 종주국인 중국에서도 가장 먼저 차를 재배한 지역으로 추정되며, 문헌에 의거하면 찻잎을 음용하는 풍속이 가장 일찍 성행한 지역이다. 당연한 결과로 중국 역대 차 생산에서 항상 수위를 다투었던 곳이다. 특기할 것은 시대와 함께 서구화로 전통이 사라져가는 추세에도 청두에서는 차와 함께 유유자적한 생활을 누리는 시민문화가 매우 풍성하다는 사실이다. 이것은 흰새 중국의 여타 도시에서는 보기 힘든 쓰촨만의 특색 중 하나이다.

농산물이 풍부한데다 수공업과 상업이 발달하여 백성들의 삶이 여유롭고, 거기에 글을 익히는 학풍마저 구비되어 있으니 중원에서 먼 변경의 도시라고 무시할 수가 없다. 『삼국지』의 제갈량이 '천하삼분지계'를 세우면서 청두(당시의 益州)를 점찍은 것은 어쩌면 매우 당연한 일이라 하겠다. 촉한蜀漢이 위魏나 오吳와 대치구도를 만들어 버틴 것도 알고 보면 인구밀도나 도시 경제면에서 청두가 충분한 경쟁력을 갖추고 있었던 덕분에 가능했던 일이었다. 동아시아 한자문화권에 있어 예나 지금이나 "삼국지열풍"은 여전한데 삼국지의 팬들에게 청두가 각별한 까닭은 뭐니 뭐니 해도 이 도시 안에 제갈량의 사당인 무후사武侯祠가 있고 무후사 안에 유비의 혜릉惠陵이 있어서가 아닐까 한다.

촉한의 승상으로서 제갈량의 실적은 다방면으로 알려져 있다, 제갈량은 나라의 부강하게 하기 위해 촉의 자연 자원은 물론 농업과 상업의 발

錦江戀歌 금강연가
　一个韩国人的蜀思

달을위해서도 여념 없이 진력했다. 그중 빼놓을 수 없는 것은 촉금蜀錦의 질과 그 생산량을 증진시킨 일이다. 자신의 집에도 누에를 키우기 위한 뽕나무를 심었다고도 하며, 무엇보다 비단 생산을 장려하는 한편 염색 공정을 개량해 좋은 상품으로 나라의 재정을 살찌웠다고 한다.

　사실 촉 땅의 비단 생산은 전설의 시대부터 이어져 내려온 청두의 주요 수공업 중 하나였다. 색실을 넣어 정교한 무늬를 내는 촉의 비단蜀錦은 그 채색무늬로 하여 비단 종주국인 중국 안에서도 인기가 대단하였다. 그래서 촉금은 청두의 중요한 무역 품목이자 황궁에 바치는 조공품이었다. 자수刺繡 또한 촉의 자랑이었다. 촉수蜀繡라 부르는 쓰촨식의 자수는 촉금과 함께 명성을 떨쳤다. 촉의 '금錦'과 '수繡'는 중국 황실뿐만 아니라 국제적인 예물로써 서쪽으로는 실크로드를 통해 전해졌고 동으로는 황해를 통해 일본국에까지 전해졌다. 청두의 다른 이름이 '금관성錦官城'인 것도 청두시가지를 가로지르는 강이 '금강錦江'인 것도 모두 청두가 촉비단錦 생산의 중심지였음을 증언하고 있다. 무후사武侯祠 옆의 민속 상가 거리가 '진리錦裏'인 것도 그 유래는 비단 직조공들이 모여 살던 마을이란 뜻이다.

　천부지국의 제일성第一城 청두는 일찍부터 우리가 알고 있는 이상으로 부유하고 살기 좋은 도읍이었다. 거기다 산이 가로막아 중원의 혼란으로부터 피할 수 있다는 이점으로 하여 당나라 때 두 차례에 걸쳐 청두는 황제가 머무는 임시 황성皇城이 된다. 안사安史의 난이 일어나자 현종황제가 청두로 천도하였고 황소黃巢의 난 때에는 희종황제가 이곳으로 천도한 것이다.

　장안인長安人들에게 쓰촨의 풍토는 무엇이 달랐을까? 당황제의 서천西遷과 무관하지 않아 쓰촨에 머물기도 한 인물로 잠삼岑參이라는 시인이 있다. 그는 『초북객문招北客文』에서 촉의 땅이 일 년 내내 비가 오고 습기가 많은 것이 강물 속에 사는 물고기와 같은 느낌을 갖게 한다고 썼다. 여기에서 우리는 쓰촨의 역사문화가 중원과 뿌리가 다른 사실과는 별개로 기후풍토가 중원의 기후풍토와는 전혀 다르다는 사실을 알게 된다. 높은 산으로 둘러싸인 청두 분지는 거의 날마다 운무가 짙었다. 얼마나 햇빛 보기가 힘들었던지 모처럼 하늘에 해가 나오자 어린 강아지는 난생처음 보는 해를 보고 짖었다고 한다蜀犬吠日.

늘상 흐리고 온난다습한 기후는 청두인의 입맛마저 변화시켰다. 습한 기후에는 톡 쏘는 듯 '얼얼한 매운맛'을 먹어줘야 몸이 견딘다고 믿은 이곳의 사람들이기에 음식 대부분이 양념이 진하다. 쓰촨요리에 유달리 매운맛이 강조되는 것도 그 탓이라고 한다. 쓰촨의 고대인들도 기후에 영향받긴 마찬가지이다. 고촉국 시대의 금사金沙 유적지에서 발견된 '태양새' 도안이라든지 삼성퇴 유적지에서 발굴된 청동으로 된 부상수扶桑樹(태양나무)는 태양의 소중함을 누구보다 잘 아는 이 땅의 선조들이 빚어낸 예술이자 신앙의 표징인 것이다. 그러니 우리는 쓰촨의 다양한 문화 특징 속에서 이곳의 지형과 기후, 그리고 대자연이 지역문화에 미친 다양한 요인들을 발견하게 되는 것이다.

한편 대자연의 풍요와 아름다움에 있어 온난다습한 쓰촨의 기후는 축복이나 다름없었다. 농산물이 풍작이니 인간 및 가축의 식량이 넉넉하였고, 산림이 우거지고 화초가 만발하니 산천이 아름다웠다. 덕분에 이 땅의 사람들은 삶의 여유를 일상의 즐거움으로 누리며 생각이 낙천적이었다. 청두에서 살거나 들렀던 시인 문객들은 자족의 기쁨을 아는 도시 분위기와 아름다운 자연풍광에 청두를 노래하지 않을 수 없었다. 청두를 찾아 노래한 유명한 시문이 헤아릴 수 없이 많은 것 또한 사람이 살 만한 도읍으로서 손색없는 청두였음을 나타내는 것이다.

그렇다면 현대의 청두는 어떠한가. 시민의 행복지수가 높다고 평가된 청두는 "촉 땅에 한 번 오면 떠나기가 싫다'는 옛 속설이 여전히 유효한 현대도시이다. 결론부터 말하면 21세기의 청두는 고대를 간직하고도 능히 현대를 호흡하는 도시로서 유니크한 매력을 한껏 지닌 도시이다. 이렇듯 깊고 다양한 매력의 원천은 어디서 나오는가? 이것을 묻는 것에서 이른바 "천부문화天府文化"라는 화제話題로 진입할 일이다.

천부문화天府文化의 정신

20세기 후반부터 중국 서남부의 대표적 도시로 새롭게 주목받는 청두는 도시 자체의 오랜 역사도 흥미롭지만, 무엇보다도 지역문화의 깊이와 복합성이란 면에서 사람들의 흥미를 자아낸다. 그 옛날 이민족의 색다른 문명이 중원의 황하문명과 교차하며 긴 시간을 두고 융화해온 과정도 그렇거니와 청두의 현재가 품고 있는 고대와 현대, 중앙과 변경이라는 상대

xvii

적인 것들의 조화로 하여 문화의 다양성과 조화라는 것을 새삼 사색思索하게 만든다. 어디 그뿐인가. 20세기 이후 지구상의 수많은 대도시가 서구화를 표방하는 추세임에도 현대도시로서 청두는 이제껏 지녀온 전통적 요소를 버리지 않고 적정선에서 서구 현대화를 적용하였다. 그 균형성이 어색하고 의도적이지 않음이 참으로 감탄스러운 바, 어쩌면 그 안에서 동방과서방을 잇는 홍선紅綫 같은 것을 찾아낼 수도 있을 것만 같다. 굳이 전문가적 탐구심이 아니라도 그저 며칠 들러 가는 여행객에 불과할지라도 문득 깨닫는 것은 청두만의 고유한 풍정風情이 표면적 장식이 아니라는 사실이다. 바로 이점이 사람들로 하여금 천부문화의 정신성이란 것에 주목하게 하는 것이다. 굳이 말하지 않아도 느껴지는 것, 어쩌면 그것은 어떤상반되는 것이 만나 충돌해도 결코 극단에 치우치지 않는 중도적 지혜라고 표현할 수 있지 않을까. 그렇다면 그 지혜의 원천은 무엇인가. 속단은금물이라지만 이것은 도시 전체가 (하나의 생명체로서) 자신의 땅 밑에서울려오는 '민중성民衆聲'에 귀를 기울이면서 민중의 삶과 행복에 일체의초점을 맞추어 노력을 경주해 온 그 안에 있다. 이 속에서 찾을 수 있는것이 이른바 촉땅의 민중이 보여준 삶이자 해학이고 예술이고 지혜이다.이것은 민중의 실제적 감각을 존중하는 청두란 도시의 분위기가 있기에가능한 게 아니었나 싶고, 이것을 가능하게 한 도시이고 역사인 만큼 '천부문화'라는 이름으로 널리 선양하는 바이다.

推荐序
美丽的灵魂之旅——锦江恋歌

金大焕　首尔市立大学

昨天在梦里去了一趟外婆家。

不管何时，外婆总是用宽广的怀抱迎接我，因此，道岩一直是我心中的故乡，道岩的风景也刻在我心里。

梦醒之后，我幸福了许久。

真的好久没回故乡了，因为读着作家朴钟茂的散文集《锦江恋歌》，心里有了共鸣。

刘备、关羽、张飞——三位英雄的桃园结义，少时脑海中挥之不去的小说《三国志》，位于蜀汉之地的成都，除了这些，我不太了解成都。但追逐着作者哼唱的《锦江恋歌》，不知什么时候成都也成了我的故乡，让我感到很亲切。没想到，成都是那么美丽，在作者离开那么久后，依然是一个久久留在她心底的地方。

作者40多岁身处异域所感到的无奈和困惑，随着锦江的浪潮，也变成欢喜的歌曲。我总有一天也会去四川的锦江看看。

《锦江恋歌》不只停留在成都这个历史悠久的大城市的外壳上，还与曾经和现在生活在那片土地上的人们产生了共鸣。在作者的描述中，我发现了中国民众与我们毫无二致的乐观性，就像编织珠子一般，在我们面前展现了锦江美丽的另一面。在那里，我们赞叹作者的奋斗经历和本来就丰富的诗心，这些同微笑的目光交织在一起，荡漾着波浪。

像被施了魔法般，不知不觉间，我的心被作者牵走了，就这样跟着作者走遍了成都和周边的各个地方，成都就化为了"我心中的故乡"——道岩。

韩国人中去过成都的人很多，但沉醉在《锦江恋歌》中感受成都的人会更幸运吧？

《锦江恋歌》让读者非常想去那里看看，这本书不只是散文，而是美丽灵魂的韵律，也是幸福旅行者的吟游诗。

추천사

아름다운 영혼의 여행길— 금강연가 (錦江戀歌)

김대환 (서울 시립대학교 교수)

어제는 꿈속에서 외할머니 댁에 다녀왔습니다.

언제나 넓은 품으로 맞아 주시는 외할머니 덕분에 "도암道岩"의 풍경은 늘 내 마음 속의 고향으로 남아 있습니다.

꿈을 깬 뒤로도 한참을 나는 행복했습니다.

참으로 오랜만에 고향에 다녀온 것은, 박 종무 작가의 산문집 〈금강연가錦江戀歌〉를 읽으며 마음에 울림이 있었기 때문입니다.

유비와 관우, 장비— 세 영웅의 도원결의와 함께 소년의 뇌리에서 지워지지 않던 소설 〈삼국지〉, 촉한의 땅 청두, 이것 말고 나는 청두成都 는 잘 모릅니다.

그런데도 작가가 부르는 금강연가 의 허밍humming 에 귀기울이노라니 어느 결엔지 청두가 나의 고향이라도 된 양 정겹게 느껴집니다.

청두란 도시가 그렇게 아름답고 떠난 뒤에도 두고두고 마음에 남는 곳인 줄 미처 몰랐습니다.

작가 자신 40대 중반에 이역만리에서 어쩔 수 없이 느꼈을 당혹감이 청두의 금강錦江 물결을 따라 환희의 노래로도 되었다고 하니, 나도 언젠가는 쓰촨四川 의 금강에 꼭 한번 가 보게 될 것만 같습니다.

작가의 〈금강연가〉는 청두라는 역사 깊은 대도시의 외피에만 머물지 않고 그 땅에 살았던 사람들과 지금 살고 있는 사람들의 삶에 공명하며 이해합니다.

인간이라는 일점에서 우리와 조금도 다르지 않은 중국 민중의 낙천성을 발견하여, 구슬을 엮듯이 아름다운 또 하나의 금강을 우리 앞에 펼쳐 놓고 있습니다.

거기에서 우리는 작가 자신의 현실 분투와 본연적으로 풍부한 시심, 그리고 미소 어린 시선이 한데 어울려 물결치고 있음에 찬탄합니다.

읽는 이의 마음을 어느새 잡아당겨 가 버리고 마는 마법이 그 안에 있습니다.

그렇게 작가를 따라 도시 청두의 곳곳을 누비고 나니 청두가 '나의 마음의 고향(도암)'으로 화化 해 버렸습니다.

한국인으로서 청두에 가본 이는 이루 다 헤아릴 수 없이 많겠지만 저자의 〈금강연가〉에 취해 청두를 느끼는 이는 더욱 행운이겠지요?

읽는 이로 하여금 그곳에 꼭 한번 가보고 싶게 만드는 〈금강연가〉란 책은 어쩌면 산문이 아닐지도 모릅니다. 아름다운 영혼의 운율이자 행복한 여행자의 음유시라 할 것입니다.

自 序

百闻不如一见！

在中国四川省成都市度过了七年多时间，最初只是以留学为目的，但逐渐成为友谊的交流、文化的交流。

当然，异国生活并不容易。但现在回想起来，这是一段充满喜悦的旅程。

成都是怎样一个魔法之城呢？

我遇到的成都人，不论是谁，都充满了人情和幽默。时不时便有人叫我去喝茶，带我品尝美食，传授我从容观照生活的智慧。

仅此而已吗？当然不止。成都各处的历史故事多么神秘。

我可能不知不觉地爱上了成都。某个夏日晚上，看见孔明灯高高地飘在江边的天空上，仿佛听到了唐代诗人薛涛的歌声。难道这只是外国人的感悟吗？

我知道，即使不在成都，即使不是旅行者，每个城市也都有人聚集。人们热爱自己的城市，热爱自己的家园。无关时间长短，有多少爱，就会积累多少思念。

对我来说，成都是我心心念念的地方。

这种思念很难用语言来形容。那我们转头来聊聊"杜鹃"吧。

金灿灿的古蜀历史，以春天的杜鹃叫声传承下来。古老的传说中，人们把人生的喜怒哀乐寄托在杜鹃的身上，这种情感跨越了时空的界限，扩大了共鸣。成都就是那个古老传说的发源地。当我驻足此处，亲耳聆听了杜鹃的叫声，开始思考看不见的文化交流带来的好处。对此，我想引用我尊敬的池田大作博士的话：

我们无法独自存在，国家也是如此。国家间要相互帮助，相互依存。不要害怕或拒绝种族、民族和文化的差异，要相互尊重和理解，并把它们作为共同成长的养分。

同时，我们不能脱离过去而存在，一定会受到祖先们的福泽和文化的恩惠。现代需要这样认识生命关联性的智慧。

——《爵士乐、佛教和欢乐人生》，第 249-250 页

今天的锦江也在悠悠地流淌吧。

江水度过了昨天，歌唱着今天。随着时间的流逝，我现在要把更加生动的感谢之情，用文字刻在这本书的前头。

感谢跨越语言差异障碍、分享友谊的成都邻居，以及成为我博士学位摇篮的四川大学，感谢那里的教授和教职员们，感谢那些抽空与我交谈的校友们；感谢我在成都时以最好的友谊为我加油助威的金敏子；感谢第一次鼓励我写关于成都的文章的后辈冯和一；感谢从最初构想到推敲用语上，站在中国读者角度给我的表达方式提出建议的高红星、王鹃、林焰英；还有在物质和精神上都不吝惜支援的成都市社会科学院和四川大学出版社的相关人士们，以及努力编辑韩语版的明智贤组长，真心感谢大家的支持。本书的韩文版在韩国图书出版学古房出版，文本针对韩国读者的文化背景有所细化及调整，韩文文本也附在本书的后半部分，供大家阅读。

最后，我衷心感谢人生导师池田博士，他带领我成为一位无论高兴还是悲伤，都会在其中歌唱人生妙趣的文人。

朴钟茂

서문

백문이 불여일견이다百聞不如一見!
중국 쓰촨성四川省 청두成都에서 보낸 칠 년 남짓한 시간은 처음에는 단지 유학이 목적이었지만 점차 우정의 교류, 문화의 교류가 되었습니다. 물론 타국 생활이 쉽지만은 않았지요. 그럼에도 이제 와 돌이켜보면 기쁨 가득한 계절입니다. 청두는 어쩌면 마법의 성일까요?
제가 만난 청두 사람들은 너 나 할 것 없이 인정과 유머가 넘쳤습니다. 때때로 저를 불러 차를 따라주고 맛있는 음식을 권하면서 삶을 여유롭게 관조하는 지혜를 전수해주었습니다.
어디 그것뿐인가요? 청두 곳곳에 서려 있는 역사 이야기는 얼마나 신비롭던지요.
저 자신도 모르게 청두와 사랑에 빠져버렸는지도 모릅니다. 어느 여름날 저녁에는 제갈량의 공명등孔明燈이 하늘 높이 휘황하게 떠오르는 강변에서 당나라의 시인 설도薛濤의 노랫가락을 들었던 것도 같습니다. 이것은 한낱 이국인의 감상이었을까요? 저는 압니다. 청두가 아니라도, 여행자가 아니라도 도시마다 사람들이 모입니다. 사람들은 자신의 삶터로서 자신의 도시를 사랑하며 살아갑니다. 때문에 시간의 길이에 상관없이 사랑한 만큼 그리움이 쌓이게 됩니다.
제게 청두는 그리움의 땅입니다.
그 그리움은 뭐라 형용하기 어렵습니다. 대신 '두견杜鵑'으로 화제를 돌리겠습니다.
경이로울 정도로 금빛 찬란한 고촉古蜀의 역사는 봄날 두견 울음소리로 전승되어 왔습니다. 이 작은 새는 처음에는 그저 변방 백성들의 소박한

錦江戀歌 금강연가
一个韩国人的蜀思

감흥에 불과했지만, 사람들은 끊임없이 인생에서 느끼는 희로애락을 두견에 빗대었고, 그러한 마음이 시공의 경계를 떠나 공명共鳴을 확대해갔습니다. 청두가 바로 그 오랜 전설의 발원지입니다. 우연히 그 발원지에 머물며 두견 울음소리를 새삼 음미하게 되면서, 보이지 않는 도도한 문화의 흐름과 그 혜택에 대해 생각해보지 않을 수 없었습니다. 이에 대해 제가 존경하는 이케다 다이사쿠池田大作 박사의 말을 인용해두고 싶습니다.

    우리는 혼자서는 존재할 수 없습니다. 국가도 마찬가지입니다. 많은 나라와 서로 도우며 존속합니다. 인종과 민족 그리고 문화의 차이를 두려워하거나 거부하지 말고, 존중하고 이해하며 자타 함께 성장하는 양분으로 삼아야 합니다.
    동시에 우리는 과거와 동떨어져 존재할 수 없습니다. 반드시 선조들의 영위와 문화의 은혜를 입고 있습니다. 생명의 연관성을 그렇게 인식하는 지혜가 바로 현대에 요구되고 있습니다.
                        —『재즈와 불교 그리고 환희 찬 인생』, pp.249-250.

오늘도 금강錦江은 유유히 흐르고 있겠지요.
강물은 어제를 보내고 오늘을 노래하고 있지만 저는 시간이 흐를수록 더욱 생생한 감사의 마음을, 오늘의 글자로써 이 책의 앞머리에 새겨두어야겠습니다.
언어 차이를 초월하여 우정을 나누었던 청두의 이웃, 그리고 저의 박사 과정의 요람이 되어준 쓰촨대학, 그곳의 교수님들과 교직원 여러분, 바쁜 틈을 내어 대화를 주고받았던 동문들 모두 감사합니다. 그리고 저의 청두 시기에 최고의 우정으로 응원을 아끼지 않았던 김명자 님께 감사합니다. 처음 제게 청두에 대한 글을 써보도록 격려해준 후배 펑허이馮和一, 첫 구상에서 퇴고까지 중국적 표현 단계에서 도움을 준 까오홍싱高紅星, 왕젠王鵑, 린옌잉林焰英에게 감사를 드립니다. 그리고 외국인의 자유로운 입장을 한껏 발휘하도록 물심양면으로 지원을 아끼지 않은 청두사회과학원成都市社會科學院과 쓰촨대학출판사四川大學出版社의 관계자 여러분, 또 한국어판 편집에 애써준 명지현 팀장님 진심으로 감사드립니다. 끝으로 기쁠 때나 슬플 때나 그 안에서 인생의 묘미를 노래할 줄 아는 문인이 되도록 저를 이끌어주신 인생의 스승 이케다 박사께 마음을 다해 깊은 감사를 표합니다.

박종무

붙임

  저의 졸고를 중국과 한국에서 동시에 출판하게 되었습니다. 한국어판의 중국 지명과 인명은 신해혁명을 기준점으로 삼아 이전은 한자 독음, 이후는 중국어 발음을 사용해 표기했습니다. 다만 우리에게 친숙한 이름인가 아닌가를 제가 임의로 판단하여 혼용하기도 했으니 이 점 양해바랍니다. 그리고 한국어판에서는 본문을 노랑·빨강·파랑 삼원색으로 장을 나누었습니다. 이 세 가지 빛깔 안에 제 기억 속의 사랑스러운 도시가 잘 담겨서 독자 여러분에게 전달될 수 있다면 그 또한 저의 보람이고 행복일 것입니다. 부디!

목차
目录

花

跳蚤市场——校园风景 / 2

老不出蜀 / 8

凡·高——"盛开的杏花" / 12

印着玫瑰花的粉色被子 / 19

童话故事 101号石狮子和怛怛朴朴 / 22

乐山大佛 / 31

扶桑树 / 33

巴金的《家》 / 39

桃园 / 46

成都缘 / 51

完美结局 / 53

芭蕉之梦 / 57

我的芭蕉图 / 61

红梅和母女 / 66

心

汶川地震 / 70

童话故事 不动桥 / 73

谁都不是一个人 / 79

可乐少年 / 81

和而不同 / 83

四川风味 / 90

望丛祠 / 92

望帝再现——端宗 / 98

吴国公主孙夫人 / 105

像公主一样生活 / 107

童话故事 画中公主 / 109

都江堰和李冰 / 113

熊猫爱竹 / 118

电影《好雨时节》/ 124

访杜甫草堂 / 128

江

微笑中的幸福 / 134

卓文君 / 136

岁寒 / 141

大慈寺·海眼 / 147

文翁石室和武侯祠 / 151

五丈原之歌 / 156

锦江 / 164

江边恋歌 / 166

宝物之江 / 168

遂宁——中国观音文化之乡 / 173

另一条丝绸之路 / 177

锦绣之乡 / 181

薛涛 / 184

童话故事 姐弟 / 192

竹林和寒山 / 198

목차
目录

花

6월의 벼룩시장_캠퍼스 단상 / 206
뭐가 걱정일까요 / 217
반 고흐의 꽃피는 아몬드나무 / 223
장미꽃이 그려진 분홍 이불 / 232
흰 고양이 검은 고양이 / 236
동화 101번째의 돌사자와 달달박박怛怛樸樸 / 240
낙산대불樂山大佛 / 250
부상수扶桑樹 / 253
파금巴金의 『집家』 / 263
무릉도원武陵桃源은 어디메뇨 / 272
청두인연成都因緣 / 279
파초芭蕉의 꿈 / 283
내가 파초도를 그린다면 / 287
모녀와 홍매화 / 292

心

쓰촨 대지진 / 298
동화 불똥다리不動橋 / 302
우리는 혼자가 아닙니다 / 308
콜라 소년 / 310
화이부동和而不同 / 313

쓰촨의 맛四川風味 / 323
두견의 노래 / 326
자규루子規樓와 소년왕 / 331
오웇나라 공주 / 334
공주처럼 산다는 것 / 337
동화 그림 속으로 들어간 공주님 / 340
리빙李冰과 두장옌都江堰 / 345
한 마리 거대한 무소 / 349
판다와 대나무 / 351
영화 『호우시절』 / 356
두보초당杜甫草堂 가는 날 / 361

江

미소 속의 행복 / 368
탁문군卓文君 / 372
세한歲寒 / 379
'바다의 눈'을 보았나요? / 385
일체는 사람입니다 / 393
오장원五丈原의 노래 / 401
금강錦江 / 409
강변연가江邊戀歌 / 411
보물이 숨은 강 / 415
쑤이닝遂寧_묘선관음妙善觀音의 고향 / 421
또 하나의 비단길 / 429
촉나라의 비단蜀錦 / 434
여성 시인 설도 / 438
동화 오누이 / 444
죽림竹林과 한산寒山 / 449
참고문헌 / 455

iv

「花」

跳蚤市场——校园风景

每到6月,大学校园里的跳蚤市场就活跃起来。

不知道是不是成都所有的大学都是这样,不过我曾就读的四川师范大学和四川大学会在每年夏天,即在每年6月的毕业典礼前开设一年一度的跳蚤市场。

在韩国,各地居民点也会开设跳蚤市场。与此不同的是,成都的跳蚤市场是在毕业季大行其道。我想,毕业季的跳蚤市场可能是得益于中国的校园寄宿文化才得以存在。学生们在毕业之际需要把行李打包带走,其中有很多东西弃之可惜、带走不易。那么,将这些东西低价卖给有需要的人,则不失为一石二鸟之举。

在成都生活时,跳蚤市场对我有着极大的吸引力,是我单调的留学生活中的"小确幸"。在跳蚤市场里,目光所及之处皆为带有浓浓生活气息物件,看到这些物件,我的心情也犹如和好友畅聊般愉悦。

这次又会在跳蚤市场淘到什么好东西呢?

我连迈向跳蚤市场的脚步都带着期待。我没有急需的东西要买,也没有提前看好的物件,只是带着一种寻宝的期待感。如果运气比较好,买到了满意的好东西,那一刻我会觉得幸福满满。当然,也有一些东西是买的时候很喜欢,买了后却毫无用处的,不过即便如此也没有太大的损失。

沉浸于跳蚤市场带来的乐趣之中,我有一个感悟——二手物件的故事感,是新物件所不具有的,所以二手物件对我来说更显亲切珍贵。不管最终我会不会买下这些二手物品,仅仅是在跳蚤市场上的短暂邂逅,都会让我的内心感到十分充实。大概正因如此,6月的成都赋予了我许多回忆。

跳蚤市场上摊位众多，售卖物品种类多样。不仅有书，有笔记本、笔等各种文具，还有篮球、羽毛球拍、运动鞋、宿舍用品，以及能体现主人品位的各种小物件。每当拿起某一个物件，仿佛就能切身体验到其与原主人曾经共度的珍贵时光。而那些女生们在学习之余用于装饰打扮自己的项链、手镯、发夹等饰品，也会让疏于打扮的我想立于镜前，好好梳妆打扮一番。

跳蚤市场里有的物件看起来已经很旧了。最初我还不理解，为什么这么旧了还要摆出来卖。后来我才逐渐明白，那些用得越久的东西，原主人对它的感情就会更深。

我一直期待从玩偶身上得到慰藉，我会在跳蚤市场里买上一两个。当我把可爱的玩偶摆放在桌面一隅，内心也常常被暖意包裹。现在我的客厅窗台上就摆着一个从跳蚤市场买来的红色小牛布偶，这个布偶不过拳头大小，上面的两个犄角看起来倒是很神气。我都忘了是什么时候把它放进洗衣机里绞洗过，布偶屁股上的线都开了，露出了内里的白色棉絮。我心想，"屁股开花"的小牛布偶会不会在心里偷偷抱怨，自己怎么就遇到了这样一个坏主人呢？我给自己找了个"忙于写作"的借口，好几个月里都对它放任不管，想着什么时候闲下来了得给布偶好好缝补一番。什么时候能闲下来呢……这一年都快过去了，我却还没时间去缝补布偶。

我也在跳蚤市场买过书，虽然我并不喜欢那些太晦涩难懂的书籍……有一次我心血来潮买了本《源氏物语》中译本，本来想着我一定要把这厚厚的一整本书看完，但最终还是找了写论文的借口，至今也没翻看过几页。不过出于对故事情节的好奇，我还是找了同名电影来看。我曾经买了一本关于唐诗宋词的书，感到非常满足，尽管我连其中的内容都无法完全理解。我也曾经买过一本古希腊墓志铭译本，书里大多是类似于"日久见人心"的名言。我还买过一位日本电影导演的小说集，不过我已经忘记书的名字了，我走马观花似的看完了那本小说，一合上书就对其中的内容毫无印象。不过神奇的是，虽然那本小说没给我留下深刻印象，却让我的儿子对它记忆犹新，他对其中的内容记得比其

3

他名著还清楚。大概是因为那本在儿子尚年幼时买来的书，曾经为儿子插上了想象的翅膀，使他从中感受到了文字的魅力。

我曾在跳蚤市场上看上了一个物件，但我并没有买下来，这让我至今仍觉得遗憾。

那是一把小巧的白色吉他。

那天，我沿着四川大学篮球场旁的梧桐大道走了一圈又一圈，一直走到了球场铁丝网转角处。那里摆放着一排排书架，书架上放着些学校书店里没卖出去的旧书。我站在书架旁，拿起一本年头已久的书，书里讲述了一个公主的故事。我犹豫了会儿要不要买，最后还是放下了。就在转过身时，恰巧看到了对面挂着的那把白色吉他。

若是棕色的吉他，那倒是很常见，可这却是一把白色的吉他……真美啊！像是有什么吸引着我，我朝吉他走过去。要是把这吉他送给我那爱弹钢琴的儿子，那他以后就也能弹吉他了。

"这吉他多少钱？"

吉他主人是个帅气的男学生（不知是不是只有我才会这样认为？只要是会乐器的男孩子，我都会觉得很帅），他说："这个不好带走，只好摆在这儿卖……给50元就行了。"

我想，这个学生在学习之余就会捣鼓这把吉他，想必和吉他的感情也很深厚。我一下子就明白了他说出"50元"时的心情，相比他对吉他的感情，这50元根本不值一提。

可是问题来了，我钱包里连50元都没有。为了防止自己冲动消费，我出门时身上都会少带些钱。刚才我已经买了些东西，现在身上的现金加起来也才20多元（那会儿还没有支付宝）。我知道50元已经是很划算的价格了，也不好意思再砍价。问了价格却又不买，我觉得很是抱歉。

"啊，啊……"

我那会儿中文不好，连向那个学生解释原因都很困难。晚上，我跟放学回家的儿子说："我今天在跳蚤市场上看到了一把白色的吉他，本来想买给你的，但价格是 50 元，我身上的钱不够。要是钱够的话，我肯定就给你买了。"

正在备战高考的儿子被学习折磨得不成样子，"吉他？我现在哪儿还有时间弹吉他……"

"可是……"

我只是想在你的房间里摆上那把白得耀眼的吉他，让它在你学习时陪伴着你，静待你成为大学生的那天……

这就是我那会儿的想法。那时我已经取得学位，闲了下来，儿子却忙了起来。每天早上 7 点他就要出门，直到晚上 10 点后才回来。儿子整天待在学校里，我也没有朋友可以说说心里话，只能独自度过漫长的一天又一天。

可能就是出于这样的原因，我就更想买那把吉他了。大概是觉得在儿子房间里放上这么一把漂亮的白色吉他，就能稍微点亮我的生活，让那些独自度过的孤寂日子也能焕发出光彩。

真是出于这样的原因吗？

我现在也偶尔会畅想：那天下午，在一堆杂物中尤其醒目的吉他被谁买走了呢？这个问题一直在我脑海中挥之不去。甚至当我独自走在川大宿舍楼下时，似乎总能听到从某条巷子里传出吉他声来。我时常会停下脚步，抬头想看看是哪扇窗户里飘出的吉他声。我不禁浮想联翩，会是那把白色吉他吗？

我也曾在跳蚤市场摆过一次摊。在同学李亚的建议下，我们一起摆了个摊位。但我们好像都不是做生意的料，几乎没什么人光顾，就算有人来了，也会先和我们砍价。后来天渐渐黑了，我们急忙把价格降到了一两元，但也还剩一大半没卖出去，最后我们只好把这些没卖出去的东西都卖给了回收废品的人……两个人在这儿坐了一整天居然才卖了几十元，看来我果然不适合做生意。

即便如此，那天我在无聊中也还是想出了一部小说的主线，虽然只是在脑子里想了想……我抬头仰望天空，看到了茂盛的梧桐树，透过树叶缝隙耀眼阳光洒在我身上。光线很刺眼，但我却移不开目光。我想，我和别人不一样吗？

我看到光线摇曳，好像是在隐藏着什么。我用疑惑的目光追逐着它。那些急于躲藏起来的银色光束，像是隐匿在时空里的银狐，转瞬即逝，不就正如人生当中的无数"瞬间"嘛！它们如同狡猾敏捷的银狐，转瞬间就能把自己的尾巴隐藏起来。

那天的转瞬一瞥让我至今难忘。如果要用一幅风景画来表现的话，那么画的整体背景就是我的母校川大校园，地点是篮球场旁的梧桐大道，我从千里之外来到这里，探索新的人生之路。画中的细节是梧桐树下散落的一个个小摊位，我坐在其中一隅，静静凝视着阳光。而这一切，都发生在成都的某个6月。

再次回到书的故事。

大概是在看到"银狐尾巴"的两三年前吧。

也是在6月的某一天里，之所以笃定那是在6月份，也是因为那时跳蚤市场还开着。那天，我跟着许教授穿梭在校园里。当时我们是在学校西北角的研究生楼上课，许教授上完课后还要给我单独辅导，所以我就和他一起去校园东边的文科楼。路上刚好经过跳蚤市场。那时我和教授还不甚熟悉，心里比较紧张，就顾不上仔细看跳蚤市场。一路上我尽量目不斜视地往前走，就在花花绿绿的小摊位要从眼角余光里消失时，许教授忽然感叹了起来。

"学生们要毕业了，就把书都摆出来卖……我从来都没有扔过书，也没有拿出来卖过。"

是呀，书多么珍贵啊……我相信教授确实是从没有扔过书。突然间我想到了自己，心里觉得有些不是滋味。

来成都前，我需要把以前住的公寓腾空，手里的书一下子就没了去处。离开的时间将近，我也没信心能找到一个合适的地方放书。后来，实在没办法，我只好将书架上的书扔进了公寓的废品收购站。这让我感觉就像自己精心种植的白菜被拱了一样，心里非常难受。而现在，听到教授说自己从来没有把书扔掉过，我也不好意思说自己曾经把书都给扔了，只好默默地往前走。

除了这件事，还有件事我也没和许教授说过。

就在学期中途我回韩国待的几天里，我曾去过首尔光化门大街的一家旧书店。一本本旧书堆砌在那儿，让人感觉像是走进了一个宝库。我迫不及待地抽出一本书来看，竟是我曾经丢掉的那本！那会儿我觉得这些书都是累赘，就都扔掉了，而这本书便是其中一本。书的扉页上，我的签名甚至都还清晰可见。如果教授知道了我和这本书的故事，不知会作何感想呢？

不过，我自认为也是个爱书之人，只是无法带走那些沉甸甸的书，又无处将其存放，只好丢弃或售卖。所以，希望大家能理解那些把书卖掉的学生们，这也是他们的无奈之举。

今年8月，儿子从四川大学本科毕业，即将去香港读研究生。分别期间，我们一般是用QQ电话联系。

"妈，我在整理行李，书太多了，我就只留下那些需要的，其他的都捆在一起卖给了收废纸的叔叔，那么多书也才卖了6块钱。"

"是吗……那其他的东西呢？"

"都整理好了，就剩钢琴和吉他了……"

"你想怎么处理这些东西呀？我之前就跟你说过，让你拿到跳蚤市场去卖。"

其实我早就嘱咐过儿子，毕业典礼前把不用的东西都收起来，等跳蚤市场开了就拿去卖。但儿子太忙了，根本无暇顾及，只说在离开成都前可以把这些东西卖给别人。后来他好像说挂到网上卖出去了来着，看来这才是现在流行的跳蚤市场。

川大6月的跳蚤市场，独具青春的气息，这是在别的地方感受不到的。它凝聚了少男少女们的汗水，弥漫着梦想的味道。从学生手中接过的物品中，总能看到名为"未来"的方向。

"我们的生活如此幸福，无论今后去向何方，都会继续努力生活！"

我用几枚硬币，从学生们那儿得到了名为"未来"的生活方向，这就是我在成都收到的珍贵礼物。

锦江恋歌 금강연가
一个韩国人的蜀思

老不出蜀

听说我要去成都留学，前辈的儿子问我："阿姨，你要去蜀汉古城吗？"

前辈补充说："我儿子很爱看《三国演义》。"

但其实当时我对成都根本不了解，只记得《三国演义》里提到过刘备和蜀汉，却并不知道蜀汉的国都就是成都。

送友人入蜀

（唐）李白

见说蚕丛路，崎岖不易行。

山从人面起，云傍马头生。

芳树笼秦栈，春流绕蜀城。

升沉应已定，不必问君平。

"只有来到成都，才能了解这座城市。"太阳总是躲在云后，还经常下毛毛雨，春天时室内是潮湿阴冷的。在成都不常见到高大的树木，更为常见的是竹林和竹制品。在成都，经常看到成都人坐在竹椅上，吆喝着"斗地主"。街头随便找一家饭馆，都是一片人声鼎沸。成都人确实很喜欢聚会和吃喝玩乐。川菜以辣出名，但川菜的辣味和韩国菜不同，其中还多了一味独特的"麻"味。四川气候非常奇特，四季都有鲜花盛开。即便是正值寒冬，也能感受到春天将至。在成都待得越久，便对成都爱得越深……就像李白的诗中所说，来到成都，就会爱上这里的安逸舒适。

有一天，许教授问我："有没有听过'老不出蜀'？"

我摇了摇头："没有。"

当时我们正好在望江公园树林中的室外茶馆。周围是一群老头和老太太，正围坐在一起喝茶聊天。不远处的树下，还有一群人，看着已经上了年纪。他们或挥着剑，或执扇起舞。

之所以说他们看着像是"上了年纪"，绝不是因为他们的外形看着显老，我的判断依据就是那会儿正值白天，他们却能有时间在这儿锻炼身体。我听说在成都，退休的老年人要么四处游玩，要么就去老年大学学学书法、摄影或跳舞。

当时我眼里只注意到了四周老人们正在悠闲地活动，却并没有领悟到许教授突然发问的意图。

"你知道吗？成都是最适合养老的地方。"

"啊，原来是这样呀！确实，这里看着很适合养老。"我点了点头。

"成都是老年人的宜居城市！"

我觉得，成都的空气中都总是飘着一曲和谐而又融合人心的旋律。世上哪有什么地方能让人不愁生老病死呢？生老病死就是每个人必经的人生过程。但这座城市好像十分包容，能够容得下人生的酸甜苦辣，让人以更加平和的心态坦然接受一切。

也许就是因为这样的原因，我待在成都的这段时间里，从成都的老年人身上看到了一种从容、柔韧的人生态度。他们不会因衰老而遭受排挤，年龄不过是没有生命的数字，就算生活随年纪变化而发生了变化，那也是生活百态中的一景，没必要故意放大，也不至于因此伤感。或许这也是中国人的人生态度。我常常反问自己，这样的现象在中国是不是非常普遍。因为在我看来，成都就是中国最具代表性的城市之一。但是，在中国，"老不出蜀"或许并不只是成都才有的代号。

锦江恋歌 금강연가
一个韩国人的蜀思

※

我不由得想起了在韩国的母亲。我的母亲是一个普通得不能再普通的人，她正处于相对长寿的年纪，但年纪越大她就越感到自己一无是处。我想，要是她来到成都，会不会想法就不一样了呢？这么一想，我就很希望我的母亲也能来到成都生活。这样的话她就不会因为自己的衰老而郁郁寡欢，我也能带她在家附近和别的老年人一起谈天说地。

不管是带她去跳舞、练体操、打太极，还是放风筝、画画，甚至是打麻将，只要能让她乐在其中，我觉得都不错。我希望能找到一个让母亲感兴趣的事物，不管她是想学些什么，还是想跟别人随意聊聊天。

只要母亲对这些产生了兴趣，就能慢慢跟着别人学习、练习，这样反复的过程也是充满了趣味的。只要她沉浸其中，就能在这个过程中感受到自己的进步，不断增强自信，自然不会再因自己年纪大了就暗自悲伤，也不会再陷入孤单和感到无聊。

不过我的母亲现在享受着韩国的养老福利，由我的哥哥照顾日常起居，并没有来成都生活的想法。而且，要说参加兴趣班的话，在韩国只要自己愿意，无论何时何地，都可以参加。就算不想参加学习活动，也可以去散步、跑步，或是和邻居聊天。年龄并不是什么大问题，但母亲却很难以坦然的心态去面对，只是习惯于将自己关在房间里。

所以，我想母亲应该非常适合待在成都。当然了，这也只是我个人的想法和愿望，我在成都生活了十年，所以希望母亲也能和我一起在这里生活。要是她也在成都，就能在天气好的时候出门走一走，说不定就能在某个花坛角落看到有人在专心地打着太极拳。也许她会因为好奇和他们聊上两句，也可能会在小区里见到和自己年龄相仿的老太太，她们一边织毛衣，一边照看着孙子孙女。她可以和她们围坐在一起，一边织毛衣，一边闲聊。要是她心情好的话，还能走到更远的地方，就能看到很多人在公园里打发时间，看到人们舞着扇子认真练习舞蹈。母亲好奇心很重，要是看到有人跳得好看，也许还会忍不住请教人家。

就算是面对陌生人，成都人也能热情搭话："当然啦，你要试试吗？"

母亲接过对方递过来的扇子，害羞地说："算了算了，我不会……"

"没关系，慢慢来。"对方会耐心地教学，"像这样把扇子打开……"

练了一会儿，母亲的心情好了起来。

"对，就是这样，等把所有动作学完了，就会好很多了。"

"您每天回家还会练习吗？您每天跳多长时间舞呀？"

"我每天大概练习一个多小时吧。要是忙的话，练十分钟也是可以的。我以前学过健美操，但现在关节不好了，继续练的话会对关节造成负担……"

母亲和街坊分开后，心里盘算着第二天再来这儿看看。接下来的几天，母亲都会来这儿转转，慢慢地开始学一些其他动作。在练习扇子舞的同时，不知不觉中也就忘了自己学历不高和耳背的烦恼，一心只想着能学得快点，好跟上别人的节奏……

要是我的母亲能对这些事情产生兴趣，那该有多幸福啊。

作为女儿，我把母亲当作自己想象世界里的主角，为母亲编织一个快乐的结局。

但遗憾的是，母亲只知道自己的女儿在这座中国城市生活了十年，却并不了解成都好在何处。

我真心想把成都这座城市中的幸福快乐带给我的母亲。

锦江恋歌 금강연가
一个韩国人的蜀思

凡·高——"盛开的杏花"

※

四川大学的东门正对锦江，进入东门往里走50米，右边就是图书馆。从图书馆的侧面小路穿过，竟然是由三四个书店串联起来的商业街。

商业街规模虽小，但仔细一看，里面有复印店、小杂货店，还有小吃店和一家面馆。那家面馆卖的四川炸酱面又香又辣，在川大校园里很有名。一到午饭时间，店里就坐满了学生，甚至来晚了还得排队。我也经常去那家面馆买包子和炸酱面吃。我一开始只是为了书店来这里，之后便开始经常光顾这家店了。

虽说是为了书店而来，但准确来说，我不大喜欢到书店里面，更喜欢店家摆放在店外空地上的书架子。从操场栅栏通往商业街后面公寓的路上，有一片比较宽阔的空地，空地上种植着好几株高大的柏拉塔纳斯树。待在树荫下非常舒服。

对于一看到书就挪不动脚步的我来说，那里简直就是一个小小的乐园。商业街书店的老板也没办法整天守在门前的收银台，于是便没人能阻止我，我就站在那儿想看多久看多久了。老板想的是有人买书当然是最好的，但他也绝不会因客人只看不买而不高兴。

其实我去那儿也并不是因为我有什么书要买，只不过是为了在书架中穿梭的乐趣。

有一天，我在那里的空地的书架上发现了一本凡·高的画集。当时我站在校园一角，手拿凡·高的画集，翻开画集的那一瞬间，我心里特别高兴。

"竟然能在这儿看到凡·高的画集！"

翻开封面，画集里面满是梅花和树枝。看到梅花图，我的喜悦之情更甚了。

"凡·高画过梅花？欧洲也有梅花树吗？"

一直被我视为异国花种的梅花突然之间就变得亲切了。

就我短浅的见闻所知，梅花可以说是成都比较具有代表性的花种。当然，我的家乡韩国也有梅花，还有很多以梅花为题材的艺术作品。不过在我的生活当中，梅花一直是比较罕见的，我没怎么接触过。但来到成都的第一个春天我就见到了它。成都与韩国不同，在成都，梅花随处可见。在我意识到成都和韩国的不同时，不知怎么的，背井离乡的孤独感瞬间涌上了心头。

现在回想起来，那年春天我挺孤独的，那时刚开始留学生活第一学期的课程，学习内容比想象的更难，身边也没有一个朋友，生活上还尽是不顺心的事。在陌生的异国他乡，唯一熟悉的就是季节的变换。可不知为何，春天的到来，反而让我更觉悲伤。似乎因为这梅花，我更觉寂寞了。

✱

后来我才知道，当时那本画集里的花并不是梅花。得知这个真相后，自己都忍不住想嘲笑自己。在成都见多了梅花，现在看什么花都像梅花了。光是误以为凡·高曾画过梅花都能如此高兴，岂不就意味着我没有一位朋友能和我一起欣赏春日美景吗？所以才会一看到这满篇的花枝，就默认为是梅花了。离开韩国来到成都才发现，这里梅花可真多。

✶

后来我看了图书馆里的凡·高画集才知道,那幅画名叫《盛开的杏花》(油彩画,Almond Blossom,1890)。1890 年 2 月,凡·高弟弟特奥的第一个孩子出生。据悉,这幅画是凡·高为祝贺侄子的诞生,为特奥夫妇创作的。

画这杏花时,凡·高给母亲写了一封信。信里说,"要是特奥能用我的名字给孩子取名就好了……我现在在画一幅画,以后给特奥挂在卧室。"

后来,弟弟说要给自己的孩子取个跟哥哥一样的名字,就叫文森特。凡·高听到这个意外的消息后,感到又害羞又开心,于是暗下决心,要把自己的心意都装在画作里,一同送给弟弟。

我所看到的就是这幅画作,画里以蓝天为背景,还有线条凹凸有致的树枝,以及绽放开来的白色杏花。

从凡·高的一生可以看出,他最爱也最感激的就是自己的弟弟特奥。弟弟家里诞生了新的生命,凡·高可能比弟弟还要开心。在这份喜悦当中,凡·高想到了给这个新生命的祝福,于是带着喜悦和祝福开始作画。这么看来,这幅画的意义真是不一般啊。画中的每一根树枝、每一朵花都有凡·高内心的欢喜和祈愿。

✶

虽然我没有猜中画的名字,但自我从这幅画里看到了在天空之下自由生长的花枝后,便开始对凡·高有了一种特别的迷恋。

凡·高逝世时年仅 36 岁,以画家为职业的时间只有 10 年。但在这短短 10 年间,他给后人留下了近 900 幅油画和近 1100 幅素描。更加让人诧异的是,凡·高的画作产量如此之高,但在他生前却几乎没有卖出去一幅画。按照当时的社会观念来看,27 岁才成为职业画家,算是起步很晚的了,所以外界对他并不看好。"起步太晚",给无数想在人生道路上取得成功的人带来了太多的阻碍和痛苦。而由此引发的巨大不安，将会持续到取得成功之日。越是深入了解凡·高的绝望和悲伤，就越会惊叹于他作为一名画家所具有的持之以恒的热情和努力。

凡·高曾对自己的弟弟说过："唯有画画，才能平息我内心对自己作为一名画家的否定。"凡·高在作画的过程中，经常需要直面内心的自我否定。对于备受煎熬的凡·高来说，只有弟弟，才是他唯一的精神寄托。

其实，我心里也是有数的。45岁，绝非一个年轻的年纪。尽管自己的经济条件有限，语言基础也不扎实，但我还是毅然决然要出国留学读博。外界看来，可能会觉得这是一个冲动且错误的决定。我自己内心也饱受折磨，不断怀疑过自己的决定是否正确。

"现在才去留学？留学能收获什么？算了吧，等好不容易完成学业，也到了该退休的年纪了，那还不如趁早收拾行李回韩国。越是执迷不悟，越会证明自己当初的决定有多么愚蠢。待在这里，年纪一年一年地增长，情况只会越来越糟。"

说真的，我很害怕自己最终会屈服于这些自我否定的念头，很害怕自己会半途而废，收拾行李灰溜溜地回韩国。在我看来，输给自己是最令人羞愧和恐惧的结果。

"做学问是一件非常枯燥的事情。"

这是我的指导教授项楚给我的忠告，意在让我做好心理准备。可能他也知道我的性格多愁善感，容易被外界动摇，才会提前这样提醒我。也可能是他觉得我这个中年韩国妇女不靠谱，连作家都当不好，更别说搞学问了。

但是，我已经无路可退了。

外人看来我非常"脆弱"，但我不受任何人的逼迫，选择了一条艰难的未知道路。所以，我是绝不可能半途而废的。我要想直面自己，就要坚守决定。我意识到了坚持的重要性，想自己努力挺过去，但总有一种奇怪的、难以继续坚持下去的预感,每当我刚要向前迈进的时候,这种预感就会冷不丁冒出来,让我十分不安。也就在我为前路感到不安和迷茫的时候,我遇到了凡·高的画作。

我在成都的住处的书架上依次摆放着凡·高的画集。我常常会把画集当作日记本,在空白处记录下自己的一天。在其中一页的静物画下方,我记录了某一天的日常。

2010年11月1日,我过得像个带发修行的僧侣一样,陪伴着我的是简朴的饭桌、简单的社交圈子,每天做的都是自己热爱的事情,也就是不断地查找和阅读论文,不断地修改自己的毕业论文。

每天白天,我忙于阅读和誊抄书籍;晚上,我会躺在床上整理自己的思路。这样的生活其实很枯燥,也很辛苦,但没办法,因为我最终需要用中文完成我的毕业论文。不管怎么样,在一切都如此艰难的当下,我的心情却是异常的平静。不,也可能不是平静,只是生活比较单一而已……

书架上凡·高的画集增加,也就意味我的日记本也在增加。

每当我的内心开始动摇时,我就会翻开画集。与此同时,我还会想起生于百余年前的凡·高,他曾陷入绝望的深渊,却又凭着对世界的热爱再次坚强地站了起来。

我在成都的生活,除了有凡·高的画作陪伴,还有很多时光是无法用语言来描述的。有时候,我会刻意把自己的生活和凡·高相联系。比如,我爱上了向日葵。于是有一天,我买来一束向日葵,就像凡·高一样。

凡·高有一位画家朋友,叫高更(Eugène Henri Paul Gauguin, 1848—1903),曾到雅尔乡下找过凡·高。凡·高还在巴黎的时候,高更就很喜欢他画的向日葵,还用自己的画和凡·高的画做交换。出于对高更的感谢和欢迎,凡·高在高更来访时,用向日葵装扮了整个屋子。

子曰:"有朋自远方来,不亦乐乎?"有志同道合的朋友从远方而来,不是一件很快乐的事情吗？

不过，同为画家的互相鼓励和朋友间的和睦相处并不是同一回事。凡·高后期所画的向日葵不再向阳生长，而是低垂着头，愈加枯萎。从他后期的画作中，可窥见一二。

总之，向阳绽放的向日葵，似乎便是对阳光最大的回报。

我也曾仿照凡·高，将一束向日葵送给了川大俗文化研究所的张子开教授。遗憾的是，我未能拜于张子开教授门下。因为张教授的说话语速太快，我理解起来过于困难，无奈只好放弃了他的课程。

即便未能成为张教授的学生，他还是很关心我的学业，毕业时还为我送上祝贺。毕业第二年的夏天，他还特意邀请我参加了他的学生的毕业欢送会。我十分感激张教授对我的关照，于是就带着一束盛开的向日葵，去参加了欢送会。我就像身处雅尔的凡·高，生活时常是孤独的，但哪怕别人偶尔的一次关心，都能让我感到非常幸福。在成都，阳光下金灿灿的向日葵向我传递出了一种满满的幸福感。

※

周遭的风景似乎也是如此。或许是错觉吧，我眼中所见的成都风景，经常会和凡·高的油画重合。而我常常经过的九眼桥，就总会给我这种感觉。

有一天晚上，我站在九眼桥之上，看着眼前江面上灯光摇曳，不由得联想到了凡·高所画的《罗纳河上的星夜》。而当我翻看画集时看到《罗纳河上的星夜》时，也会不自觉地想起九眼桥的夜景。

凡·高曾向弟弟特奥解说过自己所画的《罗纳河上的星夜》，还向他讲述了自己耗费了多大的精力去精心设计色彩对比，以描绘和刻画夜色中的星光、江面的灯光，以及江边的一对恋人。

后来的美术研究专家曾根据画作上的星座，推测到凡·高所画的为晚上

12点至凌晨1点的星空，由此可见凡·高对这幅画作的刻画多么地细致入微。

我站在九眼桥上，面前像是铺开了一幅辽阔的画卷，我也身处这幅画作之中。我向前远眺，眼前江天一线，夜空下繁星闪烁，江面上灯光摇曳。时间就这样在寂静中静止。

我站在九眼桥上，朝望江公园的方向望去，此刻夜幕降临，墨青色的夜空星光闪烁，江面上灯光摇曳。江上光影熠熠，整个世界都为之心动。

我还记得，某年5月，我也是站在九眼桥上，看着望江公园的方向。屋顶上空全是一片墨青色，有三两只孔明灯正在缓缓升上高空。而这，便是我记忆里最美、最神秘的画面。

印着玫瑰花的粉色被子

"朴老师，这些都是你的吗？"我一出现，酒店工作人员就问我。

原来是我从韩国寄来的行李到了。工作人员看到我这些明显比别的留学生更多的行李，一脸的惊讶，估计是觉得奇怪，不过就是来留学，又不是把整个家都搬过来……

"都是些什么呀？"

"书和衣服，都是些在这儿用得上的东西。"

其实里面还有我的被子和枕头，但我不好意思说出来。要是说出来了，对方一定会觉得面前这个大婶也太奇怪了。毕竟又不是什么多高级的被子，大不了在这里买新的就好了嘛，还要划算些，何必要花那邮费专门寄过来呢。

不过话说回来，在我离开韩国前，我确实是很想把被子带走的。大概因为我实在是太喜欢这床被子了。这是一床粉色的被子，看上去很温暖。被子上全是玫瑰花图案，看到这床被子，似乎自己内心的某一个角落也被打动了。当初买它的时候，我就是冲着这床被子的花色才买的，还拜托商家寄给我。对我来说，当决定在自己人到中年之际来到这片陌生的土地开启留学生活时，打定主意要带来的物件就是这床满是玫瑰花的粉色被子。如果非要为自己找个千里迢迢将它带到这里的理由，那这便是最大的理由了。不知道这个理由是否充分？别人能理解我的心情吗？还是算了，不说了吧。

后来突然有一天，听到人说"炒鱿鱼"这个词，我又想到了自己不远千里把被子带到这里的事了。"炒鱿鱼"，也就是被公司解雇。要说这个单词的字面意思，那就是把鱿鱼给炒熟，但光看字面意思的话很难理解它和解雇有什么关系。韩国三面环海，相信韩国人多多少少都见过鱿鱼，我也不例外。刚好我也非常喜欢吃鱿鱼干，于是对"炒鱿鱼"的词义非常好奇，就请教了一位朋友。这位朋友非常有耐心，无论我问什么，她都会耐心为我解答。几天后，朋友终于告诉了我这个词的由来。

"鱿鱼被炒熟后，就会卷成一团。以前呀，要是有人被解雇了，这个人就会把自己的被子卷在一起，打包离开。可能就是因为卷起来的被子很像被炒熟的鱿鱼，后来大家就都用这个词来表示被开除了。"

听完解释，我觉得这位朋友说的好像有那么些道理。大概也是因为朋友说的话，后来每当我在坐公交车时看到有人用绳子把被子卷成一团，就会开始不自觉地关注他们。以前我也见过这样的人，但当时并没有过多地在意，但现在我明白了，这些带着被子的人，都是打包自己的行李来到陌生城市打拼的。

这样不断品味和咀嚼某个词语的意味，我似乎也在不知不觉中和异国的某些人群亲近了起来。尽管我和这些人的方式各有不同，但相似的是，我们都带上自己重要的行李，不远万里来到陌生的土地，为未知的未来打拼。

即将离开韩国来中国留学前，我开始打包自己的行李。

耳边是电话里快递员的声音："不管怎么说，还是先把行李寄走比较好，这样你走的时候也能轻松一点。"

"这个被子也要打包带走。"

快递员拒绝了我，因为被子体积太大，占地方。

"我一定要把被子也寄走。"我不愿意就这样扔掉我的被子，最终快递员还是拗不过我。我自己动手把被子卷在了一起，还用绳子把它扎成一团，勉强塞进了箱子里，甚至还在松软的被子里塞进去了一些玻璃瓶装化妆品和贵重纪念品。

看到打包好的被子，我不禁自言自语：

"自己动手打包好所有行李，大胆往前走，迎接未知的新生活，我是不是很厉害?"

"嗯,很厉害!"

不管怎么说,这份远赴异国前的洒脱,多多少少还是值得被称赞的。

形形色色的人扛着卷成一团的被子,汇集到成都这个目的地……我至今还会对这样的场景感到非常熟悉,卷起的被子代表着收起了对往日生活的迷恋,满怀希望地朝着新生活出发。而我,也和这些人一样,带着对新生活的向往,来到了成都。

童话故事

101 号石狮子和怛怛朴朴

一个月黑风高的晚上,小猫怛怛朴朴走在路上,他沉浸在自己的思绪里。

这会儿,怛怛朴朴脑子里想的全都是另一只小猫泡泡。泡泡正在等自己,他不想让泡泡失望,那现在就必须尽快到家,征求主人的同意。可是要怎么样才能让他同意呢?很明显这不大可能。而且只要一想到自己被赶出家门的情景,就提不起再回去的勇气。

那时刚好秋收结束,主人担心装满粮食的粮仓里有老鼠,就把怛怛朴朴放进了粮仓。但不争气的是,怛怛朴朴一看到老鼠就吓得夹着尾巴躲到了角落里。主人一看到他的怂样就生气了,觉得怛怛朴朴是个中看不中用的家伙。

"唉!你个饭桶!别的猫都能捉老鼠,你再看看你自己,给我滚出去,别让我再见到你!"

看着主人那副吓人的样子,怛怛朴朴觉得自己再不跑的话,主人手里的扫帚就要落到自己身上了。于是,怛怛朴朴只好撒腿跑出了主人家,不敢再回去,在外面晃荡到了现在。

在这之前怛怛朴朴还不清楚,一只无家可归的猫活得能有多艰辛。跟以往不同的是,现在哪怕自己并没有干什么,村里人见了它还是要把它赶走,还要骂它是只"偷吃的野猫"。被赶了太多次之后,只要一听到人的脚步声,怛怛朴朴就会吓得赶紧躲进阴暗的角落。

怛怛朴朴知道,要想独自解决所有事情,那就要比从前更大胆才行。可是，这对于胆小鬼怛怛朴朴来说，实在是太困难了。现在就算只是听到鸟扑腾翅膀的声音，它都能吓得趴在地上不敢动弹。怛怛朴朴总是这样小心翼翼、提心吊胆的。它经常四处逃窜，还总是饿肚子。不过，最让它难以忍受的就是不能安安稳稳地睡一觉。每当它好不容易找到个合适的栖身之处时，总会有人不知从哪里冒出来冲它大吼："哪儿来的野东西！赶紧给我滚出去！"

不过它也不是一直都这么倒霉，因为它遇到了自己的女朋友——小猫泡泡。泡泡有着幽蓝的瞳仁和一身蓬松的毛发，怛怛朴朴第一次见到她时就对她一见钟情。今天，同为流浪猫的泡泡问她："我们要生孩子的呀。冬天就要到了，我们总得有个温暖安稳的窝吧，可不能继续流浪了。"

听到泡泡的话，怛怛朴朴最先想到的就是前主人的家，他觉得泡泡应该也会喜欢那儿的。在主人家里，就可以不愁吃穿，也不用东躲西藏了。最重要的是，只有在那儿才能证明自己并不是流浪猫。只要能带着泡泡回到主人家，那就再好不过了。

"别担心，给我一天的时间，包在我身上！"

可是，就一天的时间，还能怎么办呢？自己都已经被主人给赶出家门了……怛怛朴朴越想越郁闷。陷入苦恼的怛怛朴朴，连自己走了多远，该往哪儿走都不知道。

"喂！站住！听见没！"

听到这一粗狂的声音，胆小鬼怛怛朴朴吓了一大跳，条件反射似的想逃跑。

"别跑！我不会害你！"

怛怛朴朴这才看清四周的情况，正好奇这是在什么地方呢。这时，黑暗里隐隐约约能看到黝黑的桥栏杆，栏杆上还有狮子模样的雕像……怛怛朴朴反应了过来，自己这会儿就在村里人以前常说的狮子桥上呢。要是从村子里最高的地方向下俯视的话，远远地就能看到江上长长的一座桥，那便是人们口中的狮子桥。人们说，狮子桥历史悠久，桥栏杆上一共有10个石狮像，每个柱子上都有一个。于是，人们把这座桥称为石狮桥。怛怛朴朴这下明白了，这就是那座狮子桥，自己不知不觉地就走到了这里。

怛怛朴朴想，看来这座桥是有什么神奇之处了。据说在修这座桥时，本来是在桥两边的栏杆上各设了50只石狮像，加起来一共100只。但是，每到农历三十的晚上，月黑风高下，就会悄悄多出一只石狮子来。当然了，也有人并不相信这一说法，觉得这都是吃饱了饭没事干的人瞎编出来的。尽管如此，关于每到农历三十晚上就会多出一只石狮子的说法却一直流传着。

谁知道呢，毕竟平时大家都在为生活奔波，哪有人会那么悠闲地在每个农历三十晚上专门去桥上数数，确定石狮子究竟有100只还是101只呢。

怛怛朴朴心想，桥上究竟有多少只石狮子，跟我又有什么关系呢？现在都火烧眉毛了，哪还有心思去管这些。

正当它要转身离开时，它听见一个声音。

"你叫什么名字？"

还是刚才听到的那个声音。奇了怪了，周围都是石狮子，哪儿来的说话声呢？都说看不见的敌人才更可怕。一想到这些，怛怛朴朴吓得汗毛都立起来了。

"哈哈哈哈哈，胆小鬼！光是听到我声音就吓到汗毛都竖起来了！"

"什么？胆小鬼？"

这时怛怛朴朴才看到桥栏杆的尽头有只石狮子正边笑边摇头。怛怛朴朴顾不上好奇为什么石狮子还会说话，光是听到它叫自己"胆小鬼"，就气得朝石狮子扑了过去。

"啊！对不起对不起。不过，叫你胆小鬼还是有点用的嘛。既然你都过来了，那不如和我做个朋友吧。我叫'三郎放九'（韩语意为'言行轻率'）。"

刚消了点气的怛怛朴朴一听到他的名字，一下子没忍住，哈哈大笑了起来。怛怛朴朴想，我的老天爷呀，这是什么稀奇古怪的名字啊。"三郎放九"？这名字算怎么回事？石狮子好歹也是狮子，取个这样的名字也太没面子了吧。

果然，就算长了个狮子模样，也算不上正儿八经的狮子。

"听起来很奇怪吗？这可是石匠在创造我时为我取的，就算奇怪，我也不嫌弃。这儿所有的石狮子里，只有我才有名字。你快别笑了，你叫什么名字啊？"

"我？怛怛朴朴。"

"噗哈哈哈哈哈哈……你这名字也是挺奇怪的，哈哈。我还以为你的名字有多像样呢，结果跟我也差不多嘛……"

"真无知！我的名字可是从有名的古书《三国遗事》里取的，你肯定连这本书的名字都没听过吧？"

其实在这之前，怛怛朴朴从没有为自己的名字感到自豪过，但现在不知怎么的，就觉得自己的名字比"三郎放九"好。一说起自己的名字，怛怛朴朴就想到了主人家里的哥哥，这名字就是他给自己取的。以前在主人家里时，这个哥哥对自己最好。

要不是他去了城里上学，自己也不会因为一点小事就被赶出家门了。一想到这儿，怛怛朴朴就又想起了自己现在最烦恼的事——女朋友泡泡还在等着自己呢，于是它又一下子泄了气。

"怎么，你也是在解谜语吗？"三郎放九恍然大悟的样子。

"莫名其妙地说什么解谜语呀？什么意思啊？"

"难道不是吗？我刚才就看你一直低着头，边想着什么边往这边走过来，看着像是和我一样解不出谜语似的，还以为遇到同道中人了呢，所以我刚才才会一直叫你嘛。不过话说回来，有个谜语叫'早上四条腿，中午两条腿，晚上三条腿'，这个你听过吗？"

怛怛朴朴听他说完，想到了自己曾经听别人说过这个谜语。它记得主人家里的哥哥以前和朋友玩猜谜游戏时就说过这个。

"这个啊，谜底就是'人'啊。你想想看，人刚出生时是手脚并用爬行的，长大了就是双脚行走，老了就是杵着拐杖行走。"

25

说完，怛怛朴朴有些得意，难得自己能比狮子聪明一回。

"哦，原来如此！谢谢你，真是太感谢你了。终于解开谜底了，我心里这才舒坦了点。为了解这个谜语，我一个月都没睡好。还以为就算这谜语再怎么难，也不至于一个月都解不出来，这谜语真是太难了。现在知道谜底后心里真爽快！要不是今天遇到了你，我说不定会因为这个谜语郁闷死呢。这么一说，你可算得上是我的救命恩人了。嗨，朋友，我要怎么感谢你才好呢？你要是有什么愿望就说出来，我帮你实现。"

怛怛朴朴想，这只石狮子还真对得起"三郎放九"这个名字，自己不过就是帮它解开了一个谜语而已，至于这么夸张吗？再说了，他就算再怎么厉害，也不过是只雕刻在桥上不能动弹的石狮子，凭什么说要帮我实现愿望呢？他这样一说，显得我好像很可怜一样，烦死了！

"得了吧你，自己都是只没法动弹的石狮子，还说什么帮我实现愿望……少吹牛了。"

"你不相信？看来你不是胆小，而是疑心太重！"

这已经是怛怛朴朴今晚第二次听到别人说自己胆小了，刚才听到他这样说自己就算了，这下实在是忍不了了。他迅速地挥出前爪，朝石狮子的脸部用力挠了一把。

"哈哈哈哈哈哈！你省点力气吧，我可是石狮子，你这样只会让我觉得有点痒而已。"

怛怛朴朴还不解气，气呼呼地说："不准说我胆小！"

"嗯嗯，不说了不说了。对不起，惹你生气了。其实我就是想让你相信我说的……"

"不准再说我胆小！你知不知道这种话让我多难过！"想到自己之前的种种经历，怛怛朴朴不禁有些哽咽。

"我的大恩人，你哭了？我开玩笑的嘛，其实我觉得你可勇敢了。至今为止你可是第一个听到我说话都没有被吓跑的呢，反而还冲到了我跟前来。在我见过的所有人中，你是最勇敢的。话说回来，看起来你白天遇到了烦心事，到底怎么了呀？可以告诉我吗？"

恒恒朴朴本来还气得用爪子挠石狮子头，听到石狮子原本粗犷的声音突然变得温柔，一下子就老实了。他收回爪子，挨着石狮子温顺地坐了下来。

"刚才你说我勇敢，是真的吗？我还是第一次听别人这样说我。其实我就是因为胆小才被主人赶出家门的，我的主人是村子里的首富，家里有村里最大的粮仓，可是里面有好多老鼠。以前没到秋收的时候，粮仓空着，加上我还小，还没什么事。自从粮仓里堆满了粮食后，我就必须得出马抓老鼠了。可是那些老鼠个头跟我差不多大，还不止一只，一群老鼠齐刷刷地瞪着我，我就吓得不自觉往后躲，偏偏这时候主人突然开门进来了。于是，我就这样被赶出家了。"

哈哈哈哈哈哈哈哈……石狮子忍不住笑了起来。

"不许笑，你要和我做朋友，我才告诉你这个事的，你怎么还嘲笑我？再这样我可要走了啊。"

"咳咳！"石狮子竭力克制住笑容，问它："好好好，我不笑了。然后呢？你被赶出来之后又怎么样了？"

"后来就只好到处流浪啦，不过幸运的是我现在有了女朋友，她叫泡泡。可是她说如果我们还是只能继续流浪的话，就要和我分手。也是啊，冬天就要到了，要想和泡泡生孩子的话，那我得先有个家啊……我好想和泡泡一起回主人家啊。"

"等等，我的朋友啊，你想回主人家。这就是你的愿望，没错吧？"

"差不多吧。"

"那就成了，包在我身上！"

"说啥呢，又在跟我开玩笑呢？你可真是的！唉！"

恒恒朴朴听完石狮子的话又生气了，觉得自己刚才是白费时间说了这么多，立即站起身来就想走。

"等等！你别走啊，我有办法的呀！你听我说完嘛，就一分钟！"石狮子赶紧叫住了怛怛朴朴。

怛怛朴朴只好又坐了回去。

太阳出来了。

石狮子卧在栏杆上，双颊含笑。难得昨晚和朋友一起聊天放松了一下，石狮子看起来神清气爽，嘴角止不住地上扬。

以前每个农历三十后的第二天，石狮子都有些闷闷不乐。不知道是从何时起，经过这个桥上的学生们就经常会玩猜谜游戏。如今，石狮子的心情与以往不同，是以一种激动愉悦的心情在期待着路过学生们的谜语。

"你说，狮虎相斗，胜者是谁？"

"我也不知道。"

"那你觉得是狮子会赢，还是老虎会赢呢？"

不过，如今看来这个问题还是很简单的，三郎放九也能很轻易地答出来。不用想也知道肯定是谁力气大谁就能赢嘛。要是狮子和老虎本身关系就好，那肯定也不会打起来了。石狮子现在再听到这样的问题，会觉得答案是显而易见的。这么一想，人类的问题也不难回答嘛。会不会是因为昨晚想通了，现在才会觉得原本很难的谜语一下子变得简单了。

石狮子的脑海里又浮现出了昨晚的事，不自觉地就笑出声来。

石狮子昨晚很开心。他按照怛怛朴朴说的，去了它主人的粮仓。这里确实是村子里最大的一个粮仓，里面老鼠也很多，而且还都很肥硕。"啊啊啊！"石狮子刻意发出一声怒吼，把粮仓里的老鼠都给吓跑了。这对于石狮子来说，根本就是小菜一碟。

对石狮子来说，还是第一次像昨晚这么开心兴奋，也是大概活了 1000 年以来第一次跑出去。回想起石匠把自己从一块石头雕刻成一只石狮子，仿佛是昨天才发生的事情。

很久很久以前，有个石匠奉国王的命令，要在石桥栏杆上雕刻出 100 只石狮子，而且每个石狮子的神态和表情都要各不相同。接到这一命令后，石匠的脑子里全都是各种狮子的模样。几个月的时间里，石匠都在废寝忘食地雕刻狮子，直到雕完了三郎放九之后，石匠才意识到自己多雕刻了一只石狮子。

"把这只狮子给扔掉也太可惜了。"

石匠是个很重感情的人，不愿意看到自己精心雕刻的作品被抛弃。而且，关于这最后一件作品，想来也很是神奇——自己刚完工，面前的石头就发出了像放屁一样的声音，一只小狮子"嘭"地一声就蹦了出来。石匠心想，自己雕刻了一辈子石头，这种事还是第一次见。所以，石匠才给这只横空出世的狮子取名为"三郎放九"，意为"就像放屁时嘣出来的孩子"。

给这只小狮子取好名字后，石匠就想把它和别的石狮子一起摆在石桥上。

不过，国王要求雕刻100只狮子的话，那么默认分配的石材也是只够雕刻100只的。如果上报说雕刻出了101只，其他暗自嫉妒的石匠很可能会借机向国王进谗言，造谣自己在雕刻时石材分配不合理，进而使得别人怀疑自己的专业能力。

即便没有这样的情况发生，本国自古以来都认为100这一数字寓意吉祥。就此来看，100和101，这两个数字有着天地之差。而且，国王下令雕刻100只狮子，那么就只能雕刻100只。如果随心所欲地多雕刻出一只的话，不知道会面临什么惩罚。

这可怎么办呢？石匠为了这多出来的一只石狮子感到很苦恼，手里的活也干得很慢。时不时还会停下来，出神地望着远处的山。既然不能让它留在这桥上，那就只能把它扔到远处的山里。就这样东想西想着，手里的活也就越干越慢了。

把100只狮子放上栏杆后，那剩下的这一个三郎放九可怎么办？石匠四处看了看，却发现三郎放九不知怎么就消失了。石匠仔仔细细地查看了四周，怎么也找不到这只石狮子。可真是见了鬼了，应该没人会去工作间偷走已经雕刻好的石狮子。况且石狮子那么重，大白天的谁又敢这么明目张胆地偷走呢？难道是那石狮子知道了我正因为它而感到非常苦恼，于是自己躲了起来？这家伙，连个招呼都不打……真是个稀奇的家伙！难道是觉得这里没有自己的容身之处就伤心了？就这么走了，还让人怪舍不得的，唉！

石匠叹息的声音似乎还在耳边回响。直到听到了石匠惋惜的感叹声，三郎放九才意识到，原来石匠已经看不见自己了。

这么说来，刚才山神爷爷说的话都是真的了？就在刚才，有一位老人从远处山峰上飞下来，这位老人长着长长的白胡须，站在了三郎放九的面前。

"就是因为你石匠才不知该如何是好吗？看在石匠用心良苦的分上，我就帮帮你吧，让谁也看不见你，这样你就能留在这里了。不过呢，你也许会有些憋屈。因为只有在农历三十晚上，你才能现身。要是农历三十晚上有人能代替你坐在这儿，那你就能想去哪儿就去哪儿了。不过，你要记住，一定要在第二天清早鸡鸣三次前回到这里，不然你就会从这里彻底消失。明白了吗？"

虽然石匠再也见不到自己让三郎放九觉得很可惜，不过也多亏了山神爷爷，自己才能继续留在桥上，得以存活在世上，也算是不幸中的万幸了。

不过留在桥上的日子，其实比想象中更加无聊寂寞。这么久以来，石狮子还没有遇到能替自己待在这儿的朋友。别说人类了，就算是飞禽走兽，要是在深夜里听到了狮子的声音，也会吓得屁滚尿流，早就跑没影了。

但就在昨晚，这只叫怛怛朴朴的小猫出现了。这是不是就叫做苦尽甘来呢？都说只有先忍受住了磨练和苦难才能等来幸福，看来这话确实有道理。谁能想到我和怛怛朴朴成了好朋友呢？不管怎么说，我和怛怛朴朴成为好朋友这件事，实在是太幸运啦！

怛怛朴朴现在正在干吗呢？不用想也知道，肯定是和他的女朋友泡泡在一起，在主人家的院子里睡得正香呢。

好幸福啊，我终于有朋友啦！实在是太幸福啦！

乐山大佛

我这个人很喜欢待在家里，出门之前，总是会在心里犹豫是否有出门的必要。某年冬天，我去了乐山，爬到山顶，看到了在图片和名画中常常见到的大佛头顶。

直到那一刻，我才体会到"百闻不如一见"这句话的奥义。

自从去过乐山，我的心情完全不一样了。下了公交车，跟着队伍进了山。尽管正值冬天，四周山坡上却是绿油油的一片。泥地里冒出来的树根纠缠在一起。沿途观察到的这些微小现象，带给我一种奇妙的亲切感，让我觉得仿佛回到了韩国。朝鲜半岛有70％的地形以山地为主，我小时候住的地方走不多远就能见到山，所以大家都把山当成游乐园，经常在山上玩。我现在都还能忆起走在"山路"上的日子。一踏上通往山顶的山路，心情就会变得豁然开朗。

"真是不虚此行啊！"

从凌云寺出来，就到了游人聚集的绝壁，在这里能看乐山大佛的头顶。站在此处，多数游客都会先拍照留念。要是想一览这尊大佛的全貌，还得向下俯瞰一番，再绕到山的另一边去才行。但没有道路供游客从大佛头顶直通到山底，游客们只能绕到对面的山头下山，才能到达大佛脚下，仰望乐山大佛的全貌。

以前我爬山，都是把山顶当作目的地，但这次乐山却给了我一个前所未有的崭新体验。当我站到乐山大佛的脚下，以往所闻所见的乐山大佛才一下子变得更加真切和震撼。

"太壮观了，真是名不虚传！"

"乐山大佛"的"大"字名不虚传，能让身临其境的人感受到震撼与感动。

细看乐山大佛，能发现这尊大佛以山为依靠，仿佛被身后的大山拥坐在怀里，脚下有江流环绕。

韩国有座南汉江新勒寺，因位于韩国骊州江边而闻名。在汽车、火车等现代交通工具问世之前，寺庙前的江里满是船只，船上满载着来往的商人和物资。而在寺庙的正前方，是一个大炮口，江边岩石上则是一座建于高丽时期的砖塔。相传在很久以前，那时候还没有高大的建筑，江上来往的船只把这座塔当作灯塔。可能在那时候，有的人会以塔为坐标，甚至还会来到江边的寺庙里，虔诚地向佛祖祈求航行平安。

据传，以防洪水泛滥成灾，乐山当地还会举行相应的拜佛仪式。古代的先辈们耗费了大量的人力物力打造出这尊大佛，想必一定是别有深意的。眼前这尊大佛，静坐在山崖边，底座下江水环绕，让人不禁感叹起古代四川人的大智慧，其深谋远虑令人不由得肃然起敬。

看着眼前的大佛，也让我明白了大佛的意义不在于"大"，而在于当地民众打造这尊大佛时的真诚，他们希望以打造大佛时诚挚的信仰克服自然灾害。外界都将重点放在了大佛的身形"大"上面，显然是对大佛问世的初衷有所误解，更该被关注的其实是民众的团结。而我站在这尊千年大佛脚下，切身感受到了民众力量的伟大。

我的脑海中一下子就浮现出了"百闻不如一见"这一句话。

我转过身一看，江面上悠悠漂浮着一只小船。

船舷上，游人正在朝我招手。

扶桑树

古朗月行

（唐）李白

小时不识月，呼作白玉盘。

又疑瑶台镜，飞在青云端。

仙人垂两足，桂树何团团。

白兔捣药成，问言与谁餐。

蟾蜍蚀圆影，大明夜已残。

羿昔落九乌，天人清且安。

阴精此沦惑，去去不足观。

忧来其如何，凄怆摧心肝。

小时候我喜欢仰望夜空。每晚月亮的方向和大小都不尽相似。月初时月亮最小，之后每天便越来越大，直至每月十五升起圆月，十五过后每天的月亮又逐渐变小，最后变成残月。

大人们常常指着月亮告诉我，在那月亮之上，住着美丽的嫦娥，还有一棵桂树，树下有一只玉兔，常年捣药。后来，嫦娥、桂树和玉兔就成了月亮的代名词。但是我对于月亮相关的传说故事却一点也不了解，也并不好奇。

大概是在我上初中的时候，美国探月飞船的消息传进了韩国。学校里也举办了相关的展览，还给学生们发了明信片。明信片上，是第一位登上月球的宇航员拍的自己的脚印。从明信片中能看到月球表面一片荒凉，根本见不到传说中月宫、桂树的身影。果然，神话故事最终还是经不住科学的考证。

来到成都后，我才知道原来嫦娥还有个丈夫叫"后羿"。

我曾问一个名叫"小娥"的女孩名字由来，她问我："你知道'后羿射日'的故事吗？"

原来小娥的名字是她妈妈在她出生后，偶然看到了墙上挂历钟"嫦娥"的图案，便给她取名叫做"小娥"。

"哦，嫦娥？就是住在月亮上的神仙吗？"

看到我的反应，小娥接着问我："那你知道'嫦娥奔月'和'后羿射日'的故事吗？"她告诉我，"后羿"就是嫦娥的丈夫，还给我讲了他们的故事。

很久很久以前，天上十日齐出，导致天下大旱，于是后羿拔箭射日，天上从此就只留下一个太阳。

后羿也因此成为受天下百姓尊敬和爱戴的英雄，后来他娶了个美丽的妻子，名叫嫦娥。

有一天，后羿到昆仑山访友求道，遇见王母娘娘，便向王母求得一包不死药。据说，服下此药，能即刻升天成仙。回家，后羿把不死药交给嫦娥保管。嫦娥将药藏进自己房间的百宝匣里。但这事被小人蓬蒙知道了，便想找机会偷吃不死药后自己成仙。

有一天，后羿率众徒外出狩猎，蓬蒙手持宝剑闯入后羿内宅后院，威逼嫦娥交出不死药。嫦娥知道自己不是蓬蒙的对手，危急之时她转身打开百宝匣，拿出不死药一口吞下去。嫦娥吞下药，身子立即飘离地面，冲出窗口，向天上飞去。由于嫦娥牵挂着丈夫，便飞落到离人间最近的月亮上成了仙。而嫦娥在月亮上居住的宫殿，就叫做广寒宫。

韩国南原有一座"广寒楼"。据传，此楼建于1419年，为朝鲜世宗时期被流放至南原的当朝丞相所建。1444年（朝鲜世宗26年），河东府院君郑麟趾为此地美景所吸引，便借嫦娥所在的"广楼清虚府"之名，称其为广寒楼，意指此处美景堪比月亮上的宫殿。此外，广寒楼也是韩国古代小说《春香传》中的一个重要故事背景，书中主角春香和李梦龙正是在这里相识相爱的。

提起广寒宫，不免会想到诗人苏轼的《水调歌头·明月几时有》一诗。诗中提到的"高处不胜寒"意为"受不住高耸九天的寒冷"，这一句不就正是描写出了嫦娥独居在月亮之上孤寂寒冷的处境吗？正如蒋桎作词的歌曲《广寒宫》中所唱的那样——"广寒宫阙之中，锁着她的寂寞"。看来神话故事里的月亮看似美好，其实却代表了无边的寂寞和无尽的思念啊。

✣

传说嫦娥离开后羿后，后羿非常思念她，总是仰望月空。饶是拔箭射下九个太阳的民间英雄，也难免相思之苦。

我曾读过一篇论文，叫做《扶桑，日本与海东》。这篇论文出自中国学者韩昇编撰的《海东集》，是许教授为了鼓励我，特意送给我的。其内容与神话故事中的"扶桑"有关，正好讲的就是10个太阳的故事。

《山海经·海外东经》："汤谷上有扶桑，十日所浴，居水中。九日居下枝，一日居上枝。"

《山海经·大荒东经》："汤谷上有扶木，一曰方至，一曰方出，皆载于乌。"

据《山海经》记载，在远古海内东方，生长着一棵巨树，上面住着10个太阳，每天有一个太阳出去工作，其余九个在树上休息，它们轮流工作，每个太阳都由一只三足鸟托负着在天上运行。

扶桑树究竟有多么高大呢？据说其枝干高可触及太阳，其高大程度可想而知。

大概因为东方是太阳每日升起的方向，人们对于东方充满了想象和憧憬。可能也是出于这一原因，闻名于世的"蓬莱"就在东海之间，传说其上有神仙居住。传说中的扶桑树也是生在东海，但关于它的具体位置，至今没有一个准确的说法。

杂　诗

（唐）李白

白日与明月，昼夜尚不闲。

况尔悠悠人，安得久世间。

传闻海水上，乃有蓬莱山。

玉树生绿叶，灵仙每登攀。

一食驻玄发，再食留红颜。

吾欲从此去，去之无时还。

中国的古代神话中，多用"蓬莱、方丈、瀛洲"等神秘地名来体现对东方的向往和憧憬。

比如，《史记·封禅书》中就有"蓬莱、方丈、瀛洲，此三神山者，其傅在勃海中"的记载。

有趣的是，书中所说的三座仙山（岛），即蓬莱、方丈、瀛洲，其中"瀛洲"这一名字与朝鲜半岛上的济州岛关系密切。济州岛古称"瀛"，其上有座山至今还叫做"瀛洲山"。

说到长生不老的神仙，济州岛海边有个叫"西归浦"的地方，其地名就和"徐福东渡"有关。"徐福东渡"发生在中国古代秦始皇时期，即徐福受秦始皇之命赴东海寻求长生不老的仙丹。在济州岛至今还流传着这样的一个说法，传说徐福曾在济州西岸停泊，在济州岛采集药草后又向西航行返回中国。于是一说称"西归浦"即"徐福归西"的意思。还有称"西归浦"原名"徐归"，又因韩语中"徐"和"西"同音，于是又改称"西归"。

不过，中国古书中记载，徐福并未找到长生不老之药，也并未返回中国，而是继续东渡去了日本。

韩昇的文章就是围绕着太阳之树是位于朝鲜半岛还是位于日本来进行讨论

的。无论最终结论如何，通过这一文章，我对位于朝鲜半岛东方的日本产生了浓厚的兴趣。

曾经有一位日本天皇写下了这样一句话："日出处天子致书，日没处天子无恙。"（《隋书》卷81《东夷·倭国传》）即"日本是地球最东端的太阳之国"。

这句话出自日本大业三年（607），是日本天皇致信隋炀帝时开篇的第一句话。隋炀帝非常不满日本自称"日落之国"，提醒日本天皇不该使用"天子"这一称呼，并在致日本天王的信函中说道："东天皇敬白西皇帝。"

从韩昇的文章中推测，日本自称"日出之处"的原因如下。首先，日本本土自古以来就有崇尚太阳的文化。其次，6世纪到7世纪佛教经典传入日本，佛经中提到"方位概念基于太阳运行方向"，这一说法也给日本提供考证依据。不管怎么说，日本的国名就是在那个时候由"倭"改为了"日本"。

写到这里，作为韩国人，我也大略了解了神话中提到的扶桑树，以及将中、日、韩三国紧密联系在一起的外交与佛教史的大致发展趋势，而这也是中国学者韩昇的研究带给我的最大启发。

✻

让我没想到的是，我曾经在成都金沙遗址看到了圆形的金色太阳图案。原来古代的中国西南内陆城市，也曾存在这样辉煌灿烂的太阳文化。我还记得当时看到的太阳图案上雕刻着精致的三足鸟，也称太阳鸟。说到太阳鸟，它在小时候历史教材中高句丽古墓壁画上出现过。无论太阳神话的传播途径如何，得以亲身见证神话故事的广泛传播，让我感到格外惊奇。

我也知道，在成都三星堆遗址博物馆中陈列着神话中提到的扶桑树，即太阳树。那是一棵青铜神树，通高达3.96米，是迄今世界上已知的最大单件青铜树。单就青铜神树本身而言，艺术价值惊人，然而令人意外的是，这棵青铜神树，与《山海经》中描述的扶桑神树高度相似。

这棵三星堆青铜神树的枝干分三层，每层三枝，共九枝。每枝上有两果枝，一仰一垂；其中上垂者立一神鸟，全树共计九只神鸟。树侧缘附一铜龙，身如麻花扭结，似从天上逶迤而下。

从青铜神树造型来看，虽不能完全确定和山海经的记载相同，但两者的确高度相似。

终于有一天，我近距离欣赏到了太阳树"青铜神树"。在此之前，我从未想到能在四川亲眼见到"神树"。

神话故事中的神树也被称为"宇宙树"，虽然各地都有关于"宇宙树"的传说，但我从来没想过自己能够这样近距离欣赏它。尽管我所见到的只是一座青铜雕塑，但其造型非常精巧，让人不忍移开视线。

其实，不仅仅是这棵通天神树，三星堆遗址博物馆中展出的其他古代遗物，都给我留下了非常深刻的印象。我明明是在 21 世纪的某一天走进了这所博物馆，但在走出来的那一刻，却产生了一种穿越千年时空切身体验到了古蜀文化的错觉。

我的这种感受并非夸张。韩国有一部书，书的作者提到了和我相似的感受，书中说："只要三星堆遗址博物馆存在，就能让人感受到蜀道文化的无穷魅力！"

✻

等我老了，一定要给我的孙子孙女好好讲一讲古代四川人流传下来的这棵太阳树。

"很久很久以前，在东海的最东边，有一棵参天大树，名叫'扶桑'。扶桑树的树枝可以穿破云层，直至天际。这扶桑树枝头上呀，住着十个太阳和十只太阳鸟。每一天都有一只太阳鸟从天空飞过，这只太阳鸟后面还跟着一个太阳，太阳每天沿着太阳鸟飞行的轨迹照耀世界，最后落到东海里休息。就这样，十个太阳每天轮流升起，其余的九个太阳就沐浴在东海里，以海水冷却炙热的身体。每天都有九个炙热的太阳泡在东海里，那海水得有多烫呀……"

巴金的《家》

生活并不是悲剧。它是一场"搏斗"。

——巴金

中国文学评论家王任淑曾表示："无论如何,巴金是中国文坛上伟大的存在。"但是,又何止于中国文学呢?就算是在世界文学史上,也少不了巴金的位置。

巴金(1904—2005),四川成都人。据说,巴金的故居是四川省成都市正通顺街 98 号,这是一所深宅大院,又称李家院子。巴金在这里住到十九岁,在"五四"新潮的影响下,选择了进步主义,1923 年,巴金离开成都去南京读书。1927 年巴金开始写作,发表处女作《灭亡》,此后一直从事文学编辑与创作。

巴金的代表作——激流三部曲《家》《春》《秋》,体现了他在近代化浪潮中的苦恼和不断成长的经历。因此,越是爱看这些作品的读者,就越是对他的故居感兴趣。

不过可惜的是,巴金故居保存不完整。此外,也有人记得其故居的原型,还画出了复原图。据说,现存的巴金旧居,是在其变成官邸后,由居住在此地的贺德华、张耀棠等专家精心复原而成的。

战旗文工团原团长张耀棠,耗费多年的心血考证,制作出了一幅宝贵的巴金故居复原图。他说:"1952年9月我就到成都来了,听人家讲,我们住的这个院子就是巴金的故居,里头有5个井,其中一口井就是小说《秋》里面淑贞跳的那口井。还有一个小荷花池,有人讲,这就是鸣凤自杀的地方,各说不一。我在这个院子里头住了快30年了,巴金的家到底是个什么样子,我们有责任把它搞清楚啊。"

一次偶然的机会,我在《巴金的家和〈家〉》一书中看到了巴金故居复原图,但我不知道是否就是张耀棠先生画的那幅。不过,在成都生活的时候,我应该去参观参观巴金故居的,现在想来真是遗憾……

巴金侄子李致曾谈道,20世纪80年代曾提出过要恢复巴金故居,巴老不愿花国家的钱为自己做事,巴老说过:"只要双眼井在,我就能找到童年的路,要纪念的话,写一个牌子就可以了。"

但是,从新闻报道看来,作家少年时代的象征——小区里的双眼井,也已经不再是区民的食用水源,井上还一直盖着盖子。想到这儿,作为读者的我感到有些可惜,巴金先生当时可真是太谦逊了。

不过,巴金先生所期望的,并非是国家对自己的个人关照,而是更希望为培养自己的这座城市多做一些实事。因此,他也对自己没能在作品中对成都进行充分全面的描写而感到惋惜。

成都老作家冯水木早前回忆了1967年和巴金的一次谈话。知道冯水木是四川人,巴金高兴地和冯水木唠起了家常,他说:"看到了家乡人,我也想起了家乡菜。我最想吃的就是成都的回锅肉和杂酱面。"当冯水木表示自己最喜欢的小说是《家》《春》《秋》时,巴金却说道:"说句老实话,我觉得《家》《春》《秋》有个最大的遗憾,没有在书中把成都的街道、桥梁、河流点出来。好多人读了我的书后,根本不知道我写的就是成都,就连曹禺在话剧版《家》

的剧本中也是写的西南某城。"①

我不禁想,如今巴金先生早已逝去,难道成都当地的文学界就不想替他弥补这个遗憾吗?比如给他的小说加上插图。产生这样的想法,也是因为我想到了《红楼梦》这部古典小说。

《红楼梦》和《家》很像。深宅大院的围墙内便是人间缩影。可是,像《红楼梦》这样的小说,也会配有插图,对人物表情、肢体动作、人物服饰还有大宅院墙内外的景物都有详细的描写。

要是有人像这样在巴金先生的《家》中添加上以成都为背景的插图,只要是一些细腻而真实的插图,就能让人感受到 20 世纪 20 年代前后成都的生活景象,也能更加生动地接触到巴金故乡的真实面貌。如果要制作这样的插图,那还需要一些专门考证成都近现代史的专家们齐心协力。那么我相信,制作出来的作品在天府之都的文化史上将会意义重大、影响深远。

✣

作为《家》的忠实读者,我曾经特意去过"慧园"。前面也提到过,《家》作为巴金先生早期的作品,真实描写了老一代和年轻一代之间的矛盾和冲突,以及高家作为代表性的封建大家庭走向腐败的过程。

慧园位于城市西侧的百花潭公园内,是复原巴金故居时重新建造的。走在这里,我的脑海中似乎能浮现出《家》中的年轻人们在花丛中吟咏诗歌的场景。

"慧园"的"慧"字取自《家》的主人公名字。一说是源于以作家自己为原型的人物"觉慧"的名字。在 20 世纪 20 年代,"觉慧"不拘于当时的封建主义思想,怀揣建设人道主义社会的理想,选择独自一人逃离了高家大宅。

---

① 关于巴金故居,多参引于《巴金童年足迹:一口老井和一株老树》,http://news.sina.com.cn/c/2005-10-18/14038043405.shtml?source=1。

锦江恋歌 금강연가
一个韩国人的蜀思

鲁迅曾评价他:"巴金充满热情且思想进步,是屈指可数的优秀作家。"

当我到慧园时,慧园的大门却是紧闭着的。我想,说不定琴、梅和鸣凤都在里面呢……也是啊,大门紧闭着,也许她们欢快的交谈声和明朗的笑声都会被完好地保留在高墙之内。可是俗话说的好,"天下无不散之筵席"。

这句话在《家》的某一个段落里出现过,而我在韩国现代诗人徐廷柱(1915—2000)的《行进曲》和崔英美的(1961—)《30岁,筵席散了》(1994)中读到过。

正值青春时那份心怀梦想的兴奋和激动之情可能在不知不觉中就消失了,年轻的生命都奔向各自的人生道路,这让人不由得感到惋惜。这些人当中,有的人选择为希望和未来而奋斗,有的人选择向悲哀的命运妥协,还有的人根本没能做出选择,只能独自在绝望中结束生命……可是,在屈服于命运之前,他们都是一朵朵待放的花骨朵,满怀梦想。在那高墙之内,曾经充满了明朗爽快的笑声。

难道青春就不能被留住吗?

书中的鸣凤当然也知道自己女佣身份的现实,但因为自己对少爷的爱情,她并不感到绝望。少女鸣凤的梦想很简单,也很充实。她每晚都会把自己想象成一个尊贵的"小姐",穿着漂亮衣服,被帅气的少爷爱慕。这时候,她还是笑着的。她想,要是我也能像别的小姐一样有个好的身世,那该有多好啊。

后来,鸣凤凄惨地结束了自己的生命。不过,最重要的是她曾有过梦想,充满梦想的青春是青涩美好的。这样的年轻生命是多么的宝贵啊,可是封建主义大宅里的老人们似乎忘了这一点。

※

宛如童话中的"快乐王子"。

看着立于慧园外的巴金先生铜像，我不由得想到了奥斯卡·威尔德的童话故事。①

"快乐王子"住在王宫里，一生只有幸福。王子死后，人们为了纪念他，便在广场上立了一座他的雕像。王子站在广场上，看着城市胡同里的人们过着心酸的生活，感到非常心疼，甚至流下了眼泪。这便是奥斯卡·威尔德的童话故事《快乐王子》中的情节。

我看着面前"快乐王子"巴金先生的雕像，心里有好多话想对他说。

下面是我和他的对话内容。

我："我读了您的小说《家》，于是就来到了这里。"

巴金先生："《家》是我自己喜欢的作品。我自己就是在那样的家庭里长大的，我描写了一个'我说了算'的专制家长和一个逆来顺受的孝顺子弟，还有一些钩心斗角、互相倾轧、损人利己、口是心非的男男女女，还有那些横遭摧残的年轻生命，还有受苦、受压迫的'奴隶'们。我写这小说，仿佛挖开了我们家的坟墓，我读这小说，仍然受到爱与憎烈火的煎熬。我又看到了年轻时代的我，多么幼稚！多么单纯！但是我记得法国资产阶级革命家乔治·丹东的话：'大胆，大胆，永远大胆！'我明白青春是美丽的，我不愿意做一个任人宰割的牺牲品。我向一个垂死的制度叫出了'我控诉'。我写完了《家》和它的续篇《春》和《秋》，我才完全摆脱了过去黑暗时代的阴影。"（巴金《文学生活 50 年》代序）

我："我记得在十几岁时，我读了《红楼梦》，当时对书中林黛玉的死还伤心了很久。所以在《家》中'梅'凄凉死去的场面中，我又想起了《红楼梦》中的林黛玉。她们的不幸非常相似，这一点儿让我感到惊讶。但万幸的是，您的小说有一种与《红楼梦》不同的坚韧的一面。人类社会中的任何制度，任何

---

① 巴金和快乐王子之间的相似之处，似乎并不只是笔者个人的看法，李致《李致带你认识不一样的巴金——快乐王子巴金》中也提到了类似的观点。

传统都不能肆意摧毁人类的幸福。大宅里有青年懂得这个道理，勇敢地奋斗。我觉得两部小说的最大差异就在此。"

巴金先生："生活并不是悲剧。它是一场'搏斗'。我们生活来做什么？或者说我们为什么要有这生命？罗曼·罗兰的回答是'为的是来征服它'。我认为他说得不错。"（巴金《激流》总序）

"激烈的搏斗。那我的敌人是谁呢？是一切旧的传统观念，是阻碍社会进步与人类发展的一切不合理的制度，是粉碎了爱情的一切坏东西。"（《巴金文集》第一卷《前记》）

"不要畏缩。有人说过，路本没有，因为走的人多了，便成了一条路。又有人说路是有的，正因为有了路才有许多人走。谁是谁非，我不想判断。我还年轻，我还要活下去，我还要征服生活。我知道生活的激流是不会停止的，且看它把我载到什么地方去！"（巴金《激流》总序）

我："有些人用冰冷的胸膛喊着斗争，但你的斗争背后，温暖泪水似乎并没有停止。也许正因为如此，看着站得这么高的你，突然觉得你就像奥斯卡·王尔德的'快乐王子'。这位乐于助人的王子，用无限多情的胸怀俯瞰城外的世界，让一只小燕子把自己的宝石一次次地送到穷人手里，所以王子渐渐变得不起眼，后来铜像被拆除。但是你绝对不会因为眼泪而变得不起眼。因为你有无限的热情，也有哀而不伤的坚强。"

巴金先生："你说的童话故事，我曾经翻译过。"

我："在《家》的《后记》里，您写的最后一句给我留下了深刻的印象。您说'青春是美丽的东西。而且它一直是鼓舞我的泉源。'在此，我想送给您这首诗。"

生　活

朴景利（1926—2008）

虽然流下了那么多的眼泪

青春太短暂而美丽

"这首诗的作者是杰出作家朴景利（1926—2008），她的人生和您有很多相似之处。她在 20 岁时离开家乡，此后一直客居他乡，而且一生都在写作。她出生于韩国统营市明井洞（旧明井里），'明井'指'日井'和'月井'双井，该双井历史悠久。她的故里，是她的小说《金药局的女儿们》当中的重要背景。去年冬天，我曾经专门去过朴景利的故乡统营。统营是位于韩国南部的海岸城市，这位作家去世后被埋在统营一座俯瞰南海的正阳坡上。那天我走在那小路的时候，突然想起您，准确地说，我想起的或许是您青春的分身'觉慧'，就是小说《家》里的觉慧。我也不知道为什么……"

一听我嘴里提到"觉慧"这个名字，巴金先生就默不作声了，也许是想起了大哥的不幸。现实中的大哥，也就是小说《家》中的"觉新"的原型。巴金先生把他塑造成一个深受封建礼教毒害的典型人物。大哥的死，给巴金留下了深深的伤痛。他哭了吗……是不是因为我提到了"觉新"，让他想到了这些悲伤的往事……我是不是应该安慰他呢？我犹豫了一会儿。正巧，一群人吵闹着靠近我站着的地方。我只好离开巴金先生的雕像，走出了公园大门。[①]

[①] 本文中笔者和巴金的对话部分中巴金先生的说话，主要引于巴金《家》的跋、《激流》总序、《文学生活 50 年》代序、《巴金文集》第一卷《前记》等。

锦江恋歌 금강연가
一个韩国人的蜀思

桃 园

某年夏天，我和一个曾在韩国生活过的成都人聊天。他说成都和韩国全州非常相似，我就是全州人，也经常会有这种想法。这两座城市的食物都很有自己的特色，居民宅心仁厚、重视教育，而且热爱文化艺术。还有一个特别的，那就是桃子。

✲

没错，就是桃子。

每到桃子大量上市的季节，成都的水果店里就会堆满了桃子。桃子也是我的老家——全州的特产。在成都生活的那些年里，每次吃到桃子，我总会想到儿时在家乡度过的时光，以及妈妈热情的身影。

每年桃子上市的时候，结束了一天工作的妈妈就会带着一袋桃子回家。吃完晚饭，妈妈会把洗好的桃子装在一个篮子里，摆在大家面前。

有一天傍晚，妈妈给我们准备好了桃子。我们都围坐在她身旁，手里拿着桃子一口一口吃了起来。

"啊！妈妈！桃子里有虫！"我惊叫起来。

可妈妈却一点也不惊讶，淡定地接过我手里的桃子，削掉被虫咬过的地方，然后又递给了我。

"没事儿，被虫子咬过的才更好吃。人家都说，要是吃了被虫咬过的桃子啊，就会变漂亮呢。我们家老幺这是要变成美女了呀。"

这句话仿佛有魔力，让我一下子就爱上了吃桃子。

在成都的时候，我住在郭家桥附近，在这儿还有一种说法。

那些外皮有瑕疵的桃子，在这里开水果店的大叔告诉我，长得丑的桃子才更好吃。

大叔的一句话，让我想到了妈妈以前说过的话。

"我只听说过被虫咬过的更好吃，却从来都没听说过长得丑的好吃啊。"

我不太相信大叔的话，也理解不了成都人的幽默。但又有些不服气，于是就买了一袋有瑕疵的桃子。

※

  我生活的故乡是开满鲜花的村庄。
  桃花，杏花，含苞待放的映山红。
  呈现出姹紫嫣红，如鲜花宫殿般的村庄。
  怀念在那里玩耍的时候。

这是韩国著名童谣《故乡之春》的歌词。

小时候，我是看着桃园长大的。我住的村子在一个山坡上，对面山坡上就有一个果园。也不知道那果园的主人是谁，我从来没进去过。我一直把那儿叫"桃园"。不过，小时候我常常会眺望那个桃园，它也算是我小时候见过的最美景色了。桃园的位置比我们村子更高，不管是从我家院子里，还是走在坡路上，抬头望过去，都有种桃园是仙境并不属于人间的错觉。当时我所看到的桃园，山坡、树木和天空交相辉映，这一景致和如今满眼的屋顶、墙壁和电线杆交错的人造景致截然不同，给人一种仙气飘飘的感觉，让人不自觉中被吸引。

  树上开出了花，

锦江恋歌 금강연가
一个韩国人的蜀思

> 长出了叶子，
> 有果实从叶子中间冒出头来。
> 每一个桃子都被包裹上纸袋，
> 不知什么时候已是丰收之季。
> 到了春天，
> 那空空的枝干上又开满了花。
> 映入眼帘的花朵，
> 似乎是在向人们传达着季节的轮回和收获的喜悦。

大概是出于这样的回忆，在我离开家乡几年后的某一天，我又梦到了桃园。梦里有一只神鸟，是一只"吉祥鸟"。神鸟在山坡上空，振翅飞翔在层层梯田和桃树之上。

✵

光阴似箭，岁月如梭。多年后的一天，我来到了成都郊区的龙泉驿。在这里，果园随处可见，"桃花节"正如火如荼。我也终于走进了桃树林，来到了梦中的"桃园"。

而我参加这次的"桃花节"，纯粹是因为一个好笑的"错觉"。

记得在那年春天，我接到了一个电话。电话那头的女孩子语气很兴奋，告诉我她费了好大功夫才联系到我。隔着电话传来的热情，让我一度觉得自己是一个重要人物。所以她问我能不能参加他们的活动时，我立马爽快地答应了下来。等回过神来时，才发现自己什么也没问就轻易答应了对方的邀请。当时对方的语速比较快，我虽然没有完全听懂，但理解到了她的大概意思是想找一位韩国籍的女性，作为"韩籍嘉宾"出席活动。我想了想，自己好像也没有必要拒绝对方的邀请。

"放眼整个川大，没有比钟茂女士您更合适的人了……"

听到这句话时，我的心情非常好。我对这句话的解读是，只有我才有资格被邀请参加这样的国际性活动。

不过后来我才知道，所谓"合适的人"并非只有我才有资格参加的意思，而是我中年妇女的身份很合适。主办方想邀请韩国人参加韩国或日本风格的成人礼仪式，那么多的留学生，其实随便从中找个韩国留学生是很容易实现的。但问题是，留学生当中中年韩国妇女相对较少。而想在川大留学生里找到合适的人，确实不容易。

原来是这样！

等我得知实情并略感失望时，已经是和对方一起吃饭的时候了。于是，我也只好和她一起去参加龙泉驿的活动了。

活动是在周末，我还带上了上小学的儿子。活动现场的舞台设在山坡上的一块平地上，四周都是沿着山丘生长的桃树。在活动彩排间隙，我们可以边休息边从山坡上俯瞰大片大片的桃园。舞台表演结束后，我带着儿子，这是他有生以来第一次走进了桃花盛开的桃树间，也是第一次体验了头戴花冠拍照。

回看当时的照片，照片中的自己站在桃花树间，脸上笑容灿烂。

其实在拍下这张照片之前，我心里是对活动方有些不满的。因为为了这个活动，我花了两天时间来练习和实战，但所得到的报酬却与我这两天的付出并不匹配。当时我心里很后悔答应参加这个活动。再加上那天活动时化妆师们太忙了，等到给我化妆时表现得很不走心，为我借来的韩服也不怎么好看，这让我感到心里不舒服。

就在我独自郁闷时，儿子说要给我拍照。我想，那我就找个好看点的背景拍吧。但不知是不是受当时心情的影响，明明远观如此美丽的桃花近看却稀稀疏疏的，让人提不起拍照的兴致。就在这时，来了一个日本大叔，他和我一样，是作为外籍嘉宾来参加本次活动的。这个大叔还把自己的花冠给了我们母子。仿佛有什么魔力似的，把花冠戴到头上的那一瞬间，我原本郁郁寡欢的心情终于好转了起来。大概是因为自己从小就没戴过花冠，这是我第一次戴的原因。于是，我终于开心地笑了起来。

又过了几年，儿子上了高中。有一天，儿子在整理笔记本电脑里的照片时，发现了一张照片，便叫我去看看。我走近一看，正是当年参加龙泉驿"桃花节"时拍的照片。

人们不都说逝去的一切事物都是美好的吗？

那我和儿子当时头上戴的花冠是否也是一种美好呢？

照片中我们母子沐浴在春日温暖的阳光下，格外幸福。

※

我很想念盛产桃子的成都。

在我的记忆里，桃子的味道各异。有的又酸又硬，有的又甜又脆，有的比较软烂，有的水分充足……有这些各式各样口味的水果陪伴，哪怕是夏天的炎热，似乎也可以忍受了。但这样的日子并不是随处都有的，似乎只有在成都才能得以实现。现在我来到了山东淄博，离开成都已经有四年了。可能是我最近太忙了，也可能是桃子的价格太贵，我已经很久没有买过桃子了。就这样连桃子的味道都还没尝到，夏天就要过去了。

原来有很多事情，是只有在成都才能实现的啊。

"桃花流水窅然去，别有天地非人间。"（李白《山中问答》）

成都缘

历史藏在石径下，城市地表上总是充满着现实，无数民众正在与生活做斗争。在成都生活期间，我被成都悠久的历史故事深深吸引，但我也和其他许多市民一样，为了生存不断与现实做着斗争。

她也是如此，她是我在成都认识的孩子。我在韩国度过了青春时期，中年时期来到了成都。她出生在尼泊尔，到成都来留学。认识之后我们很快熟络了起来，后来我们还一起租房。之后她突然去了男友所在的大城市，没过多久便通知我说要举行婚礼了。

她的婚礼比想象中要快。虽然早料到她会结婚，但没想到会如此匆忙，房间还给她留着呢。既然婚礼日期定了，我也该给她收拾收拾房间了。她走的时候带走了不少行李，但房间里也留下了不少物品，书、文具、拖鞋还有被子和枕头。书和文具可以留着，拖鞋扔不扔也不要紧，但这些被子和枕头呢？扔，还是不扔？毕竟我们就像家人一样亲近，留下她用过的东西，就好像她未曾离开过。那就留着吧，洗干净了还可以继续用。

于是，我开始整理床铺，脱下枕套的瞬间，被眼前的景象惊到了。枕芯上满是泪痕，如果只是偶尔哭的话，不会有这样层层堆积的泪痕。一次哭泣泪水便在枕头上堆出一条发黄的痕迹，下一次哭泣又会出现另一个黄痕……我的心仿佛被揪了起来，心想，她偷偷哭过这么多次吗？

20多岁，花一般的年纪，在我眼里，她是那么的年轻貌美，本应该享受属于她的花样年华。在这样充满朝气的日子里，怎么能如此悲郁哀伤呢，我先是惊讶，接着便开始好奇背后的原因。但是那段时间她忙着操办婚礼，怕问起这个事会有些不妥，后来我也没有开口询问枕头的事。

一座城市，记载着生活在这里的人们的点点滴滴……

她婚后没多久就生下了孩子，之后在生活的磨砺中学会了包容。或许正是经历了人生的种种变化，她才偶尔会想起在成都的时光，有时还给我发邮件。从她的来信中，我感到她在不断成长。

她的生活也并非总是风平浪静，每天都要为小宝宝的健康操心，为父母的养老发愁，为婆家大大小小的事忙得不可开交。与此同时，我也为自己的生活奔波着。我们彼此在忙碌的生活中互相关心，互相鼓励。

有一次，她在信中写道："我至今还不停地漂浮于各个城市，从小城市到大城市，从小地方到繁华大都市，从未停止。"

生活中，总是有许许多多的人辗转于各个城市，有像她这样追求大都市的人，也有像我这样随心漂泊的人。当然，还有一生都只定居于一个城市的人。虽然每个人的生活方式不同，但大家的共同目标都是在自己生活的城市里寻求幸福。只要某个地方能给予我幸福感，我便可以在此停留。所以城市居民的增多便意味着这座城市给予了市民足够的幸福感。

在成都遇到的缘分。

散落在成都的缘分。

无论是那个年轻女孩，还是像我这样的中年妇人，成都都为我们提供了生活的希望。我们每个人都曾在成都的某个角落因爱而苦恼过，也曾遭受挫折，也因欺骗而受伤，但不管怎样我们都得继续行走在人生路上。在成都所经历的点点滴滴让这座城市将永久印刻在我们心中。

完美结局

You never sing happy songs

And yet you smile all the time that we've known

It seems like something happened back

then

你从不唱快乐的歌

但你却一直微笑着……

分明

好像有什么事发生了

那时候……

"变色蝴蝶"（Proximity Butterfly）——一个拥有奇特名字的乐队。

该乐队最早在中国成都开始音乐活动，后来逐渐扩大到全国。成员的国籍多样，当初的元老成员有三名：爱书华（Joshua Love，美国人，主唱）、海珊珊（Heather Judson，加拿大人，贝斯手），还有一位后来由于私人原因而离开乐队的中国人陈督兮。我第一次看到《完美结局》的MV时，里面就是这三位成员。但后来听说，乐队发生了一些变化。

队内主唱爱书华是一个酷爱音乐的青年。二十五岁的他，以外教的身份来到成都，虽然他一直梦想着回国做音乐，但没想到在成都生活了很长一段时间后，在成都组成了一个属于自己的乐队。

他认为这一切都要归功于他的太太海珊珊，海珊珊也是乐队成员之一。爱书华第一次见到海珊珊是在大连。2002年，海珊珊刚来到中国大连不久，正好碰上了从成都来的爱书华，他们很快坠入爱河，结为夫妻，在成都开始了新婚生活。

海珊珊一来到成都，就迷上了成都，不断感叹居然有像成都这样宜居的城市。她认真学习中文，积极融入成都生活。太太爱上了成都生活，爱书华也因此推迟了回国时间，就这样，他们在成都生活了七八年。其间，他改变了想法，觉得在成都做音乐也是个不错的选择。

说实话，爱书华一开始真没想到会长期居住在成都。当初是因为妻子喜欢成都不愿意离开，后来孩子也出生了，他也越来越觉得在成都的生活很舒适。这么一来，也改变了最初打算回国开展音乐活动的想法，开始寻找一起做音乐的朋友。恰好他们非常幸运遇到了一个中国成员，三个人由此开始了他们的音乐之路。只要能够做音乐，就已经让爱书华感到十分幸福了。是啊，音乐在哪里做不都是做嘛，换个思路也就想通了。

于是"变色蝴蝶"（Proximity Butterfly）乐队成立了。这个名字的灵感来自于爱书华某天看见的一只蝴蝶。那天，爱书华夫妇骑自行车时，看见了一只蝴蝶。当时，爱书华正跟在妻子海珊珊后面，心想，一只小蝴蝶哪能跟得上自行车的速度，就这样走远了，但不知怎的，小蝴蝶竟然乘着海珊珊前进时吹来的风，跟着她一起前进。飞着飞着，当只落后一点点时，小蝴蝶还会顺着后面爱书华前进时吹来的风继续跟上。这样飞了好一阵子之后，小蝴蝶才远去。爱书华从这只蝴蝶身上看到了小的开始也能取得大发展的希望，所以想到"Proximity Butterfly"这个名字。但考虑翻译后人们感受不到其含义，所以将"Proximity"一词汉译成"变色"。

这个名字的含义特殊，即不要只是等待周围环境的改善，有想做的事情就要不顾一切去实现。爱书华看见这只随风不断加速的蝴蝶，希望自己的乐队也能迎难而上，乘风破浪。

2003年8月31日，乐队参加了电子科技大学的文化节，这也是"变色蝴蝶"第一次登台表演。之后靠各种演出获得了不少名气。总之，这座美丽温润的城市，不仅给他们提供了音乐创作的土壤，还见证了他们孩子的成长。看着孩子们一天天长大，爱书华又写出了不少新歌，展现了他们在成都的美好生活。

我从歌曲《完美结局》中感受到了独特的魅力，后来才知道这个乐队与成都有着很深的渊源。我和他们一样，都是在这座城市待了很久且热爱着这座城市的异乡人，所以今后我也会持续关注他们创造的音乐世界。

"我们忍耐，坚持到底，一定会创造出另一个完美结局（I believe that all the happy endings aren't found but with patience are made）。"

在某条街道的地铁口前，我停下脚步，把这句歌词讲给一个学生听，那个学生也跟着停下了脚步，侧耳倾听。那一刻，我们俩都非常真挚。

她是我来成都第一年时跟我学韩语的一个小女生，比我小二十多岁。转眼之间我们也已成为知己十年。记得第一次见面时，她还是一个大学生，后来结婚生子，虽然生活忙碌但很幸福。

之后那个学生给我寄了一封信，信上说她很幸福。但是没过多久，某年夏天，她发来了一条悲痛的消息说她的丈夫去世了。这个消息太突然了，给了我不小的冲击，甚至心里还觉得很对不起她。

我记得十分清楚，那年夏天十分炎热，但是房间没有装空调，十分燥热，我不断在心里埋怨房东不给房子装空调，哪怕是小一点儿的旧款空调也行啊。

她才30多岁就突然失去了另一半，真是难以置信。我一时想不出该怎么回答，所以迟迟没有回信……

过了一段时间，我们终于见面了。她告诉我，她代替公婆一手操办了丈夫的葬礼以及相关手续，她说这话的时候十分平静。但是我怎么也无法接受她失去了丈夫的事实，眼前的她是如此的年轻漂亮。不过作为过来人，我能做的也就是安慰她鼓励她。哪怕这安慰晚了一点，我也很想让我心爱的学生得到些许慰藉。在准备开口的那一瞬间，突然想起变色蝴蝶（Proximity Butterfly）《Happy Ending》里的歌词。"……忍耐下去，一定会创造另一个圆满结局。"

和她分别后我便回家了，在路上我又重新思考了一下 happy ending 一词。happy 居然能与 ending 组合在一起，可我们的人生不应只能用幸福或不幸来定义。人生的最后时刻是黄金阶段，只要还活着，就应该满怀期望，期待未来有变幸福的机会。happy ending 这个词里不就藏着这样的人生大道理吗？忍耐下去，幸福就一定会到来，心中一定要有希望。[1]

---

[1] 关于《变色蝴蝶》乐团的故事参考自：《"变色蝴蝶"在成都 一对北美爱侣的音乐梦想路》，http：//scnews. newssc. org/system/20140608/000392610. html。

芭蕉之梦

芭　蕉

金东鸣（1900—1968）

何时离开祖国。

芭蕉梦好可怜。

向南国燃烧的乡愁，

你的灵魂比修女还要孤独！

渴望一阵雨像是热情的女人，

我把泉水端来到你的脚下。

"这里就是南国啊。"

刚来到成都时，我住在世璧家。她家窗外能看到芭蕉树，我信誓旦旦，笃定地认为成都就是南国。

芭蕉叶又宽又长，要么是绿油油的新叶，要么就是干枯裂缝，总会让我想起一个心胸宽广的温柔女人。

在我眼中，世璧就是一个如芭蕉一样的人。

我刚到成都时住在世璧家里，那时我对这里的生活一无所知，汉语不熟练，年龄也比别的留学生大。但世璧却从未对我表现出不耐烦的情绪，反而像我的亲妹妹一样，细心地给予我帮助。我在她家住了一年，后来搬出来自己住之后她也还总是帮助我。

世璧操着一口地道的川普，是土生土长的成都人，对成都爱得深切。她总担心我听不懂她说的话。每当我理解了她的话，她便会有几分骄傲和自豪。

最初告诉我"天府之国"这一称号的人也是世璧。那时的我还不能理解这个称号是什么意思，查了字典后才明白，所谓"天府"，是指天赐的仓库，指土地肥沃、物产丰富的地方。而今，似乎更接近宜居城市的意思。历史上，这一称号源于"李冰治水"。而这些历史典故，也是我在成都生活了将近10年后，才开始深入去了解的。

我和世璧第一次见面时，她就对我说："我们成都啊，是一座来了就不想走的城市。朴老师，您干脆就定居在成都吧。"

"成都是一座来了就不想走的城市。"这句话出自世璧这个土生土长的成都人之口，让我更深信不疑了。

作为本地人，世璧很喜欢打麻将。我刚去她家的那天，她就在客厅里打麻将。不用周末或节假日，她喜欢和朋友聚会，其实就是和朋友一起打麻将。有时候是在外面打，有时候也会邀请几个朋友来家里打。麻将桌摆在客厅，几个人聚在一起，有说有笑的好不热闹。中途我偶尔走出房间，想穿过客厅去厕所时，原本专注打麻将的世璧总能精准地发现我，然后热情地向朋友介绍："这位是朴老师。"

"您知道邓小平吗？他坐飞机飞到成都上空时，听到地面上一阵'嗒嗒嗒嗒'的响声，吓了一跳，以为是地面在打仗，后来才知道那是成都人搓麻将的声音。"

这个故事只是想说明成都人爱好打麻将，搓麻将的声音特别热闹。世璧在给我解释时可能自己也觉得好玩，边说边哈哈大笑了起来。作为成都的代言人，每当世璧向外地人介绍成都时，都格外来劲。

生性平易近人的世璧在外聚餐时要是遇到我，也总会热情地招呼我："朴老师！朴老师！"

她性子比较急，有时等不及上楼就在楼下叫我。有时我独自在房间看书复习，突然听到窗外传来她的声音。打开窗户一看，原来是世璧站在楼下，唤我快快下楼呢。

世璧带着我在成都四处闲逛，领着我品尝成都的美食。她似火般的热情，让我很感动。我以前是个不折不扣的"宅女"，也比较害羞。认识世璧后，总是非常信任地跟着她，还和她的亲戚朋友以及同事都混熟了。我们就像一家人一样，有时她和儿子在外吃饭，我也会和他们一起。世璧曾经说成都人很好客，世璧对我的关照，让我觉得她就是典型的"好客的成都人"。世璧平时开一辆黄色汽车，明亮的车身颜色和她开朗的性格非常搭。自从和世璧熟悉起来后，我就成了她副驾上的常客。

世璧性格非常开朗，身上也有许多让我佩服的优点。其中最让我佩服的就是她对待家人时的耐心、亲切和温柔。我没有信心可以做到像她这样。通常，女人总是会用高标准来要求自己的丈夫。有时女人可能只是为了确认对方是否还爱自己，要求对方迁就自己，不然就会无理取闹。

世璧的丈夫富贵是个踏实的男人。但可能因为他不是四川人，也可能是身体原因，富贵不爱吃口味偏重的川菜，也不爱在外吃饭，只习惯吃家常菜。按照成都本地人的生活方式来说，可能会觉得他比较难伺候。尤其是对于性格开朗、爱与人相处的世璧来说，很可能会难以忍受。但是，我从未见过世璧因生活习惯不同而冲着富贵发脾气，俩人从来没有因为这些事情争吵过。我想，虽然女人比男人更加容易被爱情冲昏头脑，但同时女人也比男人更加情绪化，情绪更容易被一些琐事左右。但别看世璧身形娇小，心胸却十分宽广，懂得包容别人。

我也忘了是在哪一天，可能是某次我和她在外吃过饭后，她驾车带我回到家，我们站在家楼下的芭蕉树下，世璧对我说了一句话。

我至今仍然记得清清楚楚，我们经过芭蕉树时她轻轻说了一句，"下辈子我不想再做女人了……"

我一下子想到了卓文君曾说过的一句话："来世你为女来我为男。"

不知道当时的芭蕉树是否也听到了世璧的这一声感叹呢？

※

我去了久违的世璧的家。

我们好几年没见了，这段时间里，世璧一家似乎更加温馨了。世璧的儿子大学毕业就顺利进入了中国首屈一指的互联网企业成都分公司工作。世璧每天会做一桌美味的饭菜，等着儿子下班回家，一家人一起吃晚饭。世璧的丈夫富贵看着精神头更好了，坐在饭桌边上和儿子有一搭没一搭地说着话。真是一幕和睦温馨的家庭日常啊。

难得回成都一次，我受世璧家的温馨气氛感染，决定在成都多停留两天。我住的还是以前在世璧家时住的房间。世璧告诉我，现在他们不把这间房出租了，就让它空着当做客房。十年前，我住在这里时，还在墙上贴过一张小纸条。我还记得，纸条上写的好像是"梦想成真"，要不然可能就是我喜欢的德国诗人里尔克的诗……想到这里，我的脑海中不由得浮现出过去那段被"梦想"和"苦恼"充斥的岁月。

从这个房间向外看，仍然能看到芭蕉树，还是我记忆中的样子。

"朝向南国，乡愁无尽。"

来到北方后，就很难再见到芭蕉了。我反而觉得，诗句里的芭蕉就像是我自己的写照。

我的芭蕉图

成都的芭蕉树，总会形成大片大片的绿荫。

"你看，这芭蕉树怎么会那么高？韩国虽然也有芭蕉树，但我还没在韩国见过这么高的……"我不禁停下脚步，向儿子发出这番感叹。

"我站在芭蕉树下，你给我拍张照吧。"我留下了一张自己和高大的芭蕉树的合影。

这种高大的芭蕉树在成都随处可见，但我在韩国却从未见过。

在韩国古代美术史上，朝鲜第 22 代君主正祖王（1752—1800，1776—1800 在位）画的《芭蕉图》最为著名。不过，这幅芭蕉图中的芭蕉并不高大。图中的芭蕉树年头似乎不算久远，也可能是因为韩国气候并不利于芭蕉生长。

第一次在教科书里看到这幅《芭蕉图》时，我还在上初中。朝鲜历史上有一位叫做"思悼世子"（1735—1762）的王世子，这位王世子死于自己的父亲——英祖之手。英祖（1694—1776，1725—1776 在位），是朝鲜时代在位时间最长的王。《芭蕉图》的作者——正祖是英祖的孙子，也就是思悼世子的独子。

英祖三十八年（1762），思悼世子因党争被关在米桶里，8 天后死去。正祖当时才 11 岁。26 年后（正祖十三年），正祖将父亲的坟墓从扬州永佑园迁到水原华山的玄隆园，其后历经 3 年，正祖一片孝心，下令重建水原华城。得益于此，水原的华城，如今被称为朝鲜城郭中最为完美的一座城。此外，古典小说《恨中录》就是正祖的母亲——惠庆宫洪氏（即宪庆王后）所写，是一部记录了王室女性亲身经历的王室悲剧。

在少年正祖成长的过程中，身边群狼环伺，无数政敌虎视眈眈，但正祖却一路披荆斩棘，成功登上王座。面对残酷的磨练，年少的正祖非常努力。他用功学习，不仅擅长诗词，还擅长绘画，晚年甚至必须佩戴眼镜才能正常看书。正因为如此，他才能从一众政敌中杀出重围，登上王位。在位24年间，他提拔了众多人才，复兴学术和艺术。历史学家评论，正祖学识卓越。在儒学方面，当时的学者中还没有人能赢过正祖。而正祖画的《芭蕉图》，也极具艺术性。

梅、兰、竹、菊，被世人统称"四君子"。世人以"四君子"分别比喻圣人"傲、幽、澹、逸"的高尚品德。除了梅、兰、竹、菊之外，芭蕉也是儒家借物喻志的象征，有时也能看到咏芭蕉的诗文和书画。

芭 蕉

（宋）张载

芭蕉心尽展新枝，新卷新心暗已随。
愿学新心养新德，旋随新叶起新知。

朝鲜的士大夫也会培育芭蕉，甚至还会在寒冷的冬天里将芭蕉花盆放在房间里观赏，以此来提醒自己谨记芭蕉所代表的高尚品德。

朝鲜儒教以性理学为主，士大夫们遵照"修己治人"这一性理学的基本伦理，把"磨砺身心，一心从政"视为常理。正祖为了警醒自己，希望自己养成芭蕉一样高尚的品德，培育芭蕉，还以芭蕉作诗。

芭蕉图

[朝鲜] 正祖

庭苑媚春芜，
绿蕉新叶展。

> 展来如幂长，
>
> 托物大人勉。

诗句中的"勉"，意为"尽力而为"和"劝人向上"。这就是芭蕉所代表的高尚品德。芭蕉葱绿的叶子长长地铺开，枝干上不断有新叶冒出。就像士大夫以君子为目标，不断磨砺自己的身心，不断努力学习。从这一方面来看，芭蕉也体现出了文人不断求学的崇高精神。

说到芭蕉，就不得不提起怀素（737—799）。怀素是唐代书法家，以"狂草"名世，史称"草圣"。怀素草书，笔法瘦劲，千变万化，法度具备。

怀素自幼出家为僧，经禅之暇，爱好书法。怀素练字勤奋刻苦，因为没钱买纸张，他就摘下芭蕉叶，在叶子上练字。他坚持不懈，终于成为著名的书法家。

传记《僧怀素传》的著者是"茶圣"陆羽。陆羽所著的《茶经》，是记录中国茶文化的经典之作。

中国是世界上种茶、饮茶的发源地。而在中国，最早开始种茶、饮茶、卖茶的地区则是四川。

汉代王褒的《僮约》中有要求奴仆"牵犬贩鹅，武阳买茶"之句，这是最早关于"买茶"的记载。该书是最早出现"茶"字的文献。《僮约》中有要求奴仆"烹茶尽具""武阳买茶"之句，其"茶"字的写法，不同于汉代常用的"荼"。据考证，"武阳"在今四川眉山市彭山区内，表明当时彭山已有卖茶的集市。在没有发现新的史料记载或考古成果之前，可以说，四川是首创"茶"字和最早使用"茶"字之地。不仅如此，晋代张载《登成都白菟楼》诗言："芳茶冠六清，溢味播九区。"此后，尤其是唐代及以后，随着四川与各地经济、文化交流的增强，茶的种植、加工和饮用逐渐传播到全国各地乃至世界。可以说，四川是中国和世界茶业或茶文化当之无愧的摇篮和发源地。清代顾炎武在《日知录》中明确指出："自秦人取蜀而后，始有茗饮之事。"即认为战国后期秦国吞并巴蜀以后，饮茶之事才逐渐从四川传播到中原各地。也就是说，中国和世界最早的饮茶文化始于四川。

四川地处盆地，四周重峦叠嶂，气候温和，雨量充沛，云多雾大，其自然环境特别适宜茶树的生长，出产上等的茶叶。由于四川开种茶、饮茶、卖茶的先河，在汉晋之时，四川茶叶品质佳美，享誉天下，并且形成了中国茶叶消费和贸易集散中心。其中，历史最悠久、最负盛名的是蒙顶茶、青城茶和"边销茶"。

"边销茶"，又称边茶，是指四川生产、专门销往少数民族地区的紧压茶，包括砖茶、方包茶。在中国历史上，汉族统治者为了与西南和西北地区的少数民族，尤其是藏族保持友好关系，更好地治理边关，采取了"以茶治边"的政策，设立"茶马司"，制定"茶马法"，用茶叶换取少数民族地区的马匹。可以说，四川"边销茶"，是连接中原和边疆少数民族的和平媒介。

茶叶是从茶树上采摘的嫩叶，而茶树原是一种野生的多年生常绿木本植物。古时候，四川、云南、贵州等地生长着原始的野生大茶树，这些茶树高可达15~30米。先民曾用野生茶树的叶子来治病、解渴，还出现了"神农尝百草，日遇七十二毒，得茶而解"的传说。唐代陆羽《茶经》言："茶之为饮，发乎神农氏，闻于鲁周公。"他认为，茶作为饮料，始于神农氏所在的时代。据学者考证，神农这个氏族或部落最早可能生息在川东和鄂西山区，首先发现茶的药用，进一步把茶当成了采食的对象。后来，他们中的西南一支或后裔分散到四川更广泛的地区生活，并且在茶的食用基础上首先开发了茶的饮用方法。

野生茶树非常高大，采摘鲜嫩的茶叶十分不易，难以保证相对稳定的茶叶产量，有的茶叶还含有较多酚酸物质，酚酸使茶汤具有很浓重的苦味。于是，先民们逐渐对野生茶树进行了改良和人工栽培。

茶的名称，在统一用"茶"字前后有10余种称谓，较常见的有5种：茶、槚、荈、茗、蔎。直到唐代，唐玄宗编撰的《开元文字音义》开始使用"茶"

字；陆羽在撰写世界上第一部茶叶专著《茶经》时，更是将多种称呼统一改写成"茶"字，最终使茶的名称和书写统一起来。[①]

据说，约在公元753年，二十岁的茶圣陆羽曾经来到蒙山（现四川省雅安市蒙山）。在蒙山天盖寺，他一边学习，一边考察，这段经历为他后来撰写世界名著《茶经》提供了丰富的素材。想必陆羽在蒙山时，一定也饮用了蒙顶茶吧。

据说，怀素亦曾留在四川成都宝园寺，或常饮巴蜀产之茶，因为对于好练字和禅定的人来说，必是抵抗不了一杯茶所带来的寂静。

夏天总会遇上不期而至的雷阵雨，芭蕉树下的茅草亭子里，怀素停下手里的笔，端着茶水饮上一口，侧耳倾听雨水落在芭蕉叶上的响声……要是我也擅长画那水墨画的话，必是要提笔将这午后雨景中的寂静景致记录下来。

[①] 《【天府文化】世界茶源在中国，中国茶源在四川》，2018－08－13，https：//www.sohu.com/a/246895935_348914；《四川蒙顶山世界茶之源 品味雾本茶感悟人生路》，2018－10－08，https：//www.sohu.com/a/258144735_116897。

红梅和母女

"梅林农家乐,聊天、喝茶、打麻将、品美食,简直巴适!"

有一个成都人在博客写下了这句宣传语,述说着成都人在春天最爱做的事情。

"这就是成都,这就是成都最真实的样子。"我一边喃喃自语,一边将视线移向了博客里的照片上,脑海中还浮现出了春天和朋友在成都郊外的梅花林中聊天、喝茶、打麻将、品美食的悠闲时光。

"简直巴适!"

望着西边的天空,那时的美景似乎再次映入了眼帘,引得我不自觉朝它走去。

成都是梅花之乡,我刚来成都那年的冬天就知道了。到了冬至,各处都开着许多腊梅,然后又接二连三地开了黄梅和红梅。淡黄色的小花给了我慰藉,梅花的清香浸润了我倍感冷清的心。这开得正盛的梅花似乎是在告诉人们:"再坚持一下,春天就要到啦!"那时我才明白,梅花虽然在冬天绽放,但也代表着春天将至,看了不禁让人内心感到一阵暖意。

除夕当天,王鹃担心我独自在国外过春节会很孤单,就邀请我参加她的家庭聚会,带我去了红梅林。那是我第一次见到开得如此灿烂的梅花,也是我第一次去梅花林。

"我给你拍张照。"王鹃让我站到花丛中。

10年后,也就是在去年,我才在首尔娘家家里看到当时拍下的照片。

✲

  我家共两儿三女，我是兄弟姐妹中最小的。我出生那年，大姐16岁，她对我的出生是非常不欢迎的。那时候，父亲被人骗了，辛苦攒下来的钱都打了水漂。家里的经济状况很糟糕，父亲只好离家外出打工，正好没过多久我就出生了。可想而知，一切都要重头再来的父母带着年少不更事的我过得该有多么艰难。

  幸运的是，我逐渐长大，家里的情况也逐渐好转。在我的记忆里，父母一直都很勤劳。他们总是早出晚归，整日操心店里的事，顾不上我。

  我那时候还小不懂事，没太往心里去。但是母亲却一直记挂着这件事，总觉得对不起我。家里的生活稳定下来后，我也早已长大成人。但母亲似乎却更希望时光能倒退回从前，把早已长大的我当作什么都不懂的孩子来照顾。所以，她对我表现出过度的控制欲，只要我不顺着她，她就会很生气。更糟糕的是，似乎是遗憾小的时候对我关心不够，我长大后她总是对我表现出不必要的担心。比如，总是担心我是不是没好好吃饭，或我有没有遭遇什么不幸的事。但其实一直以来这些都不过只是她自己在吓唬自己。当然，母亲年纪大了，爱操心子女，这是不可避免的。我能理解她的心情，但问题在于她的过度关心有时会给我造成困扰。过度且无用的关心常常会让我好不容易建立起来的希望和勇气落空，心情也会像浸了水的棉花一样沉重。

  直到某一天，我突然决定要去远在千里之外的成都留学。刚来成都的时候，我的计划是在这里待三年，但三年过去我才不得不承认，三年的时间远不够我完成学业。其实，一开始我就感觉自己的留学生活不会太容易。因此我来到成都的第一年春节都没打算回韩国。当时我只一门心思地想着怎样才能节省留学期间的花销，所以那年冬天我的心情一直都很低落。虽然我是在为自己的目标而坚持奋斗，可远在首尔的母亲却在苦等我早日回国。

  就在这时，我看到了夹在我房间里书柜上的照片了。照片中的自己看着很开心。拍照时阳光明媚，花色映人。站在梅花林中的自己，也像那梅花一样，明朗灿烂。

"这花开得真好。"站在盛开的梅花旁，原本因学业和现实压力而阴郁的心情也一下子明朗起来。我不自觉地笑了起来，"我想把这张照片寄给母亲。"

您看，我笑得很开心，过得很好。所以，请别为我担心。

我每次回首尔都会先去母亲房间。

有一次，难得和母亲坐在一起吃饭聊天，她像是突然想起了什么事情似的，从窗边的相册里翻出一本来。一边翻相册一边跟我说："你看，你的照片我都夹在这里。每次想你的时候，我都会翻开看看。"

"是吗？"

我自己都记不清这是多久前寄给母亲的照片了，我拿起照片仔细看了看。

在我的印象当中，那时的自己因为生活和学业压力头都大了……但神奇的是，照片中的我却像那盛开的梅花中的一朵，笑容十分灿烂。

"这是谁家的女儿啊，这么漂亮。"我笑着跟妈妈开着玩笑，妈妈也跟着笑了起来。

每到冬天新旧交替之际，成都的梅花都会如期绽放。那些盛开的梅花，似乎给了我一种无名的力量，让我和妈妈都露出了笑容。就在这小小的房间里，我和妈妈坐在一起，时间静静流逝，枝上的梅花依然盛开。

「心」

汶川地震

我还清楚地记得，2008年5月12日14点28分，我在四川师范大学的公寓，突然发生了地震，成都市震感明显。

"地震了！"

不一会儿，窗外传来了叫我的声音。

"朴老师！地震了！快出来！我鞋都没穿就跑出来了，您顺便给我带双鞋下来吧！"原来是川师大的女学生飞飞在叫我，我赶紧拿上鞋跑了出去。

"我连鞋都来不及穿就从宿舍跑过来了。对了，您儿子民赫呢？"

"他这会儿在学校呢。"

那时，我住的公寓、女生宿舍和儿子上的小学都在学校里。

"那我们去把他接回来吧。"

接回儿子后，我们母子俩简单吃了晚饭，饭后有人打电话过来。

是我以前的房东世璧打来的电话。她说随时可能有余震，待在屋子里更危险，让我们一起到她的车里过夜，她的车就停在学校的大路边上。于是，我和儿子下了楼，和世璧母子一起在车里过了夜，她们母子在前座，我和儿子坐在后座。也不知道什么时候会有余震，我们四人就这样在狭小的车里蜷缩着睡了一晚。

第二天中午，我家对门的王女士来敲门了："在外国遇到这种事，你们母子俩肯定很害怕。公寓里的大部分住户都要去外面扎帐篷，我们也在学校树林里搭了帐篷，你们一起来吧。"

我很不好意思，但特殊时期也没办法，就带着儿子一起去了。

我又想起了那天晚上。白杨树林里，我和儿子躺在王女士家的帐篷，仰望着夜空，帐篷外是其他人交谈的声音……那一刻，心里的不安和孤单都消失不见了，有这样的邻居，取而代之的都是暖心。仿佛置身于原始时代的部落，我和儿子安心地进入了梦乡。

❁

地震灾区的救援工作开始了，大家也逐渐不再被恐惧笼罩。灾区外的人们关注着电视里实时直播的救援现场，每当看到有人成功获救，都会忍不住鼓掌欢呼。

谢谢每一个还好好活着的你！

那年5月的成都，甚至是整个四川，都回荡着无数为彼此加油鼓励的呐喊声。无论遇到何种苦难，我们都决不放弃生之希望！

也许，我在锦江边上看到的，正是成都人民生性的乐观和一片温情。成都人的这一气质，绝非一朝一夕造就，而是一种基于天时、地利、人和的共同磨合出来的精神传统。我怀着对此的感叹之情，以那一年在5月锦江边所见的别致景象为背景，写下了这篇故事。

❁

江水东流是大自然亘古不变的规律，所以当下所看到的江景也只是此时此刻独有的景色。正因如此，此刻我更想把眼前的锦江美景纳入眼中，刻在心里。

我已经忘记是在2008年5月的哪一天了，可能是13号，也可能是14号，反正是在汶川地震发生后的某一天下午。

那天，我正打算去江边的公交站换乘，却看到江边沿途的青草地和树荫下搭着花花绿绿的帐篷，其间是闲聊或正在搭帐篷的市民们，让我有一种仿佛来到了某个野营地的错觉。一溜的帐篷后面，还是那条悠悠流淌的锦江，江边堤坝的草地和树木也一如往常。不同的是，现在市民们聚在这里，江边的坡道不再似往常般清净，俨然一看还以为他们是在野餐呢。此情此景，就算是对土生土长的成都人来说也难得一见。

不过，在当下这种难得一见的景象也是应急之举。毕竟众所周知，这一切全都是前几天的大地震造成的。

离成都不远的汶川县，发生了特大地震，听说余震很有可能会波及成都。市民们都被这一消息吓得不轻，觉得待在外面比待在家里更安全。这么一想，最佳去处不就是人烟稀少的江边嘛。要在江边过夜，那可不就得搭帐篷？大家都觉得这样的想法不错，于是为了躲过当晚的余震，就都带着家里的帐篷、坐垫，甚至宵夜零食跑出来了。

都说锦江是成都人民的母亲河，那么那些在锦江边避难的成都人，看起来是不是很像雏鸟躲进了母亲的怀里？我走在其中，看着这由于一场突发的地震灾害而带来的别样风景，却莫名感到有些安心。

非要问原因的话，我至今也说不清究竟是什么。但我可以肯定的是，那天偶然看到的别致景色，就是我理想中的城市景象——人与自然和谐共处。那种感受就像是长久以来在脑中的景象在意想不到的时刻突然变成了现实。

童话故事

不动桥

我对数字或名称不敏感，每当别人问我这些，我都觉得自己像个傻瓜似的什么都想不起来。所以不要问我下面的事情是发生在哪个国家、哪个城市，反正我这样凑合活到现在也没什么不好嘛。

我是在傍晚到达这座城市的。晚上到一个陌生的地方，心里多少都会有些着急。看到天色渐深，我有些慌乱，急匆匆地赶去了酒店。

刚才在出租车上听到了广播里的新闻，好像是在说今天白天这儿发生了地震。哦，不对，这儿不是震源，但这儿附近城市的房子都塌了。地震的时候这里也有明显震感，能感觉到地面上的公交车和公寓都在晃动。出租车司机师傅说，地震太严重了，城里的人吓得都乱了套。他说，现在比较危险，最好赶紧原路返回机场坐飞机离开这儿。还说就连有的本地人都吓得想往外逃呢，不知道我哪来的胆子来了这里。

司机师傅的话，确实是挺有道理。

可是这么晚了，也不能保证还能买得到机票呀。再说了，因为这场地震，好多人都想往外逃，现在不就更难买票了？考虑到这些，我觉得还是先去酒店里睡一晚比较好，明天的事明天再说。

终于到了酒店，刚进去就看到里面乱糟糟的，我有种不祥的预感，今晚怕是睡不好了。随便找个人问了问，原来是酒店广播说夜间酒店有倒塌危险，提醒大家最好外出避难。

我问那人准备去哪里住宿，他说有家五星级酒店的建筑很结实，打算去那儿住。那人说的那家酒店房费高得让人难以想象，不知道是不是也是受了这次地震的影响。于是我又问了其他人，回答也是五花八门的。有的人打算就在酒店前的草坪上待着，再看看情况；有的人说要去买帐篷；还有的人别无他法，就在酒店一楼前台乱成了一团……反正是在1楼，逃跑的时候也方便。

看来今晚在床上睡一觉并不安全。反正行李箱也还没打开，我决定干脆到外面转转。要是放在平时，我是不会有这种胆量的。我向来是那种不愿意去自己不熟悉地方的人，就算再怎么繁华的城市，我也不会大晚上在陌生的街道上行走。

但是那天的我和平时有些不一样。酒店外面的草坪上人很多，不仅有酒店的房客，办公楼、高层公寓的住户也都出来了，扎着帐篷休息。

尽管这里也同样正值夏季，但还是别有一番风味。每一片草坪上都像夏令营一般舒适轻松。不知道的话，谁都看不出大家是在避险，反而更像是个平和美好的露营。

于是，我决定沿着道路走一走，要是看到哪块草坪适合坐着看夜景的话，就在那儿坐着休息。反正就算我今晚坐在草坪上看夜景，别人也不会觉得我很奇怪。

我一直走到了江边，看到了一条横穿市中心的江。江边的草坪上也满是帐篷，有人在打牌，有人无聊闲坐，还有人静静躺着——人也是，江也是，看着都很悠闲。这时恰好看到了江上的桥，我就走了上去。

故事从这里才算是开始。在桥中间，我发现了一排透明但粗壮的绳子。踩在脚下我才意识到，原来那是一座古老的石桥。

石桥看起来很有年代感，桥头上趴着石龟，鼻子和尾巴有很明显的磨损痕迹。桥身的石材摸起来也是坑坑洼洼的，没想到我竟无意间在这座旅游城市里发现了一处历史遗迹。

我一直喜欢有年代感的事物，所以就拿出相机，打算拍下眼前的景象。就在我把镜头对准了这座桥时，我看到桥中间有一排垂向江面的绳子。绳子透明但又很粗壮，看上去像是从空中垂下来，底端要触到江面似的。

"那是什么？"

我好奇地环顾四周，想先找人问问那绳子是干什么用的，然后再走上前去一探究竟。可这会儿周围却一个人也没有。刚才沿着路过来时还能看到江边灯火辉煌，到处都是人和帐篷，到了石桥这儿反而一个人也没有。

我觉得很奇怪，就又仔细看了看，竟有了些新的发现。这座桥上没有车辆来往，石桥上的灯光也不是电灯，而是煤油灯。看来这座桥是正儿八经的历史遗迹啊。无意中能发现这座桥，我运气还真挺不错的。这么一想，这儿附近没人也就说得通了。这就像很多其他的景点一样，去的都是外地游客，本地人几乎都不去，看来这座桥也是如此。毕竟由于地震，也没什么游客来这儿游玩。想明白了这些，我就又放下心来。

弄明白情况后，我就毫不犹豫地走近了绳子。

我靠着栏杆，伸着手够到了绳子，绳子摸起来像常见的透明钓鱼线一样，表面很光滑。我用双手抓着绳子，感觉不是我在晃绳子，而是绳子在晃我。

突然，我的身体晃了一下，同时石桥也在摇晃。不对，准确来说，是地震了。"啊！"桥的两头传来了人们的惊叫声，确实是地震，我独自站在桥中间，远远看到很多人从高层建筑里涌了出来。

要说我那时候害怕吗？毕竟地震不仅仅是地面晃动这么简单，要是死了怎么办？但其实我并不怕。虽然感到脚下晃动时有些慌乱，但一想到这只是个余震，我心里反而很平静。虽然不知道这样回答对不对，当时的我确实如此。不过比起死亡，更恐惧的是未来。

于是我放下心来，又用力晃了晃绳子。

"谁在晃绳子！"突然传来了一声巨大的声响，脚下的晃动更强烈了，吓得我还以为是打雷了。

我下意识地朝天上望去,空中竟是一张大到似乎能遮住整片天的脸正俯视着我!

"是你在晃绳子?之前也是你晃的吧?"

我面前的这张脸大到几乎能遮住整个天空,还正对着我发火!我吓得一时不知该怎么回答,只好呆愣在原地。

"你胆子倒是挺大的!哈哈!"

这是怎么回事?他没有发火,反而还笑了起来?不过我也松了口气。

"我以为这个绳子是可以摇晃的呢。这是干什么用的?"

"我正在钓一条龙呢,这龙不仅愚蠢,脾气还很暴躁。"

"钓一条龙?"我愣住了。

他看到我呆愣的样子,可能是觉得好笑,就笑着接着说:"你不信?刚才你也感觉到地面在晃动了吧?就这样还不相信我的话?既然如此……"

话音刚落,地面又开始晃动了。这下我明白了,原来只要他一拉桥上的绳子,就会出现地震一样的强烈晃动。

"啊!快别晃了!很危险!我相信你的话!"

"现在相信了吧。正好我也困了,你来抓住这绳子。我睡的时候,你可要抓好了。要是觉得有些紧,就稍微松一点。"

我还没来得及拒绝,他就消失不见了。我的手里也不知道什么时候就抓上了绳子。这时我才意识到自己摊上了一项责任重大的任务,万一弄不好,后果将不堪设想。

我开始紧张起来,这下也不困了。也不知道他要睡多久,只好双手紧紧抓住绳子不敢放松,像在接受惩罚一样。

不知过了多久,天边泛白了。

"不错嘛,比我还厉害。"终于头顶上又像在打雷一样,那张巨大的脸出现了。

"哎呀,你快把绳子接过去,我的手都快废了。"

他把手伸过来，像是一座巨塔要把我笼罩住一样。看到他的手，我的脑袋里闪过一个想法。接着，我没有任何犹豫，顺着绳子就爬到他的手心上。

"既然你也夸了我，不如就当做给我一个奖励，带我去看看天池吧。"

"为什么要看天池？"

"听说通过天池可以看到未来，我想知道我的未来是怎么样的。"

"这个嘛，小事一桩。"

他很爽快地答应了。看来他的心胸就和他的手掌一样，宽阔大气。

我的愿望似乎就要实现了。我实在是太高兴了，都忘了怀里还抱着绳子的把手，自顾自地向他走去。我没有意识到，绳子被我越拉越紧了。等我踩上他的手掌后，更是感受不到地面上发生了什么。

他反而比我先意识到不对劲。

"蠢货，你得先松开绳子啊！"

听到他如雷鸣般的怒吼，我下意识地就松开了绳子。这时已经来不及了，地面上已经出了大乱子，那些高耸入云的建筑像要倒了似的，岌岌可危。不过，好在他及时出手，不然我差点就毁了一整座城。

当然，他也不奖励我看天池了。

他非常生气，直接把我从手心上甩了下来。

等我回过神来，才发现自己已经掉到了桥下的草丛里，还好没掉到石桥上或是江里，我还有些庆幸。于是我站了起来，这时已经能看到有人在周围晨练了。

我随便找了个人问："昨晚发生什么了？"

"昨晚？昨晚在草坪上好不容易睡着了，半夜又地震了，不过不怎么严重。也没听到有楼塌了，大家都没事儿。你看我，昨晚睡得好好的，所以肯定没发生什么大事儿。"

我又找了个人问了问，都是同样的答案。我这才放下心来。

这时候我才想起来还不知道这座桥叫什么名字呢。正好看到有个老人在江边钓鱼,我问他:"老人家,这座桥叫什么桥啊?"

"不动桥。"

"什么?"

"'不动'就是说这桥非常坚固,哪怕天塌了,这座桥也不会塌。据说从前有条龙身子有百里长,有一天它在天上拿着一颗夜明珠玩,一不小心夜明珠掉到了人间。龙为了找回夜明珠,在天上人间上蹿下跳,闹了个天翻地覆。我看它成天胡作非为,为了抓住它就用鱼钩勾住了它的尾巴。不巧那恶龙当时正在江里逆流而上,还好我的钓鱼线正好卡在了这桥上。这桥也确实结实,那条恶龙的尾巴挣脱不开,就往地下钻,时不时闹点动静出来。每当这时,地面也能感受到震动。不过,既然我勾住了他的尾巴,哪有放过它的道理?就这样过了大概有几千几万年了吧,这桥也还是好好的。"

"老人家,这怎么可能啊?"

"那你看,我不就正在这儿钓那条龙嘛。"

这位老人身材矮小,玩笑倒是开得挺大。我看着他淳朴灿烂的笑脸,突然觉得很熟悉,像是在哪儿见过一样。于是我就用相机拍了下来。照片里,能看到一位老人正在江边垂钓,还能看到桥和江水。

我还记得我问他:"这江里能钓到鱼吗?"

"何止是鱼,连龙都能钓到呢!"

我不知道在那之后这个城市是否还发生过地震,因为我离开了那里,去了一个偏僻的地方。听说在那偏僻的地方,有个神圣的天池,要是在天池边上专心凝视池子,就能看到自己的未来。我非常渴望从那神圣的天池里看到自己的未来,于是爬了一天的山,终于见到了天池。

至于我是不是真的看到了我的未来?

我不想说,因为每个人都有一些珍藏在自己内心的事情。

谁都不是一个人

汶川大地震 10 周年的时候，我看到了一个视频，是对一个名叫代国宏的生存者的采访。

2008 年 5 月 12 日。

地震发生时，他还是学生，正在上课，还没反应过来就直接被埋在了建筑下面。在被埋的第一天，他其实并不知道事态的严重性，只能静静等着别人来救自己。他被埋在了震碎的建筑物下面，看不到同学们在哪儿，只能和一个离得比较近的朋友说说话。他们互相鼓励，说一定要坚持住，等待救援队伍的到来。但才第二天，身旁的朋友奄奄一息地告诉代国宏："你要是活着出去，就替我告诉父母，我很爱他们。今后你的梦想要是实现了，别忘了为我们做点有意义的事情。"旁边的朋友撑着最后一点力气说完这些话后，没多久就没声音了。

在身旁断断续续的说话声中，代国宏硬生生坚持了下来，最终获救。他被埋时双腿受了伤，获救后受伤的双腿也被截断了。虽然得以幸存，还是留下了残疾。但作为一名残疾人，他最终学会了游泳。与其说是运动，不如说是适应性训练。他将朋友的遗言铭记在心，拼尽全力，只为了无愧于他人，更无愧于自己。在 2010 年中国全国残疾人运动会上，他终于获得了 100 米游泳金牌。2015 年，他找到了给自己留下遗言的朋友的父母，详细回忆起这段经历。这位朋友的父母在见到他之前，还一直抱着一线希望，祈望自己的孩子仍存活在这个世上。当他将自己记忆中的一幕幕告诉二老时，他们也不得不接受了现实。当主持人问及为何没有及时转达朋友的遗言时,他说:"我要等自己成为一个强大的人,所以我首先要奋斗。然后等时机成熟了,我才能鼓起勇气去说。"

视频最后他是这样说的:"地震给我们留下了伤痛,但我们绝不是一个人。我想告诉大家,谁都不是一个人。"

可乐少年

我记得,那年地震还有了一个"可乐男孩"。

他曾面临死亡危机,被救援队救出后,他说"我想喝可乐",因此一举成名。这个少年说要喝可乐的新闻播出那天,我正好也看到了,至今还记忆犹新。

地震中四川绵竹汉旺东汽中学的4层教学楼倒塌了。70多个小时后,救援队从废墟里救出两名学生,并在他们旁边找到了另一个学生,他被埋了接近80个小时。

孩子右手和右腿受伤,救援人员先帮他包扎了伤口,然后用担架把他抬上救护车。此时,孩子突然对救援人员说:"叔叔,我想喝可乐。"

可乐!

因为这一句话,救助队员们的脸上顿时露出了笑容。

"知道了,我给你拿可乐。"

少年此时又说了一句:"要冰冻的。"

"好的,拿冰冻的。"

正在观看电视直播的我大吃一惊。谁会想到,被压在楼板下的孩子死里逃生,还说要喝"可乐"!坐在公寓的客厅里,我自言自语道,四川的孩子都这样吗?他们到底从哪儿学到了如此天真的乐观主义!

后来一打听,这一报道感动了全中国人民,大家都喜欢这个坚强开朗的孩子。谁说不是呢?面对天灾,男女老少都感到恐惧不已,而这个少年却似乎并不在意其可怕。

人们在说起少年的故事时，总会发出善意的调笑。

伴随着笑声，人们还会感叹："没错，我们四川人就是这样的。"就算再苦再累，也会笑着挺过去。这样的乐观氛围蔓延开来了，欢快的气息也蔓延开来了。我想，这就是乐观主义的胜利。

采访视频里提到，地震发生十年后，"可乐少年"成为成都市可口可乐博物馆的青年馆长。这可真像一个童话故事的结尾。

已经长大成人的"可乐少年"薛枭有一个愿望，"希望人们先知道薛枭，再知道可乐男孩。"

"不在乎知名度如何，我只是我。"这样的一句话，让我再次感受到了他内心的强大。

地震也给薛枭带来了伤痛。他的初恋女孩在地震中去世了。他能再次遇到所爱之人吗？虽然答案无从得知，但我相信，时间就是良药。对于对爱情持悲观态度的我来说，这个青年所表现出来的人生态度，就是中国人的本性吗？我倒真是有一些羡慕。

总之，这就是十年前，一个刚刚从危机中被解救出来就开始找冰可乐喝的少年的故事。如今他已经成长为一表人才的青年，在可口可乐公司的成都博物馆里接待游客，进行解说，过着充实的生活。他在不断地努力适应自己的年龄变化，也在努力生活……

和而不同

子曰："君子和而不同，小人同而不和。"

"果然，孔子的思想境界就是不同于凡人。"

这是我在飞往成都的飞机上看《论语》时发出的感慨。

我的记性不好，老是忘记一些事情，但我却清楚地记得"和而不同"这个词。我记得第一次认识这个词，是在听别人介绍川菜时。介绍的人说，川菜的特色就在于其味道"和而不同"。也就是说，一道川菜融合了各种食材和调料，各有不同却又和谐一致。

他用烹饪川菜时必需的调料给我举了个例子。他说，川菜中所用的调料五花八门，种类繁多，用这些调料完成一道菜，足以佐证"和而不同"的哲理。

听到他说的话，我第一个联想到的就是"火锅"。吃火锅时，将提前准备好的食材倒进同一锅汤里煮熟，但食材却仍然能保持各自的独特风味。

我是在来到成都后才第一次吃了火锅。在此之前，我从未听说过火锅，甚至从来没想过世界上竟然会存在火锅这种热气腾腾而又麻辣鲜香的味道。韩国人喜欢喝汤，所以我最遗憾的就是火锅里的汤不能喝。但是必须承认的是，把蔬菜、豆腐、牛肉、粉条等各种食材都放进汤里煮熟后再捞起来吃，真是太过瘾了。我很快就迷上了火锅。这种美味如此神奇，想必在这世界上也难找出可与之媲美的食物了吧？

真正吃过火锅，才能明白为什么它的名字里带有"火"字。面前的红色汤底热气腾腾，嘴里又是火辣辣的辣味，让人不由得联想到"热情"二字。火锅很辣，若是吃得过多，第二天准会拉肚子，脸上也会冒痘。成都人管这种现象叫作"上火"。

当然，火锅也并不是只有鲜香麻辣这一种味道。还有一种叫做"鸳鸯锅"，一口锅分成两半，一半红一半白，也就是常规的红锅加上清淡的白汤。我第一次吃火锅时，吃的就是红锅，将食物吃进嘴里的瞬间便觉十分惊喜，当时就爱上了火锅的独特风味。

但其实我第一次吃火锅就深陷其中的原因并不只是因为其独特的风味。一般在和朋友们一起吃饭时，常见的场景就是大家都闷声不语，只是用筷子不停地夹着食物送进嘴里。但在吃火锅时，却是完全不同的热闹氛围。吃火锅时，耳边总是环绕着人们的欢笑声，笑声传达出的喜悦似乎能触及心灵深处。这时你会发现，原来自己并非孤身一人，还会产生一种发自内心的幸福感。所以，在吃火锅时大家会肆意地谈笑——无数的餐桌，无尽的欢笑，这便是成都最具代表性的场景之一。在这世界上恐怕再难找出像火锅这样的料理，仅需一道菜就能让桌前所有人都开心围坐在一起。

因此，也有人把火锅称作"开心菜"。

要我说啊，四川火锅就是"热情"和"幸福"的味道。

吃火锅能让人快乐。桌上挤满了食材，吃的时候需要随时关注锅中的食物，熟了的就要赶紧捞起来，还要适时地往锅里加菜。吃的时候，大家都七手八脚地共同协作。有人说要再煮点别的菜，有人便会立马配合照做，有人见锅里的菜熟了会招呼大家赶紧吃，还有人在乖乖等着自己喜欢的菜煮熟……在吃火锅时，一桌人总是会这样协调配合着吃完这一餐。锅里的汤在滚滚沸腾，吃的人总会忙得不亦乐乎。

据说在古代，煮火锅用的都是笨重的青铜锅。所以，要想深入了解火锅，还得追溯到青铜器时代。

不过，从吃火锅的氛围来看，火锅在古代很可能是作为餐桌上的一道主菜，出现在各种热闹的场合中，想必很早以前就很受欢迎了。

我想，也许火锅就是凭着这样热闹欢乐且幸福的饮食文化，让众多外国人为它魂牵梦萦的吧。

我在成都遇到过不少韩国人，无一不折服于火锅的魅力。有一次，我们还聚在一起讨论起了关于在韩国开火锅店会不会成功的问题。有的人持乐观态度，认为火锅一定会火遍韩国，也有人接着问把火锅直译成韩语为"불냄비"（불：火，냄비：锅）是否可行。大家笑闹着，一致赞成，讨论得热火朝天。

最近韩国也出现了很多火锅店和麻辣烫店。美味的四川风味火遍世界，我是毫不意外的。麻辣烫也是川菜，味道和火锅相近。不过在我个人看来，在韩国吃麻辣烫比吃火锅方便很多。当然了，这只是我的一己之见。也就是说，无论在世界上任何国家，川菜都可以出现在人们的餐桌上。但我总觉得，吃火锅的精髓就在于人情味，少不了四川人的热情洋溢。要是大家都像四川人那样，围坐在一起热热闹闹地吃着火锅，那才能说是真正尝到了正宗的川菜风味。

我真希望有一天走进韩国的火锅店时，也能看到所有人热闹交谈的场景。

✳

说到料理风味"和而不同"，那不得不提韩国的拌饭。要论正宗，那当属全州拌饭。全州是我的老家，去首尔前，我一直住在全州。有很多朋友问我全州拌饭是什么味道。最传统的全州拌饭里，放了36种食材，一起拌着米饭吃。但普通人家并没有这么讲究，只有比较高档的餐馆才会这样做。总之，虽说只是一道菜，但像这样把多种食材放到同一碗饭里一起拌着吃，就能同时尝到不同的风味，这就是所谓的"和而不同"。

其实，无论哪里的拌饭，都是视情况而定。比如，一般都是家里有什么材料就放什么材料。这样的拌饭也代表着韩国的饮食文化。因为看似简单的一碗拌饭，其中却蕴含着民间的智慧，体现了民众简朴务实的生活态度。每家每户的妈妈们从自身情况出发，考虑家庭经济状况，同时兼顾营养健康，绞尽脑汁完成一碗拌饭。就着这样一碗拌饭，全家人热热闹闹地围坐在一起，一定也会吃得很香。

所以，准确来说拌饭的口味是非常多样化的。而我最喜欢的一种吃法是更近似炒饭的吃法，这还是母亲传授给我的料理方式。食材很简单，就是泡菜、豆芽和米饭，也可以再加些芝麻和香油。先在锅里倒上少许水，放入豆芽和切片泡菜，泡菜最好是炒熟了的，然后滴上几滴香油，再铺上米饭，最后盖上锅盖加热。等到锅里冒热气的时候，就可以揭开锅盖直接拌着吃了。酸辣可口的泡菜、口感清脆的豆芽和醇香的香油融合在一起，不失为一道美味佳肴。而且，大可放心的是，照这样做出来的拌饭绝不会让人失望。

我记得小时候几乎每天都会吃豆芽。

好像只要有豆芽，就不用为今天要做什么菜而发愁了。我家的饭桌上经常出现凉拌豆芽、豆芽汤。家里有时还会种植豆芽。到了冬天，就用陈年泡菜和豆芽一起煮一锅香辣可口的豆芽大米粥，这算得上是母亲最喜欢的料理之一了。感冒的时候，喝上一碗热腾腾的豆芽大米粥，既爽口又暖胃。

长大后我才知道，多亏了全州的水土，全州的豆芽才能那么好吃。全州的豆芽和豆芽汤饭非常有名，只要是卖豆芽汤饭的餐馆几乎都会在招牌上用"全州"二字以吸引客人。

来到首尔生活后，我在一家打着"全州"招牌的餐馆吃过一碗豆芽汤饭，我还记得，当时还是位于弘大入口某出版社的社长请我去那儿吃的饭。

那是我们在朋友的介绍下第一次见面。那时候，我就希望把自己写的童话作品出版成书。朋友知道我的想法后就联系了我，向我介绍了这位儿童书籍出版社的社长，还建议我们坐下来当面谈谈。关于出版我书籍的事，我们当时谈得非常顺利。这位出版社社长还带我去了这家"全州"字号的餐馆一起吃饭。可能当时他并不清楚，但我自己觉得自己是非常幸运的。因为出版书籍的事情进行得很顺利，再加上我们还一起享用了我的家乡美食，这让我很感动。吃过午饭后，社长无意间提到了有个稿子需要进行大幅修改，还问我能不能帮忙，我二话不说就答应了下来。我和出版社社长就这样一来二去地打着交道，他给我修改的稿子也越来越多了，每次我都会尽自己所能去帮他，但问题还是出现了。原来，他说想帮我出版书的话是假的，只是想把我当做免费改稿的苦力罢了。当时他手上有好几十本儿童书籍需要人修改润色，正好我又找上门来，他不用白不用。经过这件事我才明白，哪怕是看似清高的文学界，也有很多这种满肚子坏主意的人。后来偶尔想到曾经还和这样的人一起吃了自己喜爱的家乡料理豆芽汤饭，我就想从脑海里抹掉这段记忆。

❋

去年冬天，我去北京大学参加会议，偶然认识了一位女性学者。她不是北京本地人，所以当时我们就住在同一家酒店。会议结束后，我们一起回酒店。可能因为我是韩国人，我们的话题也都是围绕着韩国展开的。她还问了我的家乡在韩国的哪里，我告诉她我是韩国全州人，还跟她介绍了全州非常有名的拌饭和豆芽汤饭。关于我说的内容，她似乎有些了解，当时我和她聊得很开心。

但出乎意料的是她接下来说的话。

"我有个朋友，之前受邀去了韩国某个地方大学，她在那儿待了两年才回来。我听她说，她所在的学校离市区很远，每天只能在学校食堂吃饭。她说，她在食堂每天都吃豆芽汤饭。看来她除了豆芽汤饭也没有别的可吃了。"

听到这里时，我心想，当然啦，豆芽汤饭那么好吃，肯定是吃不腻才会一直吃啊。

但她紧接着说："我朋友说她天天吃，早就吃腻了。她说其实一点也不好吃，每天都是勉强自己吃下去的，所以现在她一听到'豆芽'两个字就反胃。"

当时我听了很惊讶，怎么会这样呢？

据我所知，如果是用豆芽来煮汤，再怎么创新，也是换汤不换药的。如果说做出来很难吃的话，那只可能是做菜的厨师不用心。

就因为这样不用心的厨师，我家乡美食的名声严重受损。

作为全州人，我想我是有必要打抱不平一番的。

"做菜都不诚心诚意，还当什么厨师！"

*

有些人如果买到了不好吃的东西就会生气，那要是在成都，应该不会遇到因为难吃而令人生气的餐馆。四川美食之所以好吃，或许也是因为四川人生来就明白只有用心做菜才会好吃的道理。

成都市中心有一家叫做"陈麻婆豆腐"的餐馆。据说，这家店的历史可以追溯到19世纪初的清朝。"麻婆豆腐"就是这家店两百年前的创始人"陈麻婆"的拿手好菜。以前，"婆婆"是对已婚女性的尊称。因其丈夫姓陈，故又称"陈太太"。而"麻婆"的"麻"字则是因为她满脸麻子，是得天花留下来的后遗症。

来到成都后没多久，我也去这家店吃过最正宗的麻婆豆腐。那时候还是世璧带我去的，她是典型的成都人，非常热情。那时候，我甚至都没想过要好好了解下这道菜的历史由来，后来是偶然在一本儿童绘本上看到了关于麻婆豆腐的故事。书上说，在万福桥马家碾有个叫做"乔娇"的寡妇。乔娇的丈夫姓陈，丈夫死后，她就和小姑子相依为命，靠缝纫维持生计。虽然日子艰难，但好在村子里的邻居都很关照她们姑嫂二人，常常会分一些大米或蔬菜给她们。于是，心灵手巧的乔娇就把邻居们送的食材做成菜，和大家一起分享。她做菜很好吃，尤其是她做的豆腐，大家都爱吃。后来乔娇就开了家小餐馆，店里的招牌菜就是这道"麻婆豆腐"。

但是，网络上流传的麻婆豆腐的由来却和我在书上看到的不同。另一种说法是，陈麻婆在万福桥旁开了一家小餐馆，有一天，有个油贩子带着豆腐和一块牛肉来了。

油贩子说："我可以把油给你用，你用这些材料给我做道菜吧。"

陈麻婆爽快地答应了，她用这些材料和辣椒、豆瓣酱、酱油、川盐、胡椒一起炒，不一会儿就做好了一道色香味俱全的美食。从此之后，陈麻婆做的"麻婆豆腐"就传开了。

虽然陈麻婆是半路出家开餐馆，但她做的麻婆豆腐有自己的特色，量大管饱，好吃不贵。后来，人们都爱吃她做的麻婆豆腐，麻婆豆腐也越来越多地出现在了人们的餐桌上。

从这个故事中隐约可以窥见四川人对美食的自信——就算没什么特殊材料，也能做得好吃，做出花样来。而更让人为之动容的还有美食背后所蕴含的人情味。陈麻婆在做菜时考虑周到，为了满足客人的现实需求，还会刻意加大食材分量。看似只是一道美食，其背后体现的却是用心且睿智的关怀。

我又想到了自己小时候的事情。小时候，妈妈经常让我跑腿去买豆芽，每次都会让我顺便带一块豆腐回家……

对麻婆豆腐的由来了解得越多，我就越觉得欣慰，四川真是一个充满人情味的地方啊。

❋

在成都时，我经常会买豆腐回家自己做。

我住的地方附近就有一个菜市场，我总是在那儿买豆腐。我常去的那家豆腐店，是一对勤劳的年轻夫妇经营的。丈夫负责在家做豆腐，妻子就负责看店做生意。店里一天出两次豆腐，上午一次，下午一次。豆腐做好后，就运到店里来卖。附近小区的住户都知道这家豆腐好吃，都爱来这儿买，豆腐很快就能卖光。要是时间赶得巧，买到刚出炉的热乎豆腐，整整一天都会很满足。

生活条件好转之后，我就搬离了这里。至今都让我觉得可惜的是，从那之后我就再也买不到那对夫妻精心做出来的香甜白嫩的豆腐了。

四川风味

我曾在山东见过一个女学生，她说："去四川玩玩吧，那儿好玩的好吃的都很多。"

我没想到她会这样为我推荐，本想告诉她其实我在成都生活了很长一段时间。转念一想，要是我这样说了，那她肯定会觉得不好意思，于是我也就慢慢听她说。

两年前，我离开成都回到韩国，后来又去了杭州，现在来到了淄博。虽然离开了成都，但我的饮食口味还是很诚实的，至今仍一如既往地喜爱四川风味的美食。哪怕西湖风景再美，相比起当地口味清淡的饮食，火锅、麻辣烫、串串香、香辣干锅等四川美食更让我牵肠挂肚。偶尔有机会回到成都，再次吃上当地的美食时，我都不禁感叹："没错！就是这个味道！"我怀念的不仅是这一桌又香又辣的美食，更怀念这里喧嚣的烟火气息。这一切，都让身在其中的我不由得胃口大开。四川风味，不仅仅是一种味道，更是一种生活方式，一种风土人情。不知为何，四川美食吃进嘴里，总会给我一种熟悉的感觉，让我仿佛置身于和挚友畅聊谈心的温馨场景。

我忘了是哪本书上提到过，四川美食的秘诀就在于调料，各式调料中和搭配，蕴含着一种和谐的精神。我想，可能这一说法自有其道理所在。不过，和三五好友聚在一起畅享美食，也算是我从成都人身上感受到的一种幸福。

庆幸的是，淄博也有一种辣味面条，每当我怀念四川风味时，就会去吃这种面条解馋。面条吃多了，总有一天会腻。不过很快，我又在学校超市柜台的一角发现了一种价值四块五的串串香。当时我开心地一口气买了好几袋回去。虽然这种流水线产品相比起四川当地手工制作的美食来说,味道差得不是一点半点,但也总算是稍微解了解馋,我还是很满足的。

不知从什么时候起,成都似乎就成了我的第二故乡。

韩国有句俗语,叫做"他乡若有情,他乡似故乡"。并不是在某个地方待得越久,就会越喜欢。有时候也可能会不喜欢自己的家乡,或是不愿再待在自己栖身的异地。而对我来说,成都虽不是故乡,却胜似故乡。

现在我也时不时就会想起成都,昨天也不例外。

可能因为冬天到了,最近在山东很难见到太阳,太阳总是出来没一会儿就被云层给遮住了,这和四川的天气极其相似。看着眼前转瞬即逝的明媚阳光,我脑海里总是情不自禁地浮现关于成都的回忆。成都人当然也很喜欢出太阳的天气,每当天气好的时候,就会有人手里端着茶杯,杯中浮着茶叶,叫上三五好友晒太阳;还有的人会三五成群地坐在草坪上晒太阳。我想起了阳光下他们脸上浮现出的平和而又满足的笑容,这是多么浪漫的事情啊……为什么我对成都的回忆会如此细腻而又鲜明呢?

我想望着成都的方向,念出池田大作的诗《幸福之路》:

在我的心里,
伟大的太阳日复一日地升起。

锦江恋歌 금강연가
一个韩国人的蜀思

望丛祠

　　韩国江陵东海岸有一条叫做"献花路"的小路。这一路名和新罗时期的民歌《献花歌》有关。新罗时期，有一位赴任江陵的高官纯贞公，其妻子水路貌美无比。水路看到了海边悬崖上开放的踯躅花，觉得很好看，就想摘下来。正好这时路过一位牵着牛的老人，老人边唱歌边摘下花给她。[①]

　　《献花歌》中所唱到的"踯躅"就是杜鹃花（金达莱）的别名，这是韩国现存诗歌中首次提到杜鹃花。

　　摘花的老人是这样唱的：

紫红岩石边，

我松开紧牵的母牛。

若看我不害羞，

我愿采花献给你……

　　电影《爱有来生》[②]有一幕场景，让我至今记忆犹新。这一幕是在一个山

　　[①] 该故事见于《三国遗事》第二卷《纪异》第二："圣德王代纯贞公赴江陵太守，行次海汀昼饍，傍有石嶂如屏，临海高千丈，上有踯躅花盛开。公之夫人水路见之，谓左右曰：'折花献者其谁？'从者曰：'非人迹所到，皆辞不能。'傍有老翁牵牸牛而过者，闻夫人言，折其花亦作歌词献之。其翁不知何许人也。"

　　[②] 电影《爱有来生》，导演俞飞鸿，改编自《银杏，银杏》，历时十年完成。

谷里，漫山遍野的杜鹃花娇艳欲滴。

     杜鹃花的颜色好美。

     女人只绣杜鹃花。

     男人常把花束带给女人。

     粉红花瓣，

     女人冰冷的眼眶里，

     抱着花走来的男人，

     堆在他们俩中间那年华逐渐枯萎……

  杜鹃花又称山踯躅、山石榴、映山红，系杜鹃花科杜鹃花属的落叶灌木。全世界的杜鹃花约有900种。中国是杜鹃花分布最多的国家，约有530余种，杜鹃花种类繁多，天府之国四川是中国杜鹃花种类最丰富的地区之一，拥有200多种杜鹃花品种，分布在各市州，杜鹃花品种和分布面积均居全国前列。

  不过，"杜鹃鸟"和"杜鹃花"均源自一个叫做"杜宇"的人物。"杜鹃"又叫杜宇、子规、蜀鸟、布谷鸟、催归、归蜀道、不如归等。这些名字大多与杜宇的名字和蜀国时期的传说有关。

  据《华阳国志》卷三《蜀志》记载，"望帝禅位于开明。帝升西山隐焉。时适二月，子鹃鸟鸣。故蜀人悲子鹃鸟鸣也。巴亦化其教而力农务。迄今巴蜀民农，时先祀杜主君。"

  "望帝"就是杜宇。这段文献记载是说，巴蜀人民相信，杜鹃就是杜宇的化身。望帝生前爱护人民，死后仍然惦念百姓的生活。于是每到春季就飞到田间一声声地鸣叫，催着农民耕农。这时候，人们也会行祭祀仪式祭拜望帝杜宇。由此可知，"杜鹃"这一称呼便是源于杜宇的名字。

  传说蜀王杜宇的宰相鳖灵曾开通三峡，根治了蜀中水患。杜宇遂将王位相让，并化成了杜鹃鸟，每到春天，不住啼鸣，似乎唤人们"快快布谷"，因此又被人们称为布谷鸟。

古人认为，谷雨节气鸣鸠拂其羽。鸣鸠就是布谷鸟。谷雨，是春季的最后一个节气。源自古人"雨生百谷"之说。谷雨，顾名思义，就是播谷降雨，意味着气温回升，降雨增多。在谷雨节气，布谷鸟就开始唱歌了。

杜鹃是典型的巢寄生鸟类，它不筑巢，不孵卵，不哺育雏鸟。而且，杜鹃的雏鸟一般会比别的鸟类出壳早、发育快。杜鹃雏鸟只要一出生，就把其他的鸟蛋或雏鸟推出鸟巢，叫声凄厉地索要食物。有杜甫诗："生子百鸟巢，百鸟不敢嗔；仍为倭其子，礼若奉至尊。"

这一名字和自然生物间的联系有多大，我们难以得知。但我们知道在中原商朝时期（1600—1046），在四川蜀国有个叫做"杜宇"的国王，其都城名为"杜鹃城"，位于现成都市郫都区。

"代鱼凫为王，徒都于郫，即杜鹃城也。"（扬雄《蜀帝本纪》）

《蜀帝本纪》著者扬雄（前53—前18），蜀郡成都郫县人，与王褒和司马相如并称为"蜀中汉赋三大家"。有趣的是，最近有主张称，陶渊明的《五柳先生传》中的"五柳先生"可能就是扬雄。范子烨教授（中国社科院）通过研究，提出了一个新观点，"扬雄本人喜以柳下惠自比，古时杨柳意思相同可互换，柳先生即为扬先生"。

说到扬雄的文学成就，最引人关注的就是《蜀都赋》。《蜀都赋》是西汉时期文学家扬雄的赋作。该赋极尽言辞，以写成都之壮美秀丽。该赋后承张衡之《南都赋》，对东晋左思（250？—305？）《三都赋》中《蜀赋》的创作也起到了很大影响。成语"洛阳纸贵"就与这《三都赋》有关。西晋都城洛阳之纸，因大家争相传抄左思的作品《三都赋》，而一时供不应求，货缺而贵。后喻作品为世所重，风行一时，流传甚广（出自《晋书·左思传》）。[①]

[①] 关于扬雄，多参引于《王褒与司马相如、扬雄并称"蜀中汉赋三大家"》，http：//news.youth.cn/jsxw/201704/t20170410_9442578.htm。

总之，杜鹃城的王——杜宇，被当地老百姓奉为"劝农之王"，同时也是文学作品中"望帝化鹃"的原型，是汉字文化圈中广为流传的"望帝"。

去年杜鹃花开放之际，我去了望丛祠。望丛祠位于成都市郫都区。望帝和丛帝遗爱在民，历代为后人尊祀。如今的二陵一处，南朝齐明帝（494—498在位）时才合称望丛祠。

"蜀之后主，名杜宇，号望帝，让位鳖灵。望帝自逃，后欲复位，不得，死化为鹃，每春月昼夜悲鸣。蜀人闻之曰：'我望帝魂也。'"（《太平寰宇记》）

望帝在位时，蜀地突发洪灾。鳖灵受望帝委任，打通巫山，使水流从蜀国流到长江。望帝十分感激，便自愿把王位禅让给鳖灵。鳖灵接受了禅让，号称开明帝，又叫丛帝。望帝把帝位让给鳖灵后，自己便隐居在西山，而鳖灵却趁机占有了望帝的妻子。望帝听到这个消息内心十分痛苦。但鳖灵大权在握，望帝对付不过他，无可奈何，终日悲愤哀泣不已。后来，杜宇临死时，嘱咐西山的杜鹃说："杜鹃鸟，你叫吧，把我的心情，叫给人民听吧。"从此，杜鹃就飞在蜀国境内，日夜哀鸣，直至口中啼血。

望帝把帝位禅让给鳖灵后，鳖灵却变得十分残暴，还乘机霸占了杜宇的妻子。杜宇悲愤而死，化作杜鹃。杜鹃啼声凄惨："不如归去！不如归去！"吐出鲜血，染红了山上的野花。于是人们就把被鲜血染红的花称为"杜鹃花"。或说，望帝的妻子思念望帝，她的灵魂化为杜鹃花开满山野，与杜鹃相栖相伴。

"庄生晓梦迷蝴蝶，望帝春心托杜鹃。"（李商隐《锦瑟》）

杜鹃鸟分布于全球的温带和热带地区，在东半球热带种类尤多。它被认为是蜀国之鸟，还留下了许多跟蜀国历史相关的传说故事。

不过，李时珍曾说："杜鹃出蜀中，今南方亦有之。"

李时珍（1518—1593）是明代著名医药学家，自1565年起，他先后到武当山、庐山、茅山、牛首山及湖广、安徽、河南、河北等地收集药物标本和处方，并拜渔人、樵夫、农民、车夫、药工、捕蛇者为师，参考历代医药等方面书籍925种，弄清许多疑难问题，历经27个寒暑，三易其稿，于明万历十八年（1590年）完成巨著《本草纲目》。

既然是这样一位研究学者所言，想必极有可能是真的了。不过，杜鹃自古以来就被视为"蜀鸟"，可见栖息于蜀地的杜鹃鸟中，有很多可能就是土生土长的。

李白在《蜀道难》中说："又闻子规啼夜月，愁空山。"意为作者在归蜀途中听到了杜鹃鸟的哭啼声。由此可见，在古代文学作品中，"望帝化鹃"就已经极具"巴蜀地方特色"，且总是和春天播种之际、悲剧色彩相联系。

比如，以杜鹃为怀古之用，早在左思《蜀都赋》、鲍照（405？—466）《拟行路难》等文学作品中就可见到。

一项研究结果显示，自8世纪后期经过唐人李白、杜甫、王维等创作以后，古诗中多出现杜鹃题材。究其原因，或许是安史之乱（755—763）后混乱的现实状况刺激了文人的自省和悔恨。大致说来，大唐的繁荣在玄宗时期达到顶峰，也在玄宗在位之时开始走下坡路。而大唐衰落的起点就是安禄山谋反。

其实，在杜甫的《杜鹃行》当中，杜鹃就象征着经安史之乱后凄凉的唐玄宗。

唐朝内政混乱时期，杜甫在成都定居了约3年（760—765）。因此诗人杜甫对历史的认识特别深刻，在蜀都听到杜鹃啼声，其感触肯定也不一般。

杜甫《杜鹃》："昔游锦城，……杜鹃暮春至，哀哀叫其间。我见常再拜，重是古帝魂。"

"锦城"或"锦官城"，就是指成都。从诗句的意境来看，杜甫在成都时，听到了杜鹃哀切的啼鸣，直到暮春。每当这时，他都会视杜鹃为望帝的化身，向着杜鹃哭泣的地方礼拜。

由此我们也可得知，为什么在之后的诸多诗作当中，众多诗人常以杜鹃来暗喻唐朝的历史现状。

又过了100多年，新罗留学生崔致远（857—?）在唐滞留时（868—885）

为春天的杜鹃鸟作了一首诗。

> 润月初生处，松风不动时。
>
> 子规声入耳，幽兴自应知。

据说，这首诗是朝鲜半岛现存文献中最早的杜鹃诗。大概是从高丽王朝灭亡之后开始，韩国的文学作品中关于杜鹃的题材也越来越常见了。无论是古诗、时调、民谣，还是近代新体诗、现代诗，杜鹃跨越了时代和体裁的限制，越来越频繁地出现在文学作品当中。例如：

"梨花月白三更天，啼血声声怨杜鹃。"（李兆年《多情歌》）

"声声啼血染花枝，归蜀道，不如归。"（韩国传统民歌《鸟打令》歌词）

杜鹃作为望帝的化身，最初在朝鲜半岛流传开来的时候，或许对当地民众来说多少有些陌生。但后来，从某些意义上来说，人们也能从它的身上发现一些与当地文化相契合的东西。

东亚汉字文化圈中，人们在漫长的历史中所能感受到的悲欢离合，伴着诗句中杜鹃的哀啼，让人心灵为之震撼。依着杜鹃的啼鸣，我们能够看到人间的悲欢两面，也能体味到无可避免的人间疾苦，最终触碰人类共同的某种情感符号。

在此，我有了新的感悟。

汉字文化圈中，"杜鹃"这一意象早已走出巴蜀地区，甚至走出了中原大陆，对周边同属汉字文化圈的国家产生了深远的影响。杜鹃在汉字文化圈中，早已经成为一种随时可以牵动人心的特殊情感符号。

望帝再现——端宗

我曾经偶然读到过某学者的论文，论文中提到，自唐朝安史之乱以后，唐诗中"杜鹃诗"便多了起来。虽然我对此没有进行更深入的考证，但当我将目光转移到朝鲜半岛后可以发现，朝鲜自从"癸酉靖难"之后，本土文学作品中以"杜鹃"为题材的诗歌也明显增加了。比如，从年代上来看，最接近朝鲜端宗之悲剧的杜鹃诗要属金时习（1435—1493）的两首诗。具体如下：

不如归·其一

［朝鲜］金时习

不如归归故乡，蜀天空阔云茫茫。

千峯迭迭不可越，万木重重无处望。

欲归未归催心肠，客中虽乐徒增殇。

不如归·其二

［朝鲜］金时习

不如归去好，何处可安归。

宦路风涛恶，侯门知识稀。

为人长戚戚，吊影正依依。

莫若甘吾分，林泉步履机。

望帝再现——端宗

金时习，因为他忠于端宗，一生不做官。端宗（1441—1457）是朝鲜第五代国王，在位仅三年（1452—1455）。端宗的叔父首阳大君（世祖）发动"癸酉靖难"（1453），端宗被迫让位予世祖（1455）后被幽禁于昌德宫。此时，一批忠臣密谋助端宗复位，但被发现后遭世祖下令处死。其中包括被称为"死六臣"的成三问、俞应孚、金文起、朴彭年、河纬地、李塏六人。此外，金时习等有幸逃过死刑的六位忠臣，后人亦称为"生六臣"。其间疑为协助端宗复位的人物及其家人，均被杀害。

朝鲜初期，被尊为圣君的朝鲜四代世宗，晚年仍忧虑万分，长子文宗（1414—1452，1450—1452在位）虽品性仁慈好学，无奈身体病弱。后在位仅两年四个月就驾崩了。

端宗的爷爷世宗膝下有18男4女，所以小皇帝端宗有很多叔父。其中，对权力野心最大的人就是其叔父"首阳大君"。首阳大君发动"癸酉靖难"之后，夺去端宗王位，成为"世祖"。端宗则成为太上王（1455），过上了被软禁的宫庭生活。世祖上位后，将端宗降封为鲁山君（1457），流放于外，并在同年十月赐药鸩死。时年端宗仅17岁，死于江原道清泠浦。

江原道清泠浦，该地三面被深水环绕，仅剩一面是险峻的悬崖，只有乘船渡江才能出去。

新王世祖对端宗极为冷酷，严令禁止任何人庇护端宗，甚至还将端宗的遗体抛入江中，不让百姓收尸。最后还是宁越的一个叫严兴道的小户长偷偷收尸安置了。

端宗在三个月左右的短暂流放期间留下了两首杜鹃诗。

子规楼

[朝鲜] 端宗

月白夜，蜀魂愀。

含愁情，椅楼头。

锦江恋歌 금강연가
一个韩国人的蜀思

尔啼悲，我闻苦。

无尔声，无我愁。

寄语世上苦恼人，慎莫登春子规楼。

同属汉字文化圈的朝鲜人，大概也有同样的感触——杜鹃鸣声凄切，鲜红的杜鹃花让人不禁联想到它是否是由杜鹃啼血染成的。因而直到现在，韩国人对于出现在韩国文学艺术作品中的杜鹃毫不陌生，甚至倍感亲切。

端宗在《子规楼》中说"慎莫登春子规楼"，意为"千万不要登上春三月的子规楼。"

在朝鲜时期，官府"观风轩"的东侧有一座叫做"梅竹楼"的楼阁。而端宗流放于清泠浦期间，因当地发洪水，暂时迁至宁越邑观风轩的客舍。他在这里作下了著名的杜鹃诗，于是人们改称这座楼阁为"子规楼"。

宁越郡楼作

[朝鲜] 端宗

一自冤禽出帝宫，孤身只影碧山中。

假眠夜夜眠无假，穷恨年年恨不穷。

声断晓岑残月白，血流春谷落流红。

天聋尚未闻哀诉，胡乃愁人耳独听。

在《子规楼》和《宁越郡楼作》里，端宗将自己比做中国古蜀国的望帝，将内心深处的"思"和"哀"融进"杜鹃啼血"的典故里。少年王端宗，本是帝王，却被幽禁至孤立无援，无比凄凉。这不就正是所谓"生死变化非常理"吗？作为文治国家的朝鲜国王，他一定也拜读过中国史书和古诗。那么，他应该也多多少少了解过，安史之乱中失落的唐玄宗西迁的故事，以及杜甫用《杜鹃行》暗喻这段历史。端宗留下了这两首杜鹃诗，都是在被流放到宁越,极其孤独凄凉地处境下写出的。

写下这首诗后不久,端宗就被赐死了。他让位于叔父世祖,却反被世祖流放至宁越清泠浦,甚至没过几个月就被世祖残忍杀害。

端宗死后两百余年,直至朝鲜肃宗二十四年(1698)追尊复位,上庙号"端宗",陵号庄陵,葬于江原道宁越郡庄陵。这也是朝鲜王朝近五百年间,唯一一座不在京畿的王陵。

由此可以推测,别说世祖在位时,历经两百年之久的"端宗复位"之前,文人要想向端宗表达忠义之心,必须得采取高度的隐喻技法。因而,在本文引用的"生六臣"之一——金时习的专题杜鹃诗里,只是看到抒情性,未能看到抒史性的意涵。由此可知朝鲜王政限制言论比唐朝更为严格。所以,现在我们所能看到的杜鹃诗中,除了端宗亲自作下的杜鹃诗以外,尚未能找到任何一首如杜甫《杜鹃行》一样,借杜鹃影射"癸酉靖难"时期端宗失位的诗。

我只去过宁越的"庄陵"一次,倒是去了很多次世祖的陵墓。世祖的陵墓算是韩国王室陵墓中保存最为完好的。韩国著名的"光陵国立树木园",便位于光陵。

据传,世祖生前曾到过光陵,非常喜欢这里,于是将此地定为自己的墓地。此后,朝鲜王朝在440年里一直精心管理着光陵周围的树木。此外,值得庆幸的是,光陵在20世纪侥幸避开了外界的摧残,如日本帝国主义掠夺树木资源和抗美援朝时期纷飞的战火。得益于此,光陵的大片森林形成了一个良好的生态系统,还被收录到了联合国教科文组织(UNESCO)生物保护区名录当中。再加上此处临近首尔,每到周末或节假日,游客便络绎不绝。而且,假如你看到某部电影或电视剧中的风景十分优美,那很可能就是在此地取景拍摄的。

在首尔生活时,我偶尔也会去光陵转转。受假日的闲暇氛围和当地绿荫环绕的景色影响,每次到光陵都会觉得心情豁然开朗。不过,很久以前的某个夏日,我外出旅行的路径就是去宁越追寻端宗留下的历史痕迹,旅途中总有一股莫名的悲伤涌上心头。眼前清泠浦水波荡漾，水面上蝴蝶振翅飞过。那一刻，我仿佛听到了几百年前端宗的悲叹声……

"天聋尚未闻哀诉……"

我也去过永渡桥，只需要从"东庙"往"清溪川"方向走几百步就能到。

桥柱上刻着"永渡桥"三个字，据说500多年前端宗被流放至江原道宁越途中，就是在这里和自己的王妃分开的。端宗的王妃，被后人称为贞顺王后（1440—1521），于1453年和尚为王子的端宗成亲。直至1457年，端宗继位，作为一国之君和国母，二人一下子被推向了命运的深渊。二人在永渡桥分别时，并没有料想到自己身为权力斗争的牺牲品，今后会发生什么事情。对相爱的二人来说，这样的分别该是个多么残忍啊！据史料记载，端宗被流放后没多久便被杀害了。也就是说，二人自永渡桥一别后，就再也未曾相见。大概也是因为这样的典故，这座桥才会被称为"永渡桥"吧。

我离开永渡桥，从东庙方向出来，穿过马路，走进拥挤的小巷子，沿着这条小巷子往下走的话，没多远就能到我以前居住的地方。现在我才意识到，原来自己曾经住得离"东望楼"这么近。仔细一想，年轻时的我似乎并没有经历过什么不幸的事，也不知是不是自己当时压力太大，明明住的地方离东望楼如此近，却从未来过这里。

东望，意为端宗向着东方思念自己的王妃。在永渡桥和端宗分离后，贞顺王后便和三个侍女一起住在了离永渡桥不远的洛山山脚下。当时她的生活十分艰难，甚至还不如一介平民。

自从得知端宗去世的消息后，王妃便每日登上东望峰，向着东边宁越的方向痛哭。即便此刻她已经不再贵为一国之母，甚至背上罪名，被弃于宫外无人在意，但王妃仍然一心挂念自己的夫君。无论端宗是死是活，她都坚持望着东边，独自苦苦思念夫君。

这之后，王妃登上去的这座山峰便被称为"东望峰"。后来，山上又多出了一座亭子，名叫"东望楼"。

有一天，我也登上了东望楼。站在东望楼上，我仿佛看到了贞顺王后就在眼前。亭子被她无尽的思念和悲伤笼罩，耳边似乎回响着王妃的叹息声……王妃久久伫立于此时，不知是否听到了那从远处传来的一声声杜鹃哀啼呢？

*

话题回到世祖身上。世祖（1417—1468）是世宗和昭显皇后的次子，也是端宗之父——文宗的兄弟。世祖天资聪颖，文武双全，不择手段登上了王位，在位14年。我曾经用莎士比亚的《麦克白》来类比过世祖的一生。著名悲剧《麦克白》中夺权前的惊心动魄，世祖夫妇都亲身经历过。不过，在满足自己的野心前，他们曾经又是多么幸福呢？作为极具戏剧性的历史人物，世祖这个人物像麦克白一样，经常出现在电视剧或电影中。

不过，据更为客观的史料记载，端宗于1457年被流放时，世祖的大儿子王世子夭折了，其次子继承了王位（1468），但次子却在继位第二年便去世了。而世祖也患上了严重的皮肤病。

因世祖患病还流传下来一个关于五台山文殊菩萨显灵的故事。传说世祖因身患皮肤病而十分痛苦，便去江原道五台山佛教圣地拜佛祈愿，祈求佛祖保佑自己尽快痊愈。在五台山，世祖在河沟里遇到了化身为童子的文殊菩萨，文殊菩萨显灵，世祖的皮肤病终于痊愈了……近几年，据后人推测，五台山文殊童子菩萨像身上的衣服就有可能是世祖当时穿的贴身衣服。因为衣服上有很明显的污点，极可能就是因世祖患皮肤病身上长了脓包，脓包破裂后又在衣服上留下了痕迹。

关于世祖的皮肤病，民间流传是源自显德王后（1418—1441）的复仇。显德王后是端宗的母亲，也是世祖的嫂子。据传，世祖晚上睡觉时梦到了显德王后，显德王后在梦中冲着世祖吐了口口水，后来世祖就患上了皮肤病。

显德王后和文宗诞下了景惠公主和端宗，却在产下端宗的第二天就因生产后遗症去世了。就算已经离开人世，和自己的孩子阴阳相隔，这位母亲仍然保护着自己的孩子。这位生儿育女的伟大母亲，绝不允许别人伤害自己的孩子。更何况世祖还是近亲，却残忍篡位，甚至还杀害了端宗。这样的故事在民间广为流传，百姓们也为端宗母子感到不平，暗中唾弃世祖。

从这样的民间传说中，处处能得出"事必归正"的道理。看来，三月春暖花开之时的杜鹃啼鸣可能也并非无心之举。

"哪个方向才是东方呢？"我站在东望峰的东望楼上，像多年前的王妃一样，抬头凝望东方天际，不知道是否这样就能看到王妃心心念念的夫君。

吴国公主孙夫人

以前，除了喜鹊、麻雀和燕子以外，别的鸟我都不大认识。来到成都后，我又了解到一种鸟——杜鹃。我曾沉迷于杜鹃的传说和诗句，还听说了三国时期吴国公主孙夫人的故事。

"事亲泪落吴江冷，望帝魂归蜀道难。"（徐渭《芜湖灵泽夫人祠》）

据传，这副对联就是用来哀悼吴国公主孙夫人的。

孙夫人是三国时期吴国皇帝孙权的妹妹，她不似当时常见的贵族女性那样养尊处优，反而酷爱武术，性格也活泼开朗。赤壁之战后，她和刘备联姻，以巩固吴国和蜀国的关系。

据《三国志·蜀书》记载："先主既定益州，而孙夫人还吴。"即刘备定都益州（成都旧称），孙夫人却没有和他一起前往益州，而是独自返回了吴国。这背后可能存在某种政治因素，也可能出于其兄长孙权的某种考量。

总之，孙夫人就这样离开丈夫，独自回到了吴国。据传，后来孙夫人听说蜀国在"夷陵之战"中战败刘备身亡的消息，伤心欲绝，投吴江而死。但其实刘备并非战死，而是在战败后撤退至白帝城，后在白帝城身亡。而孙夫人选择投河自尽，或许也是由于看到自己的兄长和丈夫间的战事不断而感到心力交瘁，再加上听到丈夫的死讯，万念俱灰才酿成了悲剧。

据说刘备素来为人谦和、礼贤下士，为时人所称赞。这样一个宽厚的人，不可能对自己夫人的死讯熟视无睹，但史书中对此却没有记载。我猜想，也可能是由于自刘备战死后，蜀汉局势每况愈下，史官难以分心来专门记录刘备对孙夫人的感情。

　　从孙夫人的故事中，我可以看出她果断、刚烈的性格。面对不能和丈夫同生死共进退的无奈命运，她借啼哭的杜鹃鸟抒发情绪，没有任何埋怨和后悔，从未表现出一个可怜之人的形象。我认为，人生处境不等同于人生态度。即便生活不令人满意，但面对生活的态度和处理方式也可以大有不同。

像公主一样生活

小女孩都喜欢童话故事里的公主，她们听了这些故事，会觉得自己也像公主一样美丽高贵。

我也想成为童话故事里的公主。

虽然现在的我已经不沉迷于童话故事，但小时候我也很羡慕故事里的公主能穿上漂亮的礼服，住在雍容华贵的王宫里。

现在的我，追求的不再是"活得像公主"，而是"活出自我"。虽然住在王宫里的公主懂得上层人士的礼仪和优雅，但不是所有女性都对此向往。我认为，追求自己想要的人生，才是最为明智而又正确的选择。

我不清楚究竟我的人生是从什么时候开始发生变化的，也不确定是什么让我变得成熟。但我可以肯定的是，来到成都这座城市一定是我人生中的一个重要转折点。

孔子说："吾十有五而志于学，三十而立，四十而不惑，五十而知天命，六十而耳顺，七十而从心所欲，不逾矩。"（《论语·为政篇》）意思是，孔子十五岁时，便立定志向于学习之上；三十岁时，能立身处世；四十岁时，可以免于迷惑；五十岁时，已经能够领悟天命；六十岁时，就可以顺从天命；七十岁时，随心所欲却又不超出规矩。

可我45岁那年到成都，才重新开始学习。在此之前，我只是按照父母和社会希望的方向乖乖长大。虽然在学校学到不少知识，但那只是知识的习得而已。我总觉得，我需要寻求一门钻研一辈子而不后悔的属于我的学科。不然则

锦江恋歌 금강연가
一个韩国人的蜀思

难以找到生活的真正快乐。所以我决定试一试,来到成都留学。

"大家真厉害啊!"

来到川大后,我想去图书馆学习,却发现图书馆里几乎没有空位;去古文献资料室查找专业资料,却发现学生们已经在翻阅那些晦涩难懂的书籍了。看到川大的学生如此努力,我不禁心生敬佩之情。而在我的同门之间,还流传着这样的一个说法。说我们的导师项楚老师年轻时特别爱学习,每天带着饭盒驻扎在图书馆里,光是《八万大藏经》就读了三遍!

我来到川大学习佛教语言文学也是出于偶然,甚至都没有事先好好了解一下。不过没过多久,我意识到偶然间的选择造就了最佳的幸运。因为,我心之所向的学术摇篮就在成都,就在川大。

有一天,我去旁听一门课。教授讲的话至今还让我印象深刻。那位教授说,自己热衷于钻研古文献,但苦于没有充足的时间。所以,为了能多点时间看书,自己会尽量少参加一些不必要的聚会。他还提到,自己由于长时间久坐阅读,导致腰部劳损,只好开始游泳健身。那时,听着面前教授的自身经历,座无虚席的图书馆、关于导师的传言,一下子全都涌现了出来,给了我极大的冲击。

在四川,这样的学者何其多?在感受到一股无形压力的同时,我也发自内心地向往这座学术氛围浓厚的城市——成都。突然间,我想到了小时候的自己。小时候,我曾觉得看书是世界上最幸福的事。但现在,拥有这种想法的自己早已睽违已久,似乎已经变得很陌生了。我相信,如果可以的话,曾经的自己也会想告诉现在的自己,把握眼前的机会,就从现在开始,专心读书,去过自己向往的生活。也可能就是这样一种幻象,促使我下定决心去实现自己的梦想。于是我写了一篇童话故事,那是关于一个公主的故事。故事里的公主像吴夫人一样果敢,义无反顾地在书籍的广阔天地中遨游。在写完这个故事后,我总是浮想联翩,故事里公主所挚爱的书籍世界中,会有川大图书馆众多藏书中的哪一本呢?

童话故事

画中公主

很久很久以前，有一位国王。

有一天，国王下令把皇宫里的书全部毁掉。

国王为什么会下如此奇怪的命令呢？原来这一切都是因为公主。有一天，国王专门设宴招待从邻国远道而来的王子。不用想，公主当然就是宴会的主角。但出人意料的是，当天公主没有打扮就去参加宴会了，弄得现场氛围十分尴尬。因为公主一心沉迷于阅读，根本无心打扮自己。

公主有个奇怪的习惯，一旦开始看书，就一定会安安静静地坚持把书看完。

那一天是公主的16岁生日宴会，这次的生日宴会不同于以往，是规模最大的一次，邻国的王子和使臣也前来祝贺。国王对这次宴会抱有很大的期待，他打算趁这次机会给公主物色一位合适的驸马，所以也希望公主在这一天能有好的表现。按理说，作为此次生日宴会的主角，公主应该早早精心打扮自己。但大家都没想到的是，公主一心沉迷于读书，根本就忘了生日宴会这回事。

其实，公主也明白自己一旦开始看书，就停不下来。但不知不觉手里就已经拿上一本书了，本来只是好奇这本书在讲些什么，想看完第一章就不看了，但看完第一章后不由自主地又接着看第二章、第三章……不知不觉就看完了一整本书，甚至越往后看就越舍不得合上书。

本来公主是记得有宴会这么一回事的。

"公主，该换衣服了。"

"嗯嗯，知道了。"

"公主，得赶紧换衣服了，化妆也得……"

"我不是说了嘛，我知道了。"

就这样，公主沉迷于看书，甚至忘了还有生日宴会这回事。

那么侍女们都干嘛去了呢？其实一共有12名侍女一直不断地催促公主赶紧梳妆打扮，但还是无济于事。

公主只要一看起书来，就不愿做其他事。要是她觉得书很有意思的话，就根本听不进任何人的话。再说了，整个皇宫里的侍女对公主讲话都得恭恭敬敬的，就更难引起公主的注意了。

终于，首席侍女看不下去了，她站出来大声地对着公主唠叨了起来，在紧急关头也只有这种方法才会奏效。要放在平时，公主肯定会明白情况确实很紧急而放下书。但这一天却不同，不管首席侍女怎么说，公主都没放下手里的书。

也不知是不是巧合，偏偏那天公主看的书又是一本特别有趣的长篇小说，而首席侍女出马催公主时，公主又正巧看到了书中主角生死难测的关键章节。这时候的公主什么都顾不上了，一心只想看书，还觉得侍女过分聒噪。公主这会儿只想把侍女赶出房间，自己才好安静地看完这本书。于是，公主假装将书合上，站起身来。别的侍女一看，便退出了房间。这时，公主却一把将门重重关上。这样一来，屋子里只剩下公主一人，顿时清净多了。然后公主又悠闲地翻开书看了起来，不管外面的侍女怎么敲门也不搭理。

接下来发生的事情也就显而易见了。生日宴会已经开始好长一段时间，公主还是没有出现，于是国王询问原因。尽管国王再三询问，侍女们还是吞吞吐吐地不敢回答。国王一怒之下，下了死命令，要侍女们把公主带来参加宴会。

于是，公主手里拿着书，身上穿着皱巴巴的衣服，头发也乱糟糟的，眼睛都没睁开就被侍女们强行带到了宴会。

国王本打算趁此次宴会，让大家一睹公主的美貌，结果公主却让他这样当众丢脸。因为公主，国王还错失了挑选驸马的好机会，实在是有损自己作为一国之君的脸面。国王越想越生气，宴会一结束就下令毁掉宫里所有的书。

无论公主怎么苦苦哀求，国王也绝不撤回命令。

公主根本不能想象自己今后再也不能看书会是什么样的场景，她觉得自己五彩斑斓的世界好像一下子就变得一片黑暗。看书是她生活里唯一的光彩，现在却连这唯一的光彩都没了，她似乎也失去了生活的乐趣。只要一想到这些，公主就夜不能寐。

三更半夜，侍女们都睡着了。公主悄悄起来打开房门，放轻脚步，穿过走廊。她边走边小声地自言自语："说不定书库还开着呢。"

公主怀揣一线希望，悄悄地穿过走廊，朝着莲池所在的方向走去。宫里的书库正是在莲池边上，也就是公主真正想去的地方。

要想进书库，得有钥匙才行。要是放在以前，公主随时可以让侍女取来钥匙打开书库，但今时不同往日，这大半夜的根本拿不到钥匙。那么，公主到底想怎么样呢？

其实，公主有一个想法。

几天前，公主正在书库里挑选要看的书。被公主抱在怀里的小猫这时候闹起了脾气，一边"喵喵喵"地叫，一边挣扎着要下地。公主没办法，把它放了下来，一下地，这猫"嗖"地一下就蹿上了窗户，还用前爪不停地挠着窗框。于是，公主就想推开窗，好让小猫能出去。但窗户似乎是年头久远了，用力一推，插销就掉了下来。公主让小猫从窗户出去后，本想把窗关上的，却因为没有插销只好作罢。

而公主正是因为想到了这个事情，现在才会这样大半夜的偷溜出来。

只要这段时间没人修过窗户，那现在去了就能轻松打开它。要是运气好的话，不就正好能趁此机会偷偷带些书回去了吗？

终于，公主到了书库，不过心却紧张地砰砰直跳。

她凭着记忆找到了那扇坏了的窗户，抓着窗户把手用力往外拉了一下，不出公主所料，窗户果真被轻易拉开了。再加上窗户并不高，公主轻轻松松就能翻过窗户进入书库。

公主在一片黑暗中小心翼翼地摸索着书架，心里却觉得很奇怪，怎么书架都空荡荡的，上面一本书也没有。原来书架上的书早就没了。"难道这儿的书也已经被毁掉了？"最后的希望都破灭了，公主现在欲哭无泪。随着最后一线希望破灭，此时的公主万念俱灰，像是被人抽走了浑身的力气似的，随时都会倒下。

失去了最后的希望，公主呆呆地靠在墙上。但就在这时，透过窗缝，公主发现窗外透着微弱的一束光线。似乎是从书库隔壁房间里透出来的光，而隔壁房间，就是专供宫里画工使用的画室。

公主轻轻打开画室的房门，却没有发现任何人的身影。似乎是有人在这里画画工作到深夜，忘了关灯就离开了。公主又将所有的希望都寄托在这间画室里，迫切希望能在这儿发现什么可以看的书。她在桌上成堆的纸张和染料中不停翻找着，祈求能翻出一本书来。但令她失望的是，画室里如今连画册都找不出一本来。也是，毕竟在这宫里，又有谁敢不把国王的命令当回事呢？

"看样子才一天都不到，书就都被拿走了！"

公主太失望了，泪水在眼眶里打转。公主摇摇头，强忍住眼泪，告诉自己现在不是哭的时候，得赶紧打起精神来好好再找找。

突然，公主眼前一亮，可算是发现书了。甚至还不是一两本书，而是整整一个书柜的书，满满当当地排列在一起。而这些书，正是摆放在之前翻找过的书库里的书。看到摞得高高的书，公主原本因失望而暗淡的双眼都在放光。总算是找到书了，公主毫不犹豫地冲到了书架前。

这下，耳边终于没有别人阻拦自己看书的声音了，书库里安安静静的，没人再来打扰自己。

都江堰和李冰

司马迁《史记·禹本纪》中有一名句："吾思古人，伊彼大禹，洪水滔天，神州无净土！"

这句话是司马迁为深切怀念已去世的古人"大禹"而写。远古时期洪水泛滥，华夏大地哀鸿遍野，水灾威胁百姓生活，大禹主力"治水"。所以，中华民族从古代就开始研究水利土木工程并有所掌握，所取得的卓越成就也在史料中屡见不鲜。说到中国古代的水利文献，最早的要数《尚书·禹贡》。司马迁的《河渠书》也记载了变水害为水利的禹贡。李冰等的"治水"功绩，进一步证明了中国古代水利技术领先于世界。

都江堰是迄今为止世界上年代最久、唯一留存且仍在使用的大型水利工程，对四川人民而言，它最伟大之处是建堰2250多年来经久不衰，而且发挥着愈来愈大的效益。

都江堰位于四川省成都市都江堰市城西，坐落在成都平原西部的岷江流域。成都平原的发展与"都江堰"密不可分。

关于都江堰对成都的重要作用，司马迁的《史记·河渠书》中记载："於蜀，蜀守冰凿离碓，辟沫水之害，穿二江成都之中。此渠皆可行舟，有余则用溉浸，百姓飨其利。至于所过，往往引其水益用溉田畴之渠，以万亿计，然莫足数也。"

这里提到的"蜀守冰"指的是蜀郡守李冰。战国（前475—前221）末年，秦昭襄王（前306—前251）在位时，李冰任蜀郡太守。"凿离碓"之地，便是今天的都江堰。李冰发现当地水害严重，决心彻底治理岷江水患，便开始着手治水工作。都江堰的水利工程落成后，当地老百姓的生活也富裕了起来。以后，成都平原成为了"水旱从人，不知饥馑"的富庶之地，故天下谓之"天府"。

对此，可借引中国著名文化学者余秋雨（1946—）在文章《都江堰》中提到的内容，余秋雨在《都江堰》中由衷地赞叹了都江堰为民族文化所带来的深层影响。"自从有了都江堰，原本旱涝无常的成都平原成了'天府之国'，正因如此，每当民族遭遇重大灾难时，天府之国才能总是及时地提供庇护和濡养。因此，毫不夸张地说，都江堰在千百年来灌溉了中华民族，有了它，才有诸葛亮、刘备的雄才大略，才有李白、杜甫、陆游的川行华章。再往近一点说，有了它，抗日战争时期的中国才有一个比较安定的后方。它的文明是一种灵动的生活。"

❋

李冰治水前，古蜀国人民饱受洪水泛滥之苦。

蜀地文明自岷江上游兴起，商周春秋时期，古蜀国成为中国西南的大国。然而古蜀历史富有神秘色彩，其空白多由传说填补。比如，一提到"古蜀"，人们就能想到"望帝化鹃"。

但是，也有一些历史遗迹证明了古蜀曾经灿烂的文明。比如三星堆遗迹博物馆里眼睛像螃蟹一样向前突起的人形头像（蚕丛）以及金沙遗迹和三星堆遗迹，等等。

李白在《蜀道难》中说道："蚕丛及鱼凫，开国何茫然！尔来四万八千岁，不与秦塞通人烟。西当太白有鸟道，可以横绝峨眉巅。地崩山摧壮士死，然后天梯石栈相钩连。上有六龙回日之高标，下有冲波逆折之回川。"诗中所提便是传说中的古蜀国历史。传说蚕丛和鱼凫建立了蜀国，但开国的年代实在久远，无法考证。自开国至今，约有四万八千年，秦蜀被秦岭所阻，相互间从不沟通往返。西边太白山有飞鸟能过的小道，沿小路走便可横渡峨眉山顶端。然山崩地裂，蜀国五壮士被压身亡，两地这才有了天梯栈道，以便相互同行。据文献记载，古蜀国最早的先王就是蚕丛、柏濩、鱼凫三代，往下就是望帝杜宇、鳖灵，其后则是开明。蚕丛是上古时代蜀国首位称王的人，也是位养蚕专家，"蚕丛"之名即由此而来。

古蜀国于开明王朝开明十二世时，在秦的攻击下灭亡，归属于秦国。当时，中原正值战国时期。公元前221年，秦始皇统一天下，战国时代正式落幕。

李冰是秦始皇统一天下前的秦国官员，在蜀期间（前277—前239），他在岷江流域都江堰，主导完成了治水大工程，解决了蜀中百姓的长久忧虑。

而在当时，李冰的官邸应该就位于成都。

"成都"这个名字，据说是与古蜀最后一个王朝，即开明王朝九世迁都有关。《史记·五帝本纪传》中记载："一年而所居成聚，二年成邑，三年成都。"

在此，笔者想强调的一点是，在开明王朝时期，三次迁都都与水患有关，由此可知，水患困扰古蜀国已久。所以，李冰成功治水对当地百姓们来说，当属一大幸事。

因此李冰去世后，老百姓为了纪念其功绩，特意建造庙宇加以纪念。民间还流传着李冰之子李二郎协助李冰治水的故事，这也是"二王庙"的由来。二王庙位于都江堰岷江东岸的玉垒山麓，是世界文化遗产都江堰的重要组成部分。二王庙是为纪念李冰父子的治水伟业而修建的，从古至今一直都有官方以及民间的祭典活动和祭祀活动。庙内石壁上嵌有李冰以及后人关于治水的格言，如被称为治水三字经的"深淘滩，低作堰"等。而这又与"岁修"活动不可分离。岁修，指每年有计划地对各种建筑工程进行的维修和养护工作。岁修工程主要以"深淘滩、低作堰"六字诀为修复原则。"淘滩"，指淘挖淤积于内江、外江进水口河床的沙砾卵石。"深淘滩"指必须淘挖到规定的深度，为准确掌握这一深度，据传李冰曾在凤栖窝处河底埋"石马"作为标记，明、清时又在凤栖窝崖下堰底放置"卧铁"伦为标记。其实两千多年来，都江堰水利工程的维护保养已形成了岁修、大修、特修和抢修的机制，其中以岁修最为重要。令人叹服的是，李冰当时的"古法"在现在仍十分有用。它所使用的竹木、卵石等都是天然材料，不会改变河床的走势和河流的流态。古法截流主要优势是安全和环保，经过上千年的发展，形成了适合都江堰的"道法自然"的完善系统。

老子《道德经》第八章中说："上善若水。水善利万物而不争，处众人之所恶，故几于道。"意为至高的善就像水一样。水善于滋养万物，而不与万物相争。水处身于众人所厌恶的地方，跟道近似。

道教善于从自然水流中找寻时间真理。而道教的发源地就在都江堰市的青城山。当初，李冰在治水的同时还致力于实现"人与自然的和谐"。所以到了当代我们也应该明白，人类完全可以和自然和谐共处。李冰修筑都江堰就是一个经久不衰的案例。

岁修相当于是在每年岁末利用枯水期对整个水利工程进行"体检"和"治疗"。如果水渠或者相关工程出现毁损，则进行抢修。每隔几年大修，对整个工程的"全面体检"，并对看不见的水下破损进行修理。其过程中所需的大量人力和物力不难想象，更为重要的就是还需要官民齐心协力。其实，岁修由来已久，汉灵帝时就设置了"都水椽"和"都水长"负责维护堰首工程。蜀汉时，诸葛亮设堰官，并"征丁千二百人主护"（《水经注·江水》）。此后各朝以堰首所在地的县令为主管。宋朝时制定了岁修制度并实行至今，可以想见当时众多乡民积极响应李冰治水的盛况。也正是在李冰和乡民们的完美配合下都江堰这一伟业才得以完成。李冰离世后，当地官民组织动员乡民，齐心协力地对都江堰进行定期维护，才换来了都江堰千百年来对这方土地的长久滋养。只有在中国，尤其是在成都平原，才能见识到这样长远的、经历百代传承的自然治理运动。正是因为当地百姓万众一心，都江堰才能一直滋养着成都平原。

✱

四川人民也从未忘记李冰，他们常说多亏了李冰，成都才能成为不受灾害和饥荒侵扰的"天府之国"。

成都博物馆还保存着李冰的石犀牛像。

据传，李冰治水时曾向水中投入五只神兽。《华阳国志》和《蜀王本纪》记载，当年李冰确实铸造了五头形似犀牛的神兽，并将其中的两头神兽放在了城内府中。《蜀王本纪》中也有类似记载，"江水为害，蜀守李冰作石犀五枚，二枚在府中，一枚在市桥下，二枚在水中，以厌（压）水精，因曰犀牛里。"在远古神话当中，犀牛可以起到分水的作用。而李冰修筑都江堰，就是用其将岷江一分为二。恐功效有限，便再造了一头石犀牛，投入江中。

至于李冰府上的石犀牛，直到 20 世纪 50 年代和 20 世纪 70 年代，才在钟楼之下两次被发现。《成都城坊古迹考》曾记述："解放后修建电讯大楼时，掘得一石狮，则苑之瑞兽门当在斯。因石兽甚重未能移出，而施工又甚迫促，乃留于原处，其上即为大楼基脚。"到了 20 世纪 70 年代，成都天府广场的钟楼破土动工之时，石犀牛又被人们发掘了。但是由于其体积过大，加之当时不具备完好发掘石犀牛的技术条件，导致石犀牛稍稍露面后便又被埋了回去。

直到 2012 年底，人们才又在天府广场东北侧四川大剧院的工地之下发现了石犀牛。

后来，石像就被保存于成都博物馆了。

2019 年 3 月，我终于来到了天府广场旁新建起来的成都博物馆。在这里，我终于一睹传说中的石犀牛。

我死死盯着博物馆里展出的石犀牛像，难以置信。这是否就是被李冰特意放置在成都府上的石像呢？望着面前庄严肃穆的石像，我不禁觉得，历经了两千多年风风雨雨的石像，似乎让人看到了中华民族自然主义的智慧。

熊猫爱竹

一个风和日丽的五月,我和朋友一起去成都熊猫基地游玩。

那天和我一起去的是一位叫谭一然的朋友,一个满头红发的捷克女孩。

我曾经向她借过书,还书时我还写信向她道谢。我记得那时谭一然回信说:"真不愧是作家,从你写的内容中,我能够感受到一种音律……"从那之后,我就开始把她当成自己的知音,经常和她谈天说地。

她说她在捷克时因为高考落榜不能上大学。也就在这时,她偶然获得了学习中文的机会,她在学习汉语的过程中发现了乐趣,还获得了奖学金,这才来到位于成都的四川大学留学。

我也有些记不清楚我是什么时候知道这些的,大概是在我向她诉说了自己的某些不如意之后她告诉我的。为了疏解我的苦恼并鼓励我,她说:"有时候,不幸的事情可能反而会是一个大好的机会。"听到她的话,我最大的感受就是这一位来自地球另一端的欧洲人说的话,竟然和中国的"塞翁之马,焉知非福"惊人地一致。

战国时期,有一位老人住在边城,叫塞翁。塞翁养马,一天,他的一匹马走失了。邻居们跑来安慰他,塞翁笑着说:"这没准会带来什么福气呢。"过了几天,丢失的马返回家,还带回一匹好马。邻居们向塞翁道贺,塞翁却有些忧虑地说:"这不一定是好事,也许会惹出什么麻烦来。"塞翁有个独生子,有一次儿子骑这匹好马,不小心从马背上跌下来,摔断了腿。这时候塞翁又跟邻居说:"这或许是好事呢。"不久,匈奴兵大举入侵,青年人要应征入伍,塞翁的儿子因为腿断了，被免除了兵役。这么一来，塞翁的儿子也就保全了性命。后来，"塞翁失马"的故事就用来比喻祸福相倚，告诫人们不必一喜一悲。

※

谭一然有着一头耀眼的红发。

每次见到她，我都会联想到童话故事《绿山墙的安妮》中的安妮。

《绿山墙的安妮》（Anne of Green Gables）是加拿大女作家露西·莫德·蒙哥马利（1874—1942）的代表作品，被誉为"世界上最甜蜜的少女成长故事"。马克·吐温（Mark Twain，1835—1910）曾评价道："安妮是继不朽的爱丽丝之后最令人感动和喜爱的形象。"

在孤儿院长大的安妮，得到以养女身份进入农家的机会。虽然不能说新的环境一切都是完美的，但少女安妮仍然很珍惜新家庭和朋友。

"我觉得我的未来就是一条伸展的道路，好像往前看了几英里。但是现在到了路角，转过拐角，不知道前面有什么，但肯定是最好的。"

安妮是个性格开朗乐观的少女，总能让身边的人开心。

作家蒙哥马利说过，"把苦难当作微笑的种子，就能战胜苦难"。正因为有这样乐观的作者，才会塑造出安妮这样乐观的主角。

不过，故事里的安妮非常不喜欢自己的一头红发，甚至还会因为自己的红发感到自卑。因此，韩国就把这部小说名字翻译成了《红头发的小安妮》。

但是，谭一然和安妮不同。她很喜欢红发，所以才故意把头发染成了红色。而且，她专门通过海淘，在网上买了印度的天然染发剂。她说，把印度产的染发剂和柠檬汁混在一起涂抹在头发上，只需一晚头发就能变成红色。这位捷克姑娘来到成都，用产于印度的染发剂，在某个晚上将自己的头发染成了红色……在知道了关于她的发色的秘密之后，每当看到她的头发，我就会不自觉地感叹世界联系之紧密。所以在和她一起时，我就会觉得好像我一生都难以企及的遥远世界，现在也变得触手可及了。

锦江恋歌 금강연가
一个韩国人的蜀思

✻

和谭一然一起去熊猫基地的那天，我心情非常好。我记得那天天气很好，阳光明媚，空气清新，人的心情也在不知不觉中变好了。我提出要给谭一然拍照，没有让她刻意摆出什么姿势，只是想拍下她最自然的样子。

但就在我给她拍照时，一然大声地拒绝了我："啊，我不喜欢拍照！"她回过头来，表情严肃地冲我说出这句话："我不喜欢被拍。"

"为什么啊？"

"我不好看，不喜欢拍照。"

"不是的，你很好看。"我真诚地说。

但是一然还是没有被我的话说服，依旧坚持不拍照。

说实话，我不敢相信她会讨厌自己的外貌。一然是白种人，天生就拥有女生们都羡慕的白皙肤色，个子和身材都适中，而且才20出头。但是她坚持认为自己并不好看，我只好放弃说服她拍照。于是我把手机给她，让她给我拍照。最后，一然兴致勃勃地为我拍了照片，但照片中的我看起来却像个穿着不合身衣服的胖熊猫。

✻

那一天熊猫基地非常热闹，四处都是绿油油的，景色很美。即便眼前景色美如画，游客们最关心的还是熊猫。熊猫走动时憨态可掬，不管做什么都非常可爱。它们啃竹子时很专注，让人百看不厌。在这之前，我也知道熊猫爱吃竹子，却没想到它们能吃得这么津津有味，越看越觉得神奇。

饲养员们会事先在熊猫身边准备一些竹子，让它们坐在竹子旁吃。但对于熊猫来说，竹子可不是它们的零食，也或许是因为竹子的口味过于清淡，光吃一两根是不够的。看着坐在竹子堆旁边认真进食的熊猫，我心里不禁冒出一个疑问——熊猫为什么喜欢吃竹子呢？

Bamboo is the only one of my life,

It's the best.

It's my life.

竹子是我生命中的唯一，

它是最棒的。

它就是我的生命。

  这是韩国 Hyukoh 乐队演唱的"Bamboo"中的歌词。Hyukoh 的这首曲子收录于专辑"*Panda Bear*"（2015）。这首歌由一位叫"吴赫"的韩国年轻歌手作词作曲。通过这首歌曲，听众们也能感受到作者眼中的熊猫是什么样的。

  吴赫是该乐队（2014 年成立）的队长，幼时跟随父母来到中国，高中毕业后回到韩国。也许正因如此，他的音乐创作中或多或少渗透着中国特色。专辑 *Panda Bear* 便是其代表作之一。

  有一个报道称："吴赫对熊猫独特的生态产生了兴趣，专门写了一首歌。"有记者问他为什么如此喜欢中国，吴赫是这样回答的："喜欢中国并不是出于什么特殊的原因。只是因为我小时候大多数时间都是在中国度过的，所以对中国的感情很深。"

  其实，在亲眼见到熊猫之前，我一直在想，这首歌的歌词和曲调是不是太单一了。但直到我亲眼见到熊猫津津有味地啃着竹子时，我才发现没有什么能比这首歌更好地刻画熊猫了。

Panda Bear

在一起就不要再呼唤我了，

我更喜欢独自一人。

不会因为一些小事就生气，

锦江恋歌 금강연가
一个韩国人的蜀思

> 我的心已不再有热情。
> 不要再问我是什么样的人，
> 因为我自己也不知道。

据说熊猫在寻找配偶时也很懒惰。就像歌词中唱的那样："不管什么时候爱情降临，我恐怕都察觉不到。"但是，认为熊猫懒惰也不过只是人类的偏见而已。其实对于熊猫自己而言，可能这才是最佳的生活态度。[①]

※

最近我读了一篇文章，讲的是熊猫看似终日悠闲自得地啃着竹子，其实它们是历经了巨大的考验才得以生存下来的。这篇文章让我对生命多少产生了些敬畏。

众所皆知，熊猫被誉为"活化石"，因为它们在地球上至少已经生存了800万年。可想而知，它们也在漫长的时间里慢慢随着生存环境和生活习性的改变而进化。

大熊猫分属食肉目，因为它们拥有典型的食肉目动物的消化系统。当它们以肉食和杂食为生时，它们的确拥有非常明显的五指，但在之后的进化过程中，大熊猫的前掌之上慢慢多出一个类似"手指"的东西，和大拇指的位置相似，肉眼看着就像是大熊猫有六个手指。[②]

美国科学家斯蒂芬·古尔德（Stephen Jay Gould）在研究大熊猫时惊奇地发现，原本属于肉食动物的熊猫，不知是什么原因，慢慢进化为以竹子为主食

[①]《专访 Hyukoh：吴赫称感到一点点红　爱中国没有理由》，《社会侦探》，2016－10－05，https：//www.360kuai.com/pc/9df8f3312c6e0128f? cota＝4＆kuai_so＝1＆tj)_url＝so_rec＆sign＝360_57c3bbd1＆refer_scene＝so_1。

[②]《大熊猫手指的秘密，听说它们有"六个手指头"》，https：//www.jianshu.com/p/c7a0100f1275。

的动物。同时，熊猫还进化出了第六根手指，也就是所谓的"六指"，前爪根骨的一部分突起成手指状，可作为第六根手指抓握物品。但经过一段时间的研究后他得知，第六根手指也叫伪拇指，是由桡骨侧粽骨进化而形成的。熊猫有了伪拇指后，在抓竹子吃时也会更方便。①

外界看来，熊猫似乎无忧无虑，过得舒适自在，但在了解后才发现其实并非如此。可能所有的生命都是如此，大家都在为了生活而奋斗。人生当中所经历的磨难，最终都会造就自己。所以，人不能光从自己的立场去轻易地评判别人。

那天在熊猫基地看到的熊猫可能也在告诉我们：你看，我活得这么努力，别人反而还会觉得我好吃懒做呢。所以啊，不必太在意别人对自己的评价。

---

① 关于熊猫的手指参引于斯蒂芬·古尔德（Stephen Jay Gould）著、田洛译，《熊猫的拇指》，海口：海南出版社，2008，第2—6页。

电影《好雨时节》

"你是第一次来成都吗？"

这是由韩国导演许秦豪执导，于2009年上映的电影——《好雨时节》中的台词，是外派职员迎接男主角朴东河时所说。

外派职员是韩国人，在成都长期居住。在他看来，自己比较了解成都这座城市，给第一次来成都的朴东河做介绍也是一件有趣的事情。他和朴东河一起乘车，看到朴东河面对"灵活"的交通状况而露出的惊讶表情，他向朴东河解释道："这就是四川风格。"然后他又递给朴东河一碗肥肠粉，当朴东河被辣得找水喝时，他又说："吃不了吧？这就是四川风味。"

"四川有四大特色，美人、熊猫、美酒和川菜。"

这便是长居成都的韩国人口中的"四川"。

来到成都出差的第一天，朴东河就说想去杜甫草堂看看……于是，这位外派职员就带着他去了杜甫草堂。去了之后，这位外派职员还专门问他："您喜欢杜甫吗？我比较喜欢李白。"

朴东河心想，他可能是想说自己和他的品味有所不同吧。

不过，就在朴东河对着杜甫遗物目不转睛时，这位外派职员却徘徊在大肚弥勒佛像前，好像确实对杜甫不感兴趣。

朴东河在纪念品居买了一本杜甫诗集，就在他拿着杜甫诗集走到"杜甫之家"（杜甫草堂内的茅草屋）前时，他遇到了老朋友——May（吴月）。

吴月在杜甫草堂做讲解员。朴东河发现吴月时，吴月正在给旅行团解说杜甫喜好竹子和桃树的故事。当她看到朴东河，一时高兴地忘了该说什么。

两人一起回忆了过去共同的经历。原来，二人是在美国留学的时候认识的，那时双方互有好感。他们回忆着过往，感情也在逐渐回温……

望着突然落下来的春雨，吴月说："好雨来的总是时候。"

这句话出自杜甫的诗作《春夜喜雨》（761）开头第一句"好雨知时节"，也是电影名《好雨时节》的出处。

春夜喜雨

（唐）杜甫

好雨知时节，当春乃发生。

随风潜入夜，润物细无声。

野径云俱黑，江船火独明。

晓看红湿处，花重锦官城。

下着雨的春日夜晚，花朵和树叶在细雨中显得更加惹人怜爱了。朴东河和吴月的心跳，也在这细雨之中加快了。

面对再次来临的爱情，为什么还要闪躲？

朴东河越来越不懂吴月的心思了。

两人回忆当初留学时的事情时，吴月不是忘了，就是记忆跟自己完全相反。

"我教过你骑自行车的啊……你怎么会忘了呢？"

朴东河教吴月骑自行车的事情，本应是两人之间非常重要的一段回忆，可二人关于这件事的记忆却正好相反。

朴东河很疑惑，也很茫然，他不明白为什么吴月的记忆会和自己的偏差这么大。

其实，朴东河不了解的是，吴月心理受过很严重的创伤。原来，在汶川地震中，吴月心爱的丈夫去世了。电影设定的时间是在汶川地震后1年左右。无论是当时的新闻报道，还是身临灾区重建现场，都会让当事人再次受到创伤。

但朴东河并不清楚这件事,也没想到汶川地震会给吴月留下如此大的创伤。因此,当爱情再次来临时,吴月才会踌躇不前,似乎她的心里再也不能住进任何人。而这一切,都是因为她害怕再次失去心爱之人。就这样,二人渐行渐远。就在两人即将分开时,吴月遭遇交通事故住院了。这时候朴东河才从别人口中得知吴月的过往经历,才真正理解了她。他明白吴月是因为曾经受过伤,才不敢再次面对爱情。

得知吴月的隐情后,朴东河给吴月寄了一辆自行车,一辆黄色的自行车,同时还附上了一封信。

朴东河在信里写道:

我这里一直在下雨,这场雨好像跟着我从成都来到了韩国。我好想你。

电影的结尾,杜甫草堂的后院里,树荫浓郁,吴月骑着那辆黄色自行车,在后院转着圈,看上去很开心。

✲

对朴东河和吴月来说,"成都的雨"意味着什么呢?

为什么连绵不断的雨却让朴东河为之兴奋呢?

他是不是也觉得,连接天地的雨滴是在祝福他俩的爱情呢?

✲

佛教经典《法华经》中有一种比喻,叫做"药草喻"。

天空云起雨落,雨滴均匀地浸湿了世间万物。地面上的各种药草、高低不一的树木和谷物都受到雨水的润泽,茁壮成长。《法华经》中便以此来比喻佛教经典惠及众生。每当我看到这一个说法,就总会想起成都的春雨。成都的春雨来得正是时候,润物细无声。而这,想必就是朴东河和吴月所喜爱的"及时雨"。

✲

电影中的朴东河非常渴望实现自己的梦想,却又在"现实"和"梦想"之间挣扎。

"我还以为,你会当一个诗人。"当得知朴东河现在的工作和文学毫无关系时,吴月一脸意外地说出了这句话。

朴东河是这样告诉她的:"一开始是想先上着班,打算等拿到第一笔工资我就辞职,然后专门写作。但是拿到工资后,我又升了职……就这样,好像就越来越难提出辞职了。"

但在电影的最后,朴东河似乎是有了什么新的变化。电影的结尾处,朴东河站在杜甫草堂门口,刚下班的吴月开心地走向了他。这一幕里,朴东河的着装和以往截然不同。他不再是西装革履,而是以一身休闲清爽的打扮出现。我想,电影结局里朴东河的穿着变化或许就暗示着他已经做出了某些决定,或许他辞去了曾经不舍得辞掉的工作,成了诗人。

我想,朴东河在成都的几天里,一定是有什么东西浸润了他的内心,才让他内心深处干涸枯竭的梦想久逢甘霖,逐渐苏醒了过来。

✲

"我应该,怎样活出自己?"

就像歌词里唱的一样,我们总是在探寻人生的道路上不断向自己发问。当然,也有人选择逃避这一问题。

第一次去杜甫草堂,我久久伫立在杜甫铜像前。当我伸手触及铜像的手时,我不知是否该吐露出心中的疑惑——伟大的诗人啊,在艰苦的生活中,是什么支撑着你走下去的呢?

不过,听说电影《好雨时节》在韩国上映后,韩国书店里的《杜甫诗集》都变得抢手了。

锦江恋歌 금강연가
一个韩国人的蜀思

访杜甫草堂

有一次,我和两个韩国朋友一起去游杜甫草堂。那会儿我们刚到成都不足一周,在去杜甫草堂的路上迷了路。那时的我们觉得自己已经会说一两句中文,就鼓起了结伴坐公交车去杜甫草堂的勇气。但没想到下错了站,于是就迷路了。

虽然当时我们完全不认识路,但估计离杜甫草堂不远。

"怎么办?我们下错站了。"

就算想问路,也根本听不懂当地人的回答。

烈日炎炎的八月,我们三个人面面相觑,不知所措,对于能不能顺利到达目的地我们心里都没底。当时心情最不好的应该就属我了。心里不断埋怨自己,路都不认识,干吗还要劝别人一起出门呢?因为当时天气很热,她们两人本来是不想出门的。

我对她们说:"都来了成都了,趁着周末,我们去杜甫草堂看看吧。"

我曾经设想过,如果要来成都的话第一个要参观的就是杜甫草堂。在来成都的飞机上,我还在读《杜甫诗集》,当时就下定决心一定要去杜甫草堂看看。

据说,杜甫生前和家人长时间在外流浪漂泊。习惯了浪迹天涯的杜甫,晚年在成都过了一段安稳的日子。

我会带着《杜甫诗集》上飞机,也完全是出于偶然。我不怎么喜欢唐诗,对中国古代诗歌也没多大兴趣。不过就在离开韩国的前一天,我在收拾行李时发现家里有一本《杜甫诗集》。当时我想,既然是去中国留学,那带上一本中国诗集吧。但在翻看这本书之前，我都没想到自己即将前往的成都就是一千多年前杜甫所钟爱的城市！所以当我翻看此书时就决定了，等到了成都，第一个就要去杜甫草堂参观。

✳

"请问，杜甫草堂怎么走？"

就这么一句最重要的中文，我们三个人轮流问了无数遍，也不知走了多久。

虽然当时天气炎热，但走出的每一步，都能遇到一些可爱的风景，心里也觉得很有趣。我们走在路上，要么逛逛充满了异国风情的宠物市场，要么又钻进长着好看的花花草草的小巷子。我们还看到一座小桥，桥下河边还有人正在垂钓。我们又开始问起路来："请问一下，杜甫草堂怎么走？"

就这样走走停停，我们总算是看到了杜甫草堂的大门。我现在都还记得当时我们三人兴奋不已的场景。我们迈进杜甫草堂大门的第一步时，甚至有一种冒险成功的激动和喜悦。

总算是到了！

✳

我们沿着宽阔的园林小路，走进了杜甫曾经居住的茅草房院子。院子四周是低矮的木栅栏，院子里长着一些花草树木，还有一座农家式的一字型茅草屋。屋里的客厅中间摆着用来迎接客人的茶桌，客厅旁边是用来写诗和读书的书房，以及摆着床的卧室和厨房，放眼望去，都体现出曾经的主人简朴但却高雅的精神生活。

跨过厨房的门槛，又来到了院子。院亭当中有一个石头棋盘，亭子脚下的菜园被打理得井井有条。我想，杜甫在这儿生活时，应该也是在这个菜园里种菜吧。院子里还有不少别的游客，导游一手举着旅行社的小旗子，一手拿着便携式扩音器讲解,"杜甫曾经……"。

我抬头望着茅草屋的屋顶,想起杜甫在定居成都的时间里,创作的诗歌竟有240首之多。想到这里,眼前的茅草房似乎也变得不一样了。事实上,杜甫所有关于这间茅草屋的诗歌中,有一首诗被后人视为最能体现他忧国忧民的情怀,那便是《茅屋为秋风所破歌》。

茅屋为秋风所破歌

(唐) 杜甫

八月秋高风怒号,卷我屋上三重茅。

茅飞渡江洒江郊,高者挂罥长林梢,下者飘转沉塘坳。

南村群童欺我老无力,忍能对面为盗贼。

公然抱茅入竹去,唇焦口燥呼不得,归来倚杖自叹息。

俄顷风定云墨色,秋天漠漠向昏黑。

布衾多年冷似铁,娇儿恶卧踏里裂。

床头屋漏无干处,雨脚如麻未断绝。

自经丧乱少睡眠,长夜沾湿何由彻!

安得广厦千万间,大庇天下寒士俱欢颜,风雨不动安如山!

呜呼!何时眼前突兀见此屋,吾庐独破受冻死亦足!

(译文)八月秋深,狂风怒号,风卷走了我屋顶上好几层茅草。

茅草乱飞,渡过浣花溪,散落在对岸江边。

飞得高的茅草缠绕在高高的树梢上,飞得低的飘飘洒洒沉落到低洼的水塘里。

南村的一群儿童欺负我年老没力气,居然忍心在我眼前做出盗贼的事来,毫无顾忌地抱着茅草跑进竹林去了。

我喊得唇焦口燥也没有用,只好回来,拄着拐杖感叹自己的不幸和世态悲凉。

一会儿风停了，天空中乌云黑得像墨，深秋天色阴沉迷蒙，渐渐黑下来。

布被盖了多年，又冷又硬，像铁板似的，孩子睡相不好，胡蹬乱踢，把被子蹬破了。

因为屋顶漏雨，床头都没有一点干的地方。雨点像线条一样下个没完。

自从战乱以来，睡眠的时间很少，长夜漫漫，屋漏床湿，怎能挨到天亮！

怎么才能得到千万间宽敞高大的房子，遮蔽天下所有的穷苦人（读书人），让他们个个都开颜欢笑，房子不为风雨所动摇，安稳得像山一样？

唉！什么时候眼前能出现这样高高的房屋，即使唯独我的茅屋被吹破，自己受冻而死也甘心。

上元二年（761）的春天，杜甫求亲告友，在成都浣花溪边盖起了一所茅屋，总算有了一个栖身之所。诗人刚刚安定下来，不料到了八月，大风破屋，诗人焦急万分。大雨又接踵而至。诗人长夜难眠，感慨万千，写下了这篇脍炙人口的诗篇。诗歌写的是自己的数间茅屋，表现的却是诗人忧国忧民的情感。当他自己风吹屋破无处安身得不到别人的同情和帮助时，却联想到类似处境的无数穷人。而这种心情，又是屋破漏雨、布衾似铁的艰苦处境激发出来的。

"安得广厦千万间，大庇天下寒士俱欢颜，风雨不动安如山。"

诗人从痛苦的生活体验中迸发出了奔放的激情和火热的希望，这种奔放的激情和火热的希望，咏歌之不足，故嗟叹之："呜呼！何时眼前突兀见此屋，吾庐独破受冻死亦足！"诗人的博大胸襟和崇高理想，至此表现得淋漓尽致。俄罗斯文豪别林斯基（1811—1848）曾说："任何伟大诗人之所以伟大，是因为他们的痛苦和幸福之根深深地伸进了社会和历史的土壤里，因为他是社会、时代、人类的器官和代表。"

  杜甫在这首诗里描写了他自身的痛苦,但当读完最后一节的时候,就能知道他不是孤立地、单纯地描写他本身的痛苦,而是通过描写他自身的痛苦来表现"天下寒士"的痛苦,以及社会和时代的苦难。杜甫炽热的、忧国忧民的情怀和迫切要求变革的崇高理想,千百年来一直给读者的心灵以震撼。

  杜甫心怀天下,其志向感天动地。尤其是对他艰辛的现实处境了解得越多,就越对他的这种雄心壮志感到由衷的敬佩。杜甫在自己的诗歌中也总会毫不掩饰地流露出自己对天下民众生活的关切。这些诗歌流传至今,不但对中国影响深远,对于同属汉文化圈的韩国来说也意义重大。

  绕杜甫草堂参观一圈后,我们又走到杜甫的铜像前。面前的铜像身形消瘦,手是最"亮"眼的。来到这里的游客总是会去触摸铜像的手,铜像手背已经变得光滑锃亮了。

「江」

锦江恋歌 금강연가
一个韩国人的蜀思

微笑中的幸福

锦江!
江边的两条蜿蜒小道是绝佳的休闲去处,
成都人在这里尽享悠闲自在。
尽管江水有些浑浊,
但江中白鹭群栖,江边钓鱼人伫立。
我走近钓鱼人问:"有鱼吗?"
"有。"
"这鱼能吃吗?"
"能吃。"

看来还是我见识过于短浅了。来成都以前,我从未想过在都市之中还能看到这样的景致——滔滔江水穿城而过,江边渔人悠闲垂钓。然而,面对外地人的好奇之心,眼前这位悠闲垂钓的钓鱼人却带着宽厚的笑容,耐心地回答,宛如中国古代传说中的人物姜子牙。

姜子牙又称姜太公,中国古代商朝政治家和军事家。有这样一个典故,讲的是姜太公用直钩不挂鱼饵垂钓,愿意上钩的鱼,就自己上钩。这一典故对韩国人影响深远,后来韩国人就称钓鱼之人为"姜太公"。

典故中的姜子牙即便是在远大志向无处施展之时,也能从容不迫地静待时机。我的父亲很喜欢跟我讲"太公垂钓"的典故,似乎他也是从这个典故中感受到了中国传统中的高尚精神。小时候,我还听父亲讲过,年轻时的姜子牙一贫如洗,满腹经纶却无力维持家中生计,最终连他的夫人也离开了他。后来,姜子牙终于出人头地,他的夫人觉得后悔就找上门来,却已是破镜难圆。

曾经给我生动讲述姜子牙典故的父亲如今已经离世，而他的女儿来到了中国，在成都见到了现实中的钓鱼人"姜子牙"。

也许是因为想到了父亲讲的典故，成都锦江边的风景让我倍感亲切，我也因此很快就适应了在成都的生活。

*

我突然就想到了峨眉山，准确来说应该是想到了一篇名为《轿夫的快乐》的文章。英国哲学家伯特兰·阿瑟·罗素（Bertrand Arthur William Russell，1872—1970）在1924年曾到过峨眉山（见于《中国人的性格》）。那时，他刚写完举世闻名的《幸福论》，而中国大陆尚处于军阀割据、战乱频仍的混乱时期。

罗素在峨眉山的见闻全部记录于《轿夫的快乐》这篇文章中。

当时正值夏天，四川的天气非常闷热。罗素和陪同他的几个人坐着两人抬的竹轿上峨眉山。山路陡峭险峻，几位轿夫累得大汗淋漓。此情此景，让作为思想家和文学家的罗素没有了细细观赏峨眉山景色的兴致，而是思考起几位轿夫的心情来。他想，轿夫们一定很痛恨他们这几个坐轿的人，这样热的天气，还要抬着他们上山。又或许他们正在思考，为什么自己是抬轿人，而不是坐轿人？

正当罗素思考的时候，他们一行人到了半山腰的一个小平台，陪同的人让轿夫停下来休息。罗素下了竹轿，认真地观察轿夫的表情。他看到轿夫们坐成一排，拿出烟斗，有说有笑地讲着各种趣事，丝毫没有埋怨天气和坐轿人的意思，也丝毫没有为自己的命运感到悲苦。他们还饶有趣味地给罗素讲自己家乡的笑话，很好奇地问罗素一些外国的事情，在交谈中还不时发出阵阵笑声。

罗素在他的《中国人的性格》一文中就讲到了这个故事。而且，他还因此得出了一个著名的人生观点：用自以为是的眼光看待别人的幸福是错误的。[①]

[①] 关于罗素从峨眉山轿夫得到的启发，引于鲁先圣《持续地敲门》，华东师范大学出版社，2009年。

锦江恋歌 금강연가
一个韩国人的蜀思

卓文君

　　成都地处中国内陆的西南地区，来过成都的人都对成都有着不一样的感受，地方特色浓郁的四川方言、麻辣的饮食、麻将声不断的茶馆以及悠闲喝茶的场景……如果你来到成都，我保证你一定会慢慢被生性乐观且悠闲自得的成都人所吸引。

　　有一次，我问其他国家的留学生，成都哪个地方给他们留下的印象最深，不知道是不是大家去过的地方太多了，每个人的回答都不一样。

　　但这也情有可原。几千多年前繁荣的古蜀国就位于成都。历史悠久的道教、佛教的寺刹以及儒教书院随处可见。另外这里还有川剧等传统艺术，地方特产，以及被誉称为中国国宝的熊猫等，在当地具有四川地方特色的东西随处见。

　　即使如此，作为一位作家，最先提到的一定是"杜甫草堂"。杜甫草堂是杜甫在成都生活的地方。被称为"诗圣"的杜甫在此不但创作了很多优秀的诗歌作品，还通过其表现手法，让我们能够欣赏到更多成都的美，其意义也是十分深远的。

　　其次是三国英雄诸葛亮的祠堂——武侯祠。诸葛亮是东方国家中一位兼备智慧和忠义的完美人物。他的主君就是我们所熟知的蜀汉王刘备，蜀汉的都城就是成都，成都是英雄们为了正义而团结奋斗的大本营。

　　三国时期在东亚文化史上具有重大影响，随着《三国志》《三国演义》的广泛传播，成都这座都市的影响对东亚人来说是难以估量的。

还有一个地方是琴台路,那里流传着在 2000 年岁月中永不褪色的爱情故事。琴台路是为纪念汉代时期著名伉俪司马相如(前 179—前 117)和卓文君(前 175—前 121)的街道。司马相如和卓文君是通过音乐和诗歌而结缘的一对艺术家夫妇,他们的爱情故事至今为人津津乐道。

司马相如应邀到富豪卓王孙的家宴,卓王孙有一个女儿,叫卓文君,是个寡妇,那天刚好她也在场。

司马相如知道卓文君姿色出挑,且喜爱音律,便用琴弹奏《凤求凰》来求婚。不出意料,卓文君果真被他打动并随司马相如私奔。这就是成语"相如琴心"的由来,也是这条街道被命名为"琴台路"的理由。

司马相如,成都人,是汉武帝时期的大文豪。他的汉赋是汉魏六朝文人的典范,其代表作有《子虚赋》《上林赋》《长门赋》等,司马迁的《史记》和《司马相如列传》都有关于他的记载。

据记载,卓文君不仅容貌出众,而且擅长乐器,精通音律,文采出众,被后人称为古代四大才女之一。

据《史记·货殖列传》记载,卓文君的父亲卓王孙,是蜀郡临邛(今成都市邛崃市)的冶铁巨商。他的富裕程度可用"富至僮千人,田池射猎之乐,拟于人君"(司马迁《史记》)这句话来形容。

可是,女儿喜欢的司马相如只是个穷书生,父亲自然不高兴。父亲几欲和卓文君断绝来往。为了生计,卓文君和司马相如开始自己酿酒来卖。卓文君卖酒的消息传开后,有人出来劝说其父亲:"如果女儿生活得不好,你的面子又往哪儿搁?不如分点财产给女儿。"

于是,卓王孙分给女儿"僮仆百人、钱百万,及其嫁时衣被财物"。

司马相如夫妇得到这笔财产后,日子不似之前那样拮据,司马相如也因这笔充裕的资金,踏上了前往皇城长安之路,并最终以文采获得了皇帝的信任。

除了《史记》以外,《西京杂记》(东晋)也记载了两人的浪漫故事。

"有美一人兮,见之不忘。一日不见兮,思之如狂。"(司马相如《凤求

凰》)

该歌曲取自中国前汉时期司马相如创作的《凤求凰》，歌颂了男女间如琴瑟般的爱情。歌词里有提到司马相如和卓文君的爱情故事。但此歌曲属于民谣，多少会受到些限制。

但比起卓文君，朝鲜文人更加关注司马相如。也许是受到当时禁止自由恋爱和禁止寡妇再嫁的社会氛围的影响。

"世无相如才，谁令复旧好。"[1] 世上再也没有司马相如这样的才子，有谁在旧情复燃。

"长卿去蜀曾题柱，邹子游梁得曳裾。"[2] "长卿"指司马相如。

"相如题柱"指的是司马相如前往西安时途经升仙桥，在门柱上写下的誓言。形容立志求取功名的行为。晋代常璩《华阳国志·蜀志》："司马相如初入长安，题市门曰：'不乘赤车驷马，不过汝下也。'"

这首诗引用司马相如立志求名最终实现的典故，表达了封建时期男性立身扬名的抱负。

在朝鲜文人的文章中，司马相如有着用音乐打动人心并实现扬名之志的完美形象。

立身扬名是古时士大夫的人生理想。司马相如离开成都前往皇帝所在的长安也是为了实现他的人生理想。他最终如愿以偿地被皇帝赏识并重用。然而司马相如在长安得势后，准备纳茂陵的一个女子为妾，卓文君得知此消息后便写了一首《白头吟》给他，表达了自己的哀怨之情。

相如接信之后，惭愧不已，从此断了纳妾的念头，与卓文君白头偕老。诗中"愿得一心人，白头不相离"堪称经典佳句。

---

[1] （高丽）李榖（1298—1351）《妾薄命用太白韵二首》，出于"韩国古典综合DB"网］
[2] （高丽）李齐贤（1287—1367）《感怀》，出于"韩国古典综合DB"网。

白头吟

皑如山上雪，皎若云间月。

闻君有两意，故来相决绝。

今日斗酒会，明旦沟水头。

躞蹀御沟上，沟水东西流。

凄凄复凄凄，嫁娶不须啼。

愿得一心人，白头不相离。

竹竿何袅袅，鱼尾何簁簁！

男儿重意气，何用钱刀为！

诗歌大意是，爱情应该像山上的雪一般纯粹，像云间的月亮一样皎洁。听说你怀有二心，所以来与你决裂。今日犹如最后的聚会，明日便将分手沟头。我缓缓地移动脚步沿沟走去，过去的生活宛如沟水东流，一去不返。当初我毅然离家随君远去，就不像一般女孩凄凄啼哭。满以为嫁了一个情意专心的称心郎，可以幸福地相爱到永远。男女情投意合就像钓竿般轻细柔长，鱼儿般活波可爱。男子应当以情意为重，失去了真诚的爱情是任何钱财珍宝都无法补偿的。

关于《白头吟》，还有些人认为这不是汉代才女卓文君所作。但不管怎样，"愿得一心人，白首不相离"确为千古名句。此诗从女性的角度，塑造了一个性爽朗、感情强烈的女性形象，表达了女人失去爱情的悲愤、对真正纯真爱情的渴望，以及对真挚专一的爱情态度的肯定，贬责了喜新厌旧、半途相弃的行为。

用一首《白头吟》勾起对往日情与爱的回忆。诗中女子刚强的形象也让人觉得非常痛快。不管诗的原作者是谁，也无法否认卓文君相爱时义无反顾，放手时坦坦荡荡的事实。

但是她想要的却很明显，正是诗中所说的"白头不相离"，白头偕老是爱情的最佳结局。在韩国，人们常对新婚夫妇说的祝福语就是：祝你们从黑发到青丝，永远相守相爱。

但是爱情没有固定的公式。即使再相爱的人也会变心。因此，"爱情是永恒的还是无常的？"这个问题，没有正确的答案。

"爱情怎么会变？"这是许秦豪（1963—）导演的韩国电影《春逝》（2001）中的台词。面对已变心的恋人，却无法相信事实，之前所建立的信任瞬间崩塌，现实也会变得茫然。

然而，卓文君并没有被爱人变心的事实击垮，而是放出泼辣言辞，造就卓文君这般性格的便是四川成都这一方土地。

四川女性与一般女性有所不同，明朗且坚强，不禁让人感叹：不愧是卓文君的后裔。人们把四川女性的这种特点与四川的辣味相结合，称为"辣妹"。我很想说明四川女性的独特气质，应该可以用韩语翻译成"四川姑娘"吧？

岁　寒

＊

唐朝时期实行对外政策，气度宏宽，海纳百川，对于邻邦有着莫大的吸引力。而且盛唐时期，经济文化空前繁荣。然而盛世却未能长久，老皇帝独宠玉环，不理朝政，耽于享乐，最后导致安禄山以清君侧、反杨国忠为名起兵造反。

白居易在《长恨歌》（806）中提及玄宗和杨贵妃二人至死不渝的爱情。然而我们注意到该诗的第一句"汉皇重色思倾国"是以悲剧为开端。杨玉环善歌舞，通音律，身材丰腴，姿容绝代。玄宗沉迷声色享乐，极宠玉环，"后宫佳丽三千人，三千宠爱在一身"（《长恨歌》）。与此同时，杨氏兄妹骄奢淫逸，贵妃远亲杨国忠还任当朝宰相，这是国家遭致兵难的最大原因。

天宝十四年（755），安禄山在范阳起兵造反，第二年便攻陷潼关，京师震恐。为避安史之乱，唐玄宗出宫西行，避乱途中与爱妃死别。

皇帝在成都停留的一年零两个月里应该看过梅花，听过花枝间滴滴答答的雨声吧。冬至腊梅花开时，他是否从墙缝中飘散出的梅香中得到了些许安慰呢？

但在他乡别宫迎接新年，该有多凄凉啊。如果是在长安，春节（农历一月初一）前后，会有各种庆祝活动和来自各地的贡品，远近国家的使节团也会纷纷前来拜访皇帝……

在这样的境况下，新罗使节团的到来，让皇帝深受感动。因而玄宗写诗记下。这首诗被韩国史书《三国史记》记载,此事实际发生在756年,景德王在位（742—765）十五年春的二月。

※

天宝十五年,唐朝正处于"安史之乱",皇帝避乱幸蜀。这消息传到了邻国新罗,国王便派遣使臣入唐谒见唐朝皇帝。新罗使臣经由东海在江淮一带登陆,溯江辗转至成都。正处于苦境中的唐玄宗被新罗国的这番情义感动,亲自写下五言十韵诗,交付新罗使者,请他带回赠与景德王。玄宗御制御书五言十韵诗,主要表达《论语》中"岁寒,然后知松柏之后凋也"之意。从中可看出玄宗所怀的文化大国气度。

该史实在《三国史记·卷九·景德王条》中有详细记载:"王闻玄宗在蜀,遣使入唐,泝江至成都,朝贡。玄宗御制御书五言十韵诗,赐王曰：'嘉新罗王岁修朝贡,克践礼乐名义,赐诗一首。'"

四维分景纬,万象含中枢。
玉帛遍天下,梯航归上都。
缅怀阻青陆,岁月勤黄图。
漫漫穷地际,苍苍连海隅。
兴言名义国,岂谓山河殊。
使去传风教,人来习典谟。
衣冠知奉礼,忠信识尊儒。
诚矣天其鉴,贤哉德不孤。
拥旄同作牧,厚贶比生刍。
益重青青志,风霜恒不渝。

据说,这首诗在《全唐书》以及其他中文文献中并未记载。直到后来,日本学者毛河世宁在纂集《全唐诗》时，才将这首诗收录于《全唐诗逸》上卷。总之，"成都"这一城市之名，出现于《三国史记·卷九·新罗本纪》"景德王十五年"（即天宝十五）条中。或许这也是朝鲜半岛历史文献中关于"成都"的最早记载。

玄宗失去爱妃后，至蜀都（即成都）留住一年有余。正是在这段时间他接见了新罗使臣。其间，玄宗得知太子李亨擅登皇位的消息。

若没有翻阅史书，谁又能知晓"玄宗在蜀时新罗使臣至成都"这个小事件背后的故事呢。

✻

"岁寒，然后知松柏之后凋也"成就了韩国名画《岁寒图》。

金正喜（1786—1856）是朝鲜王朝著名的金石学家、书法家和诗人，他在韩国书法史上开创了"秋史体"的书法风格，影响了韩国几代书画家，同时他也是中韩文化艺术交流史上的重要使者。在他的努力下，以金石考证学为中心的清朝学术传入朝鲜，并得到了很好的发展，对现当代的韩国书画艺术产生了深远影响。

虽然现在济州岛作为度假胜地受到游客的喜爱，但朝鲜时代的济州岛却是罪人的流放地。秋史从1840年到1848年被流配到济州岛，在此滞留9年。因为有罪在身，也不会有友人特意拜访。

后其弟子李尚迪（1804—1865）不远万里前去探望老师。金正喜被这份心意所感动，于是画了一幅《岁寒图》送给弟子。

1844年，金正喜正值59岁。正如《岁寒图》的标题一样，画中展现出的是冬日荒凉的风景——一户简朴的房子，一株老松，还有三棵柏树。此画表达的是无论遇到多么严寒的冬天，只要像松柏树一样有"不变的信念"就足以战胜严寒。

我有时会这样想，与其说因为不幸的处境而变得不幸，不如说是因为人们远离不幸的人而感到不幸。

※

很久以前有一位皇帝得了重病。皇帝卧病在床的消息传开后，其臣子都纷纷离开。只有夜莺每晚飞来为孤独的皇帝歌唱。在鸟儿真诚的歌声中，皇帝从病床上起来，坚强地迎接下一个明媚的早晨。

这就是安徒生童话《夜莺与皇帝》的故事。看到童话中皇帝独自与病魔搏斗的场面时，我为什么会想起唐玄宗的晚年呢？大概是因为杜甫的诗《杜鹃行》吧。据悉，这首诗用望帝化鹃的典故比喻失去权势后的晚年玄宗。

内乱中玄宗离开都城长安，前往成都，这一变故也不得不让唐玄宗独自承受孤独，也许诗人无法对这位皇帝所经历的惨淡境况置若罔闻才写下这首《杜鹃行》，用杜鹃的悲鸣来表达玄宗对世事无常的感慨。

玄宗再也无法夺回皇位了，但是彼时除了杜鹃，还有谁能站出来安慰他呢？

杜鹃行

（唐）杜甫

君不见昔日蜀天子，化作杜鹃似老乌。

寄巢生子不自啄，群鸟至今与哺雏。

虽同君臣有旧礼，骨肉满眼身羁孤。

业工窜伏深树里，四月五月偏号呼。

其声哀痛口流血，所诉何事常区区。

尔岂摧残始发愤，羞带羽翮伤形愚。

苍天变化谁料得，万事反覆何所无。

万事反覆何所无，岂忆当殿群臣趋。

"万事反覆何所无,记忆当殿群臣趋。"杜甫笔下被迫弃国避乱的玄宗仿佛古蜀国望帝再现,杜鹃故事中的悲剧性也被多层次地显现出来。杜甫的诗将蜀鸟传说与历史人物唐玄宗联系在一起,可谓是此类诗作中最早且最具代表性的例子。后人认为此诗作于唐肃宗上元二年(761),诗中的"杜鹃"含感叹唐玄宗失去帝位的寓意。

然而20世纪中叶韩国诗人徐廷柱(1915—2000)发表的诗歌《归蜀途》(1943)也让人联想起了玄宗西迁的悲惨故事。

归蜀途[①]

徐廷柱

忍不住泪眼朦胧,

你吹着笛子一去三万里。

杜鹃花像雨,

铺满你去西域的路。

白色的衣领你抿上又展开,

巴蜀之路三万里,

你不再归来。

我奉你为神,

你穿过的麻鞋会将悲伤的往事铭记。

我用绿色的刀刃切开银幛,

为你系牢我微不足道的发丝。

夜空厌倦了灯笼的光芒,

蜿蜒的银河水沾湿了鸟颈。

怎么能忍心闭上鼓起的眼睛,

[①] 《归蜀途》,发表于1943年,诗歌原名《归蜀道》。

锦江恋歌 금강연가
一个韩国人的蜀思

> 众鸟酩酊于自己的血,
>
> 它在归蜀途上痛哭
>
> 而你孤独地走向天涯深处。

我想,《归蜀途》也许可以和唐玄宗在西迁途中无奈处死杨贵妃的事情联系起来看。在前往杜鹃故土——巴蜀的途中,玄宗是如何坚持下来的呢?联想到生死相隔的唐玄宗和杨贵妃,诗中杜鹃的哀啼可能自有其寓意。当然"一千个读者心中有一千个哈姆雷特",在别人眼中,这可能不过就是我的错误理解罢了。

※

一天下午我徘徊在首尔街头,抬头一看,已是夕阳西下,染红了半边天。仿佛那西边就是我心心念念的成都。

巴蜀之路三万里,在遥远的远方,有一片土地让我日夜牵挂,有一人让我心心念念。似乎有人在啼哭:"归蜀道,归蜀道……"

玄宗皇帝入蜀避难时,是住在哪里的呢?走在成都街头时,我心里不禁一阵疑惑。不过现在我已经知道了答案。据说,玄宗当初在成都住的别宫就是现在的青羊宫。

青羊宫位于成都市中心,是一座历史悠久的道教寺院。

有趣的是,青羊宫不远处就是琴台路,也就是纪念卓文君和司马相如爱情的街道。走到琴台路时,似乎能看到沿着道路铺开呈现出来的两个浪漫故事,只不过一个是悲剧,一个是喜剧。

大慈寺·海眼

据说四川有一个"海眼"。

故事是这样的。

大慈寺后殿有座青铜造像，一丈六尺高，背面用小篆字体刻着"李冰造"。听寺里法师们说，李冰治水时为了镇住"海眼"打造了这座佛像。后来民间便传说成都大慈寺有海眼，每当夜深人静时，把耳朵贴在海眼上，就能听到海潮声。而且"海眼"与佛像相连，如果搬走这座佛像，洪水就将淹没整个成都。不过，"李冰造"其实乃善意的造假。据考证，这座青铜佛像可能是南北朝梁代时所造，远远晚于李冰治水时期。而这，就是成都文人流沙河（1931—2019）的《芙蓉秋梦——老成都》中"海眼"的由来。

成都大慈寺历史悠久，因玄奘法师在此受戒而闻名。不过，大慈寺香火繁盛与唐玄宗西迁相关。玄宗入蜀避难，看到大慈寺僧人永干在成都街头施粥救济贫苦百姓，大为感动，于是御赐"大圣慈寺"匾额，赐田一千亩，令出家云游至蜀的新罗王子无相禅师扩建大慈寺。大慈寺规模盛大，其地位一度可媲美皇家寺院。唐会昌五年（845）武宗灭佛，大慈寺因有唐玄宗匾额，故"不在除毁之列"，是当时成都唯一保存下来的佛寺，也是当时蜀中规模最大的佛寺。此后，大慈寺作为西南地区的佛教要寺和佛教艺术宝库，声名远扬。

※

无相禅师竟是"新罗王子"？

锦江恋歌 금강연가
一个韩国人的蜀思

据传，唐玄宗在战乱之中命无相禅师主持扩建大慈寺。而这位无相禅师竟是新罗王子？作为韩国人，我一听到"新罗王子"这个名字，就对大慈寺的无相禅师感到很是好奇，于是我查阅了相关的文献资料。据韩国学者卞仁锡（Bian Yinsek）的《净众 无相大师》记载，无相禅师极可能是新罗神文王的四王子金嗣宗。据《三国史记》卷八"圣德王"记载，金嗣宗于新罗第33代圣德王27年（开元十六年，728）入唐留学，彼时40来岁。那么，其大哥为第32代孝昭王，二哥则是圣德王。而圣德王的子嗣为第34代孝成王和第35代景德王。景德王（？—765）则为无相禅师的侄子，他曾派朝贡使臣拜见入蜀避难的玄宗。景德王在位的24年里，新罗的佛教盛极一时，无相禅师却并未因此而选择重归故土。不过，时逢唐玄宗在成都，景德王派使臣入蜀朝拜玄宗，又恰好景德王的叔叔无相禅师也在成都，不知道这一切是巧合还是刻意为之。史料中无从考证无相禅师是否促成了景德王派使臣入唐，至于玄宗与景德王、新罗使臣以及无相禅师之间是否还有着不为人知的紧密联系，也就不得得知了。

史书记载，无相禅师自新罗来到长安，受到唐玄宗召见，后入蜀参拜智洗、处寂禅师，深得法要。玄宗幸蜀，复获召见，并命重建大慈寺，广开讲席。由此可见，二人在成都时的相遇并非初次会面。远辞家国的新罗王子和入蜀避难的唐玄宗，在成都再次不期而遇，也不失为一段奇缘。

✳

第一次去大慈寺参观时，我注意到了立于大殿旁的景点介绍，上面是关于无相禅师开创无相禅茶之法的内容。其中还提到了无相禅师在举行献茶仪式时，连唐玄宗都曾亲自出席的故事。但当我第二次去大慈寺时，这一景点介绍便看不到了。不知是因扩建而暂时拆除，还是因其内容无从考证不便保留呢？

不过，看到大慈寺的景点介绍，我不禁会想，无相禅师在成都种植的茶叶中，是否也会有从新罗带来的茶呢？我之所以会有这样的困惑，也是因为《三国遗事》中记载，新罗和尚忠谈师随身携带茶具，在佛像前煮茶献茶。当时的新罗王，也就是景德王，也曾喝过他煮的茶，还称其茶味和茶香奇异。（僧曰："僧每重三重九之日，烹茶飨南山三花岭弥勒世尊，今兹既献而还矣。"王曰："寡人亦一瓯茶有分乎，僧乃煎茶献之。茶之气味异常，瓯中异香郁烈。"）看到书中所提到的"茶之气味异常"时，我不禁想，这忠谈师的茶是否为新罗本地的茶呢？因为当时新罗和大唐往来频繁，那么景德王必定品尝过大唐茗茶的味道。加上忠谈师当时尚为一介无名僧人，应该不会有贵重的茶，想必这茶也就是他自己采摘的新罗本土茶叶了。

✻

忠谈师用的什么茶暂且不深究，我的思绪又回到了唐玄宗和无相禅师二人相遇一事上来。二人在对坐饮茶时，都谈论了些什么呢？只是心照不宣地静静饮茶吗？还是谈论恩将仇报的安禄山呢？抑或是谈论被唐玄宗无奈赐死的旧爱杨贵妃呢？无相禅师是否又以佛家的"三世因果"来开导唐玄宗呢？

想必对于入蜀避难的唐玄宗来说，最为愤恨的应该就是叛臣贼子安禄山吧。也正是因为此人，玄宗才意外痛失杨贵妃（716—756）。据史书记载，公元756年7月15日，唐玄宗逃往蜀中避难，途经距长安仅63公里远的马嵬坡，随驾禁军军士一致要求处死杨贵妃，玄宗无奈之下赐白绫一条，贵妃缢死。当时杨玉环年仅38岁，贵妃在位10年。

✻

不知是因为杨贵妃的美貌过人，还是唐朝著名诗人白居易的《长恨歌》太催泪，至今在日本还流传着"杨贵妃并未死于马嵬坡，而是逃往日本，在日本度过了余生"的说法。从这样的传说故事中可以看出，看客们都希望唐玄宗想方设法救下了杨贵妃。也许就是出于这样的心理，"杨贵妃免于一死，逃亡日本"的传说才得以流传至今。

试想一下，中国大陆与朝鲜半岛、日本列岛隔海相望，战乱之下要想越境逃难也并非绝无可能。况且，在漫漫历史长河中，也不乏众多为求生而远渡异国的难民。无奈之下远渡重洋逃往日本的难民们，其所到之处也不过是日本的海边渔村。即便难民中有那么一位美丽妇人曾贵为大唐皇帝的贵妃，又有谁能清楚知道她的真实身份呢？

不过，在正史记载中，杨贵妃确实死于马嵬坡。尽管有些看客不愿相信，也不愿看到貌美如花的美人就这样香消玉殒，但事实却是杨贵妃被草草埋于荒土之下。故事中，迫于军士哗变而赐死杨贵妃的唐玄宗可能也觉十分无奈，心想只要能救她一命，就算让她远渡至一海之隔的日本又何妨？那不如就让她东渡日本逃过此劫吧。

※

故事中，在无相禅师恭迎玄宗为其献茶之时，玄宗便得知大慈寺有一个海眼。玄宗向无相禅师要求看一眼海眼，只想通过海眼看看远渡日本的杨贵妃是否安好。无相禅师并没有作答，只是静静地煮着茶。时间静静流逝着，直到茶水凉透，无相禅师才突然起身，小心翼翼地推开了佛像下的石盖。唐玄宗俯下身凝望佛像下的海眼，竟仿佛看到了杨贵妃在茫茫大海中乘船漂浮的小小身影。尽管看不清脸，但玄宗却知道，的确是杨贵妃，她还活着！

很久很久以前，在距海很远的一座内陆城市——成都，有一座大慈寺，寺里有一个皇帝，皇帝望着寺里的海眼，苦苦思念自己的爱妃。大慈寺里还有一个僧人，为皇帝静静地煮茶。僧人叫无相，是远辞故国来到成都的新罗王子，他来到成都，就再也没想过回去。

文翁石室和武侯祠

"Wonderful! So Wonderful! （奇妙！太奇妙了！）"（《重庆中央日报》，1941.04.15）

海明威（Ernest Miller Hemingway，1899—1961），曾于1941年4月以美国记者的身份来到重庆和成都。这句话是当时一位中国记者在问到他对中国的印象时，海明威的回答。在他看来，中国是一个了不起的国家。

中国是一个了解得越深越觉得神奇的国度。恐怕就连土生土长的中国人，都很难完全了解中国的全貌和底蕴。

就拿中国的教育现状来说，作为同属亚洲地区的韩国人，也作为在中国育儿的母亲，我觉得中国的教育环境非常神奇，与韩国有很大不同。

古代传说鲤鱼数千，聚集门下，如能逆水游过龙门，就能变成龙。登龙门即喻一步登天。鲤鱼跃龙门是中国古代的传说。古代人发现金色鲤鱼经常逆水上朔，在龙门瀑布形成跳跃的群体。但在瀑布以上，由于水流湍急，没有任何鱼类可以生存。所以古代人想象这些金色的鲤鱼跳过龙门以后可能都变成龙升天了。后来，就有了"一登龙门，身价十倍"这句话。

要把"鲤鱼跃龙门"这一典故用在人身上的话，那么谁能成功跨过人生的重要关卡，就能进一步在社会上发挥自己的才能，实现人生价值。要想成才，就必须不断奋斗。由此看来，亚洲人似乎一直以来就有一种努力奋斗的意识。

日本有一个习俗，就是在儿童节时会悬挂鲤鱼旗，意在希望孩子能像鲤鱼

一样,跃过龙门,成龙成凤。韩国有句俗语,叫做"개천에서 용난다"(穷山沟里出壮元),意思是穷人家的孩子也会出人头地。

但作为这一说法的出处,中国在应对当前形势时似乎持有比周边国家更加乐观的态度。

在中、日、韩三国,高考竞争同样激烈,不过相比于韩国的家长,中国的家长似乎更加积极乐观。对于其背后的原因,我一直想一探究竟。

仔细思考之后,我想原因之一可能就是中国人对历史的认知。历史资料证明,"科举"考试给了平民百姓实现阶层上升的机会,是一个选拔人才的好方式。而现在,中国人把高考作为当代"鲤鱼跃龙门"的机会,希望青少年能好好把握和利用这个上升通道。让人惊奇的是,古代的科举考试和当今的高考之间竟真有相似之处。比如,一是两种制度都被认为是当代最有效的人才选拔制度。从1951年开始,实行全国普通高等院校的统一招生考试来选拔培养人才。新中国成立后,高考制度采取了新的教育管理模式,但在人才的选拔和培养上借鉴了中国传统的科举制度。二是两者都是采用公平竞争的考试,以成绩作为标准选拔人才。过去,在封建社会,对平民和知识分子而言,科举考试是进入官僚系统的好机会。如今,高考也被认为是最公平的考试制度之一。

因为高考不论出身高低和身份贵贱,是一个人人平等、公平竞争的过程,所以即便其过程中充满了艰难的历练和令人绝望的失败,但大家仍然坚信,只有渡过难关,才能出人头地。

✳

"人才就是力量。"

蜀汉先主刘备(161—223)曾在赤壁之战(208)中获胜后,问诸葛亮怎样才能让自己的国邦更加繁荣。诸葛亮回答他,关键在于人才。

在韩国仁川的中华街,有一个山坡上的胡同上画着三国壁画。壁画上有一幕是刘备"三顾茅庐"请诸葛亮出山的场景。其实,在笔者看来,"三顾茅庐"

的典故，不仅说明了人才的重要性，同时也要求人们重视人才。

"三顾茅庐"又名"三顾草庐"，"顾"指拜访，"茅庐"就是草屋。三顾茅庐指真心诚意，一再邀请，拜访有专长的贤人。

公元207年冬至公元208年春，当时屯兵新野（今河南新野）的刘备，带着大将关羽、张飞，三次到南阳邓县隆中（襄阳市西郊二十里）诸葛草庐请诸葛亮出山辅佐。

《三国志》卷三十五记载：玄卒，亮躬耕陇亩，好为梁父吟。《汉晋春秋》记载：亮家于南阳之邓县，在襄阳城西二十里，号曰隆中。

东汉末年，汉朝宗亲左将军刘备三顾茅庐拜访诸葛亮，他们的谈话内容就是《隆中对》，即三分天下的战略决策。

诸葛亮《前出师表》："臣本布衣，躬耕于南阳，苟全性命于乱世，不求闻达于诸侯，先帝不以臣卑鄙，猥自枉屈，三顾臣于草庐之中。"

官渡大战后，曹操打败了刘备。刘备只能投靠刘表。曹操为得到刘备的谋士徐庶，就谎称徐庶的母亲病了，让徐庶立刻去许都。徐庶临走时告诉刘备，卧龙岗有个奇才叫诸葛亮，如能得到他的帮助，便可得天下。

于是刘备和关羽、张飞带着礼物，去隆中卧龙岗拜访诸葛亮。但诸葛亮不在。过了几天，三人冒着大雪又来到诸葛亮的家。听说诸葛亮本人又不在，刘备非常失望，只好留下一封信，说渴望得到诸葛亮的帮助，平定天下。

转眼过了新年，刘备选了个好日子，又一次来到卧龙岗时，诸葛亮正好在睡觉。刘备静静地站着，等到诸葛亮醒来。刘备向诸葛亮征询复兴汉室大计，诸葛亮向刘备提出占据荆、益两州，谋取西南各族统治者的支持，联合孙权对抗曹操，统一全国的建议，即著名的《隆中对》。

刘备一听，非常佩服，请求他相助，诸葛亮答应了。那年，诸葛亮才27岁。

刘备是因为爱才惜才，才能得到贤人相助，而后建立蜀汉。历史上著名的"三国时代"，就随着刘备"诚心诚意拜访贤人"而逐渐拉开了帷幕。

诸葛亮在"天下三分论"中提到,益州(成都)是天下第一险峻要衝地,土地肥沃。依着这一对策,刘备建立蜀汉,定都益州。①

俗话说,"士为知己者死",刘备就是诸葛亮的知己。成都武侯祠是专门用来纪念诸葛亮的祠堂,用以纪念这位"智将"珍惜寸刻、以忠报德的忠正。

"孤之有孔明,犹鱼之有水也。"(魏晋·陈寿《三国志·蜀书·诸葛亮传》,刘备之言),这句话足以证明人才的宝贵和尊重人才的重要性。刘备作为一国之君,时刻不忘敬重贤能人才,才使得诸葛亮为自己"鞠躬尽瘁,死而后已",蜀汉也才得以繁荣壮大。

在13世纪,日本尊者就强调弟子们和睦团结的重要性。他劝弟子们说:"没有其他对彼此的想法,结成水鱼之交,这就是异体同心。"这句话源自刘备所说的"鱼之有水",意为同舟共济的团结精神。②

成都本土有着浓厚的重视人才的传统观念,文翁石室亦然。

位于成都的文翁石室,自2000年前就是当地有名的学校,据说是中国第一所在地方建立的学校。据推测,其创立年代约为公元前143年至公元前141年。

正好,我的儿子就在成都石室中学上学。我至今都还清晰地记得,我们沿着老式的红墙,第一次走进了学校的大门。当听闻这座校园是文翁石室的遗址时,我发自内心地觉得我们母子是多么幸运。就在这样一个有着两千年人才培养史的地方,儿子度过了三年的高中生活。在他高考结束那天,我赶到了儿子的考场,也就是石室中学。学校门前家长们挤得水泄不通,我站在一群家长中间,看着结束考试的考生们一个个面带微笑地走了出来,好像在说:"终于过

---

① https://ko.dict.naver.com/kokodict/-/entry/koko/6255849a1b2648388fbc797d6ae68f26。

② 关于蜀汉以"人才为本"的精神,参引于池田大作《수필 사제의빛》,首尔:和光出版社,2010,第152—154页;池田大作,和光新闻社出版局译,《어서와 사제》,首尔:和光出版社,第196—197页。

了这关啦!"

虽然我当时只是静静地看着他们走出学校,但从他们身上,我仿佛看到了一个个青年才俊正在长大成材。

我的导师说过,在中国,像诸葛亮这样的人才有几十万、几百万,无处不在,城市有,农村也有。

像诸葛亮这样的贤能人才竟然有这么多,真是不可思议……

我听到这句话是在去年5月份,那时我刚踏进教室,耳边就响起了导师的声音。他的这句话,让我的内心激动不已,一下子就想起了我在中国的这段时间里接触到的无数贤才。

重视教育、爱惜人才的传统观念,大概就是我一直对中国这个国家心存敬畏的原因之一吧。

锦江恋歌 금강연가
一个韩国人的蜀思

五丈原之歌

东汉末年，孙权、刘备联军于建安十三年（208）在长江赤壁一带大破曹操大军，这便是著名的赤壁之战。赤壁之战时，曹操被孙刘联军击败，奠定了三国鼎立的雏型。

220年，曹丕篡汉称帝，定都洛阳，国号"魏"，史称曹魏，三国历史正式开始。次年刘备称帝，定都成都，史称蜀汉。222年刘备在夷陵之战失败，孙权获得荆州大部。223年刘备去世，诸葛亮辅佐刘备之子刘禅与孙权重新联盟。229年孙权称帝，定都建邺，国号"吴"，史称东吴，至此三国正式成立。

此后的数十年内，蜀汉诸葛亮、姜维多次率军北伐曹魏，但始终未能改变三足鼎立的格局。曹魏后期的实权渐渐被司马懿掌控。263年，曹魏的司马昭发动魏灭蜀之战，蜀汉灭亡。两年后司马昭病死，其子司马炎废魏元帝自立，建国号为"晋"，史称西晋。公元280年，西晋灭东吴，统一中国，至此三国时期结束，进入晋朝时期。

中国三国时期（220—280）的历史对韩国人来说并不陌生。虽然大家常将历史作品《三国志》以及小说《三国演义》都称为"三国志"，然而韩国读者更多阅读的还是《三国演义》。因此，说到"三国"相关的史实，许多人其实都是通过小说故事了解到的。甚至在说起三国时，有些韩国人比对自己国家的历史还要了解得多。而这种现象，自朝鲜时期起就有了。三国历史里有很多杰出的英雄，他们的故事超越时空，对韩国读者来说一直有着巨大的吸引力。所以在韩国,《三国志》的热潮至今还未减退。

四川成都不同于别的旅游胜地,对于热衷于《三国志》的人来说,成都就是乱世英雄刘备、诸葛亮、关羽、张飞等人聚集的"蜀汉",也是他们一直向往的充满浪漫色彩的理想世界。成都是蜀汉都城,成都武侯祠保存着诸葛亮祠堂和刘备陵——惠陵。据记载,武侯祠始建于公元4世纪。关于武侯祠,唐朝诗人杜甫还曾写下"丞相祠堂何处寻,锦官城外柏森森"的诗句。

刘备陵位于四川成都武侯祠中,诸葛亮殿之西南侧。刘备攻打吴国失败后,退到了白帝城,于公元223年农历四月病逝,享年63岁。同年五月,诸葛亮扶灵柩回成都,8月下葬。

惠陵距今已有1780多年历史,史书记载未有被盗痕迹,至今也没有被挖掘。据说,刘备的惠陵是诸葛亮亲自设计修建。诸葛亮为了防盗,在墓中设下了重重机关,一旦有人进入,触发机关,必将命丧黄泉。盗墓贼忌惮于诸葛亮的威名和机关而不敢盗掘惠陵。

一说,刘备死于农历的四月,气温极高,交通不便,若花30天运到成都,他的尸体肯定会腐烂。诸葛亮出于让刘备早日入土为安和防盗的目的,将刘备秘密地安葬在白帝城附近,而成都的武侯祠只是刘备的"衣冠冢",不值得冒险盗掘。

又一说,曾有盗墓贼进入惠陵,在黑暗中发现一束光亮。他走近一看,原来刘备正在与关羽下棋,并且警告盗墓贼速速离开,否则小命不保,吓得盗墓贼屁滚尿流而逃。至此,关于刘备墓有鬼的传说就流传开来,令盗墓贼也心生忌惮。

最后一说则是,刘备、关羽、张飞三人桃园结义,义薄云天,生死与共,成为后世之楷模。后人敬佩刘备的仁义,因此没有向刘备的惠陵下手。[①]

---

① 惠陵传说参考自:《刘备的墓葬在何处,为何经历千年依旧完好无损!》,https://www.sohu.com/a/312051683_100050680。

锦江恋歌 금강연가
一个韩国人的蜀思

※

参观武侯祠时，我在其园林内看到了刘备、张飞、关羽三人桃园结义的雕像，雕像后还有一个伺童在煮茶。

当时我突然就冒出了一个想法——《三国志》的众多读者们视成都为理想之国，大概也正是因为刘备、张飞、关羽三人在此地结拜为兄弟吧。

三人至死不相悖，建立蜀汉后也不为朋党贪图荣华，仍为了曾共同起誓的"复兴汉朝王室"之目标而团结一致。这是人类友谊最崇高最美好的写照。在三人的这份情谊中，刘备宽容的性格起到了很大的作用。刘备勇于承认自己的不足之处，懂得欣赏竞争对手的过人之处。而他也正是凭借着这一优秀品德，才能使诸葛亮这样的贤能人才为之鞠躬尽瘁，死而后已。

※

"鞠躬尽瘁，死而后已。"

在《出师表》中，诸葛亮的忠贞壮烈被体现得淋漓尽致。

表是古代臣子向帝王上书陈情言事的一种文体。《出师表》是三国时期蜀汉丞相诸葛亮在北伐中原之前给后主刘禅上书的表文，阐述了北伐的必要性以及对后主刘禅治国所寄予的期望。其言辞恳切，写出了诸葛亮的一片忠诚之心。历史上有《前出师表》。至于《三国演义》中的《后出师表》，并没有得到证实。通常所说的《出师表》一般指《前出师表》。

诸葛亮在蜀国受刘备之重用，刘备驾崩后，诸葛亮为报答隆恩，事事躬亲，决意北伐，助幼主刘禅一统天下。他出兵一共五次。最终，诸葛亮因积劳成疾，死在了五丈原（今宝鸡市岐山县蔡家坡镇境内）。

最后一次北伐时，诸葛亮屯兵五丈原与司马懿对阵。在司马懿与诸葛亮的最后一战中，诸葛亮生命快到了尽头，加之蜀国地贫民穷，军事物资匮乏，诸葛亮不由得十分焦虑。

声乐秋风（歌词）

（清）吴长元

祁山悲秋风起，

阵中暗云的五丈原，

零露滴点也悲哀，

粮草堆积，军马增肥，

蜀军之旗气弱。

鼓角的声音现在静悄悄，

丞相病情加重。

丞相病情加重。

日本诗人土井晚翠（1871—1952）根据当时诸葛亮的心情创作了长诗《星落秋风五丈原》。据说，诗人发表这首诗时年仅 27 岁。上面的歌词是源于该诗同名歌曲中的部分歌词。听到这首歌的人，都能在歌声中感受到当时诸葛亮所负担的使命感，以及由此带来的忧愁，愁思仿佛触手可及。

诸葛亮死后 30 年（236），曹魏司马昭派钟会、邓艾、诸葛绪等人大举伐蜀，后主刘禅只好投降。蜀汉灭亡后，刘禅移居魏国都城洛阳，被封为安乐县公，在洛阳安乐地度过余生。

蜀亡后，后主刘禅被安置在晋都洛阳。司马昭问他："颇思蜀否？"他说："此间乐，不思蜀。"这就是成语"乐不思蜀"的由来。"乐不思蜀"，比喻在新环境中得到乐趣，不再想回到原来的环境中去。

由此可推测，诸葛亮在写《出师表》时，后主刘禅可能并没有深刻理解先王刘备所怀"复兴汉室，还于旧都"之雄心壮志。或者说，即使能够理解，也并没有下定决心要实现这一壮志。诸葛亮作为丞相侍奉后主，却不忘先主遗愿，竭尽心力，为主效命。

《史记》有言："士为知己者死。"

士，古代对男子的尊称，也指有某种才能的人。知己，指彼此相知，情谊深切的朋友。比喻一个人能为深知和看重自己的人竭尽全力，体现了古人对"义"这一精神品格的赞美。

❋

岳飞（1103—1142），北宋和南宋之际的民族英雄。他于北宋末年投军，从1128年到1141年为止的十余年间，率领岳家军同金军进行了大大小小数百次战斗，岳飞挥师北伐，先后收复郑州、洛阳等地，又于郾城、颍昌大败金军，进军朱仙镇。但南宋皇帝高宗、奸臣秦桧却跟岳飞相反，一意求和，在宋金议和过程中，岳飞遭受秦桧、张俊等人的诬陷，被捕入狱。1142年1月，岳飞被冠以"莫须有"的"谋反"罪名，与长子岳云和部将张宪同被杀害。后宋孝宗为岳飞平反，岳飞改葬于西湖畔栖霞岭。追谥武穆，后又追谥忠武，封鄂王。

后人修建岳飞庙，也雕刻了陷害岳飞的四个奸臣——秦桧、王氏、万俟卨、张俊跪像，反剪双手，让四个奸臣在岳飞墓道阶下长跪。

在朝鲜，李舜臣（1545—1598）将军在死后被追谥为"忠武公"。他被奉为救国英雄，用自己的生命救了朝鲜。然而在他生前，却像岳飞一样受到了奸臣的诬陷和君主的怀疑，险遭死刑判决。

"想活就死，想死就活。"这就是李舜臣的座右铭。

李舜臣于32岁那年开始为官，宣祖二十四年（1591）被任命为全罗左水师，一上任就致力于增强军备。壬辰倭乱（1592—1598）发生后，毫无准备的朝鲜濒临灭国危机。朝鲜在与日本的陆地战中大多战败。短短20天，汉阳城沦陷，国王向北逃难。此时，李舜臣却在"玉浦海战"等所有海上战争中大获全胜。

李舜臣作为海军将领，每次海战都能取得胜利。但是朝鲜王宣祖却无法明辨官吏的诬陷和倭军谍报者的离间，欲以"欺骗朝廷，无视君王，不讨伐敌人，背叛国家"等罪名，除掉李舜臣。

1597年，"丁酉再乱"发生后，倭寇再次入侵朝鲜。在与日本海上交锋时，失去李舜臣统领的朝鲜海军溃败。李舜臣精心训练的朝鲜海军在此役中几乎全军覆没。这时，宣祖才开始后悔自己对李舜臣的猜忌和不信任，于是又任命李舜臣为统制使。

被重新任命为统制使后，李舜臣回归海军队伍，却发现这时海军只剩下兵士120人，兵船12艘（一说13艘）。历史上著名的"鸣梁海战"，就是李舜臣以12艘兵船与拥有133艘兵船的倭军对战，最终以弱胜强的胜利传说。紧接着又爆发了"鹭梁津海战"（1598），李舜臣率军与倭军500多艘战舰殊死拼搏并取得了胜利。但可惜的是，李舜臣在此役中不幸牺牲。

诸葛亮殉于五丈原后，其遗体需要运回成都。此时司马懿认为诸葛亮已经死了，便率大军追赶蜀兵。但在中途他又犹豫了，怕自己又中了诸葛亮的计。趁着司马懿半信半疑之际，蜀军已经全军撤回汉中了。后来司马懿才得知，诸葛亮确实已经死了。而让他半途打退堂鼓的，不过是一座木像而已。这时，司马懿才后悔不迭。由此，民间流行起了一句话——"死诸葛亮吓走活仲达"。

后来，诸葛亮被追谥为"忠武侯"。而巧合的是，后世岳飞和朝鲜李舜臣的谥号都是"忠武"。

《承政院日记》中记载："昔者宣庙，自龙湾返驾，至永清县，有山名卧龙，故遂立武侯祠，圣祖此学，盖因国步危难，寤寐英豪而然也。""宣庙"指宣祖王。这是朝鲜时期壬辰倭乱时发生的事，当时在平壤避乱的宣祖迁移到义州，驻跸数月，并在此期间修建供奉诸葛武侯的武侯祠（宣祖36年，1603）。这座"武侯祠"，在英祖14年（1738）改名为三忠祠。诸葛亮，字孔明，号卧龙，在世时被封为"武乡侯"，死后追谥"忠武侯"，东晋政权因其军事才能特追封他为"武兴王"。①

这些事发生在壬辰倭乱爆发（宣祖二十五年，1592年4月13日）两个月后，即宣祖迁移至鸭绿江边义州（6月22日）时。倭军入侵不过2个月，朝鲜便面临灭国之危。此时，正是急需救国英雄的关键时刻。我们不难想象，宣祖当时是以怎样的心态，下令修建了武侯祠。（现在首尔南山的一个山麓上，还保存有巫俗建筑"卧龙庙"。一说是建在宣祖台上，一说不是，其由来不得而知。）

说来有些讽刺，宣祖在位时怀疑忠臣李舜臣，甚至将其逼至绝境，后来却修建武侯祠，迫切渴望民族英雄来救国。

✽

李舜臣死后，朝鲜朝廷修建了三处祠堂，分别是统营的忠烈祠、丽水的忠愍祠和牙山显忠祠。从祠堂规模上来看，位于牙山的显忠祠规模最大。1593年，李舜臣被任命为"三道水军统制使"，该官职是为抵御日本海军而首次设置。今南海岸"统营市"是三道水军统制营旧址，"统营"这一城市名也因此被沿用至今。听说，因为民族英雄李舜臣，当地市民们都发自内心地为之感到骄傲。

✽

美国著名军事家道格拉斯·麦克阿瑟曾说："老兵永远不死，只会慢慢凋零。"

要成为伟人，势必要历经常人难以忍受的磨练。

孟子曾经说过："故天将降大任于是人也，必先苦其心志，劳其筋骨，饿

---

① 《承政院日记》611册（脱初本33册）。李秉常等人与王议论地方行政时谈及善用人才之困难，最终他们一致认为刘备与诸葛亮是君臣之典范。

其体肤，空乏其身，行拂乱其所为，所以动心忍性，曾益其所不能。"意思就是说，通过磨练变得更加坚强，才能成为有能力完成大任的伟人。换句话说，世间的磨练验证了伟人们的伟大之处，这些伟人在后人心中永垂不朽。

锦江恋歌 금강연가
一个韩国人的蜀思

锦　江

✳

　　刚到成都的那段时间里，我的心情一直很沮丧，就连看到滚滚流逝的锦江水，也会悲从中来。过了这么久，我还是难以形容当时的心情，直到后来偶然听到韩国诗人文仁洙（1945—2021）的一首诗才恍然顿悟，诗里提到的内容就是我当时立于成都九眼桥时的心情！

思念的长臂

你漫步在异国的江边，

瘦削的肩膀如蝴蝶般耀眼。

你的背影映入我的眼帘，

心也在千里外的电话那头远远思念。

凉风习习掠过江面，

万里之外流萤江水，冲不尽挂牵。

　　如果把诗里的"我"想象成诗中远辞故国的主人公，便很好理解了。对于深切思念家乡、独居异国的我来说，诗人的语言如一个温暖的怀抱，深深地触动了我。就这样，我慢慢放下了缠绕在心间的"挂牵"，用这首诗歌聊以慰藉，逐渐融入新环境中。

　　回国后，一次偶然的机会，我见到诗人文仁洙。第一次见面我便鼓起勇气提出这样的请求:"以后我出版随笔集的话,希望引用这首诗,可以吗?"诗人欣然答应:"如果随笔集出版了,请一定要告诉我哦!"

但是,我不能遵守诺言了。这本关于成都的随笔集出版之前,经历了复杂而缓慢的过程。在图书确定可以出版之际,诗人已经因为年老而离开这个世界了。谨以此文怀念诗人文仁洙。

锦江恋歌 금강연가
一个韩国人的蜀思

江边恋歌

在追求速度的现代都市生活中，能慢下来细细品味生活，不失为一种人生哲学。我想，从这一点来看，锦江也算是成都人繁忙的都市生活中一片喘息的空间。

锦江边的望江楼下，我凝望着阳光下熠熠生辉的江面，一边喝着茶，一边听着唐代女诗人薛涛的故事。据传，薛涛曾用锦江水制做出了精美小巧的"薛涛笺"。依我看来，粼粼锦江水顺道流至望江楼下时，才最有诗意。

柳长源《常变通考》卷之二十九（1830）："蜀妓薛涛，好制小诗，惜纸幅大，狭小之，谓之薛涛笺。笺纸，盖谓小幅纸也。"[①]

纸为文房四宝之一，因此当时的朝鲜文人们也对"薛涛笺"表现出了极大的兴趣。

徐荣辅（1759—1816）《赋新笺·呈竹里直学士》："芝兰杂佩意怜渠，蛮纸匀柔老茧如。界栏塌得裁新样，不数成都薛校书。"（《竹石馆遗集》第二册《诗》）

金履乔（1764—1832），号竹里。上面的诗是说，看到用朝鲜"韩纸"制成的新式纸张后，不禁感叹其不输"薛涛笺"。而用"成都薛校书"代指薛涛，可见其知名度之高。

[①] 朝鲜学者柳长源《常变通考》卷之二九记载，蜀中乐妓薛涛制作精美的小彩笺，在其上写诗。后称之为"薛涛笺"，"笺纸"即为精美小巧的纸张。

另外，朝鲜后期的杰出书法家金正喜（1786—1856）还在《送心湖丈人游关西》一诗中写道："谢傅伤情日，江郎作赋年。梅花淡如梦，旧雨空怅然。遥忆秦楼月，萧声咽海天。君去即欢乐，吾辈还自怜。努力爱岁华，分寄薛涛笺。"（《阮堂全集》第九卷《诗》）

其中，"分寄薛涛笺"意为"愿不要忘记远方的朋友，偶尔也要寄信问候一下"，就如同薛涛将思念之情寄于薛涛笺遥寄给远方的元稹一样。

漫步至锦江边，一幅风景画就浮现眼前——锦城之下，薛涛在江边树下打水，用江水为纸张浸染上精美的色彩，诗句在纸张上悠悠显现……心爱之人远在天边，想以此遥寄书信一封，却又为时已晚……

望江楼顶高耸入云，残阳映红了江面。悠悠锦江水，冲不尽离愁和思念。浮想联翩之际，耳边都市的嘈杂喧嚣似乎都消失了。我浮躁的思绪也像虚空中隐隐发亮的孔明灯一样，缓缓上升，渐行渐远。

※

锦江为何如此神秘？

我怀着好奇的心情在江边徘徊。

端午时节，我坐在江边台阶，在一只小小的纸船上写下了我的愿望，像安徒生的《没有画的画册》中的女主角一样，把纸船放入江中。这时，我看到远处望江楼上的孔明灯，徐徐升上了半空，真美啊。

锦江恋歌 금강연가
一个韩国人的蜀思

宝物之江

2008年的某一天，学妹李亚对我说："我带你去个地方。"

然后，她就带我去了望江公园的江堤边。到了一看，只有一片草丛。不知道她究竟带我来这里干什么，我感到很奇怪，往草丛中走了几步，这时才发现一头石牛正懒洋洋地趴在江边草丛中。仔细一看，我才发现原来不只一头石牛，旁边还有一头，以相同的姿势趴着。

李亚指着前面的一块石碑说："听说这头石牛所在的地方藏有宝物。"我一看，石碑上刻着"石牛对石鼓，金银万万五。有人识得破，买个成都府"。

"传说这条江下面藏着宝物，这石牛就是放在江里做标记的。但可惜的是，人们把石牛从水里打捞上来时，并没有找到宝物。"

听到这话，我一下子瞪大了眼睛。流经市中心的江底下居然藏着宝物……我又回头看了看石牛和石碑。那黑漆漆的石牛就是藏宝物的标记吗？我好像瞬间被拉进了古老的传说当中，成都也一下子变得充满了神秘色彩。

但是，宝物到底在哪里呢？

关于这个宝物，有诸多猜测。有人说宝物可能还在石牛被发现的地方，有人说宝物在锦江下游的黄龙溪，还有人说宝物在岷江流经的彭山河段……每当听到别人说哪里又打捞起什么东西，我都会立马竖起耳朵。石牛下的宝物，说不定真有一天会被人发现呢。一想到这里，我就激动不已。

我三年前见过石牛，也就是在2005年，从那时开始人们就陆续发现了一些重要线索，后来逐渐找到了其背后的宝物。

彭山岷江流域的居民杨富华,有一天在江边施工现场发现了不同于普通石头的东西,捡起来用水冲洗一看,竟是古时的银锭!

银锭上刻着"崇祯××年,饷银五十两,银匠姜国太"的字样。据他回忆,在看到"崇祯"字样时,他就意识到这应该是个古董。

据新闻报道,在发现第一个银锭后的十多年里,人们陆续发现了更多银锭和大量的金银首饰。江口遗址共发现文物 4.2 万余件,这也证明了民间流传的"江口沉银"这一故事的真实性。①

"江口沉银"的人,就是明朝末年的张献忠(1606—1646)。

四百年前,也就是崇祯年间,张献忠组织农民军起义,克凤阳、焚皇陵、破开县、陷襄阳,胜战连连。崇祯十六年,攻克武昌,自称大西王。后又带兵攻入四川,于成都建立大西政权,年号大顺。大顺三年(1647)1 月 2 日,张献忠引兵拒战对抗清军,在西充凤凰山被清和硕肃亲王豪格射死。

据《彭山县志》记载,1646 年张献忠占领四川时,大肆屠杀,并在此过程中抢劫妇女,掠夺财物。后来,张献忠战败逃难时率部从成都出发,沿岷江南下转移。行至彭山江口河段,遭明朝参将杨展袭击,大量财物沉于江底。

关于张献忠的暴政,也许存在夸大成分。但从他在逃命途中仍携带大量珠宝的事情来看,他确实是个贪婪之徒。不然的话,怎么能在建国称王的短短两年之内就敛财至如此地步呢?

据说张献忠退出历史舞台后,关于张献忠沉银的消息在彭山一带不胫而走。几百年来,围绕着沉银的传说,人们从未停止过一探究竟的念头。

直到 2005 年,村民杨富华发现那块银锭,鉴定结果证实它确实是张献忠的宝物。以此为契机,2010 年,这个银块出土的江口被命名为"江口沉银遗

---

① 《"蜀世子宝"金印出土"江口沉银"遗址第三期水下考古成果发布》,https://baijiahao.baidu.com/s? id=1665271163528928435&wfr=spider&for=pc。

址"。由此，彭山县江口镇双江村被视为传说中的"张献忠藏宝的浦口"。①

而"双江村"之名，则是因为岷江主河道与府河在此汇合而得名。在韩国，有个叫"两水里"的地方，其得名由来就类似"双江村"。"两水里"位于京畿道杨平郡，首尔近郊，为"北汉江"和"南汉江"的交汇处。"两水里"的韩语称呼为"두물머리（du—mul—me—li，二水头）"，其中"두（du）"意为"二"，"물（mul）"表示"水"，"머리（me—li）"则代表"头"的意思。

该名字在朝鲜儒学者茶山丁若镛（1762—1836）的诗中也出现过。

汕湿交流处

邮名二水头

当门一店叟

坚坐送行舟

这首诗是丁若镛在59岁时所作，彼时距离他结束18年的流亡生活已经过去了两年。在去忠州扫墓的路途中，丁若镛在两水里停留，写下了这首诗。

在两水里，有一个有着500多年历史的寺庙，叫做"水钟寺"。据说，朝鲜第七代国王世祖（1417—1468，1455—1468年在位）想要将大钟载船搬运，但不知怎么回事，船却难以行驶。因而在此修建寺庙，将大钟安置于该寺。另一种说法则是世祖在乘船来到这里留宿时，不知从哪儿听到钟声一响，后发现钟声源自附近的废寺旧地。于是，世祖命令在那里重修寺庙，并将寺庙命名为"水钟寺"。

两个故事的主角都是世祖，看来世祖对于修建水钟寺确实是起到了至关重要的作用。

---

① 多参引于谭平、冯和一、唐婷等，《天府文化与成都的现代化追求》，成都：巴蜀书社，2018年，第257—258页；符遥，《彭山岷江河段：一段流传300年的藏宝传说和围绕它的暴富梦》，http://finance.sina.com.cn/roll/2016—11—22/doc—ifxxwrwh4901338.shtml。

但是世祖野心极大，为登上王座，竟狠心杀死亲侄儿端宗和臣民。大概他也因此在精神上备受折磨，才会在历史上留下了诸如"水钟寺"这样与佛事相关的记录。

总而言之，彭山县双江村被命名为"江口沉银遗址"，在此地打捞到众多宝物的消息也算是解开了多年来困惑世人的谜团。

但是，趴伏在草丛中的石牛却一直在我的脑海中挥之不去。

我曾想象过这样一幅场景：我望着寂静的锦江，耳边响起童谣，唱的是"石牛对石鼓，金银万万五……"我的眼前，似乎能看到江底熠熠生辉的金银财宝……

无　题

江水如心般流淌。

江边草丛中；

有一头水牛；

那头水牛是用石头做的。

据传，

很久以前，

逃跑的将军把宝物藏在水底。

水牛被用于标志。

传说流传，

孩子们也在歌唱。

石牛卧地有宝，

但当捞出河底水牛时，

人们却没有看到宝物。

有一天，当她走近水牛时，

那边草丛好茂盛。

锦江恋歌 금강연가
一个韩国人的蜀思

它只望着江水流淌。

人们似乎不再想象以牛身为标记的宝物。

但是看着水牛,

她的心在跳。

只要水牛守在河边,

宝物也会在河里某个地方永远存在。

看不见的,

无论何时随缘而出。

看得见的,

总与可视的东西应和。

有人放在江岸的心,

何尝不是。

至今,

石牛仍然在江岸草丛。

掠过一丝风。

江水如心般流淌。

宝物就是这样。真正看到的时候,已经是某个人的东西,但是看不见的时候,就会像我们所有人的东西一样,把人心变得富足,令人为之激动。

被贪心的张献忠藏在江水中的宝物,在被挖掘出来之前,像一束可触不可及的梦幻光影,令无数人迷恋向往。

真好啊,岷江江边的孩子们每次在唱这首《石牛对石鼓》时,都能联想到在自己所生活的这片土地埋藏着未知的宝物,心情想必也会为之激动。

遂宁——中国观音文化之乡

我终于有机会参观了位于天府广场旁的成都博物馆。

大概是因为这座城市所蕴含的历史底蕴非常深厚，需要这样高大雄伟的建筑才能承载蜀都的历史文物。记得我是在某一天的下午进馆参观的，参观时间并不充裕。

在南北朝历史文物陈列室里，我看到了于梁大同十一年（545）问世的"张元造释迦多宝像"。陈列室里，释迦佛像和多宝佛像分别坐在莲花台上，悬于空中，四周都是头戴花冠的菩萨。

当时的我非常开心，要说起理由的话，是因为我在学习佛教历史时，南朝梁武帝崇尚佛教的历史给我留下了异常深刻的印象。再加上在众多佛教经典当中，我最喜欢的就是《法华经》，而二佛并坐像便是对《法华经》中《见宝塔品》的刻画，也是《法华经》艺术领域中十分重要的一环。

宝塔出自《法华经》第一品。在第一品《序品》中，（印度王思成）灵鹫山上聚集了无数群众，石尊从三昧中醒来，开始讲述《法华经》。但在《见宝塔品》中提到："尔时，佛前有七宝塔。高五百由旬，纵广二百五十由旬，从地踊出，住在空中。……尔时，宝塔中出大音声，叹言：'善哉！善哉！释迦牟尼世尊能以平等大慧，教菩萨法佛所护念妙法华经，为大众说。如是！如是！释迦牟尼世尊如所说者，皆是真实。'"（《大正藏》9.32b17－c2）

从地踊出的那座塔，由各种宝物装点，其上有五千道栏杆，分布着千万个嵌入墙壁中的房间。无数的旗帜点缀，宝石装饰品四垂，众多宝石铃铛高悬其上。多摩罗跋和栴檀的芳香飘逸四方，遍布世界的每一个角落。那些旗帜和华盖由七宝点缀而成，高耸入云，直至四天王（六欲天中第一天）的宫阙。三十三天（六欲天中第二天）上飘落曼陀罗天华之雨，供养宝塔。包括其余的像诸位天神、龙等八部众这样的非人类和人类等千万亿的大众，用华、香等各种供品供养宝塔，极尽恭敬、尊重和赞叹。就是这样一座被描述得庄严华贵的宝塔从大地中踊现而出，而且，宝塔中还传出洪亮的声音，赞叹释尊所说的《法华经》真实不虚。

到底是谁在塔中呢？初宝塔涌出在空中，依大众之请释迦佛开其塔门，多宝佛全身舍利结跏趺座，结法界定印，其时多宝佛在宝塔中分半座使释迦佛坐，谓之二佛并座。多宝表法佛及定，释迦表报佛及慧，并座表法报不二，定慧一如也。

"观世音菩萨"一名，意为无限慈悲，其由来见于《法华经》中的《观世音菩萨普门品》（观世音菩萨，又名观音、光世音、观自在等）。观世音菩萨慈悲为怀，时刻关注世间百态，所以无论众生何时何地祈求菩萨庇佑，菩萨都会及时相助，由此得名"观世音"。凭着这样的慈悲之心，观世音菩萨可以幻化出 32 种形态，只要众生需要，都会随应救济。随着《法华经》汉译本的问世，观世音菩萨也在民间流行起来。因其关注民生，及时救济百姓，所以百姓们都很喜爱这位"慈母般的菩萨"。

其实，人类很早就开始信仰大地母神（伟大的母爱）。研究表明，无论是观世音菩萨，还是圣母马利亚，都出现于人类历史早期。在这样的传统当中，佛教的观音文化广为传播，随之形成了极具地方特色的观音文化。

因为一次机缘巧合，我有幸参加了遂宁市观音文化论坛，由此了解到四川遂宁这个城市就是中国观音"妙善公主"的诞生地。大概正因如此，遂宁这座城市当中才蕴含着深厚的"菩萨精神"。

"千手观音"，顾名思义，就是有千只手的观音菩萨。传说妙善公主在修行时自己的父亲突患恶疾，为了给父亲治病，妙善公主便砍下了自己的双手作药，断臂之处却长出了千只手臂，妙善公主由此化为千手观音。

马克思曾说："宗教是人类的鸦片。"在我以前的认知当中，新中国成立后，中国便在社会主义理论的指引下不断繁荣。所以，我曾经一直以为在中国可能存在大量的佛教文献，但进入现代社会后，中国社会中的传统信仰可能也随着国家发展不断弱化了。直到去过遂宁，我才发现，原来我对中国的精神文化传统了解得还不够深。

对于遂宁当地人来说，妙善公主并非只是存在于传说中的人物，更是他们的一种骄傲和信仰。故事里的妙善公主舍己为人，不执迷于世俗，潜心修行求得真理。而她的父王却对她很是不满，甚至想派兵杀死她。于是，妙善公主在生父的迫害之下，经受了常人难以想象的苦难。但妙善公主仍然不畏艰难，潜心修行。后来，其父王生病，百药无效，只好寄希望于妙善公主。妙善公主并未责怪父亲曾经对自己的迫害，反而十分心疼生病的父亲，便砍下双臂为药。就在她砍下双臂时，身上长出了千只手臂，得以修炼成千手观音。故事情节虽然有些残忍，但遂宁人似乎也通过这个故事，在日常生活中约定俗成地践行着这种菩萨精神。

※

我似乎也在遂宁遇到过一位"活菩萨"。

我到遂宁的第一天，突然就胃疼了起来。这在以前从没有发生过，询问了酒店工作人员，他们也没有相应的药物。而我在遂宁的两天日程安排得满满当当，也没有时间去医院看病。当晚的讲座上，有位佛教信徒坐在我旁边，还和我聊了一下。当时我就告诉了她自己的身体状况，但也并没有想太多。第二天一大早，参加当天会议的全体人员乘坐大巴去了遂宁市敬业禅寺。我因为胃疼，一整晚都没睡着。加上一大早又要来参观，整个人状态非常差。

但当我刚走进敬业禅寺大门，昨天坐在我旁边的佛教信徒突然走了过来，热情地握住了我的手。她告诉我，她为了能第一时间把药给我，特意一大早就在门口等着了。还说自己得赶紧去上班，不然就要迟到了。说完还没等我回过神来，她就已经走了。这时我才反应过来，自己还没来得及向她道谢呢。但多亏了她给的药，我非常顺利地完成了接下来的日程。

时隔两年，我又去了遂宁参加学术会议，还在会议上发表了讲话。在我上台之前，心里还在暗自期待着——下面是否就坐着两年前帮助了我的那位佛教信徒呢？她能认出我吗？我有点脸盲，担心自己就算见到了也认不出她来。所以只好在心里暗暗期待，希望她能先认出我来。但我一等再等，最终还是没能等到她出现。在参加会议的两天里，我一直在琢磨她是没有来，还是躲了起来呢？难道我们就没有缘分再见一面吗？东想西想之间，我突然产生了一个想法——她也许就是菩萨的化身呢？

佛典中说，印度南海的普陀珞珈山为观世音菩萨所居之岛。爱戴观音的广大民众们都对观音就存在于自己的身边感到深信不疑。中国浙江舟山市就有一座普陀山，而位于朝鲜半岛东部江原道的洛山寺，被认为是历史最为悠久的观音真身常驻之地，"洛山"这一名字也许就来自于佛典中提到的"珞珈山"。据说，人们关于菩萨常驻之地的这种信仰，其前提就是将自己生活的环境视作净土（即理想社会）。《法华经》中也强调，佛祖讲法时所处的世界，便是净土。

所谓"净土"，并非遥不可及的虚构世界，而是由人们自己所构筑的。在充斥着21世纪科学文明与无神论的现代社会当中，遂宁作为妙善公主的诞生之地，当地人们亲身践行着妙善公主传下来的菩萨精神，在我看来遂宁仿佛就是一片人间净土。由此来看，遂宁毫无保留地向我呈现出了现代化的佛教文化和菩萨精神。对我来说，遂宁真是一座让人难忘的"莲花之城"。

另一条丝绸之路

在遂宁，我除了深入了解观音文化，还学到了宽容对待古代文化传播的多种可能性。首先，西域民众流入中原大陆，以及佛教传入中原，除了需要经过横穿敦煌的沙漠丝绸之路以外，还让当地学者们深刻意识到了中国还有一条更加古老的贸易走廊，即起于四川成都、西至印度的贸易通道。而这条西南丝绸之路，早在汉朝以前就存在了。史书中记载，佛教于东汉永平十年（67）传入中国。而居于遂宁的妙善公主信仰佛教的故事，却早于这个时间段。由此，当地的学者们似乎也就更加关注这条西南丝绸之路。

关于这条起于四川的西南丝绸之路，最早的文献记载是司马迁的《史记》。《史记》中记载，这条贸易通道又称"蜀身毒道"，意为"从蜀地（四川）至身毒（印度）的道路"。而最早发现这条贸易通道的人，就是汉武帝时期的将军张骞。《史记·大宛传》记载，张骞出使西域，"在大夏时，见邛竹杖、蜀布"。也即是说，张骞在大夏国（今伊朗、阿富汗一带）看到了中国四川出产的蜀布和邛竹杖。邛竹杖由邛竹加工而成，原产于四川邛崃。张骞从当地人的说明中了解到，这些东西是从身毒国（印度）买到的。而身毒国远在数千里外的东南，想必是有蜀地商人在那里售卖蜀布和邛竹杖。

又据《史记》中《大宛列传》和《西南夷列传》记载，张骞于汉武帝建元六年（前135）奉命出使西域，前后历时13年，于汉武帝元狩元年（前122）回到中国。张骞受汉武帝之命出使西域进行外交访问，于公元前128年穿越帕米尔高原到达大夏国。来到大夏国张骞就发现，蜀地商人不畏艰险，将蜀布和邛竹杖不远千里运送至印度售卖，这些商品后又在大夏国出现。这说明蜀商很早以前就通过这条"蜀身毒道"进行贸易交流，还通过这条路，将蜀地和云南特产运至印度售卖。

至于张骞所见到的"蜀布"，一说是"云南布"，因蜀地商人运销，遂将这些布料统称为"蜀布"。我想，蜀地自古以来盛产丝绸，当地丝绸声名远扬。而四川当地的商人，相比更加清楚布料的交易价值。

古蜀有位王，叫"蚕丛氏"，也被称为"蚕神"，由此可见很久以前的古代蜀国就已经开始出产丝绸了。"蚕"是一种以桑叶为食的虫，该虫吐丝作茧，其丝可用以织绸缎。古蜀人注重"养蚕"，这意味着当地丝绸产业早就发达。而成都又名"锦官城"，其由来就是秦朝于公元前316年灭古蜀国，后将蜀都成都当做丝绸生产中心，设"锦官城"和"锦官"，鼓励当地人大力生产丝绸。

❊

四川至西域的丝绸之路，以及佛教传入中国，都让我联想到了朝鲜半岛上伽倻国的"许皇后"。《三国遗事》记载，许皇后又名黄玉，本是古印度的公主。许皇后于东汉乾武二十四年（48年）乘船渡海抵达朝鲜半岛南海岸，后成为了伽倻国水路王的王后。虽然目前尚没有充足的文献资料可以佐证，但有部分人却坚持主张许皇后便是早期推动佛教传入朝鲜半岛的关键人物。

许皇后死后被追谥为"普州太后"，这一名号引起了考古学者金炳牟的注意。现今韩国金海市仍保存着许黄玉陵墓，其墓碑上刻"驾洛国首露王妃普州太后许氏陵"。又因四川安岳古名为普州，学者们集中考察了安岳，并对许皇后生前的移动路线做出了以下设想：

历史文献记载，建武23年，巴蜀地区以雷迁为首的蛮夷发动叛乱，朝廷派将军刘尚率领精兵前往镇压。一年后，叛贼被镇压，虏获的7000多人被押往湖北江夏一带，其中有多名许氏族人。半路上，不堪忍受官兵鞭笞凌辱的许氏 20 多名族人奋起反抗，杀死看守官兵，抢夺船只，进入黄海，一路到达了朝鲜半岛中南部的古驾洛国海岸。登岸时，全船只剩下 15 人。许黄玉一行受到岛民的欢迎。驾洛国金首露王，与许黄玉一见钟情，娶了许黄玉为王妃。①

这一设想公之于世后，中韩两国相关人士对这段历史产生了浓厚的兴趣。不过，《三国遗事》记载，许皇后本是古印度的公主。看来，这一设想还需要多番考究才能确定。

我有一位四川安岳的朋友。之前我拜访她时，认识了一位在当地经营旅社的女老板。那位老板说，她曾经接待过很多伽倻国水路王和皇后的后人。我想她说的应该是韩国"金海金氏"和"金海许氏"的后代。而韩国游客来到安岳，参观的景点就是一个叫"许家坝"的村子，据说那是许黄玉生前居住过的地方。老板还说了一个让我感到很惊奇的事情——现在生活在许家坝的许氏族人和前来旅游的韩国游客容貌竟十分相似。

无论看客是否相信，毕竟已经过了两千多年，又何以辨清真假呢？不过，《三国遗事》中记载，许皇后乘的船上装了很多绸缎，不由得让人联想到蜀地盛产丝绸和从四川经长江至黄海的水道。再加上四川自古以来盛产茶叶，似乎也能和这一设想扯上点关系。民间流传，金海（古金官伽倻国都城）所产的"竹露茶"，便是由许皇后在两千多年前一并传来的。竹露茶又和成都的竹叶茶有什么关系呢？我对这个问题很是好奇，脑海里不禁浮现出了成都当地人泡竹叶茶时的景象，青翠的茶叶从透明的杯底泛起，就像无数竖立向上的矛尖，让人光是看着就不由得精神抖擞了起来。

我对历史没有深入的研究，自然也就只能想象一下而已，没太多可深入分析的。我想，古代不比现代社会，那时候应该也不需要专门办理出入境手续吧。古代人出远门或骑马，或乘船，其活动范围也许远超我们的想象。在这样

---

① 《安岳人许黄玉：传说中唯一一位当上韩国皇后的中国女子》，https：//xw.qq.com/cmsid/20200218A0089R00。

漫长而又神秘的古代人类历史进程当中，我想是存在着众多可能性的，至少我们不应该持排斥态度。

为了研究古代历史，专门从事考古的学者也会尽量考虑多种可能性，考古过程也需要多个领域的专家同时参与、共同研究，最终才能得出一致的结论。从古至今，人类为追求幸福而不断迁移，并以此实现文化交流和传宗接代。即便是对于难以考证的历史，也持一种开放包容的态度，并尝试从中创造出更多的价值，这一点也是我从遂宁人身上得到的最大收获。

锦绣之乡

众所周知，丝绸之路起于西安，一直延伸至罗马。

据说，中国丝绸第一次传入罗马是在公元前1世纪左右。罗马人当时不知道绸缎是用蚕茧中抽出的线条做成的，以为是棉花等植物的产物。罗马人表示，"serica"这一单词就来源于秦汉的"丝"（si）。

当时的罗马人完全被中国产的丝绸吸引了，正因如此，罗马元老院不得不考虑进口丝绸的巨额财政支出。对当时的罗马人来说，丝绸是最高级的奢侈品。

关于罗马人对丝绸的狂热追捧，哲学家塞内卡（Seneca Lücius Annaeus，约公元前4—65）批评说："丝绸衣服既不能保护身体，又是一件连羞耻都掩盖不住的衣服……妇女们为了展示自己的身材，不惜花巨资，鼓动商人们从遥远的国家运来这些昂贵的织物。"

虽然这番话是从严肃的伦理道德层面对罗马人狂热追捧丝绸提出批判，但同时也能让人们了解到，在进口丝绸前，罗马本土还没有像丝绸这样可以恰到好处地表现出人体曲线美的服装面料。丝绸薄而轻盈的质感，对罗马人来说非常新颖，也非常值得拥有。

对人们来说，丝绸不仅仅提升了穿着体验。不管是在雕刻，还是绘画方面，丝绸起到的作用都不可小觑。丝绸的优雅灵动，无疑是为人类追求美的本能注入了无限灵感。

事实上，不仅是在罗马，丝绸在世界各地都受到追捧。也正因如此，人们发明并生产出了与丝绸质感相似的人造丝（viscose rayon）来代替价格昂贵的绸缎，该发明也被誉为"世界100大发明之一"。

据说，中国丝绸西传是由匈奴族开始的。中土汉朝为了安抚北方游牧民族匈奴族而缔结了和平条约，以示友好，汉朝赠送了中国特产丝绸、酒以及大米谷物。匈奴族利用这些物资，与西域其他游牧民族进行物物交换。这么一来，中国丝绸就逐渐向西域销售了。

而且通过对丝绸之路的研究推测，古代运输到西域的丝绸中，蜀锦的占比也相当大。

山谦之在《丹阳记》中说："历代尚未有锦，而成都独称妙，古三国时魏市于蜀，吴亦资于蜀，至是始有之。"意思是说，江东（东南沿海）地区历代都不知道"锦"，只有成都这一个地方把丝绸织成锦缎，且质量很好。三国时期，魏国从蜀国买锦，吴国也从西蜀买锦，至此江东地区才开始流行蜀锦。

秦汉时期，蜀锦作为上等贡品，进贡朝政，行销全国各地。当时朝政赏赐文武百官以及远近国家。《史记》《汉书》等多有记载，其中很大一部分来自蜀地（估计不会少于四分之一）。1972年长沙汉墓马王堆中出土的贵族女性（将近2200年前的长沙国丞相利苍的妻子）身上穿的带有华丽花纹的服装，也极有可能是蜀锦。

"锦官城"是成都的别称，武侯祠的"锦里"，流经成都的"锦江"等等，以及如今成都的各种地名中，我们都可以窥见成都作为蜀锦生产中心的历史沿革。据说，古时在河的西南岸有制造车辆的"车官城"和织造丝绸锦缎的"锦官城"，这就是成都又称为"锦官城"的由来。而"锦江"这一江名也与织锦有关。这条江之所以名为锦江，也与制造蜀锦有着密切的关系。

"锦江"这个名字，韩国人听起来可能会觉得亲切。因为在韩国也有一条名字相同的江。现代诗人申东晔（1930—1969），曾以近代锦江流域发生的农民运动（1894）为题材写了一首名为《锦江》（1967）的诗，在诗中描绘出了一个理想社会。

成都的锦江也和众多诗人有着复杂的渊源，其中的典型代表就是唐代诗人杜甫和薛涛。杜甫的友人李白（701—762）形容成都时，用了"锦绣"一词（"草树云山如锦绣"，《上皇西巡南京歌·其二》）。"锦绣"原指精美鲜艳的蜀锦蜀绣，后来用来比喻美好的事物以及疆土。这首《上皇西巡南京歌》中的"南京"就是成都。"上皇西巡"指的是唐玄宗在安史之乱中西巡蜀道。蜀锦在历史上有三次兴盛时期，分别是汉代、三国和隋唐。这三个时期的蜀锦在织造技艺和商业化方面都很发达，并通过丝绸之路将其影响传播到了东亚、东南亚和中亚，甚至更远的地区。所以，唐代诗人李白才会直接借用蜀锦蜀绣来比喻成都的美丽景色。

　　我很喜欢锦江，也很喜欢"锦江"这个名字。

　　望江公园，是锦江流域的名所之一。古色苍然的楼阁，郁郁葱葱的竹林，三三五五坐着喝茶谈笑的市民，这就是在成都望江公园里最常见到的景象。

　　我也很喜欢"望江公园"这个名字。"望江"字面意思为"观赏江水"。每次去望江公园，看着面前缓缓流淌的江水，似乎都能听到有音乐隐约传来，又随着江水渐渐飘远。

薛 涛

薛涛（约768—832），唐代女诗人，长安（今西安）人，比著名诗人杜甫约晚50年活跃于诗坛。薛涛纪念馆与望江公园的围墙相连，这里保留着薛涛的艺术痕迹，也成为了望江公园出名的理由之一。

薛涛小时候随父亲任官来到成都，父亲死后家境贫寒，16岁入乐籍，与元稹有过恋情，两人恋爱期间留下了诸多动人的浪漫故事。

韩国诗人金忆把薛涛《春望词》翻译成韩语，又由金圣泰（1910—2012）作曲而成《同心草》。据悉，《春望词》主要表现的就是薛涛对元稹的思念之情。

春望词（四首）

花开不同赏，花落不同悲。
欲问相思处，花开花落时。

揽草结同心，将以遗知音。
春愁正断绝，春鸟复哀吟。

风花日将老，佳期犹渺渺。
不结同心人，空结同心草。

那堪花满枝,翻作两相思。

玉箸垂朝镜,春风知不知。

同心草

(译)金亿

花瓣在惆怅的风中凋零。

每天只有渺茫,遥遥无期。

心无法和心连在一起。

只想和叶子连结。

只想和叶子连结。

"歌曲"指韩国现代声乐曲。19世纪末至20世纪初,朝鲜半岛人民开始接触西方文化。音乐家借用西方音乐原理制作了韩国歌曲,渐渐受到人们的欢迎。关于这种新型音乐,值得注意的一点是,当时韩国诗坛正致力文字革命,主张减少使用汉字和韩文古语,即"韩文白话"运动。和外国诗歌一样,韩国古诗和中国古诗被翻译成白话,再次流行起来。

在这一方面,诗人兼翻译家金忆做出了较大的贡献。

歌曲《同心草》(1946)就是在这样的时代背景下诞生的。总之,当一部诗作变成另一种语言时,译者的语言能力和共情能力至关重要。否则,原著的意境和原文的含义则难以被充分转达。

❋

既然说到了薛涛的诗与韩国歌曲的关系,我想顺便介绍一篇韩国文章,也就是李正植(Lee Jeongsik)的《梦》。在这篇文章中,作者将薛涛和朝鲜女诗人黄真伊进行了对比。①

黄真伊，朝鲜中宗（1506—1544 在位）时期的妓女，才色兼备。黄真伊诗才卓越，和同时代的一流文人、学者们交流频繁，其作品中的古诗（汉诗）四首和时调（韩文律诗）六首至今仍广为流传。除了和苏世让的爱情故事备受关注以外，黄真伊还以坚持自由的生活态度著称，一生留下了诸多浪漫故事。

相比薛涛生活的时代，黄真伊晚了七百年。虽然二人所处的时代和国家不同，但共同之处都在于他们没有因儿女情长而一蹶不振，反而以此为题材，将世俗的儿女情长升华成了广为流传的艺术佳作。

有趣的是，《同心草》问世 4 年后，黄真伊的诗《相思梦》再次由金忆翻译、金圣泰作曲，被改编成歌曲《梦》（1950）。

相思梦

相思相见只凭梦，侬访欢时欢访侬。

愿使遥遥他夜梦，一时同作路中逢。

在当时，黄真伊已经获得了极高的名誉，其诗歌在朝鲜广为流传。但是，当时朝鲜固守刻板的儒家思想，在黄真伊去世后，作家林悌（1549—1587）在任期间曾去黄真伊墓前作诗，却因此遭到了儒臣们的指责，最终被免职。

相较之下，唐朝的薛涛获得了更多尊重。韦皋想重用她任她为"女校书"却未能如愿，只能在其墓碑上镌刻。大和六年（832 年），薛涛去世。次年，曾任宰相的段文昌为她亲手题写了墓志铭，墓碑上写"西川女校书薛涛洪度之墓"。

---

① 引于《黄真伊的〈梦〉》（황진이의〈꿈〉），http：//egloos.zum.com/nocutkorea/v/2566287，亦见于《李正植：〈歌曲的诞生〉》（가곡의 탄생），萤火虫出版社，2017。

朝鲜文人留下的记录当中也有和薛涛的这一官职名相关的记录。如"女校书、唐薛涛、女进士"等。意为在唐代,有一位名为薛涛的女性任官职"校书",要以朝鲜官职相比的话,则相当于"进士"的地位。

总而言之,在当代韩国人的认知中,诗人黄真伊有着超越时代局限的个性和艺术精神,是一位敢于冲破封建时代命运枷锁的勇敢女性。

※

从朝鲜文人的文集来看,朝鲜女诗人许兰雪轩、李玉峰等人被评价为与薛涛旗鼓相当的才女。

朝鲜沉守庆《遣闲杂录》记载:"妇人能文者,古有曹大家班姬薛涛辈,不可弹记,在中朝非奇异之事。而我国则罕见,可谓奇异矣。有文士金诚立妻许氏,即宰相许晔之女,许筠篈之妹也。筠篈以能诗名,而妹颇胜云,号景樊堂,有文集。时未行于世,如白玉楼上梁文,人多传诵。而诗亦绝妙,早死可惜。文士赵瑗妾李氏、宰相郑澈妾柳氏,亦有名。议者或以为,妇人当酒食是议,而休其蚕织唯事吟哦,非美行也。吾意则服其奇异焉。"[①]

班昭(约45—约117),又名姬,字惠班。东汉女史学家、文学家、班固之妹,十四岁嫁同郡曹世叔为妻,故后世亦称"曹大家"。该文的意思是,当代有金诚立妻许氏(许兰雪轩)、赵瑗妾李氏(李玉峰)、郑澈妻柳氏等才女,可媲美中国班昭、薛涛等女文人。

值得注意的是这段记录的后半部分。作者表达了自己对这些"才女"的敬佩之情,但当时的朝鲜社会普遍认为"妇女应该一心做家务,而不是花心思在作文章上"。这句话透露出了一点:就算是一介才女,若是在婚后得不到身边亲人的支持,仍然会受到他人非议和指责。其中,最典型的例子就是女诗人李玉峰。

[①] 《遣闲杂录》(1590),出于"韩国古典综合DB"网。

"文士赵瑗妾李氏"指的就是李玉峰，一位与许兰雪轩同时代的女诗人。作家许筠（1569—1618）在《惺所覆瓿藁》中，尤其对许兰雪轩和李玉峰的诗才表示了由衷的赞叹。尤其是在汉诗（即中文古诗）方面，她们算得上是朝鲜时期的代表女诗人。

可是，拥有超群才华的李玉峰，却突然被丈夫赶出了家门。原因就是李玉峰为了帮助蒙冤之人，瞒着丈夫创作了一首诗。

卓文君，被称为四川四大才女之一。据传，汉朝时期，司马相如在长安发迹后，欲纳茂陵女子为妾。其妻子卓文君因之作了首《白头吟》，呈递相如。相如看了这首诗，就打消了纳妾的念头。卓文君用一首诗就守住了自己的婚姻，而李玉峰却因一首诗被赶出了家门，只因当时的朝鲜社会认为女子有才便是罪过。

李玉峰是一位非常有主见的女性，又或是年少不懂事，她在年轻时倾心于儒生赵瑗，便勇敢地向自己的父亲提出了要和赵瑗成亲的想法。二人成亲前赵瑗便要求她不要再写文章，只需尽到女人的本分就好。李玉峰也答应了他，于是二人婚后度过了一段幸福的时光。后来李玉峰为了帮助他人而写了一首诗，两人产生了矛盾。就因这么一件事，赵瑗便将李玉峰赶出了家门，李玉峰悲痛欲绝，投海身亡。出人意料的是，其尸首最终在中国某处海边被发现。据说，李玉峰的尸体被打捞上岸后，人们发现她的身上缠满了纸张，纸张上全是她自己写的诗。这样的悲剧是后人不愿看到的，而造成这一悲剧的原因竟仅仅是因为当时的社会普遍不能接受女性才识过人，认为这样便是不守妇道的表现。

所以，对于视名誉重于一切的赵瑗来说，既然不能接受自己的妻子才识过人，那一开始就不应该接受她。令人感到悲痛和无力的是，李玉峰至少还会被世人铭记，而在朝鲜500多年的历史长河中，又有多少无名的女性在封建社会的黑暗之中黯然逝去了呢？

朝鲜的儒家思想和伦理在极大程度上限制了女性的各种权利，这样窒息般的压抑使得相对男性来说更加柔弱的女性们更加寸步难行。也难怪许兰雪轩生前会为自己生为"朝鲜女人"而叹息。

许兰雪轩（1563—1589），朝鲜李朝女诗人。本名楚姬，兰雪轩是她的号，又号景樊，其代表作为《兰雪轩诗集》。

也许是因许兰雪轩的文才而感到自卑，她的丈夫一直冷落她。许兰雪轩没有像李玉峰那样因作诗被赶出家门。但丈夫的冷落让她很受伤，加之两个孩子相继死去，也给她造成了重大的精神打击，27岁便去世了。

> 碧海浸瑶海。
>
> 青鸾倚彩鸾。
>
> 芙蓉三九朵，
>
> 红堕月霜寒。

不知她是不是预感到了自己的生命即将走到尽头，便用这首诗表现出了自己的一生——在辽阔的海边长大，总是带着梦幻的想象，世界观不受周遭世俗狭隘的眼光所约束，有着自己美好的精神世界，却无奈只活到三九（27岁）便香消玉殒。

失去两个孩子，对她来说一定是最沉重的打击。于是，她作下了《哭子》。

哭子

> 去年丧爱女，今年丧爱子。
>
> 哀哀广陵土，双坟相对起。
>
> 萧萧白杨风，鬼火明松楸。
>
> 纸钱招汝魂，玄酒尊汝丘。
>
> 应知弟兄魂，夜夜相追游。
>
> 纵有腹中孩，安可期长成。
>
> 浪吟黄台词，血泣悲吞声。

除此之外，她的丈夫和婆家也对她十分冷漠，她的婚后生活可以说是非常不幸。虽然她的婚姻生活令人惋惜，但好在她还有一个热爱文学的弟弟。许兰雪轩去世后，她的弟弟许筠收集整理了她的诗作，还在之后的日子里不断地向中国文人介绍自己姐姐的作品，只愿姐姐如珠玉般的诗作能传遍世界。

✻

据了解，目前流传的许兰雪轩的诗共有213首，这除了多亏其弟许筠的收集和整理外，更重要的，当属许兰雪轩本人一直以来的坚持不懈。作为一名女性诗人，当时并没有人敢公开认可她的作品，然而可贵又可幸的是她从未放弃。

许筠对姐姐的遗作进行了收集和精心整理。当然，他也非常了解朝鲜男尊女卑的现实。现实环境越是艰难，就更加需要公正的评价。于是，他将姐姐的作品拿给汉文学发源地的中国文人看，只希望姐姐的作品得到客观评价，也希望能以此打破朝鲜文人对女性诗人的偏见。

1606年，机会终于来了。宣告明皇太孙诞生的圣节使来到了朝鲜汉阳（今首尔），许筠是朝鲜接待的官员之一。明使节团里有位正使，名叫朱之蕃（1575—1624）。朱之蕃，祖籍金陵，明代大臣、书画家。万历二十三年（1595）科举状元，擅长书法和书画。

趁此机会，许筠把自己整理好的姐姐的诗集交给了朱之蕃。朱之蕃回国后，便发行了这部诗集。第二年（1607），许筠又在朝鲜出版了该诗集。1711年，该诗集在日本发行。

虽然历史中并没有这两姐弟成长过程的详细记录，但让我非常感动的是，两姐弟相互扶持、相互理解，初心不改，一直坚持自己的理想。不论外界的评价如何，二人都是精神上的胜利者。

✻

我曾经专程去过位于朝鲜半岛东海岸江陵的许兰雪轩故居。这位朝鲜女诗人在一望无际的海边长大，迎着海风飘摇的松树林孕育了她的梦想，塑造了她的艺术追求。在她的故居，我再次感受到了这位朝鲜女诗人不朽的艺术精神。许兰雪轩有三个兄弟，三兄弟都是人才。据史料记载，许家因党争没落。当然，这并不是我想说的重点，我最想强调的还是其代表作《兰雪轩集》之所以得以问世，都要归功于许兰雪轩和弟弟二人不屈于封建社会的高尚情操。

毕竟若论朝鲜诗人，能在国外刊行诗集的又有多少人呢？

天下无难事，只怕有心人。在女性诗人备受打压和排挤的封建社会里，许兰雪轩从未放弃文学创作。即使周遭都不看好她的作品，但好在自己的弟弟是支持自己的。俗话说"有志者，事竟成"。相信勇者必定能战胜黑暗，赢得胜利。

*

我很喜欢望江公园，在那里我才接触到了薛涛的诗作，也通过薛涛再次深入了解了朝鲜的诗歌历史。后来，我又去了韩国的江陵海边，遥望着蓝色的海平面，脑海中想到的却是一生都生活在远离大海的内陆城市——成都的薛涛。

据传，在远古时期，四川也是一片海洋。从地理变化来看，很久很久以前，地壳发生了运动，内陆的海水消失后，出现了河流纵横交错的盆地。换句话说就是，在漫长的历史长河中，无声无息地流淌着无数的旋律，发生了数不尽的故事，这些故事串联起了人与人、城市与城市、天和地，以及无数的江河湖泊。

所以，在我看来，如果某一天我再次去到望江公园的话，是否也可以看做是顺着某一条线索，走进了连结万物的故事网当中了呢？要是有人在望江公园里眺望江水，或许是因为他也想听一听那些被江水裹挟而来的古老故事吧？

也正是出于这样的原因，从望江公园处看到的锦江才会让我觉得充满了魅力。于是，在成都的那段时间，我便成了望江公园的常客。

锦江恋歌 금강연가
一个韩国人的蜀思

童话故事

姐弟

这是距今约四百年前的一个故事。

有一个宰相，家中庭院宽敞，还有很多仆人伺候其起居生活。同村的人只知道宰相和儿子们都爱读书学习，宰相宅子里的读书声从未断过。但人们不知道的是，其实宰相唯一的女儿也酷爱读书，只不过她读书时没有发出声音罢了。因为在当时，人们普遍认为女子不应读书上学，只需要等到了一定年纪后成亲就好了。所以，女孩子只需要学会做家务就够了，识字多了反而会忘了女子的本分。

因此，即便是和自己的兄弟们一起学习读书，她也只是安安静静地默读。在弟弟看来，姐姐对古诗的理解并不比别的哥哥们差，明明很喜欢作诗，却从未将这份喜欢表现出来过。

弟弟总想看看姐姐写的诗，因为从姐姐写的诗当中，他能获得一种别的文章中所没有的感动和震撼。

"姐姐，你在写诗吗？"看到弟弟走近，姐姐没说什么，只是轻轻遮住了书写的内容。

"啊？没有。"

"哎呦，让我看看又怎么了，都是一家人。"

"别看，不然你看了就能记住了。"

姐姐着急地挥着手，想把弟弟赶走。弟弟为了不妨碍姐姐，只好乖乖坐下。但其实他侧目就看到了姐姐刚写完的诗,还给背下来了。

看了姐姐写的内容,弟弟感到有些惊喜:"姐姐,你今天写的诗比上次好了很多,快背给父亲和哥哥们听听吧。父亲那么喜欢诗歌,要是听了你的诗,肯定特别高兴。"

但出乎弟弟意料的是,父亲听了后并没有表现出高兴的神情,反而忧心忡忡地看向了弟弟。

"这首诗,别人知道吗?"

"别人都不知道,只告诉了您。"

"那你听好了,这首诗,你不要四处张扬。这都是为了你姐姐好,明白吗?"

"啊?好,可是……"

"明白了就好,可是什么可是!你不知道这是个什么世道,谁让你姐姐是个女儿身呢……"

弟弟也并非不知道当时的社会观念。在当时的朝鲜,哪怕女性才识过人,也是不被大环境所看好的,更有甚者还不允许女性展现出这方面的才能。别说穷人家的女孩子了,就算是像宰相这样的官宦家庭,女孩子读书识字也是不被允许的。

幸运的是,弟弟和父亲的观念不同。他知道父亲允许姐姐和兄弟们一起看书学习,才敢放心地把姐姐写的诗告诉父亲。姐姐写的诗,有一种优美的韵味。他想,父亲看了,一定会为姐姐感到自豪的。可父亲看了后却是一脸愁容,大概是在担心这会影响到姐姐的婚事吧。

"今天怎么回事,这么快就回来了?"姐姐笑着问弟弟。

"姐姐。"

"嗯?"

"其实,刚才……"

弟弟把刚才去找父亲后发生的事情告诉了姐姐,姐姐听完后有些脸红。弟

193

弟装作没看见的样子，气鼓鼓地抱怨道："我真的搞不懂父亲究竟怎么想的，听到诗的时候明明觉得写得很好，可为什么还要责怪我呢？这又不是在外面，就在我们自己家里。而且，父亲就姐姐一个女儿。要是以后我的孩子写诗能写得这么好，我肯定开心死了。"

可能是觉得弟弟说的这番话着实可爱，姐姐听了后笑得很灿烂。姐姐指着眼前的荷花池让弟弟看，想让他看看池中开得正是时候的白色荷花。

"弟弟，你看那池塘里盛开的荷花。你觉得，那些荷花是为了得到别人的赞美才开的吗？"

"植物当然不会，它们是到了时候就开了。"

"是啊，其实我也是。要是用外人的想法来看待我，那我早该放弃读书识字这些男人才做的事情了。我不想去在意别人怎么说，只想按照自己的方式，过好自己的生活。"

姐姐平静地说出了自己的想法。弟弟默默地听着，在心里打定了主意——以后要让世人都看到姐姐的诗作。

此后不久，家里就有了喜事——姐姐的婚事定下来了。姐姐成亲那天，宽敞的宰相府里很是热闹。

成亲仪式办完后，姐姐就要离开娘家，搬到婆家去了。姐姐走的那天，两颊和额头上涂着胭脂，头上戴着漂亮的花冠，坐上了轿子。抬着姐姐的花轿走出家门的那一刻，弟弟在心里默默祝福姐姐，祈愿姐姐从此生活幸福。

"姐姐，要过得幸福啊，还要多写点诗。"

但是，姐夫似乎并不是姐姐的良人。后来，弟弟听别人说，姐夫对姐姐很不满，经常在外花天酒地，夜不归宿。每当听到别人这样说，弟弟都会十分心疼姐姐。

"哥哥们，你们跟姐夫说说吧。"

"你以为我们没站出来，就是我们想坐视不管吗？我们要是管了这件事，你姐姐的处境就更难了。"

童话故事　姐弟

"姐姐都这么可怜了，还光看着不管……可真奇怪。"

看到弟弟想为姐姐出头，母亲拦住了他。

"哎哟，这种话可别随便说！不然别人会觉得咱们家的书生没教养。要怪啊，就怪你父亲让你姐姐读书识字，可怜你姐姐就是因为这样才会受人欺负的啊。"

母亲也坐不住了，不知是为姐姐担心，还是唠叨，抑或是在叹息。每当弟弟想说点什么，听到母亲的这些话后也只好无奈作罢，渐渐地也就听之任之了。后来也听说过姐姐生病的消息，只知道姐姐似乎身体状况越来越差了。

"太太，一大早就飞来一只白色的鸟，像是从没见过，一直在小姐以前的住所那儿悲伤地叫个不停呢。"

大家都是第一次见到这种鸟。鸟啼声听着太悲切了，让人想流泪。人们都围着这只鸟看，鸟儿在上空高高飞过，终于越过围墙飞走了。这时，弟弟回头一看，就在以前姐姐常常坐的树下，落下了一根白色的羽毛。

见到鸟儿的这一天，姐姐死了。

姐姐的葬礼很简单。这时的弟弟已经长大成人，心里十分凄凉。

唯一值得庆幸的是，姐姐在婚后写下的诗作，经好几人之手，终于到了弟弟的手里。

拿到姐姐留下的诗作时，弟弟用颤抖的手小心地翻开满是姐姐笔迹的卷轴。

但和弟弟所担心的不同，姐姐并没有被痛苦的生活打败，这些痛苦反而造就了姐姐，让姐姐变得更加耀眼夺目。因为，在姐姐的诗里，看不出丝毫的痛苦和不如意。

"姐姐，你放心，我一定好好保管你的诗，还要让人都知道，你的诗写得有多好。"弟弟曾经的想法，终于要被付诸实践了。

后来，从明朝来了一个外交使节团，朝鲜君王便召集了一群人专门负责迎接他们，其中便有文采出众的弟弟。

"这次来的明朝使臣中有几个学识渊博的重要人物,就请许筠先生来接待他们吧。"

"臣明白了。"

许筠负责接待的明朝使臣中,有一位叫朱之蕃的高官,对朝鲜文学非常感兴趣。许筠便将姐姐的诗给他看了。

"许兰雪轩?这是谁?"

"是我的姐姐,但她已经过世了。"

朱之蕃认为许兰雪轩的诗很有价值,便收下了许筠给的诗集,回到中国后还发行了这本诗集。

在明朝,除了朱之蕃所刊行的《兰雪轩集》外,许兰雪轩的诗作还被收录于钱谦益的《列朝诗集》、朱彝尊的《明诗综》等。数年后,她的诗作传到了日本,受到了当地文坛的欢迎。

要知道,身为外交使臣并不代表这个人对外国文化感兴趣,也不会随随便便就愿意将异国文化带回自己的国家。更何况,当时明朝一直被朝鲜尊为"兄长"和"汉字和儒教的宗主国",所以很多使臣对朝鲜多持一种傲慢的态度。

但是,当时的朱之蕃并没有这样做。引起笔者注意的是,朱之蕃之所以这样,极可能出于一种报恩的心理。朱之蕃是书画家,曾任明朝大臣。他于1595年中科举状元,在此之前,曾因科举考试过得相当艰难。

考试中举前,朱之蕃为了节约开支,还做过杂工。1592年,朝鲜使臣出使明朝。在朝鲜使臣下榻的处所,朱之蕃遇到了朝鲜使臣宋英耇(1556—1620,朝鲜益山人)。宋英耇看到朱之蕃在辛苦工作之余还坚持学习,很受感动,便传授了科举应试的方法,还拿出身上的银两帮助朱之蕃,鼓励他用功读书考取功名。不知是不是这位朝鲜使臣的帮助起到了作用,没过多久后朱之蕃便真的在科举考试中考了个状元。所以,在被派遣出使朝鲜时,也许他也是带着一种感恩的心情出发的吧。

奉命出使朝鲜时,朱之蕃曾为朝鲜王朝迎恩门题写下"迎恩门"匾额,该匾额现存于韩国国立中央博物馆。也许是因为他为人亲切，有不少的朝鲜官员都想请他提笔赠字。甚至在朝鲜的南方——全罗道全州客舍的"丰沛之馆"匾额，也是由他题的字。朱之蕃在汉阳完成外交任务后，还在百忙之中专程前往益山，只为拜见自己的恩人宋英耈。全州客舍便是其途中停留的客舍之一，不难想象他在该客舍时全罗道官员趁此机会请他题字的热闹场面。

虽然朱之蕃当时权高位重，但是无论许筠给他的诗作是出自哪国人之手，只要是上佳的诗作，他都会欣然收下。也正因此，尽管他身为外朝高官，仍然备受朝鲜人民的喜爱和敬仰。

我想，自古以来，"相互尊重、相互感恩"都应该是外交文化的精髓。

竹林和寒山

人们总是莫名奇妙地被竹林吸引。

竹林中挺拔的竹子,茂密的树叶,不管从远处看还是从近处看,都是一片绿色。

每当我在农村看见农户的后院长有郁郁葱葱的青竹林时,便总会想到我的家乡,思乡之情油然而生。

但是,崔明姬在长篇小说《魂不灭》中对于韩国人记忆中的竹林的描写称得上是经典。

繁星点点的日子里,竹林里总是吹着微风,它时而沙沙作响,时而随风摇曳;时而传出滴水声,时而又风平浪静;时而绿叶满林,时而又在殷切地呼唤。

❋

也许是因为小时候奶奶家有竹林,又或许是因为从小就看见很多村子都有竹林的缘故吧。

我最近去过全罗南道的潭阳竹绿园。

自古以来就听说潭阳以竹林和园林而闻名。虽然这也是竹林,但竹园周围的山、村庄、原野和河流却不是那么和谐。

不过一提起竹林,我首先想到的就是四川成都。四川是竹林之乡,更让人震惊的是,在成都这样的大城市的市中心,居然还坐拥望江公园这样的竹林景点。

即使公园外车水马龙，但一走进公园大门，眼前便是翠竹丛生，郁郁葱葱的景象。站在那青翠欲滴的树下，仿佛独自拥抱了这世界的深邃……正因如此，我爱上了望江公园。

这是我创作的唯一一首五言律诗，记录了我第一次去望江公园时被触动的心境。

秋日逍遥

蜀都低绿地，大都阳光微。

秋来唯美名，稀事清阳辉。

湖畔空船迷，遥遥动心谁？

今日尚可留，昔日逝不归。

古人欲歌永，非情更何依。

愿听彼所靠，应凝歌所追。

雅歌悲已过，鸟声轻上飞。

早知多情恨，勿用泪沾衣。

那天下午，我第一次去那个公园，陶醉于竹影之间，充满着诗情画意。

那天，有路人说，以前望江公园和川大校园是连在一起的，都在一个围墙里。那时我才明白在四川大学望江校区内，为什么把靠近公园一侧的教职工公寓称为"竹林村"。

提到"竹林村"，我至今都记忆犹新……那时，我拿着导师告诉我的地址，紧张地走在公寓外的道路上，四周一片寂静。导师亲自开门出来迎接我，那是我入学后第一次和导师见面。

我决定在四川大学进修时，慎重考虑后才选择了专业，然而正式开始学习后，专业难度超出了我的预期。这让我无比迷茫。

有一天，导师叫我到四川大学南门内侧的"竹林村"去找他，于是，我赶紧跑了过去。

我坐在导师家的客厅里，仍旧紧张不已。但是导师一脸慈祥地看着我，并问起我的研究方向，导师的亲切激发了我内心的勇气。

我跟老师说了我的计划："老师，我想写关于《法华经》的毕业论文。"我居然有了毕业论文的方向，我自己都吓了一跳。（之后，我真的是以这个主题写的毕业论文。）

其实在此之前，我一直有很大的学习压力，即使我当时立马提出退学，也不会让人感到奇怪，我是怎么说出自己的研究方向的呢？那天的事，现在想想也很是令人意外。

或许是因为老师的亲切以待，让我心里不由得产生了一种自信感，产生了继续向前冲的欲望。从这一点看，导师居住的"竹林村"才是我学业真正的出发点。

❋

寒山诗集

寒　山

可笑寒山道，而无车马踪。联溪难记曲，叠嶂不知重。

泣露千般草，吟风一样松。此时迷径处，形问影何从。

那条通往寒山的道路，没有车马的踪迹，让人欢喜。绵延的小溪很难记住它有多少个弯弯曲曲，一层一层的山峰也不知有多少重。千百种花草上凝结了晶莹的露珠，所有的松树一起在风中吟唱。不知不觉迷失在幽僻的山径，我只好问问自己的影子该走哪一条路。

寒山曾吟："忽遇明眼人，即自流天下。"就像他所预言的，有眼光的人发现了寒山诗的价值,到目前为止,在日本、美国、欧洲等国家和地区都逐渐兴起了"寒山诗"热潮。

我好像在哪里听说过,如果要细读寒山的诗,需翻阅项楚的《寒山诗注》。项楚先生便是我竹林村的恩师。

寒山(约691—793),中国唐代的诗僧,出身于官宦人家,多次投考不第后选择出家,而后隐居于浙东天台山寒岩,所以世人称他为"寒山",他写的诗也被称为"寒山诗"。

寒山经常在山林间题诗作偈,诗歌通俗易懂,表达山林逸趣与佛教出世思想,蕴含人生哲理,讥讽时态,同情贫民。这些诗作被后人编辑成册,有《寒山子诗集》3卷,《全唐诗》也存诗312首。寒山诗或看似明白如话,实际上另有深意。寒山诗被评为中国古代诗歌中的一枝独秀,寒山诗长期流传于禅宗之间,宋朝之后受到诗人文士的喜爱和摹拟,号称"寒山体"。

"寒山"本是中国浙江省天台山的一座小山峰,但因一位哲学诗人隐居于此,便成为该诗人的称号,也开始成为人生旅途终点的象征。

但是有趣的是,一千多年后,颇具哲理的寒山诗给地球另一侧的美国嬉皮族(hippie,垮掉的一代)带来了精神层面的灵感。

嬉皮士运动代表着20世纪60年代的美国青年文化。20世纪60年代的美国社会处于动荡不安的年代,暗杀活动此起彼伏,暴力和示威活动在城市不断蔓延扩大。在那个时期,以大学生为中心的反战运动在全国范围内扩散,许多年轻人开始抵制美国社会所标榜的原有价值,并尝试以新的生活方式来代替原有的生活方式。虽然不能说这样的尝试是完全正确的,但是那个时期青年们所共有的苦恼以及他们所做出的行动,对下一代产生了很大的影响。

青年们为什么否定社会所形成的固有价值呢?这是青年们不想面对时代所带来的挫折而做出的另一种反抗。正是因为他们是"真正追求人类世界未来"的青年,所以,诗人"寒山"被他们当作自己所追求的"理想",也被嬉皮族称为"祖师爷"。

这可以说是误解中相对较为正确的解读吗?

当然,怎样理解和接受一首诗,是读者的自由。

但是,从文学角度来说,如果想要对寒山诗进行正确解读,应该先了解发源于印度的佛教融入中国民族文化中的漫长过程,以此为背景再谈论寒山在修行中所感悟的人生智慧。

从这一点看,项楚老师的《寒山诗篇》将成为极具指导意义的学术书籍。

※

2019年7月的第一个周末,在成都举行了项楚教授的80岁寿诞贺宴。项教授的学生们齐聚一堂一同颂扬其高尚师德。拜师宴上,学生们亲自书写并朗诵祝词,以表示祝贺。

周裕锴贺项楚师八秩大寿

曾于绛帐觑门墙,千顷陂中一苇杭。
仰止书堂瞻岱泰,追陪杖屦探敦煌。
拈花颜破灵山会,除瓦心清水月光。
桃李满庭多俊彦,飞觞共祝寿而康。

步裕锴学兄诗原韵,刘亚丁敬贺项楚师八十华诞

瓯江东海卫门墙,负笈呼朋自越杭。
乐陟九丘心更泰,欣开四部智何煌。
寒山拾得从新解,梵志变文探故光。
玄览纯和教弟子,师尊寿诞且恺康。

听说,上台献诗的周裕锴、刘亚丁教授,其实自己也有学生,但为了进行更深入的学术研习,也拜师项楚教授。周教授也是我的老师,前面出现的五言

律诗就是周教授布置的作业。

如果从广义上的"道"中寻找生活的意义，那么我们就一定要朝着"道"的方向前进，但我们却不知道前进的方向。前进的道路并不是一直为我们敞开，就像鲁迅先生所说，要用希望的力量冲破层层阻碍。

"希望是本无所谓有，无所谓无的，这正如地上的路，其实地上本没有路，走的人多了，也便成了路。"（鲁迅《故乡》）

但是我们必须要靠自己创造道路，在自己亲手创造的这条路上，不断向前迈出一步需要巨大的勇气。这个时候，就需要老师在前进道路上为我们指点迷津。

在美洲大陆，寒山就是这样的存在。其影响力一直持续到了 21 世纪，还拍了一部关于寒山的影片。

电影《冷山》（*Cold Mountain*，又译成《寒山》）在 2003 年斩获 6 个奥斯卡奖项，由此名声大噪。该片改编自美国小说《冷山》（1997 年）。原作小说 *Cold Mountain* 的作者是查尔斯·弗雷泽（Charles Frazier，1950—），小说是他收集先辈家族的故事和史料，历时 7 年创作而成。

该小说的扉页上写有："人问寒山道，寒山路不通。"（寒山《唐诗僧》）

「花」

6월의 벼룩시장_캠퍼스 단상

　6월이면 대학 교정에서 벼룩시장이 열린다.
　일 년에 딱 한 번 이때 열리는 것이다. 청두成都 생활 이듬해부터 캠퍼스 벼룩시장을 알게 되었다. 청두의 모든 대학이 다 이런지, 거기까지는 모르겠다. 아무튼 내가 아는 한 쓰촨대학에서는 졸업식이 있는 6월에 벼룩시장이 열린다.
　한국에서는 주로 지역사회에서 벼룩시장을 열곤 하는데, 청두에서는 대학 캠퍼스에서 학생들이 나서서 시장을 연다는 게 좀 다르다고나 할까. 아마 학교 기숙사에서 생활하는 게 일반화된 중국의 대학 문화가 창출해낸 생활의 지혜가 아닌가 싶다. 학생들 입장에서는 졸업과 동시에 자신의 짐을 모두 치워야 하는데, 아직 쓸 만하여 버리긴 아깝고 가져가긴 부담스러운 물건들이 너무 많은 것이다. 그것을 필요한 사람에게 적당한 값으로 팔 수 있다면 그야말로 누이 좋고 매부 좋은 일이 아니겠는가. 벼룩시장이 열리면 모처럼 신이 났다. 발걸음을 서둘러 벼룩시장으로 향할 때는 마음부터 바쁘다. 꼭 사들여야 할 물건이 딱히 있는 것도 아니고, 남이 채갈까 봐 조바심할 물건이 있는 것도 아니다. 그저 마음에 드는 물건과 해후하게 될 것 같은 예감에 신나는 것이다. 물론 나도 안다. 좋다고 가져와서는 괜히 사왔다고 후회하는 경우도 적지 않다는 것을. 감상이 앞선 충동구매에서 흔히 있는 일이다. 그렇다고 해도 벼룩시장의 일이고 보면 금전적인 손실은 너무나 작다. 작은 돈으로 잠시나마 행복했다면 오히려 큰 이익이 아니겠는가.

✲

　책이며 노트나 펜은 물론이고 세숫대야, 비눗갑, 탁자보 같은 갖가지

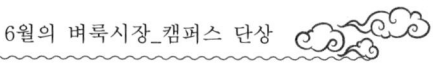

기숙사 용품들도 나와 있다. 농구공·축구공·배드민턴라켓·탁구 라켓같은 운동용품도 보이고 뜨개용 털실이라거나 하모니카·바둑판도 보인다. 그 옆에는 스카프며 목걸이·팔찌·머리핀·모자·양말들이 공부하는틈틈이 멋을 내느라 바빴던 여학생들의 풋풋한 생활을 내비친다. 그런 건전염도 빨라서, '가꾸는 것도 한때지, 이 나이쯤 되고 보면… ' 체념한 것처럼 중얼대면서도 거울 속 내 눈은 반짝반짝.

　그러면 그렇지, 나이 좀 먹었다고 참새가 방앗간을 그냥 지나칠쏘냐.이처럼 벼룩시장은 에피소드의 산실이다.거기 나온 헌 물건들이 에피소드의 주인공이 된다. 헌것이기 때문에간직한 작은 역사가 있다. 백화점의 새 물건에서는 결코 기대할 수 없는많은 이야기, 나에게 그것들은 너무도 사랑스럽다.

　"어휴, 저렇게나 낡은 걸 갖고 팔겠다고? 너무하는 거 아냐!"
　즐겁던 마음이 싹 가실 정도로 심하게 후줄근한 구두를 보았다.
　나는 순간 화가 났다. 누가 보아도 구두는 일정 수명을 다했다고 여길 것이다. 아무리 헌 물건을 파는 시장이라 해도 신지도 못할 것을 들고 나오다니! 알뜰한 정도를 넘어 인색함이 아닌가! 대학생다운 마음가짐을가지라고 훈계라도 하고 싶었다.
　하지만 구두 한 켤레로 끝나지 않았다. 간간이 눈에 띄었다. 내 상식으로는 이해가 되지 않았다.
　"헌것도 헌것 나름이란 걸 왜 모른단 말이야?"
　못마땅한 표정을 숨기고 가까이 다가가 그들을 지켜보았다. 의외인 점은 그것을 가지고 꼼수를 부린다거나 하지는 않았다. 그제야 아들이 필통 하나를 애지중지 아끼며 칠 년도 넘게 썼던 일이 생각났다.
　감청색의 화학섬유로 된 보통의 헝겊 필통이었다. 쓰는 내내 공부한다고 빨질 않아서 네 귀퉁이가 손때로 반질반질했다. 그렇게 꾀죄죄한 것을 나 같으면 벌써 버리고 새것으로 바꾸고도 남았을 텐데, 아들은 고등학교를 졸업하는 그날까지 필통이라곤 세상에 그것밖에 없는 것처럼 손에서떼어놓지 않았다.
　"맞아 맞아, 누가 보아도 폐품과 다름없지만 주인 눈에는 앞으로 얼마든지 더 쓸 수 있는 물건으로 보이는 거지." 이것이 답이었다. 사람의 정이란 그런 것이다.
　여기까지 이해하고 나니 더 이상 비난할 필요가 없었다. 그 후로 벼룩시장에서 공짜로 줘도 마다할 물건을 보게 되면 나는 고쳐 생각한다. 얼마나 아끼던 물건이었을까.

✽

나는 어린 아가씨가 아니다. 캐릭터 인형 같은 것은 사도 그만 안 사도 그만이라고 생각하는 소위 '아줌마'이다. 그런데도 벼룩시장만 가면 캐릭터 인형을 한두 개 사오게 된다.

대체 무슨 까닭일까. 인형이 내품는 봄날 안개 같은 포근함이 고픈 건가.

내 거실 창틀에 앉혀 있는 '붉은 소', 그것도 6월 벼룩시장에서 가져온것이다.

중국식 전통 문양이 있는 붉은 헝겊을 꿰매 만들었고 크기는 달걀 두 개만 할까? 뿔이 달린 게 황소처럼 생겼지만 엉덩이께 재봉선이 터져서 체면이 말이 아니다. 그 상처는 보호 장비 없이 세탁기에 던져 넣었던 내 탓이 크다. 그나마 바쁘다는 핑계로 수선을 미루고 있으니 붉은 소 입장에서 나는 나쁜 주인이다. 주인 잘못 만나 제 꼴이 말이 아니라고 원망하고 있을 것이다.

"바빠서 그래. 언제든 한가해지면 꿰매줄게."

눈이 마주칠 때마다 미안해서 다짐하는 나이지만 벌써 12월, 올해는 아무래도 틀린 것 같다.

✽

책들이라고 펼치면 죄다 한자다.

당연하지, 여기는 중국인데.

그래서 시장에 가기 전부터 나 자신에게 주문을 건다. ―절대 어려운 책하고 두꺼운 책은 사지 않는다.

사 봤자 그림의 떡이다. 시라면 괜찮지 않을까? 당송 시가집을 발견했을 때는 반가움이 앞섰다.

이건 무조건 사야 해!

나의 문학적 감수성이 언어 장벽쯤은 아무렇지 않게 뛰어넘을 거라는 모종의 자만심 탓도 없지 않았다.

내친 김에 속성 과외를 하려고도 했다.

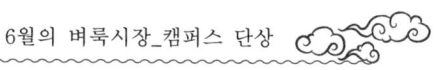

"이걸로 공부하고 싶어요."
내가 당시집을 내놓자 과외교사가 짓던 난감한 표정을 잊을 수 없다.
"옛 시를요? 우리도 읽기가 어려운데…."
과외 교사가 조심하느라 말꼬리를 흐렸지만 그 뒷말이 들리는 듯도 했다.
"(당신은) 우물에서 숭늉을 찾는 격이군요? 회화도 버벅거리면서 꿈도크지요."
한번은 큰맘 먹고 한역漢譯된 『겐지 이야기源氏物語』를 골랐다.
오랫동안 소설을 못 읽은 한도 있었고, 세계 최고最古의 소설이라니 놓치기 싫어서였다. 하지만 첫 장부터 글자가 왜 그리 촘촘한지 속독은커녕 정독 자체도 인내심을 필요로 했다. 책장을 덮기로 했다. 내가 지금 소설과 씨름할 때냐? 반문하면서. 다행인 것은 그 얼마 뒤에 상가에서 동명의만화영화 DVD를 구입할 수 있었다. 그걸로 소설을 대신하면서 변명한다는 것이 "소설을 꼭 책으로만 읽으란 법 없잖아!"
그래도 경구警句로 넘치는 고대 그리스의 묘비명집 같은 것은 '만족한 구매'였다.

시간이란 시험을 거치고 나면 그 사람 마음이 선인가 악인가 결국다 밝혀지기 마련이다.人心的善惡在時間過程中受到考驗.

이름은 잊었지만 일본의 모 영화감독이 쓴 단편집도 있었다.
그의 소설은 비교적 쉬웠던지 단숨에 읽었다. 한데 쉽게 읽었다는 기억만 남았을 뿐 책 속의 이야기가 어땠는지 기억이 희미하다. 몇 년 뒤에 알게 된 사실은, 내게는 그렇게 희미한데 그 책이 소년 아들에게는 어느 명작보다도 더 선명한 기억을 남겼다는 점이다. 그 뚜렷한 대비는 흑백과 천연색 장면으로 나란히 있다. 내가 있는 흑백의 공간, 나비 한 마리가그곳에서 사라지더니 유채밭이 노랗고 그 옆으로 파밭이 푸른 총천연색언덕께에, 소년이 서 있는 곳으로 날개를 팔랑이고 있다.

"미래를 향해서 우리는 힘들어도 즐겁게 산답니다. 당신도 미래를 위해힘내세요!"
그것은 동전 몇 닢으로 바꾸기에는 너무도 귀한 청춘의 소리, 삶이 삶에게 주는 응원가이다!-6월의 벼룩시장에서 내가 받아들곤 했던 값진선물이었다.

「6월의 벼룩시장_캠퍼스 단상」

❋

그날도 6월이었다.
6월임이 확실한 것은 교정에 벼룩시장이 한창이었기 때문이다.
허 교수와 논문 일로 만나기로 했다.
북서쪽에 위치한 대학원 건물에서 만나 함께 그의 연구실이 있는 동쪽의 문과대 건물로 향했다. 체육관을 지나 교내 식당을 지나 벼룩시장이한창인 거리로 들어섰다. 무슨 물건들이 나왔나 궁금하긴 해도 교수님 옆이니 되도록 앞만 보며 걷고 있었다. 눈가에 알록달록한 색채들이 더는안 보인다 하는 즈음에서 그때까지 말이 없던 허 교수가 문득 입을 열어,
"학생들이 졸업한다고 책을 다 내놓았네요. 책을 팔다니! 나는 이제껏 한번도 책을 팔거나 버린 적이 없습니다."
온화한 중에도 개탄을 금할 수 없다는 어조였다.
"그렇지, 책이 얼마나 소중한데…."
무조건 찬성하는 심정이었다. 그러나 한편으로는 서울에서 한 일이 기억나면서 가슴이 찔렸다.
천 권도 훨씬 넘는 책을 버린 일, 다름 아닌 나의 일이다.
청두로 떠나오기 직전이었다.
출국은 코앞인데 내 책의 행선지는 정해지지 않았다. 보관해줄 우인을 찾아보았으나 마땅한 사람이 없었다. 딱 한 명 천사가 나타났지만 내가가진 책을 다 보내는 것은 무리여서 3분의 2는 덜어내야 했다.시간은 점점 촉박해지고 더는 미적거릴 시간이 없었다. 아무 감정도없는 것처럼 신속하게 움직여야 했다. 마음을 다잡고 서가에 꽂힌 책들을솎아내기 시작했다. 그것들을 아파트 일 층 폐지수집구역에 갖다놓는 동안 내 표정은 그럴 수 없이 무표정이었다.
헤어졌던 책과 우연히 재회했던 일을 말해도 될까.
청두 생활을 시작하고 그 이듬해인가 급히 서울에 갔을 때였다.
광화문에서 친구와 만나 점심을 먹고 근처의 헌책방을 찾아갔다. 입구에서부터 책이 산더미처럼 쌓여 실내가 비좁았는데, 거기서 처음 뽑아든

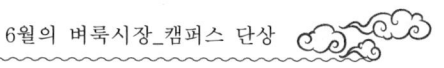

책이 다름 아닌 내 책이었다. 스스로도 의심스러워 두 번 세 번 다시 봤는데 속표지에 손으로 쓴 서명은 분명 내 것이었다.

책을 버리고 내게서 버림받은 책을 다시 만난 기막힌 일을, 살면서 그날까지 책 한 권 버려본 적 없다는 교수에게는 말할 수 없어서 나는 침묵 속에 중얼거렸다. "책 사랑이라면 나도 지지 않을 자신 있어요. 다만, 그무거운 것을 맡길 수도 가져올 수도 없었다구요. 맘이 찢어지는 것 같았지만 정말 부득이했어요."

왜 그랬는지 모른다. 잘 참다가 내면의 말이 소리를 내고 만다.

"교수님, 당신의 인생길은 너무도 평탄했던 게 분명해요."

돌아보는 허 교수의 눈에 살짝 놀람이 서린 것도 같다.

모퉁이에서 하얀 기타를 보았다.

그날따라 미련 때문에 농구장 철망 담이 꺾인 그 옆으로까지 발길이닿았다.

거기서 하얀 기타를 보았다.

"앗, 이쁜 기타!"

때마침 아들 생각이 났다. 답답할 때면 혼자 피아노를 치는 아들 말이다. 이제부터 기타도 처럼. 이렇게 기타를 턱 하니 안겨주면 좋아하겠지?

"얼마예요?"

"50위안만 주세요."

가격을 말하는 남학생 표정에는 흥정에 대한 기대감이 전혀 없었다.

그 심정을 알 것 같았다. 악기란 여느 물건과는 다르다. 특별한 교감 같은 것을 나누었을 것이다. 그런 것과 이별을 하게 된다면 누구라도 마음이 착잡할 것이다. 그러한 마음에 대자면 50위안이란 액수는 얼마나싼 가격인가.

군말 없이 사고 싶었다.

하지만 지갑이 문제였다. 돈이 턱없이 부족했다.

집에서 나올 때 현금을 조금만 넣었던 데다가, 바로 직전에 사소한 몇 가지를 샀기 때문에 지폐와 동전을 다 합쳐도 20위안이 채 될까 말까. 이쯤 되면 값을 물어봤던 것 자체가 실례일 판이었다.

더 낭패인 것은 당황하면 적당한 중국어 단어가 머리에 떠오르지 않는

錦江恋歌 금강연가
一个韩国人的蜀思

다는 것이었다.
　할 수 없이 급작스런 반벙어리로 발길을 돌린다.
　"아, 음… 음…."
　그날 밤도 여느 때처럼 밤 10시 넘어 도착한 아들에게 엄마는 낮의 일을 전했다.
　"오늘 벼룩시장에서 하얀 기타를 봤어. 너에게 사주고 싶었는데 돈이 부족해서 못 샀어."
　"기타? 내가 지금 기타 칠 시간이 어디 있다고…?"
　파김치처럼 피곤에 절어 대꾸할 기운도 없어 보이는 아들의 반문이다.
　"그래도…."
　남은 말을 나 혼자 가슴 속에서 되뇐다.
　"엄마는 그 하얀 기타를 네 방 책상 옆에 기대어놓고 싶었어. 기타를 거기 놓으면 네 방이 하얗게 빛나고 덕분에 엄마도 조금쯤 더 즐거워지지 않을까?"
　그때 내 마음이 꼭 그랬다.
　내 뜻대로 되는 일이 하나도 없었던 중년의 고비였다.
　안간힘을 쓰지만 하루 또 하루가 고적함의 연장이었다. 진종일 기다려 야간학습을 마치고 귀가하는 아들을 맞이한다. 그것만이 하루의 중요한 일과였던 때, 엄마는 기타와 외로운 기분을 나누고 싶었다, 그 환한 것이 아들 방에 있다는 것만으로도 모자의 시간은 한결 수월하게 흘러갈 것 같았다.
　기타라도 세워뒀으면 했던 우리의 하드타임이 끝난 것은 그로부터 2년 뒤였다. 대학생이 되어 첫 겨울방학에 아들은 흰 기타가 아닌 갈색 기타를 메고 엄마를 만나러 왔다.
　문득문득 흰 기타의 행방이 궁금하다.
　"지금쯤 그 기타는 어디에 있을까?"
　기타의 행방을 좇던 마음은 어느새 스사삭 쓰촨대학 낯익은 캠퍼스 안으로 들어선다. 이제 막 기숙사 건물들 사잇길로 들어서는데 어디선가 기타 소리가 들려온다.
　띠잉떵 띠이이잉 띠디디딩 띠디잉.
　……
　왈칵 반가운 마음이 들어 걸음을 멈추고 귀를 기울인다.

기타 소리에 섞여 청운의 꿈 한 줄기가 날아가고 있다.

✽

딱 한번이지만 나도 벼룩시장에 좌판을 깔아본 적 있다.
후배 리야 때문이었다.
"선배, 우리 둘이서 한번 팔아봐요."
곧 이사를 해야 하는 나로선 솔깃한 제안이었다.
그렇지만 장사의 세계는 함부로 덤빌 게 아니다. 그날 하루, 나는 '파리만 날린다'는 관용어의 말 못할 고충을 뼛속 깊이 알게 되었다.
그렇긴 해도 그날 나는 여우를 보았다. 그 이야기를 하고 싶다.
여우를 목격하게 된 직접 원인은 장사가 안 되어서였다. 하릴없이 고안해낸 놀이가 소설 만들기였다. 노트에 글을 쓸 수 없는 상황에서 오직 머리로만 이야기를 이어가는 것이다.
구성도 간단하다. 무료한 시각, 여자라고 칭해지는 나.
불현듯 여자의 휴대폰 벨이 울린다.
이것이 소설의 시작이었다.
전화 너머로 서울의 지인, 지금 청두에 내렸다는 것이다. 지인의 나타남을 계기로, 여자는 소설 속의 화자가 되어 과거와 현재를 자꾸 오가며 되새김질을 시작한다. 대략 이런 내용이다.
A의 전화다. 지금 청두예요. 서울에 있을 A가 청두라니? 단체여행을왔다고 했다. 라싸로 가는 일정에서 하룻밤을 청두에서 머물게 되었다고. 만나요, 우리. A는 서울의 B, C, D의 소식을 들려준다. 잊은 줄 알았는데그들 때문에 겪었던 씁쓸한 사건, A도 무관하지 않은 옛일이 떠오른다. 여전히 생생한 아픔. 여행이 시작되어 한참 흥이 오른 A에게 나의 기억은 찬물을 끼얹는 일일 것이다. 생각이 거기에 닿자 여자는 애써 기억을 누른다. 이제 라싸로 출발해요. 여자의 갈등을 알 리 없는 A의 목소리다. A는 떠났다. 나중에 서울에서 봐요…. 인사말을 남기고.
모두 아무렇지 않은걸! 여자의 마음은 전에 없이 착잡하다. A로 하여 수면에 떠오른 옛 기억에 더해, 그들이 여전히 경박한 상태라는 게 새삼 놀라워서이다. 하지만 이제 와서 심판을 할 것인가, 복수를 할 것인가. 분노든 유감이든 다 무용無用하다 싶다. 벌어진 틈 안으로 붉게 타고 있는용암이 보인다. 얼마나 기다려야 저 뜨거움이 사그라들까?

锦江恋歌 금강연가
一个韩国人的蜀思

흐르는 강물.

여자가 사는 곳에서는 금강錦江 물줄기가 잘 보인다. 여자는 하염없이 금강을 본다.

마음의 평정을 찾으려는 그녀만의 노력일 것이다.

그러다 무슨 결심이라도 선 듯 여자는 펜을 들고 편지를 쓰기 시작한다. 처음에는 서울의 딱 한 사람에게 쓰려 했지만 글자와 글자의 여백으로 서울의 B, C, D가 등장하고 퇴장하기를 수없이 반복한다. 머릿수만큼 각각의 시점과 변명이 나오고 그 출몰과 함께 사건은 앞말과 다른 말로진술되어 간다. 때문에 편지는 끊임없이 이어지는데, 멈추라는 소리와 멈춤을 모르는 마음이 갈등하면서 여자는 그만 펜을 놓기로 한다.

"너무 길어 부치지 못할 것이야."

혼자 삭이며 견뎌온 세월이 아리다. 여자는 고개를 들어 하늘을 본다. 거기엔 하늘 대신 플라타너스 잎이 가득했다. 잎들 사이를 빛살 한 줄기가 뚫고 나온다. 빛을 마주보고 있으려면 눈이 아팠지만 여자는 왠지 고개를 돌리기 싫었다. 여자의 기세에 빛살이 동요했던지 살짝 흔들린다. 그 겨를에 빛 그림자 사이로 빠르게 사라지는 은빛 꼬리 같은 것이 보였던 것이다.

사라진 건 은빛 여우가 틀림없어.

직감 같은 것이 있었다.

"은빛 여우는 빛살 속에 살고 있으면서 사람들이 알아채는 순간 사라져버린다. 그렇다면 나는 지금, 인생에 있어서 순간이란 얼마나 놓치기쉬운지를 실감한 것인가."

은빛 여우가 내게 전해주고 싶었던 신탁인지도 모른다.

비록 씁쓸하기 그지없다 할지라도 나를 스친 순간은 바로 내 삶의 한 조각, 이 어찌 소중하지 않을쏘냐.

지혜를 전달하는 존재가 하필 여우라니!

백일몽에 불과할지라도 어딘지 중국적이다.

쓰촨의 공기가 나로 하여금 여우의 지혜에 귀 기울이게 한 것이다.

선명하게 새겨진 그날의 장면은 마치 나 혼자 극본, 연출, 연기를 다 하는 몇 초짜리 무성 영화 같다. 물론 카메라 감독도 나여야 할 것이다. 처음엔 상공에서 교정을 조람하듯 쓰촨대학 교정으로 가까워진다. 카

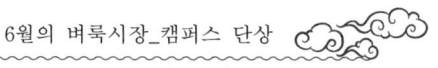

메라는 점차 농구장을 에두르는 플라타너스 가로수길로 근접한다. 그 길 양쪽으로 옹기종기 좌판들이 보이고 상인과 구경꾼들이 자연스럽게 어울려있다. 벼룩시장에 내놓은 물건들이 다채롭게 보이고, 인파 속에 옷차림도표정도 제각각인 것도 다 보인다. 카메라 초점은 이제 사람들 눈길을 끌지못하는 허름한 좌판을 앞에 두고 앉은 여자에게 고정된다. 머리 위 나뭇잎사이를 뚫고 나오는 빛살과 눈싸움을 하고 있는 여자의 표정이 묘하다.때는 청두의 6월 어느 햇빛 강한 날.

※

잠시 뒤 여자의 얼굴에 여유로운 미소가 떠오른다.
책 원고를 쓰고 있던 금년 8월의 일이다.
"엄마, 짐 정리를 하는데, 책이 많아 할 수 없이 꼭 필요한 것만 빼고폐지 아저씨한테 팔았어. 6위안, 받은 책값이야."
아들이 10년 넘는 청두 생활을 마치고 홍콩으로 떠날 준비를 하고 있었다. 나는 청두가 아닌 다른 도시에 있었다. 때문에 모자는 휴대폰을 통한 연락이 거의 다였다.
"보관할 수 없으면 책이 가진 가치는 잊어버려야 해. 그렇지 않으면 상처 받아…, 그래서 짐은 다 수습하고?"
"(전자) 피아노하고 기타만 남았어."
"어쩌려고? 그럴 줄 알고 내가 벼룩시장에 나가라 했잖아."
실은 아들한테 봄부터 몇 번이나 당부했더랬다.
"안 쓰는 물건 미리미리 싸두었다가 6월 벼룩시장 열릴 때 내다팔아."
그 좋은 기회를 놓치고 말다니! 아들의 무심함을 탓한다.
그래도 아들이 청두를 떠난다는 그 하루 전인가? 아들은 악기 문제를 해결했다. 살 사람에게 전달까지 마쳤다고 했다.
인터넷에 올려 광고했다나? 한국으로 치면 '당근마켓' 같은 것을 활용한 모양이다.
"잘됐네."
그래도 나는 내가 직접 소요逍遙했던 벼룩시장의 맛을 잊을 수 없다.특히 고단한 유학 시절 나에겐 여름날의 축제와도 같았던 청두의 벼룩시장은 영원히 기억날 것이다.

✻

교정에서 열리는 벼룩시장에서는 다른 어디서도 맡기 힘든 청년들의푸른 땀 내음이 난다.

그들의 손에서 내 손으로 건네진 헌 물건들에는 뭐랄까, ‘미래’를 향해나아가는 지지 않는 의지 같은 게 있다.

“미래를 향해서 우리는 힘들어도 즐겁게 산답니다. 당신도 미래를 위해힘내세요!”

그것은 동전 몇 닢으로 바꾸기에는 너무도 귀한 청춘의 소리, 삶이 삶에게 주는 응원가이다! —6월의 벼룩시장에서 내가 받아들곤 했던 값진선물이었다.

뭐가 걱정일까요

"촉한 '유비의 땅'으로 떠나시는군요."
내가 곧 중국의 청두로 떠날 거라는 말에 선배의 아들이 하는 말이었다.
"촉한이라면 삼국지?"
"우리 애가 소설 『삼국지三國志』를 엄청 탐독했거든."
선배가 얼른 끼어들어 설명하는 말이었다. 그러고 보면 나도 저 나이 때 『삼국지』를 읽었거늘 나는 청두행을 결정하고도 촉한의 도읍이 청두였다는 사실에는 무지했던 것이다.

촉으로 가는 친구를 배웅하며送友人入蜀
이백李白

촉으로 가는 길 험난하여
산이 가로막고 구름은 자욱하지요.
그래도 그 '위태한 길秦棧'을 따라
향그러운 수풀 이어지고
봄 강물 유유하게 청두에 도착합니다.
도착한 이후엔 뭐가 걱정일까요.
이름난 점쟁이君平 파리나 날리라지요.
見說蠶叢路, 崎嶇不易行.
山從人面起, 雲傍馬頭生.
芳樹籠秦棧, 春流繞蜀城.
升沈應已定, 不必順君平.

锦江恋歌 금강연가
一个韩国人的蜀思

중원에서 촉으로 넘어가려면 길이 몹시 험했다고 한다. 높은 산에 가로막혀 길이 평탄하지 않은 건 물론이고, 잔도棧道라 하여 절벽을 따라 매달린 외길이 위태로웠다. 때문에 촉으로 떠나는 사람은 불안하기도 했을 것이다. 이백은 그런 친구로 하여금 마음준비를 시키는 한편 촉 땅의 대자연이 정말 아름답고 풍요함을 말한다. "군평君平"은 촉의 유명한 점 사占師다. 그를 찾아갈 필요가 없다는 말, 그것은 청두가 얼마나 살기 좋은 도읍인지를 표현한다. 아마도 친구는 안심하고 떠났을 것이다.

'도착해서야 알게 된 청두', —햇빛이 구름 속에 있고, 자주 부슬비가 내리고 습기가 많다. 습기 때문인지 봄가을에 실내에 있으면 마치 찬 강 물 속에 몸을 담근 것 같다. 그러나 겨울에도 기온이 따뜻한 편이라 수목의 생장이 남다르다. 덕분에 도시 한가운데의 울창한 대나무 숲이 당연하게 느껴질 정도로 어디든 푸르름이 가득하다.

청두에도 카페가 있지만 엄격히 말해 쓰촨 특유의 찻집이 훨씬 더 많다. 남방의 기후에 차를 파는 노천카페가 즐비하다. 넓은 마당 나무 그늘 아래 사람들은 '지주를 타도하자打地主!'는 농담을 하며 마작을 즐긴다.

청두 사람들은 마음을 열고 사람을 맞는다. 오늘 만남에 마음이 통하면 내일 회식을 약속한다. 크건 작건 식당마다 음식을 먹는 사람들의 웃음소리가 끊이지 않는다.

쓰촨 맛의 본고장인 청두는 독특한 매운 맛을 자랑한다. 한국인으로서 나 또한 매운 맛에 나름대로 자신이 있지만 쓰촨의 매운 맛은 단순하지 않다. 고소하면서 톡 쏘는 그런 매운 맛이다.

청두의 실감이라면 그 무엇보다도 꽃이다. 사시사철 꽃이 피어난다. 그리고 납매臘梅며 계화桂花는 꽃 향이 너무도 은은하다. 특히 종류가 다른 매화들이 번갈아 피어나면서 겨울 한복판에서 갖게 되는 봄의 느낌은 너무도 좋다. 정녕 이백의 시구처럼 청두에 사노라면 꽃과 인정에 취해 점점 걱정을 잊게 될지도 모른다.

❋

어느 날 허 교수를 만나 망강공원望江公園에서 차를 마셨다.
우리가 자리를 잡은 곳은 공원에서도 강이 보이는 노천 차관이었다.
허 교수가 문득 '노부출촉老不出蜀'의 뜻을 아느냐고 물었다.

모른다고 했더니 주위를 한번 둘러보란다. 많은 노인들이 보였다. 부부 혹은 이웃 친구들로 보이는 이들이 모여서 찻잔을 들고 담소하거나 마작을 하고 있었다. 멀지 않은 나무 아래에서 검무나 부채춤, 태극권을 연습 하고 있는 노인들도 보였다.

사실 이러한 광경은 공원 밖에서도 자주 보았다. 평일 낮 시간에 퇴직한 연령대로 보이는 어르신들이 한가하게 산책을 한다든지 노인대학의 사진반이나 사생寫生 활동을 한다든지 그도 아니면 단체 춤을 익히거나 또 그도 아니면 손주를 돌보며 골목의 이웃들과 잡담을 나누는 등, 자신에게 적당한 방법을 선택해 하루하루 즐기는 평화로운 모습 말이다.

어쨌든 천천히 주위를 둘러보긴 했는데, 노부출촉이 정확히 무슨 뜻인지는 알 수 없었다.

"늙으면 촉 땅을 떠나지 않는다, 인생 노년기에 청두만큼 살기 좋은 곳은 없다는 뜻입니다."

"아아. 그건 정말 그래요."

나는 고개를 끄덕였다.

청두는 정말 노인이 행복한 도시다. 진심으로 인정한다.

인간 세상 어디에 생로병사의 고뇌가 없으랴만, 청두에는 그런 고뇌를 삶이 겪어가는 순환의 원리로 충분히 이해하고 받아들이는 듯한 포용심 같은 게 넘친다. 나이 듦은 나이 듦일 뿐, 그래서 생활상 변화가 일어났다면 그것도 내 삶일 뿐, 일부러 크게 확대하여 감상에 젖지 않을 수 있는 그 유연함, 청두의 노인들에게서 그런 것이 묻어났다.

그래서인지 내 시야 속 청두 풍경 속에는, 나이가 들었다는 이유로 사회의 구석으로 밀려 점점 위축되어 가는 노인이 없다. 이 점에 나는 늘 한 수 배우는 기분이 되곤 했다.

혹은 이것이 중국적 삶의 태도인지도 모른다. 그러나 대륙 안에서도 청두를 '한번 오면 떠나기 싫은 도시'라거나 '노인이 가장 행복한 도시'로 꼽는 걸 보면, 중국 사람 눈에도 청두만의 특별한 무엇이 있다는 말이 렷다?

청두의 대기 속엔 어울림의 선율이 있다. 사람들이 서로 부드럽게 융화되는 리듬이다.

锦江恋歌 금강연가
一个韩国人的蜀思

✳

노년에 제일 좋은 도시.

도시에도 인간미가 있다. 청두의 덕성德性이다.

고개를 끄덕이면서 나는 나도 모르게 한국의 내 어머니를 떠올렸다.

떨어져 있지만 마음이 쓰이는 나의 어머니.

서민 중에서도 가장 서민에 속할 인생을 거치고도 세상에 자신감이 없는 나의 어머니. 어머니는 칠순을 지나 팔순이 되었다. 그러나 인간 수명 백세 시대가 아닌가. 팔순이라면 아직 창창한 나이이다. 그런데 어쩐 일인지 자신을 쓸모없는 노인이라고 낙심한 채로 지내신다. 딸의 마음으로 그런 어머니가 안쓰럽다.

나의 엄마도 청두에서 살았다면 좀 다르지 않았을까.

엄마를 청두에 살게 하고 싶다.

쓸모없게 되었다고 우울감에 젖은 엄마를 집 가까운 어디서든 삼삼오오 취미 활동을 즐기고 있는 노인들 사이로 안내하고 싶다.

춤이든 체조든 태극권이든 연날리기든 그림 그리기든, 어쩌면 마작이 나을지도 모른다. 무엇이든 좋으니 어머니가 흥미를 느끼는 것을 찾아 시간을 보내게 하고 싶다.

어머니 스스로 '나는 이걸 해보고 싶은가?' 자신에게 말을 걸게 하고 싶다.

뭔가 관심거리가 생겨서 하루하루 조금씩이라도 배우고 익혀가노라면 어제보다 늘어난 실력에 자신감이 늘어날 것이다. 그렇게 되면, 스스로 외롭다는 감상에 빠져들지 않아도 될 것이다.

물론 엄마는 한국의 노인 복지며 의료 혜택 등을 받고 오빠 부부의 효도를 받고 사니, 친척도 우인도 없는 이역의 청두까지 올 일은 없을 것이다. 아니, 집을 떠나 어딘가를 가보자는 생각 자체도 없으실 것이다. 그리고 취미 생활이라면, 한국의 어디서라도 할 수 있다. 마음만 내키면 부담 없이 즐길 수 있는 노인 활동도 얼마든지 찾을 수 있다. 특별히 학습하는게 어려우면 걷거나 뛰는 활동으로 이웃과 만나 수다를 떨어도 된다. 노 인이지만 생각에 따라 뭐든 가능하다. 그런데 내 엄마는 그걸 못하고 주 저앉았다. 부득이한 사정이 있을 수 있겠으나 극복할 용기가 없어 스스로 를 방안에 가두었다.

그러나 엄마는 청두를 모른다.
딸이 십 년이나 산 곳인데도 그저 중국 어디라고만 알고 계신다.
비록 그렇다 해도 엄마에게 이 '행복한' 청두를 갖다 주고 싶다.
「뭐가 걱정일까요」

용기가 없는 엄마에게는 청두가 딱이다.
이것은 딸이자 청두를 아는 자로서의 나의 생각이다. 확신에 넘친 나는 엄마를 청두로 모셔오는 상상을 해본다.
청두에 온 어머니는 해 좋은 날 문을 나선다. 느릿한 걸음으로 서성이다가 화단 구석에서 혼자 태극권에 몰입해 천천히 동작을 만드는 그런 사람과 마주친다, 어머니는 그 고요한 움직임에 말이 붙이고 싶어진다. 조금 더 걷다가 자신과 나이차도 별로 안 날 것 같은 노인들을 만난다. 노인들은 손주들을 지켜보는 한편 뜨개질도 하고 해바라기 씨를 까먹기도 한다. 그 옆에 자리를 잡고 앉아 있노라면 그들의 손주가 내 손주인듯 뭐든 대화를 나누게도 될 것이다. 기분이 내키면 좀 더 앞으로 걸어나 가서 사람들이 많이 모인 공원이나 빈터 같은 곳까지 가본다. 거기엔 부채를 들고 동작을 연습하는 여인들이 있다. 그중 아무하고나 눈이 마주치면 호기심 많은 엄마는 더 이상 못 참고 물어볼 것이다.

"재미있수?"
모르는 얼굴임에도 청두 사람들은 친절하다.
"그럼요. 아주 재밌답니다. 한번 해보실래요?"
어머니는 부채를 건네받는다.
"아니, 난 한 번도 안 해봤는데 …"
"힘들 것 없어요. 이렇게 폈다가 이렇게 …. 한 동작씩 익히다 보면 저절로 잘하게 돼요."
친절하게 동작을 가르쳐주는 청두의 여인.
"댁은 잘하는데 얼마나 했수?"
"저요? 몇 달 안 됐어요. 전에는 에어로빅을 했는데, 관절에 무리를 주면 안 된다고 해서 느린 춤으로 …."
"댁도 관절이 아파요? 나도 관절이 안 좋은디 …."
"그럼 부채춤이 좋아요. 아니면 태극권도 괜찮지요. 부드럽게 움직이니까 …."

"댁은 매일 이 시간에 나오는 거요?"

"네. 보통 이 시간에 나와서 삼십 분이나 한 시간쯤 연습하고 돌아가요."

엄마는 그 이웃과 헤어지면서, 그럼 내일도 이리로 나와 볼까 생각할 것이고, 이튿날도 그 다음날도 구경꾼처럼 머뭇거리다가, 결국 동작 하나를 해낼 것이고, 자신감에 두 번째 동작을 배우겠다고 할 것이다.

자신이 무학력인 것도, 귀가 좀 멀었다는 것도 부채를 펴고 접으면서 잊게 될 것이다. 그냥 한 동작 더 배워 익힐 것에 집중하며 또 하루를 맞이할 것이다. …

이렇게 된다면 얼마나 행복하겠는가.

엄마를 주인공으로 혼자 상상을 하고 엄마를 위해 해피엔딩을 맞는다.

그러나 엄마는 청두를 모른다.

딸이 십 년이나 산 곳인데도 그저 중국 어디라고만 알고 계신다. 비록 그렇다 해도 엄마에게 이 "행복한" 청두를 갖다 주고 싶다.

반 고흐의 꽃피는 아몬드나무

쓰촨대학 동문東門은 지척에 흐르는 금강을 바라보고 서 있다.
그 동문 안으로 몇 걸음 들어가면 바로 오른편으로 커다란 도서관 건물이 보인다. 도서관 건물의 양 옆으로는 나무들이 우거진 사잇길이 있는데 그 어느 쪽으로든 빠져나가면 비교적 조용한 뒷길이 나오고 그 길 끝에 책방 서너 개가 잇닿아 있는 상가가 있다.
상가라고 해도 규모가 작다. 그래도 잘 살펴보면 복사 가게도 있고 구멍가게도 있고 분식집도 있다. 거기 분식집은 학생들 사이에 은근히 유명 한데, 나도 나중에야 알았다. 분식집의 쓰촨 짜장면은 한국 짜장면하고 영 다른 맛이다. 고추장 양념이 아닌데 쓰촨 특유의 맵싸한 맛이 일품이랄까! 점심시간만 되면 학생들로 꽉 차서, 차례를 한참씩 기다려야 할 정 도다. 차례를 기다리는 손님 중엔 외국인도 많다. 유학생이 다니는 어학 원 건물이 가까운 데다 그만큼 맛있기로 소문이 난 때문이다. 나도 가끔 들러서 물만두며 짜장면을 사 먹곤 했다. 그러나 분식집을 안 것은 쓰촨 대학에 입학하고 상당한 시간이 지난 뒤의 일이다. 처음에 나는 도서관 뒷길을 그저 책방이 있는 거리 정도로만 알고 있었던 것이다.
책방에 들락거린 것도 아니다. 정확히 말하면 나는 책방 안보다 바깥 빈터에 진열된 가판대를 좋아했다. 그리고 그 가판대가 있는 빈터가 좋았다.
체조장 울타리와 상가 사이에 난 빈터는 보는 사람 마음을 여유롭게할 정도의 넓이를 가졌다. 거기에 여러 그루의 키 큰 플라타너스 나무들이 듬성듬성 서 있어서 시원한 그늘을 드리웠는데, 그 한쪽으로 가판대가 놓여 있었던 것이다. 가판대 그득히 책이 진열되어 있지만 사가는 손님이 몇이나 될까 싶은 그런 한적한 기운이 서린 빈터였다.

한 마디로 그곳은 갈수록 정이 드는 묘한 공간이었다.

이를테면 나 같은 사람에게 그곳은 작은 낙원이었다. 책방 주인들도 가게 밖의 가판대를 여벌로 여기는지 지키지 않는 때가 많다. 지키고 있다고 해도 내가 거기 서서 이 책 저 책을 한참 뒤적인다 해서 눈치를 주는 경우는 없다. 책을 사가면 좋지만 안 산다고 해도 상관없다 ―이런 마인드인 것이다. 가난하지만 책을 좋아하는 그런 대학생을 어디 한두 명보았겠는가. 하긴 교정 구석에 책방을 낸 주인이라면 애당초 손님이 많을 것을 기대했을 것 같지는 않다.

굳이 꼭 사야 할 책이 있는 것도 아니지만 기웃거리는 재미에 가게 되는 그곳, 그 빈터 가판대에서 나는 어느 날 반 고흐의 화집을 발견했다.

빈센트 반 고흐Vincent Van Gogh(1853-1890).

타국에서 고흐의 작은 화집을 펼쳐드는 순간 유다르게 반가운 기분이 들었다.

"고흐를 여기서 만나다니!"

겉표지를 넘기니 양면 가득 '매화 꽃가지'가 뻗어 있었다. 그때 내 반가움은 두 배 세 배로 늘어났다.

"고흐가 매화도 그렸네! 유럽에도 매화나무가 자라나?"

그때까지 이국의 꽃으로만 여겼던 매화가 갑자기 친근하게 다가오는 순간이었다.

물론 내가 살던 한국에도 매화가 자라고, 매화를 소재로 한 시나 그림도 적잖이 보았지만, 고궁이나 식물원이 아닌 집이나 학교 주변 같은 일상에서 매화꽃을 직접 접한 적은 없다.

그런데 청두에 날아와 그해 첫 겨울을 넘기면서 알게 된 것은, 한국과 달리 청두엔 매화꽃이 지천으로 피고 동지섣달에 피는 매화, 설날에 피는 매화, 초봄에 피는 매화 등 종류도 가지가지라는 사실이었다. 내 경험 안에서 매화는 어디까지나 청두의 꽃이다, 이것이 내 결론이다. 매화로 하여 내가 있는 곳이 타국임을 재삼 확인하는 시간 속에는 제 나라를 떠나온 자로서 어쩔 수 없는 쓸쓸함이 결코 적지 않았다.

❋

그해 봄 나는 몹시 외로웠다.

그 봄은 본격적인 첫 학기였다. 거친 꺾꽂이처럼 자신을 타지로 옮겨

놓고 첫 목표가 박사과정을 위해 입학하기였다. 그러나 3월의 나는, 공부는 어렵지 친구는 없지, 뭐 하나 뜻대로 되는 게 없었다. 그럼에도 어김없이 봄이 오고 꽃이 핀다. 계절의 순환만은 익숙할 터인데도 타국의 꽃으로 하여 마음이 야릇하다. 너무도 흔한 매화를 보면서 심각할 정도로 외로움을 느꼈던 청두의 첫 봄이었다.

고흐가 그린 것은 매화가 아니었다.

"너도 참, 매화꽃을 많이 보더니 이제 뭐든 다 매화꽃으로만 보이디?"

나는 나 자신에게 핀잔을 주었다. 한편으로는 스스로가 가엾기도 했다. 화집 속의 고흐에게 그렇게나 반가워했다는 건 마음을 나눌 친구가 가까이에 하나도 없다는 뜻일 테니까. 그래서 화폭 가득 뻗은 꽃가지를 보자마자 이건 매화다, 라고 우기고 싶었을 테니까. 우기는 속뜻은 나름의 호소였다.

나는 고국을 떠나 매화가 흔한 청두에 와 있어. 그러니 내 친구가 되어줘 ….

그래, 그런 거였다.

고흐가 그린 꽃가지는 아몬드나무였다.

그림의 영어 제목은 「Almond Blossom」(1890). 한국어로는 '꽃피는 아몬드나무'라고 번역되었다. 1890년 2월에 고흐 동생 테오의 첫 아기가 태어난다. 이 그림은 고흐가 조카의 탄생을 축하하며 동생 테오 부부를 위해 그린 작품이었다고 한다.

이 아몬드 꽃가지를 그릴 무렵 고흐는 어머니에게 편지를 쓴다. "테오가 아이에게 저 아닌 아버지의 이름을 물려주면 더 좋았을 텐데 …. 아무튼 저는 테오가 침실에 걸어두도록 그림을 한 점 그리기 시작했어요."

동생이 자신의 아기에게 형의 이름을 붙여 '빈센트'로 부르겠다고 한다. 그 뜻밖의 소식을 듣고 한편 벅차고 한편 수줍었을 형은 아기에 대한 마음을 그림으로 그려 선물하겠다고 마음먹었고 그것이 바로 이 만발한 아몬드꽃이었다.[①]

[①] 꽃피는 아몬드나무 그림에 관하여 참고 및 인용, 빈센트 반 고흐(그림) 김영숙(글)『Vincent Van Gogh』, 유화컴퍼니, 2011, 95쪽.

锦江恋歌 금강연가
一个韩国人的蜀思

　　화가 고흐의 생애에서 가장 사랑했고 가장 고마워했던 존재는 두말할 것 없이 동생 테오다. 그런 동생의 가정에 새 생명이 태어나니 고흐는 동생 이상으로 기뻤을 것이다. 아니 그것은 기쁨이기보다는 새 생명을 축복 하는 심정이었을 것이다. 마치 기도와도 같이, 동생을 사랑하고 동생네 가족과 아이의 미래를 축복하는 마음으로 나뭇가지 하나 꽃송이 하나에 도 온 생명을 다해 고흐는 색을 입혔을 것이다. 그렇게 완성한 그림이 바로 푸른 하늘을 배경으로 선이 야무진 가지에 희게 피어난 아몬드꽃이었는데, 나는 그걸 보고 매화나무라 여긴 것이다.

　　하늘 아래 꽃가지가 그처럼 행복할 수 있을까. 아몬드꽃으로 하여 나는 고흐에게 특별한 의미를 두기 시작했다. 사실 그해 봄 나는 그랬다. 아무 때나 찾을 수 있는 친구가 꼭 하나 있었으면 했고 때마침 화가 고흐를 만난 것이다.

※

　　유명한 화가는 보통 몇 살부터 그림 수업을 시작할까.
　　미술 분야는 늦어도 된다지만 고흐의 입문은 27세였다. 고흐가 서른여섯에 세상을 떠난 걸 감안하면 고흐가 화가로서 작업한 시간은 10년밖에 안 되었다. 길지 않은 이 10년 동안 고흐는 유화 900점, 스케치 1100점을 남긴다. 엄청난 작업량이다.
　　화가로서의 근면함도 놀랍지만 그보다 더 놀라운 일은 고흐 생전에 단 한 점을 빼고는 그 많은 작품들이 누구에게도 팔리지 않았다는 사실이다. 당시 사회 관념에서 볼 때 이것은 화가로서 실패나 다름없었다.
　　늦은 나이에 직업화가의 길을 결정한 고흐에게 있어 그 이상으로 괴로운 일이 또 있을까?
　　고흐는 동생 테오에게 "아무리 발버둥을 치면서 그림을 그려본들 넌 화가가 아니라고 내면의 목소리가 말할 때, 그 목소리를 잠재우는 유일한 방법은 오직 그림을 그리는 것뿐이다."라고 고백하기도 했다.
　　돈이 안 되는 화가의 길을 걷고부터 수시로 찾아오는 자기부정. 자기부정과 싸워야 하는 내면의 투쟁을 누구보다 심하게 겪었던 고흐, 절대 포기할 수 없었기에 고흐는 그리고 또 그렸다. 그런 그에게 지지자라곤 동생 테오뿐이었다.
　　아무리 해도 주위의 인정을 받지 못한다. 그런데도 포기하지 못하는

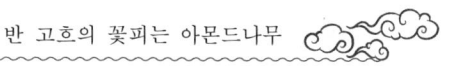

화가의 길이다. 고흐는 고뇌가 깊었다. 많이 흔들리면서도 쉬지 않고 계속 그림을 그린다. 그의 초인적인 의지와 노력에 경탄을 금할 수가 없다.

✱

늦은 나이에 뭔가를 시작하는 건 불안한 일이다.
시대가 개방되고 선택의 폭이 넓어졌어도 마찬가지이다.
덜컥 유학을 결정한 건 사십 중반 앞뒤 맥락도 없었다. 쇠뿔도 단김에 빼다고 생각에서 실행까지 한 달이나 걸렸을까. 그렇게 준비가 어설픈 채로 뛰어들었으니 뭐가 쉬울까. 사람들도 점점 의혹에 찬 눈으로 내게 물었다.
도대체 어떻게 하려고요?
그러나 타인의 시선이 따가운 건 다음 문제다.
무엇보다 내 안에 나를 부정하는 목소리가 있었다. 그 목소리에 시달렸다.
"네가 대체 뭘 할 수 있는데?"
내 안의 또 다른 나는 어떻게든 나를 포기시키고 싶어했다.
"이제 와서 유학이라고? 제대로 할 수 있을 것 같니? 웃기지 마. 차라리 하루라도 빨리 정리하고 한국으로 돌아가는 게 낫지 않을까? 미련하게 버틸수록 넌 늙어갈 거고 아무것도 못할 거야."
이런 말들이 매일 귓가를 맴돈다. 듣고 싶지 않지만 내면의 목소리를 멈추게 할 도리가 없다. 약한 마음에 져서 내가 결국 완주를 포기하게 될까 봐 나는 내심 떨고 있었다.
"학문을 한다는 건 정말이지 마른 잎을 짜듯이 아주 팍팍한 과정입니다."
팍팍하다, ―지도교수는 "고조적인 일枯燥的事"이라고 했다.
각오를 단단히 하라는 뜻이었을 것이다.
그게 아니면, 유달리 감상이 많고 이리저리 잘 흔들리는 내 사람됨을 간파한 건지도 모른다. 학문이라는 외길을 묵묵히 걸어온 학자의 눈에 교사라는 안정된 직업도 등단도 마친 동화작가의 길도 놔두고 갑자기 학문을 해보겠다고 덤비는 한국의 중년 여성이 그리 미더워 보이지는 않았을 것이다.
그런데 어쩌겠는가.
누구 눈에도 뻔히 보이는 그 '약하고 감상적인' 성향에도 불구하

锦江恋歌 금강연가
一个韩国人的蜀思

고, 그 팍팍하다는 학문의 길을 굳이 선택한 자기 자신이지 않은가. 스스로 시작 한 일을 중도포기하는 건 말이 안 된다. 자신과 한 약속을 끝까지 지켜야 하는 거다. 나는 어쨌든 버티고 싶었다. 한편 실패하고 말 것 같은 예감 은 매일처럼 뇌리를 마비시킬 것 같았다. 그런 즈음에 고흐를 만난 것은 잘한 일이다.

❋

청두의 내 책장에는 고흐의 화집이 하나둘 늘어갔다.
화집의 여백을 일기장 삼아 떠오르는 대로 몇 자 적어두곤 했다.
어떤 정물화 갈피에선가, 나의 하루는 이랬다.

> 2010년 11월 1일
> 　나의 일상은 수행승처럼 소박한 밥상과 적적하도록 간단한 사교 범위와, 종일 좋아서 하는 일이라고는 내가 앞으로 쓸 논문에 대해서 생각하 고 또 생각하는 일이다. 읽고 또 읽고 쓰고 또 쓰는 일이다. 나는 중국어로 읽는 일도, 중국어로 쓰는 일도, 중국어를 원료原料로 사색하느라 온종일 벅차다. (힘들어도 안 할 수 없다. 왜냐하면 결국은 중국어로 논 문을 써내야 하니까.) 그런데 이렇게 벅차고 더듬대는 지금이 참 평화롭 다. 평화롭다고? 아니다. 그저 조촐하다.

한 권 두 권 늘어나는 고흐의 화첩 여백마다 일기로 채우던 나날들.
　마음이 흔들릴 때마다 고흐의 화집을 펼쳤다. 짙은 절망의 골짜기를 뒹굴면서도 세상에 대한 사랑으로 벌떡 일어나 그림을 그리곤 했을 백여 년 전 지구 반대편에 살던 화가 친구 고흐를 떠올리곤 했다.

❋

언젠가부터 고흐는 절대 없어서는 안 될 친구가 되었다.
고흐를 빼고 설명할 길이 없는 시간들이 자꾸만 늘어났다.
굳이 그럴 필요가 없는데도 고흐를 연결시키고자 했다.
해바라기꽃을 좋아하기로 했다.
어느 날은 정말로 해바라기 한 다발을 샀다. 누군가에게 감사를 표현

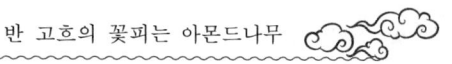

할 목적으로 말이다.

고흐가 그랬듯이!

아를Arles의 고흐에게 화가 친구 폴 고갱(1848-1903)이 찾아온다. 고흐가 파리에 머물던 시절 고흐의 해바라기 그림을 마음에 들어 했던 고갱은, 자신의 그림과 고흐의 그림을 맞바꾼 적이 있었다. 그에 대한 감사와 애정의 표현으로 고흐는 고갱을 맞이하는 아를의 방안을 해바라기로 장식한다. 화가로서 동료인 고갱이 홀로 떨어져 지내는 자신의 거처를 일부러 방문해주는 것에 대한 기쁨과 감사의 표현이었다.

✱

벗이 있어 먼곳에서 찾아오니 이 또한 기쁘지 아니한가-
有朋自遠方來, 不亦樂乎?

— 『논어論語』

그러나 서로 화가로서 잠깐 만나 얘기하는 것과, 동료로서 작업과 생활을 같이하는 일은 다른 문제다. 함께 나누려 해도 한쪽은 너무 뜨겁고 한쪽은 너무 차갑다. 일설에는 고갱에게 인색한 면이 있었다고 한다. 고흐가 그리 갈망했건만 말 한 마디 격려도 아까워하며 떠난 것이다. 고흐는 자해를 하고 그 일은 지방 신문에 보도되기까지 한다. 그렇지 않아도 명성도 없이 그림만 그리는 화가를 좋게 보아줄 리 없는 아를의 주민들이 아니었던가.

사람이 나를 알아주지 않아도 화내지 않으니 군자가 아니겠는가
人不知而不慍, 不亦君子乎?

— 『논어論語』

주위의 시선은 따가웠지만 해바라기에 태양의 금빛을 입혔던 고흐.

해바라기 그림으로 하여 '태양의 화가'라는 칭송을 듣게 된 고흐였다.

어쨌든 해를 향해 활짝 피어나는 해바라기 꽃송이는 자신을 키운 태양빛에 대한 최대의 감사 표현일 것이다. 내가 해바라기 꽃다발을 안고 찾은 곳은 쓰촨대학 장자개張子開 교수님의 사은회,

锦江恋歌 금강연가
一个韩国人的蜀思

"오셔도 됩니다." —장 교수의 초대 메시지였다.

사실 나는 장 교수의 제자는 아니다. 수업을 신청한 적도 없다. 명성을 듣고 청강을 한번 했지만 교수님 말이 너무 빨라 알아들을 수 없어서 그 다음엔 가지 않았다.

그래도 다른 제자를 통해서 가끔 조언을 주었고 내 졸업을 축하해준분이라 고마운 마음을 갖고 있었는데, 그해 여름 당신 제자들과의 특별한모임에 특별히 나를 초대해주었다. 학위증을 받고 실질적인 졸업생이 된뒤 아무도 내 안부를 묻지 않던 때였다. 학교가 지척인데도 들를 일이 없 던 차에 그런 배려가 감격스러웠다.

그래서 나는 기다란 줄기 끝에 환하게 웃고 있는 해바라기를 안고 모임 장소로 간다. 아를의 고흐처럼 하고 싶은 것을 하느라 고독했던 나에게 누군가의 관심은 비록 그것이 단 한 순간에 불과할지라도 내 마음을 너무나 기쁘게 했다.

해바라기의 황금색 둥근 꽃송이엔 그런 찬란한 행복감이 서려 있다.

❇

시야에 담기는 풍경에 또한 고흐가 있다.

그걸 착시라고 해야 하나?

정확히 언제부터였는지는 모르겠다.

내 시선이 닿는 청두 어딘가에 자꾸만 고흐의 그림이 중첩되곤 했다.

자주 오가던 구안교九眼橋에도 그런 착시감이 어룽진다.

어둠이 내리는 시각에 다리 위에 서서 망강望江공원 쪽으로 눈길을 던지면, 잉크빛 짙은 하늘과 지상의 불빛에 흔들리는 강물 … . 그 풍경 위로 고흐가 그린 「론 강의 별빛」 Starry Night the Rhone (1888) 이 중첩되었다. 혹은 반대로 고흐의 「론 강의 별빛」을 펼칠 때면 구안교 위에서 담았던 금강의 야경이 오버랩되었다.

고흐는 「론 강의 별빛」을 그리면서 동생 테오에게 밤하늘의 별빛과 강에 비치는 가스등 화폭 앞쪽으로 보이는 한 쌍의 연인까지 그 색채의 대 비에 자신이 얼마나 집중하고 있는지를 알리고자 했다. 그 노력이 얼마나 초인적이었던지 미술 연구가들은 심지어 이 화폭에 그려진 별자리를 근거로 고흐가 그림을 그리던 시각, 즉 하늘의 별을 관찰하고 표현한 시각이 밤 12시에서 새벽 1시 사이였을 거라는 유추를 해냈을 정도였다.

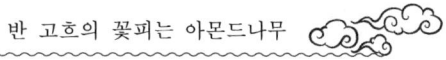

별이 빛나고 있는 밤하늘과 지상의 불빛에 흔들리는 강의 물결.
시간은 그렇게 어둠의 무게 속에 반짝인다.
어느 밤이던가. 아마도 초여름 단오절 무렵이었을 거야. 멀리 망강루望江樓가 보이는 허공으로 공명등孔明燈이 두둥실 떠오르고 있었지 ….

장미꽃이 그려진 분홍 이불

"이게 다 박 선생 거예요?"
나를 빤히 보면서 호텔 직원이 묻는다.
한국을 떠나기 직전에 부친 내 짐이 오늘 도착한 것이다.
직원은 놀란 표정을 숨기지도 않는다. 그제야 아차, 내가 너무 많이 챙겨 왔구나 싶었다. 이사도 아닌데, 공부하러 오면서 말이다.
"이게 다 뭐래요?"
"책하고 옷들 … , 공부하려면 다 필요한 것들이에요."
내용물이 무엇인지 궁금해 하는 시선에 부끄러워진 나는 대충 얼버무렸다. 상자 속에 이불이며 베개도 있다고 솔직히 말하면 어떻게 나올까?
이불하고 베개라니, 그게 무슨 고급 이불이라고? 그런 걸로 해외 배송 료를 들이느니 여기서 사고 말지, 그게 훨씬 경제적일 텐데 …, 이러면서 직원은 나를 '조금 엉뚱한 한국 아줌마'라고 여길 것 같았다.
나는 정말 이불을 갖고 오고 싶었다.
애착이라고나 할까, 이불이 보기만 해도 포근한 핑크빛인 데다 장미꽃 무늬가 화려한 것이 내 마음에 꼭 들었다. 사실 그 이불은 첫눈에 반한 경 우였다. 전혀 예정에 없었는데 그것도 거주지에서 꽤 떨어진 곳에서 분홍 꽃무늬에 꽂혀서 사기로 한 것이다. 덕분에 상인에게 택배비까지 얹어줘야했다. 그렇게 좋아했던 이불이라 낯선 땅에 비교적 늦은 나이에 유학을 떠나면서도 헤어지기 싫었다. 어떻게든 장미 이불만은 들고 오고 싶었다. 이 것이 솔직한 이유겠지만 그래도 소포 상자 안에 이불까지 있어요, 라고 밝 히면 누구라도 어리둥절할 것이다. 그래서 이불 얘기는 쏙 뺀 것이다.

✽

떠나오기 전 나는 짐을 싸느라 아주 분주했다.
"어쨌든 짐을 먼저 부치면, 가볍게 떠날 수 있겠지?"
굵직한 물건들을 국제우편으로 먼저 보내놓으면 나는 가볍게 비행기를 탈 수 있을 것이다. 며칠을 연구한 끝에 생각해낸 꾀였다.
전화로 예약한 대로 우편 집배원이 종이 상자 접어놓은 것을 여러 장 안고 올라왔다. 짐 실을 차는 1층 입구에 주차해 놨을 것이다.
"이불도 싸야겠어요."
집배원이 이불 부피를 보더니 고개를 흔들었다. 상자에 넣기 힘들다는 것이다.
"이건 내가 아끼는 거라서요."
나는 이불을 아낀다기보다 그 핑크빛 아롱아롱한 장미 무늬를 포기하고 싶지 않았다. 그래서 아저씨가 뭐라 하건 이불을 꾹꾹 눌러가며 끈으로 바짝 당겨서 묶었다. 열심히 압축시키니 상자에 딱 맞게 들어갔다. 부피가 넘쳐 삐져나와도 눌러서 쑤셔 넣으면 되었다. 그 김에 폭신한 이불 틈으로 깨지기 쉬운 화장품병이나 작은 기념액자 같은 것도 끼워 넣을 수 있었다. 우편 집배원도 이제는 엄지 척을 해줬다.
"그렇게 이불을 갖고 떠나온 나야, 참 대단하지?" "맞아, 넌 참 용감했어."
혼자서 자문자답하며 고개를 끄덕인다.
장미꽃이 가득 핀 이불도 내가 그날 아주 기개 있게 자신을 챙겼던 것만큼은 고마워하고 있을 것이다.

✽

그런데 어느 날 나는 이불을 갖고 다니는 게 비단 나만이 아니라는 걸 알게 되었다.
바로 '초우어炒魷魚'란 낱말 때문이었다.
이 단어는 '해고되다'나 혹은 '해고시키다'란 뜻이다. 가령 '나 오늘 회사에서 쫓겨났어.'라고 할 때 '쫓겨났어'에 해당한다.
같은 한자 문화권인 한국인으로서 중국어 공부를 하면서 단어 공부가 곧 한자 공부라는 것을 알게 되었다. 다시 말해 두 자 이상으로 이루어진 단어라 할 때 한 단어 안에 모여 있는 한자 하나하나의 뜻을 파악하면 그것으로 단어의 뜻을 짐작하기 쉽다. 한자가 본래 표의문자表意文字이 기 때문이다.

그런데 이 단어의 의미는 글자 각각의 뜻과 별 상관이 없어 보인다. 글자 그대로라면, '초炒'는 '(요리할 때) 불에 볶는다'는 뜻이고 '우어魷魚'는 물고기 '오징어'이다. 그렇다면 '오징어를 볶는다'는 말인데 그것에서 누가 '(회사에서) 해고되다'란 뜻을 유추해내겠는가.

게다가 마른 오징어를 아주 좋아하는 나였기에 오징어를 사용한 단어에 유독 관심이 갔고, 그래서 더더욱 궁금증이 커졌던 것이다.

마침 어원 연구에 관심이 있다는 대학원생이 있었다. 유 씨 성의 여학생이었는데 며칠이 걸려 드디어 이 단어의 유래를 알아냈다고 했다. 그녀는 이렇게 설명했다.

"오징어를 볶으면 오징어가 둥그렇게 말리잖아요. 그것이 사람들이 일터를 떠날 때 이불을 도르르 말아서 메고 가는 것과 같아 보였대요. 그래서 그런 단어가 나온 거죠."

그리고 덧붙이기를, 지금은 교통이 발달한 탓도 있고 출퇴근 제도가 일반적이지만 예전엔 일하는 곳에서 아예 생활을 해야 하니까 보통은 몸을 덮을 이불 정도는 갖고 다녔다는 것이다.

그럴듯했다.

단어의 어원을 제대로 배운 덕분인지, 그 전까지 의식하지 못하던 것이 눈에 들어왔다. 시내에서 버스를 타면, 둘둘 말아서 끈으로 묶은 이불을 들고 버스를 타는 사람들이 간혹 있었다. 이전에도 있었지만 거기에 아무 주의를 하지 않았다면, 이제는 저절로 관심이 가고 그들이 지금 어떤 상황인지 조금쯤 알겠는 것이다.

그게 그런 뜻이었구나!

말린 이불은, 이불 주인이 새 터전을 찾아 도시 어딘가로 가고 있다는 뜻이다.

단어 하나를 앎으로써 이국의 누군가를 이해하는 이 기분은 나쁘지 않다. 일종의 동지 의식이랄지, 혼자서 반갑게 중얼거린다.

아세요? 나도 당신들처럼 이불을 둘둘 말아서 떠나왔답니다.

장미꽃이 그려진 분홍 이불

　그들이 농민공農民工[1] 이건 아니건 상관없다. 이불을 돌돌 말아서 어깨에 메고 청두라는 이 도시를 목적지로 삼아 모여드는 사람들, 그들은 지금 어제까지의 익숙함을 접고 새로운 터전을 찾아 희망찬 발걸음을 내디딘 것이다. 한국인인 나도 그럴 생각으로 이 도시로 온 것이다. 그래서 우리는 같은 목적의 동지이다.

---

[1] '농민공'이란 농촌에 집을 둔 채 도시의 건축현장 등에서 일하기 위해 임시 이동을 한 노동자를 통칭하는 말인데 자칫 비하하는 의미로 쓰여서, 최근에는 '신산업공인新産業工人'이라고 부르게 되었다고 한다.

錦江恋歌 금강연가
一个韩国人的蜀思

흰 고양이 검은 고양이

"우리 쓰촨 사람은 머리 좋은 사람이 많아요."

청두 토박이 슬비의 말이다.

머리가 좋은 사람이라니까 내 머릿속에선 제일 먼저 촉한蜀漢의 승상 제갈공명이 떠올랐는데,

"덩샤오핑만 봐도 그렇지요."

슬비는 내가 미처 생각하지 못한 이름을 댔다. 덩샤오핑鄧小平(1904-1997)이 쓰촨성 광안廣安 출신이라는 것이다.

아참, 제갈량은 랑야琅琊 출신이니 쓰촨 사람이라고 할 수 없지.

그러나 쓰촨 사람이 머리가 좋은지 아닌지 어떻게 통계를 낸단 말인가. 하지만 나는 슬비의 주장에 무조건 동의하기로 했다.

슬비 자신이 증거니까!

그녀는 기지機智가 가득한 여인이다.

그녀와 기차를 타고 아미산峨眉山 갈 때의 일이다. 일행은 모두 합해 넷이었다. 나, 한국인 여학생 J, 그리고 그녀의 중3 아들, 당연히 슬비가 일행의 인솔자 역을 맡았다. 중국에서 기차여행은 처음이라 기대가 많았다.

그러나 미리 표를 예매하지 않은 터에 겨울 연휴 기간이었던가 해서 기차표는 입석밖에 못 구했고 객실마다 승객이 가득 차서 설 자리도 마땅치 않았다. 나로 말할 것 같으면 중국에서 기차가 처음인지라 그런가보다 여겼을 뿐이다. 달리 자리를 구해야 한다든지 머리를 굴릴 생각은 아예 없었다. 그런데 슬비는 달랐다. 열차가 떠남과 동시에 검표를 하기 위해 다가온 승무원을 보더니, 나와 J를 가리키며 뭔가 중요한 요구라도 하는 것처럼 당당한 표정으로 말하기 시작했다. 내용인즉슨 이 두 사람은 외국

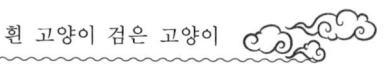

인이다. 자신은 이 두 사람을 안내하기 위해 아미산에 간다. 그런데 기차 안이 이렇게 혼잡해서야 외국인의 안전을 보호할 수가 없다. 대충 이런 뜻이다. 나는 잠자코 있었지만 살짝 부끄러웠다.

객차가 혼잡한 것은 누구의 책임도 아닐진대 승무원이 뭘 해줄 수 있겠는가.

슬비가 공연히 일을 시끄럽게 한다고 생각했다.

전혀 예상 밖으로, 승무원은 슬비의 요구도 타당하다고 받아들였다. 아미산행 객실에서 그동안 외국인 승객도 많았을 터인데 그런 경험을 내세워 슬비의 의견을 묵살하지 않았다. 아무 거드름도 부리지 않고 마치 "인민을 위해 일하는爲人民服務" 전형적인 공무원처럼 슬비의 말을 끝까지경청하더니 가장 적절한 해답을 내놓았다. 그의 대답은 대략 이랬다. 보다시피 좌석은 물론이고 입석 승객도 꽉 차서 여분의 좌석은 전혀 없다. 그러나 외국인의 안전을 염려하는 마음엔 협조하고 싶다. 당신 말대로 혼잡한 속에 있으면 위험성이 높으니 괜찮다면 화물칸으로 안내해 드릴 수 있다. 화물칸이 객실 좌석처럼 편한 건 아니지만 싣고 있는 화물이 얼마안 되니 공간 확보 면에서 보다 안전할 것이다.

승무원은 또 얼마나 똑똑한가. 얼떨결에 우리는 승무원이 안내하는 대로 화물칸 쪽으로 따라갔다.

과연 공간이 넓었다. 사람이 없으니 조용하기조차 했다. 그 여유로운 화물칸 바닥에 철퍼덕 앉으면서 나는 슬비를 포함한 쓰촨 사람의 유연성에 감복하는 기분이었다. 외국인 일행을 내세워 거침없는 요구를 한 슬비도 슬비지만, 조금은 억지스러운 요구에도 아무런 막힘이 없이 대응한 젊은 승무원까지 어쩌면 저리도 지혜로운가!

그건 그렇고 외국인인 나도 일찍부터 등소평의 명성을 알고 있다. 그가 이끈 개혁적인 개방정책이 지난 세기 70, 80년대를 거쳐 오늘날 중국 경제 발전의 중요한 토대가 되었음은 아마 삼척동자도 다 아는 사실일 것이다.

등소평이 제창한 개혁 개방의 원칙은 보통 "흑묘백묘黑猫白猫 이론"으로 표현된다.

다음이 그 유명한 1962년 7월 7일의 등소평 발언이다.

"생산(경제)에 관해서는 어떤 형식이 제일 효과적인가, 이것이 중요하다고 본다. 농업생산력을 회복 발전시키는 데, 어떤 형식이 비교적 간단 하고 빠를 것인가, 거기에 초점을 맞춰 그것을 채택하는 것이다. 민중이 원하는 방식이 있다면 바로 그것을 지지하고 만약 법이 장애가 되면 바 로 법을 고쳐주자. … (만약 쥐를 잡는 것이 목적이라면) 누런 고양이든지까만 고양이든지를 막론하고 쥐를 잡는 놈이 최고 아닌가."

이 발언에서는 황묘黃猫와 흑묘黑猫라고 했지만 나중에 고양이의 털색이 대비하기 쉽게 흑과 백으로 바뀐 것이다. 일설에는 쓰촨 지역에 "검둥 이건 흰둥이건 쥐 잡는 놈이 진짜 고양이 라는 속담이 있는데 등소평이이를 적절하게 인용했다고도 한다.①

사회주의라는 제도에는 그에 맞는 사상과 이념이 있고 그 속에 다른제도를 들이기란 결코 쉽지 않은 일이다. 그러나 먼저 생각할 것은 민중의 행복이다. 이념에 맞추는 형식과 명분보다 민생 안정이라는 근본 목적에 충실하자. 이러한 발상에서 일체의 장애를 거둬낸 이 흑묘백묘론은 한마디로 일국의 미래를 생각한 과감한 용단이었을 것이다. 어쩌면 이것은 등소평이란 인물 개인이 가진 특별한 능력에서 가능했던 것인지도 모른다.

굳이 또 하나 내 청두 경험에 비추어 덧붙이자면 여러 가지 상황 속에 나와 상대 모두를 위한 적절한 해결책을 찾고자 하는 일상의 유연성이 쓰촨 사람에게 배어 있고 그 미덕이 적시에 등소평이란 지도자를 통하여 용출했는지도 모른다. 어디까지나 내 생각이지만 말이다.

내 인생의 첫 고양이는 흰 고양이였다.
고양이는 내 청두 시절 중 맺은 기연奇緣 중 하나이다.
나는 그 고양이 이름을 '모모Momo'라 했다. 모모는 내 이름의 끝 자 '무茂'를 살짝 변형한 음으로 내 첫 아이디였으니 엄밀하게 말해 나는 고 양이에게 내 별명을 물려준 셈이었다.
꼭 그래서는 아니겠지만 모모는 나와 많이 닮은 데가 있었다. 조용한 걸 좋아했고 추운 걸 싫어했다. 두부를 좋아했고 옥수수를 좋 아했다.

---

① 또 다른 설로는 흑묘백묘 비유의 유래가 포송령蒲鬆齡의 『요재지이聊齋志異』에서 찾 을 수 있다고 한다. 『요재지이』 속의 민간설화 중 「괴물을 쫓다驅怪」편에, "노란 살쾡이건 검은 살쾡이건 쥐 잡는 놈이 제일이다.黃狸黑狸, 得鼠者雄"란 구절이 나오는데 이 책의 애독자인 등소평에게 아이디어를 주었을 것이라는 추측이다.

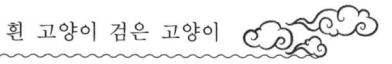

닫힌 문 안에서 나와 아들이면 만족할 줄 알았다. 그런 만큼 예측불허의 집밖을 무서워했다.

손님이 오거나 해서 현관문이 열리는 기척만 있어도 후닥닥 집 안 깊숙이 숨어버리는 겁쟁이였다.

> 이불 속이나 전기방석 위 같은 따뜻한 자리를 찾아 웅크리고 있으면 서 세상 행복해하는 모모를 보면, 나중에 커서도 쥐 같은 건 잡을 것 같지 않았다. 만약 쥐와 마주치면 잡을 생각은커녕 뒤도 안 돌아 보고 달려와서 이불 속으로 숨어버릴 놈이었다.
> 「흰 고양이 검은 고양이」

고양이 기르기는 처음이라 모든 고양이들이 모모처럼 밖을 두려워하는 걸로 여겼는데 알고 보니 밖에 나다니길 좋아하는 강아지 같은 고양이 (즉 개냥이) 도 있는 모양이었다.

이불 속이나 전기방석 위 같은 따뜻한 자리를 찾아 웅크리고 있으면서 세상 행복해하는 모모를 보면, 나중에 커서도 쥐 같은 건 잡을 것 같지 않았다. 만약 쥐와 마주치면 잡을 생각은커녕 뒤도 안 돌아보고 달려와서 이불 속으로 숨어버릴 놈이었다.

모모는 그런 놈이었다.

동화

101번째의 돌사자와 달달박박 怛怛樸樸

그믐밤의 달달박박

달도 없는 캄캄한 밤입니다. 그런데 고양이 달달박박이 생각에 잠겨 길을 걷고 있어요. 달달박박은 대체 무슨 생각을 그리 하고 있는 걸까요?

지금 달달박박의 머릿속은 온통 '부슬이' 뿐입니다. 자신을 기다릴 부슬이에게 좋은 소식을 안고 돌아가겠다는 마음뿐입니다. 그러려면, 지금이라도 빨리, 집으로 가 주인아저씨 허락을 받아야 합니다. 그러나 그걸 어떻게 하 겠어요? 불가능한 일입니다. 무엇보다도 다시 돌아갈 용기가 안 납니다.

주인집에서 쫓겨났던 그날 일을 생각하면 ….

추수가 끝나던 무렵이었습니다.

알곡으로 가득한 광에 쥐가 꼬일까봐 주인아저씨는 달달박박을 광에 밀어 넣고 지켜봤습니다. 그런데, 한심하게도 달달박박은 쥐를 보자마자 꼬리를 내리고 구석으로 피했던 것입니다. 주인아저씨는 그 모습에 화를 냈습니 다. 일껏 키워놨더니 밥값도 못 하는 놈이라고요.

"에이, 밥충이, 겁보 같느니라고! 쥐한테 벌벌 기기만 하는, 저런 걸 고양 이라고! 꼴도 보기 싫으니 나가버려!"

주인아저씨의 그 무서운 표정이라니! 어물거리다가는 주인아저씨 손에 들린 빗자루에 맞을 것 같았습니다. 때문에 달달박박은 뒤도 안 보고 뛰어, 집을 나왔습니다. 그리고는 다시 돌아갈 용기가 나지 않아, 차일피일 떠도는 중입니다.

떠돌이가 되기 전엔 몰랐습니다. 집 없는 고양이로 사는 게 얼마나 힘든 지 말입니다. 마을사람들은 예전과 다르게, 달달박박을 보기만 하면, 아무 것도 훔쳐 먹지 않았는데도 '저 놈의 도둑고양이'라고 쫓아내기부터 했습니 다. 그런 일을 하도 많이 겪다 보니, 이젠 사람 발소리만 들리면 달달박박 쪽에서 지레 덤불이나 움푹 그늘진 곳으로 피하게끔 되었습니다.

모든 일을 혼자 힘으로 해결하려면, 이전보다 훨씬 더 담대해져야 하는데, 달달박박에게 그건 너무 힘든 일입니다. 어디서 푸드득거리는 새 날개 소리 만 들어도, 오금이 저려 땅에 납작 엎드리게 되고 말거든요. 그러니, 항상 조마조마, 심장이 오그라붙어 버릴 것 같습니다. 걸핏하면 도망질치고, 숨고, 늘 배를 곯았습니다. 무엇보다 참을 수 없는 일은, 어디 한 군데 자리 잡고 편히 잠잘 수가 없다는 것입니다. 적당한 곳이지 싶어 엉덩이를 붙이고 있 으면, 어디선지 임자가 나타나 눈을 부릅뜹니다.

그래도 행운이 전혀 없는 건 아니었어요. '부슬이'를 만난 것입니다. 드디 어 여자친구를 만난 거예요. 눈이 파랗고, 털이 부슬부슬한 여자친구, 보자 마자 그만 좋아졌습니다. 그런데 똑같이 떠돌이 신세인 게 분명한 부슬이가 오늘은 그럽니다.

"아기를 낳아야 해. 이제 곧 추운 겨울인데, 따뜻하고 아늑한 집이 있어야 지. 떠돌이는 안 돼!"

그 말을 듣고 제일 먼저, 떠나온 주인집이 떠올랐습니다. 거기라면, 부슬 이도 좋아할 것입니다. 무엇보다, 그 집이라면, 달달박박이 단순히 떠돌이가 아니었음을 증명해줄 것입니다. 부슬이를 데리고 주인집으로 다시 들어갈 수만 있다면 그보다 더 좋은 일은 없을 것 같습니다.

"걱정 마. 나를 믿으라구. 내게 하루만 시간을 줘!"

그런데 하루 사이에 대체 무엇을 해낼 수 있을까요? 자신은 이미 주인아 저씨에게 쫓겨난 처지인데 … . 생각할수록 숨이 턱턱 막히는 기분입니다. 고민에 잠긴 달달박박은, 자신이 지금 어디로 가고 있는지, 얼마나 걸었는지도 모릅니다.

"야! 거기 서! 내 말 안 들려?"

귓가에 거친 목소리가 걸렸을 때, 달달박박은 또 깜짝 놀라 반사적으로 뛸 자세를 취했습니다.

"가지 마. 난 널 해치지 않아!"

그제야 주위가 보였습니다. 도대체 여기가 어디일까요? 어둠 속에서 거뭇 거뭇 다리 난간이 보이고, 난간 위로 사자들 모습이 … . 아하, 알 것 같아요. 달달박박이 서 있는 곳이, 바로 마을 사람들이 말하던 '사자다리' 인 게 분명 했습니다. 마을 높은 지붕 위에서 보면, 멀리 강이 보이고 다리가 하나 길게 보였는데, 마을 사람들이 말하는 사자다리가 저긴가 했습니다. 사람들 말이, 사자다리는 아주 오래된 다리라 했습니다. 난간 기둥마다 돌사자상이 자그 마치 백 개나 있어서, 사자다리라고 부른다는 것입니다. 분명히 그 사자다리 같습니다. 걷다 걷다, 어느새 여기까지 왔나 봅니다.

그런데 이 다리는 신기한 점이 있다고 합니다. 그게 말입니다, 다리를 세 울 때 말이죠, 다리 양쪽 난간에 각각 오십 마리씩 해서, 모두 백 마리의 사자상을 올렸다는데, 그믐밤만 되면, 달도 없이 깜깜한 어둠 속에서 사자 한 마리가 슬그머니 늘어나 있다는 거예요. 그건 말도 안 되는 소리라고, 밥 먹고 하릴없는 사람들이 지어낸 이야기일 거라고 의심하는 사람도 있습니다. 그러나 그믐밤이면 사자상이 백한 마리가 된다는 주장은 여전히 수그러 질 줄을 모른답니다.

어쩌면, 너 나 할 것 없이 바쁜 세상에, 사위가 어두운 그믐밤에, 마을에 서도 뚝 떨어진 다리까지 나와서, 돌사자 머릿수가 백 개인지 백한 개인지, 그것을 세고 있을 한가한 사람이 없어서일지도 모르겠어요.

사실 그까짓 돌사자가 몇 마리건, 달달박박이 상관할 바가 아니지요. 제 발등의 불부터 꺼야 하는 마당에, 달달박박이 아닌 누구라도 돌사자 숫자 같은 거나 세면서 밤을 지새울 여유가 어디 남아 있겠어요?

"이름이 뭐냐?"

아까의 그 목소리입니다. 이상도 하지요. 앞뒤로는 꼼짝 않고 앉아 있는 돌사자들뿐인 다리인데, 말소리가 들리니 말입니다. 그래도 보이지 않는 적 이 더 무서운 법입니다. 털끝이 일어서며 등이 곤추세워졌습니다.

"크하하핫, 내 목소리만 듣고도 등을 세우다니, 보기보다 겁보구나!"

"뭐야? 날더러 겁보라고?"

"아아, 미안미안. 그래도 겁보라고 말하니 효과가 있잖아. 이왕 가까이 왔 으니 우리 친구하면 어때? 내 이름부터 말하지. 나 '촐랑방구'

동화 101번째의 돌사자와 달달박박怛怛樸樸

라고 해."

 잔뜩 화를 내려던 달달박박이 푸하하 웃음을 터뜨리고 말았습니다. 세상에, 정말 괴상한 이름도 다 있습니다. 아무리 돌사자라도 사자 아닌가 말입니까. 동물의 왕, 사자 체면을 구겨도 유분수지, 이름이 그게 뭐냐구요, 출랑 방구라니요?

 "듣기 이상한가? 나를 만들어 놓은 석수장이 어른이 지어준 이름이야. 그래도 난 불만 없어. 여기 있는 사자 중에서 이름이 달린 건 나 혼자뿐이거든. 그런데 거기 그만 웃고, 이름 좀 말하지?"

 "내 이름, 달달박박."

 "크, 크흐흐, 그 이름도 상당히 괴상한 걸, 흐흐, 난 또, 그쪽이 하도 웃길 래 좀 고상한 이름인가 그랬 … ."

 "무식하긴! 이래봬도 내 이름은 이 나라 옛 책에 나오는 이름이라구. 『삼국유사』라고, 거기는 들도 보도 못했을걸?"

 사실 이제까지 한 번도 자신의 이름을 자랑스럽게 여겨본 적 없는 달달박박입니다. 그러나 어쩐지 출랑방구란 이름보다는 훨씬 낫다는 생각이 듭니다. 이름을 설명하노라니, 주인집 형이 떠올랐습니다. 이름을 형이 지어 주었거든요. 주인집에서 달달박박을 제일 귀여워해주던 형입니다. 그 형이 공부 때문에 도시로 떠나지만 않았던들, 이렇게 어이없이 쫓겨나지는 않았을 것입니다. 그러자, 다시금 떠오르는 고민, – 여자 친구 부슬이는, 달달박박이 이제라도 돌아오지 않을까, 기다리고 있을 것입니다. 그 생각에 잠시 시무룩했나 봅니다.

 "뭐야, 너도 지금 수수께끼를 푸는 중?"

 출랑방구가 뭘 아는 척 물어옵니다.

 "난데없이 수수께끼라니? 뭔 말이래?"

 "그게 아니면? 아까부터 널 지켜보았는데, 고개를 숙이고 생각에 골똘해서 걸어왔잖아. 너도 나처럼 수수께끼를 못 풀어 저러나 보다, 동지 의식을 느껴서 계속 불렀지. 그런데 너, '아침엔 네 다리, 점심엔 두 다리, 저녁엔 세 다리'라고 들어봤어?"

 그거라면, 삼촌 방에서 들은 적 있습니다. 삼촌이 친구들하고 놀면서 물었었거든요.

 "아하, 그것. 사람이야. 봐, 사람들은 아기 때 네 다리로 기다가, 좀 자라면 두 발로 걷지, 그리고 늙으면 지팡이를 짚고."

243

달달박박의 어깨가 으쓱해집니다. 사자보다 자신이 똑똑하다는 사실을 실 감하는 드문 기회를 만났으니까요.

"오, 그거였구나. 고마워, 정말 고마워. 이제야, 가슴이 뻥 뚫리는 것 같아. 난 그걸 푸느라 잠을 한 달 내내 설쳤거든. 아무리 어려워도 한 달이나 걸리 진 않았는데, 이건 너무 강적이었어. 아, 정말 시원하다. 오늘 너를 만나지 않았다면 난 아마 너무 답답해서 가슴이 뻥 터져서, 지금쯤 죽어 있을지도 몰라. 그러고 보니 네가 내 생명의 은인? 히야아, 친구, 이 은혜 뭘로 갚지? 거기, 원하는 거 있으면 사양 말고 말해 봐. 내가 이뤄 줄게."

과연 출랑방구란 이름은 괜히 지은 게 아닌 모양입니다. 겨우 수수께끼 하나 푼 걸 가지고 어쩌면 저리도 호들갑일까요? 게다가, 다리 난간에 붙박 여 있으면서 무슨 허풍이 저리 셀까요? 제까짓 게, 어쩌다 말은 할 수 있나 몰라도 결국 돌사자 아닙니까? 그런 주제에, 남의 소원을 이뤄주겠다는 터 무니없는 큰소리까지 치다니. 그래도 그 말에 왠지 솔깃해지는 자신의 신세가 내심 초라해보여서, 더 짜증이 나는 달달박박입니다.

"됐어, 됐다구. 제자리에서 꼼짝도 할 수 없으면서 남의 소원을 들어주니뭐니 …, 그만 좀 하시지."

"친구, 날 못 믿는가? 이제 보니 겁보에 의심쟁이까지, 가지가지 하는군!" 달달박박은 방금 겁보라고 불린 게 두 번째라는 게 생각났습니다. 아까는 어영부영 넘어갔지만 이번에는 참을 수 없다는 생각이 들었습니다. 일순간에 앞발을 쳐들어, 사자 얼굴을 있는 힘껏 할퀴었습니다.

"크하하핫, 내가 돌로 만들어졌다는 걸 모르지 않을 텐데. 그만하라구. 간지럽기만 하다."

"날더러 겁보라고 한 말 당장 취소해!."

할큄질을 멈추었어도 분이 남아 씩씩거리는 달달박박입니다.

"응, 취소 취소. 화나게 했다면 미안해. 난 그저 날 믿어보란 뜻으로 …." "다신 날 그렇게 부르지 말라구! 그 말 때문에 내가 얼마나 상처를 받았는데."

달달박박은 울컥, 지난일이 생각나서 목이 멥니다.

"은인, 우는 거야? 장난이야, 난 사실 널 아주 용감하다고 생각한 걸. 이제 껏 내 목소릴 듣고 도망치지 않은 자가 없었거든. 내 옆으로 달려온 건 너뿐 이었어. 내가 본 사람하고 동물을 통틀어 네가 제일 용감

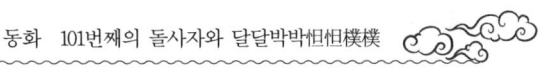

해. 그건 그렇고 너, 낮에 무슨 일이 있었던 모양이구나. 무슨 일이었는데? 나한테 말해주면 안 되나?"
 사자의 거친 목소리가 갑자기 부드러워집니다. 그 바람에 촐랑방구 머리 칼을 어떻게든 후비려 했던 달달박박의 발톱 조임이 스르르 풀립니다. 달달 박박은 온순한 태도로, 촐랑방구의 머리에서 내려와 나란히 앉았습니다.
 "그 말 진심이야? 내가 용감하다고, 그런 말 처음 들어. 그것도 세상에서 제일 용감하다니. 사실, 나 말야, 겁보라서 집에서 쫓겨났거든. 마을에서도 제일 커다란 곡식창고를 가진 집이었는데 쥐가 너무 많았어. 그래도 추수전에는 나도 어렸고, 광도 비어 있어서 아무 일 없었지. 문제는 광에 곡식 자루가 쌓이고부터야. 내가 나서야 했지. 그런데 쥐들이 말야, 내 몸 만큼이나 큰 것들이, 여차하면 떼로 덤빌 것처럼 날 노려보는데, 오줌까지 지려서, 나도 모르게 뒷걸음질 쳐지더라고. 하필, 그때 주인아저씨가 광문을 벌컥 열고 들어온 거야. 그 길로 내쫓긴 거지, 뭐."
 크하하하. 크하하하 …. 촐랑방구가 웃음을 참지 못합니다.
 "웃지 마. 친구라고 기껏 속을 털어놓는데, 비웃는 건 반칙 아닌가. 너 계속 웃을 거면 나 갈 거다."
 큭. 촐랑방구는 겨우 웃음을 멈추고 입을 앙다뭅니다.
 "알았어, 알았어. 쫓겨난 후엔?"
 "여기저기 떠돌아다녔어. 그래봤자 마을 언저리지만. 그런데 부실이라고 여자 친구가 생겼어. 그애가 계속 떠돌아다닐 거면 그만 갈라서재. 그 말이 맞아. 곧 겨울도 되고 말야, 무엇보다 여자 친구랑 아기도 낳으려면 …. 부 실이랑 집에 돌아가고 싶어."
 "잠깐! 친구, 집에 돌아가고 싶다, 그게 소원인 거지?" "소원? 그런 셈인 거지."
 "됐네, 그걸 나한테 맡겨."
 "뭐야, 또 농담? 기껏 털어놨더니. 에잇."
 다시 열이 치솟습니다. 진즉 일어설 것을 괜히 시간만 버렸습니다.
 "한 마디만! 내게 다 방법이 있다니까! 가더라도, 내 말을 일 분만 듣고 가. 일 분이면 돼."
 촐랑방구가 급하게 말렸습니다. 그래서 다시 사자 옆에 주저앉은 달달박 박이고요.

245

錦江恋歌 금강연가
一个韩国人的蜀思

출랑방구의 아침

해가 돋았습니다.

돌사자 출랑방구가 다리 난간에 바짝 엎드려, 양 볼에 가득 웃음을 머금고 있습니다. 그래봤자 그 표정을 알아보는 이가 있을 리 만무하지만, 간밤에 모처럼 몸을 풀어선지, 입이 자꾸 벙글어지는군요. 처음이야, 아침이 이렇게 상쾌하다니!

매번 그믐밤을 지새우고 난 다음날이면 몸과 마음이 찌뿌드드했습니다. 입이 댓 자나 나와서, 심심풀이로 수수께끼 하나를 얻어 듣고 잠을 청하려고 귀를 늘어뜨리는 게 다였습니다. 언젠가부터 안 사실인데, 늘 그 시간에 학교를 향해 다리를 지나가는 아이들이 저희들끼리 수수께끼 내기를 하곤 했거든요. 오늘도 그 소리를 들으려는 것입니다. 그런데, 이전하고 다른 점이 있다면, 설레고 즐거운 마음으로 수수께끼를 기다리는 거였지요.

"말해 봐. 사자하고 호랑이하고 싸우면 누가 이기게?"

"몰라. 뭐가 이기는데?"

"생각해 봐. 사자가 이길까, 호랑이가 이길까?"

오늘은 아주 쉬운 문제군요. 이런 문제라면 출랑방구도 금방 정답을 말할 수 있지요. 물으나마나, 힘센 놈이 이깁니다. 그리고 그 둘이 사이 좋은 친구라면 싸우지 않을 거구요. 태어나 처음으로 문제를 듣자마자 답을 알았습니다. 이제 보니, 사람들이 내는 문제라고 죄 어려운 것만은 아니네. 간밤에 실컷 뛰어다닐 수 있었던 데다, 수수께끼마저 답이 바로 생각나다니, 출랑방구의 기분이 너무 좋습니다.

출랑방구 머릿속엔 어젯밤 일이 다시 떠올랐습니다. 출랑방구의 입에서 자기도 모르게 웃음소리가 새어나왔습니다. 흐흐, 흐으으.

지난밤은 정말 신났습니다. 달달박박이 일러준 대로 달려갔더니, 정말 넓은 마당에, 마을에서 제일 큰 광을 가진 집이 마을 끝에 있더군요. 쏜살같이 광의 높은 바람 창으로 날아 들어갔어요. 달달박박이 한 말들이 거짓이 아니었어요. 살찐 쥐들이, 세상 무서울 것 없이 한창 알곡들을 헤치고 있는 참이었어요. 어흐응! 고함소리 한번으로 그것들을 한쪽으로 몰아놓고는, 실컷 엄포를 놓았지요. 나중엔 모두 설설 기면서 구멍을 찾아 도망치더군요. 사자로서 그건 식은 죽 먹기나 다름없었습니다.

태어나 살면서, 지난밤처럼 신나는 밤은 난생처음이었습니다. 처음으로 외출이란 걸 했던 것이지요. 천 년 만인가. 그러고 보니 내 나이가 벌써 천 살이네. 석수장이가 자신을 돌에서 꺼내주었던 게 어제 일만 같은데 말입니 다. 사자는 자신이 태어나던 날의 일을 떠올렸습니다.

존재의 비밀

옛날, 아주 아주 오래 전 일이었습니다.

돌다리 난간에 사자상 백 개를 새겨 올리라는 임금님 명을 받은 석수장이 가 있었습니다.

사자마다 얼굴 표정도 몸동작도 각각 달라야 했습니다. 그래서, 석수장이머릿속엔 늘 온갖 사자 모습으로 꽉 차 있었습니다. 그렇게 몇 달을 조각에 만 매달리다보니, 너무 몰입했던 모양이에요. 촐랑방구까지 완성한 다음에 야, 자신이 만든 사자상이 백 한 개라는 걸 알게 되었습니다.

"이런, 한 마리가 남는걸."

석수장이는 속정이 깊은 사람이었습니다. 정성을 다해 만든 자식 같은 작 품을 이제 와서 필요 없다고 제치기는 싫었습니다. 게다가 맨 마지막 작품 은 스스로 생각해도 너무 신기한 게, – 자신이 손을 대자마자 돌이 잠을 자 다가 방귀라도 뀌는 것처럼 사자 한 마리가 풀썩 튀어나왔던 것입니다. 평 생 돌을 만지고 살았지만 그런 일은 처음이었습니다. 그래서 대뜸 사자 이름을 촐랑방구라고 지어주었습니다. 이름까지 지어주니, 그 막내 놈을 다른 형제들과 함께 다리에 죽 늘어세우고 싶은 마음이 굴뚝같았습니다.

"아무렇게나 버릴 수 없어. 그럼 너무 가엾지."

그렇긴 하지만, 다리 위 사자상이 모두 백 한 개라 보고하면, 재료로 준 돌덩이를 정확하게 백으로 나누어 재단할 줄도 모르는 어수룩한 석수장이 라고 사람들이 쑤군댈지 모릅니다. 만약 이것을 빌미로, 자신이 사자상을 아 무렇게나 대충대충 조각했다고 사람들이 의심을 해온다면 ···. 그런 소릴 들으면, 자신은 너무 억울할 것 같습니다. 어쩌면 그동안 석수장이가 임금님께 인정받는 걸 남 몰래 샘내던 동료들이, 기회는 이때다 하고 소문에 한 술 더 떠서, 없는 험담까지 지어내 떠들지도 모릅니다.

게다가, 이 나라에는 백이라는 숫자에 좋은 의미를 두어 존숭하는 풍속이 있습니다. 그런 전통에서 보면, 백과 백하나 사이에는 하늘과 땅만

247

큰 엄청난 차이가 있는 것입니다. 무엇보다도, 임금님이 백 개를 조각하라고 명했으면 두 말 않고 백 개만 만드는 게 원칙입니다. 숫자를 늘리니마니 주장했다간 제멋대로 하나 더 만들었다는 것이 들통 날 것이고 석수장이 주제에 나라의 길조吉兆를 망쳤다면서 무슨 날벼락을 만날지 모릅니다. 이를 어쩐다?

하나 남는 돌사자를 두고 고민을 하느라, 석수장이의 일손이 자꾸 더딥니다. 가끔씩 일손을 멈추고, 석재원료를 캔 자리로 인해 바위 속살이 하얗게 드러난 앞산을 바라봅니다.

다리에 올리지 못할 바엔 저것을 캐왔던 자리 앞산 어디쯤에 다시 가져다묻어줘 버릴까. 산신령님이 보시기에 어느 쪽이 나을까?

이런저런 생각에 골몰하여서 하는 일이니 속도가 느린 것입니다. 그런데, 이게 웬일일까요?

백 개째 사자를 다리 난간에 올리고, 이제 남은 촐랑방구 녀석을 어떻게 해야 하나 석수장이가 고개를 돌렸는데 촐랑방구가 안 보이는 것입니다.

놓여 있던 자리에서 사라져 버린 것입니다. 석수장이가 아무리 샅샅이 주위를 살펴보아도, 도무지 찾을 수가 없었습니다. 귀신이 곡할 노릇이었습니다. 작업장에 딱히 의심이 갈 만한 사람도 없었을 뿐더러, 들고 가자면 어지간한 장정 혼자도 벅찰 무게의 돌덩이를, 그것도 이런 대낮에 도대체 누가 감히 훔칠 수 있단 말입니까?

허어, 그놈. 내가 제 놈 때문에 고민하는 걸 알고, 제 발로 사라져 준 모양이네그려. 이 애비한테 인사조차 없이. 녀석도…. 아무튼 처음부터 신기한 녀석이었어. 그런데 애비가 제 놓일 자리 하나 못 만들어준다고 섭섭해서 가버린 건가?

막상 떠났다고 생각하니, 석수장이 속마음이 싸합니다.

이렇게 허전할 수가. 츳!

넝쿨째 호박이

츳! 석수장이 어른이 혀를 차는 소리가 아직도 귀에 울리는 것 같습니다. 허전하다는 그 혼잣말쯤에서야 촐랑방구는, 석수장이 어른에게조차 자신의 모습이 전혀 보이지 않는다는 걸 알았습니다. 그렇다면 아까 산할아버지의 말이 참말이었던 걸까요?

방금 전에 산봉우리로부터 하얀 수염을 늘인 노인이 내려와 촐랑방구를 들어 올리며 말했던 것입니다.

"네가 바로, 석수장이를 걱정시키는 그 촐랑방구란 녀석이렸다? 석수장이 정성을 봐서, 내가 널, 누구 눈에도 보이지 않게 해서, 여기 앉혀 주기로 하마. 그래서 좀 답답할 게야. 대신 그믐밤만은 네게 모습을 줄 터이니, 네 자리 지켜주겠다는 놈이 있으면 그러라 하고, 실컷 놀려무나. 그러나 명심해 서 새벽닭이 세 번 울 때까진 돌아와 앉도록 하여라. 그렇지 않으면 네 앉을 자리도 너도 그날로 사라지고 말 게야. 알겠느냐."

촐랑방구로선, 석수장이가 자신을 못 보는 게 아쉬웠지만 그래도 어쨌든 산할아버지 덕분에, 무사히 다리 위에 자리 하나 차지하고 앉을 수 있으니 다행이다 하고 한숨을 내쉬었지요.

그러나 다리위에서의 나날은, 생각보다 너무 답답하고 고적했어요. 그믐밤에 나타나 촐랑방구 대신 자리를 지켜주겠단 친구를 만날 수 없었 거든요. 어둔 밤에 사자 소리만 듣고도, 사람들은 물론, 지나가던 날짐승 길짐승까지도, 에쿠, 무서워라 하고 뒤도 안 돌아보고 도망을 쳤으니 말이에요.

그런데 어젯밤은 호박이 넝쿨째 굴러온 것일까요.

인내는 쓰나 열매는 달다고 했던가요? 이 세상은 우선 참고 기다릴 줄 아는 놈이 제일이라고 누군가 말하더니, 그 말이 맞았어요. 이렇게 달 달박박 을 만나게 될 줄 어떻게 알았겠어요!

어떻게 생각해도, 촐랑방구와 달달박박이 만나 친구가 된 건, 너무나 잘된 일입니다.

보나마나, 지금쯤 주인집 뜨락 양지 아래 부슬이와 단잠을 자고 있을 달 달박박도 그렇게 생각하고 있을 것입니다. 일부러 다시 물어볼 필요도 없습 니다. 둘은 이미 친구니까요.

행복합니다, 친구가 생겨서 행복합니다.

錦江恋歌 금강연가
一个韩国人的蜀思

낙산대불 樂山大佛

나라는 사람은 외출보다 집에 있는 것이 좋다.

특별한 외출이 있으면 그만큼 망설임도 크다. 꼭 가야 하는가. 외출이 정말 가치로운가. 이러한 자문자답을 거치곤 한다.

그런 내가 겨울 어느 날 문득 집을 나섰고 낙산樂山에 도착했고 산 정상에 올라 사진으로 친숙했던 대불大佛의 정수리를 마주하게 된다.

그 순간 내 입에서는 '백문이 불여일견이다百聞不如一見'라는 속담이 튀어나왔다. 백 번 전해 들어도 와닿지 않더니 눈앞에 진면목을 두고서야 가슴에 탁 하고 닿는 것. 여기에 이 말 말고 무슨 말을 보태랴.

오길 잘한 것 같아. 정말이야.

대불이 있는 쪽으로 산길을 걷는데 그런 확신이 들었다. 아직 겨울인데도 산비탈 양지에는 작은 들풀이 파릇파릇하고, 간혹 굵은 나무뿌리 밑으로 식물들의 잔뿌리가 포실포실한 흙 사이로 얽혀서 대지의 포근함을 그대로 드러내고 있었다.

이것이 얼마 만인가.

높은 산 낮은 산 할 것 없이 산길 따라 걷다보면 일부러 주의하지 않아도 보게 되는 이런 소소한 발견 말이다. 국토의 70퍼센트가 산이라는 한 국에서 나고 자란 내가 아닌가. 산길 자체가 한국인인 나에게 주는 묘한 친숙감, 게다가 어린 시절에 살던 곳은 몇 걸음만 걸으면 바로 뒷동산이었다. 그래서 산은 놀이터 대신인 적도 많았다. 그 '산길'의 기억이라는 게 몸 안에 기억되어 있었던 건지, 낙산에 오르는 그 산길에서부터 내 마 음은 너무나 상쾌해져 있었다.

다 오르기도 전에 마음이 다 열렸다. 그렇게 절벽 위에 당도했고 인파 속에 끼어서 부처님 뒷머리를 보게 된 것이다.

크다!
이 부처님은 대체 얼마나 크신 분인가.
누구랄 것 없이 여행객 모두가 아래를 굽어보며 헤아리는 중이다. 그러고는 부처님 발아래로 가려면 산굽이를 돌아야 한다는 걸 알게 되고 발길을 재촉한다. 그건 대불의 머리끝에서 발밑으로 내려갈 수직 코스는 없어서이다. 대불에서 멀어져 산을 아래로 감돌듯이 내려가는 것이다. 앞에 가는 행렬을 쫓아 구불구불한 길을 한참 따라가다 보면 종국에 부처님의 발치 아래 설 수 있다. 발치에 서서야 대불의 전모를 제대로 우러러 볼 수 있다. 불상이 웅장함은 변함없지만 위에서 내려다보는 것과는 사뭇 다른 느낌이다. 대불의 '대大(크다)'라는 수식어가 조금도 틀리지 않는 자 체가 실로 감동이다.
"듣던 대로 대단하구나!"
낙산대불이야말로 과연 명불허전이라고 감탄하지 않을 수 없었다. 낙산의 부처님은 산덩이를 커다란 일인용 소파로 삼은 형세로 앉아있다. 부처님의 발아래로는 강줄기가 감돌고 있다.
강물 위로 유유히 배 한 척이 흘러가고 있다.
뱃전에 유람객들이 서서 불상을 향해 한껏 손을 흔들고 있다. 강물이 지척에 흐르고 있는 걸 보니 여주 살 때 자주 찾았던 신륵사가 생각났다.
신륵사는 과거 남한강이 중요한 수로로서 작용할 때 상당히 번영했던 불교 사찰이다. 조선 시대까지만 해도 돛단배들이 사람들을 태우고 물자를 싣고 강을 오갔으며 절 가까이 큰 포구가 있었다. 절 마당 바깥쪽인 강가 암반 위에는 고려 때 세워졌다는 전탑이 있다. 높은 건물이 별로 없던 옛날에는 강에서도 들판에서도 탑을 표지 삼아 절을 찾아오는 사람들이 많았다고 전해진다. 강 쪽에 세운 걸로 보아 신륵사 앞을 지나는 배들에게는 탑이 등대와 마찬가지 아니었을까 싶다. 누군가는 사찰에 직접 찾아와 행운과 무사고를 기원했을 것이지만, 누군가는 뱃전에서 탑을 표지 삼아 안전 항해를 기약했을 것이다. 그러고 보니, 옛날 사찰들이 그저 단순히 종교 수행만을 위해 지어진 것만은 아니라는 말을 어디선가 들은 것도 같다.
낙산대불의 불사佛事도 강물의 수재를 막겠다는 큰 목적에서 시작되었다고 한다.
"그래, 옛 선인들이 일부러 강가의 산을 깎아 부처님을 앉힌 데는 깊

錦江戀歌 금강연가
―个韩国人的蜀思

은뜻이 있었을 거야."

 들기로는 천 년도 이전 당나라 때 강물이 순하게 흘러가길 기원하여 사람들이 산의 암벽을 깎아 새긴 불상이라고 한다. 강줄기를 지키고 앉아 계신 큰 부처님을 바라보면서, 나는 쓰촨 사람들의 웅숭깊은 신심에 경배하고 싶은 심정이 되었다.

 돌이켜보면 나는 대륙 문화의 '크다'는 특징에 모종의 오해를 품고 있었던 것 같다. 오직 물질적 크기에 집착한 것으로 여기기도 했던 것이다. 사실은 그게 아니었다. 낙산대불 앞에 서서야 제대로 인식한 것이다. '대 불'이 단지 크다는 것에만 의미를 둔 게 아니라는 것, 즉 자연재해를 신 앙심으로 극복하고자 하는 민중들의 기원과 정성이 모여 이루어진 결정체라는 걸 깨달았다. 크다는 것의 진정한 의미는 민중의 마음에 있었다.

 즉 진심의 크기, 단결의 크기였던 것이다.

 내가 정녕 찬탄하지 않을 수 없었던 것은 바로 그런 것, 대대손손 무수 한 무명의 민중이 자신의 땅을 지키고 가꿔온 정성에 대해서이다. 현실과 싸우는 민중들이 새겨온 마음의 역사는 그게 어느 나라의 강산이든 우리 를 숙연하게 감동시킨다. 직접 그 나라에 당도해 그러한 마음에 접촉하게 되는 순간, 보이지 않는 정신적 공명이 일어난다.

 낙산에서 내가 백문이 불여일견이라 되뇌던 순간이 바로 그랬다.

부상수扶桑樹

「달을 보며古朗月行」
　　　　　　이백李白

어릴 땐 저 달을 그냥
뽀얗게 빛나는 옥쟁반이라 여겼네.
신선이 보는 거울이라 하늘 위에 걸렸는가,
아니면 신선이 둥그렇게 말아놓은 계수나무던가.
달이 자꾸 작아지는데 두꺼비는 계속 삼키고,
누구 줄 약이라 옥토끼 하냥 방아를 찧고 있나.
궁금증 쌓이는 사이 동이 트곤 했다네.

그 옛날,
후예는 아홉 마리 까마귀를 쏘아
천상과 인간이 이처럼 안온한 것을.
어린 나는 그저, 달이 매일 밤 줄어듦에, 행여 없어질까,
맘 졸이길 몇 해였나.

小時不識月, 呼作白玉盤. 又疑瑤臺鏡, 飛在靑雲端.
仙人垂兩足, 桂樹作團團. 白兔搗藥成, 問言與誰餐.
蟾蜍蝕圓影, 大明夜已殘. 羿昔落九鳥, 天人淸且安.
陰精此淪惑, 去去不足觀. 憂來其如何, 悽愴摧心肝.

집에 텔레비전도 없던 어린 시절엔 밤하늘 보기를 즐겼다.
달은 한 달을 주기로 매일 그 떠오르는 시간도 방향도 그리고 모양도

다르다. 초승달이 점점 커져서 반달이 되었다가 보름달이 되면 그 보름달에서 점점 작아져서 그믐달로 변한다.

　나 어릴 적, 어른들은 달을 가리키며 저 달나라엔 계수나무가 있고 그 아래서 옥토끼가 쉬지 않고 방아를 찧고 있다고 했다. 그래서 커다란 계수나무 한 그루와 옥토끼를 달 속에 그려 넣곤 했지만, 항아嫦娥님에 얽힌 달나라 이야기는 별로 들은 기억이 없다.

　어쩌면 듣고도 잊었을 수 있다. 그러나 더 큰 이유는, 1969년 미국이 쏘아 올린 아폴로Apollo 11호 때문이다. 달 탐사선 뉴스는 우주 탐사 역사상 첫 쾌거라서인지 당시 한국에서도 엄청난 열풍을 일으켰다. 지금껏 내 기억에도 선명한 발자국, ―우주복에 맞춤한 그 금속성의 신발바닥이 달 표면을 움푹하게 누른 그 특이한 발자국 말이다. 그것은 학교에서 우리들에게 한 장씩 나눠준 기념엽서에 박힌 사진이었다.

　대체 어디에 달나라 궁전이 있고 계수나무가 우뚝 서 있단 말이야? 사진 속의 달 표면은 황량하기 그지없었다. 떠들썩한 과학 문명이 신화의 세계를 희미하게 한 것이다.

　"항아님과 후예后羿는 부부랍니다."

　대학원생 소아小娥, Xiaowo한테서 배운 게 많다.

　하루는 소아에게 그녀의 이름이 어떻게 지어졌냐고 물었다. 소아가 대답하길, 자기 엄마가 아기를 낳고 깨어날 때 달력에 그려진 항아님이 눈에 들어와 항아의 '아'를 따서 이름을 지었단다. "아아, 항아? 달 속에 산다는 선녀 말이죠?"

　내가 아는 체를 했다. 그러자 소아가 항아님이 왜 달에 사는지도 아느냐, '후예사일后羿射日'이라고 후예가 해를 쏘아 떨어뜨린 이야기도 들어 봤냐고 물은 것이다. 후예가 바로 항아의 남편이라고 관계를 설명해주면 서 말이다.

　거기까지는 모른다고 하니 '달나라 항아님' 이야기를 들려줬다.

※

　옛날, 하늘에 열 개나 되는 태양이 하늘에 떠 있었다. 하나면 족할 것을 열 개나 불타고 있으니, 대지는 말라가고 사람들은 뜨거워서 도저히 살 길이 없었다.

　이때 후예라는 활을 잘 쏘는 영웅이 나타나 필요 없는 태양 아홉 개를 다 쏘아 떨어뜨렸다.

하늘에 태양이 하나만 남으니, 천상과 인간계 모두 후예를 영웅이라고 칭송하게 되었다. 존경받는 영웅으로서 후예는 아름다운 항아님과 부부로 맺어졌다.

천상계의 왕모여왕王母娘娘님 역시도 후예를 기특히 여겨 신선만 먹는 다는 불로불사不老不死의 약을 하사했다. 후예는 항아에게 그것을 잘 간직하라고 맡겼다. 그런데 그 영약靈藥을 노리는 나쁜 놈이 후예가 없는 틈에 숨어들어 항아를 위협했다. 진기한 약을 뺏길 것 같은 찰나에 항아는 재빨리 약을 입에 넣고 삼켜버렸다.

한번 삼켜진 약은 빼앗을 수 없으므로 나쁜 놈은 물러났지만 문제는 항아님이었다. 약의 효과가 발생하면서 인간의 몸이 불시에 신선으로 화化한 것이다. 불로불사의 선단仙丹이란 먹으면 그대로 신선이 되어 하늘로 오르는 것이어서 항아님은 후예와 작별할 시간도 없이 선상계로 이동하게 되었다. 뜻하지 않게 사랑하는 낭군과 헤어지게 될 안 항아님은 당황하여 천상 중에서 그나마 낭군이 있는 지상에서 가장 가까운 달을 택하기로 했다. 달에서라면 낭군의 모습을 볼 수 있을 것 같아서였다. 그렇게 해서 항아님은 달나라 광한궁廣寒宮에 머물게 되었다.

✣

한국의 남원에는 광한루廣寒樓가 있다. 광한루는 원래 1419년 남원으로 유배 온 황희 정승이 세웠다고 한다. 처음에 누각의 이름은 광통루廣通樓였다. 그러다 세종26년(1444), 하동부원군이었던 정인지에 의해 광통루란 이름이 광한루로 고쳐 불리게 된다. 정인지가 이름을 고친 데에는 이유가 있었다. 그는 이곳의 아름다움이 마치 미인 항아가 사는 월궁月宮 속 '광루청허부廣樓清虛府'와 같다고 했다.

우리에게 널리 알려진, 조선 시대의 사랑 이야기인 『춘향전』에는 이몽룡과 춘향의 사랑이 싹트는 과정에서 바로 이 광한루가 중요한 배경으로 등장하고 있다.

✣

중국 고시가古詩歌를 많이 아는 바도 없는 내가 인상 깊게 여겨 몇 번이고 옮겨 써놓는 구절이 있다.

錦江戀歌 금강연가
一个韩国人的蜀思

"너무 높아 견딜 수 없을 한기寒氣이리니 高處不勝寒."

—소식蘇軾의 시 『밝은 달은 언제明月幾時有?』

여기서 '고처高處'는 높은 달, 인간세계에서 동떨어진 그곳의 서늘한 냉기를 연상시킨다. 신화 속 항아님의 입을 빌리면 그곳은 광한궁이다. 그녀는 비록 선녀로서 인간계를 떠나 천상의 궁궐에 머물지만 사랑하는 님을 멀리 두고 쓸쓸함에 견디기 너무 힘든 곳이다. 때문에 "고처불승한高處不勝寒"을 두고 이렇게 비유하기도 한다. 어떤 분야에서 최고의 도달점에 이른 일인자는 고독할 수밖에 없다. 어쩌면 소동파 자신도 그러했으리라.

근래에 우연히 들은, 장성蔣櫻 작사의 중국 노래 「광한궁廣寒宮」이 있다.

광한궁의 적막 속에 갇힌 그녀廣寒宮闕之中/鎖著她的寂寞

그녀가 바로 항아였던 것이다.

원래 신화 속의 달은 적막과 그리움으로 가득 차 있었구나. 그런 거였구나!

※

후예는 아내가 그리워 밤이면 달을 보곤 했다. 그러나 우리에게 후예는 아홉 개나 되는 해를 활로 쏘아 떨어뜨린 영웅 중의 영웅이다.

지구와 인류를 구한 후예의 멋짐은 그리스 로마 신화에 나오는 프로메테우스Prometheus에 비견할 만하다. 전자는 태양의 수효를 줄여줌으로써 후자는 인류에게 불을 가져다줌으로써 널리 은혜를 베풀었다.

그건 그렇고, 나는 열 개의 해와 관련하여 '부상수扶桑' 이야기를 접했다.

> … 때문에 "고처불승한高處不勝寒"을 두고 이렇게 비유하기도 한다. 어떤 분야에서 최고의 도달점에 이른 일인자는 고독할 수밖에 없다. 어쩌면 소동파 자신도 그러했으리라.

중국 학자 한승韓升의 논문집인 『해동집海東集』 안에 수록된 「부상, 일본 그리고 해동扶桑, 日本與海東」에서였다. 사실 이 논문집은 연구 과제를 정하지도 못하고 정체되어 있는 나를 안타깝게 여긴 H 교수의 특별한 선물이었다.

『산해경山海經』에서는 부상수가 태양의 나무라고 말한다.

끓어오르는 물속에 부상수가 솟아 있고, 그 부상수에 열 개의 해가 깃들어 있는데 (부상수 한 가지마다 태양 하나와 태양새 한 마리씩 달려 있다.) 매 일 번갈아서 한 개의 해만 띄우기 위해, 태양이 달린 부상수의 아홉 개 가지는 아래로 내려뜨려져 물에 잠겨 목욕을 하고 나머지 한 가지만 위로 올려진다.[①]

부상 나무는 대체 얼마나 거대할까?

나무 한 그루가 바다에 뿌리를 두고 있으면서 한 가지를 들어 올리면 바로 천공 위에 해가 뜬다는 것이니 그 크기는 상상하기만도 벅찰 정도다.

부상의 바다는 동쪽에 있다. 당연한 것이 해가 뜨는 쪽이 동쪽이 아니던가. 그래서 사람들 가슴 속에는 멀고 먼 동쪽에 대한 무한한 동경이 들어찼을 것이다.

그래서였을까, 부상의 바다도 신선의 섬으로 알려진 '봉래蓬萊'도 동해 어딘가에 있다고 믿어졌다.

「잡시雜詩」

이백李白

해와 달은 낮과 밤을 부지런히
유유한 시간 속에 쉴 새 없으니,
하물며 인간이 어찌 안온한 영원을 바랄까.
그런데 저 멀리 바다 가운데
봉래산이 있다지.
옥으로 된 나무에 푸른 잎 신선과神仙果,

[①] 『山海經·海外東經』: "湯谷上有扶桑, 十日所浴, 居水中. 九日居下枝, 一日居上枝." 『山海經·大荒東經』 : "湯谷上有扶木, 一日方至, 一日方出, 皆載於烏."

錦江恋歌 금강연가
一个韩国人的蜀思

> 신선이 아니면 갈 수 없는 곳.
> 열매 하나 먹으면 검은 머리 그대로고
> 두 개 먹으면 젊은 얼굴 영원하다네.
> 나는 정녕 그곳으로 가고 싶어 가면 다시는 돌아오지 않으리.
> 白日與明月, 晝夜尚不閑. 況爾悠悠人, 安得久世間.
> 傳聞海水上, 乃有蓬萊山. 玉樹生綠葉, 靈仙每登攀.
> 一食駐玄髮, 再食留紅顔. 吾欲從此去, 去之無時還.

해가 솟는 동쪽 방향에 대한 동경심은, 중국 동해에 있다는 봉래蓬萊 방장方丈 영주瀛洲라는 신비한 섬이 있다는 믿음으로 나타났다.[①]

재미있는 것은, 이 신선의 섬 중 '영주'라는 지명과 한반도 남쪽의 제주도가 무관치 않다는 점이다. 제주도의 옛 이름이 바로 영주였다. 그리고 지금 제주도에 '영주산瀛洲山'이란 산 이름이 보인다.

신선이 사는 섬에 불로장생의 신선과가 있다는 이 오랜 전설과 관련해서 생각나는 것은 '서복徐福'의 항해 자취이다.

서복은 중국 진시황제秦始皇帝 시대의 인물이다. 산둥 지방 출신인 도사道師 서복은 진시황제에게 불로초不老草가 있다는 믿음을 준다, 그 때문에 불로초를 구해오는 항해의 책임자가 되어 동남동녀童男童女들을 배에 태우고 동쪽으로 출항한다.

서복이 제주섬에서 원하던 약초를 채취해 황제가 기다리는 서쪽으로 돌아갔다. —이것이 제주의 '서귀포西歸浦'란 지명 유래이다. 즉 '서복이 서쪽으로 돌아간 포구'라는 뜻으로 서귀포라 불렸다는 것이다. 약간 다른 해석으로는 원래 처음엔 서복이 돌아간다고 해서 '徐歸'로 썼다가 한자의 독음이 같은 면도 있어서 점차 '서쪽으로 돌아가다西歸'로 바뀌었단다. 이처럼 불로초가 있는 신선의 섬 영주가 제주도를 가리킨다는 해석도 없지 않았다.

그런데 중국이나 일본에 전하는 서복의 전설은 다르다. 진시황에게 불

---

① 『사기·봉선서』에는 봉래·방장·영주라는 이 신선산은 모두 발해(勃海) 가운데 있다고 전한다고 쓰여 있다. 『史記·封禪書』, "蓬萊, 方丈, 瀛洲, 此三神山者, 其傳在勃海中"

로초를 가져다드리겠다고 큰소리를 쳤던 서복은 끝내 중국으로 돌아가지 못했다는 게 중국의 기록이다. 한편 일본국에는, 서복이 빈손으로 진시황에게 돌아가는 대신 일본에 정착했다는 전설이 내려오고 있단다.

학자 한승은은 바로 발해 너머 동쪽에 대한 중국의 신화에서 출발하여 태양의 나무 '부상'이 있는 나라, 즉 '부상국扶桑國'은 과연 어디인가를 묻고 있다. 그곳이 곧 한반도인가, 일본국인가? 문헌 고증을 통한 탐구가 글의 중심 내용인데, 그 결론과 상관없이 나는 그의 문장을 통하여 나 자신에게서도 '극동極東'에 대한 알 수 없는 끌림이 있음을 시인하게 되었다.

지도상 지구의 가장 동쪽에 자리한 일본국.
그래서 국명을 '일본日本'이라 했다. ―태양의 나라.
그 옛날 일본국 천황이 쓴 아주 멋진 문구 하나가 중국의 역사서에서 발견된다.

> 해 뜨는 나라의 천자가 해지는 나라의 천자에게 안부를 묻습니다.[①]
> 日出處天子致書日沒處天子無恙.
>
> 『隋書』卷81 『東夷 矮國傳』

'대업大業' 3년(607), 수양제에게 왜국矮國(지금의 일본)에서 보내온 서신의 첫 구절이었다. 수양제는 일단 '해 지는 나라'가 마음에 안 들었고, 주변국에서 '천자'라는 칭호를 대등하게 사용하는 것도 예의가 아니라고 여겼다고 한다. 그 때문에 왜왕의 두 번째 친서에서는 호칭을 조금 고치고 겸손한 뜻을 보이도록 신경 썼다고 한다.

"동쪽 나라의 천황이 서쪽 나라의 황제에게 경의를 표합니다."

이 친서에서 중시할 것은 일본국이 자국에 "해 뜨는 나라日出處"라는 방향감이 대두된 점이다. 역사적으로도 바로 그 무렵에 국명이 '왜

---

① "東天皇敬白西皇帝." (608, 『日本書記』 卷22)

矮'에서 '일본'으로 바뀌었다. 학자 한승은 그 원인을 6세기 이후 일본에 융성하기 시작한 불교 문화의 영향으로 보았다. 불전佛典에 나타나는 '해의 운행 방향을 근거로 한 방위 개념'이 일본인의 사고에 영향을 주었을 것이고, 그것이 일본 전통의 태양신 숭배 사상과 융합되었을 것으로 추론한다.

그랬구나, 그런 거였구나.
신화에 얽힌 태양나무에서 비롯된 호기심으로 출발하여 중국과 한반도 그리고 일본국으로 이어지는 외교적 교류와 불교 문화까지 한눈에 알게하는 문장 앞에서 나는 뭐라 형언할 수 없는 자극을 받았다. 먼저 태양과 태양이 뜨는 동쪽에 대해 알고 싶은 고대인의 열망이 여전히 내 안에 있다는 확인이 있었고, 또 하나는 한 사람의 한국 유학생으로서 동아시아 역사를 고정 관념에서가 아닌 보다 열린 시각으로 바라볼 필요성을 느낀 것이다.

✱

중국에서도 서남부 내륙인 쓰촨의 고대에 찬란한 태양 문화가 꽃피었다는 사실을 아는가.
나는 그것을 '금사金沙 유적지'에 갔던 날 처음 알았다.
사실 박물관 입구에 서 있는 금판 원형의 태양 도안 앞에서 기념사진을 찍을 때만 해도 그 문화적 의미가 와닿지 않았다. 전시실에 진열된 고대 유물 한 점 한 점을 보면서 그것들이 하나의 제사의식으로 머릿속에서 조합되면서야 모든 게 확연해졌다. 이 땅에 살던 고대인의 삶이 얼마나 웅혼했는지가 상상되었다. 쓰촨의 선인들은 어느 누구보다 태양이 풍요를 가져옴을 알고 있었다. 그렇지 않다면 어떻게 저만한 지성至誠으로 '태양'을 섬길 것인가.
주의 깊게 황금으로 된 태양 도안을 본다.
도안 속에 정교하게 새겨진 새가 바로 태양을 상징하는 새 삼족오三足烏이다!
삼족오는 다리가 세 개인 까만 새로 털빛이 까매서가 아니라 해를 등지고 있기 때문에 검게 보이는 걸 표현했다는 설도 있다. 중국에선 4천년 전의 고대 토기에서도 그 문양이 발견되었다는데, 청두의 이 고촉古蜀 문명은 대략 3천 년 전의 것이라 한다.

한편 나는 중학생이던 시절 역사책에서 삼족오 그림을 보았다. 고구려 고분벽화 사진이었다. 이미 시공을 초월하여 동아시아 전역에 받아들여진 태양새였던 것이다. 그때나 지금이나 하얀 태양광선에 까만 삼족오의 대비가 너무도 강렬하여 감동적인데, 태양새 삼족오 앞에서 한국에서 자란 한 소녀도 중년의 유학생도 똑같이 경건한 마음이다.

✱

얼마 지나지 않아 나는 드디어 신성한 나무 부상수 앞에 당도한다.

쓰촨의 삼성퇴三星堆 유적지 박물관에 온 것이다. 이곳은 청두시에서 불과 40킬로미터 떨어진 곳으로 진사 유적과 함께 고촉 문명의 중요한 증거이다.

나는 어쩌다가 쓰촨에 와서 이런 '신수神樹'까지 직접 보게 되는 걸까. 지구상에는 이름만 달리할 뿐 '우주수宇宙樹' 신화가 널리 전승되어 있다고 한다. 이 부상수는 말하자면 고대 쓰촨의 우주수이리라. 간혹 하늘을 찌를 듯한 산봉우리를 통해 하늘과 땅을 잇는 상상의 나무를 연상한적도 있지만, 내가 실제로 우주수에 해당하는 고대의 작품을 감상할 날이 오리라고는 생각해본 적이 없다.

이 청동수青銅樹는 내가 상상했던 어떤 우주수보다도 정교해서 입을 쩍 벌린 채 한참이나 눈을 딴 데로 돌리지를 못했다. 전문적인 발표 문장에 따르면, 청동으로 만들어진 이 부상수의 높이는 3.96미터에 달하고 지금까지 발굴된 인공물 중 가장 키가 큰 나무라고 한다. 무엇보다 주목할점은 삼성퇴 부상수의 모양이 『산해경山海經』의 기록과 너무나도 부합하고 있다는 점이다.

청동 부상수는 가지가 솟아난 층이 세 층으로 나뉘어 각 층마다 가지 세 개씩을 가져서 아홉 개의 가지이며 아홉 개 각각에 태양새가 있어 아홉 개의 태양을 나타낸다. 이것은 『산해경』에 나타난 문장처럼, 나무에 머무는 태양은 아홉 개로 바다에 잠겨 있고 나머지 한 개만이 나무 바깥 즉 천공에 떠오른 것이라 생각할 수 있다.

삼성퇴 유적 박물관에는 외계인을 연상시키는 눈이 앞으로 크게 불거져 나온 인면상人面像이라든지 고대 신앙을 엿보게 하는 제사祭祀 문화 등, 진열되어 있는 고대 유품들이 주는 울림이 너무나 컸다. 나는 비교적

錦江恋歌 금강연가
―个韩国人的蜀思

옛 물건을 좋아하는 편이지만 그래서 대강 어느 정도의 학습을 하며 참관하는 사람이지만, 삼성퇴는 여러 면에서 내가 가졌던 예상을 완전히 뛰어넘었다.

예상하지 못했던 만큼 경이감에 휩싸인 나는 그대로 5천 년 전으로 연결된 터널로 들어서는 기분이었다. 이런 감상은 나만의 과장이 아니다.

한국의 어느 저자도 삼성퇴 박물관을 말하며, "이 박물관이 있는 한 쓰촨의 문화는 무궁하리라!"[①]라고 극찬하고 있었으니까.

✱

미래의 어느 날 내가 어린 손주를 무릎에 앉히는 날이 오면 나는 꼭이 부상수, 쓰촨에서 본 태양의 나무에 대해 이야기를 들려줄 것이다.

    옛날 옛날 동해 바다 가장 동쪽인 어디쯤에, 하늘까지 솟은 아주 아주 커다란 나무가 있었단다. 그 나무 이름이 '부상'이었단다. 나무가 가지를 쳐들면 그대로 구름을 뚫고 하늘에 닿았어. 그런데 이 부상수에 열 개의 태양이 깃들어 있었던 거야. 한 가지를 올리면 그 위의 태양새 를 따라 가지 끝의 해님이 하늘길을 따라가며 이 세상을 비추고, 다시 가지를 내리면 물에 잠겨 쉴 수 있다는 거야. 하루에 해님 한 분만 세상 을 비추면 되니까 나머지 아홉 해님은 물에 잠겨서 목욕을 즐기며 몸을 식히며 하루를 보내는 거지. 그래서 그곳의 바다는 항상 뜨겁게 끓고 있다지. 아홉이나 되는 해님들이 물속에서 놀고 있으니, 바닷물은 얼마 나 뜨거울까 … .

[①] 권석환·김동욱·심우영·정유선·김순희 외,「고촉 문명의 신발견 - 삼성퇴박물관」, 『중국문화답사기 3 : 파촉지역의 천부지국을 찾아서』, 다락원, 2007. 이 글의 인용 출처 는 '네이버 지식백과' 임.

파금巴金의 『집家』

"삶은 절대 비극일 수 없다. 삶은 곧 투쟁이다."

―파금巴金

　눈에는 눈물을 머금었을지언정 삶을 투쟁이라고 정의하는 작가 파금(1904-2005), 한국에서는 그의 이름을 '빠진BAJIN'이라고도 '파금PAGM'이라고도 한다.

　일찍이 루쉰은 파금이야말로 열정적인 진보주의자이며, 손으로 꼽을 만한 세상에 몇 안 되는 훌륭한 작가라고 평했다. 또 어느 평론가는 "파금은 중국 문학사에서 절대 뺄 수 없는 위대한 존재다."라고 평했다. 여기서 더 나아가 나는 '파금은 세계 문학사에서 절대 뺄 수 없는 위대한 작가다'라고 덧붙이고 싶다. 누군가 '너는 세계 각국의 작가들을 얼마나 알기에 누구를 넣니 빼니 하느냐'고 따지고 나서면 딱히 분명한 이유를 댈 수는 없겠지만 그래도 나는 진심으로 하는 말이다. 이렇게 좋아하는 작가인데도 청두에 살면서 작가의 생가도 가보지 않았다니 누가 믿을까. 세계적 문호 파금은 청두에서 나고 자랐다.

　작가의 생가터는 '정통순가正通順街 98호'에 있다. 생가는 청나라풍의 상당한 규모를 자랑하는 대저택이었는데 지금은 옛 모습을 찾을 수 없다고 한다. 파금은 대저택의 손자로 자라났으니 겉으로만 보아선 상당히 유복한 처지였다.

　1922년에 시작된 5·4운동은 당시 중국의 청년들에게 큰 영향을 끼쳤는데, 소위 말하는 "대갓집 도련님" 출신의 파금 역시 이 신사조新思潮를 받아들여 일체의 봉건주의 관습에 저항하기로 한다. 그래서 유학을 희망 하나 전통적인 가풍에서 어른들의 동의를 받기는 쉽지 않았고 파금의

錦江恋歌 금강연가
一个韩国人的蜀思

유학이 성사되는 데엔 맏형의 희생이 컸다. 작가는 19세에 고향 청두를 떠 난다 (1923).

장손으로서 대가족주의의 굴레에 갇힌 채 새로운 이상을 추구하는 동생을 지원했던 맏형은 결국 자살했다고 한다.

동시대 청년들의 푸른 열정과 그 열정을 봉살封殺하는 낡은 관습의 폐단을 파금만큼 잘 표현한 이는 드물 것이다. 그의 유명한 '격류 3부곡激流三部曲 『격류의 집家』 (1931, 원제 『家』『봄春』 (1938) 『가을秋』 (1940))에는 청년의 시대적 투쟁이 작가 특유의 예민한 감성과 어우러져서 독자를 파금이 청년이었던 시대로 안내하고 있다. 때문에 『격류의 집』(이하 책명을 『집』으로 통일)을 한 번이라도 읽었던 독자라면 그의 생가에 대한 일말의 호기심을 누를 길이 없다. 나도 어쩌면 그 중의 하나이다.

다행히 작가의 옛 저택을 그려놓은 유화 한 점과 복원도가 남아 있다는 글을 읽은 적 있다. 하덕화賀德華와 장요당張耀棠 두 사람이 남긴 것인데 파금 가족의 저택이 신중국 시대에 부대의 관사로 쓰이면서 그 안에 거주한 인연으로 작가의 옛집을 기억하여 그림을 남길 수 있었다고 한다.

> "1952년 9월에 나는 청두에 왔는데 우리가 머물게 되는 곳이 바로 파금 선생 생가라고 하는 거예요. 담 안에 우물이 다섯 개나 있었는데, 그중 하나가 바로 소설 『가을秋』에서 숙정이란 인물이 뛰어든 우물이죠. 또 연못이 하나 있는데 명봉鳴鳳이 자살한 연못이 거기라고도 아니라고도 하는 등 말이 달랐어요. 내가 그 집에서 거의 30년을 살았으니까 책임이 있지요. 작가의 생가가 어떻게 생겼는지 내가 그것을 기록해놓지 않으면 누가 하겠어요."
>
> ―장요당

나는 『파금의 생가와 소설 「집」』巴金的家和『家』이란 책에서 생가 복원 도를 보았는데, 그것이 바로 장요당 선생이 그린 건지 모르겠다.

"내 얼마나 어린 시절의 그때로 돌아가고 싶은지! 내 얼마나 내가 출생한 고향에 다시 돌아가고 싶은지, 가서 마구간 바닥의 흙 한 줌이라도 만져보고 싶구나."

파금巴金의 『집家』

이렇게 고향집을 그리워했던 작가였지만 청두시가 작가를 위해 생가를 이전·복원하는 일에는 극구 사양했다고 한다.

청두시 공무원이었던 작가의 조카 이치李致의 증언에 의하면 지난 세기 80년대 청두시는 도시 개발 사업 때문에 작가의 생가가 없어질 것을 염려하여 작가에게 그 보전에 대한 상의를 했는데 그때 파금은, "나 살던 데 '쌍안정雙眼井'만 있으면 나는 눈감고도 그 길을 찾아갈 수 있어요. 그러니 꼭 기념해야겠다면 달리 복원할 생각 말고 문패나 하나 매달아 주시오."라며 겸양의 태도를 굽히지 않았다고 한다. 작가가 말한 쌍안정이란 우물은 사용하지 않은 지 오래인 터라 지금은 덮개가 올려 있고 작은 비석 하나가 그곳이 쌍안정이었음을 알리고 있을 뿐이라고 한다.[①]

이처럼 자신의 일엔 지나칠 정도로 무욕無欲함으로 일관한 작가였지만 항상 고향 청두에 보은할 길이 없을까 마음을 썼던 모양이다. 동향의 작가와 만난 자리에서 그는 자신이 소설 속에 청두를 배경으로 삼았으면서도 시내 풍경을 보다 자세히 묘사하지 못했음에 아쉬움을 토로하기도 했다.

"나는 왜 청두의 거리며 다리며 강줄기며 왜 더 자세히 그려놓지 않았을까요, 그래서 내 책을 읽은 독자들에게 청두에 대한 인상이 별로 남지 않아서 조우曹禺 각색의 희곡 『집』에서는 청두라는 이름이 아예 빠지고 대신 '중국 남서부의 어느 도시'라고 해버린 걸 봤어요."

이것은 1967년 작가 풍수목馮水木 씨가 파금을 처음 찾아가 들었던 말이라고 한다. 동향 작가를 만나 반가웠던 파금은 쓰촨 음식을 그리워하며 청두의 회과육回鍋肉과 짜장면雜醬面을 즐겨 먹은 일을 회고했다고 한다. 나는 한편 생각한다.

혹시 이제라도 그의 소설에 배경 삽화를 넣어준다면?

파금이 서거한 지금 파금이 가졌던 아쉬움을 청두의 문화계에서 나서서 채워줄 수는 없는 것일까.

내가 이런 아이디어를 생각해낸 것은 『홍루몽紅樓夢』이란 중국의 고전소설을 연상한 때문일 수도 있다. 『홍루몽』과 파금의 소설 『집』은 어딘지 닮았다. 둘 다 대저택의 담장 안에 인간세상의 축도縮圖가 담겼다.

『홍루몽』과 같은 고전소설은 삽화를 곁들여서 시각적 효과를 내는

---

① 파금의 생가터에 대해서 인용출처 「巴金童年足迹―口老井―株老樹」, 『天府朝報』 2005.10.18 일자.

게 보통이다. 특히 『홍루몽』에선 대저택 안의 인물들이 겪는 일상을 섬세하 게 묘사한 면이 있어서, 인물의 몸짓이며 의상은 물론이고 대저택 안팎의 풍경 묘사들이 삽화이면서도 풍속화의 역할을 담당했다.

그것처럼 누군가 소설 파금의 소설에 그러한 삽화를 그려 넣는 것이다. 소설에 청두의 공간미를 느끼게 할 세밀하고 사실적인 풍속화가 더해지기 만 하면 작가가 미처 상세히 묘사하지 못한 1920년대 무렵의 청두가 제대 로 모습을 드러낼 것이다. 만약 정말 이러한 삽화를 넣으려면 청두의 근현 대기를 고증해줄 많은 전문가들과 자료들이 필요할 것이다. 쉽지 않을지도 모른다. 하지만 분명 의미 있는 작업이 될 것이고 빠를수록 좋을 것이다.

✽

'혜원慧園'을 찾아갔다.

파금 선생의 생가의 일부나마 복원한 곳이 '혜원'이라고 들었기 때문 이었다. 소설 『집』을 감명 깊게 읽은 나는 소설 속에 등장하는 청춘남녀 들을 떠올리며 사랑스럽던 그들이 화원을 거닐며 시를 읊조리던 그 현장 을 느끼고 싶었다.

파금의 『집』은 대저택 안의 기성세대와 젊은 세대 간의 모순과 충돌 이매우 사실적으로 묘사된 작품이다. 혜원이란 이름은 파금의 작품 속에 서 도 『집』의 등장인물과 가장 깊은 관계성이 있다. 무엇보다도 혜원의 '혜 慧'는 소설 『집』의 주인공 —일설로는 작가 자신을 모델로 한 인물 '각혜 覺慧'라는 이름에서 따온 것이다.

인물 '각혜'는, 지난 세기 20년대의 청년으로 중국이 대대로 신봉해온 봉건주의가 얼마나 비인간적인지를 온몸으로 체험한다. 이상을 추구하는 수많은 청춘들이 '전통 고수'라는 명목 아래 비명도 못 지르고 압살당했 다. 그러한 까닭에 대저택에 안주하면 미래가 없다고 생각한 각혜는 용기 를 내어 자신의 집을 탈출하는데 이 모든 과정은 거의 파금 자신의 체험과 같다.

혜원은 도시의 서쪽 '백화담공원百花潭公園' 안에 있다. 내가 도착했을 때 혜원은 굳게 닫혀 있었다.

'금琴'이며 '매화梅'며 '명봉鳴鳳'들이 저 안에 있을지도 모르는데 …. 하긴, 문이 닫혀 있어서 그녀들의 즐거운 말소리와 기쁜 웃음들이 담장 저 안에 고스란히 고여 있는지도.
그러나 나는 안다.

"이 세상 어디에 끝나지 않는 잔치가 있을까."
天下無不散筵席, All good things must come to an end.

소설 속 어느 대목에선가 보았던 이 경구를 우리는 시인 서정주 (1915-2000)의 「행진곡」에서 그리고 시인 최영미(1961-) 「서른, 잔치는 끝났다」 에서 다시 듣는다.

"잔치는 끝났더라. 마지막 앉아서 국밥들을 마시고/ 빠알간 불 사르고/ 재를 남기고// 포장을 걷으면 저무는 하늘./ 일어서서 주인에게 인사를 하자// 결국은 모두들 조금씩 취해가지고/우리 모두-다 돌아가는 사람들"

— 「행진곡」(1940)

"잔치는 끝났다/ 술 떨어지고, 사람들은 하나 둘 지갑을 챙기고/ 마침 내 그도 갔지만/ 마지막 셈을 마치고 제각기 신발을 찾아 신고 떠났지 만/ 어렴풋이 나는 알고 있다/ 여기 홀로 누군가 마지막까지 남아/ 주인 대신 상을 치우고/ 그 모든 걸 기억해내며-뜨거운 눈물 흘리리란 걸"

— 「서른, 잔치는 끝났다」(1994)

몽상에 가득 찬 청춘들이 모여 흥겨웠던 시간은 어느새 사라졌다. 젊은 생명들은 뿔뿔이 흩어졌다. 미래에 대한 희망에 불타오르던 생명도, 용기를 잃고 타협과 비애를 받아들인 생명도, 혹은 아무 선택권도 없이 절망 앞에 좌절한 생명도, 심지어는 피어나기도 전에 떨어진 꽃봉오리처럼 죽어간 생명도 똑같은 청춘이었다. 제각기 흩어지기 직전까지 피어나고자 안간힘을 쓰던 흩어지면서 운명에 속박되기 전의 그들 모두는 밝고 명랑한 꿈으로 벙글어지던 꽃송이들이었다. 그 꽃송이들로 하여 대저택 담 장 안은 한때 흥그럽게 웃음이 가득했다.

"… 하나 다행인 점은 당신의 소설엔 『홍루몽』의 허무주의와는 다른 씩씩함이 있다는 거예요. 인생과 맞선다고나 할까요? 슬픔에 멈추지 않고 어떻게든 전진하려는 의지 같은 게 느껴졌어요. '어떤 사람도, 또는 인간사회에 존속하는 어떤 제도도, 인간의 행복을 아무렇게나 박 살낼 수는 없다!' 는 외침이, 무엇이 생명을 살리는 길인지 분명히 아는 청년이 그 안에 있어서 나는 정말 다행이라고 생각했어요."

「파금의 『집』」

꽃 같은 청춘, 원하는 만큼 붙잡아둘 수는 없는 것일까?

하녀였던 명봉이 역시도 자신의 신분을 모르지 않았지만 꿈을 꾸는 자유를 누릴 수 있다. 도련님을 사랑하는 마음은 행복하다. 그 어떤 그늘도 없었다. 그렇게 풍부한 꿈에 젖어 귀한 집 '아가씨'가 되어 고운 옷을 입 고 멋진 도련님을 맞이하는 순간을 상상할 수도 있다. 나도 아가씨들처럼 좋은 팔자를 타고났다면 얼마나 좋았을까. 청춘은 풋풋한 것이다. 그런풋풋함이 이 세상에 얼마나 소중한가. 한탄이랄 것 없는 가벼운 한숨, 청 춘은 음울함을 모른다. 경쾌하다. 음울하고 무거운 것은 마음을 버리고 관습과 형식에 따르는 집안의 어른들.

봉이도 매화도 슬프게 생명을 마감한다.

✽

마치 동화 속 '행복한 왕자' 같다.

혜원의 담장 밖에 서 있는 파금의 동상을 보며 오스카 와일드의 『행복한 왕자』를 떠올렸다.

궁성 안에 살며 오직 행복만을 누렸던 왕자. 사람들은 그를 '행복한 왕 자' 라고 부른다. 왕자가 죽자 사람들은 왕자를 기리는 뜻으로 보석이 장 식된 멋진 동상을 만들어 광장 높이 세웠다. 그제야 왕자는 이 세상의 불 행이란 것을 보게 되고 소리 없는 눈물을 흘린다. 남쪽으로 향하는 무리 에서 떨어지게 된 제비 한 마리, 투둑 떨어지는 물방울이 왕자의 눈물이 란 걸 알게 된다. 왕자가 자신의 몸을 장식하고 있는 보석들을 불쌍한 사 람들에게 갖다주라는 부탁을 들어주다가 하루 또 하루 남행南行을 미루 는 제비, 보석을 남김없이 베풀어서 어느새 초라해지고 만 왕자, 제비는 추위에 얼어 죽고 행복한 왕자의 상은 볼품없다는 이유로 철거된다. 이것이 오스카 와일드의 『행복한 왕자』의 줄거리이다.

"안녕하세요, 행복한 왕자님."

나는 내 앞의 행복한 왕자에게 인사를 건넸다.

대저택의 담장 밖에 동상으로 서 있는 작가에게 나는 하고 싶은 말이 많았다.

다음은 그와 나눈 대화이다.

나: 당신의 소설 『집』을 읽었어요. 그래서 혜원을 찾아온 거예요.
파금: 『집』은 내가 사랑하는 작품입니다. 내가 바로 소설 속의 그런 가정에서 자라났어요. 소설 속의 할아버지와 큰형, 나는 거의 사실 그대로 묘사했어요. ―할아버지는 내 말이 곧 법이다 식의 독재적 가장이었고, 큰형은 도저히 받아들일 수 없는 어른의 명령을 거역하지 못하고 사는 착한 손자였지요. 명분은 그럴듯 하게 내세우지만 실은 제 욕심 챙기기에 바쁜 내 윗대의 군상 들이며 그런 어른들에 의해 피지도 못하고 떨어진 젊은 생명들이며, 무시당하고 가난한 속에 견디며 지내는 하층민들의 삶이며…, 내 글을 내가 다시 읽어도 여전히 뜨거운 인두로 가슴을 지지는 것처럼 분노가 넘치고 가슴이 아립니다.

그러나 난, 프랑스의 혁명 지도자 당통의, "대담하라, 대담하라, 끝까지 대담하라!"란 구호를 가슴에 새기며 살아왔습니다. 청춘은 정말 아름다운 것이고, 누구의 희생물이 되어선 안 된다는 이 분명한 한 가지를 알기에 '적敵' ―만 가지 폐단을 지닌 봉건주의―를 세상에 고소하겠다고 나는 결심한 것입니다. 그것 이 글이 된 것입니다. 『집』에 이어 속편으로 『봄』과 『가을』을 완성하고서야 나 자신 끝도 없이 어둡고 긴 터널에서 빠져나온걸 느낄 수 있었습니다.[①]
나: "저는 십대에 고전소설 『홍루몽』을 접했지요. 여주인공 '임대옥 林黛玉'이 쓸쓸히 죽어가는 장면에서 너무나 슬펐던 기억

---

① 참고인용의 출처, 巴金『文學生活 50 年』代序.

이 있 어요. 그런데 당신의 소설 『집』에서도 '매화' 아씨가 사랑하는 사람과 맺어지지 못하고 혼자 쓸쓸히 죽게 되잖아요. 그 장면에 서 임대옥이 떠오르고 두 여성이 살았던 시대가 대략 150년의 차가 있음에도 불구하고 둘의 불행이 너무나 흡사해서 놀라울지경이었어요. 하나 다행인 점은 당신의 소설엔 『홍루몽』의 허 무주의와는 다른 씩씩함이 있다는 거예요. 인생과 맞선다고나 할까요? 슬픔에 멈추지 않고 어떻게든 전진하려는 의지 같은 게 느껴졌어요. '어떤 사람도, 또는 인간사회에 존속하는 어떤 제도도, 인간의 행복을 아무렇게나 박살낼 수는 없다!' 는 외침 이, 무엇이 생명을 살리는 길인지 분명히 아는 청년이 그 안에 있어서 나는 정말 다행이라고 생각했어요."

파금: "삶은 비극이 아닙니다. 그것은 "투쟁"입니다. 인생이란 무엇인 가, 혹은 우리는 왜 살고자 하는가? 이 물음을 두고, 로 망 롤랑 은, '삶을 정복하기 위해서'라고 대답했지요. 저도 같은 생각입 니다."①

나: 어떤 사람은 차가운 가슴으로 투쟁을 외치지만, 당신의 투쟁 뒤 엔 따뜻한 눈물이 멈추지를 않는 것 같아요. 그래선지 이렇게 높다랗게 서 있는 당신을 올려다보고 있으려니 문득 당신이 오 스카 와일드의 '행복한 왕자' 같다는 생각이 드는군요. 한없이다정한 가슴으로 세상을 굽어보며 누군가를 돕지 않고는 가만히있을 수 없는 왕자, 그때 제비가 있어서 왕자의 보석을 가난한 사람들에게 날라다주는 심부름을 하잖아요. 그래서 왕자는 점점 볼품없어지고 나중에는 동상이 철거되고요. 그러나 당신은 절대 눈물 때문에 초라해지지 않을 거예요. 왜냐하면 당신에겐 한없이 다정하면서도 그 눈물에 지지 않는 강함도 있으니까요.

파금: 그 동화 이야기라면 알고도 남아요, 나도 중국어로 번역한 적이 있지요.

나 : 『집』의 후기에 쓴 당신의 마지막 문장이 기억에 남아요. ─ '청 춘은 아름답다. 그 청춘의 아름다움이 언제까지나 나를 고

---

① 인용의 출처, 巴金『激流』總序. 파금 작가와 나누는 대화 문단은 이 외에도 巴金『家』跋, 『巴金文集』第一卷 前記 등을 참고함.

무하 고 있다.' 이 문장에 화답하는 뜻으로 제가 좋아하는 작가의 시 구를 인용해 드릴게요.

그렇게도 많은 눈물 흘렸건만
청춘은 너무나 짧고-아름다웠다
　　　—시 「산다는 것」, 박경리樸景利 (1927-2008)

이 시를 쓴 작가의 생애가 어딘지 파금 선생님 당신과 닮은 데가 있어요. 그녀도 스무 살에 고향을 떠나 타향에서만 살았답니다. 그리고 작가로서 한평생 손에서 펜을 놓지 않았답니다. 아아, 그리고 또 하나가 있어요. 박경리 작가의 생가가 있는 마을에도 유명한 우물이 있답니다. 동네 이름도 명정동明井洞이고요. 그 옛 이름은 명정리明井裏였대요. 그만큼 역사가 오랜 우 물인 거지요. 일日과 월月이라 하는 두 개의 우물이 짝이 되어 나란히 있어서 '명정明井'이라고 부른다더군요. 박경리 작가는 『김약국의 딸들』이란 소설에서 고향 통영을 배경으로 삼아서 명정동을 묘사하기도 했지요.
지난 겨울 나는 박경리 작가의 고향에 가봤어요. 통영은 한국의 남쪽 바닷가에 있는 해안 도시인데 한번 가보면 잊을 수 없는 아름다운 지방이에요. 오십 년을 타향에서 살았다는 작가는 이제 고인이 되어서 고향땅에 안장되어 있어요. 작가의 무덤에도 가봤어요. 바다가 내려다보이는 양지 바른 언덕 위였는데, 그 양지쪽에서 문득 당신이, 아니 어쩌면 당신 청춘의 분신이었을 '각혜'가 생각났어요. 무슨 이유에선지 … ."

내 입에서 '각혜'라는 이름이 나오자 파금 선생은 잠자코 말이 없었다. 자신에게 아버지처럼 자애로왔다는 큰형에 대한 비감悲感 때문이었는지 도 모른다.
대답을 기다리다가 나는 일어났다.
나중에 생각해보니, 선생이 생각에 잠긴 채 낮은 소리로 몇 마디 말씀했던 것도 같은데 나는 듣지 못했다. 때마침 한 무리의 사람들이 혜원 앞마당으로 밀려들어오면서 여러 말소리가 섞였던 탓이다.

무릉도원武陵桃源은 어디메뇨

청두에서 한국에 가봤다는 조선족 남자를 만난 적이 있다.

그런데 그가 청두하고 한국의 전주가 닮았다고 말해서 나는 속으로 깜짝 놀랐다. 고향이 전주인 나도 청두에서 문득문득 그런 느낌을 받을 때가 있었기 때문이다.

내가 청두와 전주, 두 도시가 닮았다고 느끼는 이유는, 첫째 두 도시 모두 음식 맛이 좋기로 유명하다는 것, 둘째는 여유와 인정이 넘치는 도시 분위기, 셋째는 두 도시 모두 교육과 문화에 자부심이 높다는 것, 그리고 넷째는 둘 다 복숭아 산지라서이다.

✻

그래, 복숭아 —.

청두의 과일가게마다 복숭아가 수북하다. 복숭아 철이 된 것이다. 복숭아는 내 고향 전주의 특산물이기도 하다. 그 때문일까? 청두에서 복숭아를 먹을 적에 가끔씩 나는 어린 시절 기억에 젖어들곤 했다.

복숭아 철이면 하루 장사를 마치고 돌아오는 엄마 손엔 늘 복숭아 봉지가 들려 있었다. 밥을 먹고 나면 사방이 어둑어둑한데, 그 따가운 것은 깨끗이 씻겨 바구니째로 마루에 놓이곤 했다. 내 손으로 복숭아를 씻은기억이 없다. 털이 날리면 따가울 것이라 엄마는 우리에게 시키지 않았을 것이다.

그날도 그런 저녁이었다.

저녁 어스름이 밤 어둠으로 점점 짙어지는데, 우리는 엄마 옆에 둘러앉아 복숭아를 먹고 있었다.

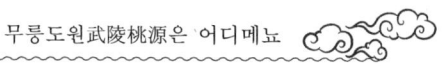

뭐가 물큰했다.

"벌레! 엄마, 복숭아에 벌레가 있어!"

나는 질겁했다.

"벌레 먹은 복숭아를 먹으면 예뻐진다던데, 우리 막내 예뻐지겠구나."

엄마는 놀라지도 않고 아주 예사롭게 벌레 먹은 부분을 떼어낸다.

예뻐지겠구나, 마법사의 주문 같은 말! 이 한 마디로 하여 나는 복숭아를 더 좋아하게 되었던 것 같다.

❋

청두에서 일이다.

내가 사는 곽가교郭家橋에서 야채시장이 가까운데 거기 과일가게에 들렀을 때였다.

"이것들은 못생겼네요."

복숭아에 흠집이 많은 것이 마음에 걸리는 한편 이걸 핑계로 값을 깎을까 하는 속셈도 없지 않았다.

"못생긴 것이 맛은 더 좋다우."

가게 아저씨의 말이다.

"흥, 벌레 먹은 게 더 맛있단 얘긴 들어 봤어도, 못 생긴 게 더 맛있다는 얘긴 듣다듣다 첨이네요, 아저씨."

청두 사람 유머는 정말 못 당하겠어. 속으로 궁시렁거리면서도 나도 모르는 미소가 내 얼굴에 피어올랐다. 왜냐하면 태연자약한 아저씨의 말 풍경이에서 오래전 여름날 저녁 —기억났기 때문이었다.

> 나의 살던 고향은 꽃 피는 산골
> 복숭아 꽃 살구 꽃 아기 진달래
> 울긋불긋 꽃 대궐 차-린 동네
> 그 속에서 놀던 때가 그립습니다

이것은 「고향의 봄」의 가사이다. 우리나라에서 모르는 사람이 없다시피 한 국민 동요이다.

소녀 시절 나는 '복숭아꽃 살구꽃'이 피는 동네에서 살았다. 살구꽃은 어느 집 마당에 아름드리 나무꽃으로 피어났지만 복숭아꽃 (복사꽃) 은 마 을 옆으로 제법 큰 과수원이 있어서 지금도 눈에 선하다.

우리 집은 야트막한 언덕마을에서도 위쪽이어서 앞이며 옆이며 시야가 넓게 트였다. 집에서 내가 사는 마을이 내려다보였다면 밭을 사이에 두고 있는 과수원은 올려다보였다. 마을 언덕보다 높은 산등성이 하나가 통째로 복숭아 과수원이었으니까 말이다.

그 과수원 주인이 누구인지도 모른다. 지척에 있는 듯해도 별도의 세계였고, 그 안으로 들어가볼 기회가 한 번도 없었다.

그래도 우리는 그 복숭아밭을 사시사철 바라보며 살았다, 일부러 보려 하지 않아도 시야에 들어왔으니까, 아니 그보다는 자꾸 눈길을 끌었으니까 말이다. 왜냐하면 그 복숭아밭이 마을 이쪽에서는 이래도 저래도 올려 다 보이는 언덕에 있었다. 그리고 바라보지 않을 수가 없었다. 드넓은 하늘을 배경으로 과수원의 나뭇가지들이 만드는 미감이 어린 눈에도 독특했기 때문이다. 언덕과 나무와 하늘로 이루어진 화면감은 이쪽 마을의 지붕이나 벽이나 전봇대들로 칙칙하게 구저분한 구도와는 판이하게 달라서 어딘지 신성한 기운을 내뿜고 있었다. 이를테면 가깝고도 먼 별세계였다.

나무에 꽃이 피었구나. 분홍으로 꽃빛이 산등성이에 퍼져 있다.
잎이 나는구나. 꽃이 지면서 초록이 보인다.
복숭아가 많이 열렸구나.
잎새 사이로 희끗희끗 종이봉지가 달려진 것이다.
어느새 다 수확했나 보구나. 빈 가지만 남아 있다.
거기 열린 열매를 단 한 개도 먹어보지 못한 채 수확이 끝난 것이다.
그래도 다음 해 봄을 기다린다.
봄이 되면 저 빈 가지에 또 꽃이 피겠지 ….

과수원의 일 년은 내 눈에 담긴 채로 흘러갔다.
덕분에 나는 계절의 순환과 수확의 기쁨을 간접으로 맛보았다.
그런 추억 때문인지 고향을 떠나 서울에서 살던 어느 해에는 과수원을 배경으로 아주 멋진 꿈도 꾸었다.
경사진 언덕을 따라 한 층 한 층 계단식으로 이어진 복숭아밭은 영락없는 고향의 그곳인데, 층마다 듬성듬성 나무들의 사이로 상상 속의 길조로 여겨지는 갖가지 신비한 새들이 오색찬란한 날개를 빛내며 서 있었다. 하늘은 또 어떤가. 홍자색으로 가득한 아침노을이었다. 꿈을 꾸었다는 그 것만으로도 행복한, 아주 상서로운 꿈이었다.

✱

전주가 아닌 청두에서 나는 실제로 복숭아꽃 그늘로 걸어 들어간다.
소위 꿈속의 "도원桃園" 속으로 직접 들어선 것이다.
그날의 행사가 막 끝난 참이었다.
이 산 저 산 온통 복숭아밭이었다.
그곳은 청두 교외 용천龍泉의 도원이었고 그날 산언덕 위에서 복숭아 축제가 열렸다. 내가 그 '복숭아축제'에 참가하게 된 동기는 순전히 '착각' 때문이었다.
한국어 성인반 사무실에서 전화가 왔다. 쓰촨대학의 아무개가 나를 급하게 찾는다고 했다. 받은 연락처로 전화를 걸었더니 나를 찾고 있었다는 모某 씨는 너무나 반기면서 행사에 초대하는 일로 나를 수소문했다는 것이다. 그때까지 나는 청두에서 그때까지 누군가가 나를 초대하려고 내 연락처를 수소문까지 하는 일을 겪어본 적도 예상해본 적도 없었던 터였다. 많이 감격한 기분으로 무슨 행사인지 캐묻지도 않고 가겠다고 응답했다. 물론 자세히 묻지 않은 건 모씨 말투가 빨라서 전화기를 통해서는 귀에 다 담을 자신이 없었던 탓도 있었다. 그러나 그보다도 내가 스스로에게 지녀왔던 자부심이 컸던 탓이다. 그때의 자부심은 "행사"며 "초대"며 모씨가 하는 말을 "국제적인 행사를 여는데 한국인인 당신이 문화 사절로서 자격이 적당하다고 인정되어 귀빈으로 초대하고자 합니다"로 이해한 것이다.
아무렴, 그렇지. 나는 충분한 자격을 갖추었지. 드디어 타국에서도 나라는 사람이 존재 가치를 나타낼 때가 오는구나!
내가 이렇게 짐작하게 된 데는 전화기 너머로 이 한 마디 때문이다.
"얼마나 찾았는지 몰라요. 쓰촨대학를 통틀어서 찾아봐도 종무 씨만큼 적당한 사람이 없어서요 … ."
이것이 착각임을 깨닫기까지 며칠은 필요했다.
나중에야 상황이 이해되었는데 모씨가 말한 '적당한 사람'이란 내가 '한국인'이면서 '중년'이고 '여성'이어야 하는 출연 조건에 알맞았다는 뜻이었다. 축제 행사를 맡은 이벤트 회사는 중국과 같은 유교 문화

锦江恋歌 금강연가
─一个韩国人的蜀思

권인 한국과 일본 두 나라의 성인식을 재현하는 프로그램을 기획하면서 모씨에게 한국인 셋 일본인 셋, 여섯 사람을 구해 달라 했던 것이다. 모씨는 자신의 모교이면서 유학생이 많은 점에서 쓰촨대학 하나를 범주로 하여 인선人選을 했다. 모씨가 내게 인선 과정을 설명해주길, 다섯은 쉽게 구했는데 한국인 중년 여성은 잘 찾아지지 않더라는 것이다. 대학교 어학원을 통했으니 당연히 쉽지 않았을 것이다.

"그런 이유였다고?"

과정을 듣고 실망감을 느낄 때는 이미 모씨에게서 점심 한 끼를 대접 받은 후였다.

✱

주말인 관계로 당시 초등학생인 아들도 데리고 갔다.

리허설을 위해서 하루 전날 도착해서 한밤 자고 축제 무대에 서야 한다니 어린 아들을 혼자 집에 놔두기 불안해서였다.

무대는 바로 복숭아나무로 가득한 산허리의 평지였다. 작은 광장과 같은 그곳에 무대도 관객석도 마련되었고 하루 전의 리허설은 까다롭지 않았고 쉬면서 경사가 완만한 언덕의 복사꽃들을 바라보며 해바라기씨를 까 먹기도 했다.

전날의 준비 시간에 비해 축제 날의 재현 의식은 너무 쉽게 끝났다.

어쨌든 홀가분한 기분이 되어서 산마을을 천천히 걸으면서 복사꽃 만발한 사방을 둘러보았다.

그러다가 난생 처음으로 머리에 화관을 쓰고 사진도 찍었다.

복숭아꽃밭에서 나는 활짝 웃고 있었다. 사진 속에서 나는.

사실은 사진을 찍기 직전까지 내 속은 답답한 기분이 쌓였던 참이었다. 가장 큰 불만이라면 리허설에서 실연實演까지 꼬박 이틀을 들였는데도 그 보수는 당일 행사가 열렸던 한 시간분에 해당한 거라 했다. 애초에 괜히 응낙했다는 후회에다 싼 인건비에 불쾌한 기분이 덮친 것이다. 거기다 그날 무대화장을 해주러 온 미용사들이 아무 성의도 없이 화장을 해서 기분이 언짢았다. 무대의상으로 빌려다 준 한복은 또 왜 그리 허름한지… . 그래도 무대에 서는데 내가 예쁠 수 없어서 가슴 한쪽이 쓰렸다. 말은 못 하고 속으로만 투덜거리며 이리저리 서성이는데 아들이 문득 "엄마, 사진 찍어줄게요." 라고 말하며 카메라를 들었다.

"사진?"
얼결에 마땅한 자리를 찾아 포즈를 취하려다가.
"아냐, 안 찍을까 봐."
변덕이 일었다. 마음이 그래서인지 나무마다 꽃분홍인데 막상 가까이 서면 꽃가지도 디딘 땅도 배경 일체가 다 마음에 들지 않았다. 그래도 아들은 카메라를 내리지 않고 있었다. 거기다 대고 정말 찍을 마음이 없다고 말하기도 그래서 주저하고 있었다.
그런 순간에 화관을 얻은 것이다. 나처럼 일본인 배역을 맡아 참여했던 남자가 특별한 이유도 없이 아들에게 선뜻 화관 두 개를 건네주고 갔다. 아들과 나는 그걸 머리에 썼다.
화관을 쓰는 순간 기분이 일변했다. 구겨졌던 내 기분이 활짝 펴진 것이다. 화관을 써 보는 게 처음이라서 …, 그림 속에서나 보았던 화관을 내 머리에 얹는 기분이 너무 좋아서 …, 그래서 활짝 웃었다.
그리고 또 몇 해가 흘렀다.
그 사이 고등학생이 된 아들이 어느 오후 컴퓨터에 모아 놓은 사진들을 정리하다가,
"엄마, 이 사진!"
바탕 화면에 사진 한 장 꺼내놓고 나를 부른다.
바로 그 복사꽃 축제 때 아들과 찍었던 사진이었다.
흘러가는 모든 것은 아름답다고 했던가?
나도 아들도 머리에 화관을 올려 쓰고 있어서였을까?
봄 햇살 속에 모자는 마냥 행복해 보였다.

❋

복숭아가 많이 나는 청두가 그립다.
기억 속에 복숭아 맛은 아주 다양하다. 새콤하고 딱딱한 것부터 달고 단단한 것, 물컹하게 단물이 가득 씹히는 것 …. 그 제각각의 맛으로 내게 여름도 견딜 만하다는 걸 알려준 과일.
그렇다고 여름마다 복숭아를 맘껏 먹고 산다는 건 아니다. 청두를 떠나 벌써 5년째로 접어든 요즘, 산둥 쯔보淄博의 과일전에서 나는 도대체 복숭아를 몇 번이나 사 먹었을까. 복숭아를 거의 찾지 않고도 여름은 잘도 지나갔다. 아아, 청두였기에 가능했던 일들이 얼마나 많은가.

锦江恋歌 금강연가
一个韩国人的蜀思

복사꽃잎 물결 따라 흘러내려 가는데
이곳이 바로 세상 밖 '무릉도원武陵桃源-'이겠지.
桃花流水窅然去, 別有天地非人間.

—이백李白 『산중문답山中問答』

청두인연成都因緣

청두인연成都因緣

역사는 돌길 아래 묻어지고 도시의 지상은 언제나 현실로 붐빈다.

그 속에서 이름 없는 민중들이 삶과 투쟁 중이다.

청두에 사는 동안, 나는 청두의 고색창연한 역사 이야기에 참 많이도 홀렸다. 깊이 빠져들었다. 그러한 나조차 다른 수많은 도시인들과 마찬가지로 눈물 젖은 빵을 먹으며 현실과 분투 중이었다.

그 여자애도 그랬다.

그 아이를 알게 된 곳은 청두였다. 나는 중국의 동쪽나라 한국에서 젊은 날을 보내고, 중년의 나이로 청두로 날아왔다. 그 아이는 중국의 서쪽 네팔에서 태어나 유학을 위해 청두로 왔다. 우리는 어쩌다 친해졌고 나중에는 한 지붕 아래서 생활을 같이하게 되었다. 그러다 그 아이가 홀연 남자친구가 있는 도시로 떠난다. 그리고는 바로 결혼식을 올릴 거라고 알려온다.

그 아이의 혼례는 생각보다 너무 빨랐다.

조만간 결혼하지 않을까 예상하고는 있었지만 그렇게 총망할 줄은 몰랐기에, 그 애의 방은 아직 비워둔 채였다. 결혼식 날짜를 잡았다니, 이제는 방을 정리해야겠구나. 떠날 때 가져갈 것은 대충 가져갔다고 해도, 방 안에는 그 애가 흘리고 간 소소한 물건들이 꽤 있었다. 책장에 남겨진 책들이며, 몇 가지 자잘한 문구용품이며, 좀 큰 것은 그 애가 쓰던 침상의이불과 베개…. 정이 든 사람의 물건이라서인가, 그 애 체취가 묻은 것을 내다 버릴 마음이 생기지 않았다. 물려받은 셈치고 빨아서 쓰면 될 것 같았다.

생각한 김에 세탁부터 하려고 했다. 그래서 베개 커버를 벗기는데, 나는 깜짝 놀라고 말았다. 베갯잇 속에 한가득 얼룩져 있는 눈물 자국을 본

錦江恋歌 금강연가
一个韩国人的蜀思

것이다. 말라서 얼룩덜룩한 눈물 자국이 겹겹이 꽤 넓게 퍼져 있었다. 한 차례 울고 만 자국이 아니다. 거듭거듭 그리고 눈물을 많이 흘렸음이 틀림없다. 한 번 눈물로 젖을 때마다 누릿한 테두리가 생기고, 다시 또 울면 그 위로 다른 테두리가 생기고 …, 내 마음이 다 망연해졌다. 그녀가 남몰래 이렇게나 많이 울고 지냈단 말인가?

이십 대 그녀는 누가 보아도 싱그럽고 명랑한 여학생이었다. 사십 대 나이의 내가 보기에, 젊고 어여쁘고 재능도 많은 이 애는, 그야말로 한창 좋은 때였다. 그런데 무슨 일로 이리 많이 울었단 말인가? 놀라움에 이어 궁금해졌다. 그러나 그 애가 결혼하고 신부가 되고 그런 연락 도중에 베 개에 대해 묻는 건 실례일 것 같았다.

하나의 도시. 그 안에 살았던, 혹은 그곳을 거쳐 간 수많은 삶. 사전에 담긴 간단명료한 정보로는 도저히 알 수 없는 기억들 ….

나와는 다른 도시에서 갓 결혼한 신부로 살게 된 그녀는, 아기를 낳고 아기를 키우고 그 속에서 여성의 본질인 사랑의 베풂을 익혀나간다. 그런 변화 속에서도 가끔은 청두가 생각나는지, 여전히 청두에 머물고 있는 내게 가끔 이메일을 보내온다. 그 애의 편지 속에서, 그녀가 날이 갈수록 마음이 풍부한 여성으로 성장하고 있음이 느껴졌다. 그렇다고 그녀의 일상이 늘 평안한 것만도 아니어서, 어린 아기의 건강에 마음 졸이고, 친정 부모의 노후를 걱정하고, 시가 쪽 대소사에 울고웃는 등 눈코 뜰 새 없이 바쁘다. 나 또한 나 나름의 고뇌로 힘들지만,

그 애가 힘들면 내가 응원을 보내고, 내가 힘들면 그 애가 응원을 보내오 면서, 우리는 서로를 응원했다.

언젠가는 내가 악단 프락시미티 버터플라이Proximity Butterfly의 『해피 엔딩Happy ending』이란 제목의 노랫말을 알려주며 힘내자고 말했다. 당시 무척이나 슬픈 일이 있었던 그 애는 무슨 대단한 도리나 듣는 것처럼 귀를 기울이고 있었다.

  "… 끝까지 참고 견디노라면 반드시
  또 다른 해피엔딩을 만들어내게 될 거예요. … "
  I believe that all the happy endings aren't found
  but with patience are made.

"리드 보컬인 미국인 조슈아 러브Joshua Love는 스물다섯 살에 청두에 와서 잠시 머무르려던 맘을 바꿔 결혼을 하고 악대를 결성하고 아이를 키우고 … 어언 청두 사람이 다 되었대요. 이 모두가 청두를 너무도 사랑하는 부인 헤더 저드슨Heather Judson 덕분이었대요. 그리고 프락시미티 버터플라이라는 밴드 이름은 나비와의 마주침에서 생겨난 거래요."

강한 그 애가 슬픔에 무너질 리는 없지만 뭐라도 위로가 되었으면 해서 이어진 이야기다.

영어 이름이 "변색호접"變色蝴蝶 (색이 변하는 나비)으로 번역된 이 그룹의 사연은 신문기사를 통해 읽었던 바이다.

"어느 날 이 부부가 자전거를 타고 앞서거니 뒤서거니 달리는데, 나비 한 마리가 보였대요. 조슈아가 헤더의 뒤를 따르면서, 작은 나비가 어찌 자전거 속도를 따르랴. 이대로 멀어지겠지 했는데, 웬걸! 나비가 앞의 헤더가 일으키는 바람을 타더니 같은 속도로 따라오더래요. 조금 뒤처졌나싶을 때는 바로 뒤에 따라가는 조슈아가 일으키는 바람을 타면서 지치지않고 계속 날더래요. 보기에 작은 시작도 크게 발전할 수 있다는 희망을 보여주는 듯했대요. 프락시미티 버터플라이란 이름의 의미 속에 환경이 완벽해지기만을 기다릴 게 아니라, 어떻게든, 네가 하고자 하는 일이 잘 되도록 스스로 노력하는 거야, 열심히 움직이는 거야, ―이런 내발적인 메시지를 담았대요."

한번은 그 애의 편지에 "저는 이제까지, 작은 도시에서 조금 더 큰 도시로, 거기서 다시 좀 더 큰 도시로, 이렇게 계속 쉬지 않고 더 번화한 곳을 찾아 이동해온 게 아닌가 싶어요."라고 쓰여 있었다.

그 애처럼 더 크고 번화한 도시로든, 나처럼 마음 닿는 도시로든, 살면서 부단히 이동하는 사람들이 있다. 또 이와는 반대로 일생을 한 도시에서 정착하여 살아가는 사람도 있다. 각자가 다른 것 같아도, 자신이 사는 도시에서 행복을 구하고 있다는 점만은 동일하다. 어딘가에서 행복할 수만 있다면, 그가 머물거나 떠나온 땅 모두가 함께 복된 것이다.

청두에서 만난 인연.

청두에서 흩어진 인연.

젊은 그 애도 중년인 나에게도, 청두는 희망이란 수목을 키우는 푸른 공간이 되어줬다. 그 애도 나도 청두의 어느 모퉁이에서, "사랑하고 고뇌하며 희망을 불태우고, 좌절하고, 상처받고 그래도 계속 걸었던 무수

한인생"①중의 하나였다는 사실. —이 점에서 우리는 오래도록 '청두'
라는이름을 소중히 간직할 것이다.

    청두에서 만난 인연.
    청두에서 흩어진 인연.
    젊은 그 애도 중년인 나에게도, 청두는 희망이란 수목을 키우는
    푸른 공간이 되어줬다.
                                                「청두인연」

---

① 인용 출처, 이케다 다이사쿠의 "이 아름다운 지구 에세이 시리즈"에서. 다만 아쉬운 것
   은 저장했던 자료가 사라져서 문장의 제목 등 구체적 정보를 밝힐 수 없는 점이다.

파초芭蕉의 꿈

파초

김동명金東鳴 (1900-1968)

조국을 언제 떠났노.
파초의 꿈은 가련하다.
남국南國을 향한 불타는 향수鄕愁,
너의 넋은 수녀修女보다도 더욱 외롭구나!
소낙비를 그리는 너는 정-열-의 여인,
나는 샘물을 길어 네 발등에 붓는다.
이제 밤이 차다.
나는 또 너를 내 머리맡에 있게 하마.
나는 즐겨 너를 위해 종
하인下人이 되리니,
너의 그 드리운 치맛자락으로
우리의 겨울을 가리우자.

—「월광」 (1936)

청두의 내 첫 거주지, 슬비의 집 내 방 창에선 파초나무가 잘 보였다.
이곳이 바로 남국이구나.
파초 잎은 기다랗게 넓은 게 —그 잎이 푸르고 성성한 새 잎이거나 말라서 찢어진 잎이거나에 상관없이 언제나 시원시원 마음도 후한 여인네 같다.
내가 아는 슬비 씨가 바로 그런 여인이었다.
언어도 서툰 아줌마 유학생으로서 나는 처음 그녀의 집에 세 들어 산다. 청두의 생활에 아는 바가 거의 없을 때였다. 슬비는 그런 내게 각박 했던 적이 한 번도 없었다. 오히려 친자매라도 되는 것처럼 뭐든 나서서 도와주려 했다. 일 년 뒤에 내가 그 집을 나온 뒤로도 변함없이 나를 챙겼다.

슬비는 청두 토박이다. 그래서 자신이 쓰는 중국어는 기껏해야 '쓰촨식 표준어川普'라며 부끄러워한다. 혹시 내가 못 알아들을까 걱정하는 것이 다. 그러나 내가 조금이라도 알아듣는 눈치만 보이면 폭포수처럼 청두 자랑을 늘어놓는다. 정말 청두를 사랑하는 것 같았다.

"천부지국天府之國."

다짜고짜 이 말을 알려준 것도 그녀였다. 사전을 찾아보니, '천부'란 '하늘이 준 창고'라는 뜻인데 땅이 비옥하고 물산이 풍부한 고장을 비유 하는 말이지만 더 많이는 살기 좋은 청두(넓게는 쓰촨)를 지칭하는 용어로 쓰인다고 한다. 이 칭호가 생긴 유래는 리빙李冰이 두쟝옌都江堰을 기점 으로 치수정책에 성공하면서라고 한다. 이런 역사 유래까지 제대로 이해 하게 되었을 때는 내 청두생활이 거의 삼 년을 채우던 무렵이었다. "우리 청두는 말이에요, 누구든 한 번 오면 떠나기 싫어하는 도시랍니 다. 그러니 박 선생도 아예 여기 눌러 사세요."

도착한 지 한 달도 안 된 나에게 이 말부터 하던 슬비.

슬비가 말하는 청두의 매력, ─ "누구든 한 번 오면 떠나기 싫어한다來了就不想離開."는 말은 슬비의 친절한 환영 때문에라도 정말이었다.

그녀는 마작을 즐겼다.

사실은 내가 처음 입주하던 그날도, 그녀는 거실에서 마작을 하고 있었다. 알고 보니, 그녀는 직장이 쉬는 주말이나 명절 등의 휴가 때, 마작 모임을 열곤 했다. 밖에서도 하지만, 지인들을 집으로 초대할 때도 있다. 그럴 때면, 거실에 마작 테이블이 펼쳐지고 사람들이 웃고 떠드는 소리가 났다. 그러다가도 내가 거실에만 나타나면, "퍄오라오스樸老師!" 라고 불러 세우고 기꺼이 자신의 친지이웃을 소개해주던 슬비. 부끄럼을 잘 타는 나도 슬비 옆에서는 용기가 났다.

"덩샤오핑이 있잖아요. 비행기를 타고 청두 상공에 이르렀는데, 따르르 따르르 기관총 소리가 크게 나서 땅 위에 전쟁이 났는가 하고 깜짝 놀랐대요."

이런 유머로 청두 사람들이 얼마나 마작을 즐기는지 알려주면서 스스로도 우스운지 깔깔깔 웃어대는 슬비였다. 슬비는 외국인인 나에게 청두를 설명할 때 유독 생기가 돌았다.

친화력이 좋은 슬비는 회식을 좋아하고 그럴 때마다 나를 끼워주려고 불러댔다.

"퍄오라오스, 퍄오라오스!"

어떤 때는 이층까지 올라오는 시간이 아까워 바깥에서 부른다. 혼자 공부를 하고 있는데 갑자기 창밖에서 "퍄오라오스!" 하는 소리가 들리면 그건 보나마나 슬비이다. 내가 창을 열고 내다보면 당장 내려오라고 손을 흔든다.

슬비는 나를 데리고 청두의 맛집을 찾아다녔다. 슬비가 하도 스스럼없어서 나는 가격도 묻지 않고 젓가락을 들었다. 대개는 그녀의 회사 동료나 친척들과 어울렸지만, 어떤 땐 슬비와 그녀의 아들이 하는 외식일 때도 있다. 이 속에서 나는 너무도 자연스럽게 슬비의 사교권에 융합되어가고 있었다.

"청두 사람은 손님에게 친절해요成都人好客."

이것 역시 슬비가 해준 말이지만 그 '하오커好客'의 전형이 바로 슬비 자신이었다. 그 덕분에 나는 슬비의 소형차 운전석 옆자리도 익숙해졌다. 병아리 노란색 차는 그녀의 명랑함에 너무나 잘 어울렸다. 밝고 명랑하다 고 하지만 슬비에게는 나를 탄복시키는 내면적 강함이 있었다. 가장 탄복 스러운 것은 가족에게 짜증을 내지 않고 항상 상냥하다는 점이다.

나 같으면 저럴 수 있을까?

무엇보다도 보통의 여성은 남편에게만은 요구가 많기 마련이다. 사랑을 확인하기 위해서라도 남편이 여자인 자신에게 맞춰줬으면 하는 기대심리가 있고 그게 만족되지 않으면 불평을 나타내기 쉽다. 그런데 슬비는 전혀 불평이 없다. 한탄하지 않는다.

물론 슬비 남편 부귀는 성실한 남자다. 다만 쓰촨 사람이 아니라서인지 건강상의 문제가 있었던지 쓰촨의 진한 양념 맛이 싫다고 외식도 싫어했다. 슬비가 나까지 끌고 회식에 참가해도 부귀는 오로지 하루 세 끼 집밥이었다. 모여서 먹고 떠들어야 맛인 청두식 슬비 편에서 보자면 답답하고 고지식한 남편이었다. 내 생각엔 모임을 좋아하고 회식도 즐기는 슬비로서는 얼마든지 남편의 그런 점에 화를 낼 법했다. 하지만 나는 그런 일로 남편에게 화내는 슬비를 본 적이 없다. 원래 여성은 자기 본위로 사소한 불만을 못 참는 법인데 그 작은 체구에 아량이 어찌 그리 넓을 수 있

錦江戀歌 금강연가
一个韩国人的蜀思

는지 자못 호기심이 생길 지경이었다.
 딱 한 번 이런 말을 하기는 했다.
 "다음 세상에서는 절대 여자로 태어나지 않겠어요. … "
 바로 집 앞 파초나무 아래를 지나고 있을 때였다. 아마 파초의 귀에도 들렸으리라.
 "다음 생에선 당신이 여자하고 나는 남자해요來世你爲女來我爲男."
 이것은 쓰촨 출신 여성 시인 탁문군卓文君의 유명한 시구 아닌가?

✽

 몇 년 만에 슬비네를 다녀왔다.
 못 본 사이에 슬비네는 전보다 훨씬 윤택한 안정감이 흘렀다. 하나밖에 없는 아들이 대학을 졸업하여 중국 굴지의 기업으로 알려진 알리바바에 다닌다는 것이다. 소위 대기업에 취직한 것도 자랑스러운데, 아들은 자원하여 청두지사를 신청했고 그래서 집에서 통근한다니 부모 로서 얼마나 뿌듯한가. 슬비는 아들이 퇴근하길 기다려 식탁을 차리고 아버지 부귀富貴는 전보다 훨씬 건강해진 얼굴로 아들의 맞은편에 앉아 아들과 대화를 나눈다. 행복한 가족이 창출해내는 전형적인 저녁 식탁 풍경이다.
 그런 단란한 가족 틈에 끼어서 나는 이틀 밤을 머물렀다. 방은 예전에 내가 세 들었던 그 방이다. 슬비 말이 이제는 월세를 내놓을 필요가 없어 계속 비워두고 있다고 했다.
 십 년 전 나는 그 방 기둥 벽에 "꿈은 이루어진다美夢成真."라는 사자성어라든지 릴케의 시 같은 걸 써서 붙여놓곤 했었다.
 창밖으로는 여전히 파초나무가 보였다. "남국南國을 향한 불타는 향수鄉愁".
 청두를 떠나서는 파초를 보기 힘들다. 그래서인지 시구 속의 파초는 오히려 나인 것 같았다.

> 만약 내가 수묵화에 능하다면 쓰윽쓱 —파초 잎 뻗어난 아래로 짚이엉을 얹은 정자 하나가 있고, 그 안에 차 한 모금 입에 머금고 소나기가 파초 잎을 두들기는 소리에 귀를 모으고 있는 회소의 시적 순간을 잘 묘사해 두리라.
>
> 「내가 파초도를 그린다면」

내가 파초도를 그린다면

정조正祖와 파초芭蕉

청두의 파초들은 큼직큼직 키도 크고 잎도 크다.
그렇게 높이 자라서는 푸른 그늘을 잘도 만들고 있다.
"저 봐, 어쩜 저렇게 키가 크니? 한국에선 크다 해도 내 키 위로 올라 간 것은 못 봤는데 … ."
발걸음을 멈추고 감탄을 한다.
내가 처음으로 본 파초는 교과서에서였다. 조선 시대 왕이 그린 파초도 사진 —정확히는 『정조어필파초도正祖御筆芭蕉圖』이다. 그런데 이 그림 속의 파초의 키는 그리 크지 않다. 나무의 수령 자체가 어렸을 수도 있겠으나, 어쩌면 한국의 기후가 건조해서 생장이 느린 탓이 클 것이다. 파초도를 그린 이는 조선 제 22대 정조 (1752-1800, 재위 1776-1800) 임금 이시다.
정조는 사도세자를 아버지로 혜경궁 홍씨를 어머니로 하여 태어났다.
훗날의 헌경왕후인 혜경궁 홍씨는 일종의 회고록인 『한중록』의 저자이기 도 하다. 『한중록』은 왕실의 갈등을 기록한 글로 부왕 영조가 아들 세자 를 죽게 한 이야기이다. 아버지에게 죽임을 당한 왕세자가 바로 사도세자 (1735-1762) 이며, 정조는 영조의 왕세손인 것이다. 조선 왕조에서 영조 (1694-1776, 재위 1725-1776) 는 재위 기간이 가장 긴 왕이었고 다음 대를 이 은 정조와 함께 조선 후기의 태평성대를 이뤘다고 평가 받는다.
그런데 그 사이에 있는 사도세자는 1762년 (영조 38년) 한여름 뒤주 속 에 갇혀서 여드레 만에 숨을 거둔다. 정조의 나이 열한 살 때의 일이

锦江恋歌 금강연가
　一个韩国人的蜀思

　다. 할아버지에 대항해 아버지를 지킬 수 없었던 소년 왕자는 그로부터 26년 뒤 정조 13년에 부친의 묘를 양주 영우원에서 수원 화산의 현륭원으로 천장遷葬한다. 불행하게 죽은 부친에 대한 효심을 담아 정조 18년부터 20년까지 삼 년에 걸쳐 수원 성곽을 축성했다. 이것이 수원의 화성인데 조선 성곽 중 완성도가 최고라고 한다.

　아버지를 잃은 비극적 가정사를 안고 소년 왕자는 외롭게 성장한다. 궁궐 안팎으로 수많은 정적政敵이 있었지만 왕자는 강했다. 고난과 시련을 통해 자신을 연마할 줄 알았다. 혹독한 공부로 인해 말년에는 안경을 쓰지 않고는 글자가 제대로 보이지 않을 정도였다고 한다. 실력을 쌓은 덕분에 반대파를 누르고 24년 재위 기간 동안 학문과 예술을 부흥시켰다. 당시 조정의 대신이나 내로라하는 유학자들도 정조의 학식을 이길 사람이 없었다 한다. 또한 정조는 시와 글에 능했을 뿐만 아니라 그림에도 뛰어났다고 한다. 이 정조가 그린 그림이 파초도였던 것이다. 그림 왼쪽 윗부분의 낙관은 정조의 호인 '홍재弘齋'라는 도장이다.

　모두 알다시피 유교풍의 문인화는 담백한 화풍 속에 내면세계를 표현하는 특징이 있다. 우리가 알고 있는 매란국죽의 사군자 역시 문인화에 자주 등장하는 소재로, 고상한 인품을 가진 군자의 덕을 이 네 가지 식물로 표현하였다. 이 사군자 외에도 사대부 선비들은 파초를 소재로 삼기도 했는데, 파초는 마음을 연마하고 지식을 배양하는 향상심을 상징하는 것으로 여겼던 때문이다. 비록 말하지 못하는 식물이지만 그러한 덕성을 사람에게 일깨워준다는 이유로 조선의 사대부들은 파초 화분을 기르며, 추운 겨울엔 방안에 옮겨두고 관상했다고 한다.

　당시 조선은 성리학이 대세였고 수기치인修己治人이라는 성리학의 기본 윤리에 준해 자신의 몸과 마음을 갈고 닦아 사회에 도움이 되는 사람으로 거듭나는 것을 사대부의 이상으로 여겼다. 그런 이상적 태도를 파초에 빗대었기에 정조 역시 파초를 가까이하며 그림도 그리고 시도 읊은 듯하다.

　　『파초芭蕉』
　　정원에 자라나는 봄 새싹은 아름답고
　　푸른 파초는 새 잎을 펼치는구나

펼쳐 올라온 그 모습은 빗자루처럼 길쭉한데
탁물이란 대인들이 힘쓰는 것이었구나
庭苑媚春蕉, 綠蕉新葉展. 展來如帚長, 托物大人勉.

파초도에 붙인 정조의 시다. 시의 끝 자인 '면勉'은 '힘쓰다'란 뜻이 있 다. 정조는 파초의 푸른 잎이 길게 펼쳐지고 그 위에 자꾸 새잎이 나오는 모습에서 대인大人이 되고자 정신 연마에 힘쓰는 선비의 뜻을 담아냈다. 파초는 이렇게 쉬지 않고 인격을 기르며 학문을 계속해나가는 문인의 정신을 나타낸다.[1]

회소懷素와 청두

그런데 파초 이야기로 당나라 때 승려 회소懷素(737-799)를 빠트릴 수 없다.

회소는 바로 '파초 잎에 글씨 연습을 한다芭蕉練字'란 옛이야기의 주인 공이다. 회소는 어려서 출가하여 승려가 되었는데 항상 글씨를 쓰는 데 열심이었다. 그 많은 연습 종이를 장만하지 못하니 널따란 파초 잎에 글 씨를 쓰곤 했다. 이러한 부단한 노력이 쌓여서 훗날 훌륭한 서예가로 이 름을 날린다. 특히 회소의 초서草書는 필법이 변화무쌍하면서 가늘고 도 힘찬 것이 따를 자가 없었다 한다. 이에 사람들은 그를 "초서의 성인(즉 草聖)"이라 일컬었다. 이 회소의 고사故事에서도 파초는 부단한 노력에 관련되는 바이니 파초도를 그린 정조가 노력하는 삶에 의미를 두었음을 다시 한 번 확인할 수 있다 하겠다.

회소의 전기인 『승회소전僧懷素傳』을 쓴 이가 육우陸羽이다.

육우가 누구던가, 바로 '차의 성인茶聖'이 아니던가. 육우가 저술한 『다 경茶經』은 중국의 차 문화를 기록한 고전 중의 고전이다.

이런 말이 있다. 지구상에서 차의 발원국은 중국이고, 중국 차와 차 문 화의 발원지는 쓰촨이다.

그 증거로 오래된 문헌인 왕포王褒의 『동약僮約』이 있는데, 기원전 59

---

[1] 최형국, 『정조가 파초를 그린 이유』, 『e수원뉴스』 : 2016.5.8. http://news.suwon.go.kr/_Ext/news/viewPrint.php ? reqIdx=146267229823301861 참고.

년 한나라 때 왕포란 사람이 '청두 안지리成都安志裏에 사는 양혜楊惠라는 과부의 집에 머물고 있었다. 그 왕포가 주인집의 변료便了라는 노비에게 무양武陽에 가서 차를 사오라는 심부름을 시키자 변료가 자신이 손님 심부름까지 해줄 의무는 없다고 말했다는 일화가 적혀 있다. 이 일화를 통하여 쓰촨 사람이 차를 마시는 풍습이 일찍부터 성행했다는 걸 짐작할 수 있다.

왕포(BC90-BC51)는 촉蜀의 자중資中(지금의 資陽市) 사람이라고 하며 당대의 유명한 문인이었다. '무양에 가 차를 사오라武陽買茶"에서 무양은 지금의 쓰촨성 평산현彭山縣으로 추정된다. 문헌에 쓰인 '荼' 자는 차의 옛 글자라고 한다. 어쨌든 이 문장이 남아 있어, 차를 생산하고 매매하고 음용하는 2천 년 전 쓰촨의 차 문화를 상상할 수 있게 된 것이다.

또 청나라 고염무顧炎武의 『일지록日知錄』에도 쓰여 있기를 "전국시대진秦나라가 촉나라를 삼킨 이후 —진나라 사람들이 촉의 차 문화를 배워—차를 마시기 시작했다.自秦人取蜀而后, 始有茗飮之事."라고 했으니, 중국 그리고 세계에서 차를 마시는 문화가 가장 먼저 시작된 곳은 쓰촨인 것이다.

일찍부터 촉의 사람들이 차를 즐겨 마신 것은 무엇보다 쓰촨의 기후 조건이 차나무 재배에 적합했던 점에 있었을 것이다. 쓰촨의 차는 점차 중원中原에도 변경의 소수민족에게도 휴식과 치유의 음료가 되었다. 중국, 티베트, 네팔, 인도를 잇는 '차마고도茶馬古道'가 증명하듯, 쓰촨의 차는 민족과 민족을 연대해주는 평화의 매개물이기도 했다.

회소는 만년晩年에 청두 보원사寶園寺에 머물렀다고 한다. 그렇다면 파촉巴蜀에서 나는 찻잎으로 차를 달이기도 했으리라. 서예가로서 승려로서 정신을 집중해야 하는 회소 같은 이에게 차 한 잔의 정적이 빠졌을리 없다.

만약 내가 수묵화에 능하다면 쓰윽쓱 —파초 잎 뻗어난 아래로 짚이엉을 얹은 정자 하나가 있고, 그 안에 차 한 모금 입에 머금고 소나기가 파초 잎을 두들기는 소리에 귀를 모으고 있는 회소의 시적 순간을 잘 묘사해 두리라.

사람들은 모두 행복을 추구한다고 말한다. 자신의 행복이 그토록 목표라면 어떻게 함부로 타인을 괴롭히는가. 자기 본위를 뛰어넘을 수 없다면 그 행복은 진실한 행복일 리가 없다.
내가 갑자기 이역만리 청두로 유학을 떠난 근원에는 쉽게 풀릴 것같지 않은 화두가 있었던 것이다.

「모녀와 홍매화」

锦江恋歌 금강연가
一个韩国人的蜀思

모녀와 홍매화

"매화농장에서 차도 마시고 마작도 하고 맛있는 것도 먹고 친구들 과 수다를 떨면 그야말로 최고지요梅林農家樂聊天, 喝茶, 打麻將, 品美食, 簡直巴適."

어느 블로그에서 읽은 청두의 봄이다.

'이게 바로 청두예요. 정말 쓰여 있는 그대로랍니다.'

나도 모르게 이렇게 중얼거리면서 글 사이에 삽입된 매화 사진으로 눈길을 옮기는데, 내 머릿속에서는 봄날 청두 교외의 매화 숲에서 지인들과 한가로이 식사도 하고 차도 마시며 하루를 보냈던 그 평화롭고 만족스럽던 추억들이 떠올랐다.

"정말 좋구나!"

그런 나날의 풍경들은 서녘의 하늘 모퉁이에서 뭉게뭉게 피어오르는데 나는 어느새 그 안에서 웃고 있었다.

청두는 매화의 나라 —이것은 청두에서 첫겨울을 지나며 알게 된 사실이었다.

겨울이 깊어지고 동지 무렵이 되자, 향기조차 연노란 납매臘梅(엄밀히 말해 매화와는 다른 종이라고 한다.)가 피어나 춥고 스산한 내 마음을 위로 해주더니, 납매가 지면서 좀 더 선연한 빛깔의 황매화 홍매화가 연달아피어난다. 마치 봄이 머지않았으니 조금만 더 힘내라고 응원해주고싶어날아온 요정들처럼 작은 매화 꽃송이들이 교대로 겨울을 밝히고 있었다. 처음 나를 데리고 매화 숲으로 인도해준 고마운 이는 견이이다. 그녀는 이역에서 처음 설날을 맞는 나를 위해 그들의 대가족 모임에 데려가 주었다. 그 장소가 홍매화 농장이었던 것이다. 세상에 태어나 그렇게 환한 꽃숲은 처음이었다. "사진 찍어줄게요."

견이가 나를 꽃 숲에 세웠다.

그때 찍었던 사진이 십 년도 더 지난 지금까지 서울의 엄마 방에 놓여 있다.

나는 이남삼녀 중 막내다.

내가 태어날 때 이미 열여섯 살이던 큰언니는 동생이 또 하나 늘어난 일에 싫은 기색을 비쳤고 엄마는 죄지은 것 없이 부끄러웠다고 한다. 그도 그럴 것이 엄마의 회고에 따르면 내가 태어나던 무렵 우리 집 경제 사정은 최악이었다. 아버지가 애써 모은 얼마 안 되는 재산이 믿었던 사람 때문에 몽땅 날아가고 아무 계획도 없이 빈손으로 고향을 떠난 차에 내가 태어난 것이다. 철모르는 어린 나야 아무것도 모르고 자랐다지만 새 터전에서 새롭게 뿌리를 내려야 했던 부모님은 가난한 현실에 얼마나 초조했을까.

다행히 내 나이 예닐곱 살 무렵부터 우리 집 살림이 피기 시작했다.

가게가 잘 되니 부모님은 눈코 뜰 새 없이 바빠졌다. 좁은 가게에서 아침 일찍부터 밤늦게까지 분주했기에 엄마는 가장 어린 막내가 다가오는 것을 밀어내야 했다.

나가서 놀아라.

생활의 필요이니 내게 상처로 남은 것도 아니다.

늦게야 알게 된 사실 하나는, 내 마음에 아무 걸린 것 없다 하여 엄마 또한 마냥 괜찮을 줄 알았다는 게 오산이라는 것이다.

소망을 소망하지 못하고 살았던 엄마의 일생을 생각해본다. 여자아이에겐 기회를 주지 않던 과거의 우리나라. 배움을 꿈꾸지도 누리지도 못한 만큼 더더욱 근면해야 했고 그 근면의 대가를 자신에게 돌려도 된다는 걸 근본적으로 부정하는 게 옳은 삶이라 여겼다.

어디선가 읽었다. 작은 꽃에도 꽃에 필요한 힘이 담겨 있다. 자기라는 꽃을 피우는 힘은 자신 안에 있다. 그 내발적인 힘을 열게 하는 것 그것이 교육이다 —라고. 교육이 그런 거라면 엄마의 성장기엔 너무나 큰 결핍이 존재했다. 엄마라는 소녀가 어른이 되도록 엄마 자신이 한 번도 자기 자신이란 꽃에 대하여 그것은 어떤 모양이고 어떤 색깔인지 상상해보지 못했을 것이다. 처음엔 아무도 가르쳐주지 않았고 나중엔 그런 건없는 거려니 체념의 관성에 젖었을 것이다.
　그러니까 엄마는 자기 자신이란 꽃을 피운다는 것에 대하여 자각도 희망도 없었다. 외곬으로 가진 종신終身 목표라면 아들 내외에게 여생을 의지하여 뒷방 늙은이로 평화롭게 명종命終하는 정도였을 것이다. 때문에 아들 내외에게서 일말의 효심을 발견하고 그에 의지할 수 있게 되었을 때는 세상을 다 얻은 듯 기쁘기도 했으리라.
　그러나 엄마가 미처 예상하지 못한 것은 외적인 만족은 오래가지 않는다는 이치와 자기 자신이란 꽃을 피우려는 도전 없이는 내면 깊숙이까지 행복할 수 없다는 사실이다.
　뭔지 모르게 불만족한 기분은 자꾸 분노가 되고 그에 대한 되새김을 모르니 엄마로선 원인을 떠넘길 대상이 있어야 했다. 가여운 본능이었다. 지금 와서 정리하자면 동아시아 근대기에 태어나 여성이라는 이유로 겪은 온갖 억눌림, 이제쯤 해방되어도 좋을 법하지만 적당한 방법을 몰라 스스로도 한심했을 엄마가 거기 있었다. 하지만 그때 나는 지금처럼 인생경험이 많지 않았고 혼자서 초조해진 엄마는 내가 돕자고 나서기도 전에 가시만 돋쳐 있었다.
　엄마의 앞모습 뒷모습을 보며 그 엄마를 둘러싼 가족들을 보며 딸로서 번민하지 않을 수 없었다. 나는 스스로에게 자문을 거듭했다.
　사람들은 모두 행복을 추구한다고 말한다. 자신의 행복이 그토록 목표라면 어떻게 함부로 타인을 괴롭히는가. 자기 본위를 뛰어넘을 수 없다면 그 행복은 진실한 행복일 리가 없다.
　내가 갑자기 이역만리 청두로 유학을 떠난 근원에는 쉽게 풀릴 것 같지 않은 화두가 있었던 것이다. 유학은 결단도 어려웠지만 완성이 더욱 어려웠다. 당초 예정한 삼 년을 배로 늘리고도 애면글면하는 상태에서 계절을 맞고 계절을 보냈다. 어디에도 도움을 청할 데가 없었다. 가장 먼저 경제적인 걱정이 가슴을 후볐다. 절약해야 한다는 강박관념에 설날이 와도 추석이 와도 하냥 움츠러들었다.
　그래도 엄마 생각을 하면 가슴이 아려왔다.
　나는 학업이라는 부목浮木이라도 껴안고 있지만 서울의 어머니는 무엇으로 세월을 버틸까. 곁으로 달려가지 못하는 대신 무언가 한마디 위로하고 싶다. 방법이 없는 속에 방법을 찾고자 눈을 굴리고 있는데 사진 한 장이 보였다.

모녀와 홍매화

바로 견이가 찍어준 사진이다. 사진 속 내 표정은 너무나 밝았다.
내리비치는 설날春節 햇살은 봄이 이미 당도한 것처럼 따뜻하고 찬란했다. 쓰촨은 과연 남쪽 나라였다. 그 햇살 속의 붉은 꽃빛 때문이리라. 홍매화 숲속에서 나조차 한 그루 꽃나무처럼 빛나고 있는 것은.
"어쩌면 꽃들이 이리도 밝지?"

> 내리비치는 설날 햇살은 봄이 이미 당도한 것처럼 따뜻하고 찬란했 다. 쓰촨은 과연 남쪽 나라였다. 그 햇살 속의 붉은 꽃빛 때문이리라. 홍매화 숲속에서 나조차 한 그루 꽃나무처럼 빛나고 있는 것은.
> 「모녀와 홍매화」

활짝 핀 붉은 꽃나무 옆에 서 있노라니 늦게 공부한답시고 세상 걱정 혼자 다 짊어진 듯 무겁기만 했던 근심걱정이 한순간에 다 녹아 사라지는 것 같았다. 그래서 나도 모르게 활짝 웃었나 보다.
"맞아, 나를 기다리는 엄마한테 이 사진을 보내 드리자!"

어머니, 보세요,
저는 이렇게 밝고 환하답니다.
홍매화처럼요.
그러니 내 걱정은 마세요.

한 장으로는 왠지 안심이 안 되어 견이에게 따로 열 장 더 인화해 달래서 통째로 엄마에게 보냈다.
"네가 보고 싶을 때마다 이 사진을 보곤 했단다, 그동안 내가 …."
내가 서울에 가면 가장 먼저 들르는 어머니의 방에서다.
모처럼 오랜만에 같이 식사도 하고 얘기도 나누며 앉아 있는데 엄마가 생각난 듯이 창가의 수첩더미에서 수첩 하나를 펼쳐준다. 수첩 갈피에 내 얼굴이 웃고 있었다.
맞아, 오래 전에 내가 엄마에게 보냈지. 사진을 받아들고 다시 바라본다.
그때 나는 분명히 유학생활의 스트레스로 머리가 터질 것 같았는

295

데…, 내가 봐도 신기한 것은 꽃가지 사이에서 이제 막 피어나는 꽃봉오리처럼 함박웃음을 짓고 있는 나였다. "누구 딸인지 참 이쁘네요."

내 유머에 엄마도 배시시 웃음 짓는다. 지금 내가 웃고 엄마가 웃고 엄마의 좁은 방안 마주 앉은 모녀의 세월 속으로 꽃나무들이 그득하니 들어선다. 겨울이 오고 해가 바뀔 무렵마다 어김없이 피어나던 청두의 매화송이들. 그 꽃들의 힘으로 봄이 피어난다.

엄마, 자신을 믿으세요.
봄이 되면 꽃이 피듯이
늦었다는 시간은 없답니다.
이제라도 엄마라는 꽃을 피우셔요.

「心」

锦江恋歌 금강연가
一个韩国人的蜀思

쓰촨 대지진

2008년 5월 12일 오후 2시 28분, 첫 진동의 시각.
그 시각에 나는 집에 혼자 있었다.
휘잉, 하며 상하좌우의 각도가 비틀리는 순간 나는 본능적으로 알았다.
지금 지진이 일어났어. 침착하게 행동하자.
진동 한 번에 벽에 걸린 장식이 탁자 위로 떨어지고, 붙박이 책상은 한쪽으로 쏠렸다.
조금 있으니, 창문 아래서 날 부르는 소리가 들려왔다.
"박 선생님! 지진이에요. 얼른 나오세요. 아, 참 그리고 신발 하나 빌려 주세요."
쓰촨 사범대에 재학 중인 비비飛飛였다. 당시 사범대 교정 안에 있는 아파트에 살면서 비비와 친하게 지내던 터였다. 당황한 중에 반갑기도 하여 나는 급히 신발 한 켤레를 들고 계단을 뛰어 내려갔다.
"기숙사에서 급히 나오느라 신발 한 짝을 못 신었어요. 그런데 민혁이 는요?"
비비는 그 경황에도 내 아들 안부부터 묻는다. "민혁인 지금 학교에 있지."
"그럼, 데리러 가요."
비비의 기숙사는 물론이고, 아들이 다니는 초등학교도 대학 교정 안에 있었다.
아들을 데려온 뒤 비비는 기숙사로 가고, 우리 모자는 어수선한 채로 나마 저녁 식탁에 앉았다.
그때 전화가 왔다. 내가 이전에 살았던 하숙집 여주인 슬비丗璧였다.

건물 안에 있으면 위험하니 자기 차에서 밤을 새우자는 것이다. 친절한 소리에 끌려 교문 안쪽 대로변에 세워둔 슬비의 차로 갔다. 슬비는 운전석에, 그녀의 아들은 운전석 옆자리에, 나와 아들은 뒷자리에 앉았다. 언제 또 진동이 있을지 모르는 일이라서, 넷은 그렇게 슬비의 노란 소형 차 안에서 밤을 새웠다.

그 이튿날 문을 두드리는 사람이 있었다.

계단을 끼고 우리 집 맞은편에 사는 왕 여사였다. 고국을 떠나와 이런 일을 만났으니 얼마나 무섭냐고, 첫 마디부터 자상한 위로였다. 그리고는 자신의 텐트에서 밤을 보내자고 권했다. 주민들 대부분 야영하기로 했고, 자기네 식구도 교정의 백양나무 숲에 텐트를 쳤는데 꽤 넓어서 함께 잘 만하다는 설명이었다.

"고맙습니다."

잘 아는 처지도 아니면서 신세를 진다는 게 다소 미안하긴 했지만 때가 때인 만큼 나는 넙죽 받아들였다.

그날 밤이 생각난다.

숲 속, 왕 여사의 텐트에 누워 밤하늘을 바라보는데, 장막 너머 사람들 말소리가 들려오고, 불안도 외로움도 사라지고 마음이 훈훈해지는 게, "내게도 이웃이 있구나." 마치 원시 시대 마을 공동체 안으로 들어선 듯한 그런 안심 속에 잠이 들었다.

✻

부디 살아 있어다오!

생명이 생명을 응원하고 있었다.

재해 지역의 복구는 쉽게 끝날 일이 아니었다.

현장으로 달려갈 수 있는 사람은 달려가고, 도시에 남아 있는 사람들은 사람들대로 텔레비전 현장 중계를 주시했다.

내 가족의 생사라도 확인하는 것처럼 손에 땀을 쥐고 있었다. 어렵게 누군가가 구조되면 박수를 치며 환호했다.

살았다!

그해, 5월, 청두 그리고 쓰촨의 상공에는 서로의 삶을 응원하는 무수한 함성이 메아리치고 있었다.

어떤 어둠이 닥쳐도 우리 절대 지지 말자고!

锦江恋歌 금강연가
一个韩国人的蜀思

나는 금강을 빼고 청두를 생각할 수가 없다. 청두 사람들이 낙천적이고 인정이 넘친다고들 한다. 청두인의 그런 기질은 하루아침에 만들어진 게 아닐 것이다. 하늘과 땅과 사람이 함께 빚어온 오랜 미덕이리라. 거기에 금강 너른 품도 있었으리라.

✶

때는 2008년 5월 어느 날.

쓰촨성 원촨汶川 에서 규모 8.0의 지진이 발생하고 이삼 일 지났을까. 지진의 첫 진동과 함께 너 나 할 것 없이 동요했다. 그러나 도시의 일상은 겉으로만 보아서는 언제 뒤숭숭했나 싶을 정도로 정상적으로 돌아가고 있었다. 상인들은 여전히 가게를 열고 주부들은 여전히 시장을 보고…, 여느 때와 다른 점이라면 모두들 긴장을 숨긴 채 텔레비전뉴스에 온 신경을 집중하고 있다는 것이랄까.

바로 그런 즈음이었다. 그날 나는 무슨 일인가로 외출에서 돌아오는 길이었다.

버스 노선상 강변 정류장에서 환승을 위해 만원 버스에서 내렸고 마찬가지로 만원일 것 같은 다음 버스를 타려고 내린 자리에서 도보 2, 3분거리인 정류장까지 걸어가는 중이었다.

"어라?"

잰걸음으로 발길을 재촉하다가 나도 모르게 멈칫했다. 뜻밖의 광경이 펼쳐져 있는 것이다.

내가 익히 알고 있는 강변이 아니었다. 그저 강과 나무, 오가는 행인이 있을 뿐인 여느 날의 칙칙한 강변길이 아니었다. 강둑을 따라 이어진 잔디밭이며 나무들, 그 뒤로 유유히 흐르는 강줄기야 그대로였지만, 강둑의 푸른 잔디와 나무 그늘 아래로, 제각각으로 알록달록한 텐트들이 세워져 있고 사람들은 그 텐트들 사이사이 편안하게 모여 있었다. 눈앞은 어딘지 신선하고도 쾌활한, 그야말로 휴일의 교외 같았다.

강가라지만 엄연한 도심의 도로변, 그곳이 일시에 피크닉 공간으로 변하리라고는 한 번도 상상해 본 적 없었다. 단언컨대 이방인인 내가 아니라 청두 토박이라 해도 마찬가지였을 것이다.

"도로변 강둑이 텐트장으로? 이게 정말 가능해?"

눈앞 현장을 보면서도 믿어지지 않았다.

더 모순인 것은 그걸 교외의 야영장처럼 환영하고 있는 나 자신이었다. 왜냐하면 나 자신, 이 뜻밖의 풍경이 실은 지진에 대한 불안으로 이루어 진 이변이라는 걸 모르지 않았으니 말이다.

다시 말해 바로 며칠 전 청두에서 가까운 원촨에 지진이 일어났고 청두는 피해 범위 밖이라는 보도가 나왔지만 여진이 느껴질 때마다 두려운 것도 사실이었다. 사람들은 모이기만 하면 만일의 경우를 위한 정보를 교환했다. 이런 정보를 공유하다 보면 방법도 찾아지는 것이다.

"이럴 때는 집안에 있어도 위험하고 텐트라도 쳐야지 않을까?"

"어디가 좋을까?"

여러 사람들의 지혜가 모아져서 풀밭이 있는 강변 가로수길이 선택된 것이었다. 하나가 움직이니 둘이 나서고, 셋이 열이 되고 백이 되고. 생각 이 그럴싸해서 사람들을 움직인 것이다. 텐트든 비닐깔개든 뭐든 맞잡고 나르다 보니 이렇게 한 무리의 부족처럼 한 자리에 모인 것이다.

뻔히 원인을 아는 처지에 마냥 환호할 수는 없는 시점이긴 하지만 목전의 풍경이 싫지 않다. 얼마나 사랑스러운가. ―밝은 기분을 주는 각양각색의 텐트들이며 잔디와 나무의 푸름이며, 사람들이 도란거림까지.

그야말로 금강 물줄기를 따라 이어진 평화의 언덕이라고나 할지. 잠깐이나마 재난 중임을 까먹은 그날의 장면에서 금강 물줄기는 한없이 너른 어머니의 품으로 비쳤다.

나는 금강을 빼고 청두를 생각할 수가 없다. 청두 사람들이 낙천적이고 인정이 넘친다고들 한다. 청두인의 그런 기질은 하루아침에 만들어진 게 아닐 것이다. 하늘과 땅과 사람이 함께 빚어온 오랜 미덕이리라. 거기에 금강 너른 품도 있었으리라.

锦江恋歌 금강연가
一个韩国人的蜀思

동화

불똥다리 不動橋

그게 어느 나라, 어느 도시였는지 묻지는 마.
나는 이름이나 숫자 같은 걸 잘 기억하지 못해. 그래서 누가 그런 걸 물어 오면, 마음이 답답해지고 내가 너무 바보같이 느껴지지. 그래도 별일 없이 이만큼 살아왔으니 된 거지.
내가 그 도시에 도착했을 때는 저녁이었어. 낯선 지방에 저녁에 도착했을 때는 마음이 좀 급하기 마련이지. 캄캄해지면 좀 당황스럽거든. 그래서 공항에서 서둘러 호텔로 향했지.
택시를 타고서야 뉴스를 들었어. 무슨 뉴스였냐고? 그게 말이야, 그날 낮에 그 도시에 지진이 일어났다는 거야. 아니, 아니. 그 도시가 진원지는 아니었고 인근 다른 도시가 무너져버렸대. 그때 이 도시에도 지진이 느껴진 거지. 굴러가던 버스도 흔들리고, 아파트도 흔들리고, 아무튼 땅에 붙어 있는 것은 다 그 흔들리는 걸 느꼈대. 그것도 크게. 그래서 온 도시가 발칵 뒤집혔대. 택시 기사가 전해준 소식이었어. 그러면서 나더러 다시 공항으로 돌아가서 비행기를 타고 이 도시를 떠나라는 거야. 위험하다고. 있던 사람들도 놀라서 도망치려는 판에 굳이 이 도시를 여행할 게 뭐 있냐고. 일리가 있는 얘기였어.
그러나 곧 밤이 되는데, 비행기 좌석이 있다는 보장도 없잖아? 게다가 지진 때문에 도시를 빠져나가려는 사람이 많은 모양인데, 그렇다면 비행기 표 구하기가 더 어려울 거 아냐? 거기까지 생각하니 그냥 호텔로 가서 자는 게 나을 것 같았어. 내일 일은 내일 생각하자는 게 내 주의거든.
호텔에 도착하니 이건 입구에서부터 어수선한 게, 예감이 안 좋았어. 이거 오늘 밤 편히 못 자겠구나 예상을 하면서, 아무나 잡고 물었지. 방

동화 불똥다리不動橋

송이 나왔다는 거야. 건물 안에서 잠을 자다 건물이 무너지면 위험하니, 밖으로 대피하라는 경고 방송 말이야. 그래서 이동하는 거래. 그래 어디로 가느냐고 했더니, 그 사람은, 건물이 단단하다고 소문난 1급 호텔로 옮긴대. 그런데 거기는 숙박료가 상상을 초월하더라고. 비상시여서 그랬는지 모르지만 나는 꿈도 못 꿀 금액이야. 그래 다른 사람들은 어디로 가나 물었지. 가지가지였어. 어떤 사람은 그냥 호텔 앞 풀밭에 있어 볼 거라 하고, 어떤 사람은 텐트를 사겠다 하고, 별 생각이 안 나는 사람은 호텔 1층 입구에서 서성이고 … . 어쨌든 1층이면 빨리 피하기 좋잖아.

상황을 보아하니, 침대에서 자기는 정말 그른 것 같았어. 어차피 짐을 푼 것도 아니니까 그대로 호텔 밖으로 나왔지. 평상시였다면 그런 용기가 안 났을 거야. 아무리 도시라도 번화가 몇 군데 빼고는 어둡기 일쑤라, 나는 여간 익숙한 길 아니고는 나서질 않는 편이거든.

그러나 그날은 뭔가 달랐어. 사람들이 모두 풀밭으로 내려와 있었어. 위험하다니까 호텔뿐만 아니라 사무실, 아파트 고층의 사람들이 모두 건물 밖으로 나온 거야. 그리고 풀밭이기만 하면 아무 데든 텐트나 자리를 펴고 쉬고 있었어.

계절이 여름이기도 했지만, 그건 참 색다른 풍경이었어. 한두 곳도 아니고 풀밭마다 다 그러니, 도시 전체가 어딘지 여름 캠프장 같은 경쾌한 분위기를 풍기는 거야. 겉으로만 봐선 지진 위험은커녕, 오히려 다시없이 평화로운 여름밤이었어. 그래서 길을 따라 걸어보기로 했어. 어디 적당히 야경 좋은 풀밭이라도 발견하면 거기서 쉴 생각이었지. 내가 그런다 해도 하나도 이상할 게 없는 그런 밤이었어.

길은 이내 강변으로 이어지더군. 시내를 가로질러 흐르는 강이 있었던 거야. 강가 풀밭에도 군데군데 텐트가 쳐져 있고, 카드놀이를 하는 사람, 앉아 있는 사람, 누워 있는 사람, — 강물도 사람도 한가로워 보였어. 그리고 다리가 보였어. 다리를 건너기 시작했지. 내 진짜 이야기는 지금부터야.

다리 한가운데부터. 다리 한가운데서 굵고 투명한 줄이 늘어진 걸 발견하면서부터. 다리는 오래된 돌다리였어. 직접 밟아보니 알겠더라고. 코도 꼬리도 뭉툭해진 돌거북이 다리 입구에 엎드려 있는 것도 그렇고, 우툴두툴한 석재의 감촉도 그렇고. 낯선 여행지에서 뜻밖에 만난 유적이었어. 나는 사진기를 꺼냈지. 찍어두려고 말이야. 나는 오래된 것을 좋아하거든. 그때 보았어. 다리를 제대로 찍으려고 사진기 렌즈를 맞추면서 본 거야. 다리 한가운데였어. 투명하고 굵다란 줄이 수직으로 보이는 거야. 바로 허공에서 강으로 내려뜨려진 줄 같았어.

"응, 저게 뭐지?"

호기심이 나서 주위를 둘러봤어. 가까이 다가가기 전에 사람들에게 물어 보려고 말이야. 그런데 아무도 없더군. 양쪽 강변으로 가로등불이며 텐트며 사람들이며, 지나올 때 본 대로 번화한데, 정작 다리에는 나 말고 한 사람도 없는 거야.

이상한 노릇이지. 그래서 다시 유심히 살펴보니까, 많은 게 달랐어. 오가는 차도 없고, 석등에서 비치는 불빛도 전등이 아닌 기름불이었어. 나는 이렇게 이해했지. 아하, 이 다리는 옛 모습 그대로 보존하는 특별한 다린가 보구나. 모르고 왔는데 운이 좋은 편이네. 이렇게 말이야. 그러니까 앞뒤가 맞았어. 왜, 어느 지방에 가면, 여행자들만 많고, 정작 그곳 사람들은 별로 없는 그런 관광명소가 있잖아. 그 다리가 바로 그런 곳이야. 그러니 사람이 없는 게 당연하지, 지진 때문에 여행자들도 관광할 경황이 없을 때니까 말이야. 납득이 되고 나니 마음이 느긋해지더군.

그래서 더 이상 망설이지 않고 그 줄이 있는 곳으로 가까이 갔어. 난간에 기대어 팔을 내미니 손이 닿았어. 두 손으로 당겨서 근덩근덩 흔들어봤어. 낚싯줄 대부분이 그렇듯이 줄 표면이 아주 매끄러워서, 줄을 잡는 게 아니라 두 손바닥을 줄 표면에 대고 팔을 흔드는 식으로 흔들어야 했어. 그런데 내 몸이 휘청 흔들렸어. 돌다리가 출렁한 거야. 아니, 잘 말하지. 지진이었어. 다리 양쪽에서 으악 하고 사람들 비명 소리가 울리는 걸 들었으니 틀림없이 지진이 일어났던 거야. 다리 가운데서도, 아직 건물에 남아

있던 사람들이 쏟아져 나오는 게 어렴풋하게 보였어.

그때 무서웠냐고? 아니. 발밑이 흔들렸을 때는 좀 당황했지만, 지진 현상이라고 생각하니 이상하게 마음이 안정되더군. 땅이 좀 흔들리는 것일 뿐이잖아. 그러다 죽으면 어떡하냐고? 글쎄, 이렇게 대답하면 어떨지 모르지만, 당시 나는 죽음보다는 미래가 두려웠어. 왜냐고 캐묻지는 말아줘. 그때는 그랬으니까 말이야.

하여간 나는 안심하고 다시 동아줄을 있는 힘껏 흔들었어.

"거기 누구냐!"

천둥이 치는 줄 알았어. 아까보다 심하게 발밑이 출렁거리면서 엄청나게 큰 소리가 동시에 났으니까. 나는 놀라서 나도 모르게 하늘을 올려다 보았어. 그런 데 말이야, 거기 하늘에 소리만큼이나 큰 얼굴이 나를 내려다보고 있는 거야.

"너냐? 내 낚싯줄을 흔든 게? 아까도 네가 흔들었겠다?"

세상에, 하늘을 다 가릴 정도로 큰 얼굴이 내게 화를 내고 있다니! 순간 뭐라 대답해야 할지도 모르고 나는 굳어져버렸어.

"사람 주제에 배짱 한번 두둑하구나! 하하."

그런데 웬걸! 큰 얼굴이 이제는 화를 거두고 웃어젖히는 거야. 겨우 한숨을 돌렸지.

"저는 그냥 흔들어도 되는 줄 알았어요. 이 줄은 뭐에 쓰는 건가요?"

"그래. 어떤 미련한 데다 성질이 제멋대로인 용 한 마리를 낚으려는 중이다."

"용이라고요?"

나는 점점 뭐가 뭔지 모르게 되었어.

큰 얼굴은 그런 내가 오히려 재미있는지, 싱글거리는 거야.

"왜? 방금 땅 밑이 진동한 걸 보고도 내 말을 못 믿겠단 말이냐? 그럼 어디….''

그 말과 함께 천지가 갑자기 요동치기 시작했어. 큰 얼굴이 줄을 당기면서 일어난 현상이 확실했지.

"오오, 안 돼요! 무섭단 말예요! 당신 말을 다 믿을게요."

"진즉 그럴 것이지. 졸리던 참에 마침 잘됐다. 옛다, 이 물레를 받아. 내가 잠 잘 동안 꼭 잡고 있어야 해. 가만히 잡고 있다가, 줄이 당겨지는 것 같으면 그만큼 풀어주면 돼."

큰 얼굴은 내가 거절하기도 전에 자기 할 말만 다 하고 사라졌어. 어느새 내 팔엔 줄이 잔뜩 감긴 물레 손잡이가 안겨 있더라고. 그러니까 내가 맡은 일이란 게, 줄 상태를 보면서 물레를 풀어주거나 감아주면 되는 거였어.

실수라도 하면 큰일일 것 같아서 정말로 긴장되었지. 졸리지도 않았어. 큰 얼굴이 얼마 동안이나 잠을 잘지, 나는 정말이지 벌 받는 기분으로 물레 손잡이를 꼭 잡고 있었지.

그렇게 새벽이 오고 있었어.

"아흠, 제법이군. 나보다 나은걸."

큰 얼굴 목소리가 머리 위에서 천둥소리처럼 들려오더군.

"어휴, 얼른 받으세요. 제 팔이 그만 돌이 될 것 같아요."

거대한 탑이 쑥 다가왔어. 바로 큰 얼굴의 손이었어. 그 손을 보자 퍼뜩 스치는 게 있는 거야. 나는 망설일 것도 없이, 얼른 물레를 안은 채 그 손바닥 위로 기어 올라갔어. 그리고 말했어.

"이왕 칭찬하셨으니, 상으로 천지天池라고 하늘연못 좀 구경시켜 주세요."

"연못? 그건 왜?"

"하늘연못을 들여다보면 미래가 보인다면서요? 그게 보고 싶어요."

"뭐, 그거. 어려울 거 없지."

큰 얼굴은 얼굴만큼이나 마음도 큰 것 같았어. 쉽사리 허락을 하더군. 드디어 내 소원이 곧 이루어지게 된 거야.

얼마나 기뻤던지, 아직까지 내 품에 안고 있던 물레를 살피는 것도 잊은 거야. 큰 손이 올라갈수록 줄이 점점 당겨졌는데 말이야, 한참을 몰랐어. 내 발은 큰 얼굴의 손바닥을 밟고 있었으니까 아무 느낌도 못 느낀 거지.

큰 얼굴이 먼저 이상을 발견했어.

"저런! 낚싯줄을 풀어야지! 모자란 녀석 같으니!"

벼락같은 호통 소리를 들으며 줄을 푸는데 잘 될 리가 있어? 땅에서는 난리가 났지. 높은 건물들은 거의 무너지기 직전이었어. 다행히 무너지기 전 에 수습은 되었지만. 하마터면 도시 하나가 없어질 뻔한 순간이었지.

나는 당연히 상을 받을 자격이 없어졌지.

큰 얼굴은 얼마나 화가 났던지 나를 던져버리더군.

정신을 차려보니 내가 다리 아래 풀덤불에 있는 거야. 그나마 돌다리에 떨어뜨려지지 않은 게 다행이었지. 여기저기 아침 운동을 하는 사람들도 보 이더군.

그중의 한 사람을 붙잡고 물어봤지.

"지난밤에 무슨 일 없었나요?"

"일은요? 모처럼 풀밭에서 아주 달게 잤는걸요. 그 사이 땅이 울리고 건물이 좀 흔들리긴 했지만 괜찮아요. 뭐가 무너졌다는 소리도 없고, 사람들은 다들 안전하고, 내가 이렇게 단잠을 잔 것만 보아도 분명 아무 일 없었을 거예요."

또 한 사람에게 물어봐도 비슷한 대답이었어. 안도의 긴 한숨이 내 입에서 나왔어.

그제야 돌다리 이름이라도 알아가자는 생각이 들더군. 마침, 강물에 낚싯줄을 드리우고 있는 할아버지가 보였어.

"할아버지, 이 다리 이름이 뭐예요?"

"불똥다리."

"예?"

"단단하게 만들어서 세상이 뒤집어져도 끄떡 않는다 해서, 아니 불不에 움직일 동動 '부동교不動橋'인데 '불똥교'라고들 부르지. 옛날에 말이지, 용 한 마리가 야광주를 갖고 놀다가 떨어뜨렸어. 몸길이가 백 리나 되는 놈인데 그걸 찾아내겠다고 세상 온갖 곳을 쑤시고 다니니 세상이 여간 난리가 아니었어. 그걸 보고 하늘에서 그놈을 잡아 올리려고 낚싯바늘을 내려 그놈꼬리에 꽂았는데 말이지, 하필이면 그놈이 여기 이 강물을 거슬러 올라오고 있을 때였어. 아니나 달라, 그놈이 자꾸 거슬러 올라오니까 낚싯줄이 딱 다리에 걸려버렸어. 어쩌겠어. 다리가 떡 버티고 있으니. 그놈은 그래 꼬리를 예다 두고 땅 밑으로 파고들어 가끔 요동을 치는 거고, 하늘은 하늘대로 고집이 있지, 어디 다 잡은 것을 놓아줄 수 있어? … 천 년 만 년 그러고 있는 거지. 다리가 끄떡을 안 하거든."

"에이, 할아버지는 그걸 믿어요?"

"믿으니까 여기서 용을 낚고 있지?"

몸집도 자그마한 노인이 농담은 아주 크게 하더군. 순박하고 맑은 미소를 지으면서 말이야. 문득 할아버지 얼굴이 어디서 본 듯하다는 기분이 들었어. 그래서 사진을 찍은 거야. 자, 이 사진을 봐, 할아버지가 낚시를 하고 있잖아. 다리도 보이고. 강물도 보이지? 강에서 물고기는 잡히냐고? 물고기뿐이 겠어? 그 할아버지 말로는 용도 잡힌다던걸!

그 도시에서 또 지진은 없었냐고? 몰라, 난 그날로 도시를 벗어나 오지를 찾아 떠났으니까. 소문에 그 오지 어디쯤에 성스러운 천지가 있대. 그 호숫가에 서서 호수 한가운데를 잘 응시하면 미래를 볼 수 있대. 나는 그 미래가 보이는 성스러운 호수에 가보고 싶었거든.

그럼 미래를 보았겠다고?

글쎄, 더는 묻지 마. 사람마다 자기 가슴 깊숙이 간직하고 싶은 일이 하나쯤 있어야 하는 법이니까.

우리는 혼자가 아닙니다

다큐멘터리 영상 하나를 보았다.

원촨 대지진의 생존자인 대국홍代國宏이라는 청년의 인터뷰 영상이었다. 그는 십 년 전 그날을 하나도 잊지 못하고 있었다.

2008년 5월 12일.

지진이 일어나던 그 시각에 그는 학생이었고 수업을 받고 있다가 지진인 줄도 모르고 그대로 학교 건물에 매몰되었다.

첫날은 사태의 심각성도 알지 못한 채 그저 구조만을 기다렸다고 한다.

건물이 부서지고 그 아래 깔린 상태여서 친구들 모습도 보이지 않았다. 가까이에 여학생 하나가 살아 있어서 말소리를 내어 서로를 격려했다. 구조대가 올 때까지 참고 기다리자고. 그런데 이튿날 그 목소리는 이렇게 말했다고 한다.

"너는 살아나가서 나 대신 우리 부모님께 내가 많이 사랑한다고 전해줘. 나중에 너의 꿈을 다 이룬 뒤엔 잊지 말고 우리를 위해 뭔가 의의 있는 일을 해줘."

이를테면 유언이었다.

친구의 목소리조차 끊어진 캄캄한 어둠 속에서 남자아이는 버텨냈고 결국 구조되었다.

건물 파편에 다친 두 다리는 잘라내야 했다. 살아남았지만 두 다리를 잃은 장애인으로서 그는 신체적 결함을 극복하기 위해 수영을 배웠다. 그것은 운동이라기보다 적응 훈련이었다. 그의 가슴엔 친구의 유언이 깊게 새겨져, 누구에게도 부끄럽지 않은 자신이 되자고 혼신을 다했다. 적응 훈련이었던 수영이 나중에는 자신에 대한 도전으로 변했다. 2010년 (중

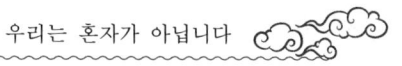

국) 전국장애인올림픽 수영 100미터 부문에서 금메달을 따기도 했다.

칠 년 동안 각고의 노력으로 자신이 살아 있음을 증명한 이 청년은 드디어 오랫동안 미뤄왔던 일을 하기로 한다. 지진 당일 생사의 동지로 자신에게 유언을 남긴 여학생의 부모를 찾아 나서기로 한 것이다. 2015년의 일이었다.

왜 그때여야 했냐고 아나운서가 묻는다. 이에 청년은 담담히 대답한다. 여학생의 부모가 자신을 만나기까지는 아마 자녀의 생사에 대해 희망을 품어왔을 것이라는 것, 그가 그날의 기억을 전해주는 그 순간이 여학생 부모에겐 이제까지 품었던 실낱같은 희망의 불을 꺼버리는 불가피한 사망 선고의 순간이라는 것. 그걸 알기에 결코 쉽지 않은 결정이었다고. 친구의 유언을 왜 바로 전하지 않았느냐고 아나운서가 한 번 더 재우쳐 묻자 청년은 대답한다. 죽어가던 친구의 마지막 말에 걸맞은 당당한 사람이 되고자 스스로 먼저 분투해야 했다고. 자기 자신이 부끄럽지 않을 만큼 노력했다고 인정할 수 있게 되어 용기를 냈다고.

마지막으로 그는 말했다.

지진과 함께 우리에게 아픔은 새겨졌지만, 우리는 절대 혼자가 아니다. 누구도 절대 혼자가 아니라는 그 말을 전하고 싶다고 했다.

콜라 소년

2008년의 지진 속에 탄생한 '콜라 소년可樂男孩'이 있다.
　죽음의 위기에서 구출된 직후 구조대에게
　"콜라가 먹고 싶어요."라고 말해 유명해진 소년. 소년의 본명은 설효薛梟라고 한다.
　건물 잔해 속에서 꺼내지자마자 콜라를 찾던 모습, 텔레비전 현장 중계를 통하여 나도 보았다. 세월이 흐른 지금도 눈앞에 생생하다. 중학교였다. 4층짜리 학교 건물이 붕괴된 현장이라 했고, 붕괴 후 이미 70시간이 지났는데 구조대가 폐허 같은 잔해 더미 속에서 두 남녀 학생을 꺼내고, 바로 그 부근에서 또 한 명의 남학생을 찾아냈다.
　그 남학생이 구조된 것은 건물에 깔린 지 80시간이나 지난 후였다. 살아 있다고는 하나 어떤 신체적 손상이 있는지 알 수 없는 상황이었다. 구출된 소년은 오른쪽 손과 다리를 다친 채여서 급한 대로 응급처치를 받고 구급차에 실리기 직전이었다. 그런 순간에 아이가 갑자기, "삼촌, 콜라를 마시고 싶어요!"라고 구조대원을 부른 것이다. 콜라!
　이 한 마디에 구조대원들의 표정에 순간 웃음이 돌았다.
　"알았다, 콜라 갖다줄게."
　텔레비전으로 구조 장면을 보고 있던 나는 깜짝 놀랐다. 건물 더미에 깔려 죽을 뻔한 아이가 살아나서 "콜라"라고 할 줄 누가 알았겠는가. 물론 콜라라는 음료는 유명하다. 그렇지만 죽을 뻔한 위기에서 부활한 소년이 콜라를 찾다니! 어디 그뿐인가, 소년은 한 마디 덧붙이기까지 했다.
　"찬 걸로요!"要冰凍的!
　"찬 거라고, 알았어!"好的，拿冰凍的!
　어쩜 저리 태평일까, 마치 아무 일 없는 날 동네 잡화점에라도 들른 것처럼 말한다.

 태연하기가 책에서나 보았던 왕자님 같다. 조금도 두려움을 모르는 소년이다.

 아파트 거실에서 나는 혼자 자문했다.

 쓰촨의 아이들은 모두 저러한가, 도대체 어디서 저처럼 천진한 낙관주의를 물려받았단 말인가!

 나만 감탄한 게 아니었다.

 알고 보니 이 순간의 보도를 접한 중국의 전 국민이 이 강하고 명랑한 소년에게 반해버렸다.

 누가 아니겠는가. 대자연의 참사에 남녀노소 없이 어쩔 바를 모르는판에 도무지 공포란 걸 모르는 듯한 소년이 나타났으니.

 지진 복구 중에도 사람들은 자꾸 '콜라 소년'을 떠올리며 웃었다.

 이 웃음과 함께, 그래 우린 쓰촨 사람이야. 아무리 힘들어도 웃어넘기지 못할 일은 없지. —라는 메시지가 퍼져나갔다. 그 밝은 기운이 점차 확대되어 나가는 게 이방인의 눈에도 훤히 보였다.

 실로 두려움 없는 생명의 영향력이었다.

 콜라 소년은 십 년 후 청두시 코카콜라박물관의 청년관장이 되었다. 청년이 된 콜라 소년에게는 한 가지 바람이 있다고.

> 이 웃음과 함께, 그래 우린 쓰촨 사람이야. 아무리 힘들어도 웃어넘기지 못 할 일은 없지 —라는 메시지가 퍼져나갔다. 그 밝은 기운이 점차 확대되어 나가는 게 이방인의 눈에도 훤히 보였다.
> 실로 두려움 없는 생명의 영향력이었다.
>
> 「콜라 소년」

 "사람들이 먼저 저를 설효로 받아들여주고, 그 다음에 제가 그 콜라 소년이었다는 걸 기억해주면 좋겠어요."

 유명해진 입장에 좌우되지 않고 자기 자신에 충실하고 싶은 건실한 마음이 엿보였다.

 그렇게 건실한 청년에게도 지진으로 인한 상처가 있었다.

 첫사랑인 여자 친구를 지진으로 잃은 것이다. 다시 누군가를 만나 사랑할 수 있을까?

锦江恋歌 금강연가
一个韩国人的蜀思

　　청년은 아직 답은 모른다고 했다. 그렇지만 시간이 약이라는 속담을 믿고 있단다.

　　약관의 청년이 담담하게 인생 도리를 수용하고 있다. 소위 말하는 대륙인의 근성인가, 부럽기조차 했다. 내가 아는 나는 그보다 두 배의 연령이 되고도 불리한 현실에 조급해지기 일쑤인데 ….

　　폐허 속에 차가운 콜라를 찾던 소년은 이제 어엿한 사회인이다. 박물관에서 일하는 직업인으로서 관람객을 맞이하여 해설이나 안내도 해주며 충실한 일상을 보내고 있다고 자기 나이에 맞는 노력을 하면서 열심히 살고 있다고 —인터뷰 기사는 그렇게 전하고 있었다.[①]

[①] '콜라 소년'의 인터뷰 기사는 다음 신문기사를 주로 참조. 成都商報（2018.4.9.） 출처: "新浪四川" http://sc.sina.com.cn/news/m/2018-04-09/detail-ifyvtmxe2351809-p3.shtml

화이부동和而不同

쓰촨 불냄비火鍋

"역시 공자의 나라는 다르구나.'
비행기에서 『논어』 한 구절을 보았다, 아마 청두로 가는 산둥항공이었 을 것이다.

> 孔子曰: "君子和而不同, 小人同而不和."
>
> —『논어論語자로子路』

군자화이부동, 소인동이불화. 군자는 화합하되 주체를 잃지 않고, 소인배는 무리에 애써 맞추어 진정한 화목을 모른다는 뜻이다.

들어도 곧 잊어버리는 나이지만 "화이부동"이란 고사성어는 왠지 귀에 익었다.

그래, 맞아. 쓰촨 요리에 대해서였어. 쓰촨 요리의 특징을 설명하며 화 이부동의 맛이라고 누가 말해줬어. 그렇게 정의한 까닭은, 쓰촨 요리는 식재료들을 하나의 요리에 모아 넣고 그 전체적 조화를 이끌어내는 한편 원재료가 가진 각각의 맛도 살리는 장점이 있어서라 했다.

쓰촨 요리에 쓰이는 양념 가짓수가 정말 많은데, 그 많은 양념들이 음식을 화합의 맛으로 만드는 작용을 한다는 점에서도 그러한 도리가 찾아진다는 것이다.

나는 화합의 맛이라는 말을 듣자 제일 먼저 쓰촨의 별미 '훠궈火鍋'가 생각났다. 이미 갖가지 양념으로 만들어진 탕 속에 야채와 고기 무엇이든 넣어 먹는 요리 말이다. 양념의 조화로 탕 맛이 결정된 위에 각자의 기호 에 따라 선택한 각종 식재료들이 그 끓고 있는 탕에 데쳐진다. 그러

313

면 감 자든 소고기든 제 고유의 맛으로 익으면서 탕의 진한 맛이 겉에 입혀지기 때문에 그 맛이 독특하고 오묘하다.

내가 청두에서 만난 한국인들은 하나같이 쓰촨 훠궈의 매력에 주목하곤 했다. 언젠가는 여럿이서 한참을 훠궈에 대해 토론하기도 했다. 누군가는 이 요리가 한국에 널리 퍼질 날이 올 거라고 예언했고, 누군가는 그 말을 받아, 훠궈를 번역하여 '불냄비'라고 부르면 어떻겠냐고 물었다. (그 뜻을 받아 이하 훠궈를 불냄비라고 쓸까 한다.)

불냄비火鍋는 청두에서 처음이었다.

"쓰촨에 왔으니 매운맛을 먹어봐야지요."

고추·산초·후추 … 열두 가지도 넘는 양념을 주방에 갖춘 쓰촨의 식당들, 소시지 꼬치구이를 사면서도 소시지를 고춧가루 위에 한 번 굴려서 먹길 좋아하는 쓰촨 사람들. 불냄비 역시 대표 이미지는 빨간 색 매운 맛 이다.

한번 먹어보면 왜 사람들이 이 음식 이름에 '불火'자를 넣었는지 조금은 알 것 같다. 국물이 보여주는 붉은색도, 눈앞에서 내내 끓고 있는 열 기도 너무 인상적이다. 거기다 매운 맛이 입안에서 화—하다. 얼마나 매운지 많이 먹으면 배탈도 나고, 열이 올라와서 얼굴에 작은 도드라기들이 돋아나기도 한다.

하지만 희뿌연 육수로 만든 순한 맛도 있다. 매운 홍탕紅湯이 싫으면 맵지 않은 백탕白湯을 요구하거나 냄비의 칸이 두 개로 나눠진 것으로 주문할 수 있다. 두 칸 냄비는 이름도 듣기 좋게 원앙과鴛鴦鍋이다.

나를 불냄비 집으로 데려간 친구는 쓰촨 매운 맛을 자랑스러워했다. 덕분에 내가 처음 먹은 것은 붉은 탕이었고 혀는 놀라면서 반겼다. 이전엔 한 번도 먹어본 적 없는 매운 맛의 새로운 세계였다.

국물로 말하면 우리나라와는 용도가 다르다. 불냄비의 국물은 건더기를 데치면서 표면에 묻히는 정도를 먹는 것일 뿐, 맛이 있기만 하면 국물을 즐겨 떠먹는 한국인의 식습관하고는 다르다. 그래도 쓰촨의 불냄비는 유혹적인 맛이다. 나 역시 팔팔 끓는 불냄비의 맛에 금세 빨려들었다. 쓰촨 불냄비야말로, 먹어도 먹어도 늘 새롭게 느껴지는 이 세상의 몇 안 되는 음식 중 하나가 아닐까.

내가 쓰촨 불냄비에 홀린 이유가 단순히 맛 때문만은 아니다. —젓가락으로 맵고 뜨거운 음식을 입안에 넣었을 때, 기실其實 식도를 타고 가슴에 닿는 것은 동석한 사람들의 말소리와 웃음소리, 그야말로 인간 세상에 어울리는 맛, 즉 사람 사는 맛이다. 이처럼 유쾌한 맛을 달리 어디서 구하랴!

사람들은 너 나 할 것 없이 유쾌한 얼굴이다. 다양한 재료들이 접시마다 담겨 있다. 그 중에 한두 접시를 탕에 넣는다. 딱히 원칙이 있는 건 아니라지만 음식 재료마다 익는 속성의 차이를 알아서 어떤 것은 넣자마자 익고 어떤 것은 조금 기다려주고, 또 어떤 것은 좀 더 오래 기다려주고, … 제때 알아서 건져 먹는다. 얼추 먹었으면 다른 재료를 넣고 누구에게 미루면 안 된다. 먹으면서 부으면서 또 서로 권하면서 입도 손도 부지런히 놀리는 거다. 원탁에 놓인 음식을 다 먹을 때까지 이 하나의 요리에 집중하는 것이다. 먹는 데 단결하며 화목해지게 된다. 단결하지 않을 수 없다. 우선 솥의 국물이 보글보글 끓고 있다. 아직 비우지 않은 접시가 많다. 종류가 많으니 다음 맛이 기대된다. 그러니 안 바쁠 수가 없다. 국에 넣고 건져 올리는 단순한 작업에 서로 미룰 이유가 없다. 평등하게 바쁜 것이다.

내 기억 속에서 쓰촨 불냄비는 유쾌한 행복의 맛이다.

그런데 원래 쓰촨 불냄비를 끓이는 그릇은 지금의 솥보다 훨씬 크고 육중한 청동 솥이었을 거라 한다. 그 말이 사실일진대 이 요리의 유래는 청동기 시대로까지 거슬러 올라가야 할 것이다. 그렇다면 국가적 대사를 앞두고 그 성공을 다짐하며 의식처럼 이 음식을 나누기도 했으리라. 백성들끼리라도 좋다. 장작불 위에 큰솥을 올려놓고 많은 사람들이 둘러앉아 뜨거운 것을 후후 불며 먹었을 그 현장감을 생각하면 청동 솥 요리는 옛날 옛적부터 여럿이 떠들썩하게 먹고 마시는 자리의 메인 요리였을 게 분명하다. 음식에 담긴 장중한 역사와 우의 넘치는 분위기, 여기에 외국인이 매력을 느끼는 것인지도 모른다.

최근에 한국에도 훠궈집과 마라탕집이 많이 생겨났다. 마라탕 역시 쓰촨의 맛이고, 맛은 훠궈와 비슷하다. 이 둘에 대해 개인적인 의견을 보태자면 청두 사람처럼 아무 때나 친한 이들이 한자리에 모여서 솥을 둘러싸고서 서로의 마음을 나누면서 부지런히 먹을 자신이 없다면 훠궈집보다는 마라탕집을 선택하는 게 나을 것이다.

요즘 나는 한 가지 사실을 깨닫는다. 쓰촨 맛을 기억하는 내가 진정가져오고 싶은 것은 단순한 쓰촨 요리가 아니다. 쓰촨 사람들의 정이다. 사

锦江恋歌 금강연가
一个韩国人的蜀思

실 요즘 같은 국제화 시대에 쓰촨 맛이 세계 어디로 옮겨지든 하등 이상한 게 없다. 그 물리적인 맛이 다가 아니다. 음식에 담긴 쓰촨 사람들의 개방성과 낙천성, 그것들을 가슴으로 받지 않는 한 쓰촨의 화이부동의 맛을 음미하기는 쉽지 않을 수 있다.

> 아파트 단지 바로 옆에 야채시장이 있고 거기 2층에 두부가게가 있는데, 부지런한 젊은 부부가 운영하고 있었다. 남편은 주로 두부를 만드느라 바쁘고 가게를 지키는 건 달덩이처럼 얼굴이 고운 새댁이었다.
> 　　　　　　　　　　　　　　　　　　　　　　　　「화이부동」

전주비빔밥

화이부동의 맛이라 하니 우리의 비빔밥이 생각난다. 비빔밥이라면 전주비빔밥이 유명하다.

전주는 내가 대학 입학으로 인해 상경하기 전까지 살았던 곳, 즉 나의 고향이다. 고향을 떠나오니 전주비빔밥에 대해 물어오는 친구들이 가끔 있다. 정통 전주비빔밥은 36가지 이상의 갖가지 재료들을 밥 위에 얹어 함께 비빈다고 한다. 한 그릇에 36가지 맛이 합쳐져 서로 어울리니 그 속에 조화의 원리가 있다는 것이다.

하지만 우리가 고급스런 전주비빔밥만 고집할 필요가 있을까. 비빔밥은 다양한 창조가 가능하다. 상황에 맞게 쉽게 구할 수 있는 재료로 밥을 비벼 먹는 방법은 한국인에게 친숙하고 보편적인 조리법이다. 비빔밥의 재료가 때로는 네댓 가지 혹은 한두 가지뿐일 때도 있다. 그래도 맛있을 수 있는 것은 비벼주는 어머니의 손맛 때문이거나 또 한 끼 먹을 수 있음에 감사하는 마음 때문일 것이다.

내가 엄마에게 전수 받은 요리법 하나가 있다. 어찌 보면 비빔밥이고 어찌 보면 볶음밥인데, 익은 김치와 씻은 콩나물, 그리고 밥만 있으면 할 수 있다. 조리법도 간단하다. 솥 바닥에 물을 조금 붓고 그 위에 콩나물 그리고 송송 썬 묵은 김치, 그 위에 밥을 얹고 참기름이 있으면 쪼르르 부은 다음 솥뚜껑을 닫고 콩나물이 익을 만큼 가열한다. 적당히 익었다 싶을 때 주걱으로 비벼주면 새콤한 김치 맛에 콩나물의 아삭한 식감이 어우러져 나름대로 만족스러운 한 끼가 되는 것이다.
 콩나물이라면 또 전주 콩나물이 유명하다. 그래서인지 어렸을 때 밥상엔 거의 날마다 콩나물무침 아니면 콩나물국이 올라왔다. 콩나물 두어 줌이면 뚝딱뚝딱 반찬이 만들어지는 것이다. 겨울날이면 묵은 김장김치와 콩나물을 넣고 끓인 엄마표 콩나물죽도 별미였다. 감기를 앓다가도 콩나물죽을 먹으면 거뜬해지는 기분이기도 했다.
 명절날 임박해서는 마루 한구석에 고무대야에 시루가 얹어지고 콩나물콩을 담아 매일처럼 물을 부어준다. 그러면 한동안은 사 먹지 않아도 되는 것이다.
 크고 나서 알게 된 사실인데 전주 콩나물의 맛이 더 좋은 까닭은 물이 달라서라고 한다. 전주의 한벽당寒碧堂 밑으로 작은 강이 흐르는데 그 강 상류의 물로 길러져서 전주 콩나물만의 맛이 난다는 것이다. 전주 콩나물이 유명하다 보니까 콩나물국밥을 파는 식당들은 곧잘 '전주'를 앞에 내 세운다.
 서울에 살면서 딱 한 번 나는 이름에 '전주'를 붙인 식당에서 콩나물국밥을 먹어본 적 있다.
 출판사 사장이 특별히 나를 안내한 곳이었다.
 친구의 소개를 받아 출판사를 찾아간 날이었다.
 그즈음 나는 동화책을 출간하고 싶어 했다. 내 생각을 듣고 지인이 어린이 책을 내는 출판사 사장에게 다리를 놓아줬다. 만나자는 연락이 왔다. 사장은 책 출판은 어렵지 않다고 했다. 식사 먼저 하고 얘기를 나누자며 나를 안내했는데 간판을 보니 '전주 콩나물국밥'이라고 쓰여 있었다. 이거 뜻밖에 사장에게서 고향 음식을 대접받는 셈이 되었구나!
 그가 내 고향이 전주인 걸 알 리 없는데 싶으면서도 그 우연이 더 감격스러웠다. 내 책을 출간하는 일을 선선히 응낙한 것도 그렇고 …. 오늘 내가 귀인을 제대로 만난 것인가. 목으로 넘어가는 얼큰한 국물이 시원했다. 내 기분 탓인지 사장은 드물게 말이 통하는 사람 같았고 대화도 즐거웠다. 그러다 문득 생각난 듯 사장이 내게 넌지시 묻는다. 때마침 인쇄 들어가기 직전의 원고가 있는데 수정을 부탁해도 되겠냐고. 나는 아무런 의심 없이 그러자고 했다.
 결론부터 미리 말하면 절대 그냥 부탁해서는 안 되는 일거리였다. 처음엔 그냥 한두 권 봐주면 되겠거니 여겼다. 그런데 점심 먹고 퇴근시간까지 끊임없이 가져오는 것이다. 그리고 다음날은 일찍 나와 달라는 것이다. 그제야 이상한 기분이 들었다. 더 이상한 것은 과도한 양의 일을 단순히 우정의 협조 정도로 처리하는 사장의 태도였다. 사장의 저의를 의심하지 않을 수가 없었다. 책 출판 상담에 응하는 척하면서 목적은 어린이용 시리즈 원고를 통째로 손봐줄 사람으로 날 이용했던 것이다. 내가 그만 깜빡 속은 것이다. 겉으로는 교양 있는 척 문화계 인사인 양 굴면서 속으로는 어떻게 하면 돈 안 들이고 사람을 써먹을까 잔꾀를 부리는 사람에게 말이다.

하필이면 그런 자하고 전주 콩나물국밥을 먹었다니! 세월이 흘러서도 원통했다.

베이징에 학술회 일로 갔다가 우연히 알게 된 여성 학자가 있었다. 어쩌면 일회성으로 남을 만남이었는데, 내가 한국 사람이다 보니 그녀 쪽에서 한국을 화제에 올렸다.

"고향이 어디세요?"

보통 내가 한국 사람이라는 걸 알면 한국에 대한 얘기를 하지 고향까지 묻는 경우는 드문데 … 속으로 놀라면서 "전주예요. 전주비빔밥과 콩나물국밥이 유명한 곳이죠."라고 설명했다.

그랬더니 그녀가 대뜸 "아, 콩나물국밥!" 하며 아는 체를 한다. 자기 친구한테 들어 안다는 것이다. 나는 무슨 호평을 듣게 되려나 은근 기대를 하며 그녀가 하는 말을 들었다.

그녀에게 친구가 하나 있다.

그 친구는 한국의 한 지방대학 —학교가 시내에서 꽤 떨어진 곳이라구 내식당만 의지해야 하는 곳— 에 초대되어서 1년인가 2년을 머물고 돌아왔다. 그런데 친구가 귀국해서 하는 말이, "야휴, 내 앞에선 콩나물의 '콩'자도 꺼내지 마!" 하면서 콩나물에 진저리를 친다고.

이유인즉슨 대학교의 지리적 위치 때문에 구내식당 밥만 먹어야 했던 친구가 주야장천 콩나물국밥을 시켜먹었다는 것이다. 어째서 한 가지만 먹지? 무슨 사정이 있었던 모양이지만 그건 큰 문제라고 생각되지 않았다. 외국인이 주문에 서투른 터에 그나마 질리지 않고 먹을 만한 음식이라서겠지, 그런 짐작을 굴리며 여성 학자의 말을 듣고 있었다.

"그렇게 맛없는 것을 이 년씩이나 먹어서 질렸답니다."

여성 학자의 어조는 친구에게 완전히 감정이입이 된 상태였다. 나는 속으로 깜짝 놀랐다.

내가 알기로 콩나물국밥은 담백하고 얼큰한 맛이 특징이라 결코 누군가를 고통스럽게 할 요리가 아니다. 그런데 어째서 이런 결과가 일어났단 말인가.

너무도 의외인 나머지, 콩나물국밥에 대한 좋지 않은 기억으로 고통 받는 그녀의 친구에게 나라도 대신 사과를 하든지, 아니면 친구가 살았던 그 대학의 식당 요리사를 찾아 따지기라도 해야 할 것 같았다. "음식을 왜 그렇게 맛없게 만들었습니까? 한 외국인이 당신의 무성의 때문에 나쁜 기억만 안고 떠났습니다. 이래도 된다고 생각하십니까?" 요리사도 사정이 있을지 모른다. 십분 양보해서 요리사의 고충을 이해 해줘야 할 수도 있다. 그렇지만 그렇다고 해도 이건 뭔가 크게 잘못된 일 이다. 그 식당이 만든 요리로 하여 만리타국에서 내가 외국인의 입을 통 하여 형편없는 콩나물국밥이었다는 악평을 듣고 있다니!

그것이 '전주' 콩나물국밥이었든 아니든 결국 '전주 콩나물국밥'의 명성에까지 타격을 입힌 것이니 말이다!

전주가 고향인 사람으로서 나는 따질 자격이 있었다.

"이왕 요리를 할 거면 성심성의를 다해 맛있게 하세요!"

마파두부 麻婆豆腐

쓰촨 음식은 맛있다. 외국인인 내 입에도 맛있다.

음식 이름을 생각하기만 해도 군침이 돌 정도다

어째서 맛있을까? 혼자서 곰곰 생각해본 적도 있다.

청두에 살면서 음식이 맛없어서 짜증나는 식당을 만난 적이 있었던가? 없었던 것 같다.

마파두부도 맛있다.

'진 씨네 마파두부점陳麻婆豆腐店'. 청두에서 유명한 원조 마파두부집에 가본 적 있다. 친절한 청두 토박이 S씨 덕분이다.

"이 집이 원조 중의 원조예요."

새삼 실내를 둘러보았다. 벽 한쪽에는 가득 한자가 쓰여 있고 가게의 역사를 설명하는 글 같았다. 그러나 그때는 앉은 자리에서 그렇게 긴 설명을 읽을 수 없었다.

锦江恋歌 금강연가
一个韩国人的蜀思

　　나중에 동화책에서 그 유래를 읽은 적 있다.
　　만복교 마가넌馬家碾이란 곳에, 교교巧巧라고 하는 과부가 시누이와 바느질품을 하며 살고 있었다. 인정이 오가는 소박한 마을 사람들은 착한 두 여성이 굶지 않기를 바라는 마음에서 집에 있는 쌀이나 채소를 조금씩 나누곤 했다. 그러면 음식 솜씨가 좋은 교교는 받은 재료들로 후다닥 맛있는 요리를 만들어 나누었다. 교교는 솜씨가 좋아 뭘 만들어도 맛있었는데, 그중에서 두부볶음이 제일 맛있었다. 사람들이 모두 좋아하니 나중에는 식당을 열었다. 그것이 '진 씨네 마파두부점'이다.
　　인정이 넘치는 속에 창조된 요리란 점에 흥미가 느껴져 인터넷 검색도 해봤다. 거기에 나오는 설명으로 '마파두부'란 요리 이름이 어떻게 만들어졌는지 보다 정확히 이해할 수 있었다.
　　과거 중국에서 '파婆'란 결혼한 여인에 붙이는 존칭인데, 얼굴에 마마 자국이 있는 부인이라서 '마파麻婆'라 불렀다는 것이다. 마마 자국이란 천연두를 앓고 난 사람의 얼굴에 생긴 얽은 자국이다. 우리는 그런 얼굴을 부를 때 '곰보'라고 한다. 그러니까 이 요리를 처음 만든 부인은 얼굴이 곰보인데 남편 성이 '진' 씨이니 사람들이 그녀를 '진마파陳麻婆', 즉 진 씨네 곰보부인이라고 칭한 것이다.
　　이야기는 19세기 초 청나라 때로 거슬러 올라간다. 이 '진마파'가 청두의 만복교萬福橋 옆에 조그만 가게를 열고 장사를 하고 있었는데 어느 날 기름장수 하나가 들어왔다. 기름장수는 마침 두부와 쇠고기 한 쪽이 생겼고 자신에게 팔다 남은 기름도 있으니 그걸로 요리 하나 만들어 주면 안 되겠냐고 진마파에게 물었다. 음식솜씨에 자신 있는 진마파로서는 어려울 것 없는 부탁이었다. 그래서 기름장수가 가져온 재료들을 받아서, 거기에 고추며 콩장豆瓣이며 간장, 후추, 쓰촨 소금까지 넣어서 센 불에 들들 볶았는데 이 전까지 없던 요리가 맛조차 기막혔다. 그 구수함이 소문나기 시작하면서 사람들은 진마파가 만드는 두부 요리를 알아주게 되었다는 것이다. 마파두부는 이렇게 탄생했다.
　　'진 씨네 곰보부인'이라고 하면 곰보를 놀리는 것 같지만, 요리 앞에 붙으니 최고라고 인정하는 명칭으로 변한다. 전설이란 이야기를 전하는 사람에 의해 조금씩 살이 붙는다. 바느질품을 팔다 식당을 열었건 아니면 처음부터 식당을 차렸건 중요한 것은 남편을 잃고 생계가 막막했던 시절을 견뎠다는 점이다. 나아가 자신의 슬픔을 넘어 이웃을 배려하는 마

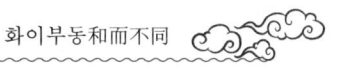

음으로 요리를 했다는 점이다. 그러다 보니 자신이 제일 잘하는 특기로 사람들을 기쁘게 할 수 있었다. 덕분에 자신의 별명이 붙은 요리를 세상에 남길 수 있었다.

진마파의 창의가 놀라운 것은, 두부라는 재료의 특징을 제대로 살려서, 부담 없는 가격에 맛도 있고 배도 부른 음식을 만들어낸 점에 있다. 두부는 땅에서 나는 단백질로 알려진 콩을 원료로 한 것이니 영양이 풍부하다. 거기다 값도 싸니 비싸서 적게 넣은 쇠고기 대신 양을 채워준다. 그러나 두부 요리는 자칫 심심할 수가 있다. 그러나 진마파가 사는 곳이 쓰촨이 아닌가. 쓰촨 사람들이 쓰는 갖가지 양념들을 골고루 넣으면 두부와 조화를 이루어 적절한 맛이 생성된다. 이렇게 해서 서민적인 요리—즉 '가성비' 만점의 배도 부르고 영양도 있고 향도 살아나는 일석삼조의 요리가 탄생했다.

마파두부의 유래에서 가장 먼저 느껴지는 것은 쓰촨 사람들이 품고 있는 요리에 대한 자신감이다. 음식 맛은 재료 맛이다. 그러나 진짜 요리사는 대단한 식재료 없이도 후루룩 뚝딱 명요리를 만들어낸다.

그 다음에 감동받는 것은, 요리사가 손님이나 이웃과 교류하면서 형성한 따뜻한 인정과 지혜로운 배려심이다. 자신의 손재주에만 자만했다면 이런저런 요구를 하는 손님의 말에 응답할 필요가 없다. 그러나 진마파는 가난한 대로 배부르면서 동시에 맛있는 한 접시의 요리를 원하는 서민의 마음을 포용했다. 그러고 보니 생각난다. 어렸을 때 엄마가 콩나물 심부름을 시킬 때는 거의 어김없이 두부도 한 모 같이 사 오라고 했다. 콩나물국이 살짝 매울 때 순한 두부가 제격이다. 민중의 소박한 생활은 지혜의 원천이다.

아무튼 마파두부는 다른 어디의 것도 아닌 쓰촨의 요리다. 인정 넘치는 쓰촨이기에 탄생할 수 있었던 음식이다.

청두에는 내 단골 두부가게가 있었다.

아파트 단지 바로 옆에 야채시장이 있고 거기 2층에 두부가게가 있는데, 부지런한 젊은 부부가 운영하고 있었다. 남편은 주로 두부를 만드느라 바쁘고 가게를 지키는 건 달덩이처럼 얼굴이 고운 새댁이었다. 두부가 나오는 시간은 일정했는데, 오전에 한 번 오후에 한 번 이렇게 딱 두 번이다. 맛있다고 소문이 나서 큰 두부판은 금세 동이 나곤 했다. 운이 나쁘면 이미 다 팔려서 허탕을 치지만, 운이 좋은 날은 커다랗게 잘 쪄진

锦江恋歌 금강연가
一个韩国人的蜀思

두부판이 막 좌판에 올려지는 걸 본다. 방금 만들어 따끈따끈한 두부를 받아 올 땐 그 하루가 뿌듯했다.

두부가게는 지금도 있을까?

한 쌍의 젊은 부부가 열심히 만들어내는 두부, 그렇게 고소하고 행복한 두부를 더는 사러 갈 수 없음이 아쉽기만 하다.

쓰촨의 맛은 그냥 맛이 아니라 인정의 맛이다. 그곳은 어찌 그리 인정 넘치는 사람들이 넘쳐나는지? 사람들과 떠들썩하게 모여서 맛있는 음식을 권하는 행복, 내가 청두 사람들에게서 배운 행복 중 하나이다.

「쓰촨의 맛」

쓰촨의 맛四川風味

쓰촨의 맛四川風味

   산둥山東에서 만난 여학생이 하는 말.
   "쓰촨에 가보세요. 볼 것도 참 많고 음식도 하나같이 맛있어요."
   산둥 아이한테 쓰촨 여행을 추천받을 줄은! 아이에게 내가 청두에서 오래 살았다는 걸 말하면 기껏 추천한 게 무안할 터여서 잠자코 듣고 있었지만, 그래도 내심 반가웠다.
   나는 쓰촨의 청두를 떠나 저장浙江의 항저우杭州에 왔고, 그곳에서 다시 산둥 쯔보淄博로 온 지 만 2년째였다.
   '청두에서 살 때가 좋았지.'
   사람의 입맛은 정직하다.
   항저우의 시후西湖가 아무리 좋아도 저장성 특유의 맹맹한 반찬보다는 훠궈火鍋나 마라탕麻辣燙, 관관향串串香, 향랄간과香辣乾鍋와 같은 '쓰촨 맛'이 아쉬운 나였다.(음식 이름을 쓸 때 중국 병음과 한자 독음을 혼용했음) 어쩌다 일이 생겨 청두에 갈 일이 있으면, "그래 바로 이 맛이야! 내가 찾던 맛은!" 하고 반가운 표정을 짓게 되는 그 맵고 고소하며 짜릿한 양념 맛이라니!
   어디 그뿐인가, 식당 안 탁자마다 사람들이 둘러앉아 왁자지껄하게 떠드는 분위기는 잃었던 식욕도 되돌아오게 하는 마력이 있다.
   쓰촨의 맛은 그냥 맛이 아니라 인정의 맛이다. 그곳은 어찌 그리 인정 넘치는 사람들이 넘쳐나는지? 사람들과 떠들썩하게 모여서 맛있는 음식을 권하는 행복, 내가 청두 사람들에게서 배운 행복 중 하나이다. 어딘가에서 읽었는데, 쓰촨 맛의 비결은 양념이고 그 갖가지 양념의 조합에 화목과 조화의 정신이 있다고 한다. '그럴 거야, 암, 그러고도 남지.'
   산둥에서는 구내식당에 다행히 매운 쌀국수가 있어서, 쓰촨 맛이 그리

锦江恋歌 금강연가
一个韩国人的蜀思

울 땐 그걸 사 먹는다. 그렇긴 해도 면 음식을 날마다 먹을 수는 없다. 엊그제 슈퍼마켓 매장 한쪽에서 4위안쯤 하는 관관향 봉지를 발견했다. 너무 반가워 한꺼번에 여러 봉지를 쓸어 담았다. 공장에서 대량생산한 것이라 청두 노점상에서 구워 주던 고소한 맛과는 거리가 멀었지만, 그렇게라도 쓰촨 맛의 아쉬움을 채울 수 있으니 나름 고마웠다.

언젠가부터 나는 한국의 것을 떠올리는 만큼 청두의 것을 떠올린다. 한국 속담에 '타향도 정이 들면 고향' 이란 말이 있다. 그런가 하고 여겼는데, 이제 보니 반은 맞고 반은 틀렸다. 왜냐하면 머물러 산다고 다 정이 드는 건 아니어서이다. 일생을 고향에서 보내면서도 염증을 낼 수 있고, 또 타향살이에 열심히 노력해도 정 붙이기 힘든 곳도 많을 것이다. 삶의 터전이라고 다 정이 드는 건 아닌 것이다. 그런데 청두에는 정이 듬뿍 들어 버렸다.

그래서인지 시도 때도 없이 청두가 생각난다. 어제도 그랬다.

산둥 날씨치고는 보기 드물게 해가 나오는가 싶더니 금세 구름 속에 가려져 하늘이 흐리다. 잠깐 얼굴만 보이고 들어간 아쉬운 햇빛 때문에 청두가 떠올랐다.

"청두 사람들은 해가 비치는 날을 참 좋아했지."

> 태양을 위한 축제가 달리 필요 없다.
> 한두 시간이라도 해가 난다 싶으면 찻잎을 띄운 물병 하나씩 들고 사람들은 친구를 부른다. 왜요? 라고 물으면 해가 이리 좋은데 왜 방안에 있느냐고 되묻는다. 아아, 그런가요? 따라 나서면 해가 잘 비치는 양지가 목적지이다.
> 「쓰촨의 맛」

태양을 위한 축제가 달리 필요 없다.

한두 시간이라도 해가 난다 싶으면 찻잎을 띄운 물병 하나씩 들고 사람들은 친구를 부른다. 왜요? 라고 물으면 해가 이리 좋은데 왜 방안에 있느냐고 되묻는다. 아아, 그런가요? 따라 나서면 해가 잘 비치는 양지가 목적지이다. —나는 왜 이리 청두가 소상하지? 단지 햇볕 하나로 그들의 얼굴에 우정으로 가득한 미소가 비친다. 햇살 속에 삼삼오오 웃음소리, 너무도 평등한 낭만이다. 청두만의 행복 풍경이다.

아스라이 그리워진다. 그 서쪽 하늘을 향해 시 하나를 띄워 보내주고
싶다.

    나날 속에서
    위대한
    태양 떠오르노라
    내 마음 속에도 −

―이케다 다이사쿠池田大作 『해피 로드』에서

산둥 날씨치고는 보기 드물게 해가 나오는가 싶더니 금세 구름
속에 가려져 하늘이 흐리다. 잠깐 얼굴만 보이고 들어간 아쉬운
햇빛 때문에 청두가 떠올랐다. '청두 사람들은 해가 비치는 날
을 참 좋아했지.'

「쓰촨의 맛」

锦江恋歌 금강연가
一个韩国人的蜀思

두견의 노래

두견 전설

쓰촨은 진달래 산하.

진달래 군락지가 많기로 쓰촨은 중국 안에서도 손꼽히는 지역이란다. 그런데 두견새나 두견화란 이름은 두우杜宇라는 고촉의 황제 망제望帝 의 전설에서 유래한다. 두견의 다른 이름은 두우杜宇, 촉조蜀鳥, 자규子規, 자견조子鵑鳥, 포곡조布谷鳥, 최귀催歸, 귀촉도歸蜀道, 불여귀不如歸 등이다. 사람들은 두견을 촉 땅의 새로 여겼다. 그러나 사전에 의하면 두 견의 서식지는 상당히 넓고 그 종류도 다양하다고 한다. 어쩌면 촉의 땅 에 서식하는 두견 종류가 조금 달랐는지도 모르겠다.

> 두견은 촉 지방의 새이지만 요즘은 남부 지방에도 보-인다.
>
> —이시진李時珍

이시진李時珍(1518-1593)은 명나라 사람으로 『본초강목本草綱目』이 라 는 유명한 의약학 연구서를 남겼다. 이런 연구자가 두견은 촉에만 있 는 게 아니라고 한 것도 분명 객관적 근거가 있을 것이다.

> 장자는 나비 꿈에서 깨어 혼란한데
> 망제의 봄 시름 두견만이 안다네
> 莊生曉夢迷蝴蝶, 望帝春心托杜鵑.
>
> —(唐) 이상은李商隱 『금금錦琴』

두견 울음이 우수憂愁를 자아내는 점은 사실 생물학적 특성에 있다고 한다. 두견이 자신의 알을 다른 새가 품게 하는 본성이 있고, 알에서 깨어난 새끼가 어미를 찾을 수 있게 일정거리를 두고 우는데 그 소리가 절절하게 들린다는 것이다.

촉의 새이면서 봄의 새로서 두견을 느끼려면 다음 전설이 알맞겠다. 『화양국지華陽國志』에서 말하길, 두견은 봄과 함께 나타나 한해 농사의 시작을 알리는 "춘조春鳥"인데, 고촉국 사람들은 농경사회를 이끈 두우가 두견이 되어 백성들의 봄 농사를 재촉하는 것으로 믿는다고 했다. 또 『태평환우기太平寰宇記』에서는 촉의 망제 두우가 총제叢帝 별령鱉靈에게 왕좌를 넘겼는데, 훗날 복위하고자 시도했으나 뜻을 이루지 못했다. 그 유감으로 영혼이 두견으로 변해서 해마다 봄만 되면 밤낮으로 슬프게 운다는 것이다. 촉의 백성들은 두견 울음을 들으면 "우리 망제님의 혼"이라고 했다고 한다. 어떤 전설은 보다 비극이 강조되어 별령이 두우의 왕비에게 딴마음을 품은 탓에 더욱 두우의 환궁을 막았다. 그리움을 안고 죽은 두우는 두견이 되고 왕비는 두견화가 되었다고 한다. 두견화에 대해서는 두견이 울다 울다 흘린 피가 두견화를 붉게 물들였다는 이야기도 있다.

두견제혈杜鵑啼血이라는 성어처럼 두견 울음에서 핏빛을 묘사하는 것은 고대의 문장에서도 보인다. '낙양의 종이값을 올렸다'는 문인 좌사左思(?250-?305)의 삼도부 중 『촉도부蜀都賦』에서는 " … 벽출장홍지혈碧出萇紅之血, 조생두우지백鳥生杜宇之魄. 망변화이비상忘變化而非常, 강견위우주석羌見偉於疇昔 … "이라 쓰여 있다. 장홍의 고사故事는 장홍화벽萇弘化碧, 벽혈단심壁血丹心이라는 사자성어로 전한다. 쓰촨 사람 장홍萇紅(?-BC492)이 정변 속에 억울한 죽음을 맞이한 사건을 두견이 울다울다 피를 토하며 죽어감에 빗댄 부분이다.

아무튼 한문학의 오랜 전통 속에서 두견은 촉도蜀道 그리고 인간의 애상과 연결되어 감정을 깊숙이 건드릴 때가 많다. 문인들은 두견을 "파촉巴蜀의 지방색"이나 봄의 계절감, 그 밖에 충절이나 애절한 한을 나타내는 시재詩材로 쓰곤 했다. 당나라 시인 이백은 『촉도난蜀道難』에서 이렇게 노래한다. "우문자규제야월, 수공산又聞子規啼夜月, 愁空山"—여기서 자규子規는 두견의 다른 이름이다. 달빛에 자규 울음소리 텅 빈 산이 슬프다. 두견의 울음소리가 낯선 촉 땅을 향해 걷는 걱정스러운 마음을 대신하고 있다.

조금 다른 이야기이지만 한 연구에 의하면, 8세기 후반 (당나라 때) 시인 이백·두보·왕유 등을 거친 이후부터 고시 (즉, 한시) 속에 두견이 등장하는 현상이 증가했다고 한다. 그것은 안사의 난 (755-763) 이후 어지러워진 나라 상황이 문인들의 자성과 회한을 자극했던 때문일 것이다. 시대적으로 당제국의 번영은 현종 재위 기간에 절정에 다다랐다가 곧바로 하강곡선을 그리는데 그 기점이 되는 사건이 바로 안사의 난이었다. 제국의 번영을 이끌었던 황제의 몰락. 두보의 『두견행杜鵑行』에 나오는 두견은 안사의 난을 겪으며 처량한 신세로 전락한 현종을 상징하고 있다. 어쩌면 두보의 시사詩史 덕분에 후세 문인들이 두견 전설에 빗대어 암울한 현실을 들여다 볼 용기를 얻었는지도 모른다. 시인 중에서도 유달리 현실인식이 투철한 두보가 아니던가.

혼란 시기에 두보도 청두에서 삼 년 남짓 (760-765) 머무른 적 있다. 때문에 촉의 도성에서 듣는 두견 울음소리에 감회가 남다름을 시 『두견』에서 토로하고 있다.

   …
   두견모춘지, 애애규기간.
   아견상재배, 중시고제혼.
   杜鵑暮春至, 哀哀叫其間.
   我見常再拜, 重是古帝魂.

시의 앞에 "아석유금성我昔游錦城"이라는 시구가 있다. 금성錦城은 곧 금관성錦官城으로 청두를 가리킨다. 시의 전체 줄거리는, 두보가 전에 청두에 머물렀을 때 두견소리가 봄이 깊도록 슬프게 들렸다. 그때마다 두보는 마치 '망제望帝의 혼' (즉 황제) 을 대하는 것처럼 그 울음소리가 나는 곳을 향해 절을 올렸다는 것이다.

한문학에서의 두견

어느 한국 학자의 연구를 빌리면, 한국 한문학에서 최초의 두견시는 최치원崔致遠 (857-?) 의 한시라고 한다. 최치원이 당에 머문 기간은 868년에서 885년 사이이니 당 현종의 시대로부터 약 백 년이 흐른 후이다.

    윤월초생초, 송풍부동시.
    자규성입이, 유흥자응지.
    潤月初生處, 鬆風不動時. 子規聲入耳, 幽興自應知.

두견 문학이 처음부터 한문학의 영향을 받았다고 단정할 수는 없다. 다만 한자 문화를 공유했던 이유로 한국 문학에서 두견을 찾기란 어렵지 않다. 두견(혹은 두견의 다른 이름)은 한국 한시는 물론 시조, 민요, 근대기의 신체시며 어문일치 이후에 창작된 현대시까지 시대와 장르를 가리지 않고 등장하는 아주 친근한 제재題材였다.

    이화梨花에 월백月白하고 은한銀漢이 삼경三更인 제
    일지춘심一枝春心을 자규子規야 알랴마는
    다정多情도 병병인 양하여 잠 못 들어-하노라.

                                    —이조년李兆年 「다정가多情歌」

    성성제혈염화지귀촉도불여귀聲聲啼血染花枝歸蜀道不如歸

                                              —민요 「새타령」

    자규야 울지 말아
    울라거든 너 혼자 울지
    국가 사상에 잠 못 드는 나까지
    왜 깨우느냐 …

                    —육당六堂 최남선崔南善 「공옥소학교 행보가」 (1907)

지면상 두견이 들어가 더 절절한 현대시까지 인용하긴 어려우나, 꼭 하나 말해두고 싶은 일은 일제강점기에서 해방까지의 시기에 두견은 한국인의 아픔을 대변하는 상징으로서 시인들의 펜 끝에서 애타게 울고 또 울었다는 사실이다.

锦江恋歌 금강연가
一个韩国人的蜀思

망총사望叢祠에서

아득한 고촉의 역사는 아무리 찾아 읽어도 더욱 뿌연 안갯속이다. 그래도 두우의 혼이 변해 두견으로 살아난 전설은 문학 속에 여전히 살아있다. 두우가 곧 고촉의 제왕 망제望帝가 아니던가. 촉의 백성들에게 권농의 왕으로 추앙받았다고 하는. 역사상 밝혀진 바에 의하면 두우杜宇는 상商(곧 殷) 나라 때(BC 약1600-BC 약1046) 존재했다. 두우 시기에 도성은 두견성杜鵑城이었고 그 성이 있던 자리가 청두의 비현郫縣이었다고 한다.

지난해, 진달래 피는 계절에 옛 두견성의 고장에 자리한 망총사望叢祠에 들렀다. 망총사가 세워진 건 남북조 시기, 제齊나라 명제明帝(재위 494-498)가 고촉의 망제와 총제叢帝(즉 鼈靈혹은 開明) 두 제왕의 능을 이 곳으로 합쳤다고 한다. 나는 이 능묘의 설명을 읽으며 그동안 읽었던 옛 전설에 약간의 의문을 품게 된다. 고색창연한 망총사 원림園林 안에 두 왕의 능묘가 함께 모셔졌다는 건 두 왕의 관계가 절대 원수지간은 아니라는 뜻이다. 그런 점에서 두우는 평화롭게 양위한 왕으로서 애민의 왕으로만 기억하는 게 알맞아 보여서였다.

그렇다면 애절한 두견 전설은 웬일일까. 한때 번성했던 왕조는 어떤 이유로든 세월과 함께 사라졌다. 역사라는 도도한 흐름 속에 누구의 사연인들 묻히지 않았을까. 성쇠고락의 무상함에 대하여 위정자는 위정자대로 민중은 민중대로 뭐라 형용할 수 없는 만감이 교차했을 터이다. 그 간단하지 않은 감상들이 집단 정서로 융화되어 동방의 애달픈 이야기로 창조되었을 것이다.

처음엔 파촉의 민간전설로 입에서 입으로 전해지던 것이 점차 문학작품을 통해 우리 땅에도 퍼져나갔다. 역사의 정설만 고집했다면 외래적인 이질감이 장애물로 남았을지도 모른다. 그러나 민중의 마음으로 담금질이 된 전설이고 보면 사정은 다르다. 땅은 달라도 민중과 민중의 마음은 이렇게 쉽게 통할 수 있다.

그 덕분에 수천 년 시간 속에 지상의 삶이 자아내는 정한情恨이 두견 울음을 타고 우리의 가슴을 울린다. 그 울림을 거슬러 올라가면 뭐라 한 마디로 정의할 수가 없는 파촉巴蜀이란 정감부호情感符號에 닿고 마는 것이다.

자규루子規樓와 소년왕

　중국의 어느 학자는, 당나라 안사의 난 이후로 한시에 '두견시'가 많이 나타났다고 주장했다. 나로선 따로 연구한 바는 없지만 우리 시에 두견 울음이 더욱 슬퍼진 것은 조선 시대 단종 폐위와 관련된 계유정난 이후 가 아닐까 짐작한다.

　조선 초기, 성군으로 존경받은 세종은 만년에 큰 근심이 있었다. 다름 아닌 왕위를 세습할 장자가 몸이 약하다는 것이었다. 그 장자가 문종 (1414-1452, 재위 1450-1452) 이다. 그는 성품이 인자하고 학문을 좋아했으 나, 병약하여 재위한 지 2년 4개월 만에 승하한다. 그 문종의 뒤를 이은 왕이 조선 제6대 임금 단종 (1441-1457, 재위 1452-1455) 이다.

　할아버지인 세종 슬하에 18남 4녀가 있었으니, 어린 임금 단종에게는 숙부가 많았다. 그중 권력에 대한 야심이 많았던 이가 바로 수양대군 (이후 세조世祖가 됨) 이다. 수양대군은 조카가 자신에게 의지하는 틈을 타서 단종을 지키려는 중신들을 제거하려고 '계유정난'(1453)을 일으킨다.

　그 직후 단종은 왕좌를 숙부에게 넘겨주고 (1455) 태상왕이 되어 연금생 활과 같은 궁궐 생활을 하는데, 몇몇 신하들이 단종의 복위를 모의한다는 사실을 알게 된 세조는 그들을 즉각 처벌하는 동시에 조카를 강원도 영월 청령포로 유배 보낸다. (1457.7.) 그리고 그해 10월에 사약을 내려 죽게하니 단종의 나이 겨우 열일곱 살이었다.

※

　강원도 청령포.
　그곳은 섬이나 다름없다.

삼면으로 깊은 강물이 에워싸고 나머지 한 면은 사람이 다닐 수 없는 절벽이다. 섬에 인가도 없다. 배를 타야만 그 섬에서 나올 수 있다. 어린 조카를 그런 곳에 가둔 것도 모자라 몇 달도 안 되어 사약까지 내렸다는 것은, 그만큼 세조가 차지한 왕좌가 정당치 못했다는 반증일 것이다. 그 조바심을 감추기 위해 얼마나 철저했던지, 죽은 단종의 시신조차 거두지 못하게 백성들에게 엄명을 내렸다고 한다. 그러나 세상이 아무리 험악해도 의인은 있는 법, 그 영월의 작은 관리였던 엄흥도라는 이가 남몰래 단종의 시신을 수습하여 묘를 만들어 숨겼다.

소년왕은 그 짧은 유배 생활 중 두견시 두 편을 남긴다.

『자규루子規樓』
달 밝은 밤 두견새 울 적에
시름 못 잊어 누각에 올라 앉았어라
네 소리 구슬퍼 내 마음 괴롭기가
네 울음 없으면 내 시름도 잊힐까
세상의 근심 많은 이들에게 이르노니
부디 춘삼월 자규루에 오르지 마오.
月白夜 蜀魂啾, 含愁情 椅樓頭.
爾啼悲 我聞苦, 無爾聲 無我愁.
寄語世上苦腦人, 慎莫登春子規樓.

자규는 곧 두견이다. 누각 자규루는 영월 땅 조선 시대의 관청인 '관풍헌觀風軒' 안에 있다.

원래는 그 관풍헌 동쪽의 매죽루梅竹樓라는 이름의 누각이었다. 그런데 청령포 유배 중 홍수로 인해 단종의 거처를 잠시 영월읍의 관풍헌이라는 객사로 옮겼을 때 단종이 이곳에 올라 자규시를 읊었던 유래가 있어 누각의 이름이 자규루로 바뀌었다고 한다.

단종의 『영월군루작寧越郡樓作』이라는 또 한 편의 두견시 역시 이 누각에서 지었다.

원통한 새가 되어 대궐을 나오니
외로운 그림자 산중에 홀로 섰네

자규루子規樓와 소년왕

밤마다 잠들려 해도 잠을 못 이루는데
어느 날쯤에나 이 한이 다할까
두견새 소리 그치고 조각달 밝은데
피눈물 흘러서 골짜기에 붉은 봄꽃 지는구나
하늘은 귀먹어 저 애닮은 소리 안 닿는데
어찌하여 시름겨운 내 귀에 자꾸 와 담기는가

一自寃禽出帝宮, 孤身隻影碧山中.
假眠夜夜眠無假, 窮恨年年恨不窮.
聲斷曉岑殘月白, 血流春谷落流紅.
天聾尙未聞哀訴, 胡乃愁人耳獨聽.

그 시를 읊고 얼마지 않아 소년왕은 독살된다.

숙부(세조)의 야심을 위해 순순히 왕위를 물려 준 것으로도 모자라, 1457년 태상왕太上王에서 노산군魯山君으로 강봉되고, 다시 동부 변방 지역인 청령포로 유배, 그리고도 채 몇 달 지나지 않아 무참하게 살해되고 만 것이다.

단종은 사후 여러 정치적 이유로 인해 제대로 갖춘 무덤 하나 없이 200여 년을 지내게 된다. 왕의 신분이 회복되고 시신을 모셔 능으로 조성한 것은 숙종 24년의 일이었다(1698). 그렇게 봉해진 능이 '장릉莊陵'인데 조선 500년 왕조의 역사상 유일하게 서울 경기를 벗어난 왕릉이다.

오吳나라 공주

고온다습한 쓰촨은 도시라 해도 녹음 우거진 숲이 흔하다. 나무가 많으니 새소리도 즐겁다. 학교 교정에는 새소리가 드물게 이쁜데 무슨 새인지 몰라 내가 꾀꼬리라고 부르는 새도 있다. 왜 사람들은 노래 잘하는 사람보고 꾀꼬리 같은 목소리라고 하지 않던가.

그건 그렇고 쓰촨에 와서 나는 여태 한 번도 실물로 본 적 없는 '두견' 이야기에 빠져들고 말았다. '두견 울음소리'가 들리는 시들을 찾아 헤매 던 중에 뜻밖에 '오나라 공주'와 만나기도 했다.

낭군 그려 흘리는 눈물에 오강물은 차가운데,
망제의 혼 두견이는 돌아갈 길 없다고 우는구—나.
事親泪落吳江冷, 望帝魂歸蜀道難.

—徐渭 『蕪湖靈澤夫人祠』

이것은 중국 안후이성安徽省 우후현蕪湖縣에 있는 영택부인靈澤夫人사당에 걸린 것으로 영택부인의 죽음을 애도하는 대련對聯이다. 대련이 란 건물의 입구나 문기둥에 거는 대구對句로서 일종의 시이다. 영택부인 은 '손부인孫夫人'이라고도 칭해지는데, 오나라 손권孫權(182-252)의 누이 동생이자 촉한蜀漢 유비劉備(161-223)의 부인 손상향孫尚香을 말한다. 소설 『삼국지』에 따르면, 유비가 이릉陵陵에서 싸울 때 오나라에는 유비가 전사한 것으로 잘못 전해졌고 손씨 부인은 상심한 나머지 유비가 있는 서쪽을 향해 통곡을 하고는 곧바로 강물에 투신해 죽었다고 한다. 중국의 삼국시대는 남편이 죽으면 부녀자들은 자유롭게 개가를 하는 풍습이 일반적이었다고 한다. 그런 시대였는데 공주의 마음이 유독 정결했던 모양이다.

 남편에 대한 정으로 자결했다고 하면 혹시 봉건 시대의 순종적인 여성을 연상할지 모르나, 실제 오공주 손상향은 무술을 즐기는 매우 호쾌한 여걸이었다. 그런 그녀가 경쟁국의 유비를 어떻게 느꼈는지와는 별도로, 그 둘의 결혼은 오나라와 촉한 사이의 혼인외교가 틀림없다.

 『삼국지·촉서蜀書』에는 "선주는 익주를 정하고, 손부인은 오나라로 돌아가게 했다.先主既定益州, 而孫夫人還吳."는 기록이 있다. 즉, 유비가 익주益州(지금의 청두成都)를 촉한의 수도로 정했으며, 촉한의 도읍으로 돌아갈 때 유비는 공주와 같이 가지 못하게 되어 공주를 오나라로 보내야 했다는 뜻이다. 이 해가 건안 16년(211)으로, 유비는 촉으로 들어가고 손권은 큰 배를 보내 여동생을 맞이했다. 공주는 그렇게 오나라로 돌아가서 다시는 촉 땅을 밟을 수 없었다고 한다. 그 후 손부인에 대한 어떤 기록도 정사正史에서는 보이지 않는다. 그것은 오나라와 촉나라 사이의 정치적인 복잡한 원인 때문일 수도 있고, 혹은 오왕 손권이 혈육에 대한 배려로 공주를 보호한 덕분일 수도 있겠다.

 아무튼 그래서 공주는 낭군을 보내고 홀로 오나라 영토에서 나날을 보내는 중에 '이릉전투彝陵之戰(221-222)'가 벌어졌다. 전황戰況은 촉한 쪽이 불리하고 유비 또한 사망했다는 소식을 들은 것이다. 사실 촉한 유비가 동오東吳의 손권에 패해서 후퇴한 건 맞지만, 정작 유비의 죽음은 그 후 2년 뒤의 일이었다. 그러나 오와 촉의 연합이 깨져 자신의 혼인도 쪼개지는 터에 오빠군대와 남편군대가 서로 대적하게 된 운명에 너무 고뇌했던 탓일까. 공주는 더 기다릴 것도 없이 곧바로 오강吳江에 몸을 던진 것이다.

 우리가 아는 유비는 성품이 인자한 덕장이다. 그러한 유비라면 공주의 죽음에 무심할 리 없으련만 그 후일담은 찾아지지 않는다. 하긴 삼국이 서로를 노리는 상황에서 아무리 유비의 부인이라 해도 적국의 공주이다. 그녀가 유비를 한마음으로 사랑했다 해도 촉한의 백성의 입장에서 보면 유비를 죽게 한 적국의 공주이다. 게다가 공주의 죽음에서 유비의 병사病死까지는 1, 2년의 짧은 시간, 촉한의 정세가 날로 위태로워졌으니 그 복잡한 사정을 누가 알 것인가. 앞의 대련시對聯詩에서처럼 공주의 혼을 위로하는 건 두견 울음소리뿐이었을 것이다.

 그러나 한편 생각하면, 공주의 죽음에선 일체 망설임 없는 어떤 올곧음 같은 것이 전해온다. 개인적 존엄뿐만 아니라 자신이 속했던 나라와 지금 속하고 있는 나라 모두를 존엄하게 지켜야 했던 공주다운 기개에서 선택한 길이었는지도 모른다. 공주로서 어떤 경우에도 원망이나 회한 같은 것을 남기지 않는 신분적 완수와도 같은 깨끗함이 그녀의 죽음에서 보인다.

이러한 공주라면 살아 있을 때에도 자신에 대한 연민과 같은 여린 감정을 초월해서 살았을 것이다. 물론 낭군과 함께 생사고락을 누리지 못하는 운명의 속박에는 두견이 울어주는 것도 괜찮다. 그러나 내면의 확고부동함으로 보면 그것은 단지 외연적인 환경일 뿐이다. 자신이 자신을 지키는 부동의 존엄성! 이 세상에는 동정보다 감탄이 앞서는 비극도 존재하는 법이다.

두견 울음소리가 때로는 이처럼 결연한 비극 속으로 스며든다.

> 이제 나는 '공주처럼'이 아닌 '나처럼' 살고 싶다. 왕궁의 공주도 상류층의 화려한 우아함도 좋지만, 모든 여성이 그것을 추구할 필요는 없을 것이다. 나는 나답게 내 인생에 맞는 추구를 하는 게 정답인 것이다.
> 언제부터 내 생각이 변했지?
> 무엇이 나를 철들게 한 거지?
> 잘 모르겠지만 청두 시기가 내 인생의 전환점이 된 건 확실하다.
> ―「공주처럼 산다는 것」

공주처럼 산다는 것

소녀들은 공주 이야기를 좋아한다.
공주 이야기를 들으면서 스스로가 그처럼 귀한 존재라고 믿는다.
"동화 속의 공주님이고 싶어."
나도 그랬다.
예쁜 드레스를 입고 화려한 왕궁에서 사는 공주님을 부러워했다. 물론 지금은 아니지만.
이제 나는 '공주처럼'이 아닌 '나처럼' 살고 싶다.
왕궁의 공주도 상류층의 화려한 우아함도 좋지만, 모든 여성이 그것을 추구할 필요는 없을 것이다. 나는 나답게 내 인생에 맞는 추구를 하는 게 정답인 것이다.
언제부터 내 생각이 변했지?
무엇이 나를 철들게 한 거지?
잘 모르겠지만 청두 시기가 내 인생의 전환점이 된 건 확실하다. 공자님은 열다섯 살 때 뜻을 세웠다고 했다.

"오십유이지위학吾十有五而志于學."

— 『논어論語 · 위정편爲政篇』

그런데 나는 마흔 살에다가 다섯을 채우고서야 내 마음을 다 쏟아 부어도 아깝지 않을 어떤 것을 찾아 길을 떠났다. 그리고 도착한 곳이 청두, 오랜만에 다시 공부를 시작했다.
그냥 공부라면 자신이 사는 곳에서 틈틈이 파고들어도 되는 것이었다. 그런데 나는 남은 생을 몰두할 수 있는 어떤 것이 절실했고 그때까지 정

锦江恋歌 금강연가
一个韩国人的蜀思

해지지 않았고 꼭 찾아내야 할 것 같았다. 찾아지기만 한다면 살던 곳을 떠나는 것쯤 감행해야 한다고 여겼다.

그게 겨우 '공부'였냐고, 이미 충분히 배운 거 아니냐고 물으면 대답이 궁하긴 하다. 그러나 인생 중반에 새롭게 찾아 나선 공부는 내 생명이 진심으로 흥미를 느끼는 그런 것이어야 했다. 말하자면 그 공부를 지속하는 한 삶의 진정한 충실감을 획득할 수 있어야 했다. 찾을 수만 있다면 어디라도 가보자.

"모두들 대단하구나!"

입학을 하고 모처럼 용기를 내어 대학 도서관에 가서 깜짝 놀랐다. 공부하는 학생들이 어찌나 많은지 빈자리가 거의 없었다. 전공을 파고들려면 문헌자료실에 가야 한대서 2층에 올라가서는 입이 다물어지지 않았다. 앞에도 옆에도 그 어렵다는 고문헌古文獻을 훌훌 넘기고 있다. 어떻게 저럴 수 있을까. 주위엔 모두 '공부의 신神'들이다. 학구적인 분위기에 기가 잔뜩 눌렸지만, 공부를 하기로 했다면 제대로 잘 온 것이다. 무엇보다도 항초項楚 교수님, 나의 지도교수님은 학구파로서 전설 중의 전설이다. 젊은 시절 쓰촨대학에서 공부할 때 교수님은 대장경이 있는 이 문헌실로 매일 출근하다시피 했다고 한다. 아침에 도시락 싸 들고 출근하여 저녁까지 책 보고 오는 거지 (사모님의 증언이다). 그렇게 팔만대장경 독파만도 무려 세 차례였다고 한다. 중국의 스승의 날인 '교사절 教師節' 같은 날에 교수님 댁에 가서 평생 서생書生을 자처하는 교수님의 생애를 증언하는 사모님 얘기를 듣노라면, 마음을 정한 학자의 길이 얼마나 신성한지 저절로 존경의 염이 솟구친다.

거기 비하면 나는 단지 모험에 나섰다는 것뿐, 아무것도 내세울 게 없다. 너무나 급히 결정한 유학이었고, '불교언어문학'이라는 전공도 고백하건대 미리 예정했던 건 아니었다. 어렴풋이 이것이면 했지만 딱 맞는 걸 못 찾아 그중 가장 근접한 것으로 낙점한 것이다. 그렇긴 해도, 나는 '우연'이 거듭된 경로를 통해 일생을 학문에 전념한 학자 중의 학자를 만난 것이다. 그러한 지도교수와 학구적인 동문들에 에워싸여 나는 곧 시인하게 되었다. 꿈에도 바라마지않던, 아니 그 이상의 진정한 학문의 요람으로 잘 착륙했던 것이다.

한번은 관련 과목을 청강하는 날이었다. 교수가 강의 중간 쉬는 시간에 사담처럼 자신의 근황을 들려줬는데, 요지는 "공부가 바빠 일체 사교

모임을 거절하고 있다"고 했다.

교수는 고문헌을 파고드는 게 너무 좋다고. 책 읽을 시간을 늘리기 위해서, 어지간한 만남이나 모임은 사절하고 지낸 지 오래라고 했다. 장시간의 독서로 허리가 많이 상해 수영을 시작했지만, 사실은 그 시간도 아깝다고 말했다.

"저이는 책에서 손을 떼는 시간이 그렇게나 아깝단 말이지?"

교수로서 연구 성과도 쌓이고 어느 정도의 지위에 오르면 독서의 재미쯤 옛일로 여길 줄 알았는데 그게 아니라니!

쓰촨은 정말 학구적인 땅이다. 항상 학생들로 가득 찬 도서관이며, 지도교수의 전설에 더해 눈앞의 교수님까지, 그들의 '주저 없이 파고듦'은 내겐 정말 신선한 자극이었다.

쓰촨에는 이러한 학자들이 대체 얼마나 많다는 말인가? 그 보이지 않는 힘에 압도당하는 동시에 쓰촨이 가진 그 웅혼雄渾한 학문 전통이야말로 내가 동경해마지않던 것이었을지 모른다는 생각이 들었다.

그러면서 나는, 아주 오래전에 헤어졌던 책 읽는 시간이 가장 행복했던 '나라는 어린아이'를 다시 꺼내볼 용기가 났다. 그 아이도 이러한 때가 오기를 기다리고 있었는지 모른다. '나라는 어린아이'는 내게 결의를 촉구했다.

그 아이는 아마 내게 이렇게 말하고 싶었을 것이다.

"책이어도 좋고 책이 아니어도 좋아. 네가 좋아하는 것을 발견하면 이제부터는 망설이지 말고 주저하지 말고 맘껏 파고들어. 네가 이제는 그렇게 살았으면 좋겠어."

무언가를 마음껏 파고들면서 산다는 것, 그러한 삶의 태도를 다시 가져볼 수 있다고 상상하는 것만으로도 가슴이 뛰었다. 이에 나는 동화 한 편을 썼다. 공주 이야기인데, 공주가 어떤 주저함도 없이 책의 세계로 들어가는 내용이다. 다 써놓고 나는 생각한다. 공주가 들어간 곳이 쓰촨대학 도서관 옛 문헌이 가득 꽂혀 있는 2층 서고 어디쯤이 아닐까 하고.

> 그런데 나는 마흔 살에다가 다섯을 채우고서야 내 마음을 다 쏟아 부어도 아깝지 않을 어떤 것을 찾아 길을 떠났다. 그리고 도착한 곳이 청두, 오랜만에 다시 공부를 시작했다.
>
> ―「공주처럼 산다는 것」

동화
그림 속으로 들어간 공주님

옛날 옛날에 임금님이 있었어요.
어느 날 임금님이 이런 명령을 내렸답니다.
"궁궐 안에 있는 책을 모조리 없애도록 하여라."
무슨 그런 괴상한 명령이 있냐고요? 그게 말이죠, 임금님이 공주님 때문에 몹시 화가 나셨대요. 그날 이웃나라 왕자님과 정식으로 인사하는 자리에, 공주님이 준비도 없이 나오는 바람에 분위기가 아주 엉망이 되고 말았거든요. 그건 다 공주님이 책을 너무 좋아해서 벌어진 일이에요.
공주님은 이상한 버릇이 있는데, 한번 책을 읽기 시작하면 그걸 다 읽기 전엔 자리에서 일어나려 하질 않는대요.
바로 그날은, 다른 날도 아니고 공주님의 열여섯 살 생일잔치가 열리는 날이었어요. 그러나 이번에 여는 생일잔치는 그 어떤 때보다도 성대한 잔치였어요. 무엇보다도 이웃나라 왕자며 사신들이 많이 참가했던 거예요. 어쩌면 공주님의 신랑감이 정해질 수도 있는 기회도 될 것입니다. 그래서 임금님은 기대가 많았습니다. 공주님이 다른 어느 때보다도 잘해 주기를 바랐지요. 잔치의 주인공인 공주님은 당연히 미리 미리 머리단장도 하고 화려한 옷도 차려입어야 했지요. 그러나 공주님은 생일잔치가 있다는 것도 잊은 듯 이 책 속에 빠져든 거예요.
책을 펼치기 전까지는 그런 사실을 공주님도 잘 알고 있었어요. 그러나 어쩌다가 공주님 손에 책이 닿은 거예요. 그냥 무슨 책인가만 보고 덮으려 했는데 첫 장을 읽게 되었고, 첫 장을 읽고 나니 둘째 장을, 그 다음엔 셋째장 …, 이렇게 해서 자꾸 다음 장을 넘기게 된 거예요. 넘길수록 재미있어서 도무지 책을 덮을 수가 없었어요.
처음엔 그래도 잔치를 기억하고는 있었어요.
"공주님, 옷을 갈아입으셔야지요."
"으응, 알고 있어."
"공주님, 어서 옷도 갈아입고, 화장도 … ."
"알고 있다니까."
그러다 나중에는 생일 잔치가 있다는 것조차 다 잊어버린 모양이었습니다. 책이 아주 재미있었거든요.
시녀들은 그때까지 뭘 했냐고요? 웬걸요, 열두 명도 더 되는 시녀들이 저마다 임무를 갖고 공주님을 계속 재촉했지요. 그러나 아무 소용없었어요. 한번 책을 들면 꼼짝도 하기 싫어하는 공주님이었으니까요. 게다가, 책이 좀 재미있다 싶으면 누구 말도 귀에 안 들리는 상태로 변하거든요. 왕궁에 선 시녀들은 언제 어느 때나 윗사람에게 공손한 말투를 쓰게 되어 있잖아요.
그러니 더 안 들릴 밖에요.
나중엔 보다 못한 수석시녀가 나섰지요. 시끄럽게 목청을 높여 잔소리를 늘어놓기로 한 거예요. 급할 때 효과가 있던 방법이거든요. 다른 날 같으면 이 정도면 해결이 되곤 했습니다. 아무리 책이 좋아도 수석시녀가 이 정도로 나설 땐, 정말 급하다는 것쯤 공주님도 경험으로 아는 터였으니까요. 그런데 그날은 아니었습니다.
일이 그리 되려고 그랬는지, 그날따라 공주님이 집어든 책은 너무 재미있는 장편소설이었어요. 게다가 하필, 수석시녀가 잔소리를 시작한 시점은, 마침 주인공이 죽느냐 사느냐 하는 아주 중요한 대목이었습니다. 그것도 모르고 떠들다니! 귀찮기만 한 수석시녀라고 생각했습니다. 방에서 얼른 내보내야겠다. 공주님은 이젠 그저 아무 방해도 받지 않고 그 중요한 대목을 읽고 싶다는 생각뿐이었습니다. 그래서 말예요, 공주님은 거짓으로 책을 덮는 체일어나서는, 꾀를 내어 시녀들더러 잠깐 나가달라고 했습니다. 그리고 얼른 방문을 잠가버렸습니다. 방 안에는 공주님 혼자입니다. 밖에서 아무리 두드려도 상관없습니다. 공주님은 느긋한 기분이 되어 다시 책을 펼쳤습니다.
그 다음은 말 안 해도 대충 짐작이 가지요?
잔치가 시작되고 한참이나 지났는데도 공주 모습이 보이지 않자, 임금

341

님 이 까닭을 물었습니다. 당연히 시녀들 대답이 시원치 않을 수밖에요. 급기야 임금님의 불호령이 떨어지고, ….

결국 공주님이 시녀들에 끌려오듯 나타나기는 했다는데요, 글쎄 그게 말 입니다. 마구 구겨진 평상복 차림에 부스스한 머리며 매무시, 게다가 아직도 눈을 못 떼고 한 손에 들고 있는 책, 대강 이런 모습이었대요.

모처럼 모두에게 장성한 공주의 아리따운 모습을 보여주고 싶었던 임금님이었습니다. 얼마나 무안하고 화가 났겠어요? 공주 때문에, 점찍어 둔 혼 처를 눈앞에서 놓칠 판인데, 일국의 왕으로서의 체면도 말이 아닙니다. 생 각할수록 공주가 괘씸했겠지요. 그래서 잔치가 끝나자마자 그런 명령을 내 린 것입니다.

"궁궐 안에 있는 책을 모조리 없애도록 하여라."

공주님이 아무리 눈물로 애원해도 왕은 명령을 거두지 않았습니다. "책이 없는 세상이라니!" 공주님으로선 상상조차 할 수 없었습니다. 이제껏 자신을 에워쌌던 오색찬란한 빛깔들이 없어지고, 그 대신 캄캄한 어둠만 있는 텅 빈 동굴 속에 남겨지는 기분입니다. 거기엔 한 줄기 빛살조차 보이 지 않습니다. 그런 세상을 공주님은 단 한 순간도 살 수 없을 것 같습니다. 그 생각만으로도 그날 밤, 공주님은 도저히 잠을 이룰 수가 없었습니다. 시녀들도 모두 잠이 든 삼경입니다. 공주님은 살며시 일어나 방문을 엽니다. 발소리를 죽이며 복도를 걸었습니다. "어쩌면 그게 열릴 지 몰라."

한 가닥 희망을 안고 복도를 거쳐 뜰로 나옵니다. 그리고 연못이 있는 방향으로 향합니다. 연못가에는 왕실 서고가 있습니다. 공주님은 그리로 가는 것입니다.

왕실 서고라면 열쇠가 있어야 들어갈 수 있습니다. 전 같으면 아무 때나 시녀를 시켜 열쇠를 받아오게 하면 되었지만, 지금은 그럴 때가 아닙니다. 열쇠도 없이 한밤중에, 공주님은 대체 무슨 생각인 걸까요?

사실은, 공주님에게 한 가지 생각이 있는 것입니다.

며칠 전입니다. 서고에서 책을 고르고 있을 때였습니다. 공주님이 품에 안고 갔던 고양이가 보채기 시작했습니다. 바닥에 내려줬더니 폴짝 창틀에 올라 앞발로 창문을 긁어댔습니다. 밖에 나가고 싶은가 싶어, 고양이를 내보 내려고 창문을 밀었습니다. 그런데 창문 고리가 낡았던 모양이에요. 여는 순 간 툭-하고 문고리가 떨어지는 거였습니다. 고양이를 내보

동화 그림 속으로 들어간 공주님

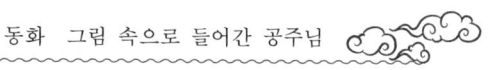

내고 창을 다시 닫고, 고리를 원래 자리에 꽂아두었습니다. 그 일이 생각난 것입니다.

빗장꽂이가 이미 헐거워져 아무나 건드리기만 해도 쉽게 열 수 있겠구나하고 그때 생각했던 것이 기억난 것입니다. 만일 그 사이 누군가 창문을 고 치지 않았다면 말입니다, 다행히도 그렇다면, 바로 지금이 서고에 있는 책을 몰래 집어 올 기회가 아니겠습니까.

서고에 도착했습니다. 공주님 가슴이 마구 뛰기 시작했습니다.

그때의 그 창문이라고 생각되는 창문을 어림짐작으로 찾았습니다. 힘을 주어 잡아당겨 봤습니다. 열렸습니다. 생각했던 대로였습니다. 공주님은 훌 쩍 창틀을 뛰어넘었습니다. 창이 낮아서 그런 것은 문제도 아니었습니다. 어둠 속에서 조심조심 서고를 더듬었습니다. 공주님 손에 닿는 건 분명 책장이 분명했습니다. 그러나 이게 웬일입니까? 아무것도 잡히지 않는 것입 니다. 책장이 하나같이 텅텅 비어 있었던 것입니다.

"여기 책들까지 벌써 다?"

최후의 희망을 걸고 창을 넘었던 공주님은 그만 울고 싶어졌습니다. 마 지막 기대가 와르르 무너지자, 온몸의 힘이 다 빠져 그대로 쓰러지고 말 것같았습니다.

공주님은 멍해서 벽에 기댔습니다. 그런데 그때 문득 서고 창문 밖으로 가느다란 불빛 한 줄기가 비치고 있는 것이 눈에 띄었습니다. 서고 옆방의 불빛이 문틈으로 새어 나오는 것 같았습니다. 거기는 왕실 전속 화공의 화 실이었습니다.

공주님은 화실 문을 열어봅니다. 아무도 없습니다. 아마도 누군지 늦도록 그림을 그리다가 등불 끄는 걸 깜박 잊고 돌아간 모양입니다. 공주는 아무 래도 좋다고 생각했습니다. 그저 이 화실에서 아무 책이나 한 권 발견만 할 수 있다면 얼마나 좋을까, 오직 그 바람뿐이었습니다. 여기저기 늘어진 종이 와 염료들 사이를 뒤적이며 제발 책아, 어디 숨었니, 어서 나오렴, 하고 조바 심을 칩니다. 그러나 화실에는 늘 있기 마련인 화첩조차 눈에 안 띕니다. 하 긴, 궁궐 안에서 어느 누가 임금님의 서릿발 같은 명령을 소홀히 여길 수 있겠습니까?

"정말이지 책이란 책은 깨끗이 치운 모양이네, 단 하루도 안 돼서!"

절망감 때문에 공주님은 아뜩한 표정이 되었습니다. 두 눈에선 금세라도 눈물이 떨어질 것 같습니다. 그러나 지금은 울고 있을 때가 아니야.

343

머리를 흔들고 눈을 들었습니다.

그 순간, 이게 웬일이죠, 책이 보이는 것이었습니다. 한 권, 두 권이 아닙 니다. 책장 빼곡히 가득가득 올려진 책들이었습니다. 그것은 다름 아닌 원래 그대로인 왕실 서고였던 것입니다. 높다랗게 쌓인 책들! 공주님 눈이 반짝 빛날 수밖에요. 드디어 책을 찾은 것입니다. 더 이상 망설일 것은 아무것도 없었습니다. 그곳으로, 바로 눈앞의 책으로 빼곡한 서재로, 공주님은 쏜살같 이 들어가버렸습니다.

그 모든 게 찰나였습니다. 앗, 공주님! 안 돼요! 하고 말리는 사람도 없는깊은 밤, 아무도 없는 화실이었습니다.

리빙李冰과 두장옌都江堰

쓰촨 사람들은 리빙을 잊지 못한다.

"우리 청두는 자연재해도 없고 도무지 기근이란 걸 몰라요. 청두가 천부지국天府之國으로 불리는 건 다 리빙 덕분이랍니다."

청두 토박이인 친구의 말이다. '천부'란 하늘이 내린 곳간을 가리킨다. 이처럼 청두는 토지가 비옥하고 물산物産이 풍부한 천혜의 땅으로 알려져 있다. 하지만 처음부터 그런 것은 아니라 한다.

청두가 고질적인 수재 피해에서 해방되는 것은 리빙의 '두장옌'이 있고 나서이다. 기록이 자세하지 않은 고촉古蜀의 역사나 전설에서도 나라가 수재水災 때문에 시달렸음을 엿볼 수 있다.

다음은 두견 전설과 상관있는 두우杜宇 왕조 말기(BC8-BC7세기)의 일이다. 두우는 민강岷江이 범람하자 치수治水를 잘하는 별영鱉靈이란 사람을 중용했다. 치수가 성공하여 백성들이 별영을 따르니 두우는 별영에게 왕좌를 양위한다. 이로서 개명開明 왕조가 시작되고 별영은 개명 1세 총제叢帝가 된다.[①]

    청두라는 지명은 개명 9세 때 생겼다고 한다. 『사기·오제본기』는 이렇게 기록하고 있다.

    "일 년 만에 마을이 되고, 이 년째에 읍이 되고, 삼 년이 되자

---

① 설에 따라 어부는 곧 잠총이라고도 하고, 어느 설에는 어부는 잠총보다 후대의 왕, 혹은 왕조라고 한다. 또 다른 설에서 어부 씨족氏族은 세력이 커지면서 잠총씨족 등을 정복, 청두 평원에 왕조를 세웠다고 전한다. 또 다른 문헌에서는 두우가 어부를 밀어 내고 고촉 제2대 왕조를 건립하고 패한 어부는 전산湔山으로 옮겨갔다고 한다.

锦江恋歌 금강연가
一个韩国人的蜀思

도읍을 이루었다."

「리빙과 두장옌」

청두라는 지명은 개명開明 9세 때 생겼다고 한다. 『사기·오제본기五帝本紀』는 이렇게 기록하고 있다.

"일 년 만에 마을이 되고, 이 년째에 읍이 되고, 삼 년이 되자 도읍을 이루었다一年而所居成聚, 二年成邑, 三年成都."

그런데 고증에 따르면 개명 왕조 시기에 세 차례의 천도가 행해졌는데 세 번 모두 수재와 관련된 것으로 추정된다고 하니 이것만 보아도 고대에 쓰촨 선인들이 얼마나 수재에 시달렸을지 짐작할 수 있다. 고촉국은 기원전 316년 개명 12세 때 진秦의 공격에 무너져 진나라에 속하게 된다. 이 시대는 중국 역사에서 전국戰國 시대라 구분하는데, 주周나라 말엽부터 전국7웅이 각각 한韓·위魏·조趙·제齊·초楚·진秦 7국 을 세우고 서로 경쟁을 멈추지 않던 혼란기였다. 이중 진나라 영토가 커 지며 시황始皇의 천하통일(BC221)로 이 시대가 마감된다.

그러나 리빙이 진나라의 관리로서 촉 땅에 재임한 시기는 통일 이전이다.

『사기·하거서河渠書』에 의하면 전국시대(BC475-BC221) 진秦나라 소 양왕昭襄王(재위 BC306-BC251) 말년, 리빙이 촉에 부임하여 ("蜀守冰") 민 강岷江 유역을 철저히 답사한 후 강줄기를 둘로 쪼개는 두장옌을 구축하 는 한편 관개灌漑와 수로水路를 확장하여 백성들 모두 그 혜택을 누릴 수 있게 했다.

리빙이 촉에 부임한 기간은 기원전 277년부터 기원전 239년까지라고 한다. 촉의 번영을 위하여 반생을 다 쓴 셈이다. 그에 대한 기록을 보면, 부임하자마자 촉민의 근심이 수재에 있음을 알고 민생을 위해서는 그 대책 마련이 가장 우선이라 생각하여 온 정열을 쏟아부었다고 쓰여 있다. 결론적으로 그의 애민 정신이 청두평원을 천혜의 땅으로 변신시키는 원 동력이었던 것이다.

이에 사람들은 리빙의 치수 업적을 기념하고자 리빙 부자를 모신 사당 '이왕묘二王廟'를 세우고 지금까지 제사활동을 이어오고 있다.

그런데 이 이왕묘의 석벽 한쪽에는 두장옌을 유지하는 원칙이 새겨져 있다고 한다. 일명 '치수治水 삼자경三字經'이라고도 부르는 글은 총 여섯 자이다.

"심도탄, 저작언深淘灘, 低作堰"

이것은 두장옌의 기본적인 관리법으로 물 흐름을 따라 내려온 진흙이 쌓이는 정도를 관찰하여 제때에 바닥의 진흙을 걷어내는 게 중요하다는 말이다. 놀라운 것은 이 간단한 원칙이 두장옌이 이천 살이 되도록 기능을 유지하게 만든 힘이다. 현대에 이르러서도 이 친자연적인 방법이 가장 기본적이면서도 매우 유효한 보수 방법이다.

이 원칙 위에 시행하는 두장옌의 보수 활동은 하나의 지방전통이 되었다. 이것을 '세수歲修'라고 하는데, 세수란 해마다 겨울철 물이 가장 말랐을 시기에 이 중요한 수리 시설을 점검하고 보수하는 일체를 말한다. 이 것만으로 부족할 수 있으므로, 몇 년 걸러 한 번씩 물밑 파손된 부분까지 손을 써야 한다. 이는 구별하여 '대수大修(대수리)'라고 한다. 한나라 때도, 촉한 때도 관리의 책임 하에 그 수리를 했던 기록이 보일 정도로 두 장옌의 세수 전통은 2천여 년 지속된 쓰촨의 특수한 문화였다. 두장옌은 요즘 식의 인공적인 댐이 아니다. 당초 리빙은 강유역의 지리 환경과 물흐름을 최대한 이용하여 한편으로는 우기에 홍수를 대비하면서 다른 한편으로는 관개와 수로의 이익까지도 확대하는 복합적이고 원대한 설계를 했다. 그 원대한 창안이 성공한 것은 하늘의 기후와 땅의 지세, 그리고 강의 흐름 모두를 정복해야 할 적이 아닌 인간 생활을 돕는 아군으로 받아들이고 적절히 응용 활용한 데에 있다.

두장옌이 있기까지, 청두평원은 오랜 동안 강하의 범람에 시달렸다. 그러나 수재의 위험에서 벗어난 강은 백성을 살찌우고 나라를 발전시켰다. 이에 대해, 저명한 문화평론가인 여추우餘秋雨는 『두장옌』이란 문장에서, 리빙의 두장옌이 있음으로써 쓰촨의 경제적 풍요는 물론 인재가 모이고 문화가 발달하고, 두장옌이 있음으로써 쓰촨은 중국을 든든히 받쳐주는 후방이 될 수 있었다고 찬탄한다.

노자의 『도덕경』에는 이런 구절이 있다.

최고의 선善이란 물처럼 만물을 윤택하게 하면서 싫고 좋음을 다투기 는커녕 오직 만물과 조화를 이룰 뿐이니 이는 도道에 가깝

锦江恋歌 금강연가
一个韩国人的蜀思

다. 上善若水, 水善利萬物而不争, 處衆人之所惡, 故幾於道.

—노자 『도덕경道德經』

　공교롭게도 물의 흐름에서 자연의 법을 발견한 도교의 발원지 역시 두장옌의 칭청산青城山이다. 리빙은 물을 다스리되 물을 정복하지 않았다. 자연과 인간 모두를 조화롭게 하려는 원점에서 일보도 벗어나지 않았다. 그런데 현대인들은 어떠한가. 대자연과 인간은 서로 의지하는 관계임에도 인간은 과학 기술을 믿고 오만한 정복을 일삼았다. 마치 조금 자랐다고 자신을 길러준 어머니를 아프게 하는 유치한 아이처럼 굴었다. 오늘날 지구촌 곳곳에서 일어나는 기상이변으로 인한 자연재해는 바로 인간 자신의 오만에 의한 과보果報임을 깨닫고 리빙의 두장옌처럼 인간 사회가 얼마든지 대자연과 조화를 이루며 살아갈 수 있다는 증명을 더욱 널리 확대해나가야 할 것이다.

한 마리 거대한 무소

이 세상 어느 인공물이 이천 년이 넘도록 그대로 계속 사용되는가. 이집트 피라미드는 여전히 견고하나 죽은 자의 무덤일 뿐이다. 그리스 신전 대리석 기둥은 아직 굳건하나 사람이 깃들지 못한다.

그러나 리빙의 두장옌은 이천 년 세월 속에 한 번도 그 쓰임을 멈춘적 없다. 생명을 쏟아 붓는 정성이 아니고는 이럴 수 없다.

"공든 탑이 무너지랴!"

리빙이 치수에 기울인 노력과 정성을 증명하는 유물 하나가 청두박물관에 모셔져 있다. 다름 아닌 무소 석상이다.

무소는 신화 속에서 강물 줄기를 둘로 나누는 능력이 있는 신령한 동물이다. 무소 석상에 대한 기록은 『화양국지華陽國志』와 『촉왕본기蜀王本紀』에도 있는 바, 리빙이 민강岷江을 둘로 나누는 두장옌의 대공사를 할 때 만든 거라고 한다. 리빙이 두장옌을 만드는 공정은 민강 물줄기가 양 갈래로 갈라져 흐르게 하는 것을 중점으로 했다. 자연 지형을 최대한 이용한다고 하나 그 실현은 어려운 일이었다. 때문에 옛사람다운 발상으로 돌로 만든 무소의 힘을 빌리고자 별도로 무소 석상 다섯 채를 준비했다고 한다.

> 그러나 리빙의 두장옌은 이천 년 세월 속에 한 번도 그 쓰임을 멈춘 적 없다. 생명을 쏟아 붓는 정성이 아니고는 이럴 수 없다.
> "공든 탑이 무너지랴!"
> 「한 마리 거대한 무소」

강물의 피해를 방지하기 위해 촉의 태수 리빙은 신령한 소의 형

锦江恋歌 금강연가
一个韩国人的蜀思

상을다섯 개나 만들어, 그 중 둘은 청두성내府中에, 하나는 시의 다리 아래 에, 남은 둘은 강물 속에 두어 물의 요괴를 누르도록 했는데 …

『촉왕본기蜀王本紀』

청두 성내에 묻어두었던 두 채의 석상 중 하나가 두 차례나 세상에 모습을 드러냈는데 1970년대 도시개발 과정에서였다. 두 차례 모두 석상이 너무 무거워서 기술상의 이유로 땅 위로 끌어올리는 걸 포기하고 그냥 되묻었다고 한다. 그러다가 다시 2012년 연말에 모습을 나타내는데, 천부광장의 동북쪽에 자리한 쓰촨대극장의 공사 현장에서였다. 청두박물관에 진열된 석상이 바로 여기서 옮겨온 무소이다.

지난 3월 천부광장 옆 청두박물관을 찾았다.

그리고 나는 드디어 그 전설 속의 무소를 보게 된다.

이것이 그 신령한 소란 말인가.

직접 보면서도 믿기지가 않아, (그래도 되는지 모르지만) 팔을 뻗어 내 손바닥을 무소의 표면에 살짝 댔다. 그러고도 한참을 그 우람하다 싶은 몸체를 마주하고 서 있었다.

판다와 대나무

청두의 판다공원에 놀러간 날은 화창한 5월이었다.

그날 나와 함께였던 란란이라는 친구는, 빨간 머리 체코 여학생이었다. 그 전에 내가 책을 빌린 적이 있었는데, 돌려주면서 그녀에게 고맙다고 편지를 썼었다. 그 편지에 란란이 답장하길, '네 편지에선 음악적인 리듬이 느껴졌어.'라고 했다. 그 후 이런저런 대화를 하며 친해졌다. 그녀는 자신이 실은 체코의 대학 입학 시험에 떨어져 대학에 못 가고 그 틈에 중국어를 공부한 것이 행운이 되어 쓰촨대학에 유학 온 거라 했다.

그 말을 하기 전에 아마 내가 먼저 뜻대로 안 되는 인생에 대해 고민을 털어놓았던 것 같다. 그녀로서는 내게 뭔가 격려를 해주고 싶어서 자신의 경우를 예로 들었을 것이다. 그녀의 진심에 고마워하면서 한편으론 '어 쩜, 지구의 반대쪽 유럽인이 하는 말인데, 의미하는 바는 어떻게 중국의 사자성어인 '새옹지마塞翁之馬'와 똑같지?' —묘한 일치감을 느꼈다.

✻

란란은 머리카락이 빨갛다.
그래서 그녀를 보면 소설 『빨간 머리 앤』이 생각났다.

미국의 마크 트웨인(1835-1910)이 『이상한 나라의 앨리스』 이후 가장 사랑스럽고 감동적인 캐릭터라고 평가했다는 '앤'이 나오는 『빨간 머리 앤Anne of Green Gables』은 캐나다 작가 루시 모드 몽고메리(1874-1942)가 쓴 소설이다.

고아원에서 자란 앤은 어쩌다 소박한 농가에 양녀로 들어가게 된다.

锦江恋歌 금강연가
一个韩国人的蜀思

　그렇게 유복한 환경이라 할 수는 없었지만, 앤은 새 가족과 친구와의 정을 소중히 여기며 행복을 창조해나갔다. 성장한 앤은 대학 입학을 앞두고 매슈 아저씨가 갑자기 돌아가시는 바람에 진학을 포기한다. 뜻밖의 상황이었지만 앤은 이렇게 말한다.

　"제 미래는 곧바로 뻗은 길이라고 생각했어요. 몇 마일 앞까지 내다 보이는 듯했어요. 그런데 지금 길모퉁이에 와버린 거예요. 길모퉁이를 돌면 앞에 무엇이 있는지 알 수 없지요. 하지만 분명히 가장 좋은 것이 있을 거예요."

　이처럼 앤은 명랑하고 낙관적 성격으로 주위를 밝게 만들 줄 아는 소녀였다.

　"고난을 웃음의 씨앗으로 삼아, 그 고난을 이겨내자." ―작가 몽고메리의 말이다. 이러한 작가이기에 앤과 같은 주인공을 창조해낸 게 아닌가 싶다.

　그런데 이렇게 긍정적인 소녀 앤은 뜻밖에 자신의 빨간 머리색을 몹시 싫어했다. 소설 곳곳에서 어린 앤이 그 빨간 머리에 얼마나 열등감을 느끼는지를 찾아볼 수 있다. 만약 요즘 같은 머리 염색약이 있었다면 앤이 반겼을까?

　란란은 염색을 한다.

　앤과는 반대로 머리카락을 빨갛게 물들이고 싶어서 일부러 염색하는 것이다.

　그녀의 설명으로는 천연염색약을 구하기 위해 인터넷을 통해 인도 산지의 재료를 주문하면 배달되어 온단다. 염색제를 받으면 밤에 레몬즙에 섞어 머리에 바르고 잠을 잔다. 그렇게 하룻밤 자고 나면 머리색이 빨갛게 변한다는 것이다.

　체코에서 날아온 아가씨가 중국 청두에 살면서 인도의 누군가에게 재배한 재료를 부탁해서 자신의 머리색을 바꾼다. 그녀의 머리칼을 볼 때마다 지구를 한 바퀴 빙 도는 듯한 순환감이 느껴졌다. 란란과 같이 있으면 나 또한 세계 어디든 얼마든지 연결될 것이라는 설렘 같은 것이 생겨나기도 했다.

✳

　화창한 날 햇살 아래 눈에 닿는 것은 온통 푸르다.

도착한 곳은 판다공원成都熊猫基地, 모처럼의 기분 좋은 나들이다! 다른 사람이 아닌 란란과 함께인 것도 너무 좋았다.

작은 연못가에 멈추었을 때 나는 휴대폰을 눈에 대었다. 란란을 찍어주고자 함이다. 내심 일행으로서 당연히 해줄 일이라고 생각한 나는 특별히 포즈를 취하라고 요구하지도 않았다. 그렇게 자연스러운 그녀의 뒷모습을 막 찍으려는 순간,

"앗, 싫어요!"

란란이 소리쳤다. 그리고 뒤돌아보며 분명하게 밝혔다. 난 사진 찍히는걸 싫어해요, 라고. "아니, 왜?" 이게 웬일인가.

"난 내가 예쁘지 않다고 생각해요. 그래서 사진을 안 찍어요."

"아냐, 넌 예뻐."

내 말은 진심이었지만 그애는 내 말을 믿지 않았다. 한 번 더 "아뇨, 난 사진 안 찍어요." 라고 원래의 주장을 고집했다.

나는 그애가 자신을 밉다고 생각한다는 사실이 믿기지 않았다. 작지도 크지도 않은 아담한 몸집에 유럽인 고유의 하얀 피부에, 무엇보다도 이십대 청춘이 아닌가.

어떻게 보아도 란란은 예쁘다!

내가 반박해 보았지만 란란은 고집을 꺾지 않았다. 내가 포기하는 수밖에 없었다. 무안해진 기분에 내 휴대폰을 넘겨주며 나를 찍어 달라고 했다. 그때 내 부탁을 받고 란란이 찍어준 사진이 지금도 있다. 하필 굵은 가로줄 무늬의 박스 티셔츠를 입어서인지 유달리 땅딸막한 모습이다. 이쯤 되면 판다가 따로 없네.

※

판다의 움직임은 생각보다 재미있었다.

어기적어기적 걷는 모습이며, 아작아작 대나무를 먹는 모습이며 실제로 보기는 처음이라서 오래 바라보아도 질리지 않았다. 판다가 대나무만 먹는다는 건 익히 알았지만 저리 맛있게 먹을 줄은 미처 몰랐다. 판다에게 대나무는 우리로 말하면 밥인 모양이다. 사육사가 미리 알고 많이 쌓아둔 그 옆에 앉아서 먹고 먹고 또 먹는다. 하긴, 대나무 한두 개로 어떻게 배가 부르겠어? 아그작거리며 나무줄기를 먹고 있는 판다를 보면서 문득 물으나마나 한 질문 하나가 떠올랐다.

353

锦江恋歌 금강연가
一个韩国人的蜀思

"판다 너는 대나무를 정말 좋아하는구나?"

Bamboo is the only one of my life
It's the best
It's my life oh

한국의 "혁오밴드"가 부르는 『Bamboo』라는 노래의 한 구절이다. 혁오밴드의 이 곡은 『Panda Bear』(2015)라는 전집에 실려 있다. 전집에 수록된 노래들 안에 바로 이 노래들을 작사 작곡한 '오혁'이란 음악인이 느끼는 판다가 있다.

오혁은 혁오밴드(2014년 결성)의 리더인데 어릴 때 부모를 따라 중국에서 청소년기를 보냈다고 한다. 그 때문인지 혁오밴드의 노래 속에서 중국적인 것이 찾아질 때가 있다. 중국을 많이 좋아하는 모양이라고 왜 좋아하냐고 기자가 물었을 때 오혁은 이렇게 대답했다.

"특별한 이유가 있다기보다, 내가 소년 시절 대부분을 보낸 곳이 중국이니까, 자연히 정이 든 거지요."

잘은 모르지만 판다를 주제로 전집을 낸다는 건 중국 음악가도 미처 생각하지 못한 일일 것이다 오혁은 판다의 독특한 생태에 흥미를 느껴 곡을 쓰게 되었다고 한다.[①]

사실, 판다공원에서 내 눈으로 직접 판다가 대나무 먹는 모습을 보기 전까진 곡조도 그렇고 오혁의 창작이 너무 단순하지 않은가 생각했었다. 그런데 눈앞에 판다를 두고 생각하니, 판다와 대나무 관계를 이보다 더 잘 형용할 수 있을까 싶으면서 오혁에 대해 혹은 오혁이 사물을 이해하는 관점에 대해 찬탄하는 마음이 든다.

판다는 우리 인간들에게 이렇게 말하고 있었는지도 모른다. 남들이 떠드는 말에 일일이 신경 쓸 것 없어요. 보세요, 누가 뭐라든 나도 나름 최선을 다해 살고 있잖아요!

[①] 「專訪 hyukoh : 吳赫稱感到一點點紅 愛中國沒有理由」,『社會偵探』, 2016-10-05, https://www.360kuai.com/pc/9df8f3312c6e0128f？cota=4&kuai_so=1&tj)_url=so_rec&sign=360_57c3bbd1&refer_scene=so_1

「판다와 대나무」

걸음도 어기적어기적, 판다는 잘 걷지 않을 뿐더러 동작이 느린 편이다. 듣자니 판다는 짝짓기에도 게으르다고 한다. 그러나 그걸 게으르다고 보는 것은 우리의 눈일 뿐, 사실은 판다로서 그게 생활을 위한 가장 최선의 방식이었다. 오혁의 가사가 대변하듯이.

『Panda Bea』
같이 있는데 자꾸 부르지 마
혼자 있는 게 난 더 편하니까
조그만 일에 화를 내지 않아
더 이상 내 기분은 뜨겁지 않아
내가 누군지 물어보지 좀 마
나도 내가 누군지 모르니까

'살아 있는 화석'이라는 별명을 얻기까지 판다란 종족이 쏟아 부은 노력은 엄청난 것이었다.

연구에 따르면 판다는 원래 육식동물이었다고 한다. 판다가 아무 걱정 없이 대나무를 씹는 그 모습 뒤에 사실은 조상 대대로 육식을 채식으로 채식 중에서도 대나무로 선택하는 대변혁이 있었으며 대나무를 앞다리로 잡기 위해 없던 손가락 하나까지 생기게 하는 진화 과정도 있었던 것으로 추정된다.[1]

겉으로 보기에는 그저 아무 생각 없이 늘편하기만 한 녀석들 같았는데 진실은 그게 아니었다. 생명이 있는 모든 것은 모두 이렇게 겉보기와 다르게 살고자 엄청난 분투를 하고 있는 것이다. 그 삶이 겪은 시련과 분투가 모여서 자기만의 특성이 만들어지는 것이다.

판다는 우리 인간들에게 이렇게 말하고 있었는지도 모른다. 남들이 떠드는 말에 일일이 신경 쓸 것 없어요.

보세요, 누가 뭐라든 나도 나름 최선을 다해 살고 있잖아요!

---

[1] 斯蒂芬·杰·古爾德 Stephen Jay Gould 著, 田洛 譯, 『熊猫的拇指』, 海口: 海南出版社, 2008, 第 2-6 頁.

錦江戀歌 금강연가
―个韩国人的蜀思

영화 『호우시절』

"청두가 처음이십니까?"
영화 『호우시절』(2009, 허진호 감독)에서, 남자 주인공 박동하를 마중 나온 주재 직원의 물음이다.
주재 직원은 청두에 장기 체류 중인 한국인이다. 그런 만큼 청두가 난생 처음이라는 동하를 데리고 자신이 이미 적응한 도시를 안내하는 일을 은근히 재미있어 한다.
차를 타고 가면서는 '융통성(？)' 투성이의 교통상황에 대해 '이게 바로 중국이지요.' —하는 표정을 짓고, 맵고 톡 쏘는 국물의 비장분肥腸粉을 아무 설명 없이 먹으라고 넘겨주고는 사레가 들린 동하를 보며 "못 먹겠 죠? 이게 바로 쓰촨 맛이지요!" 놀리는 표정이다.
동하 앞에서 그는 쓰촨에 대해 모르는 게 없는 것처럼 말이 많아진다.
"쓰촨의 유명한 네 가지는 쓰촨 미녀·판다·쓰촨 술·쓰촨 요리…."
그 둘은 두보초당杜甫草堂에 간다. 뜻밖이지만 동하가 가보고 싶다고 원했기 때문이다.
동하를 안내하면서 주재원은 굳이 묻는다.
"팀장님은 두보杜甫를 좋아하십니까？ 저는 이백李白을 좋아합니다."
출장 첫날부터 두보초당을 찾는 동하에게,
"당신과 나는 어쩌면 취향이 다른 것 같군요." 주재원은 이 말이 하고싶었던 거다.
어찌됐든, 동하가 매점 근처에서 두보의 것들에 눈을 떼지 못할 때 주재원은 배가 불룩한 미륵상 앞에서 머뭇대는 걸 보면, 둘 사이에 차이는 분명 있는 것이리라.

영화 『호우시절』

    동하는 매점에서 두보시집 한 권을 사서 들고 오솔길을 걷는다. 주재원은 그 곁에 없다. 어느 결에 헤어진 것이다.
    원림園林 사잇길을 따라 걷던 동하는 전날의 여자친구 메이May, 五月와 마주친다. 바로 "두보의 집"(두보초당 원림 안의 초가집) 앞에서였다. 메이는 여행단에게, 두보는 대나무도 좋아하고 복숭아나무도 좋아했다 고 해설하는 중이었다. 그러다가 저만치서 자신을 바라보며 서 있는 동하 를 발견한다.
    반가움에 자신이 지금 해설 중이라는 것도 잊은 메이! 두보초당은 메이의 일터였다.
    둘의 해후邂逅는 난데없었고 어찌 보면 필연인지도 몰랐다.
    동하와 메이는 미국 유학 중에 알게 된 사이이다. 둘 사이엔 뭔가 뚜렷하지 않은 채로 서로에게 품었던 풋풋한 감정이 남아 있었다. 문득 내리는 봄비, 메이가 그 빗줄기를 바라보며 말한다. "단비가 때맞춰 내리네요好雨來的總是時候."
    시심詩心 풍부한 이 말에는 함축적 의미가 있다. 그 의미는 원래 두보의 시 『춘야희우』春夜喜雨(761) ― '봄밤에 단비 내리네'에 나오는 첫 구절 "호우지시절好雨知時節"에서 유래한다. 해석하자면 '때맞추어 내려서 반가운 비'이나 때로는 '제때 찾아온 사랑'을 은유한다. 때문에 영화 제목 역시 『호우시절』이라 한 것이다.

        봄빛 푸르러지려는데
        때를 아는 비
        밤바람 타고 부슬부슬
        소리도 없이 만물을 적시네
        들길에는 어둔 구름 자욱한데
        홀로 등불 깜박이는 강가의 배
        날 밝으면 죄다 꽃물이겠지,
        얼마나 고울까, 나 사는 금관성錦官城.
        好雨知時節, 當春乃發生. 隨風潛入夜, 潤物細無聲.
        野徑雲俱黑, 江船火獨明. 曉看紅濕處, 花重錦官城.

    '금관성錦官城'은 청두의 옛 이름이다.

锦江恋歌 금강연가
一个韩国人的蜀思

비가 내리는 청두의 봄날, 두보는 어둠 속에 설렜다. 단비 속에 꽃도 나뭇잎도 설렜다.

동하와 메이도 설렜다.

한편 동하는 혼란을 느낀다.

다시 멀어지는 메이 때문이다. 사랑이 이번에도 비켜가려는가.

"내가 너 자전거 타는 법도 가르쳐줬는데 … 어떻게 기억을 못 할 수 있니."

함께 했던 추억을 떠올려 말해줘도 메이에게선 그 기억이 굴절되어 있다. 둘이 친했던 증표가 될 '자전거에 관한 일'조차 메이는 동하와 정반대로 기억하고 있다.

동하는 의문이다. 메이는 왜 다른 기억 속으로 걸어가버렸을까? 사실 동하가 모르는 메이만의 상처가 있다. 바로 얼마 전에 남편을 잃은 메이였다. 원촨 대지진이 발생한 탓이었다.

동하는 회사 일로 지진 복구가 진행 중인 현장을 시찰도 한 터이지만 정작 옛 연인 메이에게 지진의 충격이 어마어마하게 크다는 사실을 전혀 몰랐던 것이다. 출장 일정은 거의 끝나가고 동하는 주춤하며 멀어지는 메이에게서 마음을 거둘 채비를 한다. 그때 메이의 상처에 대해 전해 듣는 것이다.

그랬군요, 그래서 메이가 그런 거였군요.

그 마음속에 공동空洞이 파였을 뿐, 그것은 헤어질 이유가 아닌 것이다. 한국에 도착한 동하는 자전거를 선물로 부쳐온다.

메이에게 주는 노란 자전거다. 우편상자에서 딸려 나온 편지에는 동하의 목소리가 담겨 있다.

"여긴 줄곧 비가 와요.

마치 청두에서부터 비가 따라온 것 같아요.

… 보고 싶어요."

편지를 읽고 메이는 자전거를 탄다. 표정이 환하다.

두보초당 푸른 그늘 아래서.

✻

동하에게 '청두의 비'는 어떤 의미일까?

왜 동하는 비가 따라온다고 기뻐하는가.

빗줄기가 하늘과 땅을 잇듯이 청두의 비는 홍실(즉 紅絲)이 되어 둘의 인연을 이어줄 것이라고 믿고 있는 양이다.

불전 『법화경』의 비유 중에 '약초유藥草喩'가 있다.

하늘에 구름이 일고 비가 내리니, 그 비가 평등하게 모두를 적셔, 여러 약초와 큰 나무와 작은 나무 그리고 온갖 백곡의 싹이며 열매가 한결같이 비의 혜택을 받아 싱싱하고 윤택하게 성장한다. 여기서 비는 지상의 일체를 적시는 평등함을 상징한다. '약초유'는 법화경의 가르침이 모든 생명에 평등하게 골고루 혜택을 주는 것을 말하고 있다.

두보의 시구에서 소리도 없이 촉촉하게 만물을 적시는 봄비는 어쩌면 약초유 속의 비와도 통할 것이다. 그래서인지 이 비유를 들으면 나도 모르게 청두의 봄밤이 생각난다. 사람들이 모두 잠든 밤에 서두름도 늦춤도 없이 모두를 촉촉이 적셔주는 보슬비. 소리 없이 적셔지는 청두의 봄밤을 나는 안다.

그 촉촉함이 메이의 공동을 메우고 동하를 불러오며 모두를 기쁘게 하는 것이다.

❉

사실은 동하에게는 접어둔 꿈이 있었다.

꿈을 과거로 봉인할 것인가, 미래로 열어둘 것인가.

꿈을 현실을 만족하는 데 쓸 것인가, 혹은 현실로 하여금 꿈을 향해 직진하도록 할 것인가. 풀리지 않는 갈등이 있었다.

동하가 기업의 월급쟁이로 일하고 있다는 걸 알고 나서, 메이는 매우 뜻밖이라는 표정으로 말했다.

"난 네가 시인이 될 줄 알았는데."

동하는 메이에게 변명한다.

"처음에는 잠깐만 직장을 다니려고 했어. 첫 월급 타면 그만두고 다시 글을 쓰겠다고 생각했는데 다음 달 월급이 들어오고 또 승진을 하고…. 그러다 보니 점점 더 그만두기 힘들어지더라."

영화는 시간을 건너뛰어, 동하가 두보초당 문 앞에 서 있고, 퇴근하는 메이가 그 동하를 향해 반갑게 다가가는 장면으로 끝난다.

메이를 기다리고 서 있는 동하의 차림새가 전과 확연히 달라져 있다. 지난 번 출장 때의 양복 차림은 간 데 없고 캐주얼한 차림의 상쾌한 동하

锦江恋歌 금강연가
一个韩国人的蜀思

로 돌아왔다. 옷차림으로 짐작하건대 이제까지 질질 끌었던 퇴직을 동하 스스로 감행했거나 그도 아니면 회사 퇴직에 맞먹는 일정한 자유를 확보한 것이리라. 아니면 벌써 시인이 되었는지도 모르겠다.

그렇다면 우리는 '시절을 아는 비'가 동하의 내면까지 흠뻑 적셔주었 다고 믿어도 되리라. 그 단비로 하여 점점 고사枯死해가던 청춘의 꿈이 소생한 것이리라.

" … 어떻게 살 것인가, 내 인생을 …."

이런 노랫말도 있듯이 청춘은 매일처럼 자문한다. 어떻게 살아갈 것인가.

쉽게 답을 찾으면 다행이지만 같은 질문을 날마다 반복하면서도 방황을 끝내지 못하는 경우도 많다. 스스로 지쳐간다. 혹은 망각하기로 한다. 혹은 망각도 포기도 못 한 채 미혹의 연속이다. 때로는 애잔하기도 하리라.

출장길 두보초당에 들어설 때 동하는 어땠을까?

두보의 시집을 사 들고 걸을 때는 비를 기다리는 들판의 심정이었을까? 이 영화가 방영된 이후 서점에는 '두보시집'을 찾는 사람들이 늘었다 고 한다.

나도 청두에 가서 가장 먼저 가보고 싶은 곳이 두보초당이었다. 바라던 대로 초당에 간 날, 두보의 청동상 앞에서 유독 기다란 시인의 손을 쓸어보던 날, 나 스스로의 향방을 묻듯이 시인 두보에게 묻고 있었다. 어떻게 시인으로 버티었냐고, 무엇이 당신을 견디게 했느냐고.

　　　꿈을 과거로 봉인할 것인가, 미래로 열어둘 것인가.
　　　꿈을 현실을 만족하는 데 쓸 것인가, 혹은 현실로 하여금 꿈을 향해
　　　직진하도록 할 것인가. 풀리지 않는 갈등이 있었다.
　　　　　　　　　　　　　　　　　　　　「영화 『호우시절』」

두보초당杜甫草堂 가는 날

길을 잃다.
우리 셋은 두보초당을 찾아가는 길이었다.
청두에 도착한 지 채 일주일도 안 된 여자 셋이서 호텔 문을 나서 버스를 타고 두보초당을 가는 길인데, 그만 정류장을 잘못 내린 것이다. 다행이라면 셋 모두가 아주 엉성한 채로나마 한두 마디 중국어를 주고받을 수 있다는 것이지만, 실은 그 한두 마디를 잘못 알아들어서 내리는 데오 차가 생겼는지도 모른다.
어림짐작으로 초당이 멀지 않은 것 같긴 한데 도무지 길을 가늠할 수 없다.
"잘못 내렸나 봐요! 어떡하죠?"
마주치는 사람에게 길을 물어보지만 알아듣기가 힘들다.
우린 제대로 목적지에 도착할 수 있을까.
찌는 듯이 무더운 여름날 오후, 불안해진 마음에 셋 다 우왕좌왕한다. 특히 내 마음이 불편하다. 길도 모르면서 괜히 가자고 부추겼나 미안해진다.
한여름 날씨를 평계로 내켜하지 않는 두 사람을 아침부터 설득하고 나섰던 건 나였다.
"청두에 온 첫 주말인데 두보초당에 가야지요."
청두에 도착하여 어디를 가볼 거라면 제일 먼저 두보초당에 가야 한다고 나는 생각했었다.
청두로 날아오는 비행기 좌석에서 '두보시집'을 읽다가 결심한 일이다.
두보杜甫(712-770)는 그 문학적 명성이 천하를 떨친 것치고는 현실에

錦江恋歌 금강연가
一个韩国人的蜀思

서 의 삶은 아주 초라했다. 과거에 문인이 입신양명하는 길은 관직에 오르는 것인데 그럴듯한 관직도 없이 일가족을 이끌고 이리저리 유랑자처럼 떠 돌아야 했던 두보다. 그런 그가 759년에서 765년 사이에 다른 어디에서 도 누리지 못한 일상의 평온을 맛보았던 도시가 바로 청두, '금관성 錦官城'이었다.

청두로 올 때 내가 두보시집을 챙긴 건 우연이었다.

솔직히 말하면 내가 당시唐詩를 특히 좋아하는 것도 아니고, 중국 고시 古詩에 조예가 깊은 것도 아니다. 다만 출발에 앞선 감상이랄까, 명색이 중국으로 유학 떠나는 길인데 두보시집 한 권쯤은 챙겨야지 싶어 핸드백에 넣어두었을 뿐이다. 비행기 안에서 한두 장쯤 읽다가 잠을 청하려고했다. 그 한두 장쯤에서 나는 몰랐던 사실을 알게 된다. 내가 곧 도착하 게 될 '청두'가 천여 년 전 두보와 인연이 깊은 도시라는 사실을 말이다. 그때 생각했다. 청두에 도착하면 두보초당부터 찾아가겠다고.

"請問, 去杜甫草堂怎麽走? 저기요, 두보초당에 가려면 어떻게 가야 하나요?"

너무나 중요한 이 한 마디.

세 사람이 번갈아 물으며 걷고 또 걸었다.

그러면서 이국적인 애완동물시장을 지나고 나팔꽃 덩굴 오르는 골목길을 지나고, 강이 흐르는 다리를 지났다.

그러다 두보초당에 닿았을 때의 감격이라니!

이곳이 바로 중국 문학사에서 빼놓을 수 없는 성지이다.

초당이라 했지만 원림園林은 깊고 넓었다. 나무가 울창한 그 사잇길을 따라 걷다 보니 가장 상징적인 지점, 즉 두보가 살던 초가집이 나왔다. '두보초당'이라는 이름에 걸맞게 두보를 기념하는 옛날식의 소박한 살림 집이었다.

낮은 목책을 두른 안으로 마당에 꽃나무가 있고 초가지붕의 일자형 건물 하나가 있다. 그 안으로 들어서면 시인이 다탁을 두고 객을 맞이했을 마루며 혼자서 시를 쓰고 책을 읽었을 서재 그리고 침대가 놓인 침실과 부엌이 보인다. 한눈에도 단출한 살림이지만 고상한 정신생활이 고스란 히 느껴져 왔다.

부엌 문턱을 넘어 마당으로 나왔다.

두보초당杜甫草堂 가는 날

돌 장기판이 있는 정자 아래 섰다. 정자 발치로 채마밭이 나름 정갈하게 가꿔져 있었다.

두보가 살던 시절에도 채마밭을 가꾸었겠지.

마당에는 깃발 하나를 표지 삼아 들고 휴대용 작은 마이크에 입을 대고 "두보는, 두보는 … " 하며 열심히 해설하는 가이드들과 자신들의 가이드 앞에 서서 해설을 듣고 있는 여행객 무리들, 그들이 일으키는 작은 소음들로 마당이 채워져 있었다.

정자에서 몇 걸음 떨어져서 다시 초가지붕을 올려다본다. 두보가 여기서 머문 4년도 채 안 되는 기간에 무려 240수의 시를 지었음을 생각하니 초가지붕조차 성스럽게 빛나는 듯하다.

실제로 두보가 자신이 사는 초가집을 읊은 것으로 「가을바람에 초가지붕이 날아가다茅屋爲秋風所破歌」(762)라는 시가 있다.

> 초당 원림을 한 바퀴 돌고 나오는 길, 들어올 때 보았던 그대로 앉아 있는 시인의 청동상이 고즈넉하다. 전체적으로 수척한 두보 전신상에서 손등만이 유독 금빛으로 빛나고 있다. 시인을 경애하는 무수한 사람들이 그의 손등을 쓰다듬고 지나간 탓이리라.
> 「두보초당 가는 날」
> 팔월이라 가을이 깊어 바람 사납게 불어
> 우리 지붕의 세 겹 이엉 말아 올렸네.
> 이엉이 날아가 강을 건너고 강가에 뿌려지니
> 높이 날아간 것은 긴 숲의 나뭇가지 위에 걸렸고
> 낮게 날아간 것은 바람에 나부껴 돌다가 웅덩이에 빠졌다오.
> 남촌南村의 아이들 이 늙은이를 업수이 여기고는
> 이제는 눈앞에서 훔쳐가네.
> 공공연히 이엉 안고 대숲으로 들어가니
> 입술이 타고 입이 말라 소리도 안 나오고
> 돌아와 지팡이에 의지해 스스로를 한탄하네.
> 잠시 멎은 바람이나 구름은 흑빛이니
> 가을날 막막하게 땅거미 속에 어두워지네.
> 삼베 이불 여러 해 되어 쇠처럼 차가운데
> 우리 집 아이 험한 잠버릇에 여기저기 찢겼다오.

锦江恋歌 금강연가
一个韩国人的蜀思

침상마다 지붕 새어 마른 곳 없는데
빗줄기는 삼대처럼 내려 끊이지 않으려나.
난리 겪은 뒤로 잠이 적어지니
긴긴 밤 흠뻑 젖어서 밤은 어이 샐 건가.
어이하면 방이 천만 칸인 대궐집을 만들어
천하에 가난한 이들 모두 품어서 하나같이 기쁜 얼굴
풍우에도 불안함 없이 산처럼 안온할 건가!
두보초당 가는 날 237
아아! 어느 때에나 눈앞에 우뚝 선 이러한 집이 생길지
내 작은 오두막 부서져 얼어 죽더라도 그때는 만족하리라![①]

八月秋高風怒號, 卷我屋上三重茅.
茅飛度江灑江郊, 高者挂罥長林梢, 下者飄轉沈塘坳.
南村群童欺我老無力, 忍能對面爲盜賊.
公然抱茅入竹去, 脣焦口燥呼不得, 歸來倚杖自嘆息.
俄頃風定雲墨色, 秋天漠漠向昏黑.
布衾多年冷似鐵, 嬌兒惡臥踏裏裂.
床床屋漏無乾處, 雨却如麻未斷絶.
自經喪亂少睡眠, 長夜沾濕何由徹!
安得廣厦千萬間, 大庇天下寒士俱歡顔, 風雨不動安如山!
嗚呼!
何時眼前突兀見此屋, 吾廬獨破受凍死亦足!

　시의 전반부는 두보의 현실, 초가을의 폭우로 인한 피해 상황이 펼쳐진다. 가을밤 큰바람에 지붕의 이엉이 날아가 비가 새고 가족들은 떨며 밤을 새웠다. 이튿날 어떡하든 지붕부터 때워야겠다고 늙은 가장은 조바심치지만, 동네 아이들은 힘없는 노인을 놀리듯 모아놓은 짚을 훔쳐간다. (아마 마을의 다른 집들도 지붕 수리가 급했던 모양이다.) 오후에 다시 바람에 먹구름이 몰리니 또 하룻밤을 젖은 침상에서 온 가족이 떨며 지낼

[①] 시의 번역 출처는 동양고전종합DB (http://db.juntong.or.kr) 임. 「초가집이 가을바람에 무너진 것에 대한 노래」 라는 제목으로 나옴. 번역문을 옮김에 크게 벗어나지 않는 범위내에서 조금 고침.

게 분명한데 이를 어떡해야 좋단 말인가.

이에 시인은 내 식솔에 대한 애달픈 마음을 그대로 다른 가난한 선비들에게 펼친다. 대궐 같은 집 한 채 얻어서 곤궁함에 떠는 선비들을 안심시킬 수 있다면 비록 오늘 밤 자신은 비 새는 지붕 아래 추위에 떨다 죽어도 여한이 없을 것이란다.

'어이하면 방이 천만 칸인 집을 세워서安得廣廈千萬間', 이 시구부터가 두보의 마음 크기이다. 백성을 끌어안는 큰 사랑 —내가 내 집 지붕 하나 로 하루가 이렇게 다급하고 마음이 옥죄이는데 다들 어떻게 지내는 걸 까? 혹시 다들 간밤의 거센 풍파에 놀라고 당황하여 제 본심까지 바람에 날리고 삶이 온통 흔들리고 있는 건 아닐까? 그 모두의 마음이 흔들리지 않도록 내가 지붕이 되어주고 싶다.

아까까지 지붕 없는 일에 허둥거렸던 시인의 노쇠한 모습은 온데간데없고 개인과 가족을 초월하여 이 세상 모든 이의 아버지나 된 듯 우람한 목소리로 세상의 혼란을 잠재우고자 한다. 즉, 자기처럼 현실에 쫓겨 안둔할 곳 없는 이 세상의 선비들, 그리고 선비의 가솔들, 아니 모든 고통받는 백성들을 하나도 남기지 않고 품어줄 아주 큰 지붕을 얹어야겠다고 포효하는 것이다.

"내, 천만 칸 방을 들인 큰 집을 지어 추위에 몸 둘 곳 없는 천하의 선비들을 비바람에도 산처럼 흔들리지 않게 비호庇護해 주리라." 이 부분이 두보의 진면목이다. 두보의 우국애민憂國愛民 정신이 숨김없이 드 러난다.

그렇다고 지붕 수리도 제때 못하고 허둥대는 가난한 노인네의 모습은 두보가 아닌가? 그렇지 않다. 한 순간도 눈앞의 현실을 외면한 적 없는 두보다. 이렇게 자신이 디딘 땅을 잊지 않고 살았던 시인이기에 민중을 생각하는 마음이 남달랐던 것이다. 어떤 처지 어떤 곤란 앞에서도 두보의 가슴 속에는 절대 지지 않는 마음이 있다. 그 지지 않는 마음이 문장이 되어 사람들을 일깨운다. 두보의 일생이 얼마나 곤고했는지, 그에 반해 두보란 시인이 가진 웅지雄志는 얼마나 크고 광활한지를 대조하노라면 한낱 객기로 찾아온 여행객의 마음마저 일순 숙연해진다.

초당 원림園林을 한 바퀴 돌고 나오는 길, 들어올 때 보았던 그대로앉아 있는 시인의 청동상靑銅像이 고즈넉하다. 전체적으로 수척한 두보 전신상에서 손등만이 유독 금빛으로 빛나고 있다. 시인을 경애하는 무수 한

锦江恋歌 금강연가
一个韩国人的蜀思

사람들이 그의 손등을 쓰다듬고 지나간 탓이리라.

나 또한 쓰다듬어 본다. 시인의 손, 그의 손은 기다랬다.

「江」

锦江恋歌 금강연가
一个韩国人的蜀思

미소 속의 행복

금강!
강변 양 갈래로 산책로가 길게 뻗어 있다.
청두 사람들의 쉼터다. 그곳에선 누구나 여유롭다. 사실 강물은 혼탁하다.
그래도 백로 떼가 날아들고, 도시의 낚시꾼들이 보인다. 도심의 하천에 낚시하는 사람이라니!
나는 호기심을 갖고 낚시꾼에게 다가가 물었다.

"有魚嗎? 여기 물고기가 있나요?"
"有. 있다우."
"可以吃嗎? 먹을 수도 있나요?"
"可以. 먹을 수 있다우."

견문이 좁았던 탓이리라.
이전까지 나는 이런 선입견이 있었다. 대도시의 강은 오염되어 있고 그 강물에서 잡은 물고기는 먹지를 못한다. 때문에 도심의 강변에서 물고기를 잡는 도시인이 존재할 거라고 생각해 본 적이 아예 없다. 그런데 청두에는 존재했다.

강변 양 갈래로 산책로가 길게 뻗어 있다.
청두 사람들의 쉼터다. 그곳에선 누구나 여유롭다.
사실 강물은 혼탁하다.
그래도 백로 떼가 날아들고, 도시의 낚시꾼들이 보인다.

도심의 하천에 낚시하는 사람이라니!

「미소 속의 행복」

"내가 정말로 강태공姜太公의 나라에 온 거구나!"
 중국의 고대 인물 '강자아姜子牙'는 주나라 문왕을 보좌한 공신이다. 그런데 그의 성과 직함의 조합인 '강태공'이란 호칭이 한국에서는 낚시하 는 사람을 가리키는 별명으로 쓰인다. 그것은 태공이 초야에 묻혀 있을 때 '곧은 낚시질' —물고기가 잡히지 않게 끝의 고리가 펴진 낚싯대를 던 져놓고 때를 기다렸다는 '태공망太公望' 고사 때문인 것 같다.
 나의 아버지는 이 태공망 이야기를 좋아하셨다. 지긋이 때를 기다리는 은자隱者의 태도에서 뭔가 배울 점이 많다고 느끼신 것 같다. 아버지로부터 강태공의 부인 이야기도 들었다. 태공의 부인은 출세는 커녕 집안 살림도 돌볼 줄 모르는 서생書生 남편이 한심해서 남편을 두 고 떠났다. 하지만 누가 알았으랴! 강자아는 크게 출세했다. 후회막심한 부인은 전남편을 찾아가 지난 일을 잊어달라고 말한다. 그러나 강자아로 부터 이미 "엎질러진 물"이라는 답만 들었다는 것이다.
 강태공 이야기를 실감 나게 해주신 아버지는 이미 돌아가셨고, 그 딸은 지금 도시의 강태공과 이야기를 나누고 있다.
 아버지 저는 청두에 와 있어요. 여기 사람들은 미소가 참 온화하지요.

※

 청두 사람의 미소를 떠올리노라니, 불현듯 아미산峨眉山이, 아니 아니 「아미산 가마꾼의 행복轎夫的快樂」이라는 수필이 생각난다. 영국 철학자 버트란드 러셀Bertrand Arthur William Russell(1872-1970)의 글이다. 러셀 은 쓰촨의 아미산도 다녀갔다고 한다. 아미산은 오대산, 구화산, 보타산 과 함께 중국 4대 불교 명산으로 유명하다. 그런데 러셀이 아미산에서 본 것은 가마꾼의 행복이었다.
 러셀이 아미산에 간 날은 더운 여름날이었다.
 러셀 일행은 가마꾼이 태워주는 가마를 타고 산에 올랐다. 산길은 좁고 험준하고, 가마꾼의 등은 땀범벅이었다. 러셀은 그게 너무 신경 쓰였다. 가마꾼은 얼마나 힘들까, 혹시 가마 위의 손님을 원망하는 게 아닐까, 혹은 더운 날 이렇게 힘든 일을 해야 하는 자신의 처지를 비관하고

锦江恋歌 금강연가
一个韩国人的蜀思

있는 건 아닐까, 온통 그런 걱정뿐이었다.

그러다 도중에 쉴 참이 있어 가마꾼도 일행도 휴식을 갖는 시간이 왔다. 러셀은 아까의 미안함도 있어서 가마꾼들을 조심스럽게 살폈다. 예상과는 다르게 가마꾼들에게서는 신세 비관이나 원망하는 기색은 전혀 나타나지 않았다. 동료들과 담배를 나누기도 하며 즐겁게 웃고 떠드는 것이 행복해 보였다. 외국인인 러셀 일행에게도 말을 걸으며 아미산 주민의 풍속도 알려주고 외국의 일도 궁금해 했다. 마음속에 아무 거리낌이 없어보였다.

알고 보니 가마꾼들은 행복했다. —여기에서 러셀은 깨달았다고 한다. 자기의 관점에 서서 타인의 행복에 대해 이러니저러니 판단하는 자체가얼마나 잘못된 것인지 알게 되었다는 것이다.[①]

러셀은 타인의 행복에 대한 섣부른 판단을 반성했지만, 사실 사람들이 헤매는 것은 행복에 대한 방향감이다.

현대 문화는 속도를 추구한다. 빠르면 빠를수록 행복지수도 높아질 것이란 전제가 있어서이다.

그러나 빠름을 쫓을수록 잃어가는 것도 많다.

현대 도시의 생활에서 느긋하게 천천히 시간을 음미할 수 있다는 건 일종의 철학적 태도이다. 21세기의 도시인으로서 이 철학적 태도를 여전히 누릴 수 있다면, 도시 전체가 그것을 너무나도 당연하게 생각한다면? 다른 곳에서는 이러한 질문이 가정에 불과하지만 청두는 다르다. 이곳은 현대 도시임에도 여전히 느긋하다.

나만의 믿음일지 모르겠으나, 금강은 바로 청두 사람들에게 있어 느긋함의 행복을 음미하게 하는 사유의 여지이다. 금강 망강루望江樓 아래 강물결을 보고 있노라면 그런 생각이 절로 든다.

> 현대 도시의 생활에서 느긋하게 천천히 시간을 음미할 수 있다는 건 일종의 철학적 태도이다. 21세기의 도시인으로서 이 철학적 태도를 여전히 누릴 수 있다면, 도시 전체가 그것을 너무나

---

① 러셀이 중국에 왔던 해는 1924년인데, 그로서는 훗날 세계적으로 유명해진 『행복론』을 완성한 직후였고, 중국은 대륙 각지에 군벌軍閥들이 지배하던 혼란기였다. 필자는 러셀 의 아미산 문장을 다음의 책에서 보았다. 魯先聖編著, 『持續地敲門』, 華東師範出版社, 2009.

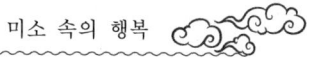

도 당연 하게 생각한다면? 다른 곳에서는 이러한 질문이 가정에 불과하지만 청두는 다르다. 이곳은 현대 도시임에도 여전히 느긋하다.

「미소 속의 행복」

錦江恋歌 금강연가
一个韩国人的蜀思

탁문군卓文君

중국 내륙의 남서부에 위치한 청두에 들르거나 머물러본 사람이라면, 구수한 쓰촨 방언에서든 맵고 톡 쏘는 쓰촨 요리에서든, 차나 마작을 즐기는 차관茶館에서든 이 도시는 뭔가 다르다고 느낄 것이다. 그러면서 차츰 낙관적이고 자족적인 이 도시의 분위기에 빠져들고 말 것이다.

한번은 서로 국적이 다른 유학생들과 청두의 이런저런 매력을 토론한 적이 있다. 그때 나는 청두의 어디가 가장 인상 깊냐고 물어보았는데 청두 안에 가볼 곳이 워낙 다양해서 답들이 제각각이었다. 알다시피 청두는 수천 년 전 엄연히 존재했던 고촉국의 도성인 이래 계속 도시로서 존재해왔다. 도교의 발원지로서 도교 사원은 물론이고 유서 깊은 불교 사찰도 많다. 한나라 이래 유교 문화가 넓혀진 영향으로 유교 서원도 도처에 있다. 이태백이니 소동파니 시인의 자취가 여기저기 서렸는가 하면, 멀지않은 교외에 구체구九寨溝나 황룡계곡黃龍溪과 같은 명승지는 소박한 소수민족의 인정과 함께 대자연의 색다른 경험을 선사한다. 그리고 해학적이고 풍자적인 사천극川劇, 쓰촨 특산의 금수錦繡, 중국의 국보로 승격되어 관광객이 많이 찾는 판다기지熊猫基地 … 쓰촨이란 지방색을 엿볼 수 있는 것은 손으로 꼽자면 한이 없다. 토론 끝에 결국 깨달은 것은 청두의 인기 있는 장소를 물어 순위를 매기는 일 같은 건 생각한 자체부터가 무의미하다는 사실이다.

그래도 나라면 일순위로 '두보초당杜甫草堂'을 들 것인데 … . 두보가 살던 유적지 말이다.

한국의 '다산초당茶山草堂'이 다산 정약용이 머물렀던 '소박한 초가집草堂'을 뜻하듯, 두보초당 역시 원래는 두보가 청두에 머물 때 기거했던 초가 집을 가리키지만 두보의 명성을 흠모하는 사람들에 의해 성도뿐만 아니라 중국이 꼽는 문화적 성지로 가꿔진 곳이다. 초당을 찾아가 잘 가꿔진 전통 원림을 감상하는 것도 하나의 보람이지만, 시성詩聖으로 추앙받는 두보의 표현을 통해 청두의 아름다움을 찾아보는 노력도 의미 깊다 하겠다.

그 다음은 『삼국지』의 영웅 제갈량의 사당인 '무후사武侯祠'이다. 한나라 말기 세상이 혼란해지니 영웅들이 출현한다. 이 영웅들이 조조, 유비, 손권을 중심으로 위·촉·오 삼국의 역사를 만든다. 영웅들의 이야기는 역사서 『삼국지』와 소설 『삼국연의』에 담겨 중국을 넘어 한국과 일본 등으로 전해졌다. 특히 『삼국연의』는 생생한 묘사로 인하여 인기가 높았다. 비록 위나라나 오나라보다 약한 나라였다고 하나 촉한은 매력이 넘쳤다.

도원결의며 제갈량이며, 촉한의 도읍 청두는 충과 의에 죽고 사는 영웅들의 땅이다. 그 영웅들 속에 군계일학과 같은 제갈량은 천하제일의 지장智將으로 촉한의 승상이다. 유비가 나라 이름을 촉한으로 정한 뜻은 청두라는 촉의 도읍이 한나라 황실의 정통을 이어받아 천하를 평정할 본진이라고 선언한 데 있다. 제갈량을 비롯한 여러 촉한의 영웅들에게 청두라는 도성은 천하를 위해 멸사봉공滅私奉公하는 생명의 땅이었다.

내가 꼽는 세 번째는 금대로琴臺路이다. 금대로는 사마상여와 탁문군의 낭만적인 사랑을 기념한 거리이다. 한나라 때 사마상여司馬相如(BC179-BC117)와 탁문군(BC175-BC121)의 가연佳緣은 중국 사람이라면 모르는 이가 없을 정도로 유명하다. 비록 거리는 비석과 탄금석상彈琴石像외에 달리 유적지나 기념관을 갖고 있는 건 아니지만, 우리는 상상 속에서 사마천의 『사기』에도 기록될 정도로 정열이 넘쳤던 이천 년 전의 남녀 주인공과 만날 수 있다.

금대로와 연관하여 한 가지 덧붙이고 싶은 것은 가까이에 청양궁青羊宮이 있다는 점이다. 청양궁은 드물게 도심에 남아 있는 유서 깊은 도교 사원이다. 옛날 당 현종이 안사의 난을 피해 청두에 왔을 때 이 청양궁을 별궁으로 삼았다 한다. 금대로와 청양궁, 두 편의 러브스토리가 나란히 이웃해 있는 것이다. 탁문군과 사마상여의 행복한 사랑 이야기가 희극이라면, 국난 속에 생사이별한 양귀비와 현종의 이야기는 비극일 것이다. 사랑의 희극과 비극을 새겨보는 길, 그 길이 청두 그 안에 있다.

錦江戀歌 금강연가
一个韩国人的蜀思

✳

촉의 임공臨邛 땅에 사는 탁왕손卓王孫은 한나라 굴지의 대부호였다.

쓰촨의 4대 재녀才女중 하나로 꼽히는 탁문군은 바로 이 탁왕손의 금지옥엽이었다. 금지옥엽으로 곱게 자랐어도 운명은 피할 수 없는 것인지, 탁문군은 이팔청춘에 과부가 되어 친정으로 돌아와 있었다.

이 무렵 임공의 현령이던 왕길王吉은 사마상여라는 문인을 식객으로 맞이하게 된다. 이에 탁왕손이 연회를 열어 왕길과 사마상여를 초대했고, 흥이 오른 사마상여는 금琴을 타며 자작곡을 부르는데.

> 봉鳳아 봉아, 고향으로 돌아왔구나
> 황凰을 찾아 천지를 날아다녔건만
> 아직 때가 아니었는지 얻을 수 없었거늘
> 어찌 알았으랴, 오늘 저녁 지붕 위에 나는 걸
>
> 어여쁜 숙녀 규방 안에 그윽한데
> 가까워도 닿을 수 없으니 애닯구나
> 어찌해야 둘이서 목을 감고 다정한 원앙새처럼
> 즐겁게 여기저기 날아다닐까
>
> 황아 황아, 나를 따라 둥지로 가자
> 정을 통하고 마음을 나누어 부부가 되자꾸나
> 한밤중에 날 따르면 누가 알아보리
> 두 날개 나란히 하여 높이 날아가자
> 내 사랑 모른 척하여 맘 아프게 말아요

이것이 「봉구황곡鳳求凰曲」이다. 봉황이란 신화 속의 상서로운 새로서 봉은 수컷, 황은 암컷이다. 짝을 구하는 봉새처럼 사마상여는 탁문군을 향해 사랑을 표현한 것이다. 그때까지 만난 적 없는 소문 속의 공주님을 향해 세레나데를 부른 셈이다. 짐작컨대 젊은 사마상여는 탁문군이 젊어 혼자된 처지로 아버지 집에 와 있다는 사실을 익히 알고 있었던 것 같다. 자신을 봉으로, 탁문군을 황으로 은유한 걸 보면 탁문군이 가진 매력, 즉 얼굴도 곱고 음률을 좋아한다는 것도 소문으로 알았을 것이다. 그런 탁문 군이라면 통하는 데가 많을 것이라 믿었고 무엇보다 부호에 대한 동경도 없지 않았을 사마상여로서는 연회에 초대된 것을 기회로 삼고 싶었을 것 이다. 자신이 지은 시로 악기를 타면 상대가 끌려올 것이라는 시인다운 자신감도 없지 않았다. 여인의 사랑을 일으키는 음악, 이것을 사람들은 '상여금심相如琴心'—상여가 악기 금을 타는 마음이라 일컫는다. 과연 탁문군은 사마상여의 뜻을 받아들여 야반도주를 감행, 사마상여가 사는 청두의 집으로 따라간다. 이 사랑 이야기는 사마천 『사기』는 물론 (동진東晉) 『서경잡기西京雜記』에도 수록되어 전하고 있다.

> 여인의 사랑을 일으키는 음악, 이것을 사람들은 '상여금심' — 상여가 악기 금을 타는 마음이라 일컫는다. 과연 탁문군은 사마상여의 뜻을 받아들여 야반도주를 감행, 사마상여가 사는 청두의 집으로 따라간 다. 이 사랑 이야기는 사마천 『사기』는 물론 (동진) 『서경잡기』에도 수록되어 전하고 있다.
> 「탁문군」

아름다운 이여, 한번 보니 잊을 수 없네.
단 하루만 못 봐도, 그리워 미칠 것 같네.
有美一人兮, 見之不忘. 一日不見兮, 思之如狂.

이 시는 사마상여의 또 다른 『봉구황』이다.

✱

야반도주를 할 때까지는 몰랐으리라.

탁문군이 청두에 도착하여 알게 된 것은 서생 사마상여의 심각한 가난이었다. 급한 대로 문군 자신이 상여와 함께 술을 빚어 팔았다. 탁왕손의 금지옥엽이 술을 판다는 소문이 순식간에 퍼져 임공 땅 아버지의 귀에까지 들어간다. 이를 딱하게 여긴 누가 탁왕손을 설득한다.

"딸이 그렇게 살면 당신 체면이 뭐가 되오? 있는 재산 조금만 떼어주면 해결될 일 아닌가."

『사기·화식열전貨殖列傳』에 의하면 탁왕손의 가문은 대대로 철을 다

錦江恋歌 금강연가
一个韩国人的蜀思

루는 일에 관여해 왔는데冶鐵世家, 탁왕손의 대에 이르러서는 부유한 정도가 한 나라의 왕에 버금갔다. 하인이 무려 천 명에 이르고 그의 원림에는 밭이며 연못 등이 있는데 땅이 얼마나 넓은지 그 안에서 사냥을 즐겨도 될 정도였다고 한다.

이 정도의 부호이니 당연히 딸을 데려간 사마상여가 마음에 들 리 없다. 그래서 부녀관계를 끊고 지냈던 터였는데 사람들이 수군거리니 더 이상 모른 체할 수 없었다. 할 수 없이 딸에게 시종 백 명, 돈 백만, 그 외 의복과 패물 등 적지 않은 재산을 보내주기로 한다.

고생하던 부부는 이 재산을 받아 한시름을 놓게 되었다. 그 덕분에 상여는 넉넉한 자금을 지니고 왕성인 장안으로 길을 떠나, 문장으로 한 시대를 풍미하고 한무제漢武帝의 총애도 받는 대문인이 된다. 문장으로 명성이 높아진 덕분에 사마천은 사마상여의 이야기를 『사기』의 「사마상여 열전司馬相如列傳」으로 남겼던 것이다.

한국의 옛 문인들도 사마상여와 탁문군의 이야기를 잘 알고 있었다.

　　　　세상에 사마상여와 같은 재주가 없으니,
　　　　어느 누가 능히 옛사랑을 회복할까.
　　　　世無相如才, 誰令復舊好.

　　　　　　　　　-이곡李穀(1298-1351), 『운명이 기박한 첩妾薄命
　　　　　　　　　　태백의 운을 떼어 짓다用太白韵二首』

이곡은 고려 말엽의 문인이다. 님의 마음에 사랑이 식어 회복하고 싶지만, 자신은 노래 한 곡으로 사랑을 일으키는 사마상여와 같은 재주가 없다는 노랫말이다.

다음은 조선 시대 속요 『봉황곡鳳凰曲』이다.

　　　　" … 사마상여司馬相如 봉구황곡鳳求凰曲 탁문군卓文君이 따르느냐.상정언약相定言約 없건마는 화촉연분華燭緣分 끝이 없다 … "①

---

① 하응백 편집 및 주석, 『창악집성唱樂集成』, 휴먼앤북스, 2011.

이 구절은, 사마상여가 봉구황곡을 부르니 탁문군이 따랐고, 미리 약속한 것도 아닌데 부부 인연이 깊게 맺어진 일에 감탄한다.

이처럼 우리 시가에 '상여금심相如琴心'의 전고典故가 보임은, 과거 왕조 시대에는 중국의 한자 문화를 널리 받아들여 문인들 중심으로 그 역사·문학·철학을 고루 공유하며 살았기 때문이다.

✽

화제의 초점을 이동하여 남녀의 사랑이 아닌 남자의 성공에 대해 이야기해보자. 가난해서 활동 폭이 좁았던 사마상여는 탁문군이 아버지로부터 재산을 받고 나자 마음 놓고 입신양명의 길을 모색할 수 있었다. 호기롭게 황제가 있는 도성을 향해 출발한 것이다. 사마상여는 이때 청두의 승선교升仙橋 다리 기둥에 "높은 수레, 필마를 타지 않고는 이 다리를 지나지 않으리."라고 글을 썼는데, 다시 말해 성공하지 않고는 돌아오지 않겠다는 맹세이다. 이를 '상여제주相如題柱'라 한다. 뜻을 세워 이름을 떨치는 것은 봉건시대 지식인 청년들이 보편적으로 가진 몽상이었다. 사마 상여는 장안에 도착하여 목적한 대로 자신의 실력을 발휘하여 황제에게 중용된다.

고향을 떠나 뜻을 이루고 나니 마음이 들뜬 탓일까. 상여는 딴생각을 품었다. 첩을 취하고 싶다고 청두에 있는 탁문군에게 통보를 한다. 서신을 받고 탁문군이 「백두음白頭吟」을 지어 상여에게 보낸다.

　　　… 꽃가마 타고 가며 울지 않아도 되는 건
　　　오직 나만 사랑하는 낭군을 만나
　　　…검은 머리 파뿌리 되도록 사랑할 것이니…까. …
　　　嫁娶不須啼. 願得一心人, 白頭不相離.

문군의 시는 구구절절 사랑이 쉽게 변하는 남자의 마음을 질책했다.
"사내라면 의기意氣를 잃지 말아야지!"
이 시를 받아 읽은 상여는 자신의 소행을 부끄럽게 여겨 첩을 얻겠다는 생각을 버렸다고 한다.

잠시 위기는 있었지만 시 한 수로 되돌아올 수 있는 사랑은 얼마나 낭만적인가? 아주 통쾌한 느낌이다. 탁문군은 역시 쓰촨의 여인이다. 왜

쓰 촨 여인은 발랄한 매력이 있다지 않는가. 그녀는 사랑을 선택함에도 그 사랑을 지킴에도 한 치의 머뭇거림이 없다.

사실 그녀가 원하는 바는 '백년해로'라는 원만한 결말이다. 사랑 이야기의 이러한 해피엔딩은 동서고금 불변인지도 모른다. ―두 사람은 서로 사랑하며 오래오래 행복하게 살았답니다.

그런데 사랑의 결말에 대해 우리는 뭐라고 장담할 수가 없다. 사랑이 깊어도 변심할 수 있는가 하면, 처음엔 얕았는데 점점 깊어가기도 한다. 사랑은 영원한가 아니면 무상한가, 라는 물음을 탐구한 수많은 문학작품이 있지만 결론이 나지 않는다.

"어떻게 사랑이 변하니?"

이것은 허진호(1963-) 감독의 영화 『봄날은 간다』(2001)에 나오는 대 사이다. 마음이 돌아선 연인에게 그 사실을 믿을 수 없어 묻는 청년의 표정, 믿음은 무너지고 현실은 망연하다.

하지만 탁문군은 흔들림 없다. 그녀가 토해낸 맵싸한 언어!

그런 탁문군을 배출한 촉군蜀郡의 강산이다.

쓰촨의 여성들은 뭔가 다르다. 명랑하면서 다기지다 할까, 역시 탁문군의 후예들이구나 하고 감탄하게 한다. 사람들은 이런 쓰촨 여성을 쓰촨 특유의 매운맛에 연결하여 "辣妹Lamei"라고 부른다. 굳이 번역하지 않아 도 감이 잡히리라.

세한歲寒

황제 현종의 겨울

당 최고의 번성기 동아시아 문화의 중심에 있었던 황성 장안皇城長安, 그 황성에서 세기적 로맨스가 피어났으니 남녀 주인공은 다름 아닌 미녀 양귀비楊貴妃와 현종玄宗(685-762, 재위 712-756)이다.

그러나 황궁에서 둘의 행복한 시간은 755년 안록산安禄山의 모반을 계기로 위기에 닥친다. 난을 피해 어가 행렬이 대궐문을 나섰는데 촉도蜀都, 즉 청두를 향해 얼마 전진하지 않은 마외역馬嵬驛에서 불만에 찬 호위군들이 양귀비를 처단하지 않으면 호송을 중단하겠다고 일어선다. 그 일로 할 수 없이 양귀비가 자진自盡한다.

그러니까 현종은 짝을 잃은 새가 되어 청두에 도착한 것이다. 황제는 청두에 머문 길지 않은 기간에 아들이 이미 자신을 대신하여 황좌에 올랐다는 소식도 들어야 했다. 설상가상이라고, 불행한 일은 하나만 오지 않는다. 불청객과도 같은 나쁜 소식도 내칠 수 없으니 어찌할 것인가. 일 년하고도 두 달, 그 사이 현종은 쓰촨의 매화 꽃가지 사이로 보슬거리는 찬비에 무릎이 시렸을지 모른다. 그래도 동지 무렵 겨울 담벼락 사이로 납매臘梅의 향기에 문득 위안을 받았을지 모른다.

그렇다 해도 황궁이 아닌 임시 별궁에서 새해를 맞이할 때는 얼마나 쓸쓸했을까. 장안에서라면 신년(음력 1월 1일)을 맞이하기 훨씬 전부터 새해를 축하하는 신하들의 진상품은 물론 외국 사절들이 연달아 도착하여 신기한 선물들을 앞 다투어 올리며 황제의 마음을 기쁘게 했을 터 ….

불과 한두 해 사이에 천양지차天壤之差로 변한 세상사에 어떠한 기분이었을까.

锦江恋歌 금강연가
一个韩国人的蜀思

암담하기 그지없는 그즈음, 뜻밖에도 신라 사신들이 찾아와 신년을 축하한다. 좋은 날 궂은 날을 떠나 여전한 우의友誼를 갖고 현종을 찾아온 것이다. 이날의 감동을 현종은 시로 남겼다. 신라 경덕왕 (재위 742-765) 15 년 (서기 756) 봄 2월의 일이다.

이 일은 역사서 『삼국사기』 신라 「경덕왕」조條에 자세한 기록이 있다. 대략 풀이하면 이렇다. 신라 경덕왕 15년 (756) 봄 2월에 임금이 당나라 현종이 촉 땅에 있다는 말을 듣고 사신을 보냈다. 사신들이 양자강을 거 슬러 올라가 청두에 이르러 조공했다. 현종은 그 의리에 대한 답례로 시를 직접 써서 주었다.

　　　천지사방은 동서남북으로 나뉘어 있으나
　　　세상만물은 모두 중심을 가지고 있네.
　　　구슬과 비단은 천하에 널리 펴져 있으나
　　　산 넘고 물 건너 장안으로 찾아든다.
　　　생각해 보니 먼 동방 신라는 길이 막혔어도
　　　해마다 잊지 않고 황제를 찾아왔네.
　　　아득히 땅의 끝 푸른 바다 멀리에 있지만
　　　예를 잘 지키는 나라로 불리니
　　　어찌 산 다르고 물 다른 나라라고 부르겠는가?
　　　사신은 돌아가서 풍속교화를 전하고
　　　사람들은 찾아와서 법과 제도를 익힌다.
　　　의관은 예의범절에 맞출 줄 알고
　　　충성과 신의는 유교를 존중할 줄 안다.
　　　성실도 하여라, 하늘이 굽어볼 것이오
　　　현명하기도 하여라, 덕은 외롭지 않으리!
　　　깃발 세우고 백성을 다스리는 것이 같으니
　　　보내준 후한 선물 정성이 넘친다네.
　　　푸르고 푸른 지조 더욱 소중히 하여
　　　바람과 서리에도 영원히 변하지 마시길."

이 시에 대하여 사관은 평한다. 현종이 피신 중인데도 신라가 천 리 길을 멀다 하지 않고 황제가 있는 곳까지 찾아와 조공했으므로 그 지극

한 정성에 감동해 특별히 시를 지어 답했다. 시구 중의 '푸르고 푸른 지조 더욱 소중히 하여 바람 서리 맞아도 영원히 변하지 말라益重靑靑志, 風霜恒不渝.'고 한 것은 옛날의 명언 '강한 바람이 불어야만 강한 풀을 알게 되고 정치가 문란한 뒤에야 지조 있는 신하를 알 수 있다.'와 통한다고.

그 원문은 다음과 같다.

> 王聞玄宗在蜀, 遣使入唐, 泝江至成都, 朝貢. 玄宗御制御書五言十韻詩, 賜王曰: "嘉新羅王歲修朝貢, 克踐禮樂名義, 賜詩一首."
> 四維分景緯, 萬象含中樞. 玉帛遍天下, 梯航歸上都.
> 緬懷阻靑陸, 歲月勤黃圖. 漫漫窮地際, 蒼蒼連海隅.
> 興言名義國, 豈謂山河殊. 使去傳風敎, 人來習典謨.
> 衣冠知奉禮, 忠信識尊儒. 誠矣天其監, 賢哉德不孤.
> 擁旄同作牧, 厚貺比生蒭. 益重靑靑志, 風霜恒不渝.
> 天寶十五, 唐朝正處於 "安史之亂", 皇帝避亂幸蜀. 這消息傳到了近鄰新羅國, 國王就派遣使臣入唐謁見唐皇帝. 新羅使臣經由東海在江淮一帶 登陸, 溯江輾轉至成都. 正處於苦境中的唐玄宗被新羅國的友誼所感動, 親自寫下五言十韻詩, 交付新羅使者, 請其帶回贈與景德王. 玄宗御制御 書五言十韻詩, 主要表現『論語』"歲—寒, 然后知鬆柏之后凋也" 之意.

——『三國史記』卷第九「新羅本紀」第九

추사의 세한도歲寒圖

"세한, 연후지송백지후조야歲寒, 然后知鬆柏之后凋也."

—『論語』

—날이 추워진 후에야 소나무와 잣나무의 잎이 더디 시듦을 안다. 세한歲寒은 설 전후의 추위를 말한다. 동북아시아의 기후로 보면 일 년 사계 중 그때가 가장 춥다. 송백鬆柏은 소나무와 잣나무로 겨울이 되어도 푸른 잎을 갖고 있는 상록수다. 엄동의 추위 속에서 송백만이 푸르다. — 이 말은 그냥 음미하기만 해도 깊은 울림이 있다.

그런데 이 '세한'의 푸른 잎이 명화가 되어 남아 있음을 아는가?

바로 추사 김정희 (1786-1856) 의 『세한도』이다.

추사는 1840년부터 1848년까지 구 년 동안 제주도에서 귀양살이를 했다. 지금은 아름다운 휴양지로 인기 있는 제주도이지만, 조선 시대 제주도는 죄인의 유배지이기도 했다. 한때 많은 친구가 있었지만 추사가 죄인으로 전락하니 찾아오는 사람 하나 없다.

그러한 때, 제자 이상적 (1804-1865) 이 스승 추사를 경모하여 먼 길을 마 다 않고 찾아온 것이다. 그 마음에 감동한 김정희가 이 그림을 그려서 제 자에게 준 것이다. 1844년, 추사의 나이 59세 때의 일이다.

그림 속에는 겨울날 황량한 풍경 —조촐한 집 한 채, 한 그루 노송, 그리고 세 그루의 잣나무가 다이다. 그러나 그림을 그린 추사 자신에게는 지금 자신이 아무리 깊은 겨울이어도 소나무와 잣나무처럼 '변하지 않는 마음' 만 있으면 겨울을 이길 수 있다는 다짐이리라.

나는 가끔 생각한다.
사람은 자신의 불우한 처지에 대해 어쩌면 담담할 수 있다. 오히려 불리한 나의 처지에 놀란 주위 사람들의 변심이 오히려 나의 불행을 견고하여 녹지 않는 빙산으로 만드는 것이다.

동화 『나이팅게일과 황제』

황제가 중병에 걸렸다.
황제가 곧 죽을 거라고 소문이 돌자 이제까지 따르던 문무백관이 모습을 비추지 않는다. 황제의 방에는 누워 있는 황제 혼자뿐이다. 오직 나이팅게일만이 황제의 방 창가로 날아와 노래를 불러준다. 어린 새의 진심을 담은 노랫소리에 황제는 병석에서 일어나서 밝은 아침을 맞이한다. 안데르센의 동화 『나이팅게일과 황제』의 줄거리다. 동화 속의 황제가 고독하게 홀로 병마病魔, 사마死魔와 싸우고 있는 장면에서 나는 왜 당나 라 황제 현종의 노년을 연상했을까?

아마도 두보의 『두견행杜鵑行』이란 시 때문일 것이다. 이 시는 권세를 잃은 후의 황제 현종을 두견에 빗대어 표현한 것으로 알려져 있다.

… 애절한 울음소리 피가 맺혀도, 원통한 맘 어디에 호소하나.

애초엔 분노가 깊었지만, 초라한 모습에 스스로 부끄러워.
세상일 이리 될 걸 알았으랴, 도저히 예측할 수 없는 세상사라니. …

… 其聲哀痛口流血, 所訴何事常區區.

爾豈摧殘始發憤, 羞帶羽翮傷形愚.

蒼天變化誰料得, 萬事反覆何所無. …

"세상일 이리 될 걸 알았으랴, 도저히 예측할 수 없는 세상사라니."
황제 현종이 장안을 떠나 촉도蜀道로 향하는 서행길西遷과 그 후의 실의와 고독, ―시인은 시인이라서 황제가 겪어야 했을 이런 참담한 현실에 감정이입을 했을 것이다. 그 매개체가 두견이다.
나는 지금 묻는다. 다시는 황좌로 돌아갈 수 없게 된 늙은 황제의 마음을 두견이 아니면 그 무엇으로 비유할 수 있을까.
그런데 그대는 아는가?
한국의 현대시 중 묘하게 현종의 피난길을 떠올리게 하는 아름다운 서정시가 있음을. (누군가 이것을 나 한 사람의 오독誤讀이라 여길지 모르겠지만 말이다.)
그것은 서정주의 『귀촉도歸蜀途』이다. 『귀촉도』는 1943년에 발표된 시로, 두견의 다른 이름이 귀촉도인데, 그 끝의 한자를 동음의 같은 뜻인 "途"로 바꿔 쓴 점이 특이하다.

눈물 아롱아롱
피리 불고 가신 님의 밟으신 길은
진달래 꽃비 오는 서역西域 삼만 리.
흰 옷깃 여며 여며 가옵신 님의
다시 오지 못하는 파촉巴蜀 삼만 리.
신이나 삼아 줄 걸, 슬픈 사연의
올올이 아로새긴 육날 메투리.

은장도 푸른 날로 이냥 베어서
부질없는 이 머리털 엮어 드릴 걸.
초롱에 불빛 지친 밤하늘

锦江恋歌 금강연가
一个韩国人的蜀思

　　　　굽이 굽이 은핫물 목이 젖은 새.
　　　　차마 아니 솟는 가락 눈이 감겨서
　　　　제 피에 취한 새가 귀촉도歸蜀途 운다.
　　　　그대 하늘 끝 호올로 가신 님아.

　촉도 —두견의 땅 '파촉'으로 가는 길 중도에서 귀비를 잃었다. 귀비를잃고 현종 홀로 아득히 서쪽을 향해 가고 있다. 그때 현종이 견딘 세월은 어떠했을까.
　살아남은 현종에게나 죽어 혼백이 된 귀비에게나 두견의 울음소리가예사로 들렸을 리 없다고 나는 믿는다.

　　　　　　　　　　＊

　어느덧 귀국하여 서울 거리를 배회하던 어느 오후. 무심코 고개를 드니, 저 멀리 석양이 붉다.
　아, 저 서녘 하늘! 내 상념의 둥지!
　'삼만 리'라는 그 아득함의 어디쯤에 그리운 땅, 그리운 이가 있는 것 이다. 그리로 가는 마음길에 귀촉도 귀촉도 —울음소리.

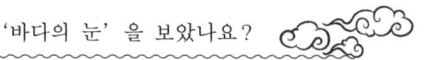

'바다의 눈'을 보았나요?

쓰촨에 '바다의 눈海眼'이 있다고 한다.
그 전설은 이렇다.
따츠쓰大慈寺 뒤쪽 전각에는 옛날에 아미타불 청동상을 모시고 있었다. 불상 크기가 일장육척一丈六尺이나 되는데, 불상 등에는 전서체 작은 글씨로 '리빙李冰 조립하다'라고 새겨져 있었다. 전하는 말로는 리빙이 치수공사를 할 때 이 불상으로 '바다의 눈'을 눌러두었다는 것이다.
'바다의 눈이 따츠쓰 전각 아래 있다고?'
사람들은 이렇게도 전한다. 사방이 고요한 한밤중 그 바다의 눈에 귀를 대고 있으면 바다 물결 소리가 들려온다. 만약 따츠쓰의 불상을 이동시키면 바닷물이 그리로 솟구쳐서 청두 시내가 물난리를 겪게 될 것이라고. 그런데 지금 따츠쓰에는 그 아미타불상이 없다. 1958년 '대약진운동' 때에 사람들이 달려들어 깨고 부순 다음 내버렸다는 것이다.
한편, 몇몇 고증은 이 청동불상이 리빙의 시대보다 훨씬 후대인 남조의 양나라 때 조성되었을 것이라고 추정한다. 전설과 다른 것이다. 이러한 바다의 눈 전설과 따츠쓰의 관계는, 청두 사랑을 대표하는 문인 유사하流沙河(1931-2019)가 쓴 『부용추몽芙蓉秋夢・옛청두老成都』에 자세히 쓰여 있다.

✽

따츠쓰는 유서 깊은 불교 사원이다. 우리에게 『서유기』의 '당삼장'으로 알려진 당나라 고승 현장법사가 머물렀던 사찰이기도 하다.
그런데 따츠쓰의 번영은 현종 황제의 천도와 밀접한 관련이 있다고 한다. 현종 황제는 당나라의 황금기를 이끌었지만 '안록산의 난'에 쫓기

錦江戀歌 금강연가
一个韩国人的蜀思

듯 황궁을 나와 서쪽 내륙의 비교적 안정된 도읍이라는 청두로 피신했다. 황제뿐만 아니라 내란으로 터전을 잃은 유민들이 여기저기 떠돌던 시대였다. 그때 따츠쓰 스님 영간永幹이 굶주린 백성을 위해 죽을 퍼주는 일에 열심이었는데, 현종이 그 모습에 감동하여 특별히 '대성자사大聖慈寺'라는 편액扁額과 상당한 전답을 따츠쓰에 하사하고, 당시 청두에 있던 신라 왕자 무상대사無相大師를 주지에 임명했다고 한다(756).

그러한 이유로 따츠쓰는 황가사원皇家寺院에 해당하게 되어 백 년 뒤 중국 불교사에 이례적이라 할 회창會昌 5년 당무종唐武宗의 '훼불毀佛 사태(845)'를 피할 수 있었다.

당시 전국의 사찰이 대부분 파괴되고 스님들은 강제로 환속할 수밖에 없었는데, 현종의 은덕을 입어 무사할 수 있었던 따츠쓰는 이후 쓰촨 지방을 통틀어 규모가 제일 큰 사찰로서 중요한 불교 거점이자 불교 예술의 보고로 그 명성을 떨치게 된다.

✻

"무상대사가 신라 왕자라고?"

나는 깜짝 놀라서 탄성을 냈다.

당연한 일 아니겠는가? 청두에 온 현종 황제로부터 임명된 주지 스님이 무상대사이고 그는 원래 신라 왕자였다고 하는데, 나 자신 청두에서 유학 중인 한국인으로서 어찌 아무 감회가 없을 것인가.

당장 무상대사에 관해 알고 싶어졌다. 비교적 상세한 책을 구했는데 그것이 변인석의 『정중 무상대사淨衆無相大師』라는 책이다.

이 책에서 저자는 무상법사가 신라 신문왕의 넷째 왕자 김사종일 개연성이 크다고 했다. 그리고 『삼국사기』 권8 「성덕왕」 조條에 나오는, 김사종이 신라 제33대 성덕왕 27년(728)에 유학을 위해 당나라에 입국했다는 기록과 연결하여 무상의 당에서의 활동을 추적했다.

저자의 주장대로 무상대사를 김사종이라고 보면 신라 역사 속의 역대 왕과 대사의 관계를 밝힐 수 있다. 앞의 성덕왕은 무상대사의 둘째 형이고 제32대 효소왕은 대사의 맏형이다. 그리고 성덕왕의 아들인 제34대 효성왕과 제35대 경덕왕은 무상대사의 조카가 분명하므로 숙질관계인 셈이다.

그런데 『삼국사기』 「경덕왕」 조에는 매우 흥미로운 사실史實이 있다. 신라 사신들이 청두에 피난 중이던 현종 황제를 찾아갔던 일이다. 근 린우 호국으로서 그게 뭐 대수냐 하겠지만 현종의 청두 체재 기간은 황제 의위엄이 땅에 떨어진 시기였다. 즉, 나라 전체가 혼란하여 외국의 조공 사 절이 일체 끊겼을 때이다. 그러한 비상기에 유일하게 현종을 찾아 청 두까 지 신라국 외교 사신이 갔으니 이것이 당시 청두 따츠쓰의 주지 무 상대 사와 전혀 무관한 일이겠는가?

물론, 경덕왕(?-765)과 현종 사이에 동시대의 제왕으로서 남다른 유대 가 작용했다고 전제해볼 만하다. 단, 따츠쓰의 무상대사를 중심으로 당시 의 사건을 보면 자신의 조카 경덕왕이 사신을 보내온 것이다. 어쩌면, 현 종이 무상대사를 중시한 저변에 우호국으로서 신라라는 배경이 있었는지도 모른다. 그렇다면 무상대사와 현종, 무상대사와 경덕왕 사이에 우리가 모르는 긴밀한 밀지密旨가 오갔던 것은 아닐지 알 수 없는 일이다.

무상대사와 관련해 또 하나의 의문이 있다. 무상대사가 당나라에서 생을 마친 일에 대해서이다. 우리도 알다시피 경덕왕의 24년 재위기간 (742-765)은 우리나라 역사상 가장 찬란한 불교 문화를 꽃피웠던 시기이 다. 그만큼 신라의 황금기였다. 그에 비하면 '안사安史의 난(755-763)' 이 후로 당나라는 이전의 번영을 회복하지 못했다. 국운과 문화 면에서 신라 는 상승일로였다. 상황이 그런데도 무상대사가 고국을 찾지 않은 것은 자 의였을까 타의였을까, 풀리지 않는 수수께끼이다.

✽

그것은 그렇다 치고 화제를 다시 무상대사와 현종의 청두 인연으로 돌려보자.

입당入唐 후 장안에 도착해 무상은 현종 황제를 배견할 기회가 있었다. 왕족 출신이란 이점 때문에 주어진 외교적 의례였는지도 모른다. 하지만 대사는 그대로 장안에 머물기보다 배움과 수행을 위해 이곳저곳 유력游歷한 이후 쓰촨에 있는 지세선사智洗禪師의 문하로 들어갔다. 이것이 훗날 현종이 청두로 천도遷都하면서 두 번째의 만남으로 이어진 것이다. 대당大唐을 호령하던 황제와의 접견은 일생의 한 번으로 족하다 여겼 는데, 황제 현종이 서남의 도읍으로 천도할 날이 올 줄 누가 감히 예상이나 했으랴! 예사롭지 않은 두 사람의 인연에 황제는 황제대로 대사는 대사대로

锦江恋歌 금강연가
一个韩国人的蜀思

새삼 놀랐을 것이다.

✱

　전해지는 바, 따츠쓰의 '선차禪茶 문화'는 무상대사로부터 시작되었다고 했다. 따츠쓰에 갔던 첫날 경내의 게시판에서 읽은 내용이다. 본당 섬돌 모서리에 세워진 게시판이었는데, 몇 년 뒤 두 번째로 들렀을 때는 어디로 치웠는지 그 게시판이 보이지 않았다. 사원 개축이 한창인 걸로 봐서 그 때문인 것도 같다.

　아무튼 내 기억에 의하면, 무상대사가 따츠쓰에서 '다례茶禮' 의식을 거행할 때 현종 황제가 친히 참석했다고 게시판에도 적혀 있었다. 신라인 무상대사가 주도한 다례라 하니 『삼국유사』에 보이던 신라 스님들의 다례가 생각났다.

　충담사忠談師의 '헌다獻茶수행'은 그 기록 또한 구체적이다.

　승려 충담사가 다구茶具를 가지고 다니면서, 불상 앞에 차를 끓여 올렸다. 우연히 충담사와 마주치게 된 임금님(경덕왕)이 그 차 맛을 보니, 맛이 특이하고 향기가 진했다.① 원문 기록에 "차지기미이상茶之氣味异常"이라는 문구가 나오는데, 나는 거기에 가설 하나를 설정했다. 즉, 충담사가 끓인 차의 재료는 신라의 산야에서 채취한 식물이었을 것이라는 가설이다. 왜냐하면 경덕왕 당시 신라는 당과 적극적으로 교류하던 시기였고 당시 당나라 상류층에서는 차를 마시는 게 유행이었고, 그러한 당나라의 문화를 접하며 신라의 왕공 귀족 사이에도 당에서 건너온 명차名茶를 맛볼 기회가 얼마든지 있었을 것이다. 그러한 때 신라 왕에게 충담사가 끓여 올린 차 맛이 색다르게 느껴졌다면 그건 분명히 널리 알려지지 않은 충담사만의 차종茶種이 아니겠는가?

　옛말에 정성이 지극하면 하늘이 감동한다지 않던가.

　문헌에는 구도자로서 충담사가 부처님께 차를 올리는 수행에 열성을 기울였다고 기록되어 있다. 그런 그가 누군가의 후원도 없이 자발적으로 불상 앞에 매일 차를 공양하고자 했다면, 자기 능력으로 쉽게 구할 수 있는, 향기 또한 뒤떨어지지 않는 그런 식물을 찾으려고 들과 산을 헤맸을

---

① 원문 : 僧曰 僧每重三重九之日　烹茶饗南山三花嶺彌勒世尊　今玆既獻而還矣 王曰 寡人亦一甌茶有分乎　僧乃煎茶獻之茶之氣味异常 甌中异香鬱烈.

'바다의 눈'을 보았나요?

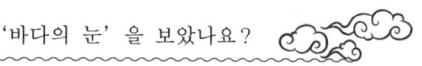

것이고 마침내 좋은 토종차를 찾아냈을 것이다.

만약 이러한 가능성이 비단 충담사에 한한 일이 아니라 했을 때, 신라의 수행승들 사이에 제각각 자신의 차를 부처님께 공양하는 헌다 문화가 있었다고 할 때, 무상대사가 행한 다례가 당시 신라 불교의 특성을 가진 것으로 짐작해도 무리는 아닐지 모른다.

그렇다면 혹시 무상대사는 신라의 차종茶種을 갖고 서해를 건넜던 것은 아닐까? 따츠쓰를 자신의 도량으로 정한 뒤 사원의 차밭에서 자신이 고국에서 가져온 차종도 재배하지 않았을까? 그랬다면 고국의 차 맛으로 향수를 달랠 수 있었을 터이다. 다례에 관한 나의 궁금함은 끊어질 줄 모르고 이어지는데 … 우리는 다시 현종과 선승禪僧 무상 그 둘의 대화를 듣기 위해 따츠쓰 아미타불을 모신 전당으로 가봐야겠다.

❋

강석講席을 마치고 무상스님과 당 황제 현종이 마주앉아 있다.

대사는 찻잔에 물을 따르고 황제는 찻잔에 김이 서리는 것을 보고 있다. 그동안 둘은 무슨 얘기를 나누었을까? 침묵 속의 이심전심으로 그저 찻잔만 기울였던 것일까? 그것도 아니라면, 현종 일생의 통한이었을, ─ 안록산의 모반謀反이며 양귀비楊貴妃(716-756)의 죽음을 결자해지結者解之의 이법으로 풀어내는 자리였을까?

청두 시절의 현종이라면 그 어떤 일보다도 안록산의 배신에 가슴을 쳤을 것이다.

그 때문에 양귀비를 잃지 않았는가! 맹세컨대 귀비에게 죽음을 명한것은 자신의 뜻이 아니었다. 피난길 호송을 맡은 병사들의 저항 때문이었다. 귀비를 죽이지 않고는 더 이상 호위할 수 없다는 것이다. 그대로 있다간 모두 죽겠기에, 할 수 없이 흰 비단 끈을 내려주었다. 흰 끈에 목매달아 죽으라는 간접적인 명령이었다. 황성皇城 장안長安에서 불과 63킬로미터 떨어진 마외馬嵬역에서의 일이다(756.7.15).

이때, 귀비의 나이 서른여덟이었으니, 양옥환楊玉環을 귀비로 봉한 지(745) 십 년 후의 일이다. 역사 속의 양귀비는 마외에서 죽었다. 관도 장례식도 없이 아무렇게나 흙에 묻혔다.

❋

　그런데 양귀비가 너무 아름다워서인가?
　그것도 아니라면, 시인 백거이白居易의 『장한가長恨歌』가 너무 애절해서인가?
　일본국에는 양귀비가 마외역에서 죽지 않고 일본에서 생을 마쳤다는 전설이 있다고 한다. 양귀비가 살았다는 마을도 있고 자신이 양귀비의 후예라고 밝히는 미녀도 있다고 한다.
　황해를 통해 서로 이어지는 삼국 —대륙과 한반도, 그리고 일본열도이고 보면, 그 옛날 역사의 전변轉變 속에 미래를 도모하여 근린국으로 망명하는 왕공장수王公將帥도 있었을 것이고, 인생이 마음대로 되지 않아 옆 나라로 떠나야 했던 유민遺民은 왜 또 없었겠는가.
　그렇게 피치 못할 사정으로 일본국으로 향하는 배 안에 혹여 아리따운 귀부인 하나가 있었다 하자. 그녀의 도착지는 일본국에서도 한촌寒村 중의 한촌이었다. 원래 교통과 통신이 발달하지 않은 시대에 도성에서 먼 해안가 어촌일수록 세상 소식에 담 쌓고 살기 마련이다. 전란이 이웃나라 일이고 보면 제 아무리 절세미인이 눈앞에 나타나도, 어느 누가 그녀를 먼 나라 황제의 귀비라고 생각할 것인가.

❋

　현종은 어떻게든 귀비를 살려두고 싶었다.
　"극동의 나라로 피하거라."
　어쩌면 이것이 사랑하는 귀비에게 선사하고 싶은 황제의 마지막 사랑이었을 것이다.
　긴박한 상황, 황제는 밀지密旨를 쓴다. —호위무사들의 험상궂은 기세에 할 수 없이 흰 비단끈을 준비해 귀비에게 보내기는 했지만, 별도로 은밀하게 심복을 불러서 명을 내린다. 어떻게든 귀비를 살려내라.
　멀면 멀수록 좋으니 일본이라면 안심이겠구나.
　반드시 그녀를 안착시켜 다오.

❋

　무상대사가 현종 황제를 마주하고 차를 올리던 그날, 현종은 따즈쓰에

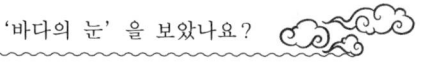

바다의 눈이 있다는 말이 사실이냐고 묻는다. 그 바다의 눈을 보아야겠다고 말한다. 살길을 구해 망망대해를 건너고 있을 양귀비의 안위를 확인하고 싶어서이다. 확인하지 않으면 아무것도 할 수 없을 것 같아서이다. 무상대사는 그저 묵묵히 찻물을 끓이고 있을 뿐.

한없는 정적이 이어진다.

따라놓은 찻물은 그대로 식어, 찻잔 위로 모락모락 피어나던 김도 가라앉은 지 오래이다.

얼마나 지났을까.

고집스럽게 앉아 있던 대사가 더는 못 버티겠는지 허리를 세우고 일어선다. 몇 걸음 앞으로 가 불상 아래에 서서 연대蓮臺의 한 지점에 등을 대고 밀어낸다.

연대가 스르륵 밀려나고 그 바닥에 네모난 돌판 하나가 드러난다.

대사는 몸을 굽혀 돌판을 이리저리 살피더니 한 귀퉁이를 찾아 고리를 비튼다. 끼이익, 묵중한 소리를 내며 돌판이 열린다.

그제야 대사는 황제 쪽을 향하여 예를 다해 눈짓을 한다. 다가오시라는 신호다. 황제는 알겠다는 듯이 돌판이 열린 그곳으로 다가가 아래를 굽어본다.

"아니, 이것이 바로!"

더 물을 것도 없다.

바다다!

망망대해, 멀리 배 한 척이 보이누나.

뱃전에 홀로 있는 그림자, 귀비 아니더냐!

형체가 너무 작아서 자세하지는 않지만 분명 나의 귀비로구나, 살아 있구나 ….

황제의 눈이 젖어든다.

＊

옛날 옛날 천 년도 더 된 아주 아주 먼 옛날에, 바닷가에서 한참 떨어진 중국의 한 도읍 —촉도蜀都의 따츠쓰에는, 그리움에 먹먹해서 아무도 모르게 '바다의 눈'을 보고자 했던 황제 한 분이 찾아왔습니다. 그런 황제를 맞아 조용히 차를 권하던 스님이 있었는데 그는 한번 고국을 떠나 다시는 고국에 돌아가지 않았던 신라 왕자 무상대사라고 합니다. 황제는

锦江恋歌 금강연가
一个韩国人的蜀思

스 님에게 바다의 눈을 보여 달라고 졸랐답니다. 스님은 마지못해 그 부탁을 들어주었답니다. 황제는 자신의 귀비가 살아 동쪽으로 가고 있는 것에 눈 물을 흘렸습니다. 스님은 황제의 눈물방울이 바다로 떨어지기 전에 재빠 르게 바다의 눈을 닫아야 했습니다. 그러지 않으면 어찌 될지 스님은 알 고 있었으니까요.

일체는 사람입니다

망자성룡望子成龍

"Wonderful! So Wonderful!"

이것이 헤밍웨이(1899-1961)의 중국에 대한 첫인상이다. "중국은 정말 멋진 곳입니다!"

헤밍웨이는 1941년 4월에 미국 기자의 신분으로 충칭과 청두에 다녀갔다고 한다. 그때 한 중국 기자와 인터뷰를 할 때 한 말이란다. [1]

중국은 정말 알면 알수록 신기한 나라다.

역사며 지리며 옛 서적이며 … , 캐고 또 캐도 그 아래 얼마나 더 많은 게 있을지, 아마 대륙에서 나고 자란 본토인조차 그 전모를 파악하기 힘 들 것이다.

교육 현실만 해도 그렇다.

같은 동아시아권 나라의 한 사람으로서 어쩌다 중국에서 아이를 키우게 된 한국인으로서, 중국의 교육 환경은 알면 알수록 신기하다. 학부모들의 교육열 면에서는 한국과 막상막하이지만, 그 현실을 받아들이는 정서나 태도는 참 많이도 다르다.

'망자성룡望子成龍'.

중국의 교육열을 한 마디로 압축하는 말이다. 즉, 부모는 자식이 크게 되길 바란다는 뜻이다. 여기서 '용'은 큰 인재를 말하니, '성룡成龍'이라 함은 큰 인재로 성장함을 뜻한다.

---

[1] 인용출처 『重慶中央日報』, 1941.4.15.

錦江戀歌 금강연가
一个韩国人的蜀思

중국에는 용문龍門폭포의 전설이 유명하다. 누런 잉어 떼가 강을 거슬러 올라가는데, 용문이라는 폭포 아래가 고비이다. 잉어가 힘껏 폭포를 거슬러 오를 수만 있다면 용으로 변해 승천할 수 있다. 그러나 그것은 하늘의 별 따기다. 물줄기도 사나운 폭포 물을 역행하기가 어디 쉬운가? 거 기다 잉어 떼의 움직임을 보고 먹이가 왔다며 잔뜩 신나서 노리고 있는적 —곰이며 독수리의 공격에서 벗어나야만 한다.

용문폭포를 올라야 (즉, 등용문登龍門) 잉어가 용으로 변한다. 소년의 부 단한 분투를 말하는 것이다. 일본의 잉어 모양을 만들어 깃발처럼 날리는 풍습은 이 등용문의 전설과 관련이 있다고 한다. 좀 다르지만 한국의 속 담 중에 '개천에서 용 난다'란 말이 있다. 즉 어려운 환경 속에 자란 소년 이 오히려 더 큰 인재로 성장할 수 있다는 의미이다.

자기 자식이 훌륭한 성인으로 성장하길 바라는 부모의 기원만은 나라나 민족을 떠나 똑같았다.

그런데 비교적 숭문崇文적 분위기가 강했던 유교 문화권에서는 과거급제를 통해 자신을 인재로 증명하는 전통이 있었다. 때문에 사람들은 과거제도처럼 입신출세로 나아가는 최후의 관문을 등용문이라고 말하게 되었다. 지금에 이르러선 대학입학고사가 과거제도를 대체하는 대표적인 등용문일 것이다. (대략 지금 보이는 경쟁의 집중화와 교육의 획일화는 그 옛날 과 거제도에서 비롯한 폐단이 아닐까라는 주장도 있지만 … .) 이 점에서는 한국도 중국도 크게 다르지 않다.

현대에 이르러 입시 경쟁도 그렇다. 오히려 어떤 면에서는 중국이 훨씬 더 심하다. 그러함에도 불구하고 보통의 중국 학부모들은 현실에 대한 한탄이나 비판, 상대적으로 강자에 대한 투사投射 심리에 인생을 소모하고 싶어 하지 않는다. 중국의 부모들은 입시 제도가 가진 폐단을 비판하기보다 그 제도의 이점을 희망과 전진의 방향으로 수용하는 데 힘쓴다. 물론 안 그런 사람도 있지만 내가 접한 서민들의 경우 한국인보다 중 국인이 훨씬 낙관적이다. 곤란하거나 불리한 일과 마주쳐도 보다 미래적인 시야로 받아들인다. 시련 없는 인생이 어디 있겠는가. 용문폭포에 오르는 일이 쉬울 리 없지. 그 점을 기억하며 웃을 수 있는 분위기. 과연 역사를 중시하는 중국이다.

그들은 과거제도에 대한 역사 인식을 대전제로, 지금의 입시제도를 기본적으로 평등주의 실현의 한 방법으로 인정한다. 부작용이 발견된다 해서 바로 제도를 뜯어고치거나 없애는 성급한 처리는 보류한다. 왜냐하면 과거제도는 인재 선발을 목적으로 만들어진 국가고시였다. 평민에게도 평등하게 기회를 주었다. 그러므로 상대적으로 기회가 적은 일반 백성들에게 희망의 출구나 다름없었다. 절대 낙담과 절망의 원천이 아니었던 것이다. 일일이 따지자면 하나의 제도에 빛과 그늘이 공존하겠으나 '그래도' 가장 공평한 인재 등용문이라는 사실만은 뒤집히지 않았다. 바로 이 점에 긍정의 에토스ethos가 있는 것이다. 그러한 인식 위에 지금의 대입시험 제도를 받아들인 중국인 것이다. 그러기에 여러 가지 장애가 있다 해도 크게 일희일우하지 않을 수 있다. 그래도 이 제도만큼은 평등을 원칙으로 만들어졌다고 믿는 것이다. 수많은 불평등에도 불구하고 그것을 믿느냐고? 안 믿을 도리가 없다. 중국의 역사가 그 점을 분명하게 증명하고 있으니 말이다.

무후사

촉한蜀漢 시대의 가장 대표적 유적지가 바로 무후사武侯祠일 것이다. 동아시아 최고의 지장智將으로 손꼽히는 제갈량諸葛亮(181-234)의 사당이 무후사에 있다.

"사람입니다. 모든 것은 사람에 달려 있습니다."

제갈량의 주장이었다. 적벽대전(208)에서 승리한 직후, 유비劉備(161-223)가 제갈량에게 나라를 번영시킬 방도를 물었을 때였다. 항구도시 인천의 '차이나타운' 골목길에서 삼국지 벽화를 보았다. 유비가 '삼고초려三顧草廬'를 통해 제갈공명을 설득하는 장면이 첫눈에 들어왔다. 사실, 인재를 얼마나 중시해야 하는지 알려주는 고사故事로 '삼고초려'만 한 게 있을까.

'초려草廬'란 초가집인데 본디 뜻은 융중隆中의 제갈량의 집이지만 초야에 묻혀 사는 은사隱士의 거처를 비유한다. '고顧'란 '예를 다해 방문하다'로 읽으면 될 것인데 유비가 겸허하게 제갈량을 모신 일을 말하고 또 유비처럼 진심과 성의를 다해 인재를 모시는 실천을 뜻한다. 소설이 꾸며 낸 이야기가 아니라 실제로 유비는 제갈량을 모시기 위해 제갈량의 집까지 찾아갔다고 한다. 이때 제갈량과 유비가 만나면서 '청두'가 화제에 오르는 만큼, 소설 『삼국지』의 해당 대목을 인용해본다.

锦江恋歌 금강연가
一个韩国人的蜀思

　　유비의 진영엔 용맹한 장수도 많았지만, 훌륭한 참모가 없어 늘 '조조'에게 패하였다. 그러다 '서서徐庶'가 참모로 들어와 빛을 보기 시작 하였으나, 조조의 계략으로 서서는 유비의 진영을 떠날 수밖에 없게 되 었다. 미안한 마음도 갚을 겸 서서는 유비에게 제갈량이란 훌륭한 인물 을 천거한다.

　　"성은 제갈諸葛이요, 이름은 량亮, 자는 공명孔明이라 하지만 저희도우道友들 중에는 와룡臥龍 혹은 와룡선생이라고 부르기도 합니다. 와 룡을 얻는다면 천하를 얻는 것이므로 그 분을 찾아보시기 바랍니다."

　　유비는 관우와 장비를 데리고 융중 마을의 와룡강가에 있는 제갈량의집을 찾아갔다.

　　첫날은 허탕이었다. 두 번째 찾아가는 날, 장비는 날도 추운데 이 무 슨 고생이냐고 툴툴대었다. 유비는 불평 많은 장비를 타이른다.

　　"서서가 말하길 와룡선생은 '훌륭한 현자'라고 하셨다. 대현을 모시 는데 이런 수고가 무섭겠느냐?"

　　두 번째 방문도 허탕이었으나, 다행히 제갈량의 아우 제갈균이 맞아 주었다. 유비는 제갈균에게 다음과 같은 서신을 남긴다.

　　─저 유현덕은 오랫동안 와룡 선생의 명성을 흠모하고 있습니다. 저 는 선생을 만나려 두 번이나 왔으나 올 때마다 뵙지 못해 애석한 마음을 금할 길이 없습니다. 한漢나라 종실의 핏줄로 태어나 분에 넘치는 벼슬 을 살고 있는 저는 이 어지러운 세상을 바로잡을 수 있는 능력이 부족합 니다. 비탄에 빠진 백성들을 보고 있으면서도 백성들의 적(대역죄인들) 을 뿌리 뽑아 주지 못하니 제 마음은 갈기갈기 찢어지고 있습니다 저는이 나라의 혼란을 바로잡고 싶은 마음만은 누구에게도 지지 않으나 너무나 어리석은 사람입니다. 때문에 저는 와룡선생을 찾은 것입니다. 선생이 저를 도와 정의, 자비, 충성, 신뢰를 펼쳐주시길 감히 부탁드리옵니다. 부디 와룡 선생이 그 재능을 아낌없이 펼쳐 도탄에 빠진 이 세상을바로잡아 주신다면 이보다 더 기쁜 일은 없을 것입니다.─

일체는 사람입니다

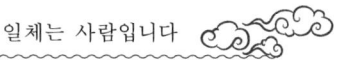

제갈량 본인을 보고자 하는 마음은 급했으나, 예의상 주인 없는 집에 묵을 수 없어서 유비는 두 형제와 함께 눈보라가 거세게 치는 밤길을 걸어 돌아간다.

세 번째로 와룡강을 찾은 때는 봄이었다. 날을 잡아 경건히 목욕재계까지 마친 삼 형제는 다시 융중마을로 들어간다. 그런데 학동學童이 나와 인사하면서 선생은 지금 낮잠 중이라는 것이다. 그 말에 유비는 제갈량이 일어날 때까지 기다리겠다며 공손히 두 손을 맞잡고 방문 앞에선다. 그런 자세로 시간이 자꾸 흐르자 성질 급한 장비가 씩씩대기 시작했다.

"에잇! 형님, 저 자식 분명 자는 척하는 걸 거예요! 제가 놈을 깨우든가 아니면 불을 싸질러서라도 벌떡 일어나게 하겠습니다!"

관우가 나서서 호령하여 장비를 가만히 있게 하였다. 그러고도 한참이 지나서 제갈량이 시 읊는 소리가 들려온다. 이제 침상에서 일어난 모양이다.

"… 초당에서 꾼 꿈으로도 흡족한데, 마침내 은둔의 날이 끝나려나싶노라."

어쩌면 이 시는 유비에 대한 응답의 신호일 것이다. 제갈량은 이미 자신이 맞이해야 할 사람이 문 앞에 와 있음을 직감한 것이다. 그러나 그는 아주 신중한 사람이라 쉽게 움직이지 않았다. 유비가 눈물을 흘리며 간절하게 요청한다.

"공명 선생마저 저를 거절하신다면 불쌍한 백성을 어떻게 하오리까?"

유비가 괜히 눈물 쇼를 벌이는 게 아니었다. 대인재를 얻지 못하여 대업을 이루지 못하면 그만큼 백성들이 고생할 것을 생각하니 눈물이 멈추지 않았던 것이다.

그 진심이 전해져 제갈량은 유비와 마주 앉는다.

그날의 대화가 바로 '융중대隆中對'이다. 공명은 이 자리에서 저 유명한 "천하삼분론天下三分論"을 펼쳐드는 것이다. 천하란 중원대륙을 말하는 것이요, 삼분이란 조조와 손권, 유비 셋이 힘의 균형을 갖고 대치하는 것을 뜻한다. 하북河北의 조조와 강동江東의 손권孫權에 대치하면서 유비가 형주와 익주益州(지금의

397

錦江戀歌 금강연가
一个韩国人的蜀思

청두)를 차지하여 힘을 기른 다음에 한나라 황실을 복원하는 대업을 완수하자는 큰 전략이었다.

첫 만남에 흉중胸中 전략을 내놓은 것은, 두말할 것도 없이, 훌륭한 인재를 얻어 백성을 편안히 하고자 한 유비의 진심이 제갈량의 마음을 감동시킨 때문이다.[①]

이때 천하삼분론을 보면, 제갈량이 청두(당시 익주益州)를 얼마나 잘 파악하고 있는지 알 수 있다. 제갈량의 이러한 파악은 유비가 촉한蜀漢을 세우면서 이 익주를 도읍으로 삼게 되는 아주 중요한 근거가 되었다. 선비는 자신을 알아주는 이를 위해 죽는다고 했던가! 유비의 삼고초려 이후 제갈량은 유비의 숙원宿願을 자신이 생명을 바칠 필생의 사업으로 정했다. 그것은 제갈량의 『출사표出師表』에도 분명히 나타난다.

유비 편에서 보면 인재를 소중히 여긴 덕분에 공명 같은 큰 현자를 얻고 그것이 촉한을 세우는 큰 힘이 되었다. 진정한 삼국의 시대는 어찌 보면 유비의 '인재 중시'의 행동이 있었기에 그 막이 열린 것이다.

"과인에게 공명이 있음은 마치 물고기가 물을 얻은 것과 같다. 孤之有孔明, 猶魚之有水也."

—진수陳壽『삼국지 · 촉지 · 제갈량전三國志 · 蜀志諸葛亮傳』에서 유비의 말

인재가 얼마나 소중한지, 인재를 어째서 존중해야 하는지를 이 한마디처럼 잘 설명하는 말이 있을까? 한 나라의 국왕으로서 유비가 이 일점을 잊지 않았기에 촉한은 번성할 수 있었다. 그만큼 제갈량과 유비는 변함없는 순금純金의 관계였다.

13세기 일본국 일련존자日蓮尊者는 제자들에게 사이좋게 단결하는 일이 중요함을 강조했다.

"자타피차自他彼此라는 마음 없이 수어水魚라고 생각을 해서 이체동심異體同心이 되어"(1337)라고 권했다. 이 "수어라고 생각을 해서"의 의미는 유비의 말에서 유래한 것으로 물과 물고기처럼 하나가 되어 사이좋

[①] 나관중 지음 · 박장각 편역 『삼국지』, 제이클래식, 2014, 304-325쪽 참고 및 인용.

게 나아가는 동지애를 말하는 것이다.
 인간주의의 행동가이며 중일우호中日友好의 선구자인 이케다 다이사쿠池田大作 선생은 인재를 중시하는 중국의 전통을 높이 샀다. "중국에는 제갈량과 같은 인재가 수십만, 수백만이 있다. 어디에나 있 다. 도시에도 있고 농촌에도 있다."
 제갈량같이 뛰어난 자가 한 명 두 명, 백 명 이백 명도 아니고 무려 수십만 수백만이라니, 이 얼마나 굉장한가 ….
 듣는 내 마음이 다 설레었다. 중국에 머물며 접했던 이웃들, 골목 안의 현자들, 그들의 면면이 주마등처럼 떠올랐다. 여기에 내가 중국이라는 나 라에 외경심을 갖는 이유가 있다.

문옹석실文翁石室

 청두에는 인재 육성의 역사가 빛난다. 그 대표적 증좌證左가 문옹석실이다.
 문옹文翁(BC187-BC110)은 문관이자 교육자였다. 한나라 경제景帝 (재위 BC156-BC147) 말기에 촉군태수蜀郡太守로 청두에 부임하여 두루 어진 정 치仁政를 베풀었다. 이때 청두에 학교를 세웠는데 문옹이 돌로 지었다 해 서 '문옹석실'로 불린다.
 문옹석실은 기원전 143년에서 141년 사이에 지어진 것으로 추정된다.
 중국 최초로 지방에 세운 학교라고 한다. 이천 년 전에도 학교였고, 21세기인 지금에도 학교이다. 비록 석실은 사라지고 현대식 교사校捨로 바뀌었지만.
 쓰촨 지역의 향학 전통은 문옹석실에서 비롯되었다고 말해도 과언이 아닐 것이다. 그때까지 지방에 학교가 없었는데 문옹석실의 성공을 보고 한 무제는 전국에 학교를 세우라 명했다(BC 124). 문옹석실이 교육기관 으 로 역할을 하면서 점차 쓰촨의 인재들이 두각을 나타낸다. 이에 "촉의 학 풍이 '공자의 땅(즉, 산둥)'에 맞먹는다蜀學比於齊魯.'라는 말이 나왔다.
 아들이 '석실石室중학교' (청두제4중)에 입학했다. 입학식 날 아들과 함께 고풍스러운 붉은색 담장을 따라 솟을대문이 있는 학교에 들어서던 순 간이 지금도 내 눈에 생생하다. 교정의 안쪽 중심에 문옹석실을 기넘하는 상이 놓여 있었다. 타국의 이천 년 역사가 깃든 학교에 내 아들이 다니게 되었다니 이 무슨 행운인가! 감격스런 기분이었다.

고등학교 삼학년, 6월을 맞아 아들은 '고고高考'라는 중국의 수능 시험 을 치러야 했다. 과거에 삼 년 동안 다닌 석실중학교가 아들의 고사장 이 었다. 학부모들도 초조하긴 마찬가지여서, 시험이 끝나기도 전에 고사 장 으로 달려간다고 했다. 나도 달려갔다. 나온다! 수험생들이 나온다!

드디어 큰일을 무사히 마쳤다는 미소를 지으며 시험을 마친 수험생들 이 연이어 쏟아져 나오고 있었다. 나는 발 디딜 틈 없이 빽빽하게 모여든 학부모들 틈에 끼어서 아들을 찾았다. 모두가 내 아들 같아서 구별할 수 가 없었다. 아들 찾기를 그만 포기하고 감동에 젖어 생각했다.

이날 시험을 치르기까지 저 소년들은 제각각의 시련이 있었다.

눈앞은 용문폭포, 저 소년들은 폭포 위로 도약하고 있는 잉어들이다!

아들이 '석실중학교' (청두제4중) 에 입학했다. 입학식 날 아 들과 함께 고풍스러운 붉은색 담장을 따라 솟을대문이 있는 학 교에 들어서던 순간이 지금도 내 눈에 생생하다. 교정의 안쪽 중 심에 문옹석실을 기념하는 상이 놓여 있었다. 타국의 이천 년 역 사가 깃든 학교에 내 아들이 다니게 되었다니 이 무슨 행운인가! 감격 스런 기분이었다.

「일체는 사람입니다」

오장원五丈原의 노래

유비의 능

위·촉·오의 삼국 시대는 적벽대전(208)으로부터 시작한다.

한나라 말기 손권과 유비가 연합하여 적벽대전에서 조조를 이긴 이후 조조의 위나라, 손권의 오나라, 유비의 촉한 이 세 나라가 천하를 나누어 병립한다. 이 삼국의 역사는 280년까지 계속되는데 그 역사가 진수陳壽(233-297)의 『삼국지』에 기록되었다. 이 정사正史를 토대로 14세기 나관 중이 그와 관련된 설화와 희극을 합해 소설로 엮은 『삼국연의』가 나와, 중국은 물론 한국, 일본 등에서 독서 열풍이 지속되고 있다.

『삼국지』의 독서 열풍에 연결하여 대표적으로 꼽을 수 있는 도시라면 우선 쓰촨의 청두를 꼽아야 할 것이다. 청두는 의리의 영웅들인 제갈량, 유비, 관우, 장비가 결집한 촉한의 도읍으로, 무후사武侯祠라는 제갈량의 사당과 유비의 능인 혜릉惠陵이 잘 보존되어 있다.

능묘 혜릉은 무후사 경내境內, 제갈량전諸葛亮殿의 서남쪽에 자리 잡고 있다. 촉한의 황제 유비는 백제성白帝城전투에 출진하여 전세가 불리한 중에 223년 음력 4월에 병사한다. 제갈량이 황제의 유해를 청두로 모셔와 장례를 치른 것은 그해 8월이었다.

혜릉은 이제까지 도굴꾼의 손을 전혀 타지 않은 것으로 유명하다. 사람들은 그 이유로 제갈량이 혜릉을 직접 설계하고 조성했다는 점을 꼽는다. 천하제일의 지모가智謀家가 설계한 능이라면 얼마나 치밀할까, 지레 두려워진 도굴꾼들이 감히 넘볼 생각을 못 했다는 것이다. 일설에는 유비가 여름에 서거한 탓에 시신 부패의 문제로 백제성 인근에 왕릉이 비밀스럽게 조성되었고 혜릉은 단지 황제의 의관만 묻은 의관총衣冠冢일 것이라고 한다. 이 때문에 도굴의 목표가 되지 않았을 것으로 추정하는 이들도 있다.

또 하나 전설이 있다. 한 도굴꾼이 혜릉에 들어갔는데 유비와 관우가 안에서 바둑을 두고 있더라는 것이다. 그때 유비가 도굴꾼을 보더니 목숨을 보전하고 싶거들랑 어서 나가라고 조용히 경고해서 오금이 저린 도굴꾼이 빈손으로 빠져나왔다는 것이다.

어떻게 이천 년 동안 아무도 건드리지 않았을까? 여기에 가장 아름다운 추측이 있는데 그것은 유비의 어진 인품이 모두에게 존경받아서 아무도 혜릉에 해를 끼치려는 생각을 품지 못했다고 보는 것이다. 고고 학계 역시 이 뜻을 존중하여 지금껏 혜릉을 전혀 손대지 않고 있다고한다.①

진중陣中 어두운 오장원

무후사 경내 나무들이 있는 화단을 돌다가 도원결의를 행하고 있는 세 영웅을 보았다. 조각상이긴 하지만 그럴듯했다. 더구나 의식을 치르는 영웅들 뒤로 시동 하나가 화로에 차를 끓이고 있어 사실감을 배증시켰다. 생각해보면 삼국의 영웅들이 각각 멋짐을 뽐내며 여러 사건을 전개시키지만 독자에게 가장 원초적인 감동을 주는 장면은 뭐니 뭐니 해도 이

도원결의가 아닐까 싶다. 『삼국지』의 열성 팬들이 촉한의 도읍을 기억하 는 첫째 이유도 바로 유비, 관우, 장비가 맹세한 결의에 있을 것이다. 죽 는 날까지 누구도 서로를 배반하지 않았고 나라를 세운 뒤 권력을 잡은 뒤에도 붕당이 되어 부귀영화를 탐하지 않았고 처음 맹세한 '한나라 왕실 부흥'이라는 목적에 한마음이었다. 셋 중 하나는 군주요, 둘은 그 아래의 장수가 된 입장인데도 언제까지나 형제의 의리를 잊지 않기는 어려운 일이다.

한번 맹세한 뜻을 끝까지 관철하는 우정은 인간이 보여줄 수 있는 가장 아름다운 모습이다. 여기에는 자신의 부족을 인정하고 상대의 우수함을 칭찬할 줄 아는 유비의 포용력이 지대한 작용을 했다. 말할 것도 없이

---

① 참고인용의 출처, 『劉備的墓葬在何處，爲何經歷千年依舊完好無損！』 2019-05-06. https:// www.sohu.com/a/312051683_100050680

오장원五丈原의 노래

유비의 인품이야말로 제갈량이라는 인재를 끌어당기는 인력이었다.

온 생명을 다 바쳐 죽을 때까지 나라를 위해 진력할 뿐이다.
鞠躬盡瘁, 死而后已.

제갈량諸葛亮 『후출사표后出師表』

제갈량의 『출사표出師表』에는 군주와 뜻을 같이하는 승상의 우국충정憂國忠貞이 곡진曲盡하게 드러난다. 『출사표』는 제갈량이 조위曹魏를 토벌하러 떠나며 그 뜻을 소상히 밝혀 후주后主에게 올린 글이다. 촉한 제1대 황제 유비는 위나라 땅을 수복하지 못하고 죽었으며, '반드시 북방을 수복하라'는 유언을 남겼다. 승상 제갈량은 돌아가신 유비의 유업을 실현 할 목적으로 북벌 원정에 나서며 후주 유선劉禪(207-271)에게 표문을 올린다. 유선은 유비의 아들로 촉한 제2대 황제이다. 제갈량의 출사표는 전 후 양편이 있고 일반적으로는 더 유명한 것은 「전출사표前出師表」라고 한다. 첫 출병을 앞두고 쓴 글이다. 「전출사표」(227)는 『삼국지·제갈량전』에 기재되어 있다.

제갈량의 북벌은 모두 다섯 차례에 걸쳐 시도되었다. 그리고 마지막 북벌전에서 제갈량은 숨을 거둔다(234). 이때 사마의는 제갈량이 죽었다 는 소식을 듣고 승리는 따 놓은 당상이라 여겼지만 제갈량이 미리 짜 놓은 계책에 놀라 달아난다. 여기에서 "죽은 제갈량이 산 사마의를 쫓아냈다"는 속담이 나왔다. 제갈량이 마지막 숨을 거둔 장소가 바로 오장원五丈原(지금의 섬서성陝西省 보계시寶鷄市)이다.

촉한의 군대는 숙적 위나라 군대와 싸우려고 북쪽으로 오장원까지 진출했다. 그러나 위나라의 사마의는 전략을 장기전으로 정하고 여름이 지나 가을바람이 불기 시작해도 꿈쩍을 안 했다. 이윽고 공명이 부대 안에서 병으로 쓰러졌다. 절체절명의 시각이다. 대위업을 앞에 두고 승상의 생명은 위태로운데 촉군의 상황 또한 마음 놓을 수가 없다. 다음 '오장원 의 노래'는 바로 이 순간 제갈량이 겪었을 고뇌를 묘사한다.

기산비추祁山悲秋에 바람이 불어
진중陣中 어두운 오장원
영로零露의 방울도 슬퍼하노라

403

锦江恋歌 금강연가
一个韩国人的蜀思

>양초糧草 쌓여 말은 비옥하여도
>촉군의 깃발 빛이 없도다
>고각鼓角의 소리도 지금은 고요
>승상丞相 병세 깊어가도다
>승상 병세 깊어가도다

『성락추풍오장원』 노래가사 일부

일본 시인 도이 반스이土井晩翠(1871-1952)가 「성락추풍오장원星落秋風五丈原」이란 제목의 400행 장편시를 썼다. 이 시를 발표할 때 시인의 나이는 스물일곱이었다고 한다. 이 시에 곡을 붙였다는 '오장원의 노래'는 곡조가 아주 장중하다. 나라의 운명을 어깨에 짊어진 제갈량이 느꼈을 막 중한 사명감 앞에 청년이라면 누구라도 일어서야 할 것 같은 절박감마저 느껴진다.

그러나 승상의 마음을 이어받은 후계가 없었다. 촉한은 멸망하고 (263), 유선은 위나라에 투항한다. 제갈량의 죽음으로부터 30년 뒤이다. 유선은 위나라의 도성 낙양으로 끌려가 안락현공安樂縣公에 봉해지고 그곳에서 여생을 보내게 된다. 한번은 위나라 사마소가 유선에게 넌지시 묻는다. 후주에게 혹시 반역의 속셈이 있는지 알아보려는 목적이었다.

"공은 가끔 고국이 그립지 않나요? 頗思蜀否?"

이때 유선이 말했다.

"이곳이 너무 좋아 전혀 생각나지 않습니다. 此間樂, 不思蜀也."

사마소는 이 말을 듣고 걱정을 내려놓았다고 한다. 여기서 생겨난 사자성어가 '낙불사촉樂不思蜀'으로, 새로운 환경에서 즐겁다 보니 예전의 곳으로 되돌아갈 생각을 잊는다는 뜻이다.

이로써 짐작컨대 제갈량이 출사표를 올릴 때 유선은 아마 유비가 품었던 중원 통일의 결의를 깊이 이해하지는 못했거나, 이해하긴 했어도 목숨을 바쳐 실현하겠다는 결의는 없었던 모양이다. 그러한 후주后主를 모신 승상의 입장인데도 선주先主 유비의 유업遺業을 완성하고자 죽는 날까지 북벌을 멈추지 않은 것에 제갈량의 위대한 정신이 있다.

"선비는 자기를 알아주는 사람을 위해 죽는다士爲知己者死."

사마천의 『사기』에 나오는 말이다. 제갈량이야말로 선비였다. 성실로써 신의를 지킨 사람이었다.

악비岳飛와 이순신李舜臣

그런데 주군이 알아주지 않아도 일생 충정을 다한 영웅들이 있다. 악비岳飛(1103-1142)는 남송 시대 무장인데 오늘날 송나라 최고의 영웅으로 추앙받는다. 원래 남송은 북방의 금나라에 져서 국토의 반쪽을 잃은 상태였다. 악비는 오직 금나라를 물리치고 잃은 땅을 수복하려는 일념에 불탔다. 그러나 그것은 군주 고종高宗과 간신 진회秦檜 등의 뜻에 맞지 않았다. 때문에 간신들에 의해 모반이란 죄명으로 살해된다. 1142년의 일이다.

악비의 묘는 항저우杭州의 아름다운 서호西湖 옆에 있다. 흥미로운 것은 악비의 묘 앞에 장군을 죽게 한 간신배들을 석상으로 새겨놓았다는 점이다. 즉 진회秦檜·왕씨王氏·만사설萬俟卨·장준張俊과 같은, 악비를 반역자로 모함한 이들을 죄인으로 꿇어앉혀 놓은 것이다. 그런다고 악비의 억울함이 풀릴까 싶지만, 뜻을 다 못 펴고 옥사한 영웅의 비극적 결말을 조금이나마 달래주고픈 민중의 진심이 느껴진다. 그래도 고종의 다음 대왕인 효종孝宗대에 이르러 시호가 내려지는 등 악비의 명예가 회복되었다. 죽은 악비에게 내려진 첫 시호는 무목武穆이었고 다음에 추가된 것이 충무忠武이다.

조선에도 충무라는 시호를 받은 무장이 있다. 바로 이순신(1545-1598) 장군이다. 장군은 조선 최대의 위난危難인 임진왜란을 승리로 이끈 구국의 영웅이지만, 살아서는 남송의 악비와 마찬가지로 간신의 모함과 주군의 의심을 받아 죄인으로 몰려 죽임을 당할 뻔했다.

32세에 무관 생활을 시작한 이순신은 선조 24년인 1591년 전라 좌수사에 제수됐고, 부임하자마자 군비를 증강시키며 해군의 힘을 키웠다. 임진왜란(1592-1598)이 발생하자 준비가 없던 조선은 곧 멸망할 것 같았다. 육지전은 대부분 패하고, 고작 20일 만에 한양성이 무너지고 선조는 홀로 피난을 갔다. 그런데 이순신은 옥포 해전을 시작으로 모든 해전에서 연속 승리했다.

해군 장수로서 해전마다 승리를 거듭한다. 이것은 기뻐해 마땅할 일이지만 간신들의 모함과 왜군 첩자의 이간질 속에 진실을 가릴 능력이 없었던 선조는, 조정을 기만하고 임금을 무시한 죄, 적을 토벌하지 않고 나라를 저버린 죄, 다른 사람의 공을 빼앗고 모함한 죄, 방자하여 꺼려함이 없는 죄 등의 죄명으로 이순신을 잡아들여 한 달 남짓 혹독한 신문訊問을 하고, 심지어는 죽이려고 했다. 1597년, 본국으로 건너갔던 왜군이 다시 침입하여 정유재란이 일어난 직후의 일이다.

그러나 이순신이 없는 사이 조선 해군이 대패하고, 이순신이 그전까지 구축했던 해군이 거의 소실되고 만다. 그제야 왕은 자신의 의심을 후회하고, 이순신을 다시 통제사로 임명한다.

그때의 교서敎書에 "지난번에 경의 관직을 빼앗고 죄를 주게 한 것은 또한 사람이 하는 일이라 잘 모르는 데서 나온 것이오. 그래서 오늘날 패전의 욕을 보게 되었으니 그 무엇을 말할 수 있겠소." 라고 썼다고 한다. 통제사로 재임용되어 본영에 돌아온 장군에게 인계된 것은 남은 군사 120명에 병선 12척 (혹은 13척) 이 고작이었다. 명량 해전은 그 빈약한 병력으로 133척의 왜군과 대적해 승리를 거둔 싸움이다. 이후 노량진 해전에서 왜군 전함 500여 척과 싸워 승리를 거두었으나 애석하게도 장군은 전 사하고 만다 (1598).

"살려고 하면 죽을 것이요, 죽으려고 하면 살 것이다." 이것이 장군의 좌우명이었다. 노량진 해전에서 적의 포탄에 맞아 죽는 그 순간에도 "싸움이 바야흐로 급하니 내가 죽었다는 말을 삼가라."고 유언을 하여 아군의 기세가 꺾이지 않도록 했다. 군사들은 장군이 죽은 사실을 모른 채 왜군을 대파했고, 나중에야 사실을 알고 모두들 "죽은 이순신이 산 왜군을 물리쳤다."고 말했다 한다. 이것은 바로 제갈량이 오장원에서 죽었으면서도 대적 중이던 맞수 사마일을 물리쳤던 고사에 통하는 칭송이었다. 제갈량은 자는 공명孔明이고 호는 와룡臥龍이다. 생전에는 무향후武鄕侯로 봉해졌고 사후에는 충무후忠武侯로 봉해졌으며, 동진 왕조에서는 제갈량의 장수로서의 지모智謀에 특별히 봉하기를 무흥왕武興王이라 했다. 제갈량을 기념하는 사당의 이름이 무후사인 것도 시호에서 유래한다. 신기하게도 훗날의 남송의 악비, 조선의 이순신 둘 다 시호가 충무忠武인 것이다.

『선조실록』에서 사관史官은 이순신의 죽음을 이렇게 기록했다.

"이순신의 단충丹忠은 나라를 위하여 몸을 바쳤고, 의를 위하여 목숨을 끊었네. 비록 옛날의 양장良將이라 한들 이에서 더할 수가 있겠는가. 애석하도다! 조정에서 사람을 쓰는 것이 그 마땅함을 모르고, 이순신으로 하여금 그 재주를 다 펼치지 못하게 하였구나. 병신년에서 정유년 사이 통제사를 갈지 -않았던들 어찌 한산도의 패몰敗沒을 초래하여 양호지방兩湖地方(忠淸道-全羅道)이 적의 소굴이 되었겠는가. 그 애석함을 한탄할 뿐이로다."①

사관이 안타까이 여기며 개탄한 "사람을 쓰는 것이 그 마땅함을 모르고, 이순신으로 하여금 그 재주를 다 펼치지 못하게" 한 조정을 이끈 이는 조선 제14대 왕 선조(1552-1608, 재위1567-1608)이다. 그런데 선조가 왜 란으로 인한 천도 중 무후사를 세우기도 했으니.

『승정원일기』에 의하면, 임진왜란 때 선조가 한양을 떠나 평양을 거쳐의주로 향하던 즈음에 근처에 와룡이라는 산이 있다는 말을 듣고 그곳에제갈무후諸葛武侯의 무후사武侯祠를 세운다(선조 36, 1603). 이 사당은 영조 14년에 삼충사三忠祠란 이름으로 바뀌었다(1738).

선조가 무후사를 세운 일은 영조 2년 어느 날 군신이 함께 인재를 기용하는 일의 어려움을 토론하던 중에 거론되었다. 이날 토론은 유비라는 군주와 재갈량과 같은 재상의 조합에서 군신의 모범을 보았다는 데에 대강의 결론이 모아졌다.②

아무튼 선조의 무후사 건립 명령은 임진왜란이 발발(선조 25, 1592.4.13.) 하고 두 달쯤 뒤의 일이다. 기록상 압록강변 의주에 도착한 날이 1592년 6월 22일로 나오니, 왜적 침입 후 겨우 두 달 만에 조선이 멸망 직전의 위기로까지 몰렸음을 알 수 있다. 그만큼 나라의 명운이 위태로웠고, 구 국의 인물이 절실히 필요했던 시점이었다. 그러니 선조가 어떤 마음으로 무후사를 세웠는지 능히 짐작이 간다. 이처럼 제갈량 같은 인재를 갈구한 선조였는데 왜 정작 자신의 재위 시절 충신 중의 충신인 이순신을 의심해서 죽기 직전까지 몰아갔는지, 인간사는 알면 알수록 요지경이다.

그런데 서울 남산 한 기슭에 무속의 건물로 '와룡묘'가 있는데 일설에 는 선조대에 세웠다고도 하고 아니라고도 하고 그 유래를 알 수 없다.

---

① 이순신의 생애, 한국민족문화대백과, 한국학중앙연구원. 인용 출처: 네이버 지식백과
② "昔者宣廟, 自龍灣返駕, 至永淸縣, 有山名臥龍, 故遂立武侯祠, 聖祖此學, 蓋因國步危難, 瘝瘝英豪而然也." 『承政院日記』 611冊 (脫初本 33冊) 英祖二年 (1726, 雍正 (淸, 世宗 4年) 2月 16日). 『承政院日記』는 군왕의 언행을 상세히 기록한 문헌으로서 『朝鮮王朝實錄』과 더불어 조선의 중요한 역사서이다.

錦江恋歌 금강연가
一个韩国人的蜀思

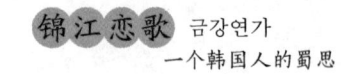

노병은 죽지 않는다

조선 시대 조정에서 세운 이순신의 사당은 통영의 충렬사, 여수의 충민사, 아산의 현충사 이렇게 세 곳이다. 규모는 장군의 묘소가 안치되어 있는 아산 현충사가 가장 크다. 그러나 장군에게 의미가 가장 깊기로는 1593년 장군이 삼도수군통제사에 임명되어 군영의 본부를 두고 진두지휘한 곳이었던 통영이 아닐까 한다. 그래서 통영 시민들은 도시 이름 '통영統營'에 긍지를 느낀다고 한다.

삼 년 전 겨울 충렬사에 참배하며 새삼 실감했다. "노병은 죽지 않는다. 다만 사라질 뿐이다.Old soldiers never die; They just fade away."라는 맥 아더 장군의 말이 사실이라는 것을.

위대한 인물일수록 시련도 크다.

어쩌면 거꾸로 인간이 겪는 시련의 크기가 그 사람의 위대함을 증명하는 것일지도 모른다.

마치 맹자님이 하신 말씀처럼.

> 하늘이 그 사람에게 큰일을 맡기려 하면,
> 반드시 먼저 그의 심지를 괴롭게 하고
> 뼈와 힘줄을 수고롭게 하며
> 육체를 굶주림에 시달리게 하고
> 아무것도 가진 것이 없게 하여,
> 그가 행하고자 하는 바와 어긋나게 한다.
> 그 까닭은 마음을 시험하여 참을성을 키움으로써
> 큰 임무를 능히 해낼 수 있게 성장시키기 위함이다.
>
> 출전 『맹자孟子고자장구하 제15告子章句下第十五』

금강錦江

금강錦江

청두에 도착하고 얼마 동안은, 시도 때도 없이 마음이 먹먹했다. 그래서인지, 흘러가는 금강 물을 보면 가슴이 아린 게 강가를 떠나기 어려웠다. 그때의 마음 상태를 뭐라 형용해야 할지 모르겠다. 이제 세월이 많이 흘러 그 알 수 없는 비애는 다 사라졌지만, 그래도 그때 먼 나라 강가에서 배회하던 내 모습이 뇌리에 오롯하니 새겨져 있다.

그 탓이었을까. 귀국길 우연찮게 '문학의 밤' 행사에 참여해서 나는 이런 시구를 만난다.

"그대는 지금 그 나라의 강변을 걷는다 하네."

때는 쾌청한 가을밤이었다.

그 나라의 강변을 걷는 그대, 이것은 바로 청두에서의 내가 아닌가. 시인의 이름은 문인수文仁洙(1945-2021), 전혀 모르는 시인이었다. 때마침 현장에 시인이 있었고, 나는 초면에 용기를 짜내 이런 부탁을 올렸다.

"나중에 제가 수필집을 내면 이 시를 꼭 인용하고 싶습니다. 괜찮습니까?"

시인은 흔쾌히 허락해주었다.

"대신, 수필집이 나오면 내게 연락하시게."

겨울을 견딘 그대여,
아직도 모르는가.
그 겨울 누군가 네 곁으로 달려왔었음을 ….

「금강」

그러나 나는 약속을 지키지 못하게 되었다. 청두에 관한 수필을 쓸 것

409

錦江恋歌 금강연가
一个韩国人的蜀思

이라는 전제로 부탁한 바이지만 사실 이 책 『금강연가錦江戀歌』를 집필하게 되기까진 복잡하고 더딘 과정이 있었고, 그로 인해 책의 출간이 정해질 무렵에는 시인은 이미 이 세상 사람이 아니었다. 노환으로 별세하신 것이다. 그래서 이제 시인과 직접 연락할 길이 없다.

　　그립다는 말의 긴 팔[①]

　　그대는 지금 그 나라의 강변을 걷는다 하네.
　　작은 어깨가 나비처럼 반짝이겠네.
　　뒷모습으로도 내게로 오는 듯 눈에 밟혀서
　　마음은 또 먼 통화 중에 긴 팔을 내미네.
　　그러나 바람 아래 바람 아래 물결,
　　그립다는 말은 만 리 밖 그 강물에 끝없네.

"맞아, 구안교九眼橋를 오갈 때 내 맘이 꼭 이랬어!"
　누구에게나 자기 스스로도 묘사할 길 없는 인생의 한 구비가 있을 것이다. 다른 사람도 그런지 모르겠지만 그때 내 옆으로는 강물이 흐르고 있었다.
　미련이 깊은 탓에 이국의 강변에서 홀로 아팠다. 시인은 눈이 맑아 어떤 슬픔에도 가닿는가. 마치 순간의 연인처럼 시인은 먼 나라 강변을 걷는 마음을 아파하고 있다. 나 이제, 강변에서 들리는 시인의 속삭임을 적어본다.

　　겨울을 견딘 그대여,
　　아직도 모르는가.
　　그 겨울 누군가 네 곁으로 달려왔었음을 ….

[①] '그립다는 말의 긴 팔'이란 제목은 매우 오묘하다. 나로 하여금 '그리움'이 '팔'이 되고 그 '팔이 길어지는 것' 이 두 개의 변화가 거의 동시적으로 일어나는 이미지를 그리게 한다. 그래서 안타깝고 그래서 충만하다. 그 점에서 '긴 팔'이란 이미지는 상대에게 가닿기 어려운 현실적 거리가 주는 안타까움이라 하겠지만, 반대로 시공時空의 거리를 뛰어넘는 마음의 왕래, 불가시적不可視的인 이타애利他愛에 대한 어떤 확신의 표현일 수도 있다.

강변연가江邊戀歌

강변연가江邊戀歌

　망강루가 보이는 금강 강가에 노천카페가 있다. 내가 보기에, 금강 물결은 망강루 공원이 있는 그쯤에서 가장 시적詩的이다. 햇빛에 반짝이는 강물결을 바라보며 꽃차를 마신다.
　마주앉은 친구는 당나라 때 여성 시인 설도薛濤(779-831) 이야기를 해 준다.
　망강루는 설도가 살았던 곳, 설도는 금강물로 고운 빛깔 작은 편지지 '설도잔薛濤箋'이란 걸 만들었다지.
　사실 한결같은 전통적 제지법에서 보면 '설도잔'은 그 빛깔이나 크기 면에서 매우 독창적이었다. 조선 문인의 설명을 빌리면, "촉 땅의 기녀 설도는 특별한 종이를 만들어 그 위에 시를 쓰곤 했다는데, 보통 종이에 견줘 폭이 좁았다고 한다. 이를 설도전이라 하는데, 전지箋紙란 폭이 좁은 종이를 일컫는다." [1] 유장원柳長源 『상변통고常變通攷』 권29의 해설이다. 옛 문인들에게 있어 문방사우 중 하나가 종이이기에 조선 문인들도 설도잔에 대한 관심이 적지 않았다.

　　　지란芝蘭 패옥 찬 이들도 어여쁘게 여기나니,
　　　늙은 누에의 고치처럼 윤기 나는 만지蠻紙로세.
　　　칸을 나눠 이어 붙인 새로운 종이 양식이여,

---

[1] 원문 : "蜀妓薛濤, 好制小詩, 惜紙幅大, 狹小之, 謂之薛濤箋. 箋紙, 蓋謂小幅紙也."

411

청두의 설교서成都薛校書는 여기에 끼지도 못하겠네.[1]

서영보徐榮輔(1759-1816)의 시인데, 마침 보기 드물게 질도 고급스럽 고양식도 새로운 종이를 대하고서 전설적인 설도잔보다 더 창의적인 종이 가 아닌가 하고 감탄하는 내용이다. 눈길을 끄는 곳은 4행 첫 구절인데, "청두의 설교서成都薛校書"란 청두에 살았던 설도가 교서 직함을 받은 일로서 설도잔을 나타낸 말이다. 하긴, 청두의 꽃빛 아름다운 금강이 아니라면 어찌 그런 고운 색지가 생겨났을 것인가.

또, 조선의 유명한 서예가 김정희(1786-1856)의 시를 보자.

사 태부謝傅 정을 상하던 날이라면은
강랑江郞이 부賦를 짓던 그해로구려
매화는 담담하여 꿈만 같은데
옛 친구들 속절없이 서글프기만
아스라이 추억해라 진루秦樓의 달에
퉁소 소리 바다 하늘 길게 뻗쳤네
그대는 가면 고작 즐겁겠지만
우리들은 도리어 슬프게 여겨
가는 세월 아끼어 힘을 다하고
설도잔을 나누어 부쳐주소서分寄薛濤箋[2]

10행으로 나누어 쓴 한역韓譯에서 중요한 실제 사연은 7행 이후에 나온다. 앞의 6행까지는 옛 고사를 들어 이별의 아득함을 표현했고, 7행부터 10행까지 다시 쉽게 풀어쓰면 '떠나는 그대는 즐겁겠지만 남은 우리 는 슬프다오. 그러니 우리 만남을 아끼는 뜻으로 가끔 편지라도 부쳐주 오' 라고 말한다. 시인이 강조한 뜻은 마지막 행 "설도잔을 나누어 부쳐주소서分寄薛濤箋"에 담겨 있다. 떠나가는 우인友人에게 이 이별이 끝이 아

---

[1] 『賦新箋 呈竹裏直學士』: "芝蘭雜佩意怜渠, 蠻紙勻柔老繭如. 界欄塌得裁新樣, 不數成都薛校書." 『竹石館遺集』第二册『詩』.

[2] 『送心湖丈人 游關西』: 謝傅傷情日. 江郞作賦年. 梅花淡如夢. 舊雨空悵然. 遥憶秦樓月. 簫聲咽海天. 君去即歡樂. 吾輩還自憐. 努力愛歲華. 分寄薛濤箋. 『阮堂全集』第九卷『詩』.

니니 잊지 말고 안부를 써 보내라. —여기서 '설도잔'은 더 이상 종이가 아니다. 그리움이며, 설렘이며, 마음이다.

사실 설도잔은 설도의 사랑 이야기와 떼어놓고 생각할 수 없다.

관기官妓였던 설도가 유일하게 진심으로 사랑했던 연인으로 당대의 유명한 문인 원진元稹(779-831)이 있다. 그러나 원진은 청두를 떠나게 되었 고 이후 설도는 자신만의 편지지에 시를 써서 부치곤 했다.

문득 고개를 들면 여전히 위로 치솟은 망강루의 지붕이 보이고 그 너머 허공에는 그리움의 붉은 빛이 고여 있는 듯하다.

설도의 우물터 가까이에서 차茶에 취한 내 귀엔 방금 전까지의 소음도 정적으로 변해 있다. 눈동자 가득히 한 폭의 풍경화가 있고, 그 안에 강변 나무 그늘 아래 우물터, 그리로 다가오는 시인 설도의 발걸음이 보인다. 그녀가 길어 올린 우물물이 꽃물이 되고 그 물로 꽃빛 편지지가 나오면 붓을 들어 쓰리라. 내 그대 향한 그리움을 … . 하지만 이제 허공에 흩 뿌려진 세월이 너무 흘러 이미 늦어버린 편지이런가.

이것은 상념인가, 환상인가.

때마침 누군가의 소망을 담아 떠오른 공명등 허공에서 은은하다.

대체 내게 있어 금강은 왜 이리 신비한가.

나는 경이로운 마음으로 강가를 걷기 시작했다.

단오절 무렵에는 금강변에 꽃등을 파는 상인도 등장한다. 안데르센 동화집 『그림 없는 그림책』의 여주인공처럼 나 역시 꽃등 하나 사서 강물에 띄워 보낸 적이 있다. 꽃등을 흘려보내기 전 강물로 내려가는 계단참에서 다급히 소원 몇 자 적어 넣기도 했다.

　　밤강에 휘영청 휘영청 작은 꽃등들이 흔들리며 멀어진다.
　　아아, 아름답구나.
　　금강.

✤

중국의 지형은 서쪽이 높고 동쪽이 낮아 '수천 년을 동으로 향하는 물길'이라고 노래한다. 강물이 노래하는 것은 수천 년의 역사일 것이나 강 가에서 중얼거리는 나의 이야기는 짧디짧은 순간의 탄식일 것이다.

锦江恋歌 금강연가
一个韩国人的蜀思

반복되는 하루는 단 하루도 없다.
두 번의 똑같은 밤도 없고
두 번의 한결같은 입맞춤도 없고
두 번의 동일한 눈빛도 없다.[①]

흘러간 금강 물결은 다시 돌아오지 않을 것이다.
두 번 다시 오지 않는 단 한 번의 순간이라니.

설도의 우물터 가까이에서 차茶에 취한 내 귀엔 방금 전까지의 소음도 정적으로 변해 있다. 눈동자 가득히 한 폭의 풍경화가 있고, 그 안에 강변 나무 그늘 아래 우물터, 그리로 다가오는 시인 설도의 발걸음이 보인다. 그녀가 길어 올린 우물물이 꽃물이 되고 그 물로 꽃빛 편지지가 나오면 붓을 들어 쓰리라. 내 그대 향한 그리움을 … . 하지만 이제 허공에 흩뿌려진 세월이 너무 흘러 이미 늦어버린 편지이런가.

「강변연가」

---

① 1996년 노벨문학상 수상 시인 비슬라바 쉼보르스카의 시 「두 번은 없다」.

보물이 숨은 강

2008년 가을 어느 날.
"한번 같이 갈 데가 있어요."
그때 리아李亞가 나를 데리고 간 곳은 망강공원望江公園 옆 강둑 아래였다. 얼른 보아서는 덤불만 무성한 곳인데 대체 뭐가 있다는 걸까? 나는 의아한 마음으로 리아를 따라 걸었다. 몇 걸음 앞에 검은 돌로 된 소가 보였다. 그것도 두 마리가 강변 풀덤불 속에 묵중하게 엎드려 있었다.
리아가 석상 앞 비석을 가리켰다.
"이 돌소가 있는 곳에 보물이 있다고 쓰여 있어요."
비석에 새겨진 노래.

돌소와 돌북이 마주한 곳에
금은보석이 한가득 있다네.
만약 어떤 이가 그곳을 찾아내면
이 성 하나 사는 것쯤 식은 죽 먹기지.
石牛對石鼓, 金銀萬萬五.
有人識得破, 買個成都府.

"옛 전설이에요. 이 강물 아래 보물을 숨겨놓고 이 석상으로 표시를 한 거라고 …. 그러나 정작 물속에서 이 소를 끄집어 올릴 때는 보물 같은 건 보이지 않았대요."
나는 눈이 휘둥그레졌다.
도심을 흐르는 강 속 어딘가에 보물상자가 숨겨져 있다니!
저 검은 돌소가 보물이 있다는 표지란 말이야?

锦江恋歌 금강연가
一个韩国人的蜀思

나는 돌소와 비석을 다시 돌아보았다.

아무것도 모르고 서 있는 나를 두고 강물은 많은 비밀을 안은 채 느릿느릿 흘러가고 있었다.

그런데 보물은 대체 어디 있다는 걸까?

오랫동안 여러 추측이 있었다고 한다. 아직 찾진 못했어도 역시 석상이 발견된 장소 어디쯤이라느니, 금강錦江 아래쪽의 황룡계곡黃龍溪谷이라느니, 민강岷江이 흐르는 팽산彭山이라느니 …. 혹은 약간의 진전이 있어서 뭘 좀 건졌다느니 ….

돌소와 관련된 보물 이야기를 들을 때는 내 귀가 먼저 쫑긋했다. 숨을 듯 나올 듯 간지러운 숨바꼭질처럼 느껴져 모른 체할 수가 없었다. 나중에 알게 된 사실은, 2005년에 이미 보물이 숨겨진 위치를 알 수 있는 중요한 단서가 나타났다는 것이다. 망강루 아래 서서 보물에 대해 처음 호기심을 느꼈던 그해보다 3년이나 전의 일이었다.

팽산의 민강 유역에 사는 양부화楊富華라는 주민이 우연히 강변 공사현장에서 돌멩이와는 다른 뭔가를 주웠는데 그게 은덩이銀錠(즉 은화)였다. 그는 은덩이에 "숭정○○년, 향은50냥, 은장강국태崇禎○○年, 餉銀五十兩, 銀匠姜國太."라고 새겨진 걸 보았는데 '숭정'이란 연호에서 자신이 주운 게 보통 물건이 아님을 직감했다.

신문 기사에 의하면, 그 은덩이의 발견이 단서가 되어 이후 10여 년간 발굴이 이루어져 많은 은덩이 외에도 대량의 금은 장식품 4만 여 점을 수집했다고 한다. 이것으로 대대로 내려오는 보물 이야기 —반란군 수장首將이 은화 등 보물을 실은 배를 강물 아래 가라앉히고 패주敗走했다는 전설이 사실이었음이 증명된 것이다.

300여 년 전의 일이라고 한다.

명나라 말기 혼란한 정세를 틈타 장헌충張獻忠(1606-1646)이란 인물이 반란을 일으켰다. 숭정崇禎 17년(1644)에 청두 지역을 점령하여, 자신의 영토를 "대서국大西國이라 하고 자신을 왕이라 칭했다." 하지만 벼락황제의 영화는 길지 않아서 3년 뒤 정부군의 반격을 받고 패주하다가 죽음을 맞았다.

장헌충이 보물을 강에 버린 것은 싸움에 져서 도망치기 급해지자 더이상 무거운 것을 가지고 갈 수가 없어서였다. 『팽산현지彭山縣志』에 의하면 장헌충이 그동안 거둬들인 금 · 은 · 보주 등의 귀중품 수백 수천

416

보물이 숨은 강

개가 그대로 강물에 던져졌다고 한다. 1646년의 일이다.

이로 하여 민간에 "보물 실은 배를 가라앉혔다"라거나 보물이 숨겨진 곳은 "소와 북이 석상으로 마주한 곳" 이라는 전설이 퍼진 것이다. 전설이 동요로 변하면서 보물이 있는 곳에 "석우와 석고石牛對石鼓"가, 혹은 "암소와 황소石公對石母" 한 쌍의 석상이, 혹은 "석룡과 석호石龍對石虎" 가 세워져 있다며 신비함을 더했다.

일설에는 장헌충이 쓰촨을 점령하면서 대규모로 도살을 자행하고 그 과정에서 재물과 여자를 탐했다고 한다. 전해지는 장헌충의 폭정에 대해서 혹자는 과장이 있을 가능성을 제기하기도 한다. 하지만 최후까지 보물이 아까워 누구도 갖지 못하게 강물 아래로 가라앉힌 걸 보면 그가 탐욕에 눈먼 자였을 확률이 크다. 진정 백성을 위해 반란을 일으킨 수령이라면 성을 점령하고 불과 2년 만에 그 많은 보화를 제 것으로 차지했을까? 절대 불가능하다.

장헌충이 죽고 사라진 보물에 대한 관심이 관官·민民 할 것 없이 높았던 모양이다. 덕분에 팽산 일대를 중심으로 대대적인 보물찾기가 행해졌다거나 혹은 우연히 약간의 보물을 얻었다는 일화가 적지 않았다. 그러다가 2005년의 은덩이가 장헌충의 보물이 틀림없다는 감정이 나온 것을 계기로 2010년에는 "장헌충보물발굴구역(즉, 江口沉銀遺址)"이 지정된다. 그곳이 바로 팽산현 강구진 쌍강촌彭山縣江口鎮雙江村이다. "쌍강촌"은 민강岷江 흐름과 금강錦江의 부하府河가 합쳐짐에서 유래한 지명이다.①

강줄기 두 개가 합쳐져 쌍강촌이라는 이름이 붙었다는 데에서 홀연히 '양수리'가 생각났다. 경기도 양평군의 양수리 말이다. 북한강과 남한강, 이 두 강물이 합쳐지는 곳이어서 생긴 이름이다. 양수리의 순우리말 이름은 '두물머리'이다. 두二(雙), 물水(江), 아마도 여기서 ─머리는 '끄트머리'에서의 ─머리처럼 어떤 부분이나 지점이란 의미인 듯?

이 지명은 조선 후기의 유학자 다산 정약용(1762-1836)의 시에서도 보인다.

---

① 장헌충과 그 보물에 관하여 참고인용. 譚平·馮和一等四人 編著, 『天府文化與成都的現代化追求』, 成都 : 巴蜀書社, 2018, pp.257-258.

417

锦江恋歌 금강연가
一个韩国人的蜀思

> 북한강 남한강 두 강물이 만나는 곳
> 그래서 마을 이름이 두물머리
> 마을 앞 점방의 늙은이가
> 지나치는 배를 줄곧 눈으로 배웅하네
>
> 汕濕交流處　邨名二水頭
> 當門一店叟　堅坐送行舟

장헌충이 강물에 쏟아버린 보물들 역시 전설의 시대에는 사람들의 무지개였다. 잡힐 듯 잡힐 듯 잡히지 않는 몽상의 불빛이었다. 민강과 금강가의 아이들은 돌소와 돌북을 노래하며 자신들의 산하에 묻혀 있는 보물에 가슴이 떨리기도 했을 것이다. 그것으로 좋은 것 아닌가.

「보물이 숨은 강」

다산이 이 시를 쓴 것은 18년이나 되는 유배를 마치고 집에 돌아와 2년이 지난 그의 나이 59세 때였다. 모처럼 배를 타고 부모님의 산소가있는 충주로 성묘를 가던 중 양수리를 지나게 되어 쓴 시라고 한다.[①]

두물머리에 수종사가 있다. 1460년에 창건되었으니 500여 년 역사를 지닌 사찰이다. 전설에는 조선 제7대 왕 세조(1417-1468, 재위 1455-1468)가 배에 종을 싣고 가려는데 무슨 조화인지 갈 수가 없었다, 그래서 할 수 없이 멈추어진 그곳에 절을 지었다고 한다. 이와 조금 다른 이야기도 있 다. 세조가 배를 타고 지나다 이곳에 묵는데 어디선가 종소리가 들려왔 다. 그래서 소리 나는 쪽으로 쫓아가보니 폐사처廢寺處였다. 종을 캐내고 그곳에 사찰을 중건한 뒤 절 이름을 수종사라고 지었다고 한다.

사찰 이름에서 '수水'는 강가라는 뜻일 터이다. 또 '종鐘'자가 있는 것 으로 보아 짐작컨대 우리는 모르는 어떤 이유로 하여 이 절에서 '종'이 보통 이상의 존재감을 갖게 된 모양이다. 두 개의 전설 모두 종을 빌미로 해서 절을 세운다는 공통점을 갖고 있다.

[①] 다산의 시에 대해 참고인용 . 박석무, 「풍광 좋은 두물머리」, 2009.3.2, 출처 : 다산연구소 홈페이지 .

아무튼 전설 속에 세조가 출현하는 것으로 보아, 세조가 이 절의 창건 혹은 중창重創에 기여한 것만은 틀림이 없는 듯하다.

그런데 세조가 누구던가! 바로, 본인의 권력욕을 채우려고 조카인 단종과 당대의 내로라하는 충신들을 죽이고 왕좌에 오른 인물이다. 한편 유교를 국가이념으로 한 조선의 왕이었음에도 왕 자신은 불사佛事에 상당히 적극적이었다. 수종사도 그중 하나이리라.

왕은 혹시 살생에 대한 회한과 반성이 깊었던 게 아니었을까. 세조가 속리산 법주사를 간 것도 오대산 상원사를 참배한 것도 잘 낫지 않는 피부병 때문이었다고 한다. 병으로 인한 참회에 대해서는 법주사 가는 길 '정2품 소나무'나 강원도 오대산 상원사에 있는 문수동자상 복장 유물로 나온 '피 묻은 적삼'에게 물어야 할지도 모른다.

그건 그렇고 팽산의 쌍강촌에서 건져 올린 보물은 긴 세월 쌓여만 가던 사람들의 궁금증을 일시에 해소했다.

그렇다고 하나 내 머릿속은 여전히 강가 풀숲에 엎드려 있던 돌소가 남긴 수수께끼에 머물고 있다. 석상을 보다가, 강물을 보다가, 금강 물결 아래의 보물들을 상상하다가 … , 오색 아롱아롱한 환상은 한없이 지속되었다. 그 설렘을 시로 적어놓기도 했다.

무제無題

강물이 마음처럼 흘러옵니다.
강가 풀덤불 속에
물소가 있고
그 물소는 돌로 만들어졌습니다.
전설에 의하면
옛날, 아주 옛날
도망가던 장군이 강 밑바닥에 보물을 두고
그 표지로 물소를 고여 놓았다고 합니다.
전설은 너무 유명해서
아이들도 노래를 부릅니다.
돌소가 엎드린 자리에 보물이 있다고.
그러나 누군가가 강 밑의 물소를 들어냈을 때는

锦江恋歌 금강연가
一个韩国人的蜀思

보물은 보이지 않았다고 합니다.
보물이 숨은 강 311
어느 날인가, 그녀가 물소 곁에 다가갔을 때
소는 강물을 바라보고 있었습니다.
엎드린 검은 소의 배 아래 풀덤불이 제법 무성해 있었습니다.
사람들은 이제 소에게서 보물을 상상하지 않는 듯했습니다.
그러나 그녀는 가슴이 뛰었습니다.
물소가 강가를 지키는 한
보물 또한 강 어딘가에서 영원히 존재할 것이기 때문입니다.
보이지 않는 것은
언제나 보이는 것에 연緣하여 나타납니다.
보이는 것은
언제나 보이지 않는 것에 응應하여 머뭅니다.
누군가가
강변에 놓아두고 간
어떤 마음도 이와 같을 것입니다.
오늘도
돌소가 있는 강변 풀숲으로
바람 한 줄기 스칩니다.
강물이 마음처럼 흘러갑니다.

정작 보이면 이미 누군가의 것이지만, 보이지 않을 때는 우리 모두의 것이다. 때문에 사람들의 마음을 풍요롭게 한다. 한바탕 설레기도, 꿈에서 흘리기도 한다.

장헌충이 강물에 쏟아버린 보물들 역시 전설의 시대에는 사람들의 무지개였다. 잡힐 듯 잡힐 듯 잡히지 않는 몽상의 불빛이었다.

민강과 금강가의 아이들은 돌소와 돌북을 노래하며 자신들의 산하山河에 묻혀 있는 보물에 가슴이 떨리기도 했을 것이다. 그것으로 좋은 것 아닌가.

쑤이닝遂寧_묘선관음妙善觀音의 고향

청두 박물관은 천부광장天府廣場 한 옆에 있었다.

도시가 품은 역사는 현대만이 아니다. 도시의 역사가 길수록 도시의 박물관 전시실도 깊어진다. 보고 알아야 할 것이 끝이 없었다.

내가 가진 시간으로는 주마간산走馬看山일 수밖에 없다. 그래도 전공이 불교 문화와 연관된 탓이어서인지 옛 쓰촨의 불교 문화를 접할 때는 몇 분에 불과할지라도 발길을 멈추게 된다. 양나라南梁(502-557) 시대의 불교 조각품인 '석가다보釋迦多寶 이불병좌상二佛并坐像' 앞에서는 좀 더 머물렀다.

이불병좌란 두 부처가 나란히 앉아 있다는 뜻이다. 이불병좌의 두 부처란 석가불과 다보불을 말한다. 석가불이 영축산靈鷲山에서 법화설법을 하자 과거불 다보가 보탑을 타고 솟아나고 그 인연으로 허공 중의 보탑 안에 다보불과 석가불이 나란히 앉고 법화경의 '허공회虛空會' 설법이 시작되는 것이다.

3세기 말엽 이래 한역漢譯 『법화경法華經』이 여러 번역본으로 유행하고 '법화경 신앙'이 넓혀지면서 허공회의 '이불병좌상'은 영원의 법을 설 하는 상징이 되어 법화 예술의 중요한 표현으로 쓰이곤 했다. 중국 초기 불교의 흔적이 잘 남아 있는 석굴 예술 속에서도 이불병좌상은 그 수효가 적지 않다고 한다. 여기까지는 내가 책으로 아는 부분이다.

그런데 옛날 쓰촨에서 조립된 이불병좌상을 박물관에서 보게 될 줄이야! 석가불과 다보불 두 부처가 각각의 연화대에 나란히 앉아 허공에 떠 있고, 머리에 화관을 쓴 보살들이 두 부처를 에워싸고 있는 부조浮雕

이다. 설명을 보니 '장원張元'이라는 사람이 양나라 대동11년大同十一年 (545)에 조립했다고 쓰여 있다.

6세기 중엽의, 그것도 양나라의 연호가 박혀진 법화 예술이라니! 유학 시기 박사학위 논문의 초점을 법화경 신앙과 예술에 맞췄던 인연도 있어서 내심 반가움이 컸다. 중국 불교사를 공부하면서, 남조南朝의 양나라 무제武帝가 불교를 굉장히 숭상하여 동아시아권에 그 영향이 적지 않았음을 배운 터에, 때마침 석굴 예술의 특징을 지닌 '이불병좌상'을 만났기 때문이다.

『법화경』의 제11품인 『견보탑품見寶塔品』에 등장하는 보탑은 그 화려함은 말할 것도 없거니와 웅장한 규모 또한 상상을 초월한다.

> 이때, 칠보탑七寶塔이 석존의 앞에 나타났다. 높이는 5백 유순由旬이요, 둘레는 2백5십 유순인데, 땅에서 솟아오르더니 허공중에 떠 있었다…

칠보탑이란 칠보七寶로 장식된 화려한 보탑이다. 보탑이 땅에서 나오는데, 난간의 수효가 오천 개이고 방이 천만 개나 되는 크기이다. 높이가 500 유순, —유순이란 길이 단위로 1유순을 15킬로미터 정도라고 한다. 그 엄청난 높이로 하여 탑의 꼭대기가 세계의 중심인 수미산須彌山 허리의 사천 왕궁에 닿는다 했다. 이러한 보탑인데 허공으로 솟아오를 때의 서상瑞相 또한 놀랍다. 하늘에서 꽃비가 내려오고 하늘 음악도 울려온다. 그리고 탑의 사방에는 전단栴檀 향기가 가득하다. 이러한 이변을 보면서 영축산에 참석한 대중들은 놀람을 감추지 못하고 있다. 사실 영축산의 법화회좌에 모인 대중은 1만2천의 승려와 신도, 그리고 8만의 보살菩薩, 천룡팔부天龍八部 등 그 회좌會座 역시 대규모였다.

> 이때, 보탑 안에서 커다란 음성이 찬탄하며 말하기를, "훌륭하여라, 훌륭하여라! 석가모니 세존은 평등대혜로서, 보살법인 부처가 호념하는 '묘법화경'을 대중에게 가르쳐 설하시네, 모두 진실이다, 석존이 지금 설하는 것 모두 진실이라네.

도대체 저 소리의 주인은 누구일까? 사람들은 보탑에 대한 궁금함을 참을 수 없었다. 이때 석가불이 보탑의 주인은 과거불인 다보불多寶佛이라고 하며 지금 등장한 까닭을 설명해준다. 다보불은 자신의 서원에 의해 법화경을 설하는 곳이 있으면 탑과 함께 그 앞에 나타나 법화경의 진실을 찬탄한다는 것이다. 그러니까 다보불의 탑이 출현한 이 자리는 진실의 법 "법화경"이 설해지는 회좌會座이다. 설명을 들을수록 그 실제 모습을 보고 싶어 하는 대중의 마음을 알고, 석가불은 그렇게 해주겠노라고 대답 한다. 그러기 위해 우주에 퍼져 있는 모든 부처를 불러 오면서 무수한 부 처님이 주할 수 있게 세상을 청정하게 확대·재배치하신다. 이렇게 대변 혁을 이룬 다음 석존이 보탑의 문을 여니, 탑 안의 다보불이 자신이 앉은 옆자리를 내주면서, 석존에게 들어와 앉기를 청한 것이다. 이렇게 두 부 처가 허공 중의 탑 안에 있으니, 대중들은 자신들도 허공으로 오르게 해 달라고 청한다. 석존이 그 청을 받아들여 영축산의 대중 모두를 허공으로 끌어올리는 것이다. 여기서부터 법화경 설법처는 "허공회"라 구분되어 제22 『촉루품囑累品』까지 이어진다. 다보불이 자신의 세계로 돌아가면서 허공에서의 회좌는 다시 영축산 산상으로 내려오는 것이다.[①]

이 허공회 이후의 '후后 영축산' 설법 속에 우리에게 너무 친숙한 관세음보살이 출현하는 것이다. 바로 제25품 『관세음보살보문품觀世音菩薩普門品』에서다.

✽

불교에 대해 잘 모르는 사람도 관세음보살은 친숙하다. 관세음보살은 관음觀音이라고 불리기도 하며, 광세음光世音, 관자재觀自在 등 다른 이 름도 있다. 관세음보살은 중생의 구도심을 돕고자, 언제 어디서든 자신의 이름을 부르는 소리가 있으면 바로 달려간다. 이러한 자비심으로 그는 어떤 모습으로든지 변하여 상대를 이끄는 능력이 있다고 한다. 중생의 위난을 즉시 해결해주려고 항상 '세상의 소리世音'를 관觀하고 있어서 명호를 '관세음'이라 한 것이다. 관세음보살이 등장하는 불교 경전은 적지

[①] 이 문장에서 취한 이불병좌의 장면 설명은 다음 논문을 참고. (日)菅野博史, 『中國佛教對, 『法華經—見寶塔品』的諸解釋—以寶塔出現與二佛竝坐的意義爲中心』, 출 처 : 『佛學研究』, http://www.chinabuddhism.com.cn/a/fxyj/2008/2k08f35.htm

錦江恋歌 금강연가
一个韩国人的蜀思

않지 만 그 명호名號의 유래며 그 자비의 실천에 대해서는 『법화경』의 경문이 가장 자세하다고 본다. 그래서 『법화경』 신앙의 유포와 함께 관세음보살 은 사람들에게 인기가 높아졌다. 보통 사람들은 어떤 고난 중에도 즉시 응해주는 관세음보살의 행동에서 '위대한 어머니'의 자애를 느꼈다. 사실 인류는 일찍부터 '대지모신大地母神(위대한 어머니)'에 대한 갈앙 및 신앙이 있었다. 연구에 따르면, 불교의 관음보살도 천주교의 '성모 마 리아'도 인류 역사의 초기에 나타난 이 대지모신 신앙에 통하는 바가 있 다고 한다. 이러한 전제를 감안하면 불교 문화권인 동방에 관음 신앙이 보편적으로 널리 유행하는 사실 또한 무척 자연스러운 현상이라 하겠다.

✱

나는 아주 우연한 인연으로 쑤이닝遂寧의 '관음문화논단'에 참석하면서, 쓰촨성의 한 도시에 법화경의 보살 문화가 상상 이상으로 농후한 사실을 알게 되었다. 놀라운 것은 이 지역에 전해 내려오는 '묘선妙善관음' 전설에 대한 이 지역 사람들의 믿음이었다. 불심이 두터운 주민들은 쑤이 닝 시가 중국 관음으로 불리는 '천수千手관음'의 전신인 묘선공주妙善公 主의 탄생지라는 것에 자부심이 대단하다.

묘선 관음에 관한 문헌 중 하나인 『향산대비보살전香山大悲菩薩傳』에서는 "옛날에 장왕莊王이라는 왕이 살았는데 그곳이 어디인지는 모른다. 장왕은 공주가 셋이었고 그중 셋째가 묘선으로 자라서 자신의 팔을 잘라 부왕의 병을 낫게 했다."는 구절이 있다.

그런데 쑤이닝 지방의 전설을 보면 묘선공주가 탄생한 땅에 대해 다음과 같은 설명이 있다. "부강涪江 유역에 서역으로부터 온 사람들이 '흥녕 국興寧國'을 세웠는데, 그 나라에 묘장왕妙莊王이란 임금이 있었다. 묘장 왕에게는 세 딸이 있었고 그중 셋째가 묘선공주이다."

여기서 부강 유역이라 함은 지금의 쑤이닝에 해당한다.

묘선의 때는 중국 대륙에 불교가 아직 유행하기 전이어서 묘장왕은 묘선의 불도 수행에 크게 반대했다. 분노한 아버지 때문에 온갖 시련을 겪으면서도 묘선은 수행에만 전념했다. 그 사이 아버지 묘장왕은 큰 병을 얻었고 백방으로 약을 구해도 아무 소용이 없었다. 그래서 마지막으로 묘선을 찾아 아픔을 호소하는데, 공주는 아버지를 낫게 하려고 자신의 두팔을 떼어준다. 그 순간 아버지는 병이 낫고 팔이 떨어진 묘선의 몸에는 천 개나 되는 팔이 돋아나 관음으로 화했다고 한다.

이상의 전설에서 알 수 있듯 천수관음은 손이 천 개나 달린 관음보살이다. 사람들은 보통 일손이 너무 바쁠 때 '손이 열 개라도 부족하다'고 말한다. 보살의 손이 천 개라는 것은 중생에 대한 자비심과 그 무한한 구제력을 손의 수효로 상징한 것이다.

※

나는 아무래도 쑤이닝 시에서 관음을 만났던 듯하다.

쑤이닝에 도착한 첫날 저녁, 갑자기 위경련 같은 증세가 있었다. 전에 한 번도 겪어보지 못한 증세인데, 호텔 의무실에는 그에 맞는 약이 없다고 했다. 회의 기간 중에 나는 발표도 해야 하고 회의 일정 또한 빠듯하다. 다들 바빠 내게 신경 쓸 겨를이 없으니 십중팔구 약을 구하지 못할 것 같았다.

배를 움켜쥐고 저녁 개막식에 참석했다. 현지의 불교 신도들도 많이 참석하여 내 옆자리에도 여자 신도가 앉았다. 이야기를 나누다가 그녀가 의료인인 걸 알게 되었고 나는 얼결에 아프다고 호소했다. 그렇다고 갑자기 뭘 상의하자는 뜻은 아니었다.

잠을 제대로 자지 못한 이튿날, 시간도 이르게 기상했다. 역사가 오랜 사찰 정업선사淨業禪寺를 참관하기 위해서였다. 급히 결정된 일이라 학술회 시간을 피하느라고 이른 시간이어야 했다는 것이다. 정업사 입구에 서 본 하늘은 새벽 어둠이 아직 가시지 않았다.

일정이 이렇게 빡빡하다니 나는 잘 견딜 수 있을까?

컨디션이 좋지 않은 데다 유일한 한국인으로서 나는 밤새 의기소침해져 있었다. 아픔을 참으며 앞선 사람들을 따라 사찰 입구로 발을 내딛고 있었다.

바로 그때였다.

누군가 내 팔을 끌었다. 얼굴을 보니 바로 어제 옆자리에 앉았던 여자 신도였다. 그녀는 내게 약봉지를 주려고 일찍 도착하여 기다리던 참이라고 했다. 그러고는 자신의 직장에 출근하려면 서둘러야 한다며 내가 뭘 물어볼 틈도 없이 그 자리를 떠났다. 그 순간부터 내 기분은 좋아졌고, 그녀가 가져다준 약 덕분에 위경련 없이 발표도 성공적으로 마쳤다. 그로부터 2년 뒤, 나는 한 번 더 쑤이닝 관음논단에 참석할 기회를 얻었고, 저번처럼 논문을 발표하기로 했다. 내심 2년 전의 그분을 만날 수 있지 않을까 기대하는 마음이 없지 않았다. 나를 보면 그분이 먼저 알은 척하겠지, 믿고 싶었다. 왜냐하면, 안면 인식 장애가 있는 나로서는 먼저 그분을 알아볼 자신이 없었기 때문이다.

하지만 못 만났다. 그분과의 해후는 없었다. 오지 않았을까, 숨었을까…?

딱 한 번의 인연인가?

아쉬운 한편, 그녀가 혹시 관음보살의 화신은 아니었을까 의문도 생겼다. 나는 일찍이 『관세음보살영험기觀世音菩薩靈驗記』를 탐독했다. 이 책은 관음 신앙사에 중요한 남북조 시대의 문헌으로 현대적 출판물로는 『관세음보살영험기삼종역주觀世音菩薩靈驗記3種譯注』라 해서 강소고적 출판사 江蘇古籍出版社에서 발간했다. 그 책의 부록편에 실린 "사문발정 沙門發正" 조條가 특히 기억난다.

백제 승려 발정發正이 502년부터 519년 사이에 중국으로 유학 가서 30여 년을 머무르다가 고국으로 돌아오는 도중 월주越州 지방에 있는 관음 현신지를 참배했다는 기록이다. 여기에 발정이 관음 현신지에서 들었다는 관음 이야기가 전한다.

두 수행자가 그곳 암자에서 각자 경문을 외우기로 했다. 한 수행자는 『화엄경』으로 정했고 경문이 긴데도 비교적 빨리 외웠다. 그러나 다른 수행자는 『법화경』을 외우기로 했는데 다 외우지 못했다. 그가 『법화경』을 독송하는 동안 음식을 가져다주는 노인이 있었다. 이 일을 수행자는 예사롭게 여겼는데, 동료와 이별할 즈음 이 노인을 애써 기다릴 때는 나타나지 않았다. 자신이 관음보살의 화신이라는 게 밝혀지는 걸 원치 않았던 것이다. 어제까지의 노인이 관음보살이라니! 이것을 안 뒤 아무리 찾아도 나타나지 않았다 —여운이 남는 결말이었다.

"보살은 타인을 구제해주기만 바랄 뿐, 자신이 도움이 되고 나면 더 이상 나타나지 않는 모양이야." 새벽녘에 달려와 자신이 조제한 약을 전해 주고 돌아간 그녀 역시 그런 거라고 여겨졌다.

쑤이닝 사람들에게 묘선공주의 전설은 그냥 전설이 아니었다. 그들의 긍지이고 가르침이고 믿음이었다.

묘선공주는 자신이 누릴 수 있는 지위도 행복도 마다하고, 불도 수행으로 진리를 구하고자 한다. 부왕父王은 그런 딸을 증오하여 군사를 풀어 죽이려고까지 한다. 이런 박해 속에 자비를 실현하는 보살이 되기까지 보통 사람이 상상할 수 없는 고난이 있었다. 새벽 바람을 가르고 내게 약을 가져다준 그녀, 그녀도 묘선공주의 후손이었다. 쑤이닝 사람이었다.

✼

마르크스는 종교는 아편이라고 말했다.
나는 중국을 생각할 때 마르크스주의에 기반을 둔 사회주의 국가인 만큼 종교적 성향이 옅을 거라는 선입견이 있었다. 비록 방대한 불교 문헌이 유산으로 남아 있을지라도 그것은 과거에 해당할 뿐 종교 정신이 이어져 오고 있을 줄은 몰랐다. 청두에 도착하고서야 내 생각이 오해였음을 알게 되었다. 그런데 쑤이닝은 청두는 저리 가라 한다. 불교 전통이 하나의 문화 현상이기 이전에 한 사람 한 사람의 마음과 행동을 변화시키는 생활 윤리로 깊이 작용하고 있다.

✼

중국의 저쟝浙江 조우산舟山 앞바다에 보타산普陀山이 있다.
한반도에는 강원도 낙산사가 가장 오래된 관음 도장으로 알려져 있다. 보타산도 낙산이란 산 이름도 '보타낙가Potalaka'의 음역에서 유래했다. 관음보살의 상주처常住處가 인도 남해南海 보타락가산補陀落迦山이라고 경전에 쓰여 있기 때문이다. 보살의 상주처 신앙에는 인간세상이 바로 불국토佛國土(이상적인 사회)라는 현실관이 있다. 관음을 사랑하는 민중들은 자신이 사는 곳에 보타산이 있다고 믿는다. 법화경에서도 부처가 법화경을 설하고 있는 영축산—넓게는 인간이 사는 지구 전체가 바로 불국토임을 강조하고 있다.
자신들의 국토가 곧 보살 혹은 부처의 상주처인 것이다. 이 말은 곧, 내가 살고 있는 이곳을 내가 바꿀 수 있다는 신념이다. 불국이란 현실을 떠나야 갈 수 있는 그런 곳이 아니다.
21세기 과학·기술의 발달과 함께 종교 무용론이 넘쳐나는 시대이다. 그러한 시대에 중국 서남부의 쑤이닝에서 나는 묘선공주의 보살 정신을 실천하는 시민들을 통해 이상사회 건설의 희망을 보았다.
그 점에서 쓰촨성 쑤이닝은 살아 숨 쉬는 보살 문화를 내게 아낌없이 펼쳐 보여준 도시이다. 민중의 순수한 구도심이 연꽃으로 피어난 아름다운 '연꽃의 도시'이다.

또 하나의 비단길

또 하나의 비단길

역사에 대한 경직된 사고를 바꿀 수는 없는가?

어떤 학자는 묘선공주의 전설을 역사적 사실이라 가정하고, 고대에 서남 무역로가 역사에 알려지지 않은 불교 이동로였음을 깊게 확신하고 있다. 전설의 시대를 역사 속에 편입할 때, 묘선공주의 불도 수행은 불교사에 공인된 불교의 최초 중국 전래 시기인 동한 '영평' 10년東漢 '永平' 十年 (67) 보다 이전이다. 여기에 역사적 신빙성은 얼마나 있는가, 그 의문을 파고든 결론인 것이다.

고대 역사에 그다지 아는 바가 없는 내가 그런 문제에 뭐라 평할 수 없다. 다만 첫째는 돈황敦煌을 거쳐 유입된 서역인과 서역 문화에 대하여, 둘째는 쓰촨 청두를 기점으로 인도로까지 연결된 오래된 무역로와 그 길의 민간에 의한 불교 전래의 가능성에 대하여 유연한 사고가 필요하다는 주장에 동의한다.

서남西南 비단길. 이 무역로는 한나라 이전부터 통하고 있었던 것으로 추정된다. 사마천司馬遷의 『사기史記』는 이 비단길을 기록한 가장 오래된 역사책이다.

사마천은 이 길을 "촉신독도蜀身毒道"라 기재했다. 옛날 중국에서는 인도를 '신독身毒'[①]이라 적었다. 촉蜀(지금의 四川)에서 인도에 이르는 길이라는 뜻이다.

역사상 이 길의 존재를 놓고 처음 대화를 나눈 사람은 장건張騫과 한무제漢武帝였다. 한무제는 기원전 135년경, 서역 국가들과 외교를 시도하

---

① '身毒'은 '인도 Sindhu'를 음역音譯한 말이다. 산크리스트어梵語 원음은 'Sindhu'인데 고대 파키스탄어에서 'Hindhu'로, 고대 그리스어는 이것을 'Indus'라고 했다고 한다.

錦江戀歌 금강연가
一个韩国人的蜀思

려는 목적으로 장건을 파견한다. 기원전 128년, 장건은 파미르고원을 넘어 서쪽에 있는 '대하국大夏國'에 도착했다. 대하국에서 장건은, '공죽장邛竹杖'①과 '촉포蜀布'가 거래되고 있는 것을 본다.② 촉에서 만든 포목과 공죽장이 촉의 상인들에 의해 티베트와 인도로 운송되고, 다시 대하국에 들어와 교역되고 있었던 것이다. 인도는 대하국의 남동쪽으로 수천 리 밖에 위치한다고 했다. 그러한 까닭에 사마천은 그 교역로의 이름을 '촉신 독도'라고 했다. 귀국한 장건은 촉 상인들이 이용하는 교역로가 따로 있음을 한무제에게 보고했다. 이에 한무제는 이것을 자세히 조사하고자 했지만 성공하지는 못했다고 한다.

이때 장건이 말한 '촉포'를 일설은 운남산雲南産 비단이라고 한다. '촉 지방의 상인蜀賈'들이 운반하고 판매하는 포목이니 촉포라 통칭했을 것이라고. 그렇다고 하나 '촉의 비단'이 예부터 유명했던 점을 감안하면 촉에서 생산한 옷감일 수도 있다. 그 생산지는 여하튼 쓰촨 사람들이 무역 상으로 활약했다는 뜻으로 읽어도 될 것이다.

촉 지방의 비단 역사는 고촉국古蜀國으로 거슬러 올라가고 중국의 상나라 때 이미 나라를 이루고 있었던 것으로 추정된다. 남아 있는 유물에서 '촉蜀'이란 나라 이름이 가장 이르게 쓰인 예는 상商 대의 갑골문甲骨文이다. 주무왕周武王이 '목야전牧野戰'에서 상나라와 싸울 때 촉나라 사람들이 협공했다는 기록이라는데, 이 목야전에서 주나라가 승리하고 상나라는 멸망했다. 상 왕조는 은殷이라 불리기도 하는데 중국 역사상 최초 왕조이며 기원전 1600년경부터 기원전 1046년경까지 존립했다.

촉의 비단이 역사 기록에서 언급된 시기는 진秦대이다. 기원전316년에 고촉국을 멸한 진나라는 고촉의 도성인 청두를 촉금蜀錦 생산의 중심지인 '금관성錦官城'이라 명명하고, '금관'이라는 전문적으로 비단을 담당하는 관리를 두어 촉 비단 생산을 장려했다. 이것만 보아도, 중원中原에서 탐내는 질 좋은 촉금이 일찍부터 유명했음을 알 수 있다. 실제로 고

---

① 대나무의 일종인 "공죽邛竹"은 원산지가 사천공래四川邛崍이다. 장장이라 함은 지팡이를 뜻한다. 공죽장邛竹杖의 원재료인 공래邛崍 대나무는, 보통의 대나무와 달리 마디 간격이 짧고 굵기가 큰 편이라고 한다.

② 『사기史記·대완열전大宛列傳』 (장건이) "在大夏時, 見邛竹杖, 蜀布". 대하국은 지금의 '사마르칸트'이다. 장건에 대한 기록은 사기의 『大宛列傳』과 『西南夷列傳』조에 나온다.

430

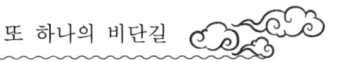

촉국의 '잠총蠶叢, 蠶叢氏'이란 왕은 '잠신蠶神'으로 불렸다는 전설이 있다. '잠'은 '누에고치' 또는 '누에를 친다'는 뜻을 가진 글자이다.

묘선공주의 출생으로 시작하여 쓰촨에서 인도로 이어진 서남의 비단길, 그 길을 통해 전해진 불교 … . 사람들의 상상은 한없이 넓혀진다. 그런데 쓰촨 지방으로의 불교 전래라고 하니, 한반도 가야국伽倻國의 허황후許皇後(33-189)를 떠올리지 않을 수 없다.

『삼국유사三國遺事』에 전하는 허황후의 기록에 의하면, 공주는 한반도에 불교를 최초로 전래한 인물이기도 하다.

「금관성 파사석탑金官城 婆娑石塔」 조條에 따르면 허황후 황옥黃玉은 서기 48년 서역의 아유타국阿踰陁國에서 온 공주이다. 아유타국은 고인도古印度의 '아요디아Ayodhya'로 추정된다. 또 「가락국기駕洛國記」 조에 적혀 있기를 배를 타고 먼 바다를 건너온 공주는 가야伽倻, 駕洛國 수로왕의 왕비가 되었다.

인류학자 김병모가 쓴 『김수로 왕비의 혼인길』[①]에는 새로운 주장이 있다.

저자는 공주가 인도 왕족의 후예였을지라도 한반도 남쪽 해안으로 출항하기 전에는 중국에서 출발했을 것으로 보았다. 이러한 파격적인 주장이 나온 데에는 우선적으로 '쌍어문雙魚紋'이라는 고대 문양을 중요한 단 서로 하여 탐구한 학자로서의 자신감과 고대인의 이동 가능성을 넓게 열어두는 관점이 크게 작용했다.

결론적으로 저자는 공주가 태어나 성장한 곳이 쓰촨의 안악安岳이었을 것으로 추정했다. 안악의 고대 행정명이 '보주普州'인데, 허황후의 시호가 "보주태후허황옥普州太後許黃玉"인 점과 일치하는 것 외에, 저자가 쓰촨 안악 일대의 '허씨 집성촌'을 답사하고 얻은 몇몇 증거와 허황후 출항 직전에 중국 사서에 보이는 일단의 변화를 주장의 근거로 삼았다. 그의 연구는 쓰촨과 한국을 잇는 새로운 계기가 되어, '황후의 이동로'에 관심을 가진 후손들, 특히 김해김씨金海金氏와 김해허씨金海許氏 문중

---

① 김병모 『김수로 왕비의 혼인길』, 푸른숲출판사, 1999.

锦江恋歌 금강연가
一个韩国人的蜀思

에서 단체로 안악의 집성촌을 찾아오기도 했다고 한다.

나는 집성촌까지는 가보지 못했다. 한번은 안악 시내에 사는 지인의 집을 방문할 기회가 있었는데, 그때 들렀던 현지의 여행사 사무실에서 한국 여행객을 안내해 집성촌에 갔던 가이드와 대화를 나눌 수 있었다. 인상 깊었던 것은, 허씨 집성촌 사람들하고 한국에서 온 단체 여행객의 용모가 상당히 닮아서 서로 신기해했다는 가이드의 말이다.

몇 해 전인가 허황후의 아유타국이 과연 어디인가를 탐사하는 텔레비전 프로그램을 본 적이 있다. 그 신빙성이 어떻든 간에, 우리가 어찌 이천 년 전 선조의 이동 경로를 다 안다 할 수 있으랴?

다만 나는 금관성에 잠시라도 머물고 있는 한국인으로서, 허황후가 많은 비단을 싣고 왔다는 기록에서 문득 '촉 비단蜀錦'을 연상해본다. 쓰촨에서 장강長江(즉 양쯔강)을 통해 황해로 출항 가능한 수로가 있었으니 그 해류를 따라 한반도 남쪽에 도착할 수도 있겠다는 생각이 든다.

또 김해 지역에 허황후가 전래했다는 '죽로차竹露茶'가 유명하다는 사실과 관련하여 쓰촨이 고대부터 차로 유명한 곳이었음을 연결해본다. 이 능화李能和의 『조선불교통사朝鮮佛教通史』는 한국의 중요한 불교 문헌 중 하나인데, 김해의 백월산에 있는 죽로차가 가락국 김수로왕의 비 허황후가 인도에서 가져온 차 씨에서 비롯되었다는 전설이 기록되어 있다. 나는 죽로차를 직접 보지 못했다. 이름으로 보건대 혹시 댓잎과 어떤 상관이 있다는 건가. 만약 그렇다면? 이런 호기심과 함께 내 머릿속에선 청두의 '죽엽차竹葉茶'가 떠오른다. 투명한 유리잔 속에서 푸른 창끝처럼 일 어서던 죽엽차, 이 찻잎은 뭐랄까, 동적動的 기세 같은 것이 있었다. 중국이 불교를 받아들인 시기를 후한后漢(25-220) 말기로 보는 것이 일반적이다. 정사에 기록된 한반도 최초 불교 전래는 고구려 소수림왕小獸林王 2년이다(372). 그런데 허황후 전설에 따르면 그녀가 한반도 최초의 불교 전래자이다. 이럴 때 인도에서 형성된 불교가 서남 실크로드를 거쳐 쓰촨 지역에 퍼졌다거나, 묘선공주 전설에서처럼 불교를 접촉한 서역의 부족이 쓰촨 지역으로 이주해 살았을 경우를 가정하면, 허황옥이 어려서부터 부모를 따라 불교를 믿은 것도 가능해진다.

쓰촨의 안악에서 허황후의 이야기를 들은 흥분이 쉽게 가라앉지 않지만, 그렇다고 옛일에 대해 왈가왈부하자는 마음이 있는 건 아니다. 내게 그럴 만큼 박학한 지식이 있는 바도 아니다. 그저 가능성을 열어둠을 환

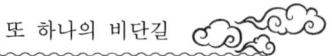

영하는 심정이라는 것이다.

  현대와 같은 엄격한 국경 개념이 없던 고대에는 지금의 우리로서는 상상도 못할 먼 이동이 오히려 많았을 수도 있다. 예나 지금이나 사람들이 길을 떠나 신천지를 꿈꾸며 멀리 떠나는 마음은 똑같을 것이다. 그 속에서 사람들이 섞이고 문화 간의 접촉이 이루어졌을 것이다.

  지나간 역사에 모든 가능성을 열어놓으면 인류가 행복을 구해 어디든 이동하여 새 삶을 가꾸었던 무궁무진한 이야기가 들려온다. 이렇게 열린 세계관이 필요 없이 날카로워진 민족 분쟁, 국경 분쟁을 해결할 실마리인지도 모른다.

錦江恋歌 금강연가
一个韩国人的蜀思

촉나라의 비단 蜀錦

청두는 고대로부터 비단 생산이 유명하다.

촉의 비단은 촉금蜀錦이라 했는데 금錦이란 비단 직조법에 따라 분류한 명칭이다. 촉금은 고대 중원의 통일국가인 진나라, 한나라 때부터 이미 유명했다.

금錦을 생산하고 판매하는 집결지는 단연 촉도蜀都 청두였다. 청두는 촉금의 중심지로서 비단 제조를 관리하는 성이라 하여 '금관성錦官城'이라 불렀다. 그 후 금관성 혹은 금성錦城은 청두를 칭하는 미명이 되었다. 중국의 비단이 처음 로마에 전해진 것은 기원전 1세기 무렵이라고 한다. 실크로드는 중국의 장안長安(지금의 시안西安)에서 로마로 이어진 비단 무역로를 가리킨다.

당시 로마 사람들은 비단이 누에고치에서 뽑아낸 실로 만든 것을 모르고 솜털 같은 식물에서 나는 산물일 것으로 여겼다고 한다. 로마어 'serica'는 비단을 뜻하는데 진秦나라의 '사絲' 자의 음에서 유래한 것이다. 로마인은 비단에 완전히 매료되었다. 이 때문에 비단 수입으로 인한 막대한 지출이 발생하고 로마 원로원은 재정 상태를 고민하지 않을 수 없었다. 그만큼 그들에게 비단은 최고급 사치품이었던 것이다.

비단에 대한 사람들의 광적인 열망에 대해 철학자 세네카Seneca Lücius Annaeus(BC 4추정-65)는 이렇게 비평했다.

"비단 옷은 신체를 보호할 수도 없으며, 부끄러움마저 가릴 수 없다. (생략) 부인네들이 공공연하게 자신들의 몸매를 드러내려고 막대한 돈을 들여가며 상인을 부추겨 먼 미지의 나라에서 가져온 것이다."

세네카가 엄숙한 도덕주의자처럼 개탄한 말이지만 이를 통해 우리가 오히려 알게 되는 것은, 비단이 수입되기 전에는 인체를 가리면서도 우아하게 인체미를 드러낼 수 있는 옷감이 없었다는 점, 그 점을 보완하는 얇고 하늘하늘한 비단의 질감에 당대 사람들이 매혹되었다는 사실이다. 사람들이 비단옷을 입자 서양의 미술 작품도 비단에 감긴 인체의 아름다움을 묘사하기 시작했다.

중국의 비단이 서쪽으로 전해진 경로에는 흉노족이 있었다고 한다. 한나라가 당시 북방의 유목 민족이던 흉노족을 달래려고 평화조약을 맺고성의 표시로 비단, 술, 쌀 등을 나눠준다. 흉노족은 이렇게 받은 잉여 물자를 이용해 서쪽의 다른 유목 민족과 물물교환을 했다 그러면서 점차서쪽으로 중국 비단이 팔려간 것이다.[①]

그런데 비단길 연구를 통해 속속 밝혀지는 바, 서역으로 전래된 비단 중에 촉금의 비중도 상당할 것으로 추정된다. 고고학계에 놀라움을 일으킨 1972년 장사長沙의 마왕퇴馬王堆 고분에서 발견된 여성의 미 라는 2200년 전의 귀족 부인으로 밝혀졌다. 그런데 이 귀족 부인이 걸 치고 있는 화려한 무늬의 의상 역시 전형적인 촉금의 일종으로 추정된다.

> 금관성이 있고, 도읍 곳곳에 비단이 운송되고,
> 실을 뽑고, 염색하고, 강가에 색색이 널어 말리고 ….
> 그 색감이 얼마나 아름다웠을까.
> 그런 역사를 알고 나면 금강이란 이름에 이끌린다.
> 그런 역사를 모르고도 금강이란 이름은 아름답다.
> 어쨌든 나는 이 금강을 몹시 좋아한다.
> 「촉나라의 비단」

오늘날에도 청두 곳곳에는 무후사武侯祠 옆의 금리錦裏나 도심을 흐르는 금강錦江과 같은 예전의 비단 직조와 관련 깊은 지명들이 남아 있다. 우리에게 시성詩聖으로 알려진 당나라 시인 두보杜甫(712-770)도, 당나라 여성 시인 설도薛濤도 실제로 금강변에 살았으니 비단 산업으로 강변마저 화려한 풍경을 모르지 않았을 것이다.

나는 금강이란 이름이 처음부터 좋았다. 우리나라에 금강이 있어서 그

[①] 실크로드에 대하여 참고 인용, 피에르 드레주 지음, 이은국 번역, 『실크로드』, 시공사, 1995, 12-32쪽.

锦江恋歌 금강연가
一个韩国人的蜀思

랬을 것이다. 「금강에 살어리랏다」라는 노래 때문인지도 모른다. 또 시인 신동엽 (1930-1969) 의 장편 서사시 『금강』 (1967년) 때문인지도 모른다. 시 인은 이 시를 통해 역사 속의 동학농민운동을 현대를 사는 우리 가슴에 있는 이상 사회에 대한 열망과 연결시킨다. 이 시 속에 「파랑새」라는 민요가 나온다. 「파랑새」는 조선 말엽의 민요로 전봉준을 노래한 것이다.

새야 새야 파랑새야
녹두밭에 앉지 마라
녹두꽃이 떨어지면
청포장수 울고 간다

　1894년 동학농민운동이 일어나고 전봉준은 그 지휘자였다. 농민운동은 당시 민중의 지지를 크게 얻었으나 금강 유역의 우금치전투에서 관군에 패하고 만다. 녹두장군으로 불렸던 전봉준에 대한 민중의 사랑이 파랑새 노래를 낳았다. 파랑새는 관군과 연합하여 동학군에 반격한 일본군, 청포장수는 동학군을 지지한 민중, 그리고 녹두꽃은 전봉준을 상징한다고 보는 게 일반적 해석이다. 비록 싸움에 져서 농민군 장수들은 처단되고 말았으나 민중의 행복을 위해 일어선 농민운동의 정신은 어디로도 사라질 수 없다. 시인 신동엽은 금강에서 그걸 깨달았는지도 모른다.

……
하늘,
잠깐 빛났던 당신은 금세 가리워졌지만
꽃들은 해마다 강산을 채웠다
태양과 추수와 연애와 노동
……

　여기에는 역사의 불행 같은 것을 넘어선 지상의 찬란한 삶이 있다. '꽃들은 해마다 강산을 채웠다'라는 구절에서 자신이 사는 세상을 사랑하는 시인의 마음을 느낀다.
　청두 역시 그러한 땅이다. 일 년 사시사철 꽃이 피고 진다. 옛 시인들은 꽃빛이 어룽지는 금강 물결을 바라보며 청두를 찬탄했을 것이다. 촉 땅에서 자란 이백李白(701-762)은 청두를 두고 읊었다.

초수운산여금수草樹雲山如錦繡

—출전 『상황서순남경가上皇西巡南京歌』

꽃이며 나무가 우거지고 구름 위로 산이 솟고 비단처럼 자연이 아름다운 쓰촨의 청두를 묘사한 시구이다. 먼저 이 시의 제목을 풀어보면 상황上皇은 당 현종을 말한다. 서순西巡은 서쪽으로 이동함을, 즉 현종이 장안에서 청두로 행차함을 말한다. 남경南京은 청두를 가리키며 당시 도읍으로서 청두의 지위가 높았음을 엿볼 수 있다. 현종이 청두에 머문 시기는 비록 내란이 있던 때였으나, 청두는 평화 도시로서 자연 경치도 인문환경도 시인의 찬탄을 받기에 조금의 부족함도 없는 훌륭한 도시였다.

시구 중 '금수錦繡'란 촉나라 고유의 직조법으로 색실이 촘촘히 들어가 무늬가 화려한 비단을 말한다. 그러니 '여금수如錦繡'란 청두가 마치 빛깔 고운 촉의 비단처럼 아름다운 곳이라는 뜻이다. 그리고 보면 우리 귀에도 익숙한 어구가 있다. '삼천리 금수강산三千裏錦繡江山'. 사는 곳은 달라도 자신의 국토를 사랑하는 마음은 이렇게 비단을 통해 만나기도 하는 모양이다.

비단 제조에 관해 잘은 모르지만 어렴풋한 채로나마 나는 청두의 옛날을 상상해본다.

금관성이 있고, 도읍 곳곳에 비단이 운송되고, 실을 뽑고, 염색하고, 강가에 색색이 널어 말리고 …. 그 색감이 얼마나 아름다웠을까.

그런 역사를 알고 나면 금강이란 이름에 이끌린다.

그런 역사를 모르고도 금강이란 이름은 아름답다.

어쨌든 나는 이 금강을 몹시 좋아한다.

여성 시인 설도

　망강공원望江公園은 청두의 손꼽히는 명소 중 하나이다. 고색창연古色蒼然한 누각 망강루望江樓가 서 있고 그 주위로 울창한 죽림竹林이 푸르고, 푸른 그늘 사이로 삼삼오오 차를 마시며 담소하는 사람들이 보인다. 나는 '망강'이란 공원의 이름에 끌린다. 망강공원에 가면 흐르는 강물을 보게 되니까. 강을 바라보고 있노라면 내가 다 헤아릴 수 없는 세월의 노래가 감겨오니까.

　망강공원에 끌리는 또 하나의 이유로는 여성 시인 설도薛濤(약 768-832)가 있다. 청두에 머문 적 있는 시인 두보(712-770)보다 50년쯤 늦게 태어난 설도의 주된 삶은 청두를 배경으로 한다. 그의 예술적 자취를 간직한 설도기념관도 망강루 옆에 있다.

　설도는 장안 출신이다. 설도가 어릴 때 아버지가 쓰촨의 관원으로 부임하면서 청두로 이사했다고 한다. 그런데 가장인 부친이 일찍 돌아가시고 집안 살림이 빈궁해지자 소녀 설도는 관기의 길을 택했다고 한다. 시를 잘 짓는 설도의 재능은 이때부터 크게 발휘되어 당대의 저명 문인들과 활발한 교류를 하게 되었다. 특히 문인 원진元稹과 나눈 사랑시는 지금껏 유명하다.

　한국의 잡지에서 설도와 조선의 황진이를 대비한 문장을 읽었는데 나도 같은 연상을 했다. 하지만 조선 시대 문인 심수경의 문집 『견한잡록遣閑雜錄』에서 설도의 문장력은 황진이가 아닌 허난설헌이나 이옥봉 등과

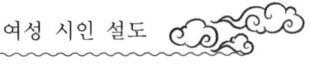

비견되었다.① 사실 심수경의 문장에서 주의하게 되는 것은 뒤에 이어진 내용이다. 저자는 조선 여성 시인들의 재능에 탄복하는 입장이지만 사회 여론은 여자가 집안일에나 전념할 것이지 웬 문장이냐, 부덕이 없다, 이렇게 비판 일색이라는 것이다. 조선 사회는 글재주가 있는 여인에게 냉혹하기 그지없는 환경이었다. 결혼 전에는 혹시 괜찮기도 하겠지만 결혼한 이후에 시댁의 지지를 받지 못하게 되면 여성 시인은 실력을 발휘하기는커녕 사람들의 비난 속에 고립되고 만다. 허난설헌도 예외가 아니었지만 가장 심한 경우가 이옥봉이었다.

이옥봉은 허난설헌과 동시대 여인으로 한시에 능했다. 허난설헌의 동생이면서 현대인에게도 유명한 허균(1569-1618)은 『성소부부고惺所覆瓿藁』에서 이옥봉의 시재를 허난설헌과 나란히 두고 칭찬했다.

그런데 이렇게 탁월한 재능을 지녔던 이옥봉이 갑자기 남편에게 쫓겨나 누구의 도움도 받지 못한 채 방랑 끝에 자살로 일생을 마쳤다 한다. 소박맞은 이유가 고작 사정이 딱한 이를 돕기 위해 남편 몰래 시 한 수를 지어준 때문이었다.

쓰촨의 여성 시인 탁문군卓文君은 시 「백두음白頭吟」을 써서 가정의 행복을 유지시키며 천고千古 전설을 남겼는데 조선의 이옥봉은 타인을 돕자고 쓴 시 한 수로 하여 일생의 행복을 박탈당했던 셈이다.

처음엔 이옥봉 역시 탁문군처럼 사랑에 용감했다. 선비 조원趙瑗에게 첫눈에 반해 그와 결혼하게 해달라고 아버지께 당당히 그 뜻을 밝혔다고 한다. 자유 연애가 원천적으로 봉쇄된 시대였고 자신의 안목과 판단을 주장하기 쉽지 않은 나이인데도 그녀는 용감했다. 조원은 첩이어도 좋다고 하는 이옥봉에게 글쓰기를 접어두고 아녀자의 본분만 지키라고 요구했고 이옥봉은 선선히 받아들였다. 한동안 행복한 나날을 보냈다. 그런데 어느

---

① 婦人能文者. 古有曹大家班姬薛濤輩. 不可殫記. 在中朝非奇異之事. 而我國則罕見. 可謂奇異矣. 有文士金誠立妻許氏. 即宰相許曄之女. 許筠筠之妹也. 筠筠以能詩名. 而妹頗勝雲. 號景樊堂. 有文集. 時未行於世. 如白玉樓上樑文. 人多傳誦. 而詩亦絶妙. 早死可惜. 文士趙瑗妾李氏. 宰相鄭澈妾柳氏. 亦有名. 議者或以爲. 婦人當酒食是議. 而休其鬻織唯事吟哦. 非美行也. 吾意則服其奇異焉. —沈守慶 『遣閑雜錄』 (1590), 출전 "한국고전종합DB". 여기서 "文士金誠立妻許氏. 即宰相許曄之女. 許筠筠之妹也."라고 소개된 부분은 허난설헌을 가리킨다. 그 외 "文士趙瑗妾李氏."는 이옥봉을 가리킨다. 또 "宰相鄭澈妾柳氏."는 정철의 첩 유씨를 들고 있다.

锦江恋歌 금강연가
一个韩国人的蜀思

날 억울한 사정을 도와달라고 옥봉에게 호소하는 사람이 있었다. 그 딱한 사정을 모른 체할 수 없어 시를 한 수 지어주며 그것으로 해결해보라 일렀는데 그게 사달이었다. 남편은 그길로 이옥봉을 내쫓았다. 약속을 어긴 부인이라는 게 이혼 사유였다. 이옥봉은 행여 남편의 마음이 누그러질까 기다렸지만, 조원은 다시 돌아보지 않았다. 사랑하는 남편과 행복했던 가정에서 쫓겨나자 마음이 텅 빈 그녀는 절망 끝에 바다에 빠져 죽었다고 한다.

참으로 놀라운 일은 자살한 그녀의 시신이 발견된 곳이 뜻밖에도 중국의 해안이었다. 시신은 온몸에 종이가 친친 감고 있었고 그 종이에는 그녀가 살았을 때 쓴 시가 빽빽이 적혀 있었다고 한다. 이 얼마나 마음 아픈 일인가! 이 비극의 배경에는 글을 다루는 여인을 부덕이 없는 여자로 비하한 일그러진 사회 풍조가 있었다. 조선은 그런 나라였다. 더 심각한 것은, 이옥봉은 몇 편의 시나마 남겼지만 조선 500년 간 어두운 그늘 속에서 눈물을 멈추지 못하며 죽은 이루 헤아릴 수 없이 많은 무명의 여성이 있을 것이라는 사실이다. 어쩌면 작은 국토에 봉쇄적인 조선의 체제가 남성을 옥죄면서 남성에 비해 사회적으로 약자인 여성은 더욱 질식시켰던 건지도 모른다.

허난설헌은 생전에 조선의 여인으로 태어났음을 한탄했다고 전한다. 허난설헌(1563-1589)의 소녀 시절은 행복했다. 재상을 지낸 허엽의 딸로 태어나 이름은 초희楚姬, 호는 경번당景樊堂 혹은 난설헌蘭雪軒이다. 자라면서는 남자 형제들 틈에 끼어 글공부도 할 수 있었다. 그러나 시가媤家의 분위기는 달랐다. 특히 그녀의 남편 김성립은 아내의 글재주에 열등감을 느꼈던지 그녀를 멀리했다. 남편과 시가의 냉대 속에 건강을 해친 데다가 슬하의 두 자녀를 잇달아 잃은 슬픔으로 쇠약해진 난설헌은 젊은 나이에 세상을 떠났다. 죽기 전 그녀가 지은 시는 슬픈 중에도 시 세계가 넓고 아름다워 몽환적인 느낌을 자아낸다.

> 푸른 바닷물이 구슬 바다에 스며들고
> 푸른 난새는 채색 난새에게 기대었구나.
> 부용꽃 스물일곱 송이가 붉게 떨어지니
> 달빛 서리 위에서 차갑기만 하여라.
>
> 碧海浸瑤海, 青鸞倚彩鸞. 芙蓉三九朵, 紅墮月霜寒.

다음은 죽은 두 아이의 무덤 앞에서 슬픔을 묘사한 시이다.

곡자시哭子詩

지난해 귀여운 딸아이 여의고
올해는 사랑스런 아들을 잃다니
서러워라 서러워라 광릉廣陵 땅이여
두 무덤 나란히 앞에 있구나
사시나무 가지엔 쓸쓸한 바람
여류시인 설도 339
도깨비 불 무덤에 어리비치네
종이돈을 태워 너희 혼을 부르고
술을 부어 너희 앞에 놓으니
너희 남매 마땅히 알고서
밤이면 찾아와 서로 어울리겠지
복중에 너희를 잉태하고
탈 없이 성장하길 고대했건만
어찌 나는 부질없는 '황대사'나 읊조리며
애끓는 피눈물에 목이 메이나.

去年喪愛女, 今年喪愛子. 哀哀廣陵土, 雙墳相對起.
蕭蕭白楊風, 鬼大明鬆楸. 紙錢招汝魂, 玄玄酒尊汝丘.
應知弟兄魂, 夜夜相追游. 縱有腹中孩, 安可期長成.
浪吟黃臺詞, 血泣悲吞聲.

생명처럼 소중한 아기를 잃어버리고, 아이들의 작은 무덤 앞에서 울다 지친 난설헌. 그런 그녀를 위로하기는커녕 시집 식구들은 차갑기만 했다. 그 래도 그녀에게는 누이의 시적 재능을 아끼는 남자 형제들이 있었다. 그 중 에서도 남동생 허균은 누이가 죽은 후에도 누이의 시를 간직하며 언젠가는 세상에 널리 알리리라 굳게 마음먹었다. 지금 전해지는 허난설헌의 시는 모두 213수라고 한다. 허균의 공헌이 없었다면 전해지지 못했을 것이다.

죽은 누이의 시를 정리해 보관하던 허균은 남녀차별이 극심한 조선의

441

锦江恋歌 금강연가
一个韩国人的蜀思

　현실을 너무나도 잘 알기에 차별의 시선을 버리고 누이 작품의 진가를 알아봐줄 안목이 필요하다고 생각했다. 그래서 한문학의 발원지인 중국 출신의 문인을 선택하여 누이의 작품을 보여주었다. 첫 기회는 1598년 정유재란 중 종군 문인으로 명나라 사람들이 조선을 방문했을 때 왔다. 이 일로 허난설헌의 시는 명에서 발간한 『조선시선』, 『열조시선』에 몇 편 수록된다.

　그러다 1606년에 더 좋은 기회를 맞는다. 명에서 황태손의 탄생을 알리는 성절사聖節使가 왔는데 그 사절단의 정사正使가 주지번朱之蕃 (1575-1624) [1] 이었다. 그들을 맞이하는 조선 측의 대표단에 허균도 포함된 것이다. 허균은 주지번에게 자신이 정리해둔 누이의 시집을 건네준다.

　일을 마치고 명나라로 돌아간 주지번이 그 시집을 발행하면서 『난설헌집蘭雪軒集』이 명나라에 알려졌다. 이 시집은 조선에서는 1607년 허균에 의해 간행되고, 1711년에는 일본에서도 간행되었다. 이렇게 하여 명과 조선, 일본 3국에서 그녀의 시를 애송하는 사람들이 늘어갔다.

---

[1] 주지번의 행로에 대하여 : 명나라의 외교 사신 주지번朱之蕃은 어떻게 한국과 중국 문화의 가교 역할을 했을까? 필자는 그의 행적에 주의하게 된다. 주지번은 명나라 대신 까지 지냈던 서화가이다. 1595년 과거에 장원급제했는데 그 전에 시험 준비를 하면서 상당히 고생하던 시절이 있었다. 주지번은 도성에 머물면서 시험에 붙을 때까지 경비 절약을 위해 잡부로 일했다. 1592년 조선외교사절단이 명나라에 와 머무는 숙소에서 조선 사신 표옹瓢翁 송영구宋英耈 (1556-1620) 와 마주친 것도 잡부로 일하면서이다. 숙객 송영구는 일하면서 시험 준비를 하는 주지번을 어여삐 보았다. 송영구는 국적을 떠나 청년 주지번에게 공부 비결도 알려주고 격려의 뜻으로 몸에 지녔던 얼마간의 자금을 건네준다. 뜻밖에 외국 문인에게서 격려를 받은 주지번은 그 후 얼마 지나지 않아 과거시험에서 장원급제를 한다. 그 때문에 사신으로서 조선에 올 때는 은인의 나라에 온다는 벅찬 기분이 컸다. 가능하면 송영구를 보겠다는 마음도 있었다.
한편 그가 뛰어난 서예가라는 명성을 익히 들은 조선의 관원 및 문인들은 주지번에게 글씨를 요청하고자 줄을 섰다. 덕분에 그는 조선의 중요한 건물에 그의 서체로 된 편액 扁額을 적지 않게 남겼다. 서울에 있는 조선 시대 외교사절단을 맞이하는 문 위에 걸린 "영은문迎恩門", 조선 유생의 최고 학부인 성균관의 "명륜당明倫堂", 전라도 전주 객 사客捨에 걸린 "풍패지관沛之館"이라는 편액 등, 모두 그의 글씨이다. 특히 전주 객사의 편액은 그가 외교 절차를 마치고 틈을 내어 이국의 은사 송영구의 고향집을 찾아 익산益山으로 가는 도중에 머물렀던 인연으로 써준 글씨라 한다.
세월이 흘러도 변하지 않는 것, —그것은 우정의 마음이다. 사람과 사람의 성실한 만 남, 그것이 마음을 잇고 나라를 잇고 평화를 가져온다. 문화 교류라 해서 거창한 것이 아니다. 한 사람의 진심이 또 한 사람에게 전해지는 것이 모든 것의 시작이다.

442

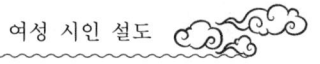

망강공원은 청두의 손꼽히는 명소 중 하나이다. 고색창연한 누각 망강루가 서 있고 그 주위로 울창한 죽림이 푸르고, 푸른 그늘 사이로 삼삼오오 차를 마시며 담소하는 사람들이 보인다.

나는 '망강'이란 공원의 이름에 끌린다. 망강공원에 가면 흐르는 강물을 보게 되니까. 강을 바라보고 있노라면 내가 다 헤아릴 수 없는 세월의 노래가 감겨오니까.

「여류시인 설도」

동화

오누이

지금으로부터 사백 년 전의 일입니다.

마당이 넓고, 시중드는 하인도 많은 재상의 집이 있었습니다. 그 집은 글 읽는 소리가 그치지 않았습니다. 지위가 높은 아버지부터 형들과 소년, 그리 고 하나밖에 없는 소년의 누이, 모두가 글공부를 좋아했습니다.

그러나 담장 밖으로 퍼져나가는 글 읽는 소리 중에 이 누이의 목소리는 없었습니다. 왜냐하면 여자는 목소리를 크게 내서도 안 되고, 여자가 사내아 이처럼 글을 배운다는 것은 자랑하면 안 될 일이었기 때문입니다. 대부분의 사람들은 글공부는 남자만 하면 된다고 생각했습니다. 자고로 여자는 시집 가서 남편을 떠받들며 집안일을 야무지게 하면 다인 것을, 여자아이가 글을 배워 대체 어디에 쓰겠느냐는 것이었습니다.

그래서 누이는 공부 시간에 남자 형제들과 한 자리에 앉았더라도, 있는 듯 없는 듯 조용히 읊고, 자신의 시가 마음에 들더라도 그것을 다 내보이지 않았습니다.

소년은 누이가 쓰는 시가 궁금했습니다. 왜냐하면 누이의 시에서 다른 어떤 문장에서도 느끼지 못한 감동을 받았기 때문입니다. "누나, 지금 시 짓는 거야?"

소년이 다가가 물으면 쓰고 있던 것을 살짝 가리면서 미소만 짓는 누나. "응? 아무것도 아니야."

"에이, 좀 보면 어때서? 우린 한 가족이잖아." "보지 말래두. 넌 한번 보면 외워버리잖아."

누나는 팔을 내저었습니다. 소년에게 좀 거리를 두고 떨어져 있으라는 표 시였습니다. 소년은 누나의 시상을 방해하지 않으려고 시키는 대로 저만치 떨어져 앉았지만, 곁눈질로 누나가 쓰는 마지막 글자까지 다 볼 수 있었습 니다. 그리고 깜짝 놀랐습니다.

"누나가 지금 쓰는 시, 지난번에 본 것보다 몇 배나 잘 썼네. 형님들하고 아버지한테도 외워서 들려드리자. 누구보다 글을 사랑하는 아버지시니 누이 의 이번 글을 들으면 좋아하실 게 틀림없어."

그러나 소년의 생각이 틀렸나 봅니다. 아버지는 다 듣고 나서 기뻐하기는커녕 오히려 걱정스럽게 소년을 바라보았습니다.

"너, 지금 외운 시, 다른 사람한테도 말하고 다녔느냐?"

"아닙니다. 아버지께 처음 말씀드리는 겁니다."

"그럼 내 말 잘 듣거라. 어디 가서 누이가 시를 잘 짓느니 마느니 떠벌리 고 다닐 생각 절대 하면 안 된다. 그게 네 누이를 위하는 일이다. 내 말 알아 들었느냐?"

"네? 네에. 그렇지만 …."

"알았으면 알았지, 그렇지만이 무엇이냐! 담장 안과 밖은 다르니라 … 한 탄하려면 네 누이가 사내로 태어나지 못한 걸 한탄해야지 …."

소년도 세상일을 모르지는 않았습니다. 조선이라는 나라에서 여자는 재능 이 있어도 그것을 갈고 닦을 환경은커녕 의지조차 지니기 힘듭니다. 가난한 집 처녀들이야 말할 것도 없고, 한 동네에 소년네 집만큼 잘사는 김 대감댁만 해도, 딸들이 글 배우는 서당 근처에는 얼씬거리지도 못하게 한다고 합니다. 그러나 다행히도 소년의 아버지는 달랐습니다. 누이에게 글공부를 허락해 주었습니다. 그걸 알기에, 소년이 안심하고 여쭈었던 것입니다. 누이의 시에 서 느껴지는 아름다운 시향, 그 시의 작가가 누나라는 게 너무나 자랑스러 워서요. 하지만 아버지는 오히려 고뇌하는 표정이었습니다. 아마도 누이의 혼사 문제를 걱정하고 있는 거겠지요.

"오늘은 별일이구나? 금세 가더니 되돌아오는 게 …."

누이가 방싯 웃었습니다.

"누이."

"응?"

"실은 내가 방금 …."

소년이 아버지를 찾아갔던 이야기를 전하자 누이 얼굴이 살짝 붉어집니 다. 그걸 못 본 체하고 소년은 볼멘소리로 불평을 덧붙였습니다.

"그런데 난 아버지 맘을 알다가도 모르겠어. 분명 좋다고 느끼셨을 텐데 꼭 그렇게 나무라셔야 직성이 풀릴까? 여긴 밖이 아니고 집 안이고 아버지 한테 누이는 자식이잖아. 내가 아버지라면 내 자식이 이렇게 시를 잘 지으 면 덩실덩실 춤이라도 추겠고만."

동생이 하는 말이 귀여웠는지 누이가 푸훗 웃었습니다. 그리고 소년에 게 연못을 가리킵니다. 하얀 연꽃이 해맑게 피어 있는 게 보였습니다.

"동생아, 저기 연못에 둥싯둥싯 피어난 연꽃을 봐. 연꽃이 누구 칭찬이나 받자고 저렇게 피어났을까?"

"식물이 설마 칭찬 같은 거 의식하고 피었을까."

"그렇지, 나도 그래. 이 세상 사람들의 잣대에 나를 맞추려고 했으면 나는 시 같은 거 벌써 포기했겠지. 아무도 보아주지 않아도 좋아. 나는 내 길을 걸어갈 뿐이야."

누이는 조용히 자신의 결심을 말했습니다. 그 말에 무슨 대답을 해야 할지 아무 생각도 떠오르지 않았습니다. 소년은 그저 속으로 외쳤습니다.

"누이야, 누이가 쓴 시를 세상 사람들에게 알리는 일은 내가 할 거야. 두고 봐."

그로부터 얼마 후, 집안에 좋은 일이 생겼습니다.

누이의 혼처가 정해진 것입니다.

소년의 집, 넓은 마당이 부산합니다. 누이의 혼례식이 거행되었습니다.

혼례를 치르고 얼마 안 되어 누이는 시집으로 떠나야 했습니다. 양 볼과 이마에 연지 곤지를 찍고, 구슬이 화려하게 달린 족두리를 쓴 어여쁜 신부가 되어 가마에 올라탔습니다. 누이를 태운 꽃가마가 대문을 나설 때, 소년 은 마음속으로 누이의 행복을 축복했습니다.

"누이, 행복하게 살아, 시도 계속 쓰고."

그러나 소년의 자형은 누이에게 걸맞은 남자가 아니었나 봅니다. 집을 두 고 사람들과 어울려 밖에서 밤을 보내기 일쑤라는 소문도 들렸습니다. 그런 소문을 들을 때마다 소년은 마음이 아팠습니다.

"형님들, 자형한테 뭐라고 말을 한번 해봐요."

"인석아, 우리가 나서기 싫어서 가만있는 줄 아니? 우리가 나설수록 네 누이가 더 힘들게 돼."

"쳇! 누이가 불행해지는데도 가만히 있는 게 사람 도리라니 … 이상도 하지."
 이런 소년을 보고 어머니가 말렸습니다.
 "아서라, 그런 말 함부로 했다가 선비가 수양이 부족하다고 비난 받을라. 네 누이 팔자가 그런 걸 어쩌겠느냐. 네 아버지도 그렇지, 글공부를 아들한 테만 시킬 것이지, 뭐하자고 딸까지 배우게 해서는, 그 아이가 그 때문에 더 구박받는 것이 분명하다."
 이번엔 어머니까지 나서서 걱정인지 잔소리인지 한탄인지 모를 소리를 합니다. 일껏 말을 꺼낸다 해도, 이렇게 어머니의 한탄으로 끝나고 마니 더 이상 의견을 낼 수도 없었습니다. 누이가 앓고 있다는 소식 사이로도 세월은 흘렀고, 누이는 갈수록 쇠약해지는 모양이었습니다.
 "마님, 아침부터 별당에 못 보던 흰 새 한 마리가 날아와 구슬피 우는데요."
 처음 보는 새였습니다. 새 울음소리가 이상하게 가슴에 파고들었습니다. 사람들이 떼로 모여들자, 새는 높이 날아오르더니 담장 너머로 사라졌습니다. 돌아보니 별당 마루에 하얀 깃털 하나가 떨어져 있었습니다.
 그날 누이가 죽었다는 소식을 들었습니다.
 누이의 장례는 몹시 단출하여, 이제 청년이라고 불러도 될 소년의 마음이 더욱 쓸쓸했습니다.
 오직 하나 다행이라면, 누이가 생전에 썼던 시 묶음이 여러 사람의 손을 거쳐 돌고 돌다가 결국 동생의 손에 돌아온 것입니다. 떨리는 손으로 누이의 필적이 있는 두루마리들을 펼쳐보았습니다.
 "누이!"
 누이는 소년의 걱정과는 달리 괴로움에 조금도 지지 않았습니다. 오히려 한층 더 밝게 빛나는 별빛이 되었습니다. 누이의 시 한 수 한 수가 그 점을 증명하고 있었습니다.
 "누이, 안심해. 누이의 시를 세상 사람들에게 꼭 알리고 말 테니까."
 동생은 누이가 앞에라도 있는 듯 맹세의 말을 남겼습니다.
 기회는 뜻밖의 일로 찾아왔습니다.
 대륙의 명나라에서 사신이 오고, 조선의 임금님은 대국의 외교사신을 영접하는 일을 맡을 사람들을 모았는데, 그중에 글재주가 뛰어난 남동생도 뽑힌 것입니다.

"명나라 외교 사절 중엔 학식 높은 분도 있으니 그들을 영접해 주시오."

"예, 잘 알겠습니다."

허균이 맞이한 명나라 사신 중에는 주지번朱之蕃이라는 시를 좋아하는 문인이 있었습니다.

"오호, 이 시집을 낸 시인이 대체 누구요? 볼 수 있소?"

"실은 제 누이인데, 이 세상 사람이 아닙니다."

허균에게서 허난설헌의 시집을 받은 주지번은, 그 시의 가치를 높이 여겨, 귀국하여 시집을 발간했습니다.

명나라에는 주지번이 발행한 『난설헌집』 외에도, 전경익錢謙益이 편찬한 『열조시집列朝詩集』, 그리고 주이존朱彝尊이 발행한 『명시종明詩綜』 등에 그녀의 시가 실려 전해지고, 동쪽의 일본에까지 그녀의 명성이 퍼졌답니다.

죽림竹林과 한산寒山

죽림촌竹林村

사람들은 묘하게 대숲에 끌리는 마음이 있다.

올곧은 대나무와 촘촘한 잎들, 멀리서도 가까이서도 온통 푸른 죽竹들의 영역, 그들이 내는 소리. 그에 대한 묘사로는 내가 기억하는 한 작가 최명희의 장편소설 『혼불』의 이 대목이 정말 압권이다.

> 청명하고 볕 발이 고른 날에도 대숲에서는 늘 그렇게 소소한 바람이 술렁이었다. 그것은 사르락 사르락 댓잎을 갈며 들릴 듯 말 듯 사운거리 다가도, 솨아 한쪽으로 몰리면서 물소리를 내기도 하고, 잔잔해졌는가 하면 푸른 잎의 날을 세워 우우우 누구를 부르는 것 같기도 하였다.

최근에 전라남도의 담양 죽녹원에 가보았다.

예로부터 담양은 대숲 원림으로 이름난 지방이다. 대숲도 대숲이지만, 죽녹원 주위로 산과 마을, 들판과 강이 그리 평화로울 수가 없었다.

그러나 대숲이라면 쓰촨을 이야기하지 않을 수 없다. 도처에 대숲이 보인다. 심지어는 청두의 도심 안에 그늘 짙은 대숲이 있다. 바로 망강공원望江公園이다.

공원 밖에는 씽씽 오가는 차들과 매연이 가득하지만, 담장 하나를 사이에 두고 짙푸른 대나무 줄기들이 하늘로 솟아 있다. 식물성으로 빚어내는 울울한 비취색, 그 안으로 들어서기만 하면 세상의 그윽함을 혼자 다 누리는 듯 서늘하게 스며드는 기분 … . 내 기억 속의 망강공원은 푸르름

锦江恋歌 금강연가
一个韩国人的蜀思

으로 물드는 혈관의 이미지.

망강공원은 나로 하여금 시를 쓰게 했다. 그것도 오언율시五言律詩를.

『가을소요秋日逍遙』

나뭇잎 울창한 촉도 땅에, 햇빛은 늘상 구름에
가려 가을이 와도 허명虛名일 뿐, 맑고 쾌청한 날 드물다네
호숫가 빈 배 꿈꾸는 듯 흔들리는 건 누구의 마음일까?
오늘 비록 머물 만하나, 가버린 어제 오지 않고
옛사람 노래 영원해도, 사랑이 아니면 어찌 의지할까.
그 답을 듣길 원하여, 노래 흐르는 곳을 쫓으니,
고운 가락 슬픔에 처지는데, 새소리 무심히 날아오르네
정 넘치면 상심도 깊은 법, 일찍이 알았다면 옷소매 적실 일 었
을 거네.

蜀都低綠地，大都陽光微.
秋來唯美名，稀事清陽輝.
湖畔空船迷，搖搖動心誰?
今日尚可留，昔日逝不歸.
古人卻歌永，非情更何依.
願聽彼所輩，應凝歌所追.
雅歌悲已過，鳥聲輕上飛.
早知多情恨，勿用泪沾衣.

공원 밖에는 씽씽 오가는 차들과 매연이 가득하지만, 담장 하나를 사이에 두고 짙푸른 대나무 줄기들이 하늘로 솟아 있다. 식물성으로 빚어내는 울울한 비취색, 그 안으로 들어서기만 하면 세상의 그윽함을 혼자 다 누리는 듯 서늘하게 스며드는 기분 …. 그런 내 기억 속의 망강공원은 푸르름으로 물드는 혈관의 이미지.

「죽림과 한산」

이 시상을 떠올리던 그날, 공원은 처음이었고 청두에서 야외 수업을

하는 것도 처음이었다. 물론 오언율시를 숙제로 받아보기도 처음이었다. 그리고 한시를 써서 칭찬을 받아보기도 처음이었다. 공원을 향해 걸을 때 누군가 말했다. 예전에는 망강공원과 쓰촨대학 교정이 하나였다고. 나중에 길을 내면서 분리되었다고. 그제야 이해가 갔다. 쓰촨대학 교정 동남쪽으로 교직원 아파트 단지 이름이 왜 '죽림촌'인지. 대숲으로 유명한 망 강공원이 지척이라서겠지.

죽림촌.

그 주소를 받아 적던 순간이 지금도 생생하다. 지도 교수님이 알려준 주소를 손에 들고 아파트 사잇길을 긴장한 채 걸었던 것도 방금 전의 일 같다.

사위가 마냥 조용했다.

나를 맞아 친히 문을 열어주시던 지도 교수님. 거실에서 일대일로 마주 앉은 것은 입학 전 정식 면접 후 삼 년 만이었다. 학문의 길을 과연 지속할 수 있을까? 나는 계속 방황하고 있었다. 그래서 긴장했는데 교수님은 뜻밖일 정도로 친절하게 대해주셨다. 표현도 어설펐을 내 생각을 관심 있게 들어주셨다. 사라진 줄 알았던 의욕이 다시 솟아났다. 방황은 거기서 끝이 났다. 그런 점에서 망강공원 옆 죽림촌은 내 학업의 길에서 진정한 전환점이었다.

한산寒山

『가소한산도可笑寒山道』

기쁘도다 한산 가는 길,
마차 드나든 흔적 전혀 없는데.
시냇물 구비구비 흐르는 골짜기, 산봉우리에 산봉우리 깊고 깊구나. 맑은 이슬 풀잎마다 맺혀 있고,
푸르른 솔가지에 바람의 노래. ㅡ
아무래도 산속에서 길 잃은 것 같은데,
그림자는 어쩌자고 나만 따라오는가.
可笑寒山道, 而無車馬蹤. 聯溪難記曲, 叠嶂不知重.
泣露千般草, 吟風一樣鬆. 此時迷徑處, 形問影何從.

—한산 『한산시집寒山詩集』

锦江恋歌 금강연가
　一个韩国人的蜀思

　　한산 (691-793추정) 은 중국 당나라 때의 승려이자 시인이다. 그는 원래 유생으로 몇 차례나 과거에 낙방하자 마음을 바꿔 서른 살 무렵에 출가 한다. 승려가 된 그는 중국 저장浙江성의 천태산天臺山·한암寒岩에 은거 하며 호를 한산寒山 혹은 한산자寒山子라 했다. 그래서 그가 쓴 시들을 통칭하여 '한산시寒山詩'라 한다.

　　한산시는 시어가 분명하나 철학적인 깊은 뜻을 품고 있다는 양면적 특징이 있다. 이러한 한산체寒山體는 송나라 이후 불교계의 선禪의 전통에 활용되었고, 유가의 문인들에게서도 환영을 받았다.

　　한산은 앞일을 알았던지 자신의 시가 어쩌다 눈 밝은 이에 의해 유행하게 될지도 모른다고 예견했다. 그의 예언대로 정말로 눈 밝은 자가 나타나더니, 점차 일본과 유럽, 미국 등 세계적 범위로 한산시 열풍이 형성되었다. 사람들은 점차 한산의 오의奧義를 인간이 완주해야 할 길道의 도달점이라고 믿기 시작했다.

　　현대사에서 더욱 흥미로운 일은 그의 시가 지닌 상징성이 천여 년 뒤 지구의 반대쪽인 북미 대륙의 젊은 히피족들에게도 정신적 영감을 주었다는 점이다.

　　히피 운동이란 1960년대를 대표하는 미국의 청년 문화였다. 당시의 미국 사회는 혼란과 동요의 시기로 암살과 폭력, 시위가 만연했다. 그 시절 대학생을 중심으로 한 반전 운동이 전국으로 확산되었으며, 수많은 젊은 이들이 미국 사회가 내걸었던 기존의 가치를 거부하기 시작했다. 동시에 기존의 생활 방식을 대체할 새로운 생활 방식을 시도했는데, 그 시도가 다 건전하다 할 수는 없었지만 그 시대 청년들이 외쳤던 평화, 반전, 박애, 평등이라는 구호와 추구는 어떤 식으로든 그 다음 세대가 나아가는 방향에 큰 작용을 했다.

　　시대의 막힘 앞에서 좌절하고 싶지 않았던 청년들은 '인간 세상이 진정으로 추구해야 할 미래'를 고민하면서 중국의 옛 시인 한산이 형상화한 오묘한 지점을 자신들이 추구하는 이상으로 받아들였다. 그래서 시인 한산은 히피 세대에게 선대의 스승으로까지 추앙된다.

　　일종의 오독 속의 정독이라고 할까?

　　순전히 독자에게 맡긴 시 해석의 자유가 오히려 한산시의 본질에 다가 간 건지도 모른다.

　　그러나 중국의 문화 풍토에서 창조된 한산시를 정확히 해석하고 싶다

죽림竹林과 한산寒山

면, 먼저 인도에서 발원한 불교 사상과 그 불교가 중국 민족의 문화 속에 융합되어 간 긴 토착화의 과정, 그리고 유교 소양을 지닌 불교 수행자로서 한산이 형상화한 본뜻을 알아야 할 터이다.

누군가 말했다. 한산시를 정독하려면 항초項楚 교수의 『한산시주寒山詩注』를 펼치라고.

항초 교수, 이분이 바로 나를 죽림촌으로 불러준 은사이다.

    세상의 청년은 모두 길을 묻는다.
    어디로 가야 하는가.
    그러나 길은 보이지 않는다.
    걷는 자가 없으니 길이 없는 것이다.
    지상 위의 모든 길을 보라.
    처음엔 길이 없었지만 사람들이 걷고 걸으니
    길이 되지 않았는가.
    희망의 힘으로 막힘도 뚫어야 하는 것이다.
                                  「죽림과 한산」

사제師弟의 도道

21세기 초에 나온 영화 『콜드 마운틴Cold Mountain』은 '한산寒山'을 영 역한 제목이다. 이 영화는 2004년에 아카데미상 여섯 종목을 휩쓸었다. 이 영화는 찰스 프레제Charles Frazier(1950-)가 쓴 동명소설(1997)을 원작으로 한다. 작가는 선대 가족의 이야기와 당시의 사료를 수집하고 칠 년 동안 집필해 소설을 완성했다. 그런데 이 소설의 속표지에 한산의 시 한 수가 걸려 있다.

    사람이 있어 한산 가는 길을 물으나
    한산 가는 길은 막혀 있어라.
    人間寒山道, 寒山路不通.

세상의 청년은 모두 길을 묻는다.
어디로 가야 하는가.

锦江恋歌 금강연가
一个韩国人的蜀思

그러나 길은 보이지 않는다.

걷는 자가 없으니 길이 없는 것이다.

지상 위의 모든 길을 보라.

처음엔 길이 없었지만 사람들이 걷고 걸으니 길이 되지 않았는가.

희망의 힘으로 막힘도 뚫어야 하는 것이다. 노신魯迅 선생의 말처럼.[1]

막다른 곳에서 스스로 길을 낸다는 각오로 한 걸음 앞으로 내딛는다는 건 엄청난 용기가 필요하다.

이러한 때야말로 스승의 존재가 필요하다.

"전진을 주저하지 마세요."

인간으로서 나아가는 길 그것이 인간도人間道라면, 사제師弟가 있어 그 길이 열릴 것이다.

---

[1] "希望是本無所謂有, 無所謂無的, 這正如地上的路, 其實地上本沒有路, 走的人多了, 也便成了路." 출처 魯迅 『故鄕』.

참고문헌

成都通史編纂委員會 主編,『成都通史』卷1-7, 成都: 四川人民出版社, 2011.
何一民・王蘋 主編,『成都歷史文化大辭典』, 北京: 社會科學文獻出版社, 2018.
譚平・馮和一 等 共著,『天府文化』, 成都: 巴蜀書社, 2018.
天府文化研究院主 編,『天府文化研究』, 成都: 巴蜀書社, 2018.
天府文化研究院主 編,『天府文化研究』卷1-4, 成都: 四川大學出版社, 2018.
譚繼和,『仙源故鄉』, 成都: 成都時代出版社, 2009.
劉沙河,『老成都—芙蓉秋夢』, 南京: 江蘇美術出版社, 2004.
陳立基,『趣說三星堆』, 成都: 四川文藝出版社, 2001.
王仁湘・張徵雁 編著,『金沙之光』, 成都: 四川文藝出版社, 2008.
陳錦,『川人茶事』, 成都: 四川人民出版社, 2010.
車輻,『錦城舊事』, 成都: 四川文藝出版社, 2003.
李致 主編, 四川省川劇藝術院 編,『川劇傳統劇目集成』, 成都: 四川人民出版社, 2009.
胡世厚 主編,『三國戲劇集成』, 上海: 復旦大學出版社, 2019.
劉輝,『中國觀音與人文遂寧』, 成都: 巴蜀書社, 2011.
馮和一,『穿越長河漢渚』, 海口: 海南出版社, 2015.
墨人 主編,『中國歷代名女之謎』, 北京: 中國戲劇出版社, 2006.
巴金,『憶』, 上海: 東方出版中心, 2017.
巴金,『家』, 北京: 人民文學出版社, 1981.
田夫,『巴金的家和『家』』, 上海: 上海文化出版社, 2005.
文森特・凡高 著, 平野 譯,『親愛的提奧』, 三河: 南海出版公司, 2010.
安徒生,『安徒生童話』, 吉林: 吉林美術出版社, 2015.
奧斯卡・王爾德,『快樂王子』, 上海: 上海人民美術出版社, 2012.

管家琪(文) 奚阿興(圖), 『傳説』(下), 太原: 希望出版社, 2004
安意如, 『人生若衹如初見』, 天津: 天津教育出版社, 2006.
魚夫 著, 천현경 역, 『杜甫』, 서울: 눈 출판사, 1989.
李白 著, 이병한 역, 『李白詩選』, 서울: 민음사, 1978.
나관중 지음, 박장각 편역, 『삼국지』, 오산: 제이클래식, 2014.
변인석, 『정중 무상대사』, 파주: 한국학술정보출판, 2009.
한국문원편집실, 『왕릉』, 서울: 한국문원, 1995.
Francoise Dunand · Roger Lichtenberg 저, 이종인 역, 『미라- 영원으로의 여행』, 서울: 시공사, 2006.
이케다 다이사쿠 저, 『해피로드』, 서울: AK커뮤니케이션스, 2013.
치우치핑 저, 김봉건 역, 『다경도설: 그림으로 읽는 육우의 다경』, 서울: 이른아침 출판사, 2005.
그 외, "네이버지식백과", "한국고전종합DB"

| 지은이 소개 |

박종무朴鐘茂

1962.1.2. 전주에서 태어남
1980 전주여고 졸업과 동시에 상경
1984 동덕여대 국어국문학과 졸업과 동시에 중등국어교사로 중랑중, 숭인여중, 상계여중 근무
1988 한국외국어대학교 교육대학원에서 한국어교육학 석사
1992 문화일보 하계문예에 동화 당선
2012 중국 쓰촨대학교 불교언어문학 전공 박사
2013 지필문학 평론부문 신인상
현재 중국 관음문화연구소 소속

불교와 문학 그리고 한자문화권에 관한 논문 다수 발표
중국과 한국 양국에 공저논문집 다수 출간
동화집 『한 지붕 세 둥지』(동아출판사), 『내 옆에 오지 마』(시지시), 『숲속쥐와 동전 십환』(공저, 계몽사), 『우리나라 으뜸동화1』(공저, 동쪽나라) 등